ÜBER DAS BUCH:

Mit 26 Jahren bekommt der junge Seeheld Richard Bolitho seine erste Fregatte, die *Phalarope*: ein relativ neues, starkes Schiff, aber mit einem schlechten Ruf. Ihre Besatzung hat gemeutert, die Offiziere verweigern den Kampf, und ihr bisheriger Kommandant wurde unehrenhaft aus der Marine entlassen. Während der Atlantiküberquerung nach Westindien, wo die *Phalarope* Admiral Hoods Geschwader im Krieg gegen die aufständischen Amerikaner unterstützen soll, muß Kapitän Bolitho die Besatzung erst einmal disziplinieren und zu einer kampftüchtigen Einheit zusammenschweißen. Unterstützt wird er dabei von Leutnant Herrick, seinem Dritten Offizier, der eines Tages sein engster Freund und viel später sein eifersüchtigster Gegner werden soll. In einem ersten harten Gefecht mit der Yankee-Fregatte *Andiron* bewährt sich die *Phalarope*, auch wenn sie dabei fast zum Wrack geschossen wird. Was Bolitho aber nicht weiß: Die *Andiron* steht unter dem Befehl seines nach Amerika emigrierten älteren Bruders Hugh, und als sich die beiden Fregatten wieder begegnen, wird Bolitho von diesem gefangengenommen.
Admiral Hood hat die entscheidend wichtige Antilleninsel St. Kitts aufgegeben, und dort muß der junge Kapitän bittere Tage der Gefangenschaft erleben. Erst durch das Auftauchen der geläuterten *Phalarope* unter dem Kommando des getreuen Herrick wird er gerettet, wenn auch schwer verwundet. Nach seiner Genesung nimmt er mit der *Phalarope* an der historischen Seeschlacht bei den Saintes-Inseln teil, in der die mit den Amerikanern verbündeten Franzosen geschlagen werden. Durch seinen Sieg über zwei weitaus stärkere Schiffe festigt Richard Bolitho endgültig seinen Ruf als Englands jüngster Seeheld. – Seinen weiteren Abenteuern sind die Folgebände der Romanserie um Richard Bolitho gewidmet.

DER AUTOR:

Alexander Kent kämpfte im Zweiten Weltkrieg als Marineoffizier im Atlantik und im Mittelmeer und erwarb sich danach einen weltweiten Ruf als Verfasser spannender Seekriegsromane. Seine marinehistorische Romanserie um Richard Bolitho machte ihn zum meistgelesenen Autor dieses Genres neben C. S. Forester. Seit 1958 sein erstes Buch erschien (*Schnellbootpatrouille*), hat er über vierzig Titel veröffentlicht, von denen die meisten bei Ullstein vorliegen oder vorbereitet werden. Sie erreichten eine Gesamtauflage von 15 Millionen und wurden bisher in 14 Sprachen übersetzt. – Alexander Kent, dessen wirklicher Name Douglas Reeman lautet, ist aktiver Segler, Mitglied der Royal Navy Sailing Association und Governor der Fregatte *Foudroyant* in Portsmouth, des ältesten noch schwimmenden britischen Kriegsschiffes.

Alexander Kent

Bruderkampf

Richard Bolitho – Kapitän in Ketten

Roman

Ullstein

Ullstein/maritim
Nr. 23219
Herausgegeben von J. Wannenmacher
im Verlag Ullstein GmbH,
Frankfurt/M – Berlin
Titel der Originalausgabe:
To Glory We Steer
Aus dem Englischen
von Olga und Erich Fetter

Neuauflage des Ullstein Buches Nr. 3452

Umschlagentwurf: Hansbernd Lindemann
unter Verwendung einer
Farbillustration von Chris Mayger
Alle Rechte vorbehalten
© by Alexander Kent 1968
© Übersetzung 1978
Verlag Ullstein GmbH,
Frankfurt/M – Berlin
Printed in Germany 1994
Gesamtherstellung:
Ebner Ulm
ISBN 3-548-23219-1

9. Auflage Januar 1994
Gedruckt auf alterungs-
beständigem Papier mit
chlorfrei gebleichtem Zellstoff

Vom selben Autor
in der Reihe
der Ullstein Bücher:

Die Feuertaufe (40044)
Die Entscheidung (40091)
Zerfetzte Flaggen (23192)
Der Piratenfürst (3436)
Strandwölfe (40065)
Fieber an Bord (22460)
Nahkampf der Giganten (3558)
Feind in Sicht (20006)
Der Stolz der Flotte (20014)
Eine letzte Breitseite (20022)
Galeeren in der Ostsee (20072)
Admiral Bolithos Erbe (20485)
Donner unter der Kimm (20973)
Die Seemannsbraut (22177)
Des Königs Konterbande (22330)
Mauern aus Holz, Männer aus Eisen
(22824)

Außerdem 21 moderne Seekriegsromane

Die Deutsche Bibliothek –
CIP-Einheitsaufnahme:

Kent, Alexander:
Bruderkampf: Richard Bolitho, Kapitän in
Ketten; Roman / Alexander Kent. [Aus
dem Engl. von Olga und Erich Fetter]. –
Neuaufl. des Ullstein-Buches Nr. 3452.,
9. Aufl. – Frankfurt/M; Berlin:
Ullstein, 1994
   (Ullstein-Buch; Nr. 23219: Maritim)
   ISBN 3-548-23219-1
NE: GT
Vw: Reeman, Douglas [Wirkl. Name] →
Kent, Alexander

Inhalt

Das Jahr 1782 war erst drei Tage alt. Stetiger Nieselregen, von auffrischendem südlichem Wind getrieben, fegte durch die engen Straßen von Portsmouth Point und ließ die dicken Mauern der alten Festungsanlagen wie poliertes Metall glänzen. Eine dichte, bleifarbene Wolkendecke zog drohend über die zusammengedrängten Gebäude, so daß das Licht, obwohl es erst gegen Mittag war, fahl und bedrückend wirkte.

Wirklich lebendig war nur die See. Der Meeresarm des Solent wurde von heftigen Böen aufgewühlt; im Gegensatz zu dem stumpfen Grau der Höhenzüge der Insel Wight und des regenverschleierten Kanals zeigten die Wellenkämme in dem entstellenden Licht eine sonderbar gelbe Tönung.

Kapitän Richard Bolitho stieß die Tür des *King George Inn* auf, und während er noch einige Augenblicke stehenblieb, umhüllte ihn die einschläfernde Hitze wie eine Decke. Er reichte einem Diener wortlos den Mantel und klemmte seinen Dreispitz unter den Arm. Durch eine Tür zur Rechten sah er ein einladendes Kaminfeuer, vor dem es sich laut redende Marineoffiziere bequem machten. Ihre dienstlichen Sorgen und Pflichten hatten sie draußen vor den niedrigen, vom Regen gepeitschten Fenstern gelassen.

In einem anderen Zimmer saßen Offiziere schweigend um mehrere kleine Tische und studierten ihre Spielkarten und die Gesichter ihrer Gegner. Nur wenige sahen auf, als Bolitho eintrat. Nach all den Jahren des Krieges und der Unruhe hätte in Portsmouth höchstens ein Mann in Zivil Aufmerksamkeit erregt.

Bolitho seufzte und betrachtete sich flüchtig im Wandspiegel. Er war groß, und der blaue Rock mit den Goldtressen kleidete ihn gut. Das weiße Hemd und die weiße Weste unterstrichen die ungewöhnliche Bräune seines Gesichtes. Obwohl die Rückreise von Westindien lange gedauert hatte, war sein Körper noch immer nicht auf den englischen Winter eingestellt. Deshalb blieb er noch ein wenig länger stehen, um sich aufzuwärmen.

Ein Diener hüstelte höflich neben ihm. »Verzeihung, Sir, aber der Admiral erwartet Sie in seinem Zimmer.« Mit kaum angedeuteter Geste wies er auf die Treppe.

»Danke.« Bolitho warf einen letzten Blick in den Spiegel. Doch der Blick verriet weder Eitelkeit noch persönliches Interesse. Eher lag etwas von der kalten Prüfung darin, mit der Bolitho einen Untergebenen gemustert hätte.

Bolitho war sechsundzwanzig Jahre alt, aber seine unbewegten Züge und die tiefen Falten im Gesicht ließen ihn älter erscheinen. Fast heftig schob er das schwarze Haar aus der Stirn.

Knapp einen Zoll über dem Auge begann eine häßliche Narbe, die sich bis tief in den Haaransatz hinaufzog. Er berührte sie kurz wie jemand, der lange Zurückliegendes durchdenkt. Danach stieg er schnell die Treppe hinauf.

Vizeadmiral Sir Henry Langford stand, die Füße leicht gespreizt, dicht vor dem höchsten Holzfeuer, das Bolitho je gesehen hatte. Seine betreßte Uniform glitzerte im Schein der tanzenden Flammen, und sein mächtiger Schatten fiel quer durch das geräumige Zimmer.

Die beiden Männer betrachteten sich einige Sekunden: der Admiral, ein Mann in den Sechzigern, dessen schweres Gesicht von einer großen, hakenförmigen Nase beherrscht wurde, über der die scharfen blauen Augen wie geschliffene Steine blitzten, und der schlanke, gebräunte Kapitän.

Dann trat der Admiral vom Kamin weg und streckte die Hand aus. »Ich freue mich, Sie zu sehen, Bolitho!« Die dröhnende Stimme füllte den Raum, fegte die Jahre beiseite und ersetzte das Bild des beleibten alten Admirals durch die Erscheinung des Mannes, der Bolithos erster Kapitän gewesen war.

Als könne er Bolithos Gedanken lesen, setzte der Admiral wehmütig hinzu: »Vierzehn Jahre, wie? Mein Gott, scheint kaum möglich!« Er trat zurück und musterte Bolitho kritisch. »Sie waren ein magerer Kadett, zwölf Jahre alt, wenn ich mich recht erinnere. Kaum ein Pfund Fleisch auf den Knochen. Ich nahm Sie nur Ihres Vaters wegen an Bord.« Er lächelte. »Sie sehen noch immer so aus, als könnte Ihnen eine gute Mahlzeit nicht schaden.«

Bolitho wartete geduldig. Das eine hatten ihn seine vierzehn Dienstjahre zumindest gelehrt: ältere Vorgesetzte hatten ihre eigene Art, zur Sache zu kommen. Und gewöhnlich dauerte es eine Weile.

Der Admiral ging schwerfällig zum Tisch und schenkte zwei große Gläser Branntwein ein. »Seit fast die ganze Welt gegen uns steht, ist Branntwein so etwas wie Luxus geworden.« Er zuckte mit den Schultern. »Da mir Rheumatismus jedoch mehr zusetzt als Gicht, betrachte ich ihn als letzte Annehmlichkeit, die mir geblieben ist.«

Bolitho trank vorsichtig, wobei er seinen Vorgesetzten über den Rand des Glases hinweg studierte. Er war erst vor drei Tagen, gerade zum Jahreswechsel, aus Westindien zurückgekehrt. Sein Schiff, seine geliebte *Sparrow*, war zur Überholung auf die Werft gekommen, während ihre weniger glückliche Besatzung über die ewig hungrige Flotte verteilt worden war, um die klaffenden Lücken aufzufüllen, die Tod oder Verstümmelung gerissen hatten. Die meisten Leute der Korvette waren seit sechs Jahren nicht mehr in der Heimat gewesen. Sie hatten gehofft, mit ihrem kleinen, aber wohlverdienten Prisengeld ihre Angehörigen besuchen zu können. Es war nicht dazu gekommen, aber Bolitho wußte, daß alle Mitleidsgefühle nutzlos waren.

Die blassen Augen hefteten sich plötzlich auf Bolithos Gesicht. »Ich gebe Ihnen die *Phalarope*, Bolitho.« Der Admiral beobachtete, wie es in dem Gesicht des jungen Kapitäns arbeitete. »Sie liegt draußen vor Spithead, bereit zum Auslaufen. Eine schönere Fregatte hat es nie gegeben.«

Bolitho stellte das Glas langsam auf den Tisch, um Zeit zu gewinnen. Die *Phalarope* war eine mit zweiunddreißig Kanonen bestückte Fregatte und noch keine sechs Jahre alt. Er hatte sie durch sein Fernglas gesehen, als er Spit Sand vor drei Tagen rundete. Sie war tatsächlich ein schönes Schiff und alles, was er nur erhoffen konnte. Nein, mehr, als er je zu träumen gewagt hätte.

Ruhig sagte er: »Sie erweisen mir eine große Ehre, Sir.«

»Unsinn, Sie haben es mehr als verdient.« Der Admiral schien sonderbar erleichtert und sprach, als hätte er seine kleine Rede vorher geprobt. »Ich habe Ihre Laufbahn verfolgt, Bolitho. Sie machen der Marine und dem Lande alle Ehre.«

»Ich hatte einen ausgezeichneten Lehrer, Sir.«

Der Admiral nickte. »Ja, das waren große Tage, wie? Große Tage.« Er schüttelte sich und goß sich noch einen Branntwein ein. »Die gute Nachricht haben Sie gehört. Nun folgt der andere Teil.« Er sah Bolitho nachdenklich an. »Die *Phalarope* hat bisher in der Kanalflotte Dienst getan, meist als Blockadeschiff vor Brest.«

Bolitho spitzte die Ohren. Blockadedienst, das war nichts Neues. Bei dem Bemühen, französische Schiffe am Auslaufen aus den Kanalhäfen zu hindern, wurden die Fregatten gebraucht wie das liebe Brot. Fregatten waren Mädchen für alles. Sie besaßen genügend Feuerkraft, um es im offenen Kampf mit jedem Schiff aufzunehmen, außer mit Linienschiffen. Und sie waren schnell genug, ein Linienschiff auszumanövrieren. Daher waren sie ständig gefragt. Was die Aufmerksamkeit Bolithos sogleich erregte, war die Betonung, die der Admiral auf »bisher« legte. Also lagen neue Befehle vor. Vielleicht sollte das Schiff nach Süden, um die belagerte Festung Gibraltar zu entlasten.

Der Admiral fuhr rauh fort: »Die meisten Schiffe verfaulen von außen. Wind und See sind grausame Herren, sie spielen selbst dem besten Holz übel mit.« Sein Blick haftete an den Fenstern, gegen die der Regen schlug. »Aber die *Phalarope* verfaulte von innen!« Er ging zornerfüllt hin und her, sein Schatten glitt wie ein Gespenst durch den Raum. »Vor einem Monat kam es beinahe zu einer Meuterei. Und als das Geschwader mit einigen Blockadebrechern im Gefecht stand, griff die *Phalarope* nicht ein.«

Bolitho biß sich auf die Lippen. Meuterei drohte stets. Die Besatzung bestand zumeist aus Männern, die man an Land aufgegriffen und zum Dienst gepreßt hatte. Ein paar Unruhestifter konnten ein gut gedrilltes Schiff in eine Hölle verwandeln. Aber im Verband mit anderen Schiffen geschah das selten. Gewöhnlich brach diese Raserei auf einem Schiff aus, das für sich allein unter unbarmherziger tropischer Sonne in einer Flaute lag.

Sir Henry Langford fügte scharf hinzu: »Selbstverständlich habe ich den Kapitän seines Kommandos enthoben.«

Bolitho empfand eine sonderbare Zuneigung zu dem müden, gereizten alten Mann, dessen Flaggschiff, ein mächtiger Dreidecker, im Hafen Vorräte übernahm und sich vorbereitete, den Admiral wieder zu seinem Geschwader vor der feindlichen Küste Frankreichs zu bringen. »Selbstverständlich«, hatte der Admiral gesagt. Doch Bolitho wußte, daß viele Admiräle ihre Kapitäne gedeckt hätten, auch wenn sie wußten, daß sie schuldig oder unfähig waren.

Der Admiral lächelte ein wenig. »Ich fürchte, die Ehre, die *Phalarope* zu übernehmen, hat zwei Seiten. Ein Unglücksschiff ist nie leicht zu führen, vor allem nicht in Kriegszeiten.« Er deutete auf einen versiegelten Umschlag, der auf dem Tisch lag. Die Siegel glänzten im Licht des Kaminfeuers wie frisches Blut. »Ihre Befehle. Sie enthalten die Order, das Schiff sofort zu übernehmen und in See zu gehen.« Der Admiral wog seine Worte sorgfältig ab. »Sie werden zu Sir Samuel Hoods Geschwader stoßen und sich ihm zur Verfügung stellen.«

Bolitho war wie betäubt. Hood stand in Westindien, von wo er selber eben zurückgekehrt war. Im Geiste sah er die abertausend Meilen leerer See vor sich – und sich als Kommandanten eines fremden Schiffes, mit einer Mannschaft, unter der es vor Unzufriedenheit nur so brodelte.

»Wie Sie sehen, Bolitho, bin ich noch immer ein harter Lehrmeister.« Der Admiral schauderte, als ein Windstoß das Fenster traf. »Ich fürchte, Sie haben fast hundert Mann zuwenig an Bord. Ich mußte viele Unruhestifter vom Schiff entfernen, und Ersatz ist schwer aufzutreiben. Einige werde ich hängen lassen müssen, sobald ein Kriegsgericht einberufen werden kann. Sie haben also kaum genug Männer, das Schiff zu segeln, von kämpfen ganz zu schweigen.« Er rieb sich das Kinn, seine Augen funkelten. »Ich schlage vor, Sie laufen unverzüglich aus, und zwar erst zur Westküste. Nach meiner Information liegen die meisten Fischereiflotten im Augenblick in den Häfen von Devon und Cornwall. Das Wetter scheint nicht nach ihrem Geschmack zu sein.« Er lächelte jetzt stärker. »Nichts spräche dagegen, daß Sie Ihrer Heimat Falmouth einen Besuch abstatten, Bolitho. Während Ihre Offiziere einige dieser Fischer für den König zwangsausheben, finden Sie womöglich Zeit, Ihren Vater aufzusuchen. Sie werden ihm hoffentlich meine besten Grüße ausrichten.«

Bolitho nickte. »Danke, Sir. Das werde ich gern tun.«

Er wünschte sich plötzlich fort aus diesem Zimmer. Es gab so viel zu tun. Für die lange Reise mußten die Magazine und die Takelage überprüft werden, es galt, sich um Proviant und Vorräte zu kümmern.

Der Admiral nahm den Segeltuchumschlag und wog ihn in den Händen. »Ich will Ihnen keinen Rat geben, Bolitho. Sie sind jung, aber erprobt und mehr als das. Erinnern Sie sich nur an eins. Es gibt schlechte Leute auf Ihrem Schiff und gute. Seien Sie fest, aber nicht zu hart. Betrachten Sie Mangel an Erfahrung nicht als Insubordination, wie Ihr Vorgänger das tat.« Sein Ton wurde scharf. »Wenn es Ihnen schwerfällt, sich daran zu erinnern, dann versuchen Sie daran zu denken, wie Sie als Midshipman* auf mein Schiff kamen.« Er lächelte nicht mehr. »Sie können der *Phalarope* wieder den ihr gebührenden Platz zurückerobern, indem Sie ihr den Stolz zurückgeben. Wenn Sie es nicht schaffen, kann nicht einmal ich Ihnen helfen.«

»Das würde ich auch nicht erwarten, Sir.« Bolithos Augen waren jetzt so kalt und grau wie die See jenseits des Hafens.

»Ich weiß. Darum habe ich das Kommando auch für Sie freigehalten.« Vor der Tür hörte man Stimmengemurmel, und Bolitho wußte, daß die Unterredung kurz vor ihrem Abschluß stand. Doch der Ad-

---

* Seekadett bzw. Fähnrich zur See

miral schickte noch etwas nach. »Ein Neffe von mir fährt auf der *Phalarope*«, sagte er. »Einer Ihrer jungen Midshipmen. Sein Name ist Charles Farquhar, und er könnte ein guter Offizier werden. Aber begünstigen Sie ihn nicht um meinetwegen, Bolitho.« Er seufzte und reichte dem Kapitän den Umschlag. »Das Schiff ist segelfertig, also nutzen Sie den günstigen Südwind.« Er drückte Bolitho die Hand.

Bolitho hob den Degen an und klemmte den Dreispitz wieder unter den Arm. »Dann möchte ich mich verabschieden, Sir.« Es gab nichts weiter zu sagen.

Fast ohne etwas wahrzunehmen, ging er hinaus und an der kleinen Gruppe flüsternder Offiziere vorbei, die darauf warteten, vom Admiral empfangen zu werden.

Ein Offizier stand etwas abseits, ein Kapitän etwa seines eigenen Alters. Das war aber auch die einzige Ähnlichkeit. Er hatte blasse, vorstehende Augen und einen kleinen, verkniffenen Mund. Er befingerte seinen Degen und starrte auf die Tür. Bolitho vermutete in ihm den bisherigen Kommandanten der *Phalarope*. Doch der Mann schien weniger besorgt als gereizt. Wahrscheinlich verfügt er über Einfluß am Hof oder im Parlament, dachte Bolitho grimmig. Aber selbst das würde nicht ausreichen, um Sir Henry mit Erfolg entgegenzutreten.

Vor dem Gasthaus umheulte ihn der Wind, als er langsam zum Sally Port hinunterging, doch er merkte es nicht.

Im Hafen sah er, daß die kurzen, zischenden Wellen die Hochwassergirlande aus Schlamm und Algen schon beinahe bedeckten. Das sagte ihm, daß das Hochwasser bald erreicht sein würde. Mit etwas Glück würde er sein neues Schiff noch mit ablaufendem Wasser aus dem Hafen bekommen.

Als er aus dem Windschatten der letzten Gebäudereihe trat, bemerkte er ein Boot. Es wartete darauf, ihn zum Schiff hinüberzubringen. Das kleine Fahrzeug dümpelte heftig in der Dünung, und die zum Salut erhobenen Riemen schwankten wie eine Zwillingsreihe nackter Bäume. Er vermutete, daß jeder Mann im Boot sein langsames Näherkommen beobachtete. An der Spitze der steinernen Mole zeichnete sich der vertraute, massige Umriß Stockdales, seines persönlichen Bootsführers, gegen die Wellen ab. *Einen* Freund zumindest würde er auf der *Phalarope* haben, überlegte Bolitho grimmig.

Stockdale war ihm von einem Schiff zum anderen gefolgt, fast wie ein treu ergebener Hund. Bolitho fragte sich oft, was sie zusammenhielt; es war eine Bindung, die sich mit Worten nicht erklären ließ.

Als frischgebackener Leutnant zur See war Bolitho einst mit einem Preßkommando an Land geschickt worden, damals während des unruhigen Friedens, als er sich für einen Glückspilz hielt, weil ihm das Ungemach so vieler erspart geblieben war, bei halbem Sold an Land gesetzt zu sein. Er hatte nur wenige Leute auftreiben können, doch als er gerade zum Schiff zurückkehren wollte, um sich dem Zorn seines Kapitäns zu stellen, war ihm Stockdale aufgefallen, der nackt bis zur Hüfte elend vor einer Kneipe stand. Sein robuster, vor Muskeln und Kraft strotzender Oberkörper beeindruckte Bolitho. Neben dem Mann verkündete ein Ausrufer lauthals, daß Stockdale ein berühmter Faustkämpfer sei. Jeder aus Bolithos Truppe, der ihn werfen würde, bekäme eine goldene Guinea, Auszahlung sofort. Bolitho war müde. Der Gedanke an einen kühlen Schluck, während seine Leute ihr Glück versuchten, besiegte seine inneren Einwände gegen dieses entwürdigende Spektakel.

Zufällig gehörte zu seiner Truppe ein Stückmeister, der nicht nur ein sehr geübter Faustkämpfer war, sondern ein Mann, der sich daran gewöhnt hatte, mit den Fäusten oder auf jede ihm sonst geeignet erscheinende Art die Disziplin aufrechtzuerhalten. Der Stückmeister zog seinen Rock aus und ging, von den anderen Seeleuten angefeuert, zum Angriff über.

Bolitho war sich nie genau darüber klargeworden, was sich als nächstes ereignet hatte. Es hieß, einer der Matrosen hätte Stockdale ein Bein gestellt. Das schien Bolitho wahrscheinlich, denn danach hatte er nicht wieder erlebt, daß Stockdale besiegt worden wäre. Aber an jenem Tag hatte Bolitho kaum nach seinem Bier gegriffen, als der Ausrufer auch schon wütend aufschrie, und die Matrosen gellend lachten.

Bolitho sah, wie der Stückmeister seine Goldmünze wegsteckte, während der wutschäumende Ausrufer unter Drohungen und Flüchen Stockdale mit einer Kette prügelte.

In diesem Augenblick begriff Bolitho, daß für Stockdale Treue wie eine Fessel war. Er wich den ungerechtfertigten Schlägen nicht aus, obwohl er seinen Peiniger mit einem Hieb hätte töten können.

Mitleid oder Abscheu veranlaßten Bolitho einzuschreiten. Doch Stockdales stumpfer Dankesblick machte die Sache nur schlimmer. Während die grinsenden Matrosen und der Ausrufer mit den harten Augen ihn gespannt beobachteten, forderte er Stockdale auf, in den

Dienst des Königs zu treten. Der Ausrufer erhob brüllend Protest, als er merkte, daß ihm seine Erwerbsquelle für alle Zeit genommen werden sollte.

Doch Stockdale nickte nur kurz und griff wortlos nach seinem Hemd. Selbst jetzt sprach er selten. Seine Stimmbänder hatten bei den Kämpfen, die er über Jahre in einer Stadt nach der anderen austragen mußte, gelitten.

Bolitho hatte sich eingebildet, daß der Fall mit seinem Eingreifen erledigt war. Aber es kam anders. Stockdale fügte sich in den Rhythmus an Bord, als habe er jahrelang auf einem Schiff gelebt. Trotz seiner Körperkraft war er sanft und geduldig, und nur etwas brachte ihn dazu, seine ruhige Lebensweise zu durchbrechen: Sobald Bolitho das Schiff wechselte, folgte er ihm.

Anfänglich entschloß sich Bolitho, diese Tatsache zu ignorieren. Als er jedoch nach einiger Zeit ein eigenes Kommando erhielt und einen persönlichen Bootsführer brauchte, war Stockdale da und bereit. Genau wie jetzt.

Stockdale starrte mit leerem Blick regungslos über das Wasser. Jetzt drehte er sich zu Bolitho um, runzelte die Stirn und sah seinem Kapitän aus besorgten, dunkelbraunen Augen wortlos entgegen.

Bolitho lächelte undurchsichtig. »Alles klar, Stockdale?«

Der Mann nickte langsam. »Ihre Seekisten sind im Boot verstaut, Sir.« Er sah zu der wartenden Bootsmannschaft hinüber. »Ich habe mit den Burschen ein paar Worte geredet und ihnen gesagt, wie von nun an alles zu geschehen hat.«

Bolitho stieg in das Boot und zog den Mantel enger um sich. Stockdale knurrte einen Befehl, und das Boot legte ab.

»Riemen bei! Ruder an!« Stockdale legte das Ruder an und behielt dabei gleichzeitig die Mannschaft im Auge, als das Boot herumschwang und in die erste Welle stieß.

Bolitho musterte die Leute an den Riemen aus zusammengekniffenen Augen. Alle mieden sorgsam seinen prüfenden Blick. Der neue Kapitän – jeder Kapitän – kam gleich nach Gott. Er konnte einen Mann befördern oder züchtigen, belohnen oder an eine Rah hängen. Und segelte ein Schiff außerhalb eines Geschwaders auf hoher See, wurde diese Macht dem Temperament des jeweiligen Kapitäns entsprechend ausgeübt, wie Bolitho nur zu gut wußte.

Das Boot schoß in das offene Wasser hinaus. Bolitho dachte nicht länger an die schwer pullenden Seeleute, sondern richtete alle Aufmerksamkeit auf die Fregatte. Jetzt, da sie näher kamen, konnte er das stetige Auf und Ab des anmutigen Schiffes sehen, das in dem auffrischenden Wind an der steifen Ankerkette zerrte. Er sah sogar, wie das Kupfer hell aufglänzte, als die Fregatte ihr Unterwasserschiff zeigte. Und als sie leicht überholte, konnte er die Geschäftigkeit auf dem Hauptdeck erkennen. Achtern, beim Fallreep, bemerkte er das säuberlich ausgerichtete rote Karree der Marinesoldaten, die bereits zu seiner Begrüßung aufgezogen waren. Und für einen Augenblick trug der Wind den Klang schriller Pfeifen und heiserer Befehle zu ihm herüber.

Die *Phalarope* ist ein schönes Schiff, dachte Bolitho, hundertundvierzig Fuß Kraft und Anmut. Von der vergoldeten Galionsfigur, einem seltsamen Vogel auf dem Rücken eines Delphins, bis zum schnitzereiverzierten Heck mit der wehenden Flagge darüber, war sie der lebendige Beweis für die Kunst ihres Erbauers.

Nun erkannte Bolitho auch die Offiziere, die auf dem Achterdeck warteten. Mehr als einer hielt sein Fernglas auf das Boot gerichtet. Er zwang sein Gesicht zu einer gelassenen Maske, unterdrückte gewaltsam jede Erregung und dachte nicht an die Herausforderung, die von dem Schiff ausging.

»Boot ahoi!« Der Wind fing den Ruf und schleuderte ihn zu den kreischenden Möwen hinauf.

Stockdale legte die Hände trichterförmig um den Mund und rief: »*Phalarope*!« Für die wartenden Offiziere gab es keinen Zweifel mehr, daß sich ihr neuer Gebieter näherte.

Bolitho knöpfte den Mantel auf und schob ihn über die Schultern zurück. Die goldenen Litzen und das Gehänge seines Degens schimmerten in dem verwaschenen Licht. Die Fregatte wurde größer und größer, bis sie zuletzt über dem Boot aufragte und alles andere auslöschte.

Während die Leute das Boot zum Fallreep manövrierten, ließ Bolitho die Augen langsam über die Masten, die Rahen und das laufende Gut wandern. Kein Zeichen von Nachlässigkeit. Alles war, wie es sein sollte. Der Rumpf war ordentlich gestrichen, und sowohl das dicke Blattgold der Galionsfigur als auch das Gold am breitfenstrigen Heck zeigte, daß der vorige Kapitän einen guten Teil seines eigenen Geldes an das Schiff gewandt hatte.

Der Gedanke an gut angelegtes Geld erinnerte Bolitho an seine Seekisten in der Achterplicht. Über tausend Pfund an Prisengeld hatte er von Westindien zurückgebracht. Doch bis auf die neuen Uniformen und einige wenige Annehmlichkeiten konnte er wenig dafür vorweisen. Und nun sollte er wieder auf die See hinaus, wo das Messer eines Meuterers seinem Leben ebenso schnell ein Ende bereiten konnte wie eine französische Kanonenkugel, wenn er nicht ständig auf der Hut war. Er entsann sich auch der Warnung des Admirals: »Wenn Sie es nicht schaffen, kann nicht einmal ich Ihnen helfen!«

Das Boot ging längsseits, und sein Rollen hätte ihm beinahe die Füße unter dem Leib weggezogen, als er vom Dollbord absprang und die gischtübersprühte Bordwand hinaufkletterte.

Er versuchte, sich gegen den Lärm zu verschließen, der ihn begrüßte, gegen die schrillen Pfeifen der Bootsleute und das Knallen der Gewehrkolben, als die Seesoldaten präsentierten. Es war zu leichtsinnig und zu gefährlich, die Wachsamkeit auch nur eine Sekunde zu vergessen. Zu gefährlich sogar, diesen Augenblick, auf den er so lange gewartet hatte, bis ins Letzte zu genießen.

Ein großer, kräftig gebauter Leutnant trat vor und zog den Hut. »Leutnant Vibart, Sir. Ich bin der Rangälteste.« Seine Stimme klang belegt und kratzend. Sein Gesicht blieb unbewegt.

»Danke, Mr. Vibart.« Bolithos Augen glitten an Vibart vorbei über die ganze Länge des Schiffs. Auf den Planken, die die Back mit dem Achterdeck verbanden, drängten sich schweigend die Leute. Andere waren in die Wanten geklettert, um ihren Kapitän besser sehen zu können. Bolithos Blicke wanderten über die gut ausgerichteten Reihen der Geschütze, die hinter den geschlossenen Pforten festgezurrt waren. Ein guter Mann, dieser Erste Leutnant, was Geschick und äußere Erscheinung anlangte, dachte Bolitho.

Vibart sagte mürrisch: »Mr. Okes und Mr. Herrick, der Zweite und der Dritte Leutnant, Sir.«

Bolitho nickte, sein Ausdruck blieb unverbindlich. Zwei junge Offiziere, mehr nahm er nicht wahr. Die Menschen hinter den fremden Gesichtern würden später auftauchen. Jetzt war es wichtiger, daß sie von ihm einen klaren Eindruck gewannen.

»Lassen Sie alle Mann achtern antreten, Mr. Vibart.« Bolitho zog seine Ernennungsurkunde aus der Innentasche des Mantels und entrollte sie, als die Leute vor ihm standen. Sie sahen gesund aus, aber ihre Kleidungsstücke glichen Lumpen. Einige steckten offenbar noch in den jetzt völlig zerfetzten Sachen, die sie getragen hatten, als sie zum Dienst gepreßt wurden. Er biß sich auf die Lippen. Das mußte geändert werden, und zwar sofort. Einheitliche Kleidung war überaus wichtig. Uniformität unterband den Neid unter den Leuten, und wenn auch nur den Neid auf ein paar armselige alte Fetzen.

Bolitho begann zu lesen. Seine Stimme klang fest durch das Pfeifen des Windes und das stete Sirren der Takelage.

Das Schriftstück war an Richard Bolitho, Esquire, gerichtet und forderte ihn auf, sich unverzüglich an Bord der Fregatte Seiner Britischen Majestät *Phalarope* zu begeben und als Kapitän die Verantwortung und die Befehlsgewalt zu übernehmen. Bolitho beendete die Verlesung, rollte das Pergament zusammen und blickte zu den Männern hinunter. Was dachten sie, was hofften sie in diesem Augenblick?

»Ich werde den Leuten gleich noch mehr sagen, Mr. Vibart.« Funkelte in den tiefliegenden Augen des Leutnants etwas wie Ärger auf? Bolitho ignorierte es. Vibart schien alt für seinen Rang, mochte gut sieben oder acht Jahre älter sein als er. Die Aussicht auf ein eigenes Kommando durch die plötzliche Ankunft eines anderen zerschlagen zu sehen, war sicher nicht angenehm. »Sind Sie in jeder Hinsicht klar zum Ankerlichten?«

Vibart nickte. »Ja, Sir.« Es klang, als wollte er sagen: »*Natürlich!*« »Wir haben vor einer Woche hierher verholt. Ein Leichter hat heute vormittag Frischwasser gebracht. Entsprechend den Befehlen des Admirals sind wir mit allem voll ausgerüstet.«

»Sehr gut.« Bolitho wandte sich wieder der Mannschaft zu. Sir Henry Langford hat dem Zufall keine Chance eingeräumt, dachte er trocken. Indem er das Schiff mit allem Notwendigen ausrüstete und in einiger Entfernung von Land vor Anker gehen ließ, unterband er jede Möglichkeit, daß der Ungeist des Schiffs die Flotte vergiftete. Bolitho sehnte sich nach einigen Minuten des Alleinseins, um seine Order in Ruhe zu lesen. Sicher würde sie ihm einen weiteren Schlüssel für die Lösung des Rätsels geben.

Er räusperte sich. »Nun, Leute, will ich euch etwas über unsere Bestimmung sagen.« Ihnen würde klar sein, daß er noch keine Zeit gehabt hatte, seine Offiziere vorher zu informieren, und dieser Beweis des Vertrauens konnte helfen, die Kluft zwischen Achterdeck und Back zu überbrücken.

»England kämpft um sein Weiterbestehen. Während wir hier untätig vor Anker liegen, befindet sich unser Land im Krieg mit Frankreich und Spanien, mit den Holländern und den rebellierenden Kolonialisten in Amerika. Jedes einzelne Schiff wird für den Sieg benötigt. Jeder von euch ist wichtig für unsere gerechte Sache.« Bolitho hielt einige Sekunden inne. Seine Leute auf der *Sparrow* hätten jetzt

Hurra gerufen und Beteiligung gezeigt. Bolithos Blicke glitten über die dichtgedrängten, ausdruckslosen Gesichter, und er fühlte sich plötzlich einsam und empfand Sehnsucht nach seiner kleinen Korvette.

Er gab seiner Stimme einen härteren Klang. »Wir segeln noch heute nach Falmouth.« Er riß sich zusammen. »Und von dort nach Westindien, um uns Sir Samuel Hood im Kampf gegen die Franzosen und ihre Verbündeten anzuschließen.«

Keiner der Männer sagte etwas. Aber aus der dichtgedrängten Menge unter ihm löste sich etwas wie ein schmerzliches Stöhnen. Ein Maat knurrte: »Ruhe an Deck! Maul gehalten, Kerls.«

Bolitho setzte hinzu: »Ich verlange eure Loyalität. Ich werde meine Pflicht tun und erwarte, daß ihr die eure tut.« Er drehte sich um. »Machen Sie weiter, Mr. Vibart. Wir segeln in einer Stunde. Vergewissern Sie sich, daß alle Boote festgezurrt sind. Und dann lassen Sie bitte den Anker kurzstag holen.« Bolithos Ton war kalt und endgültig. Doch der Leutnant vertrat ihm den Weg. Seine Lippen zuckten nervös.

» Aber, Sir, Westindien!« Er rang nach Worten. »Gott, wir sind seit *zwei* Jahren ununterbrochen Blockade gelaufen!«

Bolitho antwortete so laut, daß ihn auch die anderen Offiziere verstehen konnten. »Und ich bin *sechs* Jahre fortgewesen, Mr. Vibart!« Er ging nach achtern, wo Stockdale wortlos am Kajütsniedergang stand, durch den er sich zurückziehen konnte. »In zehn Minuten alle Offiziere und die rangältesten Unteroffiziere bitte in meine Kajüte!«

Er stieg leichtfüßig den Niedergang hinunter und duckte sich automatisch unter den niedrigen Decksbalken. Achtern, unter einer schwingenden Laterne, salutierte ein Seesoldat neben der Tür der Kapitänskajüte. Hinter dieser Tür, dachte Bolitho, ist der einzige Platz an Bord, wo ich allein nachdenken kann.

Stockdale hielt die Tür auf, und Bolitho betrat die Kajüte. Nach dem beengten und spartanischen Quartier auf der *Sparrow* wirkte sie fast geräumig.

Die schrägen Heckfenster liefen über die ganze Breite der Hauptkajüte. Hinter den dicken Scheiben zeigten sich das unruhige Wasser und der feindselige, graue Himmel. Die Luft war schwer und feucht, und wieder fröstelte ihn. Gut, in die Sonne zurückzukehren, dachte er, wieder blaue See und goldenes Licht durch diese Fenster zu sehen.

Hinter einer Trennwand lag sein Schlafraum, hinter einer anderen ein kleiner Kartenraum. Die Hauptkajüte enthielt einen Tisch mit dazu passenden Stühlen, den mit einer Brüstung versehenen Schreibtisch und eine Garderobe für seine Uniformen, die Stockdale eben auspackte.

Zu beiden Seiten der Kajüte standen, jetzt unter einer Persenning diskret verborgen und festgezurrt, große Zwölfpfünder. Selbst hier, in der Domäne des Kapitäns, würde die Luft voll Pulverqualm und Tod sein, wenn die Fregatte erst in einen Kampf verwickelt wurde.

Bolitho setzte sich auf die gepolsterte Bank unter den Fenstern. Er ignorierte Stockdales leise Bewegungen und die Schiffsgeräusche und studierte seine Order.

Über die üblichen Weisungen hinaus enthielten sie nichts. An Bord befand sich ein Sonderkommando Marinesoldaten mit einem Hauptmann an der Spitze statt des sonst üblichen Sergeanten. Das war interessant. Wenn alle anderen Mittel fehlschlugen, so meinte Sir Henry Langford offensichtlich, konnte Bolitho sich noch immer mit der Achterwache verteidigen.

Bolitho warf die Pergamente auf den Tisch und runzelte die Stirn. Er wollte keinen Schutz, er wollte Loyalität. Nein, er brauchte Loyalität.

Der Kajütboden neigte sich, und über sich hörte er das Klatschen nackter Füße. Wie die Dinge auch lagen, er war froh, das Land hinter sich zu lassen. Auf See hatte man Platz zum Denken und Raum zum Handeln. Begrenzt war nur die Zeit.

Genau zehn Minuten, nachdem Bolitho das Achterdeck verlassen hatte, betraten die Offiziere einer nach dem anderen die Kajüte. Vibart, der wegen der Decksbalken leicht gebückt stand, stellte sie mit kratzender Stimme dem Range nach vor.

Okes und Herrick, die beiden anderen Offiziere, und Daniel Proby, der Steuermann. Er war alt und verwittert wie eine geschnitzte Holzfigur, und unter dem abgetragenen Rock zeichneten sich fallende Schultern ab. Er hatte ein kummervolles Gesicht und die traurigsten Augen, die Bolitho je gesehen hatte. Dann kam Hauptmann Rennie von den Seesoldaten, ein schlanker und gelassen wirkender Mann mit scheinbar trägen Blicken. Zumindest dieser Mann vermutet, daß noch allerlei Unruhe bevorsteht, dachte Bolitho.

Die drei Fähnriche hielten sich im Hintergrund. Farquhar war der älteste, und Bolitho spürte etwas wie Unbehagen, als er die schmalen Lippen und den hochmütigen Ausdruck des jungen Menschen studierte. Der Neffe des Admirals konnte ein Verbündeter werden, aber ebensogut ein Zuträger sein. Neale und Maynard, die anderen jungen Herren, schienen einigermaßen erfreulich zu sein, wenn sie auch die übliche, leicht lädierte Schnoddrigkeit zur Schau trugen, derer sich fast alle Fähnriche als Waffe gegen die Offiziere wie gegen die Mannschaften bedienten. Neale war klein und rundlich, er konnte nicht älter als dreizehn sein. Maynard, scharfäugig und mager wie ein Hecht, beobachtete seinen Kapitän mit einem starren und forschenden Ausdruck, in den man alles hineinlegen konnte.

Dann die rangältesten Unteroffiziere, die Berufsseeleute. Evans, der Proviantmeister, ein kleines Frettchen in einem glatten dunklen Rock, wurde überragt von Ellice, dem rotgesichtigen und schwitzenden Schiffsarzt, der aus bekümmerten, feuchten Augen um sich blickte.

Bolitho stand mit dem Rücken zur Fensterwand, die Hände hinter sich verschränkt. Er wartete, bis Vibart die Vorstellung beendet hatte, und sagte dann: »Wir werden einander sehr bald besser kennenlernen, meine Herren. Im Augenblick lassen Sie mich nur sagen, ich erwarte, daß Sie Ihr Bestes tun, um die Leute zu einer tüchtigen Mannschaft zusammenzuschweißen. Als ich Westindien verließ, standen die Dinge nicht gut für England. Es ist anzunehmen, daß die Franzosen unsere vielfältigen militärischen Verpflichtungen zu ihrem Vorteil nutzen werden. Wir werden bestimmt in Kämpfe verwickelt werden, und dann möchte ich, daß sich das Schiff bewährt.« Bolitho betrachtete die Gesichter, versuchte, den Vorhang der Wachsamkeit zu durchdringen. Sein Blick fiel auf Herrick, den Dritten Leutnant. Herrick war offenbar ein fähiger Offizier. Aber sein rundes Gesicht zeigte die Wachsamkeit eines Menschen, der, schon einmal betrogen, einem ersten Eindruck nicht mehr traut.

Herrick sah zu Boden, als Vibart sagte: »Darf ich fragen, Sir, ob wir wegen der Unruhe, die wir an Bord hatten, nach Westindien geschickt werden?« Er suchte Bolithos graue Augen, und sein Ton klang herausfordernd.

»Sie dürfen fragen.« Bolitho musterte ihn genau. Vibart hatte etwas Beherrschendes, eine innere Kraft, die die anderen zu bloßen Zuschauern zu degradieren schien. »Ich habe die Berichte und Logbücher genau gelesen«, sagte er ruhig. »Und ich bin zu dem Schluß gekommen, daß die halbe Meuterei«, er betonte das letzte Wort, »mindestens zur Hälfte durch Nachlässigkeit verursacht wurde.«

Vibart erwiderte hitzig: »Kapitän Pomfret vertraute seinen Offizieren, Sir!« Er deutete auf die Bücher auf dem Tisch. »Aus den Logbüchern können Sie ersehen, daß das Schiff alles getan hat, was von ihm erwartet werden konnte.«

Bolitho zog eins der zuunterst liegenden Bücher hervor und bemerkte, wie Vibart eine Sekunde lang unsicher wurde.

»Mir ist schon oft aufgefallen, daß ein Strafregister mehr über die Tüchtigkeit eines Schiffs aussagt als vieles andere.« Er schlug lässig die Seiten um und verbarg gewaltsam den Ekel, den er bei der ersten Durchsicht empfunden hatte. »In den letzten sechs Monaten sind der Mannschaft mehr als tausend Hiebe verabreicht worden.« Seine Stimme klang kalt. »Einige Männer haben vier Dutzend auf einmal bekommen. Ein Mann ist offenbar nach der Bestrafung gestorben.«

Vibart sagte heiser: »Mit Laschheit beherrscht man die Leute nicht, Sir.«

»Auch nicht durch sinnlose Grausamkeit, Mr. Vibart!« Bolithos Stimme glich einer Peitsche. »Ich wünsche, daß auf meinem Schiff künftig nicht Brutalität, sondern das gute Vorbild regiert.« Er bemühte sich, seine Stimme wieder unter Kontrolle zu bekommen. »Außerdem wünsche ich, daß jeder Mann aus der Kleiderkammer anständige Sachen bekommen hat, ehe wir Falmouth erreichen. Dies ist ein Schiff des Königs, keine spanische Sklavengaleere.«

In das schwere Schweigen, das plötzlich in der Kajüte herrschte, drangen die Geräusche des Schiffs und der See. Man hörte, wie die Decksausrüstung klapperte und knarrte, wie die Tide um das Ruder spülte, und vernahm gedämpfte Befehle. Das alles vertiefte Bolithos Gefühl der Einsamkeit.

Er fuhr ruhig fort: »In Falmouth müssen wir alles daransetzen, unsere Besatzung auf die volle Zahl zu bringen. Ich werde Kommandos aus vertrauenswürdigen Leuten an Land schicken, um geeignete Männer für den Dienst zu rekrutieren. Keine Krüppel und Knaben, sondern Männer. Haben Sie mich verstanden?«

Die meisten nickten. Leutnant Okes sagte vorsichtig: »Ich habe von Ihren Taten in der *Gazette* gelesen, Sir.« Er schluckte krampfhaft und sah flüchtig zu Herrick hinüber. »Ich glaube, das ganze Schiff schätzt sich glücklich, Sie als Kapitän zu haben.« Während die Worte verklangen, fingerte er nervös an seinem Degen.

Bolitho nickte. »Danke, Mr. Okes.« Er konnte es sich nicht leisten, mehr hinzuzufügen. Okes konnte auf Bevorzugung aus sein oder darauf, zurückliegende Verfehlungen zu kaschieren. Aber immerhin, es war ein Anfang.

Er setzte hinzu: »Was Kapitän Pomfret tat oder nicht tat, kann ich nicht ändern. Ich habe meine eigenen Vorstellungen von der Führung eines Schiffes und erwarte, daß sie stets beachtet werden.« Aus den Augenwinkeln bemerkte er, daß der Steuermann zweifelnd den Kopf schüttelte. »Möchten Sie etwas sagen, Mr. Proby?«

Der alte Mann schaute hastig hoch. »Äh . . . Nein, Sir. Mir ging bloß durch den Sinn, daß es eine Abwechslung sein wird, wieder auf hoher See zu navigieren statt zwischen Klippen und Sandbänken.« Er lächelte, wodurch er nur noch kummervoller aussah. »Die jungen Herren werden von der langen Fahrt zweifellos profitieren.«

Es war ernst gemeint, aber Fähnrich Neale stieß seinen Gefährten Maynard heimlich an, und beide kicherten. Dann bemerkte Neale, wie Vibart die Stirn runzelte, und blickte hastig zu Boden.

Bolitho nickte. »Also gut, meine Herren. Bereiten Sie alles zum Ankerlichten vor. Ich komme in zehn Minuten an Deck.« Er fing Vibarts Blick auf. »Es wird mich interessieren, die Männer an ihren Stationen zu sehen, Mr. Vibart. Ein bißchen Segeldrill wird sie eine Weile von ihren unruhigen Gedanken ablenken.«

Die Offiziere gingen einer nach dem anderen hinaus. Stockdale schloß die Tür. Bolitho setzte sich und starrte auf die Papier- und Bücherstapel. Er hatte versucht, Zugang zu ihnen zu finden, aber es war ihm nicht gelungen. Eine Barriere war da, ein Schild aus Ressentiments. Oder war es Furcht? Das mußte er selber herausfinden. Er konnte keinem einzigen trauen, sich niemandem anvertrauen, bis er sich des Grundes, auf dem er stand, sicher war.

Er sah Stockdale an und fragte ruhig: »Nun, wie gefällt dir die *Phalarope*?«

Stockdale schluckte heftig. »Ein gutes Schiff, Sir.« Er nickte bedächtig. »Aber von dem Fleisch, das sie zwischen den Spanten hat, halte ich nicht viel.« Er legte Bolithos Degen neben den Pistolenständer und fügte hinzu: »Ich würde Degen und Pistole immer griffbereit halten, Captain. Für alle Fälle.«

Richard Bolitho stieg den Niedergang zum Achterdeck hinauf und ging langsam zur Luvreling. Auf der Fregatte herrschte lebhafte Tätigkeit. Männer standen am Gangspill, andere warteten mit ihren Maaten unter den Masten. Bolitho taxierte den Wind und blickte kurz zum Wimpel am Masttopp hinauf. Das Schiff zerrte heftig und wie verdrossen an der Ankerkette, als wollte es ebenfalls von Land fort, und Bolitho zügelte seine Ungeduld, während er wartete und die letzten Vorbereitungen beobachtete.

Die Decks glänzten vor Sprühregen und Spritzwasser, und Bolitho merkte plötzlich, daß er bereits bis auf die Haut durchnäßt war. Aber vielleicht war es ganz gut, wenn seine Matrosen ihn so sahen, nicht in den Wachrock gehüllt, sondern vor dem Wetter genauso ungeschützt wie sie.

An der Leereling bemerkte er Fähnrich Maynard. Und wiederum dankte er Gott für die Fähigkeit, sich Namen merken zu können, selbst wenn er sie nur einmal gehört hatte.

»Sie sind Signalfähnrich, Mr. Maynard?« Der Junge, dessen magerer Körper sich wie eine Vogelscheuche gegen das mürrische Wasser abzeichnete, nickte. »Sehr gut. Signalisieren Sie dem Flottenkommando, daß wir klar zum Auslaufen sind.«

Er sah die Flaggen hochsteigen, vergaß sie jedoch, als Vibart mit gefurchter Stirn nach achtern kam.

»Anker ist kurzstag, Sir!« Er berührte seinen Hut. »Und die Ladung gesichert.«

»Sehr gut.« Bolitho hob sein Fernrohr und sah nach den Flaggen, die am Signalturm drüben hochstiegen. Vielleicht verfolgte der Admiral von seinem warmen Zimmer im *King George* aus das Manöver.

»Antwort, Sir!« rief Maynard. »Gute Fahrt und viel Glück!«

Bolitho übergab Stockdale sein Fernrohr und verschränkte die Hände unter den Rockschößen. »Lassen Sie bitte Segel setzen. Passieren Sie die Landzunge in Luv.« Er wollte sich heraushalten. Er würde beobachten, jeden einzelnen Mann. Und jeder würde das wissen.

Die Maaten brüllten ihre Befehle. »Marssegel setzen!«

Die Wanten wimmelten plötzlich von Leuten, als die Toppgasten so geschickt und sicher wie Katzen nach oben kletterten. Wer zu langsam war, wurde von den Maaten durch Schläge mit Faust oder Tampen erbarmungslos angetrieben.

»Anker auf!« Mr. Quintal, dessen Brustkasten einer Trommel glich, schwang seinen Stock über den arbeitenden Männern auf dem Vorschiff. »Los, ihr winselnden alten Weiber!« Sein Stock sauste herab, und ein Mann schrie auf. »Hievt! Hievt!« Das Gangspill ruckte an und drehte sich dann gleichmäßig. Die triefende Kette kam herein.

»Vorsegel setzen!« Der Schrei pflanzte sich über Deck fort wie Gesang. Oben killten und schlugen die befreiten Segel im Wind, und die Männer kletterten wie Ameisen auf die schwingenden Rahen hinaus, rangen und kämpften mit jeder sich entfaltenden, widerspenstigen Leinwand.

Bolitho ignorierte das Spritzwasser und beobachtete, wie die Männer von einer Arbeit zur anderen hetzten. Jetzt, da die Toppgasten oben waren, fiel die Knappheit an Leuten noch mehr ins Auge.

Herrick rief vom Bug: »Anker auf, Sir!«

Die Fregatte fiel ab und krängte schwer, als eine Bö sie traf und aufs Wasser zu pressen drohte.

Vibart krächzte: »An die Brassen! Vorwärts!«

Die Leute an den Brassen legten sich keuchend ins Zeug, bis die großen Rahen knarrend herumschwangen. Der Wind füllte die Segel, und die sich blähende Leinwand donnerte. Die *Phalarope* drehte ab und nahm Fahrt auf.

Als der Anker gekattet und gefischt war, sank das Land an Steuerbord zurück, die Insel Wight blieb hinter dem Regen- und Gischtvorhang fast verborgen.

Alles knarrte und knallte, während das Schiff weiter auf den befohlenen Kurs eindrehte; die Wanten und Fallen summten und wimmerten wie die Saiten eines verrückten Orchesters.

Bolitho beobachtete die oben nicht mehr benötigten Leute. Sie rutschten die Stagen hinab und unterstützten die Leute an den Brassen. »Legen Sie sie auf Backbordbug, Mr. Vibart.« Er schaute über die Heckreling und versuchte sich daran zu erinnern, was an Kapitän Pomfret so furchtbar gewesen war. Er dachte an die kalten Augen des Mannes, an die eingeschüchterten Gesichter der Leute.

Proby stand mit gekrümmtem Rücken neben dem Rudergänger. Sein verbeulter alter Hut saß ihm wie ein Kerzenlöscher auf den Ohren. »Lassen Sie sie laufen, Mr. Proby«, sagte Bolitho. »Später müssen wir vielleicht reffen, aber ich möchte Falmouth so schnell wie möglich erreichen.«

Der Steuermann musterte die schlanke Gestalt des Kapitäns und saugte an den Zähnen. Pomfret hatte die Fregatte nie frei laufen lassen. Jetzt flog sie wie verrückt dahin, als sich immer mehr Segel an den Rahen entfalteten und sich knatternd mit Wind füllten. Er blickte zu den Masttopps hinauf und meinte beinahe zu sehen, wie sie sich bogen. Aber er sah nicht mehr allzu gut, daher unterließ er jede Bemerkung.

Vibart stand an der Achterdeckreling. Einen Fuß auf dem Schlitten einer Karronade, beobachtete er aus zusammengekniffenen Au-

24

gen die Leute an ihren Stationen. Einmal blickte er nach Portsmouth zurück, wo Pomfret das Schiff hatte verlassen müssen, wo Bolitho an Bord gekommen war, um ihn zu ersetzen und dadurch seine, Vibarts, Chance auf Beförderung zunichte gemacht hatte.

Er betrachtete Bolithos Profil, und Wut loderte in ihm auf wie Feuer. Zwischen Portsmouth und Hoods Geschwader lagen fünftausend Seemeilen. Bis sie dort waren, konnte noch viel passieren.

Er fuhr hoch, als Bolitho brüsk sagte: »Entlassen Sie die Wache unter Deck, und verdoppeln Sie die Leute im Ausguck.« Er wies auf den offenen Kanal. »Hier ist jeder ein Feind.« Und mit einem nachdenklichen Blick auf Vibart ging er nach unten.

II Flucht vor den Preßkommandos

Die Mannschaft der Gig pullte mit gleichmäßigem Schlag auf die steinerne Anlegestelle zu. Die Männer waren erleichtert, als Stockdale den Befehl »Riemen ein« knurrte, und der Bugsgast mit dem Bootshaken nach einem Ringbolzen angelte.

Bolithos Blick ging zur Fregatte zurück. Die *Phalarope* lag in der Falmouth Bay sicher vor Anker. Ihr glatter Umriß hob sich schwarz und scharf gegen die See und die Sonne ab, die schließlich doch durch die treibenden Wolkenfetzen gebrochen war. Das Schiff hatte sich der Landspitze nur langsam genähert, und er hegte keinerlei Zweifel, daß seine Anwesenheit längst gemeldet worden war und jeder gesunde Mann der Stadt die rechtzeitige Warnung genutzt hatte, um vor dem gefürchteten Preßkommando zu fliehen.

Leutnant Thomas Herrick saß stumm neben ihm. Er hatte sich in seinen Mantel gehüllt und spähte zu den regennassen Bergen hinter der Stadt und auf die grauen Mauern der Zitadelle oberhalb Carrick Roads. In der Geborgenheit der Reede lagen mehrere kleine Schiffe vor Anker. Küstenfahrzeuge und dickbäuchige Fischerboote erfreuten sich des Schutzes, den dieser Ankerplatz bot.

»Ein Spaziergang wird uns guttun, Mr. Herrick«, sagte Bolitho. »Könnte für eine Weile die letzte Möglichkeit dazu sein.« Er stieg steif aus dem Boot und wartete, bis Herrick ihm die ausgetretenen Stufen hinauf gefolgt war. Ein alter Seemann mit grauem Bart rief: »Willkommen, Kapitän. Feines Schiff, das Sie da draußen haben.«

Bolitho nickte. Er stammte selbst aus Cornwall, war in Falmouth geboren. Daher wußte er nur zu gut, daß kein jüngerer Mann es wa-

gen würde, sich hier aufzubauen und einem Offizier des Königs mit
müßigen Bemerkungen zu kommen. Fregatten waren zu beschäftigt,
um einen Hafen anzulaufen, es sei denn, sie wollten Leute ausheben.

Genau das hatte Vibart geltend gemacht, während die *Phalarope*
mit im Wind donnernden Segeln durch die Nacht schoß. Doch als
Bolitho seinen Plan darlegte, schwieg sogar er.

In seiner Jugend hatte Bolitho häufig Kriegsschiffe in die Bucht
einlaufen sehen. Und er hatte gehört, wie die Nachricht durch die engen Straßen gerufen wurde. Wie ein Alarmsignal ging der Ruf von
einem Haus zum anderen. Die jungen Männer warfen dann ihre Arbeit hin, verabschiedeten sich hastig von ihren Familien und Freunden und zogen sich in die Sicherheit der Berge zurück. Von dort
konnten sie alles beobachten und warten, bis das Schiff wieder Segel
setzte und unter dem Horizont verschwand.

Über die Hügel lief eine schlechte Küstenstraße von Falmouth in
nordöstlicher Richtung nach Gerrans Bay und St. Austell. Kein
Preßkommando würde sich die Mühe machen, die Leute bis dort zu
verfolgen. Die Männer der Preßkommandos wußten nur zu gut, daß
sie durch ihre Waffen so behindert waren, daß alle Anstrengungen
vergeblich bleiben mußten. So konzentrierten sie sich auf die wenigen Leute, die langsam oder dumm genug waren, den Männern des
Königs einen leichten Fang zu erlauben.

In pechschwarzer Nacht hatte Bolitho das Schiff unter Land gebracht und beigedreht, wobei es durch den steifen Wind und die
schnelle ablandige Strömung gefährlich krängte. Old Proby hatte zuerst gezweifelt, dann aber seine Bewunderung offen gezeigt. Hier
gab es keine Leuchtfeuer, und bis auf einen nebelhaften Schatten
bewies nichts, daß Bolitho genau den Punkt unterhalb Gerrans Bay
getroffen hatte, an dem die Karte einen winzigen, halbmondförmi-
gen Streifen Strand auswies.

Bald nachdem Portsmouth hinter ihnen lag, war ein Landungs-
kommando zusammengestellt worden. Die ausgewählten Leute, deren Gesichter im Licht einer Blendlaterne bleich schimmerten, hatten unterhalb des Achterdecks Bolithos Instruktionen entgegenge-
nommen.

»Ich setze euch in zwei Kuttern an Land. Es werden zwei Gruppen
gebildet. Mr. Vibart und Mr. Maynard führen die eine, und Mr. Farquhar führt die andere.« Bolitho suchte das ernste Gesicht von

Brock, dem ersten Stückmeister. »Mr. Brock gehört ebenfalls zur zweiten Gruppe.« Sich selbst überlassen, wäre Farquhar womöglich zu draufgängerisch. Brocks Erfahrung würde ein guter Ausgleich sein.

»Wie ich Falmouth kenne, werden sich die Männer, hinter denen wir her sind, so schnell wie möglich über die Küstenstraße davongemacht haben. Wenn die beiden Kommandos auf der Straße von Pendower Beach herauf ein gutes Marschtempo vorlegen, werden ihnen die Leute direkt in die Arme laufen. Das macht uns die Auswahl leichter, denke ich.« Bolitho bemerkte, daß Brock anerkennend nickte. »Die Boote kehren zum Schiff zurück, und die Kommandos marschieren mit den Leuten direkt nach Falmouth.« Einige Männer seufzten, und Bolitho fügte ruhig hinzu: »Es sind nur fünf Meilen. Immer noch besser, als für nichts und wieder nichts die ganze Stadt zu durchkämmen.«

So hatten seine Befehle gelautet. Und jetzt ging er mit Herrick die ansteigende Straße zu den sauberen Häusern hinauf, wobei er auf dem Kopfsteinpflaster, an das er sich so gut erinnerte, ab und zu ausglitt. Zu diesem Zeitpunkt mußte Vibart bereits einige Leute aufgebracht haben. Wenn das nicht der Fall war, wenn ihm, Bolitho, eine Fehlkalkulation unterlaufen war, würde das die Spannungen auf der *Phalarope* nur noch steigern.

Leutnant Okes war an Bord geblieben. Bis zu Bolithos Rückkehr trug er die Verantwortung für das Schiff; Hauptmann Rennies Seesoldaten sollten in der Lage sein, jeden aufzuhalten, der noch immer zu desertieren hoffte. Selbst ein Verzweifelter würde es sich zweimal überlegen, bei der bewegten See von der Fregatte bis zum Land zu schwimmen.

Er sah Herrick flüchtig an. »Sie sind zwei Jahre an Bord, glaube ich?« fragte er unvermittelt. Herricks Blick wurde sofort mißtrauisch. Der Leutnant hatte ein offenes, angenehmes Gesicht, und doch verriet es von einer Sekunde zur anderen jene Zurückhaltung und Vorsicht, welche die Haltung der ganzen Besatzung kennzeichnete. »Dem Logbuch nach waren Sie Wachoffizier, als die Unruhe ausbrach?«

Herrick preßte die Lippen zusammen. »Ja, Sir. Wir kreuzten von Lorient herauf. Es war während der Mittelwache und ruhig für die Jahreszeit.«

Bolitho bemerkte Herricks Unsicherheit und spürte einen Anflug von Mitleid. Es war nicht einfach, der Dritte Offizier eines Kriegsschiffs zu sein. Ohne Glück oder Einfluß wurde man nur schwer und langsam befördert. Er erinnerte sich an seine erste Chance. Wie leicht hätte alles anders kommen können, aber mehrere glückliche Zufälle trafen zusammen. Zur Zeit der amerikanischen Rebellion fuhr er als Leutnant auf einem Linienschiff. Man übertrug ihm das Prisenkommando einer gekaperten Brigg. Während er nach Antigua segelte, stieß er auf einen Freibeuter. Er täuschte den gegnerischen Kapitän, der die Brigg noch immer für einen Verbündeten hielt. Seine Leute enterten das Schiff, ein schneller und wilder Waffengang, und die Prise war sein. Bei der Ankunft in Antigua hieß ihn der Oberbefehlshaber wie einen Helden willkommen, denn Siege waren selten, Niederlagen hingegen nur zu häufig.

So übertrug man ihm mit zweiundzwanzig Jahren des Kommando der *Sparrow*. Wieder war Glück im Spiel. Der Kapitän der Korvette war an Fieber gestorben, und ihr Erster Leutnant war für den begehrten Posten zu jung gewesen.

Er unterdrückte die aufkeimende Teilnahme. »Wie viele Männer waren an der Meuterei beteiligt?«

»Nicht mehr als zehn«, antwortete Herrick bitter. »Sie versuchten, einen Matrosen namens Fisher zu befreien. Kapitän Pomfret hatte ihn am Tag zuvor wegen Insubordination auspeitschen lassen, weil er sich über das schlechte Essen beschwerte.«

Bolitho nickte. »Das ist nicht ungewöhnlich.«

»Aber dem Kapitän reichte es noch nicht.« Herricks Worte überschlugen sich jetzt. »Er ließ ihn an den Bugspriet binden, ohne dem Wundarzt zu erlauben, den Rücken des Mannes zu behandeln.« Herrick schauderte zusammen. »Es geschah in der Biskaya, die Takelage war vereist, aber er ließ den Mann, der nur noch ein Klumpen blutiges Fleisch war, da draußen festgebunden hängen.« Herrick gewann mit Mühe die Fassung zurück und murmelte: »Entschuldigen Sie, Sir, aber es steht mir noch immer vor Augen.«

Bolitho dachte an Pomfrets glatte, nüchterne Eintragung im Logbuch. Danach waren die aufbegehrenden Seeleute aufs Achterdeck gedrungen und hatten den Steuermann und den Steuermannsmaat überwältigt. Nur Herrick, der offensichtlich die Beschwerden als berechtigt ansah, stand zwischen ihnen und einer totalen Meuterei. Auf irgendeine Weise war es ihm gelungen, sie zu beschwichtigen. Er befahl ihnen, aufs Vorderdeck zurückzugehen, und sie gehorchten, weil sie ihm vertrauten. Am folgenden Tag brach Pomfrets Rache über das Schiff herein, eine Woge von Grausamkeit. Zwanzig Leute wurden ausgepeitscht, zwei gehenkt. Pomfret wartete damit nicht, bis die *Phalarope* wieder Anschluß an das Geschwader gewann, wo ein Vorgesetzter den Fall zu beurteilen gehabt hätte. Herricks Bitterkeit war offenbar begründet. Oder doch nicht? Formal gesehen, hatte Pomfret recht gehandelt. Herrick hätte die drohende Gefahr vorhersehen und auf die Meuterer schießen lassen müssen. Er hätte die Achterwache rufen, ja, falls notwendig, sein Leben einsetzen müssen. Bei dem Gedanken, was passiert wäre, wenn Herrick ebenfalls überwältigt worden wäre, während er mit den aufgebrachten Seeleuten verhandelte, überlief Bolitho ein Schauder. Die schlafenden Offiziere wären abgeschlachtet worden, und auf dem Schiff wäre, mitten im feindlichen Gewässer, das Chaos ausgebrochen.

»Und später, als Sie vor Brest zur Flotte stießen und es mit den französischen Schiffen zum Kampf kam, warum hat da die *Phalarope* nicht eingegriffen?«

Wieder gaben Herricks Züge seine Gemütsbewegungen preis, seine Unsicherheit und seinen Zorn. Und da ging Bolitho ein Licht auf. Herrick fürchtete ihn beinahe ebensosehr, wie er Pomfret gefürchtet hatte. Bolitho war der Kapitän, er hatte das Schiff übernommen, auf dem Herricks Elend wie ein Gespenst zwischen den Decks hin und her glitt. Daher sagte er verhalten: »Ich nehme an, daß die Mannschaft auf ihre Art protestierte?«

Herrick ließ das Kinn in die Halsbinde sinken. »Ja, Sir. Sie leistete passiven Widerstand. Segel wurden schlecht gesetzt. Die Geschützbedienungen reagierten langsam.« Herrick lachte böse. »Aber sie hätten es sich sparen können.« Er blickte Bolitho von der Seite her an, in seinen Augen funkelte flüchtig Trotz auf. »Pomfret mied sowieso den Kampf, wenn es sich einrichten ließ.«

Bolitho blickte beiseite. Was bist du für ein Narr, Dick, dachte er ärgerlich. Du hast diesem Mann gestattet, wie ein Verschwörer zu reden. Du solltest ihm Schweigen gebieten, jetzt, ehe jemand an Bord weiß, daß du ohne geringsten Widerspruch eine offene Kritik an Kapitän Pomfret hingenommen hast.

»Wenn Sie ein eigenes Kommando haben«, sagte er ruhig, »werden Sie anders denken, Herrick. Die richtige Handlungsweise ist nicht immer die leichteste.« Er erinnerte sich an Vibarts Feindseligkeit und fragte sich, was der Erste während der Meuterei getan hatte. »Ich weiß, daß sich jeder Offizier die Ergebenheit seiner Männer erst verdienen muß.« Sein Ton wurde schärfer. »Aber ein Kapitän hat das Recht auf die Ergebenheit seiner Offiziere. Habe ich mich klar ausgedrückt?«

Herrick sah starr geradeaus. »Aye, aye, Sir.« Er war von neuem auf der Hut, hatte seine Züge wieder unter Kontrolle, und sein Gesicht trug einen versteinerten Ausdruck.

Bolitho blieb unterhalb der Kirche stehen und sah die an der Kirchhofsmauer entlangführende, ihm wohlbekannte Straße hinauf. An ihrem oberen Ende erhob sich, rechteckig und wenig einladend, das Haus der Bolithos. Der vertraute graue Stein war so dauerhaft wie seine Erinnerungen an die Heimat.

Er stand da, sah zu dem Haus hinauf und war plötzlich so nervös wie ein Eindringling. Er sagte: »Machen Sie weiter, Mr. Herrick. Suchen Sie den Offizier des Flottenproviantamtes auf. Sehen Sie zu, daß so viel frische Eier und Butter, wie Sie nur bekommen können, aufs Schiff geschickt werden.«

Herrick musterte das große Haus nachdenklich. »Ihr Heim, Sir?«

»Ja.« Bolitho begann, Herrick in einem anderen Licht zu sehen. Hier auf der regennassen Straße, nicht verankert in der Disziplin der Fregatte, wirkte Herrick fast hilflos. Bolitho hatte die Mannschaftspapiere aufmerksam studiert. Daher wußte er, daß Herrick aus Kent stammte, Sohn einer armen Familie der Mittelklasse war. Sein Vater war Angestellter. Aus diesem Grunde würde er nicht über irgendwelchen Einfluß verfügen, wenn er ihn am dringendsten brauchte. Und wenn er sich im Kampf nicht sehr auszeichnete, waren seine Beförderungsaussichten gering.

Doch der Anblick seines Vaterhauses, das Durcheinander seiner Meinungen und Gedanken reizten ihn, und er sagte kurz: »Würden Sie, wenn alles erledigt ist, vielleicht noch ein Glas Wein mit mir trinken, bevor wir segeln, Mr. Herrick?« Er deutete die Straße hinauf. »Mein Vater wird Sie gern willkommen heißen.«

Herrick öffnete den Mund, doch die Ablehnung blieb ihm im Halse stecken. Er zupfte an seinem Gürtel und sagte verlegen: »Danke, Sir!« Er führte die Hand an den Hut, als sich Bolitho abwandte und zum Haus hinaufging.

Er rührte sich nicht, bis Bolitho das Tor erreicht hatte. Dann ging er, das Kinn auf die Brust gesenkt und die Stirn tief gefurcht, auf die Zitadelle zu.

Leutnant Giles Vibart fluchte, als er auf den losen Steinen ausrutschte und ein Matrose gegen ihn prallte. Die graue Morgendämmerung ließ erkennen, was der Nachtwind angerichtet hatte. Das lange Gras und der Stechginster lagen an die Erde gedrückt und glänzten vor Nässe. Er tastete nach seiner Uhr und hob dann die Hand.

»Wir machen einen Augenblick halt.« Er hörte, daß sein Befehl von Mann zu Mann weitergegeben wurde, und wartete, bis die Leute sich neben dem holprigen Pfad niedergelassen hatten, ehe er sich den beiden Fähnrichen und dem Stückmeister zuwandte.

»Lassen wir den Faulpelzen zehn Minuten zum Ausruhen. Dann marschieren wir weiter.« Er blickte sich um, als ein schwacher Sonnenstrahl seine Wange traf. »Sie gehen mit Ihrer Gruppe landeinwärts, Mr. Farquhar, um etwaigen Nachzüglern den Rückweg abzuschneiden.«

Farquhar zuckte mit den Schultern und stieß nach einem Stein. »Und wenn niemand kommt, Sir?«

Vibart fuhr ihn an: »Tun Sie, was Ihnen befohlen wird!«

Maynard, der andere Fähnrich, schob seinen Dolch zurecht und musterte besorgt die lagernden Seeleute. »Hoffentlich desertiert keiner von ihnen. Das würde dem Kapitän wenig behagen.«

Der Stückmeister grinste träge: »Ich hab sie selber ausgewählt. Alles alte Teerjacken.« Er riß einen Grashalm aus und kaute darauf herum. »Alles gepreßte Leute. Für einen solchen Auftrag sind sie viel besser geeignet als Freiwillige.«

Vibart nickte. »Völlig richtig, Mr. Brock. Kein Matrose schätzt den Gedanken, daß es anderen besser gehen soll als ihm selbst.«

Brock runzelte die Stirn. »Und warum auch? Es wäre ungerecht, von der Flotte zu erwarten, daß sie blutige Seeschlachten schlagen und das Land vor den Froschfressern bewahren soll, ohne daß diese faulen und verwöhnten Zivilisten dabei mithelfen! Sie scheffeln Geld und leben glücklich und zufrieden mit ihren Frauen, während wir die harte Arbeit erledigen.« Er spie den Grashalm aus. »Zur Hölle mit ihnen, das ist meine Meinung.«

Vibart ging zum Rand der Klippe und sah zu dem felsigen Strand hinunter. Der Wind pfiff durch das verfilzte Gras, und er mußte von neuem daran denken, wie die Fregatte durch die Nacht gestürmt war. So wäre Pomfret nie gesegelt. Pomfret schätzte ein seetüchtiges Schiff, das schon. Aber er betrachtete es doch mehr als ein Besitztum, denn als Waffe. Pomfret saß in seiner prächtig ausstaffierten Kajüte, schlürfte seinen Lieblingswein und schwelgte in gutem Essen, während er, Vibart, das Schiff führte und alle seemännische Arbeit verrichtete, zu der der Kapitän nicht imstande war. Ruhelos trat er von einem Fuß auf den anderen, während ihm die Galle hochstieg und er voller Wut an die Ungerechtigkeit dachte, die ihm widerfahren war.

Was hatte Pomfret ihm nicht alles versprochen! Ein Wort am richtigen Ort, und sein Erster Leutnant würde befördert werden. Bis dahin brauche Vibart nichts anderes zu tun, als das Schiff richtig zu führen und die Disziplin aufrechtzuerhalten. Er, Pomfret, würde dann alles Weitere regeln.

Der Kapitän war an Prisengeld nicht interessiert. Er war reich, weit über Vibarts Vorstellung hinaus. Und auch Ruhm war ihm gleichgültig. Ja, seine Unfähigkeit hielt seiner Feigheit die Waage. Vibart hatte Pomfrets Schwächen überdecken und seine Leidenschaften lenken können – bis auf eine. Wie viele Feiglinge, war Pomfret brutal und sadistisch. Harte Disziplin betrachtete Vibart als Notwendigkeit, aber sinnlose Grausamkeit schien ihm zwecklos.

Doch Vibart war nur Leutnant, ein Leutnant von schon dreiunddreißig Jahren. Die meisten Offiziere waren bereits als Knaben zur Marine gekommen, er nicht. Aber seine Laufbahn war nicht weniger hart gewesen. Auf Handelsschiffen hatte er die ganze Welt umsegelt. Die letzten drei Jahre war er als Erster gefahren, auf einem Sklavenschiff. Dort hatte er schnell begriffen, daß sinnlose Brutalität sich nicht auszahlte, wenn man am Ende der Fahrt die Laderäume nicht voll nutzloser Leichen haben wollte.

Vibart drehte sich verärgert um und rief: » Auf, es geht weiter!« Aus brütenden Augen verfolgte er, wie die Männer nach ihren Waffen griffen und den Pfad entlangtrotteten, während dieser arrogante junge Esel Farquhar über den Hügel hinauf ins Binnenland abzog. Typisch, schoß es Vibart durch den Kopf: achtzehn Jahre alt, verwöhnt und von guter Abkunft. Und ein einflußreicher Admiral wachte über sein Fortkommen wie ein Kindermädchen. Sein Blick ruhte flüchtig auf dem schmächtigen Maynard. »Halten Sie nicht Maulaffen feil! Setzen Sie sich an die Spitze der Abteilung!«

Nun, trotz ihres Vorsprungs an Herkommen und Einfluß hatte er es ihnen gezeigt. Der Gedanke daran wärmte sein Inneres wie Rum. Ihm war seinerzeit schnell klargeworden, daß es gegen Pomfrets Schwächen keine Abhilfe gab. Und nicht weniger gut hatte er bald begriffen, daß jeder Widerstand gegen den Kapitän alle seine Hoffnungen auf Beförderung begraben hätte.

An Bord der unglückseligen Fregatte hatte er einen Verbündeten besessen, David Evans, den Proviantmeister, der ihn über alle Vorgänge in den Decks informierte. Evans war ein Teufel. Sobald das Schiff an die Küste kam, ging er an Land und handelte Vorräte und Proviant ein. Dabei nutzte er seinen hellen Verstand und seine flinke Zunge, um das Allerschlechteste einzukaufen, das ranzigste, widerlichste Zeug, das er auftreiben konnte. Das ersparte Geld steckte er in die eigene Tasche. Als Erster Offizier durchschaute Vibart den Trick, gebrauchte sein Wissen aber zum eigenen Vorteil. Evans verfügte in den Zwischendecks über ergebene Speichellecker, verläßliche Männer, die gegen kleine Entlohnung ihre Kameraden bereitwillig verrieten.

So hatte Vibart denn die Mannschaft sorgfältig und methodisch mehr und mehr unter Druck gesetzt. Doch alle Auspeitschungen erfolgten im Namen des Kapitäns, nie in seinem. Was auch geschehen mochte, falls die Männer je gegen die Schikanen aufbegehren sollten, er, Vibart, mußte sicherstellen, daß er im kritischen Moment zur Stelle war und daß er aus jeder Untersuchung ohne Tadel hervorging.

Evans hatte ihm von der beabsichtigten Meuterei berichtet. Es war Vibart klargewesen, daß der Augenblick endlich gekommen war. Als er Pomfret vorschlug, den ausgepeitschten Fisher wie eine gehäutete Galionsfigur an den Bugspriet zu binden, wußte er genau, daß das die Wut steigern und die Flammen der Meuterei anfachen mußte. Als letzter Anstoß sozusagen.

Die Anführer der Meuterei hatten den Zeitpunkt gut gewählt, das mußte er zugeben. Hätte Okes die Wache gehabt, wäre er vielleicht in Panik geraten und hätte einen Lärm geschlagen, den selbst der vom Alkohol betäubte Pomfret in seiner Koje gehört hätte. Mit Herrick war es anders. Der dachte nach, überlegte. Es stand zu erwarten, daß er mit den Männern reden würde, daß er eher versuchen würde, einen Aufstand zu verhindern, als ihn durch brutale Gewalt zu zerschlagen.

Vibart wußte alles, selbst den Zeitpunkt. Atemlos wartete er in seiner Kabine, mit den Seesoldaten, deren Sergeant einer seiner willigen Helfer war, an seiner Seite. Der Plan war so einfach, daß Vibart am liebsten gelacht hätte.

Die Meuterer würden das Achterdeck stürmen und die Wache überwältigen. Statt Alarm zu schlagen und so Pomfret den Vorwand für eine neue blutige Raserei zu geben, würde Herrick versuchen, die

Leute zu beruhigen, indem er sich ihre Beschwerden anhörte. Aber die Meuterer würden ihn töten, und dann konnte Vibart hinaufstürmen und das Achterdeck mit Musketenfeuer freifegen.

Bei der Verhandlung vor dem Kriegsgericht würde selbst der voreingenommenste Admiral erkennen müssen, daß Vibart das Schiff gerettet hatte, als einer der Offiziere mit seiner Wache bereits niedergemacht war und der Kapitän betrunken in seiner Koje schlief.

Selbst jetzt, auf dem feuchten Abhang, konnte sich Vibart an das Geräusch seines Atems in der Kajüte erinnern. Hörte nochmals, wie die Meuterer verstohlen heranschlichen, gerade als es am Bug zwei Glasen schlug. Doch es gab keine Schüsse, keine Schreie. Weder das Klirren von Stahl, noch Herricks Todesröcheln.

Als er schließlich, unfähig, seiner Besorgnis länger Herr zu werden, an Deck kroch, fand er Herrick auf seinem Posten und das Hauptdeck öde und leer.

Der junge Leutnant hatte ihm von dem Vorfall berichtet: eine »Deputation« aus Besorgnis wegen des sterbenden Fisher. Das war alles. Vibart drang weiter in ihn, doch Herrick blieb fest, und sein Zorn schlug in Verachtung um, als seine Blicke auf Vibarts geladene Pistolen und den Sergeanten der Seesoldaten an der Kajütentür fielen.

Am nächsten Morgen raste Pomfret, als wäre tatsächlich eine Meuterei ausgebrochen. »Beschwerden?« hatte er Vibart quer durch die breite Kajüte angebrüllt. »Die Kerle wagen es, sich zu beschweren?« Ohne daß ihm etwas eingeblasen werden mußte, betrachtete er das Verhalten der Männer als Anschlag auf seine Autorität.

Schließlich wurde die Fregatte zur kriegsgerichtlichen Untersuchung nach Portsmouth beordert, und Vibart schöpfte neue Hoffnung. Alles ging sehr schnell. Die Unruhestifter wurden vom Schiff geholt und die Fregatte für einen langen Einsatz ausgerüstet. Pomfret war in seiner Kajüte geblieben. Mürrisch hatte er vor sich hingebrütet, bis man ihn abkommandierte. Aber für ihn, Vibart, war kein Beförderungsschreiben eingetroffen. Kein eigenes Kommando, weder über die *Phalarope* noch über ein anderes Schiff.

Er stand wieder genau da, wo er gestanden hatte, als er zu Pomfret auf die Fregatte kam. Nur daß Bolitho, der neue Kapitän, eine völlig andere Persönlichkeit als Pomfret war.

Er schüttelte die Gedanken ab, als Maynard atemlos rief: »Sir, Signal vom Hügel!«

Vibart zog seinen Degen und hieb damit in einen kleinen Busch.

»Hat der Kapitän also richtig vermutet.« Er schwenkte den Arm in einem Halbkreis. »Vorwärts, Leute. Pflanzt euch beiderseits der Straße auf und wartet, bis Mr. Farquhars Abteilung ihnen den Rückweg verlegt hat. Ich möchte nicht, daß einer entwischt.« Die Männer nickten und stolperten auf die Büsche zu. Sie schwangen ihre Knüppel und rückten die Gürtel mit den Entermessern zurecht.

Das eigentliche Zusammentreffen überraschte selbst Vibart. Die Leute kamen wie sorglose Spaziergänger dahergeschlendert und nicht wie Männer, die der Zwangsrekrutierung entwischen wollten. Es waren ungefähr fünfzig. Dicht beisammen kamen sie den schmalen Weg entlang. Sie plauderten, manche sangen sogar, während sie sich ohne bestimmtes Ziel von Falmouth und dem Meer entfernten. Farquhars schlanke Silhouette zeichnete sich gegen den Himmel ab, und Vibart trat aus dem Gebüsch. Er hob den Degen, und seine Leute sperrten hinter ihm die Straße.

»Im Namen des Königs! Zur Musterung in Reihe antreten!«

Seine Stimme löste die Erstarrung. Einige machten kehrt und rannten die Straße zurück, nur um beim Anblick Farquhars und seiner Männer, die die Musketen auf sie richteten, keuchend stehen zu bleiben. Einer versuchte, den Hügel hinauf zu entkommen, doch Josling, ein Bootsmannsmaat, holte mit dem Knüppel aus. Der Mann schrie auf, rollte den Abhang hinunter in eine Pfütze und umklammerte mit der Hand sein Knie. Josling drehte ihn mit dem Fuß um, betastete kurz das blutende Bein des Mannes und meldete Vibart dann beiläufig: »Nichts weiter passiert, Sir.«

Tief erschrocken ließen sich die Leute widerstandslos auf der Straße in Reih und Glied aufstellen. Vibart betrachtete die Reihe abschätzend. Alles war so einfach verlaufen, daß er am liebsten gegrinst hätte.

Brock sagte: »Zweiundfünfzig, Sir. Alle gesund.«

Einer der Aufgegriffenen stürzte vor, sank auf die Knie und wimmerte. »Bitte, Sir, bitte. Mich nicht!« Tränen liefen ihm über das Gesicht, und Vibart fragte rauh: »Und warum nicht?«

»Wegen meiner Frau, Sir. Sie ist krank. Sie braucht mich!« Er rutschte auf den Knien ein Stück vor. »Ohne meine Unterstützung stirbt sie, Sir, so wahr mir Gott helfe. Sie stirbt.«

»Stellt den Mann auf die Füße«, befahl Vibart angeekelt, »er macht mich krank.«

Am Ende der Reihe sagte ein anderer gepreßt: »Ich bin Schäfer und vom Dienst freigestellt.« Er blickte sich suchend um, bis seine Augen an Brock hängenblieben. »Fragen Sie ihn, Sir. Der Stückmeister wird es bestätigen.«

Brock ging lässig auf ihn zu und hob seinen Stock. »Roll den Ärmel hoch!« Es klang gelangweilt, ja gleichgültig. Mehrere vergaßen ihr Elend und beugten sich vor, um die Szene zu beobachten.

Der Mann trat einen halben Schritt zurück, aber nicht schnell genug. Brocks Hand packte sein grobes Hemd wie eine Stahlklaue und riß den Ärmel auf. Eine Tätowierung aus ineinanderverflochtenen Fahnen und Kanonen wurde sichtbar. Brock trat einen Schritt zurück und wiegte sich auf den Hacken. »Nur ein Seemann hat eine solche Tätowierung.« Er sprach langsam und ruhig. »Nur ein Mann, der auf einem Schiff des Königs gedient hat, konnte mich als Stückmeister erkennen.«

Ohne Warnung sauste sein Stock durch das trübe Sonnenlicht. Als er wieder neben ihm baumelte, blutete das Gesicht des Mannes, wo der Hieb es beinahe bis zum Knochen aufgerissen hatte. Der Stückmeister sah ihn gerade an. »Am meisten mißfällt es mir, wenn man mich für einen Dummkopf hält.« Er drehte sich um und dachte nicht mehr an den Mann.

Ein Matrose brüllte: »Wieder ein Signal vom Hügel, Sir. Noch eine Gruppe.«

Vibart steckte den Degen in die Scheide. »Sehr gut.« Seine Blicke glitten kalt über die zitternde Reihe. »Ihr nehmt einen ehrenhaften Dienst auf. Die erste Lektion habt ihr eben gelernt. Seht zu, daß ich euch keine zweite beibringen muß.«

Maynard trat zu ihm, sein Gesicht war bekümmert. »Ein Jammer, daß es keinen anderen Weg gibt, Sir.«

Vibart würdigte ihn keiner Antwort, wie schon den Mann, der wegen seiner Frau gebettelt hatte. Solche Äußerungen hatten weder Sinn noch Bedeutung.

Von nun ab zählte für diese Leute nur noch das Leben auf dem Schiff.

Bolitho nippte an seinem Portwein und wartete, bis das Mädchen den Tisch abgeräumt hatte. Er war seit so langem an magere und schlecht zubereitete Schiffskost gewöhnt, daß ihm der gute Lammbraten schwer im Magen lag.

An der gegenüberliegenden Tischseite trommelte sein Vater, James Bolitho, mit den Fingern ungeduldig auf die polierte Platte, ehe er einen langen Schluck trank. Er wirkte gezwungen, ja sogar nervös, seit sein Sohn das Haus betreten hatte. Bolitho betrachtete ihn schweigend.

Sein Vater hatte sich sehr verändert. Er hatte ihn in seiner Kindheit selten zu Gesicht bekommen und seitdem auch nicht oft. Eigentlich nur bei den seltenen Gelegenheiten, wenn er von fernen Kriegen und aus entlegenen Ländern nach Hause gekommen war, von Unternehmungen, über die die Kinder nur Vermutungen anstellen konnten. Dachte Bolitho an ihn, so hatte er einen hochgewachsenen und ernsten Mann in Marineuniform vor Augen, dessen Selbstdisziplin den Raum füllte, sobald er durch die vertraute Tür zwischen den Ahnenporträts trat: Männer wie er, wie sein Sohn, in erster Linie Seeleute.

Während Bolitho unter Sir Henry Langford als Midshipman fuhr, hörte er von der Verwundung seines Vaters. Es war in Indien geschehen, im Kampf um die sich rasch entwickelnden Kolonien. Er fand ihn alt und verbittert wieder. Aus der Stammrolle der Marine gestrichen zu sein, wie ehrenhaft auch immer, bedeutete für ihn mehr als der Verlust eines Armes. Es war, als habe man ihn des Lebens beraubt.

In Falmouth wurde er als aufrechter und gerechter Richter geachtet. Bolitho wußte jedoch nur zu genau, daß das Herz seines Vaters noch immer der See gehörte, den Schiffen, die mit den Gezeiten kamen und gingen.

Bolitho hatte einen Bruder und zwei Schwestern. Beide Schwestern waren nun verheiratet, eine mit einem Grundbesitzer, die andere mit einem Offizier der Garnison. Über Hugh, seinen älteren Bruder, hatten sie bis jetzt noch kein Wort gewechselt. Bolitho wartete, daß sein Vater sich äußern würde, denn wie er vermutete, war es Hugh, um den seine Gedanken vor allem kreisten.

»Ich habe dein Schiff einlaufen sehen, Richard.« Die Finger trommelten auf dem Tisch. »Eine feine Fregatte, und in Westindien wirst du für die Familie zweifelsohne Ehre einlegen.« Er schüttelte sorgenvoll den Kopf. »England braucht jetzt alle seine Söhne. Wir haben die ganze Welt zum Feind.«

Das Haus war totenstill. Nach dem Schwanken des Decks und dem Knarren der Rahen wirkte es wie eine andere Welt. Selbst die Gerüche waren anders. Es fehlten die Ausdünstungen zusammengepferchter Leiber, die Gerüche von Teer und Salz, von Kochdunst und Nässe.

Und es wirkte einsam. Bolitho dachte an seine Mutter. Jung und lebhaft, so stand sie ihm vor Augen. Er war auf See gewesen, als eine kurze, aber tödliche Krankheit sie hinraffte.

Sein Vater stand auf und trat an den Kamin. Über die Schulter sagte er schroff: »Das mit deinem Bruder hast du wohl schon gehört?«

Bolitho straffte sich. »Nein. Ist er denn nicht auf See?«

»Auf See?« Sein Vater schüttelte den Kopf. »Nun ja, ich habe es dir nicht mitgeteilt. Vermutlich hätte ich es dir schreiben sollen, aber im tiefsten Herzen hoffte ich noch immer, daß er seine Haltung ändern würde. Niemand hätte dann davon erfahren.«

Bolitho wartete. Sein Bruder Hugh war stets der Augapfel seines Vaters gewesen. Als sie sich das letztemal begegneten, war er Leutnant der Kanalflotte gewesen und Anwärter auf dieses Haus und das Familienerbe. Bolitho hatte seinem Bruder nie besonders nahe gestanden und es auf ganz natürlichen Geschwisterneid zurückgeführt. Jetzt war er sich dessen nicht so sicher.

»Ich hatte große Hoffnungen auf Hugh gesetzt.« Sein Vater sprach in das Kaminfeuer. »Ich bin nur froh, daß seine Mutter nicht mehr erleben muß, was aus ihm geworden ist.«

»Kann ich auf irgendeine Weise helfen?« Bolitho sah, wie die Schultern seines Vaters bebten, als er seine Stimme zu beherrschen suchte.

»Nein. Hugh ist nicht mehr bei der Marine. Er hat Spielschulden gemacht. Er hatte ja immer einen Hang zum Spieltisch, das weißt du. Aber diesmal geriet er in ernste Schwierigkeiten. Es kam zu einem Duell mit einem anderen Offizier. Er tötete ihn.«

Bolitho begann klarer zu sehen. Deshalb die geringe Dienerschaft. Deshalb war die Hälfte des zum Haus gehörenden Landes an einen Bauern verkauft worden.

»Du hast seine Schulden beglichen?« Er sprach so gelassen wie möglich. »Ich habe etwas Prisengeld. Wenn damit . . .«

Sein Vater hob die Hand. »Nicht nötig. Es war meine Schuld. Ich war blind, habe den Jungen falsch erzogen. Dafür muß ich eben zahlen.« Und matter setzte er hinzu: »Er hat der Marine den Rücken gekehrt, obwohl er wußte, wie sehr sein Verhalten mich schmerzen mußte. Nun ist er fort.«

Bolitho fuhr hoch. »Fort?«

»Ja, nach Amerika. Seit zwei Jahren habe ich nichts mehr von ihm gehört. Es liegt mir auch nichts daran.« Er wandte sich um. Der Ausdruck seiner Augen strafte die zuletzt geäußerten Worte Lügen. »Nicht zufrieden damit, seiner Familie Schande gemacht zu haben, mußte er auch noch seine Heimat verraten.«

Bolitho dachte an das Chaos und die vielen Toten bei der Katastrophe von Philadelphia und sagte langsam: »Vielleicht hat ihn der Ausbruch der Rebellion an der Rückkehr gehindert.«

»Du kennst deinen Bruder, Richard. Hältst du das für wahrscheinlich? Er mußte immer recht haben, stets die Trumpfkarten in der Hand halten. Nein, ich kann ihn mir nicht in einem Gefangenenlager vorstellen, nicht ihn.«

Das Mädchen kam herein und knickste ungeschickt. »Verzeihung, Sir. Ein Offizier ist draußen und möchte Sie sprechen.«

»Das wird Herrick sein, mein Dritter Leutnant«, sagte Bolitho schnell. »Ich bat ihn, ein Glas mit uns zu trinken. Ich werde ihn wegschicken, wenn es dir nicht recht ist.«

Doch sein Vater richtete sich gerade auf und zog seinen Rock zurecht. »Nein, mein Junge. Laß ihn hereinkommen. Meine Scham darf nicht den Stolz auf den mir gebliebenen Sohn mindern.«

»Es tut mir sehr leid, Vater«, sagte Bolitho leise. »Das wenigstens sollst du wissen.«

»Danke. Ja, ich weiß es. Und dabei dachte ich immer: Der Kleine wird nie seinen Weg in der Marine machen. Du bist stets der Träumer gewesen, der, bei dem man nie etwas vorhersagen konnte. Ich fürchte, ich habe dich Hughs wegen vernachlässigt.« Er seufzte. »Nun ist es zu spät.« Man hörte Schritte auf dem Flur, und er setzte eilig hinzu: »Vielleicht sehen wir uns nie wieder, mein Junge. Aber ich möchte dir etwas geben.« Er schluckte. »Hugh sollte ihn bei seiner Beförderung zum Kapitän bekommen.« Er holte einen Degen aus dem Schrank. Er war alt und mit Patina überzogen, doch Bolitho wußte, daß er kostbarer war als jeder glänzende Stahl und alle Vergoldung.

Bolitho zögerte. »Deines Vaters Degen? Du hast ihn immer getragen.«

James Bolitho nickte. Er drehte den Degen behutsam in den Händen. »Ja, ich habe ihn immer getragen. Er war ein guter Freund.« Er reichte die Waffe seinem Sohn. »Nimm ihn.« Er lächelte plötzlich. »Und dann wollen wir gemeinsam deinen Dritten begrüßen.«

Als Herrick unsicher das große Zimmer betrat, sah er nur seinen lächelnden Gastgeber und seinen neuen Kapitän, der eine dem anderen wie aus dem Gesicht geschnitten. Doch Bolitho sah den Schmerz in den Augen seines Vaters und war bewegt.

Sonderbar. Wie stets war er nach Haus gekommen, um Trost und Rat zu finden. Und doch hatte er weder die Schwierigkeiten noch die Gefahren seines neuen Kommandos erwähnt, auch nicht die große Verantwortung, die ihm wie ein Schwert über dem Haupt hing.

Diesmal war er derjenige gewesen, der Trost und Rat spenden sollte, und er schämte sich, weil er keine Antwort geben konnte.

In der Morgendämmerung des folgenden Tages lichtete die *Phalarope* den Anker und setzte Segel. Nicht Hochrufe begleiteten ihre Abfahrt, sondern die Tränen und Flüche der Frauen und alten Männer, die von der Mole aus dem Schiff nachblickten.

Die Luft ging scharf und frisch. Und als die Rahen kreischend herumschwangen und das Schiff krängend von Land ablief, stand Bolitho an der Heckreling. Sein Teleskop wanderte langsam über die grünen Hügel und Hänge und die an ihrem Fuß zusammengedrängte Stadt.

Er hatte jetzt eine vollzählige Besatzung. Die Zeit würde die neuen Leute zu Matrosen machen. Mit ein wenig Geduld und Verständnis würden vielleicht Männer aus ihnen werden, auf die ihr Land stolz sein konnte.

Das Leuchtfeuer von St. Anthony's blieb achtern zurück, der alte Leuchtturm, der dem heimkehrenden Seemann den ersten heimatlichen Gruß entbot. Bolitho fragte sich, wann er ihn wiedersehen würde, und ob überhaupt. Er dachte auch an seinen Vater, der allein in dem alten Haus mit seinen Erinnerungen und enttäuschten Hoffnungen saß.

Bolitho wandte sich um. Sein Blick fiel auf einen der Schiffsjungen, ein Kind von etwa zwölf Jahren. Der Junge schluchzte hemmungslos und winkte zum Land zurück, das im Dunst verschwamm. »Weißt du, daß ich nicht älter war als du, als ich zur See ging?« fragte Bolitho.

Der Junge rieb sich mit der schmutzigen Hand die Nase und starrte den Kapitän aus weit aufgerissenen Augen an.

»Du wirst England wiedersehen«, setzte Bolitho hinzu. »Sei unbesorgt.« Er wand sich hastig ab, um dem Jungen die eigene Ungewißheit zu verbergen.

Am Rad sang Proby aus: »Kurs Südsüdwest. Voll und bei!«

Dann, wie um die Langeweile der Reise abzukürzen, ging er zur Leereling und spuckte ins Meer.

Zwanzig Tage, nachdem die *Phalarope* Anker gelichtet hatte, kreuzte die Fregatte den dreißigsten Breitengrad und krängte abscheulich in einem tobenden Nordweststurm. Falmouth lag dreitausend Meilen zurück, aber der Nordwest hielt das Schiff mit seinen Überraschungen und Grausamkeiten noch immer in seinen Klauen.

Als es vom Vordeck ein Glasen schlug und die stumpfe, kupferfarbene Sonne den Horizont erreichte, pflügte die Fregatte durch endlose, mit weißem Schaum gekrönte Wogen, ohne Sorge oder Wissen um die Männer, die ihr Stunde um Stunde, Tag für Tag dienten. Eine Wache war kaum nach unten entlassen, als die Maaten auch schon von Niedergang zu Niedergang rannten. Ihre Pfeifen schrillten, und ihre Stimmen überschrien heiser das Donnern der Segel und das unaufhörliche Rauschen des Spritzwassers.

»Alle Mann an Deck! Alle Mann an Deck zum Segelreffen!«

Später, steif und benommen von dem Hantieren in schwindelnder Höhe, krochen die Männer wieder herab. Der Körper war ein einziger Schmerz, die Finger waren steif und bluteten von dem Kampf mit der widerspenstigen Leinwand.

Die Freiwache duckte sich im Halbdunkel des Logis, klammerte sich an, wo es nur ging, und lauschte auf den Anprall der Wogen, während sie versuchte, ihr Abendessen zu verzehren. Die an den Decksbalken pendelnden Laternen warfen sonderbare Schatten über die gebeugten Köpfe, und Lichtflecke hoben einzelne Gesichter oder Gesten heraus.

Die Luken waren dicht, und die Luft war dick und mit Gerüchen gesättigt. Der Geruch des Bilgewassers vermischte sich mit dem säuerlichen Gestank von Schweiß und Erbrochenem. Alles vibrierte und dröhnte, während das Schiff seinen Kampf mit dem Atlantik ausfocht. Der ständige Anprall der Wellen, das triumphierende Gurgeln der Sturzseen, das unaufhörliche Knarren der Spanten und das Summen der straffen Stagen ließ die Männer kaum einen Augenblick Ruhe oder Schlaf finden.

John Allday saß rittlings auf einer der langen, geschrubbten Bänke und nagte an einem zähen Stück Salzfleisch. Seinen kräftigen Zähnen kam es wie Leder vor, aber er zwang sich, es zu essen und nicht an das stinkende Faß zu denken, aus dem es stammte. Wo ihn Brocks Stock gezeichnet hatte, zog sich jetzt eine häßliche Narbe über die Wange. Als er auf dem Fleisch herumkaute, spannte sich die Haut, und die Narbenränder, die Salzwasser und eisiger Wind wie mit groben Stichen zusammengezogen hatten, schmerzten.

Ohne zu blinzeln, beobachtete ihn über den Tisch hinweg ein riesiger Seemann mit gewaltigen Schultern: Pochin. Er brach das Schweigen und sagte: »Du hast dich ganz gut eingewöhnt, mein Junge.« Er lächelte freudlos. »Das ganze Spektakel, das du bei der Aushebung angestellt hast, war für die Katz.«

Allday warf einen Knochen auf seinen Zinnteller und wischte sich die Finger mit einem Stück Hanf ab. Er musterte den anderen mehrere Sekunden lang fest, ehe er antwortete: »Ich kann warten.«

Pochin starrte ins Dämmerlicht. Mit erhobenem Kopf lauschte er auf das Würgen einiger Männer. »Wie ein Haufen Weiber.« Er sah Allday an. »Ich hab' vergessen, daß du den Rummel von früher kennst.«

Allday zuckte mit den Schultern und sah auf seine Handflächen. »Den Teer wird man nie los, nicht?« Er lehnte sich an die Spanten und seufzte. »Zuletzt war ich auf der *Resolution*, vierundsiebzig Geschütze. Als Fockmann.« Er schloß die Augen. »Ein anständiges Schiff. Wir musterten ein paar Monate vor der amerikanischen Revolution ab. Und ehe ein Preßkommando die Hand auf mich legen konnte, hatte ich mich schon verdrückt.«

Ein alter, grauhaariger Mann mit verblaßten blauen Augen sagte heiser: »Bist du wirklich Schäfer gewesen?«

Allday nickte. »Das und anderes. Ich mußte im Freien sein, weg von den Städten. Unter einem Dach wär' ich erstickt.« Er lächelte ein wenig. »Bin hin und wieder nach Falmouth rein, das war lange genug für eine Frau und ein Glas oder zwei.«

Strachan, der alte Seemann, schob die Lippen vor und flog gegen den Tisch, als sich das Schiff jäh überlegte und die Teller durch das Logis trudelten. »Hört sich nach 'nem schönen Leben an, Junge.« Es klang weder sehnsüchtig noch neidisch, war nur eine Feststellung. Old Ben Strachan diente seit langem bei der Marine. Vor vierzig Jahren war er zum erstenmal als Pulveräffchen über das Deck getrottet. Das Leben an Land war ihm ein Geheimnis, und im Vergleich zu seiner reglementierten Welt kam es ihm noch härter vor als die Entbehrungen an Bord.

Eine verkrümmte Gestalt schob sich hinter dem Tisch hoch und schlug, die Arme zuerst, quer über die Platte, mitten zwischen die Essensreste. Allday blickte sich um. Es war Bryan Ferguson. Seit Vibart ihn auf der Küstenstraße rekrutiert hatte, schüttelten ihn Furcht und

Seekrankheit. Er hatte als Angestellter auf einer Werft in Falmouth gearbeitet. Körperlich war er nicht gerade kräftig, und in dem dürftigen Licht der Laterne sah sein Gesicht grau wie der Tod aus. Er war mager, und sein Körper wies an vielen Stellen blaue Flecke auf: dort, wo er gegen ungewohnte Ecken gerannt war oder wo ihn die Stöcke der Bootsleute und Maaten getroffen hatten, die die Neuen in die Geheimnisse der Seefahrt einweihten und ihnen den Segeldrill beibrachten.

Tag für Tag ging das so. Ohne Gnade oder Unterlaß wurden sie von einem Teil des Schiffes zum anderen gehetzt. Zitternd vor Angst zog sich Ferguson die steilen Wanten hinauf und kletterte auf die Rahen hinaus, bis er das schäumende Wasser unter sich sah, das nach seinen Füßen zu gieren schien. Das erstemal hatte er sich schluchzend an den Mast geklammert, weder fähig, hinaus auf die Rahe zu klettern, noch hinunter zur Sicherheit des Decks. Josling, ein Bootsmannsmaat, hatte gebrüllt: »Los, raus auf die Rah, du Schlappschwanz, oder ich zieh dir das Fell über die Ohren.«

In diesem Augenblick hätte Ferguson beinahe den Verstand verloren. Jedesmal, wenn der Steven der Fregatte durch eine Woge brach, blieb sein Heim weiter achter aus zurück. Und damit seine Frau, deren Bild mit jeder Meile tiefer in der aufgewühlten See versank.

Wieder und wieder rief er sich ihr bleiches, besorgtes Gesicht in Erinnerung, so wie er es zuletzt gesehen hatte. Als die Einwohner der Stadt merkten, daß die *Phalarope* auf Falmouth Bay zuhielt, waren die meisten jungen Städter in die Hügel geflohen. Fergusons Frau lag seit drei Jahren krank darnieder. Sie war immer schwächer und durchsichtiger geworden. Er wollte bei ihr bleiben, doch sie gab nicht nach.

»Schließ dich den anderen an, Bryan. Mir passiert schon nichts. Oder sollen sie dich hier fangen?«

Der Alptraum wurde unerträglich, wenn er daran dachte, wie alles gekommen war. Wäre er bei ihr geblieben, säße er noch immer sicher daheim und könnte ihr helfen.

»Da, nimm was«, sagte Allday und schob Ferguson einen Teller mit Fleisch hinüber. »Du hast seit Tagen nichts gegessen, Mann.«

Ferguson hob den Kopf von den Unterarmen und starrte blicklos auf den Seemann. Allday hatte nicht ahnen können, daß Ferguson beinahe von der schwankenden Großrah gesprungen wäre. Lieber das, als noch eine Stunde solcher Marter. Aber Allday war mit nach außen gekehrten Füßen über die Rah heranbalanciert und hatte dem keuchenden Ferguson die Hand entgegengestreckt. »Los, Mann. Komm mir nach und schau nicht hinunter.« In seiner Stimme hatte Kraft gelegen wie in der eines Mannes, der erwartet, daß man ihm gehorcht. Im gleichen Ton hatte er barsch hinzugefügt: »Gib diesem schuftigen Josling keine Chance, dich zu schlagen. Dem Bastard macht's Freude, dich springen zu lassen.«

Ferguson starrte jetzt in das dunkle Gesicht, auf die Narbe, die die Wange überzog, in die ruhigen, ehrlichen Augen. Allday war von der Stammbesatzung der Fregatte sofort akzeptiert worden, während die anderen Neuankömmlinge noch immer auf Abstand gehalten wurden, als wären sie auf Probe, bis ihre Vorzüge oder Mängel klar zu Tage lagen. Vielleicht lag es daran, daß Allday das Leben auf See kannte und bereits abgehärtet war. Oder vielleicht daran, daß er keine Verbitterung über die Zwangsrekrutierung zeigte und nicht wie andere mit dem Leben prahlte, das er an Land geführt hatte.

Ferguson schluckte schwer, um die aufsteigende Übelkeit zu unterdrücken. »Ich kann das nicht essen.« Angeekelt stierte er das Fleisch an. »Es ist Schweinefraß.«

Allday griente. »Wirst dich dran gewöhnen.«

»Du machst mich krank. Vermutlich bist du doch mit deiner Frau immer auf die Mole hinausgegangen und hast beim Anblick eines Kriegsschiffs feuchte Augen bekommen«, höhnte Pochin. »Ich wette, du hast wer weiß was für'n heiligen Stolz empfunden, wenn es in sicherer Entfernung vorbeisegelte.«

Wie hypnotisiert von dem Haß, der aus Pochins Worten sprach, starrte Ferguson in das wütende Gesicht.

Pochins Blicke glitten durch das schrägliegende Logis. Die zusammengedrängten Männer schwiegen seit seinem Ausbruch. »Aber an die armen Schweine, die so ein Schiff bemannen, habt ihr nie gedacht. Auch nicht an ihre Mühen.« Er wandte sich wieder Ferguson zu. »Na, dein liebes Weib steht jetzt mit 'nem anderen auf der Mole. Sollte mich nicht wundern.« Er machte eine obszöne Geste. »Hoffen wir, daß sie Zeit findet, auf dich stolz zu sein.«

Ferguson taumelte hoch, Wahnsinn funkelte in den weitaufgerissenen Augen. »Dafür bringe ich dich um!«

Er holte aus, doch Allday packte die erhobene Faust. »Laß das«, sagte er. Und zu dem grinsenden Pochin: »Seine Frau ist krank. Laß ihn in Ruhe.«

»Ich hatte auch mal 'ne Frau«, sagte Old Ben Strachan unbestimmt und kratzte sich den grauen Kopf. »Liebe Güte, jetzt weiß ich nicht mal mehr, wie sie hieß.«

Einige lachten, doch Allday zischte zornig: »Nimm dich zusammen, Bryan! Gegen Männer wie Pochin kommst du nicht auf. Er beneidet dich, das ist alles.«

Ferguson begriff die freundliche Warnung nicht. Pochins aufreizender Ton hatte ihm sein ganzes Elend mit neuer Macht zu Bewußtsein gebracht. Er sah seine Frau geradezu vor sich, im Bett am Fenster in die Kissen gelehnt, so deutlich, als wäre er eben ins Zimmer getreten. An dem Tag, als das Preßkommando ihn den Hügel hinabtrieb, hatte sie bestimmt so dagesessen und auf seine Heimkehr gewartet. Doch er würde nie heimkehren, würde sie nie wiedersehen.

Er torkelte auf die Füße und warf den Teller mit dem Fleisch auf den Boden. »Ich kann nicht.« Er kreischte es fast. »Ich will auch nicht!«

Ein pferdegesichtiger Backsgast namens Betts sprang auf, als schrecke er aus tiefem Schlaf hoch. »Verspottet ihn nicht, Leute.« Er stand schwankend unter einer Laterne. »Er hat für diesmal genug.«

»Lieber Himmel!« knurrte Pochin und verdrehte in gespielter Besorgnis die Augen.

»Bei Gott, was soll er noch durchmachen, ehe du begreifst? Der Mann kommt beinah um vor Angst wegen seiner Frau, und andere haben ähnlichen Kummer. Doch ihr müßt sie noch verhöhnen!«

Allday rutschte auf seinem Sitz hin und her. Fergusons Verzweiflungsausbruch hatte geheime Gemütsbewegungen aufgerührt. Wochen, in einigen Fällen Jahre auf See, ohne einmal den Fuß an Land zu setzen, das fing an, grausamen Tribut zu fordern. Aber es machte auch gefährlich und blind. Er hob die Hand und sagte leise: »Immer mit der Ruhe, Jungs, immer mit der Ruhe!«

Betts schielte ihn aus salzgeröteten Augen an. »Wie kannst du dich einmischen?« fragte er undeutlich. »Wir leben wie die Tiere von einem Fraß, der schon faulig war, ehe er in die Fässer gestopft wurde.« Er zog sein Messer und stieß es in den Tisch. »Aber diese Schweine achtern leben wie die Fürsten.« Er spähte Unterstützung suchend von einem zum anderen. »Na, stimmt's vielleicht nicht? Evans, dieser Bastard, hat sich von dem, was er uns gestohlen hat, vollgefressen wie eine Kirchhofsratte.«

»Ach, habe ich da eben meinen Namen genört?«

Das Mannschaftslogis erstarrte in Schweigen, als Evans, der Proviantmeister, in den Lichtkreis trat. In dem langen, bis zum Hals zugeknöpften Rock, mit dem schmalen Gesicht und dem streng nach hinten gekämmten Haar sah er wie ein angreifendes Frettchen aus. Er legte den Kopf schief. »Nun, ich warte.«

Allday betrachtete ihn genau. Der kleine walisische Proviantmeister hatte etwas Böses und Erschreckendes an sich.

Evans bemerkte das Fleisch neben dem Tisch. »Und wer hat das getan?« fragte er bekümmert und saugte an den Zähnen.

Niemand antwortete. Das Donnern von See und Wind waren die einzigen Geräusche im Zwischendeck.

Da schaute Ferguson hoch, seine Augen glänzten fiebrig. »Ich habe es getan.«

Evans lehnte sich mit den schmalen Schultern an den massiven Stamm des Fockmastes, der durch beide Decks lief, und sagte: »Ich habe es getan, *Sir*.«

Ferguson murmelte etwas und setzte dann hinzu: »Entschuldigung, Sir.«

»Es war ein Versehen, Mr. Evans«, sagte Allday kalt. »Ein Versehen.«

»Essen ist Essen.« Evans Ärger stieg, und sein Waliser Akzent machte sich stärker bemerkbar. »Wie kann ich hoffen, euch bei guter Gesundheit zu halten, wenn ihr so ausgezeichnetes Fleisch vergeudet?«

Die um den Tisch gescharten Männer starrten auf das formlose, stinkende Fleisch, das in einem Lichtfleck schimmerte.

Evans sagte scharf: »Sie, wie Sie auch heißen, essen Sie es! Los!«

Ferguson stierte auf das Fleisch, der Kopf schwamm ihm vor Übelkeit. Die Planken waren fleckig und schmutzig von Dingen, die vom Tisch gerutscht waren, wenn das Schiff überholte. Dazwischen Erbrochenes. Vielleicht das, was er selber erbrochen hatte.

»Ich warte, mein Junge«, sagte Evans sanft. »Noch eine Minute, und ich bringe dich nach achtern. Die Katze wird dir beibringen, das Essen zu schätzen.«

Ferguson kniete sich hin und griff nach dem Fleisch. Als er es an den Mund hob, schoß Betts vor, riß es ihm aus den Händen und warf es Evans an den Kopf. »Essen Sie es selber, Sie verdammter Teufel! Lassen Sie ihn in Ruhe.«

Einige Sekunden lang verrieten Evans dunkle Augen Furcht. Die Männer hatten sich dicht an ihn herangedrängt. Ihre Körper hoben und senkten sich mit jedem Rollen des Schiffes wie eine Woge aus Menschenleibern. Er spürte die Drohung, empfand plötzlich eisigen Schrecken.

Da schnitt eine andere Stimme durch die Schatten. »Auseinander!« Fähnrich Farquhar mußte unter den niedrigen Balken gebückt stehen, aber seine Augen waren fest und klar, als sie sich auf das erstarrte Bild am Ende des Tisches richteten. Farquhar war heimlich und so leise eingetreten, daß ihn selbst die Männer auf der entgegengesetzten Seite nicht bemerkt hatten. »Ich warte«, fauchte er. »Was geht hier vor?«

Evans stieß die Männer, die am nächsten standen, beiseite und schnellte zu Farquhar herum. Seine Hände zitterten vor Furcht und Wut, als er auf Betts zeigte. »Er hat mich angegriffen. *Mich*, einen Unteroffizier.«

Farquhars Ausdruck war undurchsichtig. Hinter seinen zusammengepreßten Lippen und seinem kalten Blick konnte ebensogut Belustigung wie Ärger stecken. »Gut, Mr. Evans. Seien Sie so freundlich, nach achtern zu gehen und den Schiffsprofoß zu rufen.«

Der Proviantmeister eilte davon. Farquhar musterte den Kreis der Gesichter mit offener Geringschätzung. »Ihr scheint eure Lektion nie zu lernen, was?« Er wandte sich Betts zu, der noch immer auf das Fleisch blickte und, wie nach einer mächtigen Anstrengung, hörbar atmete. »Sie sind ein Narr, Betts! Jetzt werden Sie dafür büßen.«

Allday drückte seine Schultern gegen die kalten und nassen Spanten der Fregatte und schloß die Augen. Er hatte gewußt, wie alles kommen würde. Ihm war übel, während er Betts' schweres Atmen und Fergusons leises Wimmern hörte. Unvermittelt dachte er an die stillen grünen Hügel und die Herden grauer Schafe, an die Weite Cornwalls und ihren Frieden.

Dann bellte Farquhar: »Bringen Sie ihn fort, Mr. Thain.«

Der Schiffsprofoß stieß Betts zum Niedergang und murmelte leise vor sich hin: »Kein einziges Auspeitschen mehr seit Falmouth. Ich wußte, daß solche Weichheit ein schwerer Fehler war.«

Richard Bolitho stützte die Hände auf das Fensterbrett eines der Heckfenster und blickte ins schäumende Kielwasser. Die Kajüte lag bereits im Halbdunkel, da die *Phalarope* auf die untergehende Sonne zufuhr, doch die See war noch hell. Nur eine Andeutung von Purpur zeigte, daß der Abend nahte.

In der salzbesprühten Scheibe spiegelte sich Vibarts Gestalt. Er stand mitten in der Kajüte und gerade so unter der kreisenden Lampe, daß sein Gesicht im Schatten lag. Hinter ihm zeichnete sich Fähnrich Farquhars schlanker Umriß ab.

Bolitho mußte seine ganze Selbstbeherrschung zusammennehmen, um keine Bewegung zu machen und ruhig zu bleiben, während er erwog, was Farquhar gemeldet hatte. Bolitho hatte nochmals die Schiffsjournale durchgesehen und gerade versucht, Vibarts hölzerne Reserve zu durchbrechen, um den Ersten und dessen Meinungen besser kennenzulernen.

Es war ein schwieriges und anscheinend fruchtloses Unternehmen, wie auch alles andere während der vergangenen zwanzig Tage. Vibart war zu vorsichtig, seine Feindseligkeit offen zu zeigen. Er hatte sich auf kurze, nichtssagende Antworten beschränkt, schien das, was er über das Schiff und dessen Besatzung wußte, als persönlichen Besitz zu hüten.

Dann war Farquhar mit seiner Geschichte von Betts' Angriff auf den Proviantmeister hereingestürzt: nur eins der vielen Vorkommnisse, die seine Gedanken von dem, was vor ihnen lag, ablenkte, von der eigentlichen Aufgabe, die Fregatte zu einer einzigen, festen Kampfeinheit zu machen.

Bolitho zwang sich dazu, die beiden Offiziere anzusehen. »Wache! Mr. Evans soll kommen.« Er hörte, wie sich der Ruf über Deck fortpflanzte, und sagte: »Es kommt mir so vor, als ob dieser Seemann provoziert wurde.«

Vibart paßte sich dem Schwanken des Schiffes an. Die Augen hielt er auf einen Punkt über der Schulter des Kapitäns gerichtet. »Betts ist kein Neuling«, sagte er heiser. »Er weiß, was er tut.«

Bolitho wandte sich ab und blickte wieder über die leere See. Wenn es nur nicht gerade jetzt passiert wäre, dachte er bitter. Noch ein paar Tage, und das feuchte, vom Wind geschüttelte Schiff wäre in der Sonne gewesen, unter der die Männer ihre Umgebung bald vergessen und die Blicke ins Weite gerichtet hätten, statt einander zu belauern.

Er hörte, wie das Wasser um das Ruder gurgelte, und vernahm das ferne Ächzen der Pumpen, an denen die Wache arbeitete, um das unvermeidliche Sickerwasser zu lenzen. Er fühlte sich müde und bis zum Äußersten erschöpft. Seit die *Phalarope* den Anker lichtete, hatte er sich voll eingesetzt und keine Anstrengung gescheut, das Schiff in den Griff zu bekommen. Er hatte mit den meisten Neulingen gesprochen und Kontakt mit der regulären Mannschaft hergestellt. Er hatte seine Offiziere beobachtet und dem Schiff das Äußerste abverlangt. Er hätte in diesem Augenblick stolz sein können. Die Fregatte, richtig geführt, reagierte auf Ruder und Segel so lebhaft und bereitwillig wie ein Vollblutpferd.

Die meisten Neuen waren jenen Kommandos zugeteilt worden, für die sie sich am besten eigneten. Die Segelmanöver übertrafen schon jetzt seine Erwartungen. Bei der ersten passenden Gelegenheit beabsichtigte Bolitho, die Geschützbedienungen zu drillen. Bis jetzt hatte er allerdings nur die Einteilungen vornehmen können. Der ewige stürmische Wind hatte sie bisher von allem anderen abgehalten.

Und nun das. Er kochte innerlich. Kein Wunder, daß ihn der Admiral gebeten hatte, auf Farquhars Verhalten zu achten. Es klopfte. Evans betrat affektiert die Kajüte, seine Augen glitzerten im Lampenlicht wie Perlen.

»Nun, Mr. Evans«, sagte Bolitho und hob ungeduldig die Hand. »Berichten Sie, was geschehen ist – alles.«

Er drehte sich um und blickte wieder über die See, als Evans seine Erzählung vom Stapel ließ. Anfänglich schien Evans nervös, ja sogar nicht ohne Furcht, doch als Bolitho ihn sein Garn ohne Unterbrechung oder Bemerkungen abspinnen ließ, wurde seine Stimme schärfer und gehässiger.

»Aus welchem Faß kam das Fleisch, mit dem Betts nach Ihnen warf?«

Die Frage überrumpelte Evans. »Nummer zwölf, Sir. Ich sah selber, wie es verstaut wurde.« Schmeichlerisch fügte er hinzu: »Ich tue mein Bestes, Sir. Die Kerls sind undankbare Hunde.«

Bolitho wandte sich um und klopfte auf die Papiere, die auf seinem Tisch lagen. »Ich habe die Ladung ebenfalls geprüft, Mr. Evans. Vor zwei Tagen, als alles beim Exerzieren war.« Über Evans dunkles Gesicht huschte Erschrecken, und Bolitho wußte, daß er mit seiner Vorspiegelung ins Schwarze getroffen hatte. Wut loderte plötzlich wie Feuer in ihm auf. Was er den Offizieren gesagt hatte, war alles umsonst gewesen. Selbst die beinahe ausgebrochene Meuterei schien Leute wie Evans oder Farquhar nichts gelehrt zu haben.

»Dieses Faß war im unteren Laderaum, nicht wahr?« fragte er heftig. »Und wie viele sind noch da unten?«

»Fünf oder sechs, Sir.« Evans Blicke schweiften nervös durch die Kajüte. »Sie gehören zu den ursprünglichen Vorräten, die ich . . .«

Bolitho schlug mit der Faust auf den Tisch. »Sie machen mich krank, Evans. Dieses Faß und die anderen, an die Sie sich plötzlich entsinnen, sind wahrscheinlich schon vor zwei Jahren übernommen worden, damals, als Sie zur Blockade von Brest ausliefen. Höchstwahrscheinlich sind sie undicht, und auf jeden Fall sind sie völlig verfault.«

Evans blickte zu Boden. »Ich – ich wußte das nicht, Sir.«

»Könnte ich Ihnen das Gegenteil beweisen, Mr. Evans«, sagte Bolitho barsch, »würde ich Sie Ihres Ranges entheben und auspeitschen lassen.«

Vibart regte sich. »Ich erhebe Protest, Sir. Mr. Evans handelte, wie er es für richtig hielt. Betts hat ihn angegriffen. Um diese Tatsache kommen wir nicht herum.«

»So scheint es, Mr. Vibart.« Bolitho blickte ihn kalt an, bis Vibart beiseite sah. »Ich unterstütze gewiß die Bemühungen meiner Offiziere, meine Befehle auszuführen. Aber eine sinnlose Bestrafung dürfte derzeit mehr schaden als nützen.« Bolitho fühlte sich plötzlich zu müde, um einen klaren Gedanken zu fassen, aber Vibarts Ärger schien ihn anzustacheln. »In zwei Wochen oder so stoßen wir zu Sir Samuel Hoods Geschwader, und dann werden wir mehr als alle Hände voll zu tun haben. Bis dahin«, fuhr er ruhiger fort, »wird jeder von Ihnen, jeder einzelne, meine Befehle täglich in die Tat umsetzen. Nutzlose Brutalität hat noch nie zu etwas Gutem geführt. Ist ein Mann beharrlich ungehorsam, dann wird er ausgepeitscht werden. Was jedoch diesen besonderen Fall anlangt, schlage ich ein milderes Experiment vor.« Bolitho bemerkte, wie Vibarts Unterlippe vor kaum unterdrücktem Ärger zuckte. »Betts kann sieben Tage Sonderdienst auferlegt bekommen. Je eher die Angelegenheit der Vergessenheit anheimfällt, je eher können wir den Schaden heilen.« Er hob kurz die Hand. »Machen Sie weiter, Mr. Farquhar.«

Als Evans kehrt machte, um dem Fähnrich zu folgen, sagte Bolitho unbetont: »Ach, Mr. Evans, ich sehe keinen Grund, Ihre Unterlassung ins Logbuch einzutragen.« Evans sah ihn halb dankbar, halb furchterfüllt an. »Vorausgesetzt, ich kann darlegen, daß Sie dieses Fleisch für Ihre eigenen Zwecke erworben haben, vielleicht für Ihren persönlichen Bedarf?«

Evans Augen glitten kurz zu Vibart hinüber und kehrten dann zu Bolithos unbewegtem Gesicht zurück. »Erworben, Sir? Ich, Sir?«

»Ja, Evans, *Sie*. Sie können die Summe morgen vormittag dem Zahlmeister übergeben. Das wäre alles.«

Vibart griff nach seinem Hut und wartete, bis sich die Tür hinter dem Proviantmeister geschlossen hatte. »Benötigen Sie mich noch, Sir?«

»Ich möchte Ihnen gern noch eins sagen, Mr. Vibart. Ich ziehe durchaus in Betracht, daß Sie unter Kapitän Pomfret unter erschwerten Bedingungen segelten. Vielleicht haben Sie einiges von dem, was Sie tun mußten, nicht gern getan.« Er wartete, aber Vibart sah starr an ihm vorbei. »Vergangenes interessiert mich nicht, ausgenommen als Lektion für das, was sich auf einem schlecht geführten Schiff ereignen kann. Als Erster Leutnant sind Sie der Schlüsseloffizier, der Erfahrenste an Bord, um meine Befehle auszuführen, verstehen Sie?«

»Wenn Sie meinen, Sir.«

Bolitho senkte die Augen, um Vibart seinen aufkeimenden Ärger zu verbergen. Er hatte dem Ersten den ihm zukommenden Teil an Verantwortung angeboten, ja ihm Vertrauen angetragen; der Leutnant schien es jedoch als Zeichen der Schwäche zu deuten, als Unsicherheit. Seine Bündigkeit sprach die Geringschätzung so deutlich aus, als hätte er sie über das Schiff gebrüllt.

Es fiel Vibart sicher nicht leicht, von einem so viel jüngeren Kapitän Befehle entgegenzunehmen. Bolitho versuchte nochmals, Vibarts Feindseligkeit mit Verständnis zu begegnen.

Da sagte der Erste plötzlich: »Wenn Sie erst etwas länger an Bord der *Phalarope* sein werden, Sir, sehen Sie es vielleicht anders.« Er wiegte sich auf den Absätzen und blickte den Kapitän ausdruckslos an.

Bolitho entspannte sich. Daß Vibart ihm den einzigen Weg zeigte, die Angelegenheit zu beenden, empfand er fast als Erleichterung. Er maß ihn kalt. »Ich habe jedes Journal an Bord studiert, jedes Logbuch, Mr. Vibart. Trotz meiner begrenzten Erfahrung habe ich noch kein so offenkundig kampfunwilliges Schiff kennengelernt, keins, das so unfähig war, seine Pflicht zu erfüllen.«

Vibarts Züge zeigten Überraschung.

»Nun, Mr. Vibart, wir kehren in die Kriegszone zurück, und ich beabsichtige, den Feind zu suchen und zu stellen, *jeden* Feind, bei *jeder* Gelegenheit.« Er senkte die Stimme. »Und wenn das geschieht, erwarte ich, daß jeder einzelne seinen Mann steht. Für kleinliche Eifersucht und Feigheit ist dann kein Platz.«

Vibarts Wangen liefen dunkel an, aber er schwieg.

»Sie haben es mit Menschen zu tun, Mr. Vibart, nicht mit Sachen. Ihr Offizierspatent schließt nur die Befehlsgewalt ein. Der Respekt kommt später, wenn Sie ihn sich verdient haben.«

Er entließ den Ersten Leutnant mit einem kurzen Kopfnicken, drehte sich wieder um und starrte auf das schäumende Kielwasser unterhalb des Fensters. Als sich die Tür schloß, stand er noch völlig unter der Gewalt der Anspannung und krallte die Hände ineinander, bis er vor Schmerz zusammenzuckte. Er hatte sich Vibart zum Feind gemacht, aber es war ihm nichts anderes übriggeblieben, es stand zu viel auf dem Spiel. Er ließ sich auf die Fensterbank sinken. Stockdale kam herein und begann, eine Decke über den Tisch zu legen.

»Ich habe der Ordonnanz befohlen, Ihr Abendessen zu bringen, Sir.« Sein Ton verriet Mißtrauen. Er konnte Atwell, den Kajütsteward, nicht leiden und beobachtete ihn unablässig. »Ich nehme an, daß Sie allein essen werden, Sir?«

Bolitho sah Stockdale flüchtig an und erinnerte sich an Vibarts aufwallende Verbitterung. »Ja, Stockdale, ich esse allein.«

Leutnant Thomas Herrick zog den von Spritzwasser durchweichten Schal enger um den Hals und kroch tiefer in den Wachmantel. Über den schwarzen, schwankenden Toppen flimmerten klein und blaß die Sterne. Trotz der scharfen Luft spürte er, daß die Morgendämmerung nicht mehr fern war.

Dunkelheit umhüllte das schwer stampfende Schiff. Alle Formen der einsamen Decks sahen unwirklich und ganz anders aus als bei Tage. Die gezurrten Kanonen glichen Schatten, und die summenden Wanten und Stagen schienen geradewegs in den Himmel zu führen, ohne Anfang und ohne Ende.

Herrick ging gedankenverloren auf dem Achterdeck hin und her und achtete kaum darauf. Er hatte das alles schon oft gesehen und war in der Lage, eine Wache allein mit sich und seinen Gedanken zu verbringen. Gelegentlich blieb er neben dem großen Doppelrad stehen, hinter dem die beiden Rudergänger wie dunkle Statuen aufragten. Sie beobachteten die zitternde Nadel und die gebraßten Segel. Die Kompaßlaterne beleuchtete zum Teil ihre Gesichter.

Vorn schlug es blechern drei Glasen. Ein Schiffsjunge regte sich an der Reling, rieb sich die Augen und kam nach achtern, um die Kompaßlaterne zu putzen und das Stundenglas umzudrehen.

Immer wieder suchte Herricks Blick das schwarze Rechteck des Kajütniedergangs. Er fragte sich, ob Bolitho endlich schlief. Während der Morgenwache war der Kapitän bereits dreimal an Deck erschienen, dreimal innerhalb von anderthalb Stunden, lautlos, ohne alle Vorwarnung, ohne Rock, ohne Hut. Sein weißes Hemd und die Kniehose hatten sich verschwommen gegen die rollende schwarze See abgezeichnet. Ein gespenstiger, unwirklicher Anblick, die verkörperte Ruhelosigkeit eines gemarterten Geistes. Bolitho war jedesmal nur so lange geblieben, um nach dem Kompaß zu spähen oder einen Blick auf die Wachtafel neben dem Rad zu werfen. Danach war er an der Luvseite des Decks ein paarmal auf und ab gegangen und dann wieder nach unten verschwunden.

Zu jedem anderen Zeitpunkt hätte es Herrick gereizt und verärgert. Mußte es nicht bedeuten, daß der Kapitän seinem Dritten Leutnant nicht zutraute, die Wache allein zu gehen? Aber als Herrick den Zweiten um vier ablöste, hatte ihm Okes hastig zugeflüstert, daß Bolitho fast die ganze Nacht an Deck gewesen sei.

Herrick runzelte die Stirn. Tief im Innern spürte er, daß Bolitho mehr einem dunklen Antrieb folgte denn einem Plan, eher einer Stimmung als einer Neigung, geradezu als wäre er ebenso gehetzt wie das Schiff. Es schien ihm unmöglich, still zu stehen, so als ginge es über seine Kraft, länger als eine Minute an einem Fleck zu bleiben.

Eine undeutliche Gestalt bewegte sich an der Achterdeckreling, und Fähnrich Neales vertrauter Diskant klang durch die Dunkelheit.

»Betts hat sich soeben gemeldet, Sir.«

Neale schaute zu Herrick hoch und versuchte, die Laune des Dritten abzuschätzen.

Herrick riß sich in die Gegenwart zurück. Betts, der einer Auspeitschung oder Schlimmerem durch Bolithos Einspruch entgangen war, mußte gemäß Befehl um drei Glasen zum ersten Strafdienst antreten. Vibart hatte deutlich klargestellt, was geschähe, falls er dem Befehl nicht folgte.

Er sah Betts hinter dem kleinen Seekadetten stehen und rief: »Vorwärts, Betts. Aber schnell.«

Betts kam an die Reling. Seine Stirn lag in Falten. »Sir?«

Herrick wies zum unsichtbaren Masttopp empor. »Los, hinauf mit Ihnen!« Es klang nicht barsch. Er mochte Betts. Ein stiller, aber fähiger Mann, dessen plötzlicher Wutausbruch Herrick mehr überrascht hatte, als er sich eingestand. »Klettern Sie ins Großtopp, Betts. Halten Sie Ausschau, bis der Erste Leutnant andere Order erteilt.«

Er spürte flüchtig Mitleid mit dem Mann. Hundertzehn Fuß über Deck, ohne Schutz vor dem kalten Wind . . . Betts würde innerhalb von Minuten erstarren. Bei sich beschloß Herrick bereits, Neale mit etwas warmem Essen hinaufzuschicken, sobald das Kombüsenfeuer brannte.

Betts spuckte in die Hände und sagte tonlos: »Aye, aye, Sir. Scheint ein schöner Morgen?« Es klang, als bezöge sich seine Bemerkung auf etwas ganz Normales und Unwichtiges.

»Aye.« Herrick nickte. »Der Wind läßt nach, und die Luft wird trockener.« Was zutraf. Betts Instinkt hatte den Wetterumschlag gewittert, kaum daß er aus dem stickigen, überfüllten Kojendeck aufgetaucht war, wo achtzehn Zoll pro Mann und Hängematte der üblicherweise zugebilligte Platz waren.

»Sie haben Glück gehabt, Betts«, sagte Herrick. »Bei acht Glasen hätten Sie ebensogut an der Gräting tanzen können.«

Betts blickte den Dritten unbewegt an. »Es tut mir nicht leid, Sir. Ich meine, was geschehen ist. Ich würde es wieder tun.«

Herrick ärgerte sich plötzlich. Warum hatte er die Sache erwähnt? Das ist der Haken bei mir, dachte er wütend. Stets will ich allem auf den Grund kommen, es verstehen. Immer muß ich mich mit allem beschäftigen.

»Hinauf mit Ihnen!« sagte er schroff. »Und halten Sie ja gut Ausschau. Die Dämmerung zieht bald herauf.«

Der Schatten des Mannes vermischte sich mit dem Umriß der Großwanten. Herricks Blicke folgten ihm, bis er sich in dem Netzwerk der Takelage verlor, das sich gegen den Nachthimmel abzeichnete.

Wiederum fragte er sich, warum Bolitho im Falle Betts so entschieden hatte. Weder Vibart noch Evans hatten die Angelegenheit erwähnt, was sie nicht geringfügiger, sondern eher bedeutsamer machte. Hatte Vibart vielleicht wieder seine Befugnis überschritten? grübelte Herrick. Unter Pomfret hatte der allgegenwärtige Erste alles in der Hand gehabt, jedes Vorkommnis kontrolliert, Tag für Tag. Jetzt schien Bolithos ruhige Autorität Vibart zu hemmen, und die Tatsache, daß die beiden nicht übereinstimmten, lag beinahe offen zu Tage. Sie machte alles nur schlimmer. Das Schiff schien zwischen Vibart und Bolitho gespalten. Früher hatte Herrick seinen Dienst verrichtet, sich aber sonst unparteiisch herausgehalten. Nun gewann er den Eindruck, als ob solche Neutralität nicht mehr möglich sei.

Er dachte an seinen Besuch in Bolithos Vaterhaus. Ehe er es betrat, hatte er geglaubt, daß er dort nur Neid empfinden würde. Sein eigenes, armseliges Herkommen ließ sich nur schwer abschütteln. Er rief sich Bolithos Vater zurück, die großen Gemälde an den Wänden, die Atmosphäre von Dauer und Tradition, als wären die gegenwärtigen Bewohner nur Teil eines Musters. Verglichen mit seinem eigenen kleinen Vaterhaus in Rochester, war ihm das Haus der Bolithos wie ein richtiger Palast vorgekommen.

Herricks Vater hatte als Angestellter in Rochester für eine Firma gearbeitet, die mit Früchten handelte. Doch schon als kleines Kind verschlang Herrick mit sehnsuchtsvollen Augen alle Schiffe, die den Medway heraufkamen. Und um Schiffe baute sein eindrucksfähiger Geist die eigene Zukunft auf. Das war merkwürdig, denn in seiner Familie war noch niemand zur See gefahren.

Herricks Vater hatte vergeblich gefleht und vor den nur allzu zahlreichen Fallgruben gewarnt. Da die Herricks weder den notwendigen Familienhintergrund noch die finanzielle Sicherheit besaßen, sah er nur zu klar, worauf sein Sohn sich einlassen wollte. Als Kompromiß schlug er sogar einen sicheren Platz auf einem Indienfahrer vor, aber sein Sohn war nicht umzustimmen.

Der Zufall wollte es, daß in der Nähe von Rochester ein Kriegsschiff zur Reparatur ins Trockendock mußte. Der Kapitän war mit dem Arbeitgeber von Herricks Vater befreundet: ein würdiger, älterer Kapitän, der weder verstimmt noch verärgert war, als ihn der Elfjährige abfing und ihm den Wunsch vortrug, auf einem Schiff des Königs zu dienen.

Angesichts des Kapitäns und seines Dienstherren gab Herricks Vater nach. Man muß ihm Gerechtigkeit angedeihen lassen, er nutzte seine mageren Ersparnisse aufs beste, um seinem Sohn auf den Weg zu helfen. Zumindest äußerlich fiel Herrick nicht ab, war ein so schmucker junger Herr wie jeder andere auch.

Jetzt war Herrick fünfundzwanzig. Seit jener Zeit hatte er zäh einen langen und harten Weg zurückgelegt. Er hatte Demütigungen erfahren, war beispiellosem Widerstand der Höhergeborenen und Einflußreichen begegnet. Der romantische Knabe hatte Federn lassen müssen und war mit den Jahren so hart geworden wie die gute Eiche unter seinen Füßen. Aber eins hatte sich nicht geändert: Seine Liebe zur See umgab ihn wie ein schützender Mantel.

Herrick lächelte vor sich hin, während er unablässig auf und ab ging. Er fragte sich, was der kleine Neale, der an der Reling gähnte, von seinem Vorgesetzten mit dem ernsten Gesicht hielt. Oder die Rudergänger, die die Kompaßnadel und den Stand der Segel beobachteten. Oder Betts da oben auf seinem schwankenden Ausguck, Betts, dessen Gedanken zweifelsohne um das kreisten, was er getan hatte, und um das, was bei Evans Rachedurst noch vor ihm liegen mochte.

Er ging zur Luvreling und erschrak, weil er bereits den geschnitzten Delphin über dem Steuerbordniedergang und dicht dabei die dicke, häßliche Karronade sehen konnte. Während seiner Grübeleien war eine halbe Stunde verflossen, und mit der Morgendämmerung würde wieder der Horizont sichtbar werden, würde ein neuer Tag beginnen.

Durch das Zischen des Spritzwassers hörte er plötzlich scharf und klar Betts' Stimme vom Ausguck: »An Deck! Segel voraus an Steuerbord. Rumpf noch unter der Kimm.«

Herrick riß sein Fernglas aus der Halterung und schwang sich in die Besanwanten. Seine Gedanken kreisten um die unerwartete Meldung. Das Meer gewann bereits Gestalt und Gesicht, und dort, wo der Horizont sein mußte, zeichnete sich eine hellgraue Linie ab. Oben, hoch über den schwankenden Decks, mußte Betts das andere Schiff in der zögernd heraufkommenden Dämmerung eben erkennen können.

»Mr. Neale«, rief er, »entern Sie auf und sehen Sie zu, was Sie entdecken können. Wenn Sie mir etwas Falsches melden, machen Sie mit der Neunschwänzigen Bekanntschaft, ehe Sie eine Stunde älter sind.«

Neale grinste. Ohne ein Wort zu sagen, kletterte er wie ein Affe die Großwanten hinauf.

Herrick bemühte sich, ruhig zu bleiben und, wie er es Bolitho abgesehen hatte, von neuem auf und ab zu gehen.

»Eine Fregatte, Sir!« rief Betts wieder. »Kein Zweifel. Steuert Südost.«

Neales Diskant ergänzte die Meldung. »Sie läuft vor dem Wind, fliegt wie ein Vogel, Sir. Unter Vollzeug.«

Herrick atmete geräuschvoll aus. Eine Sekunde lang hatte er geglaubt, es könnte ein Franzose sein. Selbst draußen, so allein und auf sich gestellt, war das nicht unmöglich; aber die Franzosen segelten nachts selten schnell oder weit. Für gewöhnlich drehten sie nachts bei. Nein, das war kein Feind.

Wie um Herricks Schlußfolgerung zu bestätigen, rief Betts: »Ich erkenne die Takelage, Sir. Es ist ein englisches Schiff.«

»Sehr gut. Melden Sie weiter alles.« Herrick ließ das Sprachrohr sinken und blickte über das Achterdeck. Innerhalb der wenigen Minuten hatte es stärkere Kontur und Wirklichkeit gewonnen. Ein heller werdendes Grau lag über dem Deck, und er konnte schon die Gesichter der Rudergänger erkennen.

Brachte die andere Fregatte neue Befehle? Vielleicht war der amerikanische Krieg bereits beendet, und sie würden nach Brest zurückkehren oder nach England? Herrick spürte einen Anflug von Enttäuschung. Anfänglich hatte ihn die Aussicht, weiterhin auf der unglückseligen *Phalarope* Dienst tun zu müssen, nicht gerade begeistert. Doch jetzt, bei dem Gedanken, daß er Westindien möglicherweise überhaupt nicht sehen sollte, war er sich seiner Abneigung nicht mehr so sicher.

Neale verschmähte Wanten und Webeleinen, glitt direkt eine Pardune hinunter und kam keuchend zum Achterdeck gerannt. Herrick faßte einen Entschluß. »Empfehlung an den Kapitän, Mr. Neale, und melden Sie ihm, daß wir ein Schiff des Königs gesichtet haben. Es wird in etwa einer Stunde mit uns auf gleicher Höhe sein, vielleicht sogar eher. Er wird sich darauf vorbereiten wollen.«

Neale sauste den Niedergang hinunter, und Herrick blickte über die wogende Wasserwüste. Bolitho würde es noch stärker betreffen, dachte er. Wurde die *Phalarope* heimbeordert, verwehten alle seine Hoffnungen und Pläne. Seine private Schlacht war dann verloren, bevor sie überhaupt begonnen hatte.

Dann erklang ein leiser Schritt neben ihm, und Bolitho fragte: »Nun, Mr. Herrick, was hat es mit jenem Schiff auf sich?«

IV   Das Signal

Bolitho stützte das Fernrohr in die Luvnetze und wartete, bis ihm das andere Schiff ins Blickfeld kam. Während der Zeit, die er gebraucht hatte, um aus seiner Kajüte auf das Achterdeck zu gelangen und Herricks erregte Meldung entgegenzunehmen, war die Sonne langsam über den Horizont heraufgekommen. Die kurzen steilen Wellen lagen nun nicht mehr im Schatten der Nacht, sondern ein blasses Gold filterte über die endlose Weite der weißen Kämme.

Mit den steilen Pyramiden der Segel und dem geschlossenen Gischtschleier, der den hohen Bug umsprühte, bot das andere Schiff in dem kräftiger werdenden Licht einen schönen Anblick. Es segelte schnell, die Masttopps schimmerten in dem weichen Frühlicht wie Kruzifixe.

»Sie haben einen guten Ausguck, Mr. Herrick. Mein Kompliment, daß er die Fregatte so zeitig gesichtet hat«, rief er über die Schulter.

Selbst für einen erfahrenen Seemann war es keine Kleinigkeit, bei Dunkelheit oder Dämmerung ein Schiff auszumachen und zu identifizieren. Dies war ganz gewiß ein Engländer. Und irgendwie kam Bolitho der Umriß sogar vertraut vor.

Hinter sich hörte er die Rufe der Maate und das schrille Trillern der Pfeifen.

»Alle Mann an Deck! Alle Mann an Deck! Nehmt die Beine in die Hand!«

Während von vorn die üblichen Gerüche aus der Kombüse drangen, stellte er sich vor, wie die schlaftrunkenen Männer stöhnend und schimpfend aus den Hängematten kletterten. Ein neuer Tag auf See, doch dieser war nicht wie jeder andere. Die See war nicht länger leer und feindlich. Das andere Schiff erinnerte die Männer womöglich daran, daß sie Teil von etwas Wirklichem und Wichtigem waren.

Bolitho bemerkte, daß die großen Rahen der Fregatte gebraßt wurden, und hörte Herrick sagen: »Sie halst, Sir. Wir werden bald auf gleicher Höhe liegen.«

Bolitho nickte abwesend. Das fremde Schiff würde halsen, um mit ihnen parallel zu laufen, wobei es die *Phalarope* in Lee lassen würde. Wie Herrick vermutet hatte, konnte das gut und gern neue Befehle bedeuten.

Bolitho kletterte aus den Wanten an Deck zurück. Er fühlte sich plötzlich müde. Ihn fröstelte. Das Spritzwasser hatte sein Hemd durchnäßt. Es klebte ihm am Leib, und an den Wangen spürte er sein feuchtes Haar. Sein Schiff hatte sich von neuem verändert. Auf dem Achterdeck schienen sich die Menschen geradezu zu drängen. Die Offiziere hielten sich auf der Leeseite und beobachteten die andere Fregatte durch ihre Gläser. Fähnrich Maynard sah aufgeregt zu dem fremden Schiff hinüber. Durch sein großes Fernrohr versuchte er so viel wie möglich zu erkennen. Da er Signalfähnrich war, wußte er, daß Bolitho ihn nicht aus den Augen ließ.

Auf dem Hauptdeck drängten sich die aus dem Schlaf gerissenen Leute, und die Bootsleute mußten ihre Tampen häufiger als sonst gebrauchen, um jene vom Schanzwerk zu treiben, die über das Wasser spähten. Erregt und schwatzend verstauten sie ihre Hängematten in die Kästen. Während sie sich dem Niedergang zur Kombüse zubewegten, starrten sie noch immer auf das fremde Schiff.

Bolitho hob das Glas ans Auge, als kleine schwarze Bälle zu den Rahen des anderen Schiffs hochstiegen und sich im Wind entrollten.

Vibart lehnte sich an das Kompaßhaus und knurrte Maynard an: »Los, entschlüsseln Sie.«

Maynard blinzelte und blätterte hastig im Signalbuch. »Sie hat ihre Nummer gesetzt, Sir: achtunddreißig. Es ist die *Andiron*, unter Kapitän Masterman.«

Bolitho schob das Fernrohr mit einem Ruck zusammen. Natürlich. Er hätte sie sofort erkennen müssen. Als er noch auf der *Sparrow* war, hatte er die *Andiron* häufig genug zur Patrouillenfahrt vor der amerikanischen Küste auslaufen sehen. Masterman war schon lange bei der Marine und ein bewährter Kapitän. Viele Erfolge gegen den Feind standen für ihn zu Buch.

Die *Andiron* hatte ihr Manöver beendet und lief jetzt mit der *Phalarope* auf gleichem Kurs. Der weite Bogen hatte sie hinter die *Phalarope* gebracht, aber als sich ihre Segel blähten und füllten, kam sie schnell luvwärts auf.

Maynards Signalgasten setzten das Unterscheidungssignal der *Phalarope*. Bolitho fragte sich, was Mastermann sagen würde, wenn er ihn als Kommandanten vorfand. Das Signalbuch wies noch Pomfret als Kapitän aus.

»Signal, Sir«, rief Maynard. »*Andiron* an *Phalarope*. Drehen Sie bei. Haben Botschaften an Bord.«

Die Sonnenstrahlen fuhren glitzernd über die geschlossenen Stückpforten der *Andiron*, als sie leicht auf die *Phalarope* zuschwang.

»Sie braucht kein Boot zu fieren, Sir«, sagte Herrick. »Sie könnten einen Steg rüberlegen.« Er rieb sich die Hände. »Ob sie frisches Gemüse an Bord hat?«

Bolitho lächelte. Auf so etwas hatte er gehofft. Eine Zerstreuung. Das würde die Männer von ihren Sorgen ablenken, wenn auch nur vorübergehend.

»Machen Sie weiter, Mr. Vibart. Lassen Sie bitte beidrehen.«

Vibart hob das Sprachrohr. »Braßt die Großmarsrah! Bewegung, Leute!«

Stockdale tauchte neben Bolitho auf. Er brachte den blauen Rock und den Hut des Kapitäns. Er blinzelte zu dem anderen Schiff hinüber und grinste. »Wie in alten Zeiten, Kapitän.« Er blickte nach vorn, als Quintal, der Bootsmann, eine Flut von Flüchen und Obszönitäten losließ. Die Männer hatten auf die plötzlichen Befehle nur langsam reagiert. Auf dem überfüllten Deck herrschte bereits ein Chaos. Die Leute der Freiwache rannten unaufhörlich in jene Männer hinein, die sich mit den verquollenen Brassen abquälten.

»Signal, Sir«, sagte Maynard heiser. Seine Lippen buchstabierten langsam: »Haben Sie Nachricht von Hoods Geschwader?«

Quintal hatte seine Leute endlich an den Stationen, und mit schlagenden und donnernden Segeln drehte sich die *Phalarope* schwer in den Wind.

Bolitho, mit den Armen schon halb im Rock, stieß Stockdale beiseite, als ihm bewußt wurde, was die Frage bedeutete. Masterman hätte das nie und nimmer gefragt. Selbst wenn er die Verbindung zum Geschwader verloren hatte, mußte er wissen, daß die *Phalarope* in diesen Gewässern fremd war. Während seine Gedanken wild durcheinander wirbelten, verfolgte er hypnotisiert, wie die *Phalarope* weiter herumschwang, bis der Bugspriet der *Andiron* fast im rechten Winkel zu dem seines eigenen Schiffes stand.

Vibart drehte sich verblüfft und verwirrt um, als Bolitho schrie: »Kommando zurück, Mr. Vibart! Klar zum Wenden!«

Bolitho ignorierte die bestürzten Gesichter und die Unruhe, die der neue Befehl hervorrief, und konzentrierte seine Gedanken auf das andere Schiff. Angenommen, er hatte sich geirrt? Jetzt war es zu spät. Vielleicht war es schon von dem Augenblick an zu spät gewesen, als die *Andiron* auftauchte.

Der Bug der anderen Fregatte schwang weiter herum. Die Rahen drehten sich gleichzeitig. Die *Andiron* schoß auf die hilflose *Phalarope* zu. Noch ein paar Sekunden, und, unbedroht und allmächtig, hätte die *Andiron* das ungeschützte Heck der *Phalarope* gekreuzt.

Doch Bolitho merkte, wie sein Schiff sich durch den Wind arbeitete. Er verschloß die Ohren gegen die Schreie und Flüche seiner Offiziere und Männer. Die Wochen des Segeldrills bei jedem Wetter machten sich jetzt bezahlt. Wie Marionetten zogen die Seeleute an Fallen und Brassen, vom Verhalten des Kapitäns zu verwirrt, um zu verstehen, was vorging.

»Mein Gott, Sir«, rief Vibart. »Wir kollidieren.« Er starrte an Bolitho vorbei auf die heranbrausende *Andiron*. Die *Phalarope* schlingerte noch immer in ihrer Drehbewegung. Ihr Bug folgte dem anderen Schiff wie eine Kompaßnadel.

»Kurs Südost!« befahl Bolitho. »Zweites Reff ausschütteln!« Er achtete nicht auf die Wiederholung und Weitergabe seiner Befehle, sondern ging entschlossen zu dem rotröckigen Trommelbuben neben der Kajütenluke.

»Rühr die Trommel. Klarschiff zum Gefecht!«

Der Ausdruck des Jungen schlug von Stumpfheit in Schrecken um. Doch Ausbildung und Disziplin behielten wiederum die Oberhand, und als die Trommel das Alarmsignal gab, wogte die Flut der Männer auf dem Hauptdeck nur einen Moment zögernd hin und her, ehe sie zerstob, als die Geschützbedienungen an die Kanonen rannten.

»Ihre Stückpforten öffnen sich«, keuchte Vibart. »Mein Gott, sie zeigt ihre Farben!«

Bolitho sah, wie die gestreifte amerikanische Flagge vom Wind entrollt wurde, während sich die Stückpforten der *Andiron* öffneten und die dahinter verborgenen Rohre herausstieß und wie das Gebiß eines Raubtiers zu ihnen herüberblickten.

»Klar zum Gefecht, Mr. Vibart!« sagte Bolitho rauh. »Lassen Sie sofort laden und ausrennen.« Er rechnete nach, als Vibart zur Reling hastete. »Sie werden zehn Minuten benötigen. Ich will versuchen, Ihnen so viel Zeit zu verschaffen.«

Das Deck neigte sich, als die *Phalarope* von der anderen Fregatte abdrehte. Doch die *Andiron* schlug bereits den gleichen Bogen. Ihre Segel killten, als sie durch den Wind drehte, um den Abstand zu verringern. Die neue amerikanische Flagge leuchtete in hellen Farben vor den braunen Segeln, und Bolitho mußte sich mit Gewalt in die Gegenwart zurückrufen, um nicht mehr daran zu denken, was geschehen wäre, hätte die *Andiron* nicht dieses eine, törichte Signal gesetzt.

Dann hätte die *Andiron* nämlich das unbewehrte Heck der *Phalarope* gekreuzt, und ihre bislang hinter dem Schanzkleid und den geschlossenen Pforten verborgenen Kanoniere hätten eine Salve nach der anderen durch die großen Kajütfenster gejagt. Die pfeifenden Kugeln hätten sein Kommandozentrum zerfetzt. Und da sich die Hälfte seiner Männer noch hilflos und unvorbereitet unter Deck aufgehalten hätte, wäre alles innerhalb weniger Minuten zu Ende gewesen.

Selbst jetzt mochte es zu spät sein. Die *Andiron* war größer, ihr tiefer Kiel eignete sich besser für solche Manöver. Sie schnitt bereits das Heck der *Phalarope* und versuchte, so schnell wie möglich in Luvposition zu kommen, um den schon einmal errungenen Vorteil zurückzugewinnen. In einer Viertelstunde würde sie das Manöver wiederholen oder sich damit zufriedengeben, den Abstand von Backbord aus zu verringern. Da der Wind für sie günstiger stand, konnte ein Kampf nicht vermieden werden.

Bolitho trat zur Heckreling und blickte zu dem anderen Schiff zurück. Die *Andiron* hatte das Doppelspiel aufgegeben. Er sah die kauernden Kanoniere und die Offiziere auf dem schräg liegenden Achterdeck. Was war Masterman zugestoßen? Besser, er war tot, als daß er wußte, was aus seiner stolzen *Andiron* geworden war.

Er drehte dem dunklen Rumpf den Rücken und ließ die Blicke über sein eigenes Schiff gleiten. Kein Chaos mehr. Für unerfahrene Augen sah die *Phalarope* kampfbereit und kampftüchtig aus.

Beiderseits waren die Kanonen ausgefahren. Die Stückmeister prüften die Abzugsleinen und erteilten ihren Leuten heiser Befehle. Schiffsjungen rannten über das Deck und streuten Sand, damit die Füße der Kanoniere Halt fanden, wenn es soweit war. Andere eilten mit Eimern von Geschütz zu Geschütz. Sie schleppten Wasser heran, um die Kanonenwischer feucht zu halten und möglicherweise ausbrechende Brände zu löschen.

Vibart stand unterhalb des Achterdecks. »Alles klar zum Gefecht, Sir«, rief er. »Alle Kanonen mit Kettenkugeln oder Kartätschen geladen.«

»Gut, Mr. Vibart.« Bolitho ging zur Reling und ließ seine Blicke über die Backbordgeschütze wandern. Sie würden zuerst in Aktion treten müssen. Nicht alles war mustergültig. Besorgt bemerkte er manche Mängel.

An einem Geschütz mußte der Stückmeister einem seiner Männer sogar die Seiltalje in die Hand geben, da der arme Kerl vergessen hatte, was er tun sollte. Doch der Mann fürchtete sich zu sehr, und die heraufkommende Fregatte mit ihrer Reihe drohender Kanonen hypnotisierte ihn zu stark, als daß er darauf achtete, was der Maat ihm sagte. An jedem Geschütz gab es solche Männer. Bei so vielen neuen Leuten, von friedlicher Arbeit an Land gewaltsam weggeholt, war das unvermeidlich.

Hätte er nur genügend Zeit gehabt, dann hätte jeder einzelne besser ausgebildet werden können. Bolitho schlug mit der Faust langsam auf die Reling. Nun, jetzt mußte es so gehen. Die *Andiron* war nicht nur zahlenmäßig stärker bestückt. Ihre Kanonen waren Achtzehnpfünder, die der *Phalarope* aber nur Zwölfpfünder. Die Mehrzahl der *Andiron*-Besatzung bestand zweifellos aus englischen Deserteuren und kampferfahrenen Matrosen, denen eine Seeschlacht nicht fremd war. Eine Mannschaft, die Kapitän Masterman die *Andiron* genommen hatte, war eine Macht, die man fürchten mußte.

Hauptmann Rennie stand gelassen neben den Schutznetzen. Sein Degen hing mit einer goldenen Kordel an seinem Handgelenk. Er beobachtete, wie Sergeant Garwood seine Leute zu ordentlichen roten Reihen formierte. Die Marinesoldaten gaben zusätzliche Sicherheit, dachte Bolitho grimmig, aber gegen Achtzehnpfünder würden ihre Gewehre nicht viel nützen.

Die Zerknirschung und Verzweiflung, die er spürte, seit die *Andiron* das verräterische Signal gesetzt hatte, schlug auf einmal in wilde Wut um. Er hatte sein Schiff und seine Männer in diese Lage gebracht. Er allein trug die Verantwortung. Er hatte die Falle der Amerikaner gerade noch rechtzeitig genug erkannt, um die *Phalarope* vor dem ersten Schlag zu bewahren. Aber er hätte sie früher durchschauen müssen.

Er trat an die Querreling und rief: »Leute, in wenigen Augenblikken wird es zum Kampf kommen.« Er sah, daß ihn alle anblickten, doch die Gesichter hatten bereits jede Eigenbedeutung und Individualität verloren. Sie waren zu einer Mannschaft verschmolzen, zu einer guten oder schlechten, würde die Zeit erweisen. Aber es war wichtig, daß ihm alle vertrauten.

»Laßt euch nicht aus der Ruhe bringen, Leute, und gehorcht den Befehlen, ganz gleich, was um euch herum geschieht. Jede Kanone ist mit dem neuen Steinschloß ausgerüstet, aber haltet die Lunte bereit, falls es versagt.«

Er bemerkte, wie Okes von der Steuerbordbatterie zu Herrick hinüberblickte, der neben seinen Geschützen stand. Ein schneller Austausch von Blicken, der alles beinhalten konnte.

Bolitho spürte, daß Stockdale ihm den Rock über die Schultern streifte und den Degengurt umschnallte. Er beobachtete, wie die machtvolle Fregatte auf das Backbordlogis zuhielt, und schätzte Schnelligkeit und Entfernung ab.

»Noch etwas, Leute.« Er beugte sich vor, als wollte er sie zwingen, ihm zuzuhören. »Die *Phalarope* ist ein Schiff des Königs. Die Flagge streicht sie nicht.«

Er verschränkte die Hände unter den Rockschößen und ging langsam zur Luvreling. Es würde nicht mehr lange dauern. Zu Proby, der neben dem Rad stand, sagte er: »Wir luven gleich an, Mr. Proby.« Er hörte ihn murmeln und fragte sich, was der Steuermann von dem angekündigten Befehl denken mochte.

Der amerikanische Kapitän würde wahrscheinlich annehmen, daß die kleinere *Phalarope* versuchen wollte, wieder mit dem Wind abzulaufen. Doch sobald sie abdrehte, würde er ihr Heck mit der vollen Backbordbreitseite überschütten, wie er es von Anfang an beabsichtigt hatte. Doch Bolithos Manöver würde die *Phalarope* auf die *Andiron* zudrehen lassen, und mit etwas Glück mußte Herrick in der Lage sein, die erste Salve abzufeuern.

Auf dem Achterdeck der *Andiron* funkelte ein Fernrohr in der Sonne auf, und Bolitho wußte, daß der andere Kapitän ihn beobachtete.

»Achtung, Mr. Proby!« Bolitho schwenkte den Hut und rief über das Hauptdeck: »Jetzt, Jungs! Eine Breitseite für Old England!«

Knarrend schwangen die Rahen herum. Die Segel donnerten. Bolitho wurde der Mund trocken, sein Gesicht erstarrte zu einer Maske.

Das war der entscheidende Augenblick.

John Allday kauerte neben der zweiten Kanone der Steuerbordbatterie und starrte gebannt durch die offene Stückpforte. Trotz der kühlen Morgenbrise schwitzte er, und sein Herz schlug wie eine Trommel.

Er fühlte sich als das hilflose Opfer eines Alptraums. Jede Einzelheit war deutlich und klar, schon bevor sie sich ereignete. Irgendwie bildete er sich ein, diesmal würde es anders sein, aber es war dasselbe. Er hätte genausogut zum erstenmal in die Schlacht segeln können, neu und unerfahren, von quälender Spannung fast in Stücke gerissen.

Er löste die Augen von dem Wasserviereck, das er durch die Stückpforte sehen konnte, und blickte über die Schulter zurück. Die gleichen Männer, die Ferguson verspottet oder Evans in drohendem Schweigen umringt hatten, standen oder kauerten jetzt nicht anders als er, Sklaven ihrer Kanonen, die Gesichter nackt und voller Furcht. Ein Stück entfernt von der Batterie, den Rücken am Vormast, stand Leutnant Herrick. Er sah zum Achterdeck hinauf, die Finger umschlossen den Degengriff. Seine blauen Augen, die nicht eine Sekunde blinzelten, verrieten nichts.

Allday folgte den Blicken des Offiziers und bemerkte den Kapitän an der Achterdeckreling. Die Hände auf dem glatten Holz, beobachtete er mit leicht vorgerecktem Kopf die andere Fregatte. Das hohe Schanzkleid, die Gangway und die anderen Kanonen versperrten Allday den Blick auf die *Andiron*. Immerhin sah er ihre Masttopps und geblähten Segel, als sie auf das Achterdeck zuhielt, bis sie wie eine Klippe über der *Phalarope* zu hängen schien.

Pryce, der Stückmeister, band sich das Pulverhorn um die Hüfte und hockte sich neben die Lafette, die Abzugsleine in Händen. »Hört zu, Jungs«, sagte er mit einer Stimme, die fremd und gepreßt klang. »Wir feuern zuerst eine Breitseite ab.« Er blickte von einem zum anderen, ohne die Kanoniere an der nächsten Stückpforte zu beachten. »Danach hängt alles davon ab, wie schnell wir nachladen und wieder ausrennen. Also muß jeder Handgriff sitzen. Und wie der Kapitän gesagt hat, achtet nicht darauf, was um euch vorgeht, verstanden?«

Ferguson umkrampfte die Stücktalje und keuchte: »Ich halte das nicht aus. Bei Gott, dieses Warten halte ich nicht aus.«

Von gegenüber höhnte Pochin: »Was ich gesagt habe: Hübsche Kleider allein machen aus Leuten wie dir noch lange keine Männer.« Er riß wild an der Talje. »Wenn du gesehen hättest, was ich gesehen habe, würdest du sterben vor Angst, Mann.« Und zu den anderen: »Ich habe gesehen, wie sich ganze Flotten ineinander verbissen.« Er ließ seine Worte wirken. »Die ganze See nur Masten, wie ein Wald.«

Pryce zischte: »Halt's Maul!«

Er hob den Kopf, als Herrick rief: »Geschützführer! Sobald wir auf Backbord gefeuert haben, die besten Leute zur Verstärkung an die andere Batterie unter Mr. Okes!«

Die Geschützführer hoben bestätigend die Hände und richteten ihr Augenmerk dann wieder auf die leere See.

Allday schaute zu Okes hinüber. Das Gesicht des Offiziers glänzte vor Schweiß. Er sah bleich aus. Als wäre er bereits eine Leiche, dachte Allday.

Durch das Sprachrohr erklang hohl Vibarts Stimme. »An die Brassen! Klar zum Wenden.«

Alldays Finger glitten über das kalte Verschlußstück. »Los doch! Kommt endlich rum«, murmelte er inbrünstig. Die *Phalarope* war der *Andiron* an Größe und Stückzahl unterlegen, selbst er konnte das sehen. Und da schon jetzt die Hälfte ihrer Besatzung vor Angst und Schrecken kaum noch denken konnte, war es lediglich eine Frage der Zeit, wann ihre Farben sinken würden. Er blickte an seinen Beinen hinunter und fühlte, wie ihn die kalte Furcht überlief. Sie verließ ihn nie, auch die Jahre auf den stillen Hügeln von Cornwall hatten sie nicht vertrieben: die Furcht, verkrüppelt zu werden, und der Schrecken vor dem, was dann kam.

Von der Nachbarkanone rief Old Strachan herüber: »Hört her, Burschen.« Er wartete, bis seine Worte die neuen Leute wirklich erreichten. »Bindet euch die Halstücher über die Ohren, ehe wir feuern. Sonst platzt euch das Trommelfell.«

Allday nickte. Diese Lektion hatte er vergessen. Wenn sie nur vorbereitet und darauf eingestellt gewesen wären! Statt dessen waren sie aus den Hängematten gestolpert, und der Alptraum hatte fast unverzüglich begonnen. Zuerst die Aufregung über ein befreundetes Schiff. Dann das Alarmsignal des Trommlers, das die Männer keuchend und mit entsetzten Augen an die Stationen jagte. Jetzt stand der kleine Trommelbube neben einem Glied Marinesoldaten und starrte zum Kapitän hinüber, als könne er von dessen Gesicht sein Schicksal ablesen.

Pryce murmelte: »So ein Gefecht habe ich noch nie mitgemacht.« Er schaute in die prallen Segel hinauf. »Zu viel Wind. Da heißt es zuschlagen und abhauen, denkt an meine Worte.«

Stahl klirrte, als Herrick seinen Degen zog. Er hob ihn über den Kopf. Die Klinge funkelte in der Sonne.

»Backbordbatterie klar zum Gefecht!«

»Oh, Grace«, stöhnte Ferguson leise. »Wo bist du, Grace?«

»Ruder mittschiffs!« bellte Vibart. »Über vorn!«

Alle spürten, wie sich das Deck noch stärker neigte, als die Matrosen die Schoten der Vorsegel fierten und die stampfende Fregatte wild mit dem Bug durch den Wind ging.

Allday schluckte schwer, als sich seine Stückpforte plötzlich verdunkelte und ihm der Bug der anderen Fregatte den Blick nahm. Ihre Kanonen und ihr gischtfeuchter Rumpf neigten sich in einem Winkel, als wollte sie ausholen und die *Phalarope* zerquetschen, die frech auf sie zuschwang.

Herrick ließ den Degen herabsausen. »*Feuer!*«

Die Stückmeister rissen an den Leinen, und die ganze Welt schien in einer ungleichmäßigen Breitseite zu explodieren. Rauch wogte zum Ersticken dicht durch die Pforten zurück, reizte die Lungen und füllte die Augen, als die Kanonen zurückrollten. Es war die Hölle, zu schrecklich, um begriffen zu werden.

Doch die Geschützführer brüllten bereits wie die Teufel und schlugen auf ihre betäubten Kanoniere ein, während die Pulveräffchen frische Kartuschen heranschleppten und neue, glänzende Kugeln von den Gestellen gehoben wurden.

Pryce schlug den Arm eines Mannes beiseite und brüllte: »Naß auswischen, du Bastard. Hast du vergessen, was ich dir beigebracht habe? Du sprengst uns alle in die Luft, wenn du eine heiße Kanone nachlädst.« Der Mann murmelte benommen und gehorchte wie in Trance.

»Nachladen!« rief Herrick. »Munter, Jungs.«

Allday wartete eine Minute, ehe er sich vor die Talje spannte. Quietschend rumpelten die Blockräder der Lafette wieder vorwärts.

Jede Mündung wollte zuerst draußen sein.

Aber die *Phalarope* war fast vor dem Bug der *Andiron*. Es konnte sich nur noch um ein paar Fuß handeln, bis beide Schiffe zusammenstießen, um ihren Kampf auf Tod und Leben ineinander verhakt auszufechten.

»Feuer!«

Wieder das wüste Donnern einer Breitseite. Durch den Rückstoß kippte das Deck unter ihnen weg. Doch diesmal war die Salve stotternder und weniger gut gezielt. Durch das Klirren der Wanten und die ächzenden Spieren hörte Allday, wie drüben einige Kugeln einschlugen, und er sah, daß Fähnrich Maynard in den Rauchschwaden den Hut schwenkte und etwas in den Himmel hinaufrief, konnte aber wegen des Geschützdonners die Worte nicht verstehen.

Die *Andiron* mußte gleichzeitig mit der *Phalarope* gefeuert haben. Der allgemeine Lärm hatte das Krachen ihrer Geschütze verschluckt. Allday spürte den Abschuß mehr, als er ihn hörte, etwa wie einen heißen Wind oder wie Sand, der über eine ausgedörrte Wüste weht. Er blickte nach oben, wo die Segel wie in Agonie schlugen und sich vertörnten. Überall klafften Löcher in der Leinwand, und von oben kamen einige Fallen und Spieren. Ein Block knallte klirrend auf ein Verschlußstück. Pryce, der an der Zündung hantierte, sagte ohne aufzusehen: »Die Bastarde haben zu schnell erwidert. Ihre Breitseite ist hoch über unsere Köpfe hinweggegangen.«

Allday spähte durch die Geschützpforte. Er war noch benommen, verstand aber endlich, was Bolitho getan hatte. Die *Phalarope* hatte sich nicht zur Flucht gewandt, hatte ihr Heck nicht als Ziel dargeboten. Daß sie plötzlich zum Angriff überging, hatte den Gegner aus dem Gleichgewicht gebracht. Um einer sinnlosen Kollision zu entgehen, hatte die *Andiron* angeluvt. Daher war ihre erste Breitseite mehr oder minder ins Leere gegangen.

Allday hörte, wie Herrick zu Leutnant Okes hinüberrief: »Bei Gott, Matthew, das ging um Haaresbreite.« Dann, wilder: »Da, der Wimpel! Der Wind dreht.«

Es war wie im Tollhaus, als die feindliche Fregatte schnell der angreifenden *Phalarope* auswich. Dem Kapitän der *Andiron* mußte die Attacke so unvermutet gekommen sein, daß ihm entgangen war, was Bolitho bemerkt haben mußte: das Umspringen des Windes.

Anstatt anluven zu können, bekam die *Andiron* nun den Wind voll von vorn und war manövrierunfähig.

Herrick sprang vor Aufregung auf und ab: »Sie hat sich festgesegelt! Bei Gott, das hat sie!«

Die Männer riefen sich die Nachricht von Geschütz zu Geschütz zu. Eingerahmt von einer Pulverwolke, rollte die *Andiron* hilflos im Wind, unfähig, nach dieser oder jener Seite zu wenden. Männer kletterten auf die Rahen hinaus, und auf der *Phalarope* konnte man die durch ein Sprachrohr gebrüllten Befehle hören.

Herrick nahm sich zusammen. »Hinüber zur Steuerbordbatterie. Schnell!«

Pryce stieß die Leute an, die er benötigte, und rannte über das Deck.

Von achtern erscholl der Ruf: »Klar zum Wenden. An die Brassen.«

Allday warf sich neben der Kanone zu Boden und bleckte die Zähne.

Old Strachan krächzte: »Bei Gott, der Kapitän weiß mit dem Schiff umzugehen.«

Okes rief: »Ruhe da!«

Herrick ging zur Decksmitte und beobachtete Zimmermann und Bootsmann, die hastig dabei waren, Schäden zu reparieren. Männer kletterten bereits in die Takelage, um die zerrissenen Taue zu spleißen. Andere spannten oberhalb des Hauptdecks endlich die Gefechtsnetze, um die Leute an Deck vor herabfallenden Blöcken oder Spieren zu schützen.

Die Rahen kamen von neuem herum. Segel donnerten, Brassen kreischten durch die Blöcke. Die Männer rannten wie die Wiesel, um den unaufhörlichen Kommandos vom Achterdeck nachzukommen.

Den Leuten kam alles unwahrscheinlich vor. Eben noch überrascht und bedroht, griffen sie jetzt nicht nur an, sondern versetzten dem Feind einen Schlag nach dem anderen.

Bolitho mußte sich alles ausgerechnet haben. Er mußte es geplant und entworfen haben, während er auf dem nachtdunklen Deck einsam hin und her gegangen war.

Herrick blickte zu ihm hinüber. Gelassen und aufgerichtet stand der Kapitän an der Reling. Die Hände auf dem Rücken, beobachtete er das andere Schiff. Während des Abwartens hatte Herrick bemerkt, wie Bolitho sich mit der Hand über die Stirn fuhr und dabei einen Moment die dunkle Locke beiseite schob, so daß die tiefe, furchtbare Narbe sichtbar wurde. Bolitho hatte gespürt, daß Herrick ihn beobachtete, und zornig seinen Hut in die Stirn gezogen.

Herrick ließ den Blick über die Kanonen gleiten. Die Leute waren erschöpft. Sie schenkten dem Feind keine Beachtung, als die *Phalarope* herum kam, um den Abstand zu verringern. Er hatte Pochins bittere Bemerkung gehört und gesehen, wie Allday sich ins Zeug gelegt hatte, um den neuen Leuten zu helfen. Es war merkwürdig, wie sie angesichts wirklicher Gefahr alle eigenen Sorgen und Fehden vergaßen.

Es stimmte, unter Bolitho war das Schiff anders. Und die Veränderung ging tiefer, sie war nicht nur durch die Uniformen gekennzeichnet, die auf Bolithos Befehl die fleckigen Lumpen ersetzt hatten, die zu Pomfrets Zeit üblich gewesen waren. Statt der verdrossenen Hinnahme herrschte nun diese heftige Unruhe, die den Eindruck erweckte, als wollten die Männer zusammenstehen, um mit dem Enthusiasmus ihres jungen Kapitäns Schritt zu halten, aber noch nicht wüßten, was sie dazu tun mußten.

»Sie hat wieder Ruderdruck«, sagte Okes scharf. »Sie kommt herum.«

Die Segel der *Andiron* schlugen, aber Herrick bemerkte ihre veränderte Position und den neuen Winkel ihrer Rahen.

Bolithos Stimme schnitt durch ihre Spekulationen. »Noch eine Salve, Leute. Ehe sie herum ist.«

Herrick atmete scharf aus. »Er will hinter ihr Heck kommen. Das schafft er nie. In ein paar Minuten liegen wir uns Breitseite zu Breitseite gegenüber.«

Das unbegrenzte Vertrauen, das ihm die erfolgreiche Attacke geschenkt hatte, wich fröstelnder Unsicherheit, als die *Phalarope* Fahrt aufnahm und ihre Masten und Spieren unter dem Druck der Segel bebten. Er faßte seinen Degen fester, als die Bramsegel der *Andiron* von neuem über den Netzen auftauchten. Ihre Masten standen nicht mehr in einer Linie, sie schwang schnell und gut herum. Es blieb nichts anderes übrig, als das Unvermeidliche abzuwarten.

Okes starrte mit offenem Mund auf das sich nähernde Schiff, während sich die Spanne des aufgewühlten Wassers zwischen den Fregatten immer mehr verringerte. Er hob den Degen. »Steuerbordbatterie feuerklar!« Doch seine Stimme ging in einer wilden Kanonade unter. Von achtern bis vorn bellte jedes Geschütz der *Andiron* und spie Feuer und Rauch aus.

Diesmal saßen die Schüsse.

Herrick spürte, wie der Rumpf unter seinen Füßen erbebte, und taumelte gegen den Vormast. Rauch vernebelte das Deck, und zersplittertes Holz und zerfetzte Teile der Takelage regneten herab. Die Luft zitterte vom Krachen der Abschüsse und vom Kreischen der Kugeln, die wie Boten der Hölle durch den Rauch peitschten.

In das Heulen der Kugeln mischten sich nähere, schauerlichere Geräusche, als Splitter in die dicht gedrängten Kanoniere flog. Blut strömte über die glatten Decks. Herrick mußte sich auf die Lippen beißen, um nicht die Selbstkontrolle zu verlieren. Er hatte schon früher Leute bluten sehen, bei einem gelegentlichen Scharmützel und unter der neunschwänzigen Katze, nach einem Sturz oder bei einem Unfall. Doch dies war anders. Das Blut war überall, als hätte ein Verrückter das Schiff angemalt. Herrick bemerkte Blutflecken auf seinen weißen Hosen. Er blickte zu der benachbarten Kanone hinüber. Sie stand hochkant, und einer der Kanoniere war zu einer roten Masse zerquetscht worden. Ein Mann, der noch immer eine Handspake umkrampfte, lag ohne Beine da, und zwei seiner Kameraden klammerten sich schreiend aneinander.

Die feindliche Fregatte mußte sofort nachgeladen haben, denn eine neue, unregelmäßige Salve donnerte krachend in die Bordwand der *Phalarope*.

Männer schrien und brüllten, fluchten und tappten blind durch den erstickenden Qualm, während herabstürzendes Tauwerk und geborstene Hölzer in die wie verrückt zuckenden Netze prasselten.

Ein Pulveräffchen rannte weinend zum Magazin, nur um von einem Seesoldaten fortgestoßen zu werden. Der Junge hatte seinen Kartuschenkorb fortgeworfen und wollte nach unten in die Sicherheit der Dunkelheit flüchten. Doch die Wache brüllte ihn an und schlug mit dem Gewehr nach ihm. Der Junge taumelte zurück und kam wieder zu sich. Wimmernd hob er seinen Korb auf und hastete zur nächstgelegenen Kanone.

Ein Geschoß heulte heran. Herrick hatte Mühe, sich nicht zu übergeben, als die Kanonenkugel den Jungen in zwei Hälften zerriß. Kopf und Oberkörper hielten sich einige Sekunden aufrecht auf den Planken. Ehe Herrick sich abwandte, sah er noch, daß der Junge aus aufgerissenen Augen starrte.

Herrick stolperte gegen Okes, der noch immer mit erhobenem Degen dastand und mit glasigen Augen auf die Reste seiner Batterie stierte.

Herrick brüllte: »Feuer, Matthew! Gib endlich den Befehl!«

Okes ließ den Degen nach unten sausen. Da und dort fügte eine Kanone der *Phalarope* ihre Stimme der fürchterlichen Symphonie hinzu und rumpelte dann zurück.

»Wir sind erledigt«, sagte Okes. »Wir müssen die Flagge streichen.«

»Die Flagge streichen?« Herrick starrte Okes an. Unvermittelt war die Wirklichkeit wieder da, grausam und persönlich. Tod und Übergabe waren bisher nur Worte gewesen, eine mögliche, aber unwahrscheinliche Alternative zum Sieg. Er sah Bolitho auf dem Achterdeck, dahinter die Seesoldaten. Sie feuerten schon seit einiger Zeit aus ihren Gewehren, ohne daß Herrick es bemerkt hatte. Er sah, wie Sergeant Garwood seinen Leuten Befehle zurief. Sie luden nach und feuerten eine Salve in den Rauch. Hauptmann Rennie stand mit dem Rücken zum Feind und starrte über die andere Reling, als sähe er das Meer zum erstenmal.

Pryce, der Stückmeister, schrie auf und sackte zusammen. Ein langer Splitter, aus dem Deck gefetzt, hatte sich ihm in die Schulter gebohrt. Wie ein Zahn ragte der dicke, gezackte Holzstumpf heraus. Herrick sah es und wußte, daß das andere Ende tief im Fleisch steckte. Die Splitter waren das Gefährlichste und mußten in einem Stück herausgeschnitten werden.

Herrick winkte den Männern am Hauptniedergang. »Bringt ihn nach unten zum Arzt.« Sie hatten auf einen zerfetzten Leib neben der Luke gestarrt. Herricks rauher Ton gab ihnen Kraft, den Bann abzuschütteln.

Pryce begann zu schreien. »Nein! Laßt mich hier beim Geschütz. Bringt mich nicht hinunter!«

»Tapferer Kerl«, flüsterte einer der Männer. »Er will auf seiner Station bleiben.«

Pochin spuckte auf die Kanone. Sein Speichel zischte auf dem heißen Eisen. »Quatsch! Er will lieber hier oben sterben als unten unter das Messer kommen.«

In der Takelage splitterte etwas mit lautem Krachen. Herrick schielte durch den treibenden Pulverqualm. Die Bramstenge des Großmastes wankte, und als der Wind an der befreiten Leinwand zerrte, neigte sie sich nach vorn.

Herrick formte die Hände zum Sprachrohr. »Schnell, Leute. Nach oben. Kappt die Wanten. Sonst geht auch der Vormast zum Teufel!«

Er verfogte, wie Quintal und ein paar andere hinaufkletterten, und fuhr zurück, als eine Kanonenkugel vor ihm über das Deck pflügte und neben dem Schanzkleid in zwei verwundete Kanoniere schmetterte. Er blickte weg, weil sich ihm der Magen umdrehte, und hörte

71

Vibart rufen: »Deckung! Die Stenge kommt runter!«

Unter mißtönendem Krachen stürzte die lange Stenge quer über das Schanzkleid, wo sie sich in einem Gewirr zerfetzter Stagen und Pardunen verfing. Das zerrissene Segel blähte sich neben dem Schiffsrumpf im Wasser und hemmte die Fregatte wie ein Treibanker.

Ein anderer Anblick setzte dem Schrecken die Krone auf: Betts, der Mann, der die feindliche Fregatte gesichtet hatte, strampelte in der verhedderten, nachschleppenden Takelage wie ein Insekt in einem Spinnennetz.

»Mit der Axt ran!« brüllte Vibart. »Klariert das Zeug!«

Betts starrte aus glasigen Augen zur Fregatte hinauf. »Helft mir, Jungs! Laßt mich nicht ersaufen!«

Aber die Äxte waren bereits am Werk. Die Männer, halb außer sich durch den Wirrwarr, waren zu betäubt, um sich um das Leiden eines einzelnen zu kümmern.

Okes packte Herrick beim Arm. »Warum streicht er nicht die Flagge? Um Jesu willen, sieh, was er uns antut!«

Herrick konnte kaum noch klar denken. Aber er sah, was Okes ihm zeigen wollte. Die Männer hatten den Mut sinken lassen. Sie duckten sich wimmernd, als die feindlichen Kugeln ihnen um die Ohren pfiffen. Nur gelegentlich erwiderte ein vereinzeltes Geschütz das Feuer: das Werk einer Handvoll Männer, geführt von einem erfahrenen, hingebungsvollen Geschützführer, der ein einseitiges Duell mit dem Feind aufrechthielt.

Herrick schloß sich gegen das Schreien der Verwundeten ab, die unter Deck geschleppt wurden. Er wollte nichts sehen. Seine Aufmerksamkeit richtete sich nur auf jenen Fleck des Achterdecks, wo Bolitho allein an der Reling stand. Der Kapitän trug keinen Hut mehr, und sein Rock war mit Pulver- und Spritzwasserflecken übersät. Ein Läufer, der auf ihn zueilte, sank im Musketenfeuer zusammen. Musketenkugeln hämmerten gegen die Backskisten und pfiffen über das Deck, doch Bolitho rührte sich nicht von der Stelle, und sein Gesicht zeigte nach wie vor den Ausdruck ruhiger Entschlossenheit. Nur ein einziges Mal blickte er auf, und zwar um nach der großen, scharlachroten Flagge zu spähen, die an der Gaffel flatterte. Wollte er sich vergewissern, daß sie noch wehte?

Herrick schüttelte den Kopf. »Er streicht die Flagge nie. Eher läßt er uns mit Mann und Maus untergehen.«

Das Deck krängte stark, als die *Phalarope* wie blind auf einen neuen Kurs ging. Bolitho wußte nicht mehr, wie oft das Schiff die Richtung gewechselt hatte, ebensowenig, wie lange das Gefecht schon dauerte. Nur eins wußte er genau: daß die *Andiron* ihn ausmanövrierte. Noch immer hielt sie sich in Luv und deckte ihn ab. Seine Kanoniere wurden durch ein neues Mißgeschick behindert. Der Wind ließ nach, und sie feuerten nunmehr blind in eine dicke Rauchwand, die vor dem anderen Schiff lag und sich mit dem Pulverqualm der unregelmäßigen Abschüsse der *Phalarope* vermengte. Der Qualm wirbelte vielfarbig durcheinander, als der amerikanische Freibeuter den Angriff fortsetzte.

Einmal, als ein launischer Windstoß den Vorhang aus Pulverqualm zerriß, hatte Bolitho das Mündungsfeuer der *Andiron* sehen können, lange, orangefarbene Flammen, die nacheinander aufzuckten, sobald die Geschütze gerichtet waren und ihre Kugeln die knappe Viertelmeile herüberschickten, die zwischen den beiden Fregatten lag.

Die *Andiron* feuerte noch. Die Kugeln kreischten durch die Takelage und zerfetzten die verbliebenen Segel. Sie beabsichtigte, die *Phalarope* zu entmasten. Vielleicht hegte der Kapitän den Plan, sie als Prise unter eigenem Kommando zu segeln, wie schon die *Andiron*.

Die langen Neunpfünder auf dem Achterdeck rollten zurück. Ihre scharfen, bellenden Abschüsse betäubten Bolitho. Er blickte in den Pulverqualm und dann über sein Schiff. Nur auf dem Achterdeck herrschte noch so etwas wie Ordnung. Fähnrich Farquhar stand an der Heckreling. Von dort aus erteilte er den Geschützführern Befehle. Rennies Seesoldaten standen ebenfalls fest. Der Pulverdampf nahm ihnen die Sicht, doch sobald das feindliche Schiff in dem erstickenden Rauch sichtbar wurde, eröffneten sie von ihrer Position hinter den Backskisten aus das Feuer.

Auf dem Hauptdeck sah es anders aus. Bolithos Augen wanderten über das Chaos aus aufgerissenen Planken und menschlichen Körperteilen. Die Batterien feuerten noch, aber in größeren Abständen und weniger treffsicher.

Bolitho hatte über den Erfolg der ersten Breitseite gestaunt. Ihm war klar, daß sich der Mangel an Ausbildung später hemmend auswirken mußte, doch auf einen so guten Auftakt hatte er nicht zu hoffen gewagt. Die doppelt geladenen Kanonen hatten fast gleichzeitig gefeuert. Er hatte gesehen, wie das Schanzkleid der anderen Fregatte zersplitterte, und beobachtet, wie die Kugeln in den Rumpf schlugen oder durch die dicht gedrängten Kanoniere fetzten. Einen Augenblick hatte es den Eindruck erweckt, daß sie das Gefecht erfolgreich durchstehen könnten.

Durch den wabernden Pulverdampf sah er, daß Herrick langsam von einem Steuerbordgeschütz zum anderen ging, mit den Kanonieren sprach und jedes Geschütz selber richtete, ehe er dem Geschützführer erlaubte, die Abzugsleine zu ziehen. Auf der Steuerbordseite wäre das eigentlich die Aufgabe von Okes gewesen, aber vielleicht war Okes, wie so viele andere, schon gefallen.

Bolitho musterte jede Einzelheit des quälenden Bildes, das die *Phalarope* jetzt bot. Er fühlte sich benommen, aber Auge und Verstand funktionierten in kalter Übereinstimmung, wodurch Qualen und Leiden nur um so deutlicher hervortraten.

Aus dem Ganzen hoben sich kleine Bilder heraus, und wo Bolitho auch hinschaute, alles gemahnte schmerzlich an den noch zu zahlenden Preis. Viele waren tot. Wieviele, wußte er nicht. Manche waren tapfer gestorben, bei der Bedienung ihrer Geschütze, bis zuletzt Rufe der Ermutigung oder Flüche auf den Lippen. Manche starben langsam und schrecklich. Ihre zerrissenen Leiber lagen verkrümmt in den Blutlachen, die das Deck überzogen.

Andere waren weniger tapfer. Mehr als einmal hatte er sehen müssen, wie sich Männer totstellten und sich zwischen den beiseitegeschobenen Leichen verbargen, bis die Maate sie mit Stößen und Schlägen zurück an ihre Stationen trieben.

Trotz Rennies Wachen waren einige unter Deck geflohen, wo sie sich jetzt wahrscheinlich wimmernd die Ohren zuhielten und in der Bilge lieber dem Tod durch Ertrinken entgegensahen, als auf Deck dem Tod durch die Geschütze der *Andiron*.

Bolitho hatte beobachtet, wie der Pulverjunge zerrissen wurde. Und über dem Donnern des Gefechts hörte er, was er dem Jungen erst vor drei Wochen gesagt hatte: »Du wirst England wiedersehen. Sei unbesorgt.« Nun war der Junge ausgelöscht, als ob er nie existiert hätte.

Oder der Matrose Betts: im Bramsegel verstrickt, hatte er um sein Leben gekämpft. Der Mann, den er benutzt hatte, um die Autorität des Kapitäns unter Beweis zu stellen. Äxte hatten die Stenge losgehackt. Auf und ab tanzend, hatte sie sich vom Schiff gelöst, ehe sie, einen Teil der Takelage wie eine Schleppe hinter sich herziehend, im Pulverqualm verschwand. Die Stenge war am Achterdeck vorbeigetrieben, und einen Augenblick hatte er Betts heraufstarren sehen. Den Mund weit aufgerissen, ein schwarzes Loch, hatte der Mann die Faust geschüttelt. Eine nutzlose Geste, doch sie kam Bolitho wie der Fluch der ganzen Welt vor. Danach hatte sich die Stenge um sich selber gedreht, und bevor sie achtern zurückblieb, hatte Bolitho noch gesehen, wie Betts Füße aus dem Wasser ragten und einen sinnlosen Tanz vollführten.

Wieder klatschten Kugeln durch das Großsegel und heulten über das Wasser. Bolitho riß die Augen von dem Blutbad. Es konnte nicht mehr lange dauern. Die *Andiron* hatte leicht angeluvt. Über der Rauchbank, die die feindliche Fregatte verbarg, sah er ihre oberen Rahen und die durchlöcherten Segel, als würden sie in der Luft schweben, und las aus ihrer Stellung ab, daß die *Andiron* auf Position ging, um die *Phalarope* durch langsame, sorgfältig gezielte Schüsse zur Aufgabe zu zwingen.

Bolitho erkannte seine eigene Stimme nicht, als er automatisch und ohne zu zögern seine Befehle erteilte. »Lassen Sie den Zimmermann die Pumpen untersuchen. Und der Bootsmann soll mehr Leute nach oben schicken, um die Besanwanten zu spleißen.« Es lag nicht mehr viel Sinn darin, aber das Spiel mußte nach den Regeln beendet werden. Er kannte keinen anderen Weg.

Sein Blick fiel auf einen alten Geschützführer an einem Zwölfpfünder unterhalb des Achterdecks. Dem Mann waren Müdigkeit und Anstrengung anzusehen, doch seine heisere Stimme klang gelassen, ja geduldig, als er seine Mannschaft nachladen ließ. »So ist's recht, Jungs.« Er blinzelte durch den Dunst, während einer seiner Leute die Kartusche hineinrammte und ein anderer die glänzende Kugel in die klaffende Mündung stopfte. Ein Splitter aus der Geschützpforte riß ihm den Arm auf. Aber er stöhnte kaum und wikkelte sich einen schmutzigen Lappen um den Oberarm, ehe er hinzusetzte: »Stoß die Kugel kräftig hinein, Junge! Wir woll'n doch nicht, daß das Ding wieder rausrollt.« Er bemerkte, daß Bolitho ihn beobachtete, und bleckte vor Stolz oder Schmerz die fleckigen Zähne. Dann bellte er: »Fertig! Ausrennen!« Die Räder quietschten, als die Kanone vor- und dann zurückrollte, sobald der alte Mann die Abzugsleine zog.

Vibart tauchte an der Reling auf. Seine Gestalt glich einem festen, blauweißen Felsen. Er wirkte grimmig, aber unerschüttert, und wartete, bis die Neunpfünder gefeuert hatten und zurückgerollt waren, ehe er rief: »Kein Wasser im Schiff, Sir. Sie hat keinen Treffer unterhalb der Wasserlinie abbekommen.«

Bolitho nickte. Der Amerikaner dachte sicher an eine Prise. Es würde nicht lange dauern, die *Phalarope* in einer der Werften überholen zu lassen, die die Briten aufgeben mußten, als sie sich vom amerikanischen Kontinent zurückzogen.

Die Erkenntnis stachelte Bolitho an. Die *Phalarope* kämpfte um ihr Leben, doch die Mannschaft wurde ihr nicht gerecht. *Er* wurde ihr nicht gerecht. Er hatte das Schiff und jeden Mann an Bord in diese Situation gebracht. Alle Hoffnungen und Versprechungen waren jetzt bedeutungslos. Schande und Versagen waren die einzige Alternative zu Untergang und Tod.

Selbst wenn er sich dem Angriff der *Andiron* hätte entziehen wollen, jetzt wäre es zu spät gewesen. Die Brise ließ mehr und mehr nach, und die von den kreischenden Kanonenkugeln zerrissenen Segel waren nahezu nutzlos.

Ein Seesoldat krallte die Hand vor das klaffende rote Loch in der Stirn, ehe er zwischen seine Kameraden stürzte. Jedes Wort dehnend, befahl Hauptmann Rennie: »Auffüllen! Wozu, zum Teufel, glaubt ihr, seid ihr da?« Und zu Sergeant Garwood sagte er zynisch: »Notieren Sie den nächsten Mann, der ohne Erlaubnis stirbt.«

Überraschenderweise lachten einige Seesoldaten, und als Rennie merkte, daß Bolitho herübersah, zuckte er bloß mit den Schultern, als verstünde auch er, daß alles Teil eines gräßlichen Spiels war.

Das Schiff stampfte, und die Segel dröhnten protestierend, als der abflauende Wind die klatschende Leinwand traf. Bolitho zischte den Rudergänger an: »Achten Sie auf das Ruder! Schiff auf Kurs halten!«

Doch einer der Rudergänger war gefallen. Aus seinem Mund strömte Blut über die Planken. Ein anderer Mann, ständig auf einem Stück Tabak herumkauend, tauchte von irgendwoher auf und nahm seinen Platz ein.

»Die Steuerbordbatterie ist ein wildes Durcheinander«, knurrte Vibart. »Wenn wir von Backbord her angreifen könnten, hätten wir Zeit, sie zu reorganisieren.«

Bolitho sah ihn fest an. »Die *Andiron* ist im Vorteil. Aber ich beabsichtige, ihr Heck zu kreuzen.«

Vibart spähte mit kalten, kalkulierenden Augen querab. »Das wird uns die *Andiron* nie erlauben. Sie hämmert uns in Stücke, ehe wir eine Kabellänge weit sind.« Er sah Bolitho an. »Wir werden die Flagge streichen müssen.« Seine Stimme bebte. »Viel mehr können wir nicht mehr einstecken.«

Bolitho erwiderte ruhig: »Das will ich nicht gehört haben, Mr. Vibart. Gehen Sie nach vorn, und bringen Sie die ganze Batterie wieder auf Vordermann.« Es klang kalt und endgültig. »Wenn zwei Schiffe sich im Gefecht gegenüberliegen, kann nur eins siegen. Und für die *Phalarope* entscheide ich über den Ablauf der Dinge.«

Vibart zog die Schultern hoch, als ginge es ihn nichts an. »Wie Sie meinen, Sir.« Während er zum Niedergang schritt, äußerte er rauh: »Ich habe gesagt, daß die Leute Fehler nicht respektieren.«

Bolitho spürte Probys Hand auf dem Arm. Er wandte sich um. Sorge zeichnete das kummervolle Gesicht. »Das Ruder, Sir, reagiert nicht! Die Rudertalje ist gebrochen.«

Bolithos Blicke flogen über Probys runde Schultern zum Rudergänger. Er drehte das Rad hin und her, doch ohne Wirkung, und das Schiff lief aus dem Ruder und begann träge abzufallen. Die unvermutete Bewegung versetzte das Hauptdeck in Aufregung. Schreie ertönten, als die Fregatte sich auf die Seite legte und die Stückpforten sich plötzlich gen Himmel hoben.

Bolitho fuhr sich mit den Fingern durch das Haar. Erst dabei merkte er, daß ihm der Hut vom Kopf geflogen war. Der Wimpel am Masttopp flatterte kaum noch. Ohne Druck in den Segeln war das Schiff der See ausgeliefert, bis es die Flagge strich oder vernichtet wurde. Eine neue Rudertalje anzubringen, würde gut eine Stunde erfordern. Doch bis zu diesem Zeitpunkt . . . Bolitho spürte, wie es ihm kalt über den Rücken lief. Er legte die Hände um den Mund. »Feuer einstellen!«

Die plötzliche Stille schreckte mehr als das Bellen der Kanonen. Man hörte jetzt das Scheuern und Schaben der Rundhölzer, das Gurgeln des Wassers und das Klappern der hin- und herschwingenden Teile der Takelage. Selbst die Verwundeten schienen überwältigt. Keuchend lagen sie da und stierten zu dem reglosen Kapitän an der Achterdeckreling hinauf.

Wie eine letzte Beleidigung trieb ein wildes Hurrarufen mit dem Pulverqualm über das Wasser zur *Phalarope* herüber. Hört sich wie das Gebell einer Meute an, dachte Bolitho bitter. Wie das Bellen von Hunden, die zum Sprung an die Kehle ansetzen.

Der Qualm riß keilförmig auf. In der Lücke erschien der Bug der *Andiron*, der lange Finger ihres Bugspriets. Sonnenstrahlen spielten über ihre Galionsfigur und schimmerten auf gezückten Entermessern und erhobenen Enterspießen. Immer mehr Teile des feindlichen Schiffes wurden sichtbar, und Bolitho erkannte, daß die Mannschaft der *Andiron* auf den Punkt zudrängte, an dem die Schiffe sich berühren würden. Andere, mit Enterhaken bewaffnet, kletterten auf die Rahen hinaus, bereit, die zwei Schiffe fest aneinander zu klammern. Damit stand das Ende nahe bevor.

»Diese Bastarde«, murmelte Stockdale neben Bolitho. »Diese Bastarde.«

Bolitho bemerkte Tränen in Stockdales Augen und wußte, daß der Bootsmann sein Elend teilte.

Die Flagge wehte in einem leichten Windstoß plötzlich aus. Bolitho wagte nicht hinaufzusehen. Ein trotziger Fleck Rot. So rot wie die Röcke der Seesoldaten und die Blutlachen, die durch die Speigatten wegsickerten, als ob das Schiff vor seinen Augen verblutete. Neue Wut durchfuhr ihn, und er mußte die Finger um den Degengurt klammern, damit ihm die Hände nicht zitterten.

»Holen Sie Mr. Brock! Los, im Laufschritt!«

Bolitho sah, wie Fähnrich Maynard losrannte, vergaß ihn aber, als sein Blick über die Männer glitt. Sie waren erschöpft. Die Anstrengungen der Schlacht hatten sie erledigt. Sie zeigten kaum noch einen Funken Kampfgeist. Bolithos Finger krampften sich um den Degengriff, und er spürte Verzweiflung. Im Geiste sah er seinen Vater und viele andere seiner Familie vor sich. Sie hatten sich der Mannschaft zugesellt und beobachteten ihn schweigend.

Proby sagte heiser: »Ich habe ein paar Männer zum Spleißen der Rudertalje abkommandiert, Kapitän.« Er wartete und zerrte an den Knöpfen seines schäbigen Rockes. »Es war nicht Ihre Schuld, Sir.« Er bewegte sich unruhig unter Bolithos festem Blick. »Geben Sie nicht auf, Sir. Noch nicht.«

Brock kam auf das Achterdeck und salutierte. »Sir?« Er steckte noch in den Filzschuhen, die er stets in dem dunklen Magazin trug. Die plötzliche Stille und das Maß der Zerstörung an Deck schienen ihn zu betäuben.

»Mr. Brock, ich habe einen Auftrag für Sie.« Bolitho lauschte der eigenen Stimme und spürte, daß ihn die neue Entschlossenheit anfeuerte wie Brandy. »Ich wünsche, daß jede Steuerbordkanone mit Kettengeschossen geladen wird.« Er warf einen Blick auf die sich immer bedrohlicher nähernde *Andiron*. »Sie haben zehn Minuten Zeit, es sei denn, der Wind frischt auf.«

Brock nickte und eilte wortlos davon. Es war nicht seine Art, einen offenbar sinnlosen Befehl in Frage zu stellen. Eine Order des Kapitäns, das war alles, was er brauchte.

Bolithos Blicke schweiften über das Hauptdeck, über die Toten, die Verwundeten und die noch einsatzfähigen Kanoniere. Langsam sagte er: »Es geht um eine letzte Breitseite, Leute.« Die Worte fegten seine Illusion hinweg, den Männern mit einer leeren Geste zu kommen. »Jede Kanone wird mit Kettengeschossen geladen, und jede ist auf äußerste Richthöhe einzustellen.«

Die Männer regten sich. Ihre Bewegungen waren so unbestimmt und unsicher wie die alter Männer. Doch Bolithos Worte schienen ihnen neue Kraft zu geben.

»Ladet«, setzte er energisch nach, »aber rennt die Kanonen nicht aus, ehe der Befehl kommt.«

Ein Kommando schleppte die unhandlichen Kettengeschosse heran: zwei durch dicke Kettenglieder verbundene Kugeln für jede Kanone.

»Die *Andiron* ist schon sehr nahe, Sir«, sagte Hauptmann Rennie leise. »Kann nicht mehr lange dauern, bis sie uns entern.« Spannung lag in den Worten.

Bolitho blickte beiseite. Einerseits fühlte er plötzlich den Wunsch, die Außerordentlichkeit seiner Entscheidung jemandem mitzuteilen, andererseits spürte er zugleich das Ausmaß der eigenen Einsamkeit. Sein letzter Versuch konnte völlig fehlschlagen. Er würde den Feind in eine wahnsinnige Wut treiben, die dann nur das Hinmetzeln seiner gesamten Mannschaft besänftigen konnte.

Herrick blickte ohne zu blinzeln zum Achterdeck. »Alle Kanonen geladen, Sir.« Er reckte die Schultern, wie um seinen zerschlagenen Männern Vertrauen zu schenken.

Bolitho zog den Degen. Er hörte, daß die Seesoldaten hinter ihm die Bajonette aufpflanzten und auf den glitschigen Planken einen festen Stand suchten.

»Steuerbordkarronade feuerklar, Mr. Farquhar!« rief er. »Alles bereit?«

Aus zusammengekniffenen Augen verfolgte er, wie der Bugspriet der *Andiron* sich dem Schanzkleid der *Phalarope* näherte. Ihre Wasserstagen und das Rigg wimmelten von Männern. Der Kapitän der *Andiron* mußte seine Geschütze entblößt haben, um ein so großes Enterkommando zusammenzustellen. Einmal an Bord, würden die Feinde die *Phalarope* überschwemmen, ganz gleich, welchen verzweifelten Widerstand seine Männer noch leisteten.

Farquhar schluckte schwer. »Bereit, Sir.«

»Sehr gut.« Zwischen der *Andiron* und der *Phalarope* klafften kaum noch zwanzig Fuß, das dreieckige Stück Wasser zwischen den Schiffen schäumte in einem verrückten Tanz. »Wenn ich falle, hören Sie auf Mr. Vibarts Kommando.« Er sah, daß der junge Offizier zum Ersten hinüberblickte. »Wenn nicht, achten Sie auf mein Signal.«

Der Bugspriet der *Andiron* stieß zwischen die Großwanten der *Phalarope*, und das Enterkommando brach in höhnisches Gebrüll aus.

Bolitho rannte zum Hauptdeck hinunter und sprang, den Degen hoch erhoben, auf den Steuerbordlaufgang. Ein paar Pistolenschüsse pfiffen an ihm vorbei, und eine Kugel zerrte an seinem Ärmel wie eine unsichtbare Hand.

»Werft die Enterer zurück!«

Die Kanoniere starrten unsicher und betroffen zum Kapitän hinauf, ihre Kanonen noch immer binnenbords und untätig.

Herrick sprang neben den Kapitän. Seine Augen blitzten, als er rief: »Vorwärts, Leute! Erteilen wir ihnen eine Lehre.«

Irgendwo erklang ein schwaches Hurra, und die nicht an den Geschützen beschäftigten Männer drängten zum Laufgang hinauf. Würden ihre Dolche und Spieße gegen den Druck der Enterer etwas ausrichten?

Neben Bolitho sank ein Mann schreiend zu Boden. Ein anderer fiel nach vorn über Bord und wurde zwischen den Schiffsrümpfen zerquetscht.

Bolitho sah, daß die Offiziere des Kaperschiffs ihre Männer antrieben und die Scharfschützen auf ihn aufmerksam machten. Kugeln umpfiffen ihn, und die Schreie und Rufe steigerten sich zu einem einzigen, furchterregenden Gebrüll.

Die Schiffsrümpfe erbebten nochmals, und die Lücke begann sich zu schließen. Bolitho spähte nach achtern zu Farquhar. Das Achterdeck mit seinen gefallenen Seesoldaten schien weit entfernt. Aber als er, schnell und schneidend, den Degen nach unten senkte, registrierte er, daß der Fähnrich die Abzugsleine zog, und spürte, daß das Mündungsfeuer wie Glutwind an seinem Gesicht vorbeischoß.

Der Karronadenschuß bestand aus fünfhundert zusammengepreßten Musketenkugeln. Er fuhr wie eine Sense zwischen die brüllenden Enterer. Das Bombardement zerfetzte sie zu einem blutigen Wirrwarr aus Flüchen und Schreien. Die Enterer zögerten, und ein junger Leutnant sprang vom Bugspriet der *Andiron* auf das Deck der *Phalarope*, ohne daß ihm einer seiner Leute folgte. Seine Schreie erstarben, als ein großer Seemann mit der Axt zuschlug und der Körper zwischen die Rümpfe der Schiffe stürzte. Schon war er vergessen.

»Achtung, Kanoniere!« rief Bolitho wild. »Ausrennen! *Ausrennen!*«

Er versperrte seinen Leuten mit dem Degen den Weg nach vorn. »Zurück. Alle zurück!«

Die kleine Mannschaft schob sich nach hinten. Die Wendung der Dinge verwirrte sie. Doch Herrick begriff. Fast erstickt vor Erregung rief er: »Alle Kanonen ausrennen!«

Bolitho sah, daß die Männer des Kaperschiffs, die den Karronadenschuß überlebt hatten, sich auf ihre Gefechtsstationen zurückzogen, betroffen und bestürzt durch die ausgerannten und auf sie gerichteten Geschütze der *Phalarope*.

»Feuer!«

Bolitho wäre beinahe über Bord gestürzt, als die gesamte Batterie unter ihm feuerte, doch Stockdale packte ihn beim Arm. Die Luft vibrierte von den unmenschlichen Schreien, die aufgellten, als die Kettengeschosse wie ein alles vernichtender, eiserner Wirbelsturm durch die Takelage der *Andiron* jagten. Vormast und Großstenge stürzten gleichzeitig. Das herunterkommende Gut und die Segel zerschmetterten die restlichen Enterer oder fegten sie ins Meer, und über die Stückpforten legten sich die Segel wie eine Decke. Der Rückstoß der Breitseite drückte die Schiffe auseinander. Zwischen ihnen trieben Schiffstrümmer und Leichen.

Bolitho lehnte sich an die Netze; er atmete schwer. »Nachladen! Weiterfeuern!« Was auch als nächstes kommen würde, die *Phalarope* hatte gebieterisch gesprochen und hart zugeschlagen.

Der stolze Umriß der feindlichen Fregatte war zerbrochen, die Wanten und Segel baumelten wirr durcheinander. Wo vor Minuten ihr Vormast aufragte, stand jetzt nur noch ein gezackter Stumpf, und die hallenden Hurrarufe waren Schmerzensschreien und totaler Verwirrung gewichen. Doch die *Andiron* schob sich am Bug der *Phalarope* vorbei, verfolgt von einer neuen unregelmäßigen Salve und dem zornigen Bellen eines Neunpfünders vom Vorderdeck. Dann war sie klargekommen, raffte ihre zerfetzten Segel zusammen wie ein Kleid, um ihre Wunden zu bedecken, und glitt leewärts in die Bank aus Qualm und Pulverdampf.

Bolitho beobachtete sie. Sein Herz hämmerte, und seine Augen tränten vor Anstrengung und Erregung. Die Minuten zogen sich hin. Dann wurde ihm klar, daß die *Andiron* nicht wenden würde. Sie hatte genug.

Fast wankend kehrte er auf das Achterdeck zurück. Rennies Seesoldaten grinsten ihm entgegen, und Farquhar lehnte an einer rauchenden Kanone, als traue er seinen Augen nicht. Dann begannen sie, Hurra zu rufen. Zuerst klang es schwächlich, gewann aber an Stärke und Kraft, als alle Decks einstimmten. Teilweise schwang Stolz darin, teilweise Erleichterung. Einige Männer schluchzten hemmungslos, andere vollführten auf dem blutverschmierten Deck Freudensprünge.

Herrick kam nach achtern gerannt, den Hut schief auf dem Kopf. Seine Augen glänzten vor Aufregung. »Sie haben es ihnen gegeben, Sir! Mein Gott, Sie haben ihnen eins versetzt.« Unfähig, sich zu beherrschen, preßte er Bolithos Hand. Sogar Proby grinste.

Bolitho nahm alle Kraft zusammen. »Ich danke Ihnen, meine Herren.« Er blickte über die verwüsteten Decks, spürte Schmerz und blindes Frohlocken zugleich. »Nächstes Mal machen wir es besser.« Er machte kehrt und drängte sich durch die Hurra rufenden Seesoldaten zum dunklen Kajütsniedergang.

Wie durch einen Nebel hörte er hinter sich Herricks Ausruf: »Ich denke nicht an das nächste Mal, Jungs. Das reicht mir für eine Weile.«

Bolitho stand in dem engen Gang, atmete schwer und lauschte auf das erregte Reden und Lachen. Sie sind dankbar, ja sogar glücklich, wurde ihm langsam klar. Vielleicht war die Rechnung alles in allem doch nicht zu hoch.

Es gab viel zu tun, ehe das Schiff wieder einsatzfähig sein würde. Er betastete den abgegriffenen Degengriff und starrte erschöpft auf die Decksbalken. Aber das mußte noch etwas warten. Wenigstens einen Augenblick.

Herrick lehnte schwer an der Vordeckreling und wischte sich mit dem Handrücken die Stirn. Nur die schwache Andeutung einer Brise kräuselte die ruhige See vor dem sanft eintauchenden Bug. Die Sonne senkte sich zum Horizont, ihr glühendes Spiegelbild wartete bereits darauf, sie zu empfangen. Bald würde die Nacht heraufkommen und die Wunden der *Phalarope* verbergen.

Herrick spürte, wie ihm die Beine zitterten. Wiederum versuchte er sich einzureden, daß es von der Müdigkeit herrührte, von der Anstrengung, die der Tag mit seiner fortwährenden Arbeit gebracht hatte. Kaum eine Stunde nach dem Verschwinden des Kaperschiffs war Bolitho, das dunkle Haar wieder säuberlich im Nacken zusammengebunden, frisch rasiert und ohne ein Stäubchen auf der Uniform, auf das Achterdeck zurückgekehrt. Nur die Falten um die Mundwinkel und die Ruhelosigkeit in seinen Augen verrieten etwas von seinen Gefühlen, als er seine Befehle erteilte und daranging, den Schaden, den Schiff und Mannschaft erlitten hatten, zu beheben.

Anfänglich hatte Herrick das für unmöglich gehalten. Die Erleichterung der Männer war nach und nach in Ermattung umgeschlagen. Manche Matrosen lagen auf den schmutzigen Decks wie Marionetten, deren Schnüre gerissen waren. Andere standen einfach herum und starrten gleichgültig auf die Nachwirkungen des Alptraums.

Mit Bolithos plötzlichem Auftauchen hatte eine Aktivität eingesetzt, die sich niemand richtig erklären konnte. Offiziere und Mannschaften waren durch die kurze, doch schreckliche Begegnung mit dem Feind zu erschöpft, um sich dagegen auflehnen zu können. So waren die Toten an die Leereling gebracht und in Segeltuch eingenäht worden, armselige, namenlose Bündel.

Von der Back bis zum Achterdeck waren die Leute schrubbend auf den Knien über die Decks gerutscht. Begleitet vom Klicken der Pumpen und dem gleichgültigen Rauschen des Seewassers, hatten sie die dunklen Flecke von den Planken entfernt.

Die zerfetzten und nutzlosen Segel wurden abgeschlagen und durch neue ersetzt. Tozer, der Segelmacher, und seine Leute hockten an jedem nur verfügbaren Platz. Die Nadeln blitzten, während sie alles, was noch brauchbar war, flickten und ausbesserten.

Ledward, der Zimmermann, ging langsam von einer Stelle zur anderen, machte sich hier eine Notiz, nahm dort Maß, bis er zuletzt soweit war, seinen Teil zur Wiederherstellung der Seetüchtigkeit der Fregatte beizutragen. Sogar jetzt, während Herrick die Schrecken des Bombardements noch einmal durchlebte und nochmals die Schreie und das Stöhnen der Verwundeten hörte, waren die Hämmer und Sägen geschäftig, und ganze Teile der Außenhaut wurden neu geplankt und sollten am folgenden Morgen geteert und bemalt werden.

Wieder überlief Herrick ein Schauer, und er fluchte, als die Beine fast unter ihm nachgaben. Es war nicht nur Ermüdung, es war der Schock. Das wußte er nun.

Er rief sich seine Eindrücke während der Schlacht zurück, seine stupide Erleichterung und seine laut geäußerten, spaßhaften Bemerkungen, als der Feind abdrehte und verschwand. Es war ihm vorgekommen, als höre er einem anderen zu, der weder schweigen noch Haltung bewahren konnte. Am Leben und unverletzt zu sein, hatte einfach mehr bedeutet als alles andere.

Während der Himmel hinter dem sich langsam bewegenden Schiff dunkler wurde, prüfte er seine wahren Empfindungen und versuchte, seine Erinnerungen zu ordnen.

Er hatte sogar den kurzen Kontakt, den er zu Bolitho gefunden hatte, wiederzugewinnen versucht. Er war zum Achterdeck gegangen, von dem der Kapitän auf die arbeitenden Leute sah, und hatte gesagt: »Sie haben uns gerade rechtzeitig gerettet, Sir. Noch eine Minute, und man hätte uns mit einer vollen Breitseite bedacht. Eine geschickte List, beizudrehen. Dieser Freibeuter war verschlagen, kein Zweifel.«

Bolitho hatte den Blick nicht vom Hauptdeck gelöst. Seine Antwort hatte geklungen, als spräche er zu sich selber. »Die *Andiron* ist ein altes Schiff und seit zehn Jahren hier draußen.« Und mit einer knappen Geste zum Hauptdeck: »Die *Phalarope* aber ist neu. Jede Kanone ist mit dem neuen Steinschloß ausgestattet, und Karronaden sind bisher fast nur in der Kanalflotte bekannt. Nein, Mr. Herrick, da gibt es nicht viel zu gratulieren.«

Herrick hatte Bolithos Profil studiert. Zum erstenmal war er sich des Kampfes bewußt geworden, den der Kapitän ausfocht. »Wie dem auch sei, Sir, die *Andiron* war uns batteriemäßig weit überlegen.« Er hatte nach einem Zeichen jenes Bolitho Ausschau gehalten, den er mit dem Degen in der Hand an Deck gesehen hatte, während ihn die Kugeln wie Hagel umpeitschten. Aber das erwartete Zeichen war ausgeblieben. So hatte er lahm hinzugefügt: »Sie werden sehen, Sir, nach dieser Geschichte sieht alles anders aus.«

Bolitho hatte sich aufgerichtet, als schüttele er ein unsichtbares Gewicht ab. Seine grauen Augen waren kalt und gefühllos, als er ihn schließlich ansah.

»Hoffentlich haben Sie recht, Mr. Herrick. Was mich betrifft, so hat mich das Durcheinander angewidert. Ich wage nicht daran zu denken, was bei einem Kampf bis zum bitteren Ende geschehen wäre.«

Herrick hatte gespürt, daß er rot wurde. »Ich dachte nur ...«

»Wenn mir an der Meinung meines Dritten liegt, werde ich es ihn wissen lassen. Bis dahin, Mr. Herrick, seien Sie bitte so freundlich,

Ihre Leute an die Arbeit zu schicken. Für Hypothesen und Lobsprüche ist später Zeit.« Er hatte sich abgewandt und seinen Gang über das Achterdeck wieder aufgenommen.

Herrick sah, wie der Trupp des Arztes einen leblosen Körper heranschleppte und ihn zu den anderen legte. Dabei erinnerte er sich einer grauenvollen Szene.

Herrick hatte gemeinsam mit dem Zimmermann das Zwischendeck inspiziert. Die *Phalarope* hatte zwar keine Einschüsse unterhalb der Wasserlinie abbekommen, aber er betrachtete es als seine Pflicht, sich mit eigenen Augen zu überzeugen. Obwohl er vom Lärm des Gefechts noch immer betäubt war, folgte er, von der halbabgeblendeten Laterne wie hypnotisiert, dem Zimmermann Ledward an den massiven Spanten vorbei durch die unteren Decks. Als sie durch einen Vorhang traten, sahen sie sich plötzlich einer Szene gegenüber, die aus der Hölle zu stammen schien.

Kreisförmig angeordnete Laternen erleuchteten das Bild so, daß er alles wahrnehmen mußte, ob er nun wollte oder nicht. Im Mittelpunkt des gelben Lichtscheins lag, festgebunden und verkrümmt wie das Opfer auf einem Altar, ein schwerverwundeter Seemann, dem Tobias Ellice, der Wundarzt, das Bein amputierte.

Ellices dickes, ziegelrotes Gesicht zeigte keinerlei Ausdruck, während seine blutigen Hände die Säge führten. Sein Doppelkinn stieß im Takt der Bewegung immer wieder gegen den oberen Rand seiner blutgetränkten Schürze. Seine Gehilfen mußten ihre ganze Kraft aufwenden, um das sich windende Opfer auf dem Deckel einer Seekiste festzuhalten, die als Operationstisch diente. Bei jedem Stoß der Säge rollte der Mann mit den Augen und biß auf den Lederriemen zwischen seinen Zähnen, daß ihm das Blut aus den Lippen spritzte.

Außerhalb des Lichtkreises warteten andere Verwundete, daß sie an die Reihe kämen. Manche stützten sich auf die Ellenbogen, als könnten sie sich von dem grauenvollen Schauspiel nicht losreißen. Andere stöhnten und schluchzten im Schatten. Aus einigen sickerte das Leben heraus und ersparte ihnen die Qual von Säge und Messer. Die Luft war zum Schneiden dick vor Blut- und Rumgeruch, denn Rum war das einzige Betäubungsmittel.

Ellice schaute hoch, als der Mann wild um sich schlug und ohnmächtig wurde. Er sah Herricks verzerrtem Gesicht den Schrecken an und sagte mit dicker, trunkener Stimme: »Das ist ein Tag, Mr. Herrick. Ich nähe und flicke, ich säge und untersuche, aber trotzdem haben sie es eilig, zu ihren Gefährten da oben zu kommen.« Seine feuchten Augen kehrten sich zum Himmel, und er nahm einen Schluck aus der Lederflasche. »Wollen Sie auch einen, Mr. Herrick?« Er hob die flache Lederflasche ins Licht. »Nein? Na gut, ich brauche jedenfalls eine kleine Stärkung.«

Dann nickte er seinem Gehilfen kaum merklich zu, der seinerseits auf einen Mann an der gewölbten Schiffswand deutete. Der Mann wurde ohne Verzug gepackt und auf den Tisch geschleppt. Ellice wischte sich den Mund und riß ihm, ohne die Schreie des armen Kerls zu beachten, das Hemd von dem zerfetzten Arm.

Herrick machte mit schweißüberströmtem Gesicht kehrt, während ihm die Schreie des Verwundeten in den Ohren gellten. Doch er blieb wie festgenagelt stehen, als er Bolitho dicht hinter sich sah. Der Kapitän ging langsam von einem Verwundeten zum anderen. Er sprach ihnen Mut zu, aber so leise, daß Herrick die Worte nicht verstehen konnte. Hier ergriff er die ausgestreckte Hand eines Mannes, die blind nach Trost suchte, dort drückte er einem Toten die Augen zu. Einmal blieb er kurz unter der schwankenden Laterne stehen und fragte: »Wieviele, Mr. Ellice? Wie hoch sind die Verluste?«

Ellice grunzte nur und gab seinen Gehilfen ein Zeichen, daß er mit der schlaffen Gestalt auf den Laken fertig war. »Zwanzig Tote, Kapitän. Zwanzig Schwerverwundete und dreißig so halb und halb.«

In diesem Augenblick hatte Herrick Bolitho ohne Maske gesehen. Sein Gesicht spiegelte Schmerz und Verzweiflung wieder. Und sofort hatte er seinen Ärger wegen der Bemerkungen, die der Kapitän auf dem Achterdeck fallen ließ, vergessen. Der Bolitho, den er an Deck seinen Degen schwingen sah, war der wahre. Genau wie der, den er bei den Verwundeten und Toten erlebte.

Herrick starrte auf die in Leinwand eingenähten Körper. Er versuchte vergeblich, den auf jedes Bündel gekrakelten Namen mit dem dazugehörigen Gesicht in Verbindung zu bringen. Doch die Gesichter waren bereits verweht wie der Rauch der Schlacht, in der die Männer gefallen waren.

Herrick fuhr hoch, als Leutnant Okes langsam über das im Schatten liegende Hauptdeck herankam. Seit dem Gefecht hatte er Okes kaum gesehen.

Herrick erinnerte sich. Kurz nachdem der Knall des letzten Schusses im Pulverrauch verhallte, war Okes mit wild rollenden Augen, die zeigten, daß er die Herrschaft über sich verloren hatte, durch einen Niedergang heraufgestolpert. Er schien vor Furcht und Schrecken außer sich zu sein. Seine Augen irrten über die rauchenden Mündungen – über die Kanonen seiner Batterie, die er im Stich gelassen hatte.

Dann hatte er Herrick beim Arm gepackt und ungestüm und verzweifelt hervorgestoßen: »Ich mußte kurz nach unten, Thomas. Ich mußte die Kerle suchen, die fortgerannt waren. Du glaubst mir doch, nicht wahr?«

Herricks Verachtung und Zorn schwanden, als ihm klar wurde, daß Okes vor Furcht halb verrückt war. Die Tatsache erfüllte ihn teils mit Mitleid, teils mit Scham. »Leise, Mann!« Herrick sah sich nach Vibart um. »Verdammter Narr! Nimm dich zusammen!«

Jetzt blieb Okes kurz bei den Leichen stehen und ging dann weiter zum Heck. Auch er durchlebte nochmals sein Elend, war verstört über seine Feigheit und Schande.

Herrick fragte sich, ob der Kapitän Okes' Verschwinden während des Gefechts bemerkt hatte. Vielleicht nicht. Möglicherweise findet Okes wieder zu sich zurück, überlegte er grimmig.

Fähnrich Neale hastete über das Hauptdeck heran. Herrick spürte Sympathie für den Jungen, der während des Gefechts nicht geschwankt hatte. Er hatte beobachtet, wie er mit Befehlen über die Decks rannte, wie er den Männern seiner Abteilung schrill etwas zurief oder auch nur mit weit aufgerissenen Augen auf seiner Station stand.

Herrick unterdrückte ein Lächeln, als der Junge scharf haltmachte und salutierte. »Mr. Herrick, Sir. Eine Empfehlung vom Kapitän, und Sie möchten die Vorbereitungen für die Beisetzung übernehmen.« Er rang nach Atem. »Es sind insgesamt dreißig, Sir.«

Herrick rückte seinen Hut zurecht und nickte. »Und wie fühlen Sie sich, Fähnrich?«

Der Junge zuckte mit den Schultern. »Hungrig, Sir.«

Herrick grinste. »Mästen Sie eine Ratte mit Bisquit, Mr. Neale. Schmeckt allemal so gut wie Kaninchen.« Er ging nach achtern. Neale starrte mit tief gerunzelter Stirn hinter dem Dritten her. Dann ging er langsam an den Buggeschützen vorbei, tief in Gedanken versunken. Schließlich nickte er. »Ja, vielleicht versuche ich's mal«, sagte er leise.

Bolitho schwamm der Kopf. Er ließ sich gegen den Sessel zurücksinken und starrte auf die Berichte auf seinem Tisch. Das war geschafft. Er rieb sich die entzündeten Augen und stand auf.

Durch die großen Fenster sah er das Mondlicht auf dem schwarzen Wasser. Er konnte das leise Plätschern am Ruder unter sich hören. Er fühlte sich noch immer wie benommen. Zu viele Befehle hatte er erteilen müssen, zu viele Anforderungen waren auf ihn zugekommen.

Segel und Tauwerk waren auszubessern. Eine Reservespiere mußte die Bramstenge ersetzen. Mehrere Boote waren beschädigt, ein Kutter völlig havariert. Immerhin, wenn er die Leute hart antrieb, würde man die äußerlichen Schäden, die die *Phalarope* in dem Gefecht erlitten hatte, bald kaum noch bemerken. Doch die Narben bleiben im Herzen jedes Mannes, dachte er müde. Er rief sich das leere Deck zurück, sah nochmals, wie er im schwindenden Licht vor den Toten stand, und hörte sich die üblichen Worte der Begräbniszeremonie sprechen. Fähnrich Farquhar hatte die Laterne über dem Buch gehalten. Seine Hand hatte nicht gebebt.

Er mochte Farquhar noch immer nicht leiden. Aber im Kampf hatte er sich als erstklassiger Offizier erwiesen. Das machte vieles wett. Als der letzte Tote ins Wasser klatschte, um die Reise in die Tiefe von zweitausend Faden anzutreten, drehte er sich um. Zu seiner Überraschung sah er, daß sich das Deck in aller Stille gefüllt hatte. Keiner der Leute sagte etwas. Nur hier und da ein schwaches Hüsteln, und einer der Jüngeren schluchzte unbeherrscht.

Sollte er etwas sagen, sich ihnen mitteilen, so daß sie begriffen? Seine Augen glitten von Herrick, der neben dem Posten stand, zu Vibart, dessen Gestalt sich an der Reling des Achterdecks gegen den Himmel abzeichnete. Einige Sekunden lang waren sie eins gewesen, verknüpft durch das Band von Leid und Verlust. Worte hätten den Augenblick verdorben. Jede Ansprache hätte billig geklungen. So war er aufs Achterdeck gegangen und am Ruder stehengeblieben.

»Kurs Südsüdwest liegt an, Sir«, meldete der Rudergänger.

Danach war er in die Kajüte zurückgekehrt: den einzigen Ort, an dem er allein sein konnte.

Er schaute ärgerlich hoch, als Stockdale hereinkam. Stockdale musterte ihn eindringlich. »Ich habe Ihrer Ordonnanz gesagt, daß sie das Abendbrot bringen soll, Kapitän.« Er blickte mißbilligend auf den Stapel Seekarten und Berichte. »Schweinefleisch, Sir. Schön aufgeschnitten und gut gebraten. Ich habe mir erlaubt, dazu eine Flasche von Ihrem Rotwein aufzumachen, Sir.«

Bolithos Spannung mußte sich Luft machen. »Was schnatterst du da, zum Teufel?«

Stockdale ließ sich nicht abschrecken. »Wenn Sie wollen, lassen Sie mich für meine Worte auspeitschen, Sir, aber es war ein Sieg. Wir sind alle stolz auf Sie. Ich denke, Sie haben einen Schluck Wein verdient.«

Bolitho starrte ihn an und fand keine Worte.

Stockdale legte die Papiere zusammen. »Und mehr, denke ich, Kapitän, viel mehr.«

Während Bolitho schweigend zusah, wie sein Bootsführer ihm den Tisch für sein einsames Mahl deckte, zog die *Phalarope* in der leichten Brise still unter den Sternen dahin.

Von Sonnenaufgang bis Sonnenuntergang hatte sie viel geleistet. Dank ihres Kapitäns lagen noch viele Tage vor ihr.

VI Land in Sicht

Bolitho ging zur Steuerbordseite des Achterdecks und ließ die Hände auf den sonnenwarmen Backskästen ruhen. Er brauchte jetzt weder Karte noch Fernrohr. Es war, als käme er nach Hause.

In der Morgendämmerung war die kleine Insel Antigua über der Kimm heraufgekommen. Nun lag sie in der Vormittagssonne vor ihnen. Bolitho spürte jene Erregung, die ihn bei jedem Landfall durchflutete, wenn das Land an der berechneten Stelle am Horizont auftauchte. Er nahm seinen Gang über das Achterdeck wieder auf. Auf den Tag vor fünf Wochen hatte die *Phalarope* dem Nebel und Regen Cornwalls das Heck gezeigt. Zwei Wochen lag das Gefecht mit dem Kaperschiff zurück. Stolz wallte flüchtig in ihm auf, als er über sein Schiff blickte. Die Schäden waren ausgebessert. Und die Verwundeten befanden sich auf dem Weg der Besserung. Gewiß, die Zahl der Toten war auf fünfunddreißig gestiegen, aber an den anderen hatten die Sonne und der frische Wind, die Nebel und tobende Stürme abgelöst hatten, Wunder gewirkt.

Die Fregatte segelte mit Steuerbordhalsen. Das Schiff und sein Spiegelbild im dunkelblauen Wasser boten ein prachtvolles Bild. Über den sich verjüngenden Masten leuchtete wie zum Gruß ein wolkenloser Himmel, und um die Rahen segelten schreiend und erwartungsvoll die Möwen.

Antigua, Hauptquartier und Basis des Westindien-Geschwaders, war ein Glied der zerstreuten Inselkette, die den östlichen Teil der Antillen schützte. Bolitho freute sich, wieder hier zu sein. Als er sich über die Reling beugte, um nach vorn zu spähen, erwartete er halb und halb, die *Sparrow* und ihre Mannschaft zu sehen. Aber die Gegenwart der *Phalarope* überschattete bereits die alten Erinnerungen.

»An Deck! Linienschiff unter Land vor Anker!«

Okes war Wachführer; er blickte schnell zum Kapitän hinüber.

»Höchstwahrscheinlich das Flaggschiff, Mr. Okes.« Bolitho blickte kurz zur neuen Besanstenge hinauf, von wo aus der scharfäugige Ausguck die hohen Masten erspäht hatte.

Die Fregatte rundete langsam die saftig grünen Berge und felsigen Abstürze des Vorgebirges von Cape Shirley. Die Mannschaft drängte sich in Luv und klammerte sich an Wanten und Netze, während sie das Land mit Blicken verschlang. Fast allen war es unbekannt. Hier strahlte die Sonne heller, und die dichte, grüne Vegetation hinter dem weißen Strand glich keiner der Küsten, die sie kannten. Sie wiesen sich gegenseitig auf dieses oder jenes hin und plapperten aufgeregt wie Kinder, als sie an der Landzunge vorbeiglitten und die von Land eingeschlossene Bucht von English Harbour sichtbar wurde.

»Klar zum Halsen, Sir«, rief Proby.

Bolitho nickte. Bis auf Bransegel und Klüver waren alle Segel aufgegeit. Von der Back blickte Herrick, der neben dem Ankerkommando stand, nach achtern.

Bolitho schnippte mit den Fingern. »Mein Glas, bitte.«

Fähnrich Maynard reichte es dem Kapitän, und Bolitho musterte prüfend den in der Mitte der Bucht vor Anker liegenden Zweidekker. Die Stückpforten standen offen, um den Landwind ins Schiff zu lassen, und über das mächtige Achterdeck spannten sich Sonnensegel. Bolithos Blick haftete auf dem Stander des Konteradmirals im Topp und auf den blauen und roten Uniformen, die am Heck schimmerten, von wo aus man sein Einlaufen beobachtete.

»Mr. Brock, klar zum Salut! Elf Schuß, bitte.« Er schob das Teleskop mit einem Ruck zusammen. Wenn er sie sehen konnte, sahen sie ihn auch. Er wollte nicht neugierig wirken.

Die nächstliegende Landspitze blieb achteraus, und er befahl: »Übernehmen Sie, Mr. Proby.«

Proby legte die Hand an den Hut. »Leebrassen fieren! Klar zum Halsen.«

Bolitho beobachtete Okes und wartete geduldig. Schließlich sagte er, ohne die Stimme zu heben: »Scheuchen Sie die Müßiggänger von der Reling, Mr. Okes. Das da drüben ist ein Flaggschiff. Der Admiral soll nicht den Eindruck gewinnen, ich hätte einen Haufen Bauerntölpel an Bord.« Er lächelte, als Okes den Befehl herausstotterte und die Maate die Leute von der Reling trieben.

Der Salut ertönte und wurde von den Bergen zurückgeworfen, während die Fregatte langsam auf das Linienschiff zuhielt. Auf der *Phalarope* biß sich mehr als einer auf die Lippen, als der Kanonendonner andere, schrecklichere Erinnerungen weckte.

»Klar bei Bramsegelschoten!« Proby wischte sich den Schweiß von der Stirn und schätzte, wieviel Fahrt die *Phalarope* machte, während sie sich dem Ankerplatz näherte. »Bramsegel aufgeien!« Er schaute nach achtern. »Klar zum Ankern, Sir.«

Bolitho achtete nur halb auf die Salutschüsse und die herausgebellten Befehle. Er nickte.

»Ruder nach Lee!« Bolitho verfolgte, wie das Ruder gelegt wurde, und sah, wie die *Phalarope* in den Wind drehte und Fahrt verlor.

Bis auf das leise Glucksen des Wassers war jetzt kein Laut zu hören.

»Fiert weg Anker!«

Der Anker klatschte in das klare Wasser. Die Kette rauschte aus.

»Signal, Sir!« meldete Maynard aufgeregt. »*Cassius* an *Phalarope*: Kapitän zur Meldung an Bord.«

Bolitho nickte. Er hatte die Aufforderung erwartet und war bereits in seiner besten Uniform. »Lassen Sie die Gig zu Wasser, Mr. Okes. Und achten Sie darauf, daß die Giggasten ordentlich aussehen.« Bolitho blickte dem davoneilenden Zweiten nach und fragte sich, warum er so zerquält und besorgt aussah. Er schien überanstrengt und mit den Gedanken nur halb bei der Sache.

Vibart kam nach achtern und salutierte. »Irgendwelche Befehle, Sir?«

Bolitho beobachtete, wie das Boot ausgeschwenkt wurde, wobei der wachhabende Maat den Stock heftiger gebrauchte als sonst, als wäre auch er sich der beobachtenden Augen auf dem Flaggschiff bewußt.

»Machen Sie alles klar zum Übernehmen von Frischwasser, Mr. Vibart. Wir werden wohl anschließend nach English Harbour verholen, und die Männer können an Land gehen. Sie haben es verdient.«

Der Erste schien etwas erwidern zu wollen, sagte dann aber bloß: »Aye, aye, Sir. Ich werde mich darum kümmern.«

Bolitho schaute zu dem Zweidecker hinüber: die *Cassius*, 74 Kanonen, Flaggschiff von Konteradmiral Sir Robert Napier. Dem Vernehmen nach legte er auf Pünktlichkeit und Schnelligkeit größten

Wert. Bolitho war ihm noch nie begegnet. Er stieg den Niedergang hinab und schritt langsam zum Fallreep. Er konnte kaum glauben, daß er dies Kommando erst seit fünf Wochen hatte. Es kam ihm vor, als wäre er schon seit Monaten an Bord. Die Gesichter waren ihm nun vertraut. Er kannte die Vorzüge und die Schwächen der Leute.

Hauptmann Rennie salutierte mit dem Degen, und die Wache präsentierte. Bolitho lüftete den Hut und setzte ihn wieder auf, als die Gig, mit Stockdale an der Pinne, längsseits kam. Die Pfeifen schrillten, während er ins Boot stieg. Von der Gig aus musterte er den Schiffsrumpf, die frische Farbe und die sauber ausgeführten Reparaturen. Die im Gefecht erlittenen Schäden waren kaum noch zu erkennen. Es hätte alles viel schlimmer kommen können, überlegte der Kapitän, während er sich auf der achteren Ducht zurechtsetzte.

Kräftiger Riemenschlag trieb die Gig über das ruhige Wasser. Bolitho schaute zurück. Seine Leute blickten ihm nach. Ihr Leben lag in seinen Händen, das war ihm immer bewußt gewesen. Aber vor dem Gefecht hatten einige an seinen Fähigkeiten gezweifelt. Möglicherweise hatten sie ihn sogar für einen Kapitän vom Kaliber Pomfrets gehalten.

Die Gig näherte sich dem Flaggschiff, und Bolitho drängte alle anderen Gedanken zurück. Sie brauchten ihn nicht zu lieben, sagte er sich, aber sie mußten ihm vertrauen.

Konteradmiral Sir Robert Napier blieb hinter seinem Tisch sitzen und deutete auf einen Stuhl an der breiten Heckgalerie: ein kleiner, leicht reizbarer Mann mit gebeugten Schultern und schütterem grauem Haar. Das Gewicht seines Paraderocks schien ihn niederzudrücken. Sein schmaler Mund verriet kleinliche Mißgunst.

»Ich habe Ihre Berichte gelesen, Bolitho.« Seine Augen huschten über das Gesicht des Jüngeren und kehrten dann zum Tisch zurück. »Über Ihr Treffen mit der *Andiron* bin ich mir immer noch nicht ganz im klaren.«

Bolitho hätte sich auf dem harten Stuhl gern bequem zurechtgesetzt und entspannt, aber etwas in dem verdrossenen Ton warnte ihn.

Am Fallreep war er mit dem üblichen Zeremoniell empfangen worden, und der Kapitän der *Cassius*, der so unruhig und bekümmert aussah, wie er es mit Sir Robert an Bord wohl sein mußte, hatte ihn höflich begrüßt. Man hatte ihn dann in eine Kajüte geführt und gebeten zu warten, ein erstes Zeichen, daß nicht alles zum besten stand. Man forderte ihm hastig Logbuch und Berichte ab und überließ ihn in der stickigen Kajüte gut eine Stunde lang seinen nagenden Gedanken.

Er sagte vorsichtig: »Wir haben gute Fahrt gemacht, trotz der Begegnung, Sir. Alle Reparaturen wurden ohne Verlust an Segelzeit ausgeführt.«

»Halten Sie das für ein Verdienst?« Der Admiral musterte den Kapitän kalt.

»Nein, Sir«, entgegnete Bolitho. »Aber ich dachte, daß Fregatten hier noch immer dringend benötigt werden.«

Die welke Hand des Admirals raschelte mit den Papieren. »So ist es. Aber die *Andiron*, Bolitho? Wie konnte sie entkommen?«

»Entkommen, Sir?« Bolitho starrte den Admiral fassungslos an. »Sie hat uns beinahe überwältigt, wie mein Bericht ausweist.«

»Das habe ich gelesen, verdammt.« Die Augen glühten gefährlich. »Wollen Sie mir weismachen, daß sie Fersengeld gab?«

Durch ein Fenster sah er zur *Phalarope* hinüber, die wie ein geschnitztes Modell vor Anker schwoite. »An Ihrem Schiff ist kaum ein Zeichen von Kampf oder Beschädigung zu erkennen, Bolitho.«

»Wir waren mit Ersatzspieren und Leinwand gut versorgt, Sir. Die Werft, die das Schiff ausrüstete, hatte solche Eventualitäten vorausgesehen.« Der Ton des Admirals reizte ihn, und er ignorierte die warnenden Zeichen in den Augen des Älteren.

»Verstehe. Kapitän Masterman verlor die *Andiron* vor vier Monaten bei einem Gefecht mit zwei französischen Fregatten. Die Franzosen überließen das eroberte Schiff ihren neuen Verbündeten, den Amerikanern.« Nun klang offene Geringschätzung mit. »Und Sie behaupten, daß die *Andiron*, obwohl die *Phalarope* schwer beschädigt war und leichter bestückt ist, sich davonmachte, ohne ihren Vorteil zu nutzen?« Jetzt lag Ärger in der Stimme. »Habe ich Sie richtig verstanden?'

»Völlig richtig, Sir.« Bolitho bemühte sich, so ruhig wie möglich zu antworten. »Meine Leute haben sich wacker gehalten. Ich denke, der Feind hatte genug. Wäre ich in der Lage gewesen, ihn zu verfolgen, hätte ich es getan.«

»Das sagen Sie, Bolitho!« Der Admiral legte den Kopf schief wie ein kleiner, tückischer Vogel. »Ich weiß, was mit Ihrem Schiff los war. Ich habe Admiral Longfords Brief gelesen, alles, was er über die Vorfälle an Bord der *Phalarope* schreibt, als sie in der Kanalflotte Dienst tat. Ich bin nicht sonderlich beeindruckt, um es gelinde auszudrücken.«

Bolitho wurde rot. Was der Admiral sagen wollte, lag klar auf der Hand. In seinen Augen war die *Phalarope* ein gezeichnetes Schiff, ganz gleich, was sie erreichte.

»Ich habe mich nicht aus dem Staub gemacht, Sir«, sagte Bolitho kalt. »Es ereignete sich alles so, wie ich es berichtet habe. Meines Erachtens wollte das Kaperschiff weitere Schäden vermeiden.« Zwei Bilder standen ihm plötzlich wieder vor Augen: die krachende Breitseite und die Kettengeschosse, welche die Takelage der *Andiron* wie Spinnweben wegfegten; und dann die Toten, die dem Meer übergeben wurden. »Meine Männer hielten sich so gut, wie ich hoffen konnte, Sir. Sie hatten wenig Zeit, sich vorzubereiten.«

»Bitte nicht diesen Ton mir gegenüber, Bolitho!« Der Admiral funkelte Bolitho an. »*Ich* werde entscheiden, welchen Leistungsstand Ihre Männer erreicht haben.«

»Ja, Sir.« Bolitho fühlte sich ausgelaugt. Mit diesem Mann zu argumentieren, war zwecklos.

»Vielleicht erinnern Sie sich künftig daran.« Er sah auf die Papiere und sagte: »Sir George Rodney ist in die Heimat gesegelt, um seine Flotte zu reorganisieren. Wir erwarten ihn jeden Augenblick aus England zurück. Und Sir Samuel Hood verteidigt St. Kitts gegen die Franzosen.«

»St. Kitts, Sir?« St. Kitts lag kaum hundert Meilen weiter westlich, doch der Admiral sprach von der Insel, als läge sie auf der anderen Seite der Welt.

»Ja. Die Franzosen haben Truppen gelandet und versuchen, unsere Garnison ins Meer zu treiben. Admiral Hoods Geschwader konnte jedoch die Reede zurückerobern und hält jetzt die wesentlichen Stützpunkte, die Hauptstadt Basseterre inbegriffen.« Er betrachtete Bolithos nachdenkliches Gesicht. »Doch das soll nicht Ihre Sorge sein. Bis der Oberkommandierende zurückkehrt oder Admiral Hood es für richtig hält, mich abzulösen, führe ich hier das Kommando. Sie erhalten Ihre Befehle von *mir*.«

Bolitho vernahm nur halb, was die gereizte Stimme sagte. Ihm stand die winzige Insel St. Kitts vor Augen, und er wußte genau, was ihr sicherer Besitz für die unablässig bedrängten Briten bedeutete. Die Franzosen waren in diesen Gewässern stark. Sie hatten zu den britischen Niederlagen am Chesapeake erheblich beigetragen. Vom amerikanischen Kontinent vertrieben, hingen die britischen Geschwader in immer stärkerem Maß von der Inselkette ab. Die Antillen bildeten nun die Basis für Nachschub und Ausbesserungen. Fielen auch sie, gab es kein Mittel, die Franzosen oder Ihre Verbündeten daran zu hindern, noch die letzten britischen Besitzungen im karibischen Raum zu schlucken.

Die französische Flotte in Westindien war gut ausgebildet und kampferfahren. Ihr Admiral, Graf de Grasse, hatte die überforderten britischen Schiffe mehr als einmal überlistet und niedergekämpft. Er hatte einen Keil zwischen Admiral Graves und das eingeschlossene Cornwallis getrieben, den Rebellengeneral Washington unterstützt und die amerikanischen Kaperschiffe zu einer brauchbaren und tödlichen Macht organisiert.

Jetzt testete de Grasse mit der gleichen kundigen Strategie, die ihn zum wertvollsten Befehlshaber seines Landes gemacht hatte, die Stärke der einzelnen britischen Stützpunkte. Dabei benutzte er Martinique als Basis. Wenn er wollte, konnte er von dort aus jede beliebige Insel angreifen oder – bei dem Gedanken überlief Bolitho ein Schauder – nach Westen segeln und sich auf Jamaika stürzen. Eroberte er Jamaika, blieb den Briten kein Stützpunkt mehr in diesen Gewässern. Sie mußten auf den Atlantik hinaus, und dort würde sie nichts vor der völligen Vernichtung schützen.

»Ich gebe Ihnen Order, nach Westen hin Patrouille zu fahren, Bolitho«, sagte der Admiral, ohne zu stocken. »Ich werde die Befehle sofort ausfertigen. Der Feind wird sicher versuchen, noch andere Truppen vom amerikanischen Festland aus auf die Antillen zu transportieren, ja womöglich sogar noch weiter nach Süden auf die kleinen Antillen. Sie werden mit meinem übrigen Geschwader Kontakt halten, doch mit Admiral Hood auf St. Kitts *nur,* wenn absolut notwendig.«

Bolitho hatte das Gefühl, die Kajütendecke stürze über ihm zusammen. Der Admiral dachte nicht im Traum daran, der *Phalarope* Vertrauen zu schenken und sie im Geschwader segeln zu lassen. Wieder schien die beargwöhnte Fregatte zur Einsamkeit verdammt.

»Die Franzosen dürften durch Freibeuter verstärkt werden, Sir«, sagte Bolitho. »Ich hätte gedacht, mein Schiff könnte näher unter Land nützlicher sein.«

Der Admiral lächelte. »Natürlich, Bolitho, das vergaß ich beinahe. Sie sind hier ja kein Fremder. Ich glaube, irgendwo habe ich etwas über Ihre kleinen Heldentaten gelesen.« Das Lächeln erlosch. »Ich will nichts mehr von Freibeutern hören, es macht mich krank. Freibeuter sind nichts als Aasfresser und Piraten! Kein Kaperschiff kann sich mit einem *meiner* Schiffe messen. Auch daran erinnern Sie sich bitte, Bolitho. Die Eroberung der *Andiron* war eine Schmach, der man hätte vorbeugen sollen. Wenn Sie der *Andiron* nochmals begegnen, fordern Sie bitte Verstärkung an, damit es nicht wieder zu einem so erbärmlichen Fehlschlag kommt und sie endlich zurückerobert oder versenkt wird!«

Bolitho stand auf. Seine Augen blitzten. »Das ist ungerecht, Sir.«

»Halten Sie Ihre Zunge im Zaum, Bolitho.« Der Admiral musterte ihn frostig. »Ich bin der jungen, hitzigen Offiziere müde, die weder etwas von Strategie verstehen, noch Disziplin kennen.«

Bolitho wartete, bis er wieder ruhiger atmete.

»Freibeuter sind nur ein Teil der Sache. Die wirkliche Gefahr bilden die Franzosen.«

Langes Schweigen, in das Getrampel der Seeleute und gedämpftes Schmettern eines Horns klangen. Verglichen mit einer Fregatte, war der Zweidecker so etwas wie eine kleine Stadt, aber Bolitho konnte es kaum erwarten, sie hinter sich zu lassen und den beleidigenden Bemerkungen des Admirals den Rücken zu kehren.

»Geben Sie auf der Patrouillenfahrt gut acht, Bolitho«, sagte der Admiral beiläufig. »Und teilen Sie das Frischwasser und alle Vorräte gut ein. Noch kann ich nicht sagen, wann Sie abgelöst werden.«

»Meine Männer sind erschöpft, Sir.« Bolitho versuchte nochmals, die kalte Rücksichtslosigkeit des Admirals zu durchbrechen. »Einige sind seit Jahren nicht an Land gewesen.« Er dachte daran, wie sie zu den grünen Bergen und dem weißen Strand hinübergestarrt hatten.

»Ich bin dieses Gesprächs überdrüssig, Bolitho.« Napier läutete eine kleine Glocke. »Erfüllen Sie die Ihnen übertragene Aufgabe und erinnern Sie sich stets daran, daß ich nie Eigenmächtigkeit dulden werde. Tollkühne Pläne gelten mir nichts. Lassen Sie Ihre Urteilskraft nicht unter Ihrer augenscheinlichen Selbstüberschätzung leiden.« Er winkte, und hinter Bolitho öffnete sich leise die Tür.

Im Gang zitterten ihm die Hände vor Groll und unterdrückter Wut. Als er das Fallreep erreichte, lag über seinem Gesicht wieder die Maske der Empfindungslosigkeit, aber er wagte kaum, auf die ruhigen Worte zu antworten, die der Kapitän der *Cassius* äußerte, als er ihn zum Fallreep begleitete.

»Seien Sie vorsichtig, Bolitho«, sagte der Ältere leise. »Sir Robert hat auf der *Andiron* seinen Sohn verloren. Er vergibt Ihnen nie, daß Sie sie entkommen ließen, ganz gleich, aus welchen Gründen. Schlagen Sie daher seine Warnungen nicht in den Wind.«

Bolitho grüßte die unter Gewehr angetretene Wache. »Ich bin

letzthin mehrfach gewarnt worden, Sir. Aber im Notfall nutzen Warnungen selten etwas.«

Der Kapitän des Flaggschiffs verfolgte, wie Bolitho ins Boot stieg und wie die Gig aus dem Schatten der *Cassius* glitt. Grimmig dachte er: trotz seiner Jugend wird dieser Bolitho anderen und sich noch erhebliches Ungemach bereiten. Er sieht ganz danach aus.

»Achtung! Der Kapitän kommt zurück.«

Herrick eilte aus dem Schatten des Besanmastes zum Fallreep. Er strich ein paar Krümel vom Halstuch und zog hastig seine Schärpe zurecht. Bis jetzt hatte ihm das einförmige und schlecht zubereitete Essen an Bord nichts ausgemacht. Doch nun, da die *Phalarope* vor Anker lag, die reichlichen Vorräte von English Harbour in Reichweite, hatte er sich geradezu zwingen müssen, das Essen hinunterzuwürgen.

Er blinzelte über die glitzernde Wasserfläche. Seine scharfen Augen erspähten sofort die zurückkehrende Gig, die sauber und hell angezogenen Bootsgasten, die sich wie Möwenflügel hebenden und senkenden Riemen. Er versteifte sich innerlich, als der Erste neben ihn trat.

»Nun werden wir es ja erfahren.«

»Ich wette, der Admiral war begeistert.« Herrick vergewisserte sich durch einen schnellen Blick, daß die Wache ordentlich angetreten war. »Ein Lob kann unseren Leuten nur gut tun.«

Vibart zuckte mit den Schultern. »Was verstehen schon Admiräle?« Er schien sich nicht unterhalten zu wollen. Seine Augen hafteten auf der näherkommenden Gig.

Bolitho saß auf der achteren Ducht. Die Sonne blitzte auf seinen goldenen Litzen.

»Zwei Wasserleichter legen von Land ab, Sir«, sagte ein Steuermannsmaat plötzlich. »Dem Aussehen nach voll beladen.«

Herrick blickte in die Richtung, in die der Mann wies, und sah, wie zwei Leichter von Land ablegten. Sie hielten schwerfällig auf die Fregatte zu, die langen Riemen bogen sich beinahe.

»Ich dachte, das hätte Zeit, bis wir nach drinnen verholt haben?« stotterte Herrick.

Vibart hieb sich mit der Faust in die Handfläche. »Bei Gott, ich wußte, daß es so kommen würde. Ich wußte es von Anfang an!« Seine massige Gestalt drehte sich zur See. »*Die* ist für uns, Mr. Herrick. Für die *Phalarope* gibt es nichts anderes, weder jetzt noch später.«

Ein Bootsmannsmaat rief: »Achtung!«

Die Pfeifen trillerten Salut, und die schwitzende Wache präsentierte die Gewehre.

Herrick salutierte und musterte das Gesicht des an Bord kommenden Kapitäns. Bolithos Züge waren ruhig und ausdruckslos, doch die Blicke, die er über das Hauptdeck fliegen ließ, waren so kalt und rauh wie der Nordatlantik.

Vibart meldete steif: »Wasserleichter halten auf uns zu, Sir.«

»Ja, ich weiß.« Bolitho drehte sich nicht um, sondern starrte statt dessen auf die frisch geschrubbten Decks. Eine ruhige Atmosphäre der Ordnung und Bereitschaft. Nach einigen Sekunden sagte er: »Lassen Sie die Ladung gleich übernehmen. Und sagen Sie dem Faßmeister, er soll Reservefässer bereitstellen.«

Herrick fragte vorsichtig: »Gehen wir wieder in See, Sir?«

Bolithos graue Augen blickten durch ihn hindurch. »Es scheint so.«

Vibart trat einen Schritt vor, seine Augen lagen im Schatten verborgen. »Das ist verdammt ungerecht, Sir.«

Bolitho gab keine Antwort, er schien ganz mit seinen Gedanken beschäftigt. Dann sagte er scharf: »Wir segeln in zwei Stunden, Mr. Vibart. Der Wind ist zwar nur schwach, reicht aber für meinen Zweck.« Er sah sich um, als Stockdale auf das Achterdeck trat. »Sag meinem Diener, ich möchte so bald wie möglich essen. Egal was.«

Herrick sah ihn verdutzt an. Bolitho war fast zwei Stunden fortgewesen, doch der Admiral hatte sich offenbar nicht die Mühe gemacht, ihm etwas anzubieten oder ihn zum Lunch einzuladen. Was, zum Teufel, dachte er sich dabei? Einen jungen, tapferen Offizier, der nicht nur Nachrichten aus England brachte, sondern darüber hinaus die Flotte verstärkte, hätte er wie einen Bruder willkommen heißen sollen.

Als er in der Messe das magere Essen hinuntergewürgt hatte, wäre er beinahe an jedem Happen erstickt, weil er sich vorstellte, wie Bolitho mit dem Admiral eine Mahlzeit verspeiste, die ein Flaggschiff im Hafen auftischen konnte: Geflügel, frisches, mageres Schweinefleisch, vielleicht sogar Röstkartoffeln. Der Ort war für Herrick unwesentlich, wenn es um gute heimische Kost ging.

Jetzt merkte er, daß man Bolitho nichts angeboten hatte, und ihn durchdrang das gleiche Gefühl von Beschämung und Mitleid, das er seinerzeit für Okes empfunden hatte. Ein Schimpf, den man Bolitho antat, war eine Beleidigung jeden Mannes an Bord, doch den Kapitän traf es am meisten. Es war so ungerecht, so vorsätzlich grausam, daß Herrick sich nicht beherrschen konnte.

»Aber, Sir, hat der Admiral Ihnen nicht gratuliert?« Er suchte nach Worten, als Bolitho sich zu ihm umwandte. »Nach allem, was Sie für das Schiff getan haben?«

»Schönen Dank für Ihre gute Meinung, Herrick.« Die Maske lokkerte sich für einen Augenblick. »Nicht alles ist so, wie es auf den ersten Blick erscheint. Wir müssen geduldig sein.« Es lag weder Bitterkeit noch Herzlichkeit in der Antwort. »Im Krieg bleibt wenig Zeit für eine Verständigung von Mensch zu Mensch.« Er machte kehrt. »Sobald wir unter Segel sind, pfeifen Sie zur Gefechtsübung an den Kanonen.« Er verschwand im Kajütniedergang. Herrick sah sich niedergeschlagen um.

Vibart hatte also recht behalten. Die *Phalarope* war ein gezeichnetes Schiff und würde es bleiben.

Der Steuermann kam nach achtern. »Boot legt von der *Cassius* ab, Sir.«

In Herrick keimte Ärger auf. Es war alles so sinnlos, so dumm. »Es wird Botschaften bringen. Lassen Sie eine Wache am Fallreep aufziehen.«

Er war noch immer verärgert, als ein liebenswürdiger Leutnant an Bord kam, seinen Hut lüftete und neugierig über das Deck blickte, als erwarte er eine Art Schauspiel zu sehen.

»Nun?« fragte Herrick unmutig, »haben Sie alles gut in Augenschein genommen?«

Der Offizier lief rot an. »Entschuldigen Sie, Sir. Ich hatte etwas ganz anderes erwartet.« Er reichte Herrick einen dicken Leinwandumschlag. »Befehle für Kapitän Bolitho von Sir Robert Napier, Konteradmiral der britischen Flotte.«

Nach dem kleinen Wortwechsel klang das so förmlich, daß Herrick lächeln mußte. »Danke. Ich werde sie sofort nach achtern bringen.« Er musterte das gebräunte Gesicht. »Wie steht es hier draußen?«

Der Offizier zuckte mit den Schultern. »Ein hoffnungsloses Durcheinander. Zu viel See und zu wenig Schiffe.« Er wurde ernst. »St. Kitts ist belagert, und oben im Norden vereinigen sich die Rebellen. Alles hängt davon ab, wieviel die Franzosen einsetzen können.«

Herrick drehte den dicken Umschlag in den Händen und fragte sich, ob er jemals selbst Befehle öffnen würde, als Kommandant eines eigenen Schiffes.

»Wenn alle Kaperschiffe so gut sind wie das, mit dem wir einen

Strauß auszufechten hatten, wird es ein harter Kampf werden.« Herrick sah den anderen unverwandt an, spähte nach einem Zeichen des Zweifels oder der Belustigung.

Aber der Leutnant sagte unbewegt: »Wir haben von der Geschichte mit der *Andiron* gehört. Unverständlich, daß sie Ihnen entwischen konnte. Ich hoffe, Sie haben die Möglichkeit, die Scharte auszuwetzen. So wie der abtrünnige John Paul Jones mit uns Katz und Maus spielt und unsere Verbindungslinien stört, steht zu erwarten, daß andere seinem Beispiel folgen werden.«

»Ich verstehe nicht, warum man es Kapitän Masterman als Schande anrechnet, daß er sein Schiff im Kampf verloren hat.«

»Ach, das wissen Sie nicht?« Der Offizier senkte die Stimme. »Sie stand gleichzeitig mit zwei französischen Fregatten im Kampf. Auf dem Höhepunkt des Gefechts wurde die *Andiron* von einem amerikanischen Offizier angerufen. Er forderte die Mannschaft der *Andiron* auf, auf seine Seite überzuwechseln.«

»Und so kam es auch?« Herrick stand der Mund offen.

»Genauso.« Der andere nickte. »Den Franzosen hätten sie sich nie ergeben. Aber bei diesem Amerikaner klang es nach einem neuen Leben, was riskierten sie also? Und selbstverständlich werden sie nun um so besser kämpfen – *gegen uns*. Jeder Mann weiß, daß es Auspeitschung und Galgen bedeutet, wenn er gefangengenommen wird.«

»Wie lange lief die *Andiron* unter unserer Flagge?«

»Das weiß ich nicht genau. Etwa zehn Jahre, glaube ich.« Er sah, wie es hinter Herricks Stirn arbeitete, und fügte hinzu: »Halten Sie Ihre Leute also scharf im Auge. Hier draußen, Tausende von Meilen fern von England und von Feinden des Königs umgeben, spielen Gefühle eine große Rolle, was die Loyalität der Männer anlangt.« Und er setzte beziehungsvoll hinzu: »Vor allem auf einem Schiff, wo sich Unruhe bereits eingeschlichen hat.«

Vibart kam vom Hauptdeck heran, und der Offizier brach ab. Er grüßte und sagte förmlich: »Ich habe fünfundzwanzig Mann für Sie im Kutter, Sir. Ersatz für die Gefallenen.« Vibart blickte ins Boot hinab, während die Leute der *Phalarope* die neuen, hager aussehenden Männer musterten.

Der Offizier sagte hastig: »Ich habe bereits zuviel geredet, Kamerad. Aber diese Leute sind Ausschuß. Fast alle haben das eine oder andere auf dem Kerbholz. Meines Erachtens geht es Sir Robert mehr darum, sie und ihr schlechtes Beispiel loszuwerden, als darum, Ihrem Kapitän zu helfen.« Er blickte kurz zu *Cassius* hinüber und danach auf sein wartendes Boot. Dann flüsterte er abschließend: »Sir Robert beobachtet alles. Ohne Zweifel wird es bald allgemein bekannt sein, daß ich mich zehn Minuten unterhalten habe – mit *Ihnen*.« Damit eilte er fort.

»Wir werden die Leute sofort einweisen, Mr. Herrick«, sagte Vibart mit gerunzelter Stirn. »Sicher will der Kapitän, daß sie genauso eingekleidet werden wie der Rest seiner kostbaren Mannschaft.« Er verzog das Gesicht. »Meiner Meinung nach passen dreckige Lumpen besser zu ihnen.«

Herrick folgte Vibarts verärgertem Blick und fühlte sich noch bedrückter. Diese Männer waren nicht frisch gepreßt. Es waren abgehärtete Berufsseeleute, und zu jeder anderen Zeit wären sie ihr Gewicht in Gold wert gewesen. Doch jetzt . . . Während der Steuermann und Fähnrich Maynard sie nach Dienstalter ordneten, standen sie müßig und unverschämt da und verfolgten alles mit der Arroganz wilder Tiere. Flüche und Hiebe würden diese Sorte nicht beeindrukken, dachte Herrick. Selbst Auspeitschen würde sie kaum verändern.

»Warten wir ab, wie der Kapitän mit diesem prächtigen Haufen fertig wird«, murmelte Vibart.

Herrick schwieg. Er konnte sich die Schwierigkeiten vorstellen, die sich mit jeder Stunde höher auftürmten. Trennte der Kapitän diese Unruhestifter vom Rest der Mannschaft, würde er den Respekt verlieren, den er gewonnen hatte. Tat er es nicht, konnte ihr Einfluß im Logis Verheerungen auslösen.

Herrick stellte sich plötzlich vor, wie es auf der *Andiron* ausgesehen haben mußte, als Kapitän Mastermans Mannschaft zum Feind überging. Er starrte über das sonnige Achterdeck. Trotz der Hitze fröstelte es ihn bei dem Bild, das er sich ausmalte: er, plötzlich allein, auf einem Schiff, dessen bisher disziplinierte und loyale Matrosen Fremde und Meuterer geworden waren.

Fähnrich Maynard beobachtete ihn besorgt: »Signal, Sir. Flaggschiff an *Phalarope*. ›Vervollständigen Sie Ausrüstung. Segeln Sie dann sofort.‹«

Herrick sagte: »Bestätigen Sie das, Mr. Maynard.« Er blickte über die Reling, erst auf die Seeleute, die die Frischwasserfässer übernahmen, dann zu dem hochmastigen Flaggschiff. »Du Bastard«, murmelte er. »Kann dir nicht schnell genug gehen, wie?«

Die Freiwache kletterte murrend und fluchend über die verschiedenen Niedergänge ins Zwischendeck. Licht und Luft erhielt es durch die mittleren Luken. Es waren mehrere Windführungen aus Segeltuch ausgespannt worden, um das überfüllte Logis besser zu lüften. An jedem der geschrubbten Tische saßen Leute. Einige besserten Kleidungsstücke aus. In dem spärlichen Licht beugten sich die Köpfe tief über Nadel und Faden. Manche schnitzten kleine Schiffsmodelle, und andere spannen mit ihren Gefährten bloß Seemannsgarn.

Die Spekulationen und Gerüchte verstummten, als ein paar der neuen Männer einen Niedergang herabtrampelten, gefolgt von Belsey, dem wachhabenden Maat. Die Neuen waren eingewiesen worden und hatten unter der Deckspumpe die vorgeschriebene Dusche genommen. Jetzt blinzelten sie in das Halbdunkel, und ihre nackten Körper hoben sich bleich von den dunklen Planken der Bordwand ab. Jeder trug seine paar Habseligkeiten und hatte ein neues Hemd und eine zusammengerollte Hose unter dem Arm.

Belsey wirbelte mit seinem Stock und wies zum Ecktisch, von dem aus Allday und Old Strachan die Prozession wortlos beobachteten. »Ihr zwei«, bellte er, »ihr kommt in diese Messe, verstanden?« Sein Blick drang in die finsterste Ecke des Logis. »Eure Wache und eure Stationen kennt ihr, also macht's euch hier bequem und tut eure Pflicht.« Er hob die Stimme. »Zeigt den Neuen, wo sie ihre Hängematten zurren können, und dann macht hier sauber.« Er rümpfte die dicke Nase. »Sieht ja wie ein Schweinestall aus hier unten.«

Einer der beiden Neuen warf sein Bündel auf den Tisch und sah zu Old Strachan und den anderen hinunter. Er war groß, sehr muskulös, und dichtes dunkles Haar bedeckte seine breite Brust. Offenbar machte ihm weder seine Nacktheit noch Belseys scharfer Ton etwas aus.

»Ich heiße Harry Onslow, Leute«, sagte er gelassen. Und mit einem Blick über die Schulter: »Und das ist Pook, auch ein guter Mann von der *Cassius*.« Er spie den Namen des Flaggschiffs geradezu aus, und der dicht neben ihm wartende Belsey trat an den Tisch.

»Hört zu, Leute.« Seine Augen glitten böse von einem zum anderen. »Glaubt nicht, daß ihr einen ordentlichen Burschen dazubekommen habt.« Er grinste kurz. »Mach doch mal kehrt, Onslow.« Er schwenkte drohend seinen Stock. »Laß dich doch mal ein bißchen beleuchten.«

Onslow drehte sich gehorsam um, so daß ein schwacher Sonnenschimmer auf seinen Rücken fiel. Die dicht gedrängten Matrosen stöhnten auf, und Belsey sagte kalt: »Seht es euch gut an, ehe ihr anfangt, auf solche Brüder zu hören.«

Alldays Lippen verzogen sich, als er Onslows zerschlagenen Rükken sah. Er konnte sich nicht vorstellen, wie oft Onslow ausgepeitscht worden war, aber daß er es überlebt hatte, war ein Wunder.

Über den ganzen Rücken, vom Nackenansatz bis zur Hüfte, zogen sich Narben und Striemen, deren weiße Ränder sich widerlich von dem Braun der Arme und Beine abhoben.

Ferguson blickte weg, sein Mund zitterte.

Selbst Pochin, Zeuge mancher harten Auspeitschung, sagte heiser: »Da, Mann, zieh dein Hemd an.«

Pook, der andere Neue, war dünn und sehnig. Auch sein Rücken zeigte die Klauenspuren der neunschwänzigen Katze, doch verglichen mit Onslow war es nichts.

Belsey, von den anderen neuen Matrosen gefolgt, schlenderte davon.

Onslow zog sich das Hemd über und schüttelte die sauberen, neuen Hosen glatt. Dann sagte er ruhig: »Was ist los mit eurem Kapitän? Will er, daß seine Leute geschniegelt aussehen?« Er sprach mit lässigem Norfolkakzent; der Schreck, den seine Narben ausgelöst hatten, berührte ihn augenscheinlich durchaus nicht.

»Ja, er ist anders«, sagte Ferguson schnell. »Er wollte nicht zulassen, daß Betts ausgepeitscht wurde.« Er versuchte zu lächeln. »Auf diesem Schiff hast du es besser, Onslow.«

Onslow musterte ihn ausdruckslos. »Wer hat dich denn gefragt?«

»Alle Kapitäne sind Schweine.« Pook stieg in seine Hose und schnallte sich ein gefährlich aussehendes Messer um. »Auf der *Cassius* haben wir die Nase voll bekommen.«

»Betts?« fragte Onslow. »Was war mit ihm los?«

»Er hat einen Vorgesetzten angegriffen.« Pochin blickte nachdenklich vor sich hin. »Kapitän Bolitho ließ ihn nicht auspeitschen.«

»Und wo ist er jetzt?« Die dunklen Augen Onslows blinzelten nicht.

»Tot. Ging mit der Großbramstenge über Bord.«

»Na also.« Onslow stieß Ferguson von der Bank und pflanzte sich auf dessen Platz. »Hat ihm also nicht viel geholfen, wie?«

Old Strachan wickelte seine Schnitzerei in ein Stück Segeltuch und sagte unbestimmt: »Aber Ferguson hat recht. Kapitän Bolitho hat versprochen, daß er uns gerecht behandelt, wenn wir uns anstrengen. – Bald gehen wir an Land.« Er schielte zur Luke. »Wenn ich bloß dran denke: ein Spaziergang über die grünen Hügel und vielleicht auch 'nen Tropfen von freundlichen Eingeborenen.«

Ferguson versuchte es noch einmal, als müsse er jemandem vertrauen, um nicht verrückt zu werden. »Und Mr. Herrick hat mir versprochen, daß er für mich einen Brief auf das nächste nach England bestimmte Schiff schafft. Damit meine Frau weiß, daß ich noch lebe und gesund bin.« Er sah erbärmlich aus.

»Du kannst lesen und schreiben, Kleiner?« Onslow studierte ihn ruhig. »Du könntest mir sehr nützlich sein.«

Allday lächelte in sich hinein. Lärm und Stimmen füllten wieder die Messe. Vielleicht hatte Ferguson recht, und es wurde von jetzt an besser. Er hoffte es, und wenn auch nur, damit Ferguson zur Ruhe kam.

Pochin fragte erbittert: »Wofür bist du so ausgepeitscht worden, Onslow?«

»Ach, das Übliche.« Onslow beobachtete noch immer Ferguson, er war tief in Gedanken.

»Er schlug einen Obermaat«, sagte Pook, um sich einzuschmeicheln. »Und davor hat er —«

Onslows Mund öffnete und schloß sich wie eine Falle. »Hör auf! Was von jetzt an geschieht, darauf kommt's an.« Und wieder ruhiger: »Ich war noch ein Junge, als ich vor zehn Jahren rüberkam. Seit Jahren warte ich auf die Fahrt nach Hause, aber vergeblich. Ich bin von einem Kapitän zum anderen gekommen. Ich habe meine Wachen geschoben und mehr Breitseiten durchgestanden, als ich zählen kann. Nein, Leute, für uns gibt's kein Ende. Entweder machen wir mit, bis wir ins Segeltuch eingenäht werden – oder wir suchen uns unseren eigenen Ausweg und nehmen den Kurs, den die Burschen von der *Andiron* genommen haben.«

Alle hörten ihm aufmerksam zu. Er stand auf, sein brütendes Gesicht verriet Entschlossenheit. »Sie haben dem König den Dienst aufgesagt, um ein neues Leben zu beginnen, hier draußen oder irgendwo auf dem amerikanischen Festland.«

Strachan schüttelte den grauen Kopf. »Das ist Meuterei!«

»Du bist zu alt, du zählst nicht.« Onslows Stimme klang bissig. »*Den* Kapitän muß ich erst noch finden, der gerecht ist und nicht nur an Prisengeld oder Ruhm für sich selber denkt.«

In diesem Augenblick flogen Schatten über die Luken, und die Pfeifen trillerten.

»Verdammte Pfeifen!« grunzte Pochin. »Hören sie denn nie auf?«

Die Stimmen der Maaten hallten durch das Zwischendeck. »Alle

Mann! Alle Mann klar zum Segelsetzen! Ankerkommando auf die Back!«

Ferguson stierte leer in das Sonnenlicht des Niedergangs. Sein Mund stand offen. »Er hat es doch versprochen. Er hat mir versprochen, daß er mir einen Brief nach Hause besorgt.«

Onslow klopfte ihm auf die Schulter. » Und er wird dir noch mehr versprechen, sollte mich nicht wundern, mein Junge.« Ohne zu lächeln, betrachtete er die anderen. »Na, Jungs, begreift ihr nun, was ich gemeint habe?«

Maat Josling erschien vor dem Niedergang. »Seid ihr taub? Rauf mit euch! Der Letzte bekommt den Tampen zu spüren.«

Die Leute kamen zur Besinnung und trampelten den Niedergang hinauf in die Sonne.

»Klar am Gangspill.« Die Befehle gellten ihnen in die Ohren. »Auf die Rahen! Setzt Bramsegel.«

Ferguson starrte außer sich zu der grünen, einladenden Insel mit den niedrigen, welligen Bergen hinüber. Allday sah es. Er spürte selber einen Kloß in der Kehle. Die Landschaft erinnerte irgendwie an das sommerliche Cornwall. Er legte Ferguson die Hand auf den Arm und sagte freundlich: »Los, Junge. Ich helfe dir hinauf.«

Vibarts dröhnende Stimme füllte die Luft. »Setzt Focksegel! An die Brassen!«

Allday erreichte die Großrahe und kletterte auf den Fußpferden zu den anderen Männern hinaus, die über der dicken Spiere lagen. Unter sich sah er das geschäftige Deck. Blickte er über die Schulter zurück, konnte er Bolithos Gestalt an der Heckreling ausmachen.

Von der Back rief Herrick: »Anker ist auf, Sir!«

Allday grub die Zehen in die Fußpferde, als sich das Segel blähte und füllte und die große Rahe schwerfällig herumschwang, damit die Leinwand den Wind fing. Das Land glitt bereits achteraus, und wenn alle Segel gesetzt und gebrasst waren, würde die Insel im Glast verschwunden sein. Vielleicht für immer, dachte er.

VII Der spanische Lugger

Herrick schob sich ein wenig um den Besan, um im Schatten zu bleiben, den der dicke Mast warf. Wegen des gleißenden Lichtes kniff er ständig die Augen zusammen, und seine Zunge fuhr unaufhörlich über die ausgetrockneten Lippen, während sich die Vormittagswache langsam dem Ende zuschleppte. Die Segel hingen schlaff und leblos, denn nicht die leiseste Brise bewegte die spiegelglatte, leere Weite des Meeres, auf der die Fregatte regungslos in der Flaute lag.

Er zog an seinem verklebten Hemd. Die Nutzlosigkeit der Bewegung reizte ihn. Es war schweißdurchtränkt, doch sein Körper schien nur eins zu verlangen: Feuchtigkeit. Die Decksnähte griffen klebrig nach seinen Schuhen, und als er die Hand unabsichtlich auf einen der Neunpfünder legte, hätte er vor Schmerz beinahe aufgeschrien. Das Rohr war so heiß, als hätte die Kanone pausenlos gefeuert. Bei dem Gedanken verzog er die Lippen. Es hatte keine Feindberührung gegeben, noch würde es unter diesen unmöglichen Bedingungen dazu kommen.

Von Antigua war die *Phalarope* direkt zu der ihr zugewiesenen Position gesegelt. Bis auf eine andere Patrouille laufende Fregatte und den massigen Rumpf der *Cassius* hatte man kein anderes Schiff gesichtet.

Und jetzt, wie um allem die Krone aufzusetzen, lag die *Phalarope* in einer Flaute. Seit vierundzwanzig Stunden trieb sie ziellos über ihrem Spiegelbild, von trägen Strömungen hierhin und dorthin getrieben. Die Männer im Ausguck, die hoffnungsvoll nach einem Windstoß Ausschau hielten, waren matt und müde.

Sieben lange Tage, seit sie Antigua überstürzt verlassen hatten, sieben Tage des Wartens und der Beobachtung des glatten Horizonts.

Herrick blickte nach vorn. Die Männer der Freiwache lagen wie Tote im dunklen Schatten des Schanzkleides. Die halbnackten Leiber waren gebräunt. Mehrere Matrosen, an die gnadenlos glühende Sonne nicht gewöhnt, hatten böse Verbrennungen erlitten.

Fähnrich Maynard lehnte an den Netzen. Sein rundes Gesicht war ausdruckslos. Inaktivität und Hitze hatten ihn ebenfalls zermürbt.

Es war schwer zu glauben, daß außerhalb ihrer eigenen Welt noch etwas existierte. St. Kitts lag etwa fünfzig Meilen südöstlich, und die Anegada Passage, die die Jungferninseln von den umstrittenen Inseln trennte, lag in dem sengenden Glast jenseits des bewegungslosen Bugspriets.

Von Hoods Anstrengungen, St. Kitts zu halten, hatten sie nichts weiter gehört, und nach allem, was Herrick wußte, konnte der Krieg ebensogut schon zu Ende sein. Als das Flaggschiff ihnen begegnete, hatte Bolitho durch ein Signal die neuesten Nachrichten erbeten, aber die Antwort war unbefriedigend gewesen, um es gelinde auszudrücken. Die *Phalarope* hatte gerade Geschützübungen angesetzt, bei denen mehrere alte und nutzlose Fässer als Ziel dienten. Bolitho hatte das Übungsschießen angeordnet, um die Eintönigkeit zu unterbrechen, nicht weil er hoffte, durch solche Methoden die Treffsicherheit zu erhöhen.

Die *Cassius* hatte ein Signal gesetzt. Maynard meldete, daß der Admiral sofortige Feuereinstellung forderte. »Pulver und Kugeln sparen!« hatte das Signal kurz befohlen.

Bolitho hatte sich jeder Bemerkung enthalten. Herrick kannte seinen Kapitän jedoch jetzt gut genug, um den Ärger zu begreifen, der in Bolithos grauen Augen aufflackerte. Alles erweckte den Eindruck, als hätte der Admiral vorsätzlich diesen Kurs gesteuert, um die *Phalarope* zu isolieren, so wie der Arzt einen Aussätzigen von seinen Mitmenschen absondert.

Herrick riß sich aus seinen Gedanken, als Bolithos Kopf und Schultern im Kajütniedergang auftauchten. Wie die anderen Offiziere trug er nur Hemd und weiße Kniehose. Das dunkle Haar klebte ihm schweißnaß auf der Stirn. Er wirkte gereizt. Herrick spürte geradezu seine Ruhelosigkeit.

»Noch immer kein Wind, Sir.«

Bolitho warf ihm einen ärgerlichen Blick zu. Dann nahm er sich zusammen. »Danke, Mr. Herrick. Ich sehe es.« Er trat an den Kompaß. Sein Blick streifte die beiden Rudergänger. Schließlich ging er zur Steuerbordreling. Herrick sah ihn zusammenfahren, als die Sonne mit der Hitze eines Schmelzofens seine Schultern traf.

»Und wie fühlen sich die Männer?«

»Nicht sehr wohl, Sir«, erwiderte Herrick vage. »Auch ohne gekürzte Wasserration ist es schlimm genug hier draußen.«

»Stimmt.« Bolitho nickte, ohne sich umzudrehen. »Aber die Rationierung ist notwendig. Weiß Gott, wie lange uns die Flaute festnagelt.«

Bolithos Hand glitt über die Narbe unter der rebellischen Haarsträhne. Herrick hatte diese unbewußte Bewegung schon mehrmals bemerkt, gewöhnlich, wenn Bolitho völlig in Gedanken verloren schien. Herrick hatte Stockdale wegen der Narbe gefragt und erfahren, daß Bolitho verwundet wurde, als er – damals noch Leutnant – mit einem Häuflein Matrosen an Land geschickt worden war, um auf einer Insel die Wasserfässer zu füllen.

Weder der Kapitän noch sonst jemand hatte gewußt, daß die Insel bewohnt war. Die Barkasse war kaum gelandet, als brüllende Eingeborene die Abteilung aus dem Hinterhalt überfielen. Einer entriß einem sterbenden Matrosen das Entermesser und griff Bolitho an, der seine zahlenmäßig unterlegenen Männer um sich zu scharen versuchte. In seiner holprigen Sprechweise beschrieb Stockdale die Szene, bei der die Hälfte der Matrosen niedergemacht wurde, während die anderen sich verzweifelt auf dem Wasser in Sicherheit zu bringen versuchten. Bolitho, zu Boden gestürzt, wurde von seinen Leuten getrennt. Aus der Wunde, die das Entermesser gerissen hatte, strömte Blut. Ein Wunder, daß ihn der Hieb nicht getötet hatte. Die Matrosen wollten ihren Offizier, den sie sowieso für tot hielten, liegen lassen. Aber in letzter Minute sammelten sie sich doch noch. Andere Boote eilten ihnen zu Hilfe und brachten Bolitho in Sicherheit.

Herrick ahnte, daß noch eine Menge mehr dahintersteckte. Und er vermutete, daß Stockdale die Panik eingedämmt und den Mann gerettet hatte, dem er nun wie ein treuer Hund diente.

Bolitho blickte zum Bugspriet. »Der Dunst erinnert ein wenig an den Nebel im Kanal.«

Herricks trockene Lippen knisterten, als er kläglich lächelte. »Ich hätte nie gedacht, daß ich die Kanalflotte vermissen würde, Sir. Doch nun würde ich gern wieder den Wind hören und das kalte Spritzwasser spüren.«

»Kann sein«, sagte Bolitho gedankenverloren. »Aber ich habe so ein Gefühl, daß wir bald Wind bekommen.«

Herrick sah ihn verdutzt an. Das ist kein leeres Hoffnungsgeschwätz, sondern gehört zum Bild dieses Mannes, zu seiner gelassenen Zuversicht, dachte er.

Schritte näherten sich, und Vibart sagte rauh: »Auf ein Wort, Kapitän.«

»Worum geht es?«

»Um Ihren Schreiber Mathias, Sir. Er ist im Laderaum verunglückt, Sir.«

»Schwer?«

Vibart nickte. »Ich glaube, er wird den Tag nicht überleben.« In seiner Stimme klang kein Mitleid mit.

Bolitho biß sich auf die Lippen. »Ich hatte ihn hinuntergeschickt, um einige Vorräte zu prüfen.« Er schaute bekümmert hoch. »Sind Sie sicher, daß ihm nicht geholfen werden kann?«

»Der Arzt verneint es.« Es klang gleichgültig. »Er hat sich nicht nur die Rippen gebrochen, sondern auch den Schädel aufgeschlagen.

Ein Spalt, in den ein Marlspieker passen würde.«

»Ach so.« Bolitho blickte auf die Reling. »Ich kannte den Mann kaum, aber er hat schwer gearbeitet und sich bemüht, sein Bestes zu geben.« Er schüttelte den Kopf. »Im Kampf zu fallen, ist eins, aber so...«

Herrick sagte schnell: »Ich werde sofort einen anderen Schreiber abkommandieren, Sir. Ich denke an Ferguson, einer von den in Falmouth gepreßten Leuten. Er kann lesen und schreiben und ist an solche Arbeit eher gewöhnt.« Herrick entsann sich an Fergusons verzweifeltes Gesicht, als sie Antigua verließen. Er hatte ihm versprochen, für ihn einen Brief an seine Frau zu besorgen. Wenn Ferguson der schweren Matrosenpflichten ledig wurde und der harten Aufsicht der Maate entkam, glich das die Unterlassung vielleicht irgendwie aus.

Bolitho sah ernst aus. Herrick fragte sich, wie der Kapitän die Kraft fand, sich über einen Matrosen Gedanken zu machen, wenn ihm selber eine so schwere Bürde der Verantwortung auf den Schultern lag.

»Gut. Kommandieren Sie Ferguson ab und klären Sie ihn über seine Pflichten auf.«

»An Deck!« erscholl es vom Großtoppausguck. »Bö an Steuerbord voraus!«

Herrick rannte an die Reling und beschattete die Augen. Ungläubig sah er, wie das leichte Gekräusel auf das stilliegende Schiff zulief und hörte, wie sich die Takelage rührte, als die Segel sich langsam füllten.

Bolitho verschränkte die Hände auf dem Rücken. »Was soll das Starren? Bringen Sie die Männer in Trab, Mr. Herrick, damit das Schiff Fahrt aufnimmt.«

Herrick nickte. Er hatte die Erregung hinter Bolithos Ausbruch wahrgenommen. Als die Segel knatternd zu ziehen begannen, zeigte Bolithos Gesicht eine fast jungenhafte Freude.

Viel Kraft hatte der Wind nicht, aber er reichte aus, die *Phalarope* in Fahrt zu bringen. Das Wasser gurgelte um das Ruder, und als die Brassen in den Blöcken quietschten, schwangen die Rahen herum, um auch noch das letzte bißchen Wind einzufangen, voller Gier nach dem Leben, das er ihnen schenkte.

»Gehen Sie auf Nordnordwest, Mr. Herrick«, sagte Bolitho schließlich. »Diesen Kurs werden wir bis Sonnenuntergang beibehalten.«

»Aye, aye, Sir.«

Bolitho trat an die Heckreling und schaute auf das schwache Kielwasser. Man sieht ihm seine Besorgnis nicht an, überlegte Herrick. Der Wind war zwar erfreulich, aber nichts im Vergleich zu der endlosen, sinnlosen Patrouille, doch Bolitho verhielt sich zumindest nach außen hin, als wäre alles normal.

Nochmals bewies der Ausguck, daß man vor keiner Überraschung sicher war.

»An Deck! Segel an Steuerbord!«

Herrick hob das Fernrohr, aber Bolitho sagte kurz: »Von hier aus werden Sie nichts sehen. Der Dunst versperrt den Blick nach Norden.«

Vibart knurrte: »Mr. Neale, nach oben!«

»Lassen Sie.« Es klang gefährlich ruhig. »Sie gehen, Mr. Herrick. Jetzt brauche ich ein erfahrenes Auge.«

Herrick rannte zu den Wanten des Großmastes und begann hinaufzuklettern. Er merkte schnell, daß seine Kondition zu wünschen übrig ließ. Als er die obere Saling erreichte, schlug sein Herz wie eine Trommel. Der bärtige Ausguck machte ihm Platz und deutete mit teerverschmierter Hand in die Richtung.

»Dort, Sir. Kann es jetzt nicht erkennen.«

Herrick ignorierte es, daß die Fregatte unter ihm wie ein Spielzeug schwang, und zog sein Fernglas auseinander. Zuerst sah er nur das helle Licht auf dem niedrig liegenden Dunst und darunter die Millionen glitzernder Reflexe auf dem Meer. Dann entdeckte er das Segel und war enttäuscht. Der Rumpf war noch vom Dunst verhüllt, doch der sonderbaren Form des Segels nach vermutete er ein kleines Schiff, wahrscheinlich einen Küstenlugger. Nichts wert als Prise, kaum wert zu versenken, entschied er verärgert. Er gab seine Meldung an Deck.

Bolitho schaute zu ihm hinauf. »Ein Lugger, sagen Sie?« Es klang interessiert. »Behalten Sie ihn im Auge.«

»Er hat uns noch nicht gesehen.« Der Ausguck blickte mit zusammengekniffenen Augen auf das ferne Segel. »Schätze, wir sind über ihm, ehe er uns entdeckt.«

Herrick nickte und blickte hinab, als Vibart rief: »Pfeifen Sie alle Mann. Klar zum Halsen.«

Bolitho wollte das Schiff also aufbringen. Herrick beobachtete von oben die plötzliche Aktivität auf den Decks. Seit seinen Fähnrichstagen hatte er einen solchen Anblick nicht mehr erlebt: die scheinbar ziellos hastenden Gestalten, die aus den Zwischendecks quollen und sich dann wie durch Zauber je nach Aufgabe und Zweck zu erkennbaren Mustern ordneten. Er sah die Maate die Wachlisten prüfen, während sie Namen und Befehle herausbellten. Da und dort standen die Offiziere und Unteroffiziere wie kleine isolierte Inseln inmitten der wogenden Flut der Matrosen.

Die Rahen kamen herum, und die Segel schlugen empört, als die Fregatte ihren Kurs um zwei Strich nach Steuerbord änderte. Herrick spürte, wie der Mast zitterte, und gab sich alle Mühe, nicht daran zu denken, wie lange es dauern mochte, bis man unten aufschlug.

Die Brise, die der *Phalarope* zugute gekommen war, erreichte jetzt auch das fremde Segel. Und wie der Wind den Dunst mitnahm, so gewann auch der Lugger an Fahrt. Ein zweites bräunliches Segel kletterte den kurzen, dicken Großmast hinauf. Der Ausguck kaute auf einem Stück Tabak und sagte ruhig: »Ein Spanier. Die Takelage kenne ich.«

Bolithos Ruf schnitt Herricks Spekulationen ab. »Kommen Sie an Deck, Mr. Herrick. Schnell!«

Herrick langte keuchend und schwitzend unten an. Bolitho wartete bereits auf ihn. Er wirkte äußerst konzentriert.

»Der Lugger ist uns gegenüber im Vorteil, Mr. Herrick. Er kann diese leichte Brise besser nutzen als wir.« Er deutete ungeduldig auf die Back. »Machen Sie die beiden Geschütze klar, und feuern Sie ihm eins vor den Bug.«

»Aye, aye, Sir.« Herrick kam langsam wieder zu Atem. »Eine Kugel würde reichen, um ihn zu zerschmettern.«

In Bolithos grauen Augen blitzte etwas wie Belustigung auf. »Er kann die wertvollste Ladung aller Zeiten an Bord haben, Mr. Herrick.«

Herrick starrte den Kapitän verständnislos an. »Sir?«

Bolitho hatte sich bereits abgewandt, um zu verfolgen, wie die Geschützbedienung nach vorn zu den zwei langen Neunpfündern eilte. »*Informationen*, Mr. Herrick! Mangel an Informationen kann hier draußen einen verlorenen Krieg bedeuten.«

Ein Schuß genügte. Das von der Kugel hochgeschleuderte Wasser sprühte dem fremden Schiff über den Bug. Erst sank das eine, dann das andere Segel. Traurig dümpelnd, wartete der Lugger ab, was die *Phalarope* mit ihm vorhatte.

Nach der Gluthitze auf dem Achterdeck kam Bolitho die große

Kajüte beinahe kalt vor. Er mußte sich zwingen, still an den Heckfenstern zu stehen, um seine rasenden Gedanken in Zaum zu halten und den nächsten Schritt zu planen. Nur mit Mühe gelang es ihm, sich gegen die gedämpften Schiffsgeräusche und entfernten Rufe abzuschließen, als ein Boot zu Wasser gelassen wurde, um eine Abteilung an Bord des Luggers zu bringen, der in Lee der Fregatte rollte. Bolitho war nichts anderes übrig geblieben, als äußerlich gelassen zu beobachten, wie seine Befehle weitergegeben und ausgeführt wurden, bis er am Ende den prüfenden Blicken seiner Offiziere und den summenden Spekulationen der Müßiggänger auf dem Oberdeck einfach nicht länger standhalten konnte.

Daß seine beiläufige Vermutung, was die Brise anging, Wirklichkeit geworden war, war ihm selbst wie ein Wunder vorgekommen. Und als der Lugger vom Ausguck gemeldet wurde, hatte er das Gefühl gehabt, als brodelten seine lange eingekapselten Empfindungen wild durcheinander. Doch die kleinlichen Gereiztheiten hatte er beiseite geschoben, ja selbst die Haltung des Admirals der *Phalarope* gegenüber konnte er übersehen, ja sogar vergessen.

Er schnellte überrascht herum, als es klopfte. »Herein!« Er starrte den blassen Matrosen, der unsicher in der Tür stand, einige Sekunden an, zwang sich, nicht an den Lugger zu denken, und deutete mit einer Kopfbewegung auf den Tisch am Schott. »Ferguson? Sie werden dort arbeiten, wenn ich Sie brauche«, sagte er bündig; seine Gedanken folgten noch immer dem Enterkommando.

Ferguson blickte sich blinzelnd um. »Ja, Sir. Ich meine – aye, aye, Sir.« Er war verwirrt und nervös.

Bolitho musterte ihn freundlich. »Ihre Pflichten erläutere ich Ihnen später. Im Augenblick bin ich sehr beschäftigt.« Er blickte zur Tür, wo der kleine Neale keuchend auftauchte.

»Kapitän, Sir!« Er rang nach Luft. »Mr. Okes hat den Lugger genommen!«

»Das dürfte zu erwarten gewesen sein«, sagte Bolitho trocken. »Sein Kapitän sieht sich schließlich einer vollen Breitseite ausgesetzt.«

Neale überdachte den Punkt. »Hm, ja, Sir.« Er starrte Bolitho in das gelassene Gesicht und fragte sich augenscheinlich, wie der Kapitän das Oberdeck verlassen konnte, wenn endlich etwas geschah. Dann sagte er: »Das Boot kommt zurück, Sir.«

»Das war es, was ich hören wollte, Mr. Neale.« Bolitho sah durch die Heckfenster über die leere See, deren Oberfläche eine schwache, doch stetige Brise kräuselte. »Eine Empfehlung an Hauptmann Rennie. Sobald das Boot längsseits ist, soll er die Offiziere des Luggers isoliert halten, bis ich sie befragen kann. Mr. Okes soll die Durchsuchung des Luggers fortsetzen und melden, wenn er etwas findet.«

»Die Offiziere des Luggers, Sir?« Neales Augen glichen Untertassen.

»Sie stecken vielleicht in Lumpen, aber deshalb bleiben sie doch Offiziere.« Bolitho betrachtete den Fähnrich ruhig. »Und begehen Sie keinen Irrtum. Diese Leute kennen die Gewässer hier wie ihre eigene Tasche.«

Der Fähnrich nickte und schoß davon. Bolitho ging ruhelos auf und ab. Dann blieb er vor seinem Tisch stehen, auf dem eine Karte des Karibischen Meeres lag. Die komplexe Masse der Inseln und ausgeloteten Wassertiefen, die vagen Vermessungen und zweifelhaften Beschreibungen glichen einem riesigen Rätsel. Er zog die Stirn in Falten und faßte sich ans Kinn. Irgendwo inmitten dieses Gewirrs verstreuter Inseln lag der Schlüssel zum ganzen Feldzug. Wer ihn fand, würde siegen. Der Verlierer würde für immer aus dem karibischen Gebiet verdrängt werden.

Mit den Spitzen seines Stechzirkels folgte er dem Kurs der *Phalarope* bis zu einem kleinen Bleistiftkreuz. Hier, auf dieser Position, nutzte er nichts. Das fünfzig Meilen entfernte St. Kitts mochte noch immer der Belagerung standhalten, während jenseits des Horizonts Graf de Grasses große Flotte sich womöglich zum endgültigen Schlag gegen die verstreuten britischen Einheiten vorbereitete. Und waren die Briten erst einmal von diesen Inseln vertrieben, würden die Franzosen und ihre Verbündeten Südamerika aufrollen wie eine Landkarte. Sie würden den Nord- und Südatlantik beherrschen und nach den reichen Schätzen Afrikas greifen, ja darüber hinaus.

Er verdrängte die Vorstellung, denn er hörte das Trampeln von Stiefeln und das Aufsetzen von Gewehren.

Vibart erschien im Türrahmen. »Die Gefangenen sind an Bord, Sir.« Er sah Ferguson durchdringend an, der sich neben dem Tisch zu einem Ball zusammenzurollen schien. »Es stimmt, ein Spanier. Zwanzig Mann an Bord, kein Widerstand. Ich habe den Kapitän und zwei Maate draußen unter Bewachung, Sir.«

»Gut.« Bolitho blickte auf die Karte. »Zwanzig Mann, sagen Sie? Eine starke Mannschaft für ein so kleines Fahrzeug. Gewöhnlich bemannen die Spanier ihre Schiffe sparsamer.«

Vibart zuckte mit den Schultern. »Mr. Farquhar sagt, der Lugger wäre im Küstenhandel eingesetzt. Nützt uns nicht viel.«

»Ich werde mich erst einmal mit dem Kapitän unterhalten. Sie können an Deck gehen und beobachten, welche Fortschritte Mr. Okes macht. Lassen Sie mich bitte wissen, sobald er etwas herausgefunden hat.«

Der Schiffer des Luggers war klein und dunkelhäutig. Er trug ein zerlumptes Hemd und eine weite Leinenhose. Unter seinem glatten Haar schaukelten zwei goldene Ohrringe, und seine schmutzigen, bloßen Füße vollendeten das Bild der Vernachlässigung und Armseligkeit. Neben ihm wirkte Fähnrich Farquhar elegant und unwirklich.

Bolitho hielt die Augen auf die Karte gerichtet. Das unruhige Atmen und Füßescharren des Spaniers entging ihm nicht. Schließlich sagte er: »Spricht er englisch?«

»Nein, Sir«, antwortete Farquhar ungeduldig. »Er schnattert bloß.«

Ohne den Blick von der Karte zu heben, sagte Bolitho wie nebenbei: »Dann nehmen Sie ihn wieder mit an Deck, und lassen Sie den Profoß eine Schlinge am Hauptmast anbringen.«

»Eine Schlinge, Sir?« fragte Farquhar verdutzt. »Wollen Sie ihn hängen?«

»Selbstverständlich«, sagte Bolitho grob. »Er nützt mir nichts.«

Der Spanier schwankte und warf sich Bolitho zu Füßen. Er schluchzte und weinte, während er Bolithos Beine umklammerte. Die Worte strömten ihm wie eine Flut über die Lippen.

»Bitte, Kapitän, nicht hängen. *Bitte!* Ich bin guter Mann, Sir. Ich haben Frau und viele arme Kinder.« Tränen rannen ihm über die Wangen. »Bitte, Sir, nicht hängen!« Das letzte Wort kreischte er fast.

Bolitho befreite sich aus der Umklammerung und sagte ruhig: »Ich dachte mir schon, daß Ihre Englischkenntnisse wieder aufleben würden.« Und zu Farquhar: »Versuchen Sie den Trick bei den zwei Maaten. Sehen Sie zu, was Sie aus ihnen herausbekommen.« Er wandte sich wieder dem wimmernden Mann zu. »Stehen Sie auf und beantworten Sie meine Fragen, oder ich lasse Sie doch noch aufknüpfen.«

Er ließ einige Minuten verstreichen. Was hätte er angefangen, wenn der Spanier tatsächlich nicht englisch gesprochen hätte? Dann fragte er: »Ihr Bestimmungsort? Ihre Ladung?«

Der Mann schwankte. Seine schmutzigen Hände waren wie zum Gebet gefaltet. »Ich segeln nach Puerto Rico, Kapitän, mit kleiner Ladung Holz und Zucker.« Er rang die Hände. »Aber nehmen Sie alles, Exzellenz, nur lassen Sie mir Leben.«

»Halten Sie den Mund.« Bolitho spähte auf die Karte. Die Geschichte konnte stimmen. Er fragte scharf: »Woher kommen Sie?«

Der Mann lächelte unterwürfig. »Ich segeln überall, Kapitän.« Er schwenkte unbestimmt die Hand. »Ich haben nur kleine Ladung. Ich nehme, wo was kriegen. Ein schweres, schweres Leben, Exzellenz.«

»Ich werde meine Frage nur *einmal* wiederholen!« Bolitho sah ihn durchdringend an.

Der Mann trat von einem Fuß auf den anderen. »Von Martinique, Kapitän. Ich haben kleine Arbeit da. Aber ich hassen Franzosen, versteh'n?«

Bolitho senkte die Augen, um die Erregung, die er spürte, zu verbergen: von Martinique, dem Hauptquartier und der wesentlichsten Operationsbasis der Franzosen, der am stärksten gesicherten Festung Karibiens.

»Sie hassen die Franzosen, Ihre tapferen Verbündeten?« Bolithos Sarkasmus entging dem Spanier nicht. »Nun, lassen wir das. Sagen Sie mir statt dessen, wie viele Schiffe dort auf Reede lagen.« Bolitho sah Angst in den Augen des Schiffers und nahm an, daß der Spanier genau wußte, welche Reede er meinte.

»Viele Schiffe, Exzellenz.« Er rollte mit den Augen. »Viele *große* Schiffe.«

»Und wer befehligt diese vielen großen Schiffe?«

»Der französische Admiral, Exzellenz.« Der Spanier räusperte sich, als ob er ausspucken wollte, bemerkte jedoch, daß die Wache ihn von der Tür her beobachtete, und schluckte geräuschvoll. »Ein französisches Schwein, dieser Mensch.«

»Der Graf de Grasse?«

Der Schiffer nickte heftig. »Aber Sie ja alles wissen, Kapitän. Sie der Allmächtige haben gesegnet.«

Farquhar betrat die Kajüte, und Bolitho schaute hoch. »Nun?«

»Sie sprechen beide nur wenig englisch, Sir.« Er schien auf sich selber wütend zu sein. »Nach dem, was ich mir zusammenreimen kann, wollten sie nach Puerto Rico.«

Bolitho winkte der Wache. »Bringen Sie den Gefangenen hinaus, aber lassen Sie ihn nicht mit den anderen reden.« Dann sagte er abwesend: »Er hat gelogen. Er kam von Martinique. Die Franzosen würden ihm seine Handelsfahrten nie erlauben, wenn sie jederzeit selbst belagert werden könnten.« Er klopfte auf die Karte. »Nein, Mr. Farquhar, mag sein, daß er von Martinique kommt, aber sein Bestimmungsort ist ein anderer.«

Vibart kam herein und zog wegen der Decksbalken den Kopf ein.
»Mr. Okes meldet, daß die Ladung mit dem übereinstimmt, was Sie
bereits wissen, Sir. Aber unter der Hauptladung sind neue Stengen
und Fässer mit Salzfleisch verstaut. Außerdem eine Menge Ersatz-
segel und Tauwerk.«

»Genau, wie ich dachte.« Bolitho fühlte sich sonderbar eupho-
risch. »Der Lugger bringt Vorräte von Martinique nach . . .« Sein
Finger glitt über die auf der Karte eingezeichneten Inseln. »Ja, wo-
hin?« Seine Augen wanderten von Vibarts düsterem zu Farquhars
verblüfftem Gesicht. »Bringen Sie den spanischen Schiffer noch mal
her.«

Bolitho trat an die Heckfenster und beugte sich über das Wasser,
wie um seine Gedanken zu ordnen. Ihm schien, daß der Spanier von
den französischen Schiffen in Martinique so offen erzählt hatte, weil
er wußte, daß britischen Patrouillenschiffen diese Nachricht bereits
bekannt war. Der Spanier bildete sich offenbar ein, daß ihm, Bolitho,
der Hauptpunkt entgangen war. Er drehte sich rasch um, als der
Mann durch die Tür gestoßen wurde. »Hören Sie gut zu«, sagte er
beherrscht, doch so schroff, daß der Spanier zu zittern begann. »Sie
haben mich belogen. Ich habe Ihnen gesagt, was mit Ihnen passieren
würde, nicht wahr?« Er sprach jetzt gefährlich leise. »Also, noch
einmal: Ihr Bestimmungsort?«

Der Mann wankte. »Bitte, Exzellenz. Die mich töten, wenn es herausfinden.«

»Und ich werde Sie töten, wenn Sie mich warten lassen.« Bolitho
bemerkte, daß Herrick die Szene von der Tür aus fasziniert verfolgte.

»Wir segeln nach Insel Mola, Kapitän.« Der Mann schien zusam-
mengeschrumpft zu sein. »Die Ladung ist für Schiffe dort.«

Herrick und Farquhar wechselten verständnislose Blicke.

Bolitho beugte sich über seine Karte. »Mola ist holländisch.« Er
maß die Entfernung mit dem Zirkel ab. »Dreißig Meilen nordöstlich
unserer gegenwärtigen Postition.« Seine Augen bohrten sich mit-
leidslos in den Spanier. »Wie oft sind Sie schon dorthin gesegelt?«

»Oft, Exzellenz.« Der Spanier sah aus, als müsse er sich übergeben. »Soldaten dort, französische Soldaten. Kommen von Norden.
Haben auch Schiffe.«

Bolitho atmete langsam aus. »Natürlich. De Grasse würde nie den
Versuch unternehmen, seine Schiffe gegen Jamaika oder eine andere
Insel zu schicken, wenn er sich nicht voller Infanterieunterstützung

sicher wäre und ein Ablenkungsmanöver an anderem Ort in der Hinterhand hätte.« Er sah die anderen an. »Unsere Flotte beobachtet Martinique im Süden und wartet, daß sich die Franzosen regen, doch die ganze Zeit über sickern sie vom amerikanischen Festland ein und sammeln sich zu einem großen, entscheidenden Schlag.«

Vibart sagte: »Wir müssen die *Cassius* informieren, Sir.«

»Wir könnten mit dem Lugger das Flaggschiff suchen, Sir«, sagte Herrick lebhaft von der Tür her, »und selber hier in Bereitschaft bleiben.«

Bolitho schien sie nicht zu hören. »Wache, bringen Sie den Gefangenen zu den anderen, und schließen Sie alle ein. Meine Empfehlungen an den Bootsmann, und er soll die Leute von der Luggerbesatzung auswählen, die nach seiner Meinung für uns vereidigt werden können. Ich kann mir vorstellen, daß die *Phalarope* dem Gefängnis noch immer vorzuziehen ist.«

Der Seesoldat griente. »Aye, aye, Sir.« Er stieß den Spanier mit seinem Gewehr hinaus.

»Es wird zwei Tage dauern, ehe wir der *Cassius* wieder begegnen«, dachte Bolitho laut. »Dann kann es zu spät sein. Dieser Spanier hat uns viel berichtet, aber die ganze Wahrheit kennt er nicht. Wenn die Franzosen bei dieser kleinen Insel Truppen und Schiffe zusammengezogen haben, steht zu erwarten, daß sie losschlagen wollen, und zwar bald. Ich halte es für unsere Pflicht, das zu erkunden und unser Äußerstes zu tun, sie daran zu hindern.«

Vibart schluckte schwer. »Beabsichtigen Sie, die Patrouillenzone zu verlassen, Sir?«

»Haben Sie irgendwelche Einwände, Mr. Vibart?« Bolitho sah ihn ruhig an.

»Ich trage nicht die Verantwortung, Sir.« Vibart wich Bolithos kaltem Blick aus.

Herrick sagte schnell: »Es ist ein großes Risiko, wenn ich das bemerken darf, Sir.«

»Wie alles, was sich zu unternehmen lohnt, Mr. Herrick.«

Bolitho richtete sich sehr gerade auf und fügte energisch hinzu: »Meine Empfehlung an Mr. Proby. Er soll wenden und Nordostkurs steuern lassen. Wir werden hart am Wind segeln und bei Einbruch der Nacht die Insel Mola erreichen. Bis dahin gibt es viel zu tun, meine Herren.«

Seine Augen wanderten von einem zum anderen, ehe er fortfuhr: »Schicken Sie ein Prisenkommando an Bord des Luggers. Mr. Okes soll nach den Erkennungssignalen suchen. Wie ich vermute, ist die Insel streng bewacht. Der Lugger ist wichtig für uns. Wir können uns nicht erlauben, ihn auf die Suche nach dem Admiral zu schicken.«

»Der Admiral dürfte über Ihr Vorgehen nicht erfreut sein, Sir«, sagte Vibart widerspenstig.

»Und ich würde mir ewig Vorwürfe machen, wenn ich mein persönliches Ansehen über meine offensichtliche Pflicht stellen würde, Mr. Vibart.« Er sah Herrick und Farquhar an. »Eine gute Gelegenheit für Sie beide.« Sein Blick schweifte durch die Kajüte. »Und für das Schiff auch.«

Als alle die Kajüte verlassen hatten, ging er zum Heckfenster. Eine Minute lang plagten ihn nagende Zweifel. Er hatte ungestüm gehandelt, ohne die möglichen Folgen gründlich zu überlegen. Geschick und Fähigkeit entschieden nur die Hälfte, für die andere brauchte man Glück. Und wenn er sich jetzt geirrt hatte, konnte kein Glück der ganzen Welt das ausgleichen.

Er bemerkte, daß ihn Ferguson vom Tisch her wie ein hypnotisiertes Kaninchen anstarrte. Den hatte er ganz vergessen. Immerhin, die Geschichte, die er im Logis zum besten geben würde, konnte der schwindenden Moral des Schiffes nur gut tun. Wenn die *Phalarope* diesmal Glück hatte, würde alles anders aussehen. Und wenn nicht? Er zuckte mit den Schultern. Nur wenige würden dann mit dem Leben davonkommen, um die Sache zu diskutieren.

Er hörte die Achterwache an den Brassen. Das Deck legte sich schräg, als die Fregatte durch den Wind ging. Im Heckfenster tauchte für einen Augenblick der kleine Lugger auf. Er vollzog das gleiche Manöver, um neben der Fregatte zu bleiben. Während Bolitho den Lugger betrachtete, fragte er sich, wieviele Männer bereits den scharfäugigen Ausguck verfluchten, der ihn gesichtet hatte. »Jetzt werden Sie Ihrer Frau etwas erzählen können, Ferguson.

Vielleicht wird sie stolz auf Sie sein.«

Bolitho erhob sich von der Achterducht des Kutters. Hände packten zu und zogen ihn ohne große Umstände über das niedrige Schanzkleid des Luggers. Einige Sekunden stand er schwankend auf dem unvertrauten Deck und versuchte, seine Augen an die Dunkelheit zu gewöhnen.

Der Kutter hatte bereits wieder abgelegt. Bis auf den weißen Schaum, der um seine Riemen quirlte, war er bereits in der Nacht untergetaucht. Bolitho versuchte, die *Phalarope* auszumachen, aber auch sie war nicht zu erkennen. Kein Lichtpünktchen verriet ihre Anwesenheit. Er rief sich die Karte und die Gestalt der Insel ins Gedächtnis, die irgendwo vor dem stumpfen Bug des Luggers lag. Hauptmann Rennie tauchte aus der Dunkelheit auf. »Ich habe die Seesoldaten unter Deck geschickt, Sir.« Er flüsterte, was gar nicht notwendig gewesen wäre. »Sergeant Garwood wird darauf achten, daß sie sich bis zum Einsatz still verhalten.«

Bolitho nickte. Hatte er auch nichts dem Zufall überlassen? Er ging in Gedanken noch einmal alles durch. »Haben Sie sich vergewissert, daß die Gewehre und Pistolen ungeladen sind?«

Rennie nickte. »Jawohl, Sir.« Es klang, als meinte er: ›Natürlich, Sir!‹ Ein vorzeitiger Schuß im falschen Moment, ein Seesoldat, der aus Nervosität abzog, und ihr Leben war noch weniger wert als schon jetzt.

»Gut.« Bolitho tastete sich nach achtern. Dort stand Stockdale breitbeinig neben der rohen Ruderpinne. Den Kopf hatte er nach hinten gelegt, um auf die schlagenden Segel zu achten. Fähnrich Farquhar wachte neben einem formlosen Bündel, in dem Bolitho den unglücklichen spanischen Schiffer erkannte. Er sollte als Unterpfand und Führer dienen.

»Denken Sie, daß wir unbemerkt unter Land kommen, Sir?« fragte Rennie.

Bolitho blickte zu den hohen, glitzernden Sternen auf. Nur die allerschwächste Andeutung einer Mondsichel schwebte silbern über ihrem Spiegelbild im flachen Wasser. Die Nacht war finster genug, alles zu verbergen. Vielleicht zu finster.

»Wir werden sehen«, sagte er. »Lassen Sie Fahrt aufnehmen, und achten Sie darauf, daß die Kompaßlaterne gut abgeblendet ist.« Er kehrte Rennie und dessen Fragen den Rücken und drängte sich an den hockenden Matrosen vorbei, deren Augen ihm folgten. Gelegentlich hörte er das Schaben eines Entermessers oder ein dumpfes Klirren vom Bug, wo McIntosh, ein Artilleriemaat, in letzter Minute nochmals seine in aller Eile montierte Drehbasse prüfte. Sie war mit Kartätschen geladen, die auf kurze Entfernung tödlich wirkten. Der erste Schuß muß sitzen, überlegte Bolitho grimmig. Für einen zweiten ist unter Umständen keine Zeit.

Er fragte sich, was Vibart denken mochte, der nun die Verantwortung für die Fregatte trug und Stunden warten mußte, bis er seinen Part bei der Aktion spielen konnte. Er dachte an das Gesicht, das Herrick gemacht hatte, als er ihm sagte, daß er Leutnant Okes auf den Lugger mitnehmen würde. Herrick wußte, daß es keine andere Wahl gab. Okes war dienstälter, und es war nur gerecht, daß er die Chance bekam, sich einen Namen zu machen. Oder vor Herrick zu sterben, dachte Bolitho trocken. Vibarts Rang und Dienstalter geboten es, ihm den zeitweiligen Befehl über die Fregatte zu übertragen. Und falls Vibart und er fielen, konnte Herrick noch immer die Sprossen der Rangleiter erklimmen.

Bolitho blickte finster in die Dunkelheit und verfluchte sich wegen seiner morbiden Gedanken. Vielleicht war er durch das Planen und Vorbereiten schon zu erschöpft, um noch denken zu können. Den ganzen Tag über, während die Fregatte auf die Insel Mola zusteuerte, hatte lebhafte Geschäftigkeit geherrscht. Männer und Waffen waren auf den Lugger hinübergeschafft worden, dessen Ladung man über Bord geworfen oder zur *Phalarope* hinübergepullt hatte. Im Laderaum des Luggers befanden sich jetzt die Seesoldaten. Die Leute hatten zu viel damit zu tun, gegen die Übelkeit anzukämpfen, die ihnen der Gestank von Fischöl und verdorbenem Gemüse bereitete, um daran zu denken, was vor ihnen lag. Mathias, Bolithos Schreiber, war gestorben und mit einem kurzen Gebet dem Meer übergeben worden. Sein Tod und die Beisetzung hatten die hektischen Vorbereitungen nicht unterbrochen, und jetzt konnte man sich kaum noch an sein Gesicht erinnern.

Leutnant Okes stolperte über das Deck heran. Er ging gebückt, als erwarte er, gegen unsichtbare Gegenstände zu stoßen. Er erspähte Bolitho und murmelte: »Alle – alle Leute klar, Sir.« Es klang angespannt und nervös.

Bolitho grunzte. Der Zweite bereitete ihm schon seit einiger Zeit Sorgen. Okes hatte sich sogar erboten, an Herricks Stelle auf der Fregatte zu bleiben, was sehr sonderbar war. Bolitho wußte, daß Okes nicht reich war. Jede Beförderung außerhalb der Reihe und ein lobender Bericht in der *Gazette* hätten für seine Karriere viel bedeutet. Wahrscheinlich hat er Angst. Nun, bis auf Wahnwitzige mußte jeder Angst haben, dachte Bolitho.

»Wir werden die Landzunge bald sichten«, antwortete er. »Die hohe Brandung muß sie anzeigen.« Er rief sich mit aller Macht das Bild vor Augen, das er sich von der Insel gemacht hatte. Sie glich irgendwie einem Hufeisen, die tiefe Reede lag zwischen zwei geschwungenen Landspitzen verborgen. Die Ortschaft befand sich auf der dem Meer zugekehrten Seite der ihnen zunächst liegenden Landzunge. Dort war der einzige flache Strand der ganzen Insel. Nach der

Karte und den Angaben, die er aus dem Spanier herausgequetscht hatte, waren Reede und Ortschaft durch einen unebenen Weg verbunden, der mit Hilfe einer Holzbrücke eine tiefe Schlucht überquerte. Die Spitze der Landzunge war durch diese Schlucht isoliert. Auf dem höchsten Punkt sollte eine starke Batterie postiert sein, wahrscheinlich Vierundzwanzigpfünder. Sie konnten die ganze Reede leicht verteidigen. Eine Sandbank und mehrere Riffe machten außerdem jede Annäherung zu einem Risiko. Im Grunde war es unmöglich, ohne gutes Tageslicht einzulaufen. Kein Wunder, daß die Franzosen diese Insel zu ihrem Stützpunkt gewählt hatten.

»Die Landzunge, Sir!« Ein Matrose wies nach vorn. »Dort, Sir.«

Bolitho nickte und ging nach achtern. »Gut achtgeben, Stockdale! Etwa eine Viertelmeile voraus liegt das Ufer. Dort soll eine Landungsbrücke aus Holz sein, wenn man den Angaben des Spaniers trauen darf.«

Im Bug warf ein Matrose das Lot aus und meldete heiser: »Etwa Strich zwei, Sir.«

Zwei Faden Wasser unter dem Kiel, und noch waren sie weit vom Land entfernt. Ein Überraschungsangriff konnte in der Tat nur von einem so kleinen Boot wie dem Lugger ausgeführt werden. Und das Überraschungsmoment war ihr einziger Vorteil. Niemand, der bei gesunder Vernunft war, würde erwarten, daß ein einzelnes kleines Boot sich dieser stark befestigten Insel bei völliger Dunkelheit näherte.

Steuermann Belsey sagte heiser: »Ich sehe die Pier, Sir. Dort drüben.«

Bolitho schluckte schwer und spürte ein Prickeln in der Wirbelsäule. Er rückte seinen Degen zurecht und vergewisserte sich, daß seine Pistole griffbereit war.

»Holen Sie den Spanier«, sagte er heiser vor Spannung.

Der Gefangene klapperte vor Furcht mit den Zähnen. Bolitho packte ihn beim Arm. Er roch die Furcht des Mannes. Jetzt war der Augenblick, dem Spanier einen Schrecken ins Gebein zu jagen. Er mußte sich mehr vor ihm als vor dem fürchten, was ihm die Franzosen antun könnten. »Hören Sie gut zu.« Bolitho schüttelte den Mann bei jedem Wort. »Wenn wir angerufen werden, wissen Sie, was Sie zu tun haben, nicht wahr?«

Der Spanier nickte heftig. »Laterne zeigen. Signal geben, Exzellenz.«

»Und wenn man Sie fragt, warum Sie bei Nacht hereinkommen,

sagen Sie, daß Sie Nachrichten für den Garnisonskommandanten bringen.«

»Aber Exzellenz, ich bringe nie Nachrichten.«

»Halten Sie den Mund. *Sagen Sie es!* Wie ich Wachen kenne, geben sie sich damit erst einmal zufrieden.«

Die Pier ragte wie ein schwarzer Finger aus der Finsternis. Die Segel wurden langsam geborgen, und als der Lugger sanft auf die Landungsbrücke zuglitt, leuchtete eine Laterne auf, und jemand rief: »*Qui va la?*«

Der Spanier öffnete die Blende seiner Laterne. Zwei lange, zwei kurze Blinkzeichen. Mit bebender Stimme stotterte er seine Botschaft heraus. Zwischen jedem Wort mußte er tief Luft holen. Er schlotterte dermaßen vor Angst, daß Farquhar ihn gegen den Mast drücken mußte wie eine Leiche. Die Wache sagte etwas zu einem anderen Mann hinter einer kleinen Hütte in halber Höhe der Pier. Bolitho hörte ihn lachen. Metall klirrte zweimal, als die Wachen ihre Gewehre entspannten.

Der Bug schwang zur Pier herum, und Bolitho sah, wie der Wachsoldat sich vorbeugte, um zu beobachten, wie der Lugger festmachte. Er hatte das Gewehr über die Schulter geworfen. Im Glühen seiner langen Tonpfeife blitzte sein hoher Tschako kurz auf. Bolitho hielt den Atem an. Jetzt würde sich zeigen, ob er die richtigen Männer ausgewählt hatte.

Er verfolgte, wie ein Matrose, den Festmacher in der Hand, mit gespielter Gelassenheit die Leiter erklomm. Der Posten rief ihm etwas zu. Doch es war nicht zu verstehen, weil er sich umdrehte, um zuzusehen, wie der Matrose das Tau über einen Poller warf. Ein zweiter Matrose, der auf dem Vordersteven gekauert hatte, sprang wie eine Katze hinauf. Sekundenlang schwankten die zwei Gestalten in einem makaberen Tanz, aber man vernahm kaum einen Laut. Erst als der Matrose den Griff lockerte und den toten Posten geräuschlos auf die Pier sinken ließ, begriff Bolitho, daß die Zeit zum Handeln gekommen war.

»Der Nächste!« zischte er.

Belsey glitt über den Bug, gefolgt von einem Matrosen, der die Klinge seines Messers an der Hose abwischte. Beide verschwanden hinter der Hütte. Diesmal gab es ein paar Geräusche: das Klappern eines fallenden Gewehrs, etwas wie ein Röcheln, nicht mehr.

Bolitho kletterte zur Pier hinauf. Er bebte vor unterdrückter Erregung. »Mr. Okes, rücken Sie mit Ihrem Kommando im Laufschritt zum Ende der Pier vor.« Er hielt einen Matrosen zurück, der losrasen wollte, und zischte: »Ruhig! Hinten ist ein Wachhaus.«

Rennies Seesoldaten strömten aus dem Laderaum, das weiße Lederzeug stach hell von ihren Uniformen ab. Rennie hatte seine Order nicht vergessen. Innerhalb weniger Minuten hatte er seine Leute in zwei Abteilungen gegliedert. Auf ein einziges Kommando hin stürmten die Gruppen über die Pier auf die schweigende Ortschaft zu.

Stockdale verließ den Lugger als letzter. Das Entermesser baumelte wie ein Spielzeug in seiner Hand.

Bolitho blickte sich noch einmal prüfend um. »Also, Stockdale, sehen wir uns die Geschichte mal an!«

VIII   Der Angriff

Bolitho hob die Hand, die Matrosen machten halt. »Zehn Minuten Rast. Nach hinten durchsagen.«

Er wartete, bis alles wieder still war, und sagte dann zu Leutnant Okes: »Wir gehen noch ein Stück weiter und werfen einen Blick auf die Brücke. Sich hier den Kopf zu zerbrechen, hilft Rennies Seesoldaten auch nicht. Es ist bereits fast zwei Uhr. Ehe die Dämmerung heraufkommt, gibt es noch viel zu tun.«

Bolitho stieg den steilen Weg hinauf, ohne Okes' Erwiderung abzuwarten. Die lockeren Steine knirschten unter seinen Sohlen. Ihm war sonderbar zumute. Alles war so gut gegangen, daß die Anspannung sich um so stärker bemerkbar machte. Das Glück konnte doch unmöglich andauern.

Vor kaum einer Stunde hatte der Lugger am Pier angelegt. Nachdem die beiden Posten niedergemacht worden waren, hatten Rennies Seesoldaten das kleine Wachhaus am Anfang der Küstenstraße erobert. Die schlafenden Soldaten, alle zehn, waren durch Keulenschläge betäubt worden, und den wachhabenden Unteroffizier hatte man ergriffen und wie ein Paket zusammengeschnürt.

Bolitho war dann losmarschiert, während Rennie seine Leute entlang der Straße verteilte und das Gelände oberhalb der Ortschaft besetzte. Hier mußten sie eigentlich allem standhalten können, bis das Angriffskommando seine Arbeit vollendet hatte.

Bolitho kniete sich hin und versuchte, die Dunkelheit mit Blicken zu durchdringen. Verschwommen sah er die dünnen Umrisse einer hohen Holzbrücke und dahinter das abgetrennte Gebiet, wo die schlafende Bedienung der Batterie lag und noch nichts von dem ahnte, was vorging. Eine ziemlich solide Brücke, dachte Bolitho. Breit und tragfähig genug für den Transport von Geschützen und Vorräten, von Geschossen und allen Materialien zum Bau von Brustwehren und Schießscharten. War sie erst einmal in die Luft gesprengt, würde es lange dauern, sie wieder zu ersetzen.

Ein Stiefel knirschte neben ihm. Sergeant Garwood sah zu ihm hinunter. »Eine Empfehlung von Hauptmann Rennie, Sir. Die Seesoldaten haben die befohlenen Positionen bezogen. Wir haben den Lugger am Kopf des Pier festgemacht, so daß unser Rückzug durch die Drehbasse gedeckt ist.« Er starrte zur Brücke. »Da würde ich gern mitmachen, Sir«, sagte er voller Neid.

»Gehen Sie zurück zu Hauptmann Rennie und sagen Sie ihm, er soll die Straße halten, bis wir uns zurückziehen.« Bolitho lächelte. »Keine Angst, Sergeant, Sie werden schon noch in den Kampf kommen, ehe die Nacht um ist.«

Als Garwood in der Finsternis verschwunden war, sagte er scharf: »Führen Sie die Abteilung herauf, Mr. Okes, und achten Sie darauf, daß alles leise vor sich geht.« Er wandte sich wieder der Brücke zu. Wahrscheinlich wurde sie am einen Ende bewacht, wenn nicht gar an beiden. Es mußte alles sehr schnell gehen.

Okes tauchte schwer atmend wieder auf. »Alle zur Stelle, Sir.«

Farquhar folgte Okes auf dem Fuße, sein Gesicht schimmerte blaß im schwachen Mondlicht. »Ich habe Glover für die Aufgabe ausgewählt, Sir«, sagte er.

Bolitho nickte. Glover war der Matrose, der den ersten Wachtposten so geräuschlos erdrosselt hatte. »Gut, schicken Sie ihn los.«

Der Mann glitt über die Böschung aus Steinen und Büschen und tauchte in den tiefen Schatten vor der Brücke.

»Denkt daran, Leute, wenn Glover den Posten nicht stillmachen kann und Alarm gegeben wird, müssen wir stürmen.«

Er zog seinen Degen und sah das tödliche Blitzen der Entermesser, als er sich umblickte.

»Mr. Farquhar übernimmt mit fünf Mann die Kanonen und das Magazin«, flüsterte er Okes zu. »Und McIntosh soll eine Ladung anbringen, um die Brücke in die Luft zu sprengen, sobald wir uns zurückgezogen haben. Verstanden?«

Okes nickte. »Ich – ich denke schon, Sir.«

»Sie müssen sich über alles restlos klar sein, Mr. Okes.« Bolitho sah ihn durchdringend an. Plötzlich wünschte er, er hätte Herrick an seiner Seite. Sollte er fallen, ehe die Attacke abgeschlossen war, wie würde Okes dann zurechtkommen? Er fuhr fort: »Nach den Angaben unseres Spaniers führt ein Weg von der Batterie zum Ufer vor der Reede. Sobald die Batterie genommen ist, werde ich hinuntergehen, um festzustellen, wie den Schiffen im Hafen beizukommen ist. Ich will versuchen, eins oder mehrere in Brand zu setzen, und die *Phalarope* kann sich mit jenen befassen, die ausbrechen.« Er wandte sich um, als Stockdale, der den wimmernden Spanier hinter sich her zog, durch die Büsche herankam.

»Sir, Glover hat Signal gegeben. Er hat den Posten niedergemacht.«

Bolitho erhob sich. Wenn ich doch tausend Mann hätte statt sechzig, ging es ihm durch den Kopf. Dann könnte ich die Insel nehmen und halten, bis Verstärkung eintrifft. Er zog den Hut in die Stirn und ließ seinen Blick über die Leute schweifen. Gut, daß er jeden persönlich ausgewählt hatte.

»Los, Leute. Schnell und ohne jeden Lärm.« Er schwang den Degen. »Mir nach!«

Die Matrosen trotteten in zwei Reihen auf die Brücke zu. Bolitho ging einen Schritt voraus, die Augen auf die leere Brücke gerichtet, die ihm mit einem Mal sehr weit entfernt und gefährlich vorkam.

Die Schritte beschleunigten sich, und Bolitho wußte, ohne sich umzudrehen, daß der Vormarsch bereits in den Angriff überging. Dann hallten seine Schuhe hohl auf den Bohlen. Zwischen den steilen Wänden der Schlucht hörte er das Donnern der Flut, und aus dem Augenwinkel sah er die weißen Kämme der Brandung. Er stürzte beinahe über die Leiche des uniformierten Postens. Glover grüßte ihn, das erbeutete Gewehr in der Hand.

Ohne stehenzubleiben, sagte Bolitho: »Gut gemacht, Glover. Und nun weiter.«

Eine halbkreisförmige Brustwehr mit viereckigen Stückpforten lief rund um die andere Seite der Landspitze, und während Bolitho auf den Ginsterstoppeln und dem trockenen Gras ausrutschte, zählte er sieben oder acht schwere, auf die See gerichtete Kanonen. Hinter ihnen ragte ein hoher Erdwall auf, und Bolitho nahm an, daß man ihn aufgeschüttet hatte, um das Magazin zu schützen.

Im Schatten unterhalb des Walls gellte ein bestürzter Schrei auf, und vor Bolithos Füßen schien ein Soldat aus dem Boden zu wachsen. Er sah die entblößten Zähne und hörte das hastige Einatmen des Mannes, der vorsprang und mit dem Bajonett einen Ausfall machte.

Glover, der dicht hinter Bolitho war, stieß einen furchtbaren Schrei aus. Die Klinge hatt ihn aufgespießt. Bolitho holte aus; der Soldat sackte zusammen. Die Wucht des Säbelhiebs hatte ihm den Arm fast vom Körper getrennt. Er war verloren und vergessen, als die Matrosen ungestüm über ihn hinweg auf das Plateau wogten und wie Wilde nach weiteren Opfern Ausschau hielten.

Sie stießen auf sechs Franzosen, die in einer kleinen Hütte neben einem großen Schmelzofen schliefen, der feindselig glühte und ein unheimliches Licht über die Ketten glänzender runder Kugeln und die Entermesser der triumphierenden Seeleute warf. Ein Franzose richtete sich so verblüfft auf, als traue er seinen Augen nicht. Ein Entermesser machte ihn stumm, ehe er einen Ton von sich geben konnte, und zwei andere, die aufbrüllten, wurden niedergestochen, als sie nach ihren Waffen greifen wollten.

Bolitho achtete nicht auf die grauenvollen Geräusche, die aus der Hütte drangen. Er beugte sich über die Brustwehr und spähte zum schimmernden Spiegel der Reede hinunter. In der Mitte lagen zwei große Schiffe vor Anker, und zwei kleinere lagen dicht unter den Klippen. Die Ankerlaternen blinkten auf dem stillen Wasser wie Glühwürmchen. Kein Alarm. Nichts störte die ruhige Nachtwache. Bolitho stand kalter Schweiß auf der Stirn, und er merkte, daß er zitterte.

Farquhar klomm zu ihm hinauf. Sein Dolch hob sich schwach glänzend gegen die dunkle Uniform ab. »Die Batterie ist genommen, Sir«, meldete er aufgeregter als sonst, und Bolitho wußte, daß auch ihn die wahnsinnige Wildheit gepackt hielt.

»Acht Kanonen«, fuhr Farquhar in ruhigerem Ton fort. »Zwei davon Zweiunddreißigpfünder.« Es klang beeindruckt. »Wenn die Froschfresser die Kugeln im Ofen zum Glühen bringen, können sie leicht jeden Angreifer versenken. Solche Kugeln setzen ein Schiff im Handumdrehen in Brand.«

Bolitho nickte und deutete auf die vor Anker liegenden Schiffe. »Ich würde sie gern an ihnen ausprobieren, aber der Lärm würde uns die ganze Insel auf den Hals ziehen.« Er wies auf die beiden großen Schiffe. »Es sind Truppentransporter. Aber die Soldaten schlafen sicher irgendwo an Land in Zelten. Im Laderaum zusammengepferchte Soldaten, die zu seekrank sind, um zu marschieren, wenn es soweit ist, würden den Franzosen nichts nützen.«

Okes eilte herbei, den Säbel wie ein Schild vor der Brust. »Was nun, Sir?«

Bolitho sah nach den Sternen. »In zwei Stunden wird es hell. Bis dahin muß jede Kanone entweder unbrauchbar gemacht oder über den Rand der Klippe gestoßen sein. Zum Schluß muß das Magazin gesprengt werden.«

Farquhar nickte. »Meine Leute sind bereits mit Handspaken an der Arbeit. Ich denke, wir können alle Kanonen hinunterstoßen, Sir.«

»Sehr gut.« Bolitho sah Okes an, der heftig atmete. »Sie übernehmen die Brücke. Halten Sie jeden auf. Allerdings muß einer schon sehr geschickt sein, denke ich, um an Rennies Feldwache vorbeizukommen.«

»Ich habe den Abstieg über die Klippen gefunden, Sir«, meldete Belsey. »Er führt direkt zum Wasser hinunter. Unten liegen zwei große Beiboote vertäut.« Er wartete. »Soll ich weitermachen, Sir? Meine Männer sind bereit.«

Bolitho nickte und sah dem Davongehenden nach. Belsey hatte bereits bewiesen, daß er in der Lage war, mit seinem Teil der Aufgabe fertig zu werden. Er ging zur Hütte zurück und sagte scharf: »Raus mit den Leuten. Es gibt noch viel zu tun.« Die Schärfe sollte seinen Abscheu überdecken, denn er hatte bemerkt, daß drei seiner Matrosen die Leichen plünderten. »Bereiten Sie alles vor, Mr. Okes, aber ziehen Sie sich erst zurück, wenn ich das Signal gebe. Falle ich, übernehmen Sie das Kommando und handeln nach Ihrem Ermessen.« Er stieß mit dem Degen auf die Erde. »Aber die Kanonen müssen zerstört und das Magazin muß gesprengt werden, ganz gleich, was sonst passiert. Lassen Sie eine ausreichende Sprengladung an der Brücke anbringen, prüfen Sie die Zündschnur, und überzeugen Sie sich, daß jeder seine Sache richtig macht.« Er schlug Okes auf die Schulter, der Zweite ging beinahe in die Knie. »Unser Besuch hier hat sich gelohnt, Mr. Okes. Schon allein diese zwei Truppentransporter können, wenn es sein muß, genug Soldaten transportieren, um Antigua zu stürmen.«

Bolitho ging schnell zum Klippenrand, wo Stockdale, auf das Entermesser gestützt, auf ihn wartete. Er hielt inne und schaute zurück. Stolz erfüllte ihn über den bisherigen Gang der Dinge. Die Männer arbeiteten eifrig in der Dunkelheit, und eine der Riesenkanonen war bereits aus der Lafette gelöst. Farquhar und McIntosh beugten sich, völlig von ihrem Zerstörungswerk in Anspruch genommen, über die Luntenkiste, und andere Männer luden ihre Gewehre und beobachteten die eroberte Brücke.

Er machte kehrt und folgte Stockdale die steilen, grob ausgehauenen Stufen hinunter. Könnte ich doch mein Gefühl, daß wir hier eine Aufgabe haben, auf die übrige Mannschaft der *Phalarope* übertragen! dachte er. Es konnte vollbracht werden. Er hatte diesen Leuten gezeigt, *wie* man es machte.

Es war finster und sehr kalt am Fuß der Stufen, und er bemerkte, daß die kleine Gruppe bewaffneter Matrosen schon in einem der Beiboote hockte. Er sagte zu Belsey: »Sehen Sie, wie das uns am nächsten liegende Schiff vor Anker schwoit!« Er zeigte auf die kleine Korvette, die kaum zwei Kabellängen von ihnen entfernt vor der behelfsmäßigen Mole lag. Ihr Heck zeigte zur Mitte der Reede, ihr Bugspriet auf die schmale Durchfahrt zwischen den Vorgebirgen.

Belsey nickte und rieb sich das Kinn. »Aye, Sir. Die Flut kommt rein.« Er kniete sich hin, tauchte den Arm ins Wasser und tastete über die Stufen. »Kein Tang zu fühlen, Sir. Sie muß schon ziemlich hoch sein.«

»Stimmt.« Bolitho überlegte angestrengt, seine Augen verengten sich. »Wir machen uns an die Korvette. Man wird nicht groß Wache halten. Unter der Batterie glauben sie sich in Sicherheit. Ich würde das wenigstens tun.«

Belsey nickte. »Und dann, Sir?« Es klang, als wäre er jetzt mit allem einverstanden.

»Wir stecken sie in Brand und lassen sie auf den nächstliegenden Truppentransporter zutreiben. Sie wird in Flammen aufgehen wie trockenes Gras.«

Der Steuermannsmaat bleckte die Zähne. »Das löst aber bestimmt Alarm aus, Sir.«

Bolitho lachte kurz auf. »Man kann nicht alles haben, ohne zu zahlen.« Er kletterte über seine Leute zur achteren Ducht. »Umwickelt die Riemen, und zwar gut. Nehmt eure Hemden, alles, was zur Hand ist.« Er sah flüchtig zu den Sternen hinauf. Bildete er es sich nur ein, oder schimmerten sie blasser als vorher? »Ablegen!« kommandierte er ungeduldig. »Und pullt vorsichtig.«

Die Riemen hoben und senkten sich, und die Männer hielten den Atem an, als das Beiboot von den Klippen freikam. Das Wasser gurgelte ungeduldig und drückte den Rumpf heftig in die Hauptströmung.

Bolitho legte Stockdale die Hand auf den Arm. »Laß das Boot laufen. Heute nacht ist die Flut unser Verbündeter.« Über den Bug des Beibootes hinweg sah er deutlich die Korvette. Ihr schlanker Bugspriet zeigte direkt über seinen Kopf. »Vorsichtig, Jungs, vorsichtig!« Achtern an der Heckreling glomm eine Laterne, und eine zweite schimmerte schwach neben dem Fockmast. Dort war wahrscheinlich der Niedergang zum Mannschaftslogis, der wegen der Wärme offen stand.

»Riemen ein!« Er knirschte mit den Zähnen, als die schweren Riemen sorgfältig über die Duchten gelegt wurden. Jeder Laut klang wie ein Donnerschlag. »Steuere mit dem Strom, Stockdale.« Er beugte sich vor. »Bugsgast, den Enterhaken klar!« Für sich setzte er hinzu: Der Lärm macht nichts, sobald wir erst einmal an Bord sind.

»Sir!« Der Schlagmann gestikulierte wild. »Sehen Sie, Sir. Ein Wachboot.«

Bolitho verfluchte sich wegen seiner übergroßen Zuversicht. Er blickte in die angegebene Richtung, sah den weißen Schaum von Riemen und hörte kaum zwanzig Yard entfernt das Kreischen von Ruderklampen.

Einige seiner Männer schnauften überrascht, doch er sagte barsch: »Vorwärts, Bugsgast. Den Enterhaken!«

Das Beiboot schwang schwerfällig um den Steven der Korvette, als der Enterhaken hinaufflog und sich im Schanzkleid verbiß. Dann überstürzten sich die Ereignisse. Vom Wachboot her ertönten Rufe, denen eine unregelmäßige Gewehrsalve folgte. Der Schlagmann neben Bolitho schrie auf und stürzte verkrümmt über das Dollbord, seine Arme schlugen wie Dreschflegel, als er im dunklen Wasser verschwand. Kugeln hämmerten in das Beiboot und in die Planken der Korvette.

Die Männer zauderten, als über dem Schanzkleid ein Gesicht auftauchte und das wütende Aufblitzen einer Pistole das Beiboot kurz erhellte. Belsey duckte sich, fluchte wüst, und ein anderer Mann sank wimmernd zusammen. Blut schoß aus seiner Schulter.

Bolitho turnte in dem Boot, das sich um seine eigene Achse drehte, nach vorn und sprang zur Reling der Korvette hoch. Einen Augenblick strampelten seine Füße über dem Wasser, doch dann war er oben und über dem Schanzkleid. Der Atem wurde ihm aus den Lungen gepreßt, als ein Matrose, der sich nach ihm über die Reling schwang, auf ihn fiel. Er kämpfte sich auf die Füße, während sich der Rest seiner Mannschaft hinaufschwang. Der einzige Verteidiger der Korvette lag in einer Blutlache, und ein Mann, der plötzlich nackt im offenen Niedergang auftauchte, stieß einen Schreckensschrei aus, floh zurück unter Deck und schlug die Luke hinter sich zu.

Bolitho steckte den Säbel in die Scheide und sagte gelassen: »Das spart uns die Mühe, sie aufzuspüren!« Und dann, als eine weitere Salve vom Wachboot herüberpfiff: »Sie kennen Ihre Aufgabe, Belsey. Die Ankerkette kappen und dann ans Ruder.«

Seine Leute brüllten wie Verrückte, als sie über das Deck hasteten, als wäre alles eine alltägliche Angelegenheit. Bolitho stellte sich die Panik und das Durcheinander vor, als die schlaftrunkenen Mannschaften aus den Hängematten torkelten, um dem Ruf zu den Waffen zu folgen.

»Kette gekappt, Sir«, ertönte es von der Back.

»Sehr gut. Die Strömung wird sie mitnehmen.« Bolitho rannte an die Reling und spähte durch die Dunkelheit zum nächstgelegenen Transporter. Er bemerkte jetzt mehr Laternen und glaubte zu sehen, daß sich die Stückpforten des Oberdecks öffneten. Ihre Wut wird gleich der Besonnenheit weichen, dachte er.

»Legt Feuer im Schiff!« Er deutete auf den Fockmast. »Hier anfangen, Belsey.«

Fasziniert beobachtete er Belseys Matrosen, die das Ankerlicht an eine Mischung aus Öl, Werg und Leinen hielten. Das Resultat ließ nicht lange auf sich warten und war furchtbar. Mit wildem Donnern züngelten die Flammen die Wanten hinauf und ergriffen im Handumdrehen den ganzen vorderen Teil des Decks. Große Feuerzungen beleuchteten die gesamte Reede, so daß die anderen Schiffe sich in dem Inferno nackt und bloß abzeichneten. Takelage und Tauwerk flammten und knisterten, als das Feuer durch die geteerten Stagen züngelte und nach den zusammengerollten Segeln griff. Spieren und Planken, von der Sonne ausgetrocknet, brannten wie Zunder. Die knatternden Flammen fraßen sich immer weiter, während sich Bolithos Leute, halb betäubt von dem Ausmaß ihres Zerstörungswerkes, zurückzogen.

Bolitho kämpfte sich durch den beißenden Rauch und die sengende Hitze. Er war froh, daß Belsey die Luke zum Logis geöffnet hatte, und bemerkte, daß die Matrosen schon zum größten Teil über Bord gesprungen waren und entweder schwammen oder ertranken, indes ihre Welt über ihnen verbrannte.

Er lehnte hustend an der Reling und sah zu dem großen Truppentransporter hinüber. Nichts mehr von Wut oder Kampfbereitschaft. Das Deck war voll hastender Gestalten. Offiziere und Männer eilten auf ihre Stationen, wobei sie aufeinander prallten, weil sie schreckerfüllt immer wieder auf den herantreibenden Brander starrten.

Der zweite Transporter holte seine Ankerkette durch die Klüse ein, doch der erste hatte keine Chance mehr. Ein Teil der Besatzung mußte erkannt haben, daß die Kollision unvermeidlich war, denn Bolitho sah, wie nebem dem Rumpf das Wasser hochspritzte, wo die Männer über Bord sprangen. Er hörte Pistolenschüsse und nahm an, daß die französischen Offiziere doch noch Ruhe und Ordnung herstellen wollten.

Belsey führte seine würgenden, keuchenden Leute zum Heck und brüllte: »Höchste Zeit, abzuziehen, Sir.« Er grinste, obwohl ihm vor Qualm die Augen tränten.

Bolitho deutete hinab. »Das Boot ist an der Gilling vertäut. Schnell hinunter, Jungs. Das Magazin wird gleich in die Luft fliegen.«

Ein Matrose nach dem anderen glitt in das kleine Boot hinunter. Bolitho, der vor Hitze kaum atmen konnte und den die vorrückenden Flammen fast blendeten, verließ die Korvette als·letzter.

»Riemen bei!« bellte Stockdale. »Ruder an!«

Das Boot kam klar. Die grausame Glut ließ das Weiße in den Augen der Männer aufglimmen, als die brennende Korvette vorbeitrieb. In der Nähe schwammen mehrere Franzosen. Einer versuchte, sich in das bereits überfüllte Boot zu ziehen, doch Stockdale stieß ihn zurück, und seine jammervollen Schreie verklangen achtern.

»Bei Gott, jetzt sind sie zusammengestoßen«, rief ein Matrose.

Die Korvette hatte den Transporter erreicht, und die Flammen züngelten bereits seine hohen Masten hinauf. Die halb herabgelassenen Segel fingen Feuer und verwehten wie· Asche im Wind.

»Pullt, Jungs, pullt!« Bolitho drehte sich um, um den Erfolg seiner Attacke zu beobachten, der ihn halb mit Befriedigung, halb mit Abscheu erfüllte.

Das Magazin der Korvette explodierte. Das Schiff, vor einer halben Stunde noch still vor Anker, brach mittschiffs auseinander und versank sprühend und zischend. Die Arbeit war getan. Der Transporter stand vom Steven bis zum Heck in Flammen, Fock- und Großmast waren vor Rauch schon nicht mehr zu sehen. Der Qualm verbarg den anderen Transporter, doch Bolitho wußte, daß es nur zwei Möglichkeiten für das Schiff gab. Entweder versuchte es auszubrechen, wobei es riskierte, das Schicksal seines Schwesternschiffs zu erleiden, oder es ließ sich auf den Strand treiben, wo es nach Einsetzen der Ebbe als nutzloses Wrack liegen bleiben würde.

»Lichter am Ende der Bucht, Sir«, meldete Belsey. »Dort liegen wahrscheinlich die Truppen.«

Bolitho fuhr sich über das rauchgeschwärzte Gesicht und nickte.
»Wir haben in ein Hornissennest gestochen. Gleich werden sie über
uns herfallen.« Daß ihre Schiffe zerstört und ihre Batterien kampfunfähig gemacht waren, mußte die französischen Soldaten nach Rache dürsten lassen. Immerhin, es war vollbracht. Und viel besser, als
er gehofft hatte. Daran würden die Leute künftig denken, wenn sie
den Namen *Phalarope* aussprachen.

Leutnant Matthew Okes starrte von der Batterie hinunter, er-
schreckt und benommen durch die rasende Feuersglut und die hallenden Explosionen. Auf seinem schweißnassen Gesicht spürte er
den glühenden Hauch des brennenden Schiffs, und sein ganzes Wesen wehrte sich gegen die Schrecken, die er sah, und gegen die, die er
nur ahnen konnte.

»Höchste Zeit, die Kanonen hinunterzustoßen«, sagte Farquhar
scharf.

Okes nickte stumm, seine Augen hafteten noch immer auf dem
flammenden Transporterschiff, das sich langsam auf die Seite legte.
Männer schwammen oder trieben zwischen den Trümmern und dem
verkohlten Treibgut. Unaufhörlich regneten Wrackstücke, von gedämpften Explosionen innerhalb des geborstenen Rumpfes hochgeschleudert, in das glitzernde Wasser. Obwohl der Rauch die Sicht
behinderte, sah er, daß der zweite Transporter gleich auflaufen würde. Seine Masten neigten sich schon gefährlich.

Hinter ihm rumpelte es , und ein abgerissenes Hurra erklang, als
die Matrosen die erste Kanone über den Klippenrand stießen. Eine
zweite, eine dritte Kanone folgte und stürzte krachend auf die Felsen. Er hörte, wie McIntosh seine Leute anfeuerte, ihnen die anderen
nachzuschicken.

Okes spürte, daß ihm die Knie weich wurden. Am liebsten hätte er
sich davongemacht und der höllischen Szene mit ihrem von Funken
gesprenkelten Rauch und den Flammen, die die ganze Reede erhell-
ten, den Rücken gekehrt. Es war die reine Verrücktheit, etwas, das
niemand von ihnen unter Kontrolle halten konnte.

Von Bolitho war nichts zu sehen. Selbst wenn es ihm gelungen sein
sollte, den Brander zu verlassen, würde es sehr lange dauern, wieder
zum Vorgebirge zurückzukommen.

»Dort, Sir«, sagte Farquhar. »Sehen Sie. Truppen schwärmen
über den Kamm.«

Gerade als Okes seine Augen von der Schreckensszene losriß, legte sich der Transporter auf die Seite und versank in den Fluten. Damit erlosch das grelle Licht wie eine Kerze, und der Ankergrund sank wieder in tiefen Schatten zurück. Okes blinzelte durch den Rauch. Es wurde bereits heller, über dem Kamm jenseits der Reede lag schon ein schwaches Grau. Die Feuersglut der Schiffe hatte das Nahen der Morgendämmerung verborgen. Er blickte in die von Farquhar gewiesene Richtung und nahm mit steigender Panik das schwache Aufglänzen von Bajonetten wahr. Eine Formation schob sich wie eine riesige Raupe über den Rand des nächstgelegenen Hügels.

Seine Augen glitten von den heranmarschierenden Truppen zur Brücke und von seiner Position auf dem Batteriegelände zum Ende der Küstenstraße. Mit einer Stimme, die er kaum erkannte, befahl er: »Bereiten Sie alles zur Sprengung des Magazins vor, Mr. Farquhar.« Er starrte um sich wie ein in der Falle sitzendes Tier. »Ich muß sofort zu Rennie. Machen Sie hier weiter.«

Er eilte davon und ignorierte die verwunderten Blicke der Matrosen und die in Farquhars Augen aufblitzende Verachtung. Seine Gedanken rasten, und plötzlich raste auch er mit keuchendem Atem. Er stolperte über Stechginster und glitt auf Steinen aus. Dann rannte er blind über die Brücke und an den bewaffneten Matrosen auf der Talseite vorbei. Weiter, nur weiter! Da und dort bemerkte er zwischen dem Farnkraut des Abhangs die roten Röcke der Seesoldaten, und mit Entsetzen wurde ihm klar, daß das Ufer und die zusammengewürfelten Häuser vor dem Pier bereits zu erkennen waren. Das wachsende Tageslicht steigerte sein Gefühl, der Gefahr nackt und bloß ausgesetzt zu sein, und im Geiste hörte er den Tritt französischer Soldaten, die vorrückten, um ihm die Flucht zur See abzuschneiden.

Okes folgte der Wegbiegung und wäre beinahe über Hauptmann Rennie gestürzt. Rennie hatte es sich auf einem niedrigen, grasbewachsenen Wall bequem gemacht. Sein Dreispitz und sein Degen lagen neben ihm. Auf den Knien hielt er eine halb verzehrte Pastete. Als Okes taumelnd vor ihm stehenblieb, blickte er auf und wischte sich gelassen den Mund mit seinem Taschentuch.

»Köstlich«, sagte er und sah forschend an dem Zweiten vorbei. »Hört sich an, als wären sie ziemlich lebhaft dahinten.«

Okes blickte wild umher. Das war fast zuviel. Er hätte am liebsten gebrüllt und Rennie durchgeschüttelt, damit er das Ausmaß der Gefahr begriff. Doch Rennie kniff die Augen zusammen und sagte: »Auch ein Stück Hühnerpastete? Ich hatte schon fast vergessen, wie sowas schmeckt.« Er deutete über die Schulter, ohne Okes' verzerrtes Gesicht aus den Augen zu lassen. »Haben mir während der Nacht irgendwelche Holländer aus dem Dorf gebracht, verdammt nette Leute. Schade, daß wir im Krieg sind, nicht?« Er stand auf und wikkelte den Rest der Pastete sorgfältig in sein Taschentuch. Dann sagte er gelassen: »Nun, erzählen Sie. Wie stehen die Dinge?«

Okes gab sich alle Mühe, ruhig zu sprechen. »Die Franzosen kommen. Von dort, hinter dem Berg.«

»Ich weiß. Meine Leute haben sie bereits entdeckt.« Rennie musterte ihn unbewegt. »Was haben Sie sonst erwartet?«

Rennies offensichtliche Gleichmütigkeit schenkte Okes den kleinen Schuß zusätzlicher Entschlußkraft, den er noch benötigte. »Fangen Sie an, sich zurückzuziehen. Ich habe befohlen, das Magazin zu sprengen.« Er sah zu Boden. »Ich sprenge die Brücke, sobald McIntosh fertig ist.«

Rennie starrte ihn an. »Aber der Kapitän! Wie, in Teufels Namen, soll er ohne Brücke zurückkommen?« Er stülpte den Dreispitz auf und griff nach dem Säbel. »Ich werde mir die Lage lieber mal selber ansehen.«

Okes verstellte ihm den Weg. Seine Augen funkelten. »Sie kennen die Order. Ich habe das Kommando, wenn dem Kapitän etwas zustößt. Ihre Pflicht ist es, den Rückzug zu decken.«

Sergeant Garwood kam um die Wegbiegung, sein Halbspieß glänzte im heller werdenden Licht. »Sir!« Er ignorierte Okes. »Die Froschfresser kommen. Ziehen sich etwa in Kompaniestärke an unsere Flanke herab. Die anderen werden sicher versuchen, uns zu umgehen und von hinten anzugreifen.«

Rennie nickte. Er wirkte plötzlich ernst. »Gut. Ich komme sofort. Sie werden doch noch etwas warten, wie?« sagte er dann langsam zu Okes. »Es dauert seine Zeit, zum Vorgebirge zurückzupullen.«

Okes schnellte herum, als das Echo einer Gewehrsalve über die Hügel hallte. »Gehen Sie zu Ihren Leuten, Hauptmann Rennie. *Ich* kenne meine Pflicht.«

Rennie zuckte mit den Schultern und entfernte sich schnell in Richtung auf das Gewehrfeuer. Als er sich umsah, bemerkte er, daß der Rauch von der Reede wie eine Wand über das Vorgebirge trieb, und er versuchte, sich die Verwüstung auszumalen. Gegen den Abhang und das glitzernde Wasser unterhalb der Klippen zeichnete sich

Okes' Gestalt ab, gebrechlich, verloren. »Ich hoffe, Sie kennen sie wirklich, Mr. Okes!« sagte er zu dem leeren Abhang. Dann machte er kehrt und lief auf die vorbereitete Stellung und auf seine Leute zu.

McIntosh hockte auf der Brücke und verrenkte sich den Hals, um zu einer der massiven Holzstreben hinunterzublicken.

»Wie weit sind Sie?« Okes mußte an sich halten, um nicht zu brüllen. »Sind Sie fertig?«

»Aye, aye, Sir«, nickte McIntosh. »Zündschnur für zwei Minuten. Und die fürs Magazin vier Minuten.« Er rieb sich die Hände. »Mr. Farquhar wartet bei der Batterie, um die Lunte anzuzünden, sowie der Kapitän zurück ist.«

Okes schwankte hin und her, dann fing er sich. »Warten Sie hier.« Er rannte los. Als er das Vorgelände der Batterie erreichte, ließ er die Pfeife ertönen und rief: »Vorgebirge räumen! Alle Mann zurück!«

Die Matrosen griffen verblüfft nach ihren Waffen und eilten auf die Brücke zu. Die meisten hatten die nahenden Franzosen gesehen und brauchten keinen zweiten Befehl. Ein Maat, das Gesicht von Rauch und Schmutz verschmiert, trat auf den keuchenden Leutnant zu. »Entschuldigen Sie, Sir, aber der Kapitän ist noch nicht da.«

»Ja, ja, ich weiß.« Okes starrte ihn mit glasigen Augen an. »Zu den anderen mit Ihnen, bringen Sie sie über die Brücke. Warten Sie dort auf mich. Halten Sie sich bereit zum Aufbruch.« Er spähte durch den Rauch. »Wo ist Mr. Farquhar?«

»Ein Stück die Stufen hinunter, Sir, um besser sehen zu können.«

Okes lehnte sich an die Brustwehr. Ohne die Matrosen und ohne die Kanonen vor den Schießscharten wirkte der Platz sonderbar tot. Er ging zu dem in den Felsen gehauenen Weg und sah hinab. Kein Farquhar zu sehen, von keinem Menschen eine Spur. Schüsse bellten, dazwischen wildes Hurrarufen. Die Glieder zitterten ihm, als hätte er keine Kontrolle mehr über sie. Er ging zur offenen Tür des Magazins und blickte einige Sekunden auf die Lunte. Seine Schuld war es nicht, redete er sich ein. Es blieb ihm einfach keine andere Wahl. Er kniete sich hin. Während sein Blick auf der Lunte ruhte, sah er vor seinem geistigen Auge das Bild Bolithos, wie er die Stufen hinuntereilte.

Verdammt sollten sie sein. Alle! Er zitterte so, daß er die eine Hand mit der anderen festhalten mußte, als er die Lunte ansteckte.

Übelkeit würgte ihn. Er taumelte hoch und rannte auf die Brücke zu. McIntosh blickte ihm verständnislos entgegen.

»Stecken Sie die Zündschnur an, Sie Idiot.« Okes war bereits halb über die Brücke hinüber. »Oder wollen Sie hierbleiben und mit dem Magazin in die Luft fliegen?«

McIntosh setzte die Lunte in Brand und rannte los. An der Wegbiegung holte er Okes ein und keuchte: »Aber wo ist Mr. Farquhar, Sir? Und was ist mit dem Kapitän?«

Okes fauchte: »Zurück zum Ufer! Alle!« Und zu McIntosh gewandt, setzte er hinzu: »Alle tot. Und das werden auch Sie gleich sein, wenn die Franzosen Sie schnappen.«

Eine donnernde Explosion und gleich darauf eine zweite, stärkere. Die Detonationen übertönten das Musketenfeuer und die fernen Schreie. Die Kraft der Explosion schien die ganze Insel betäubt zu haben. Das grollende Donnern hallte nach, und Okes hörte ein splitterndes Krachen. Die zu Kleinholz zerfetzte Brücke stürzte in die Schlucht.

Sonderbar, aber er merkte, daß er jetzt wieder gehen konnte. Beinahe fest und sicher setzte er einen Fuß vor den anderen, als er seinen Leuten zum Pier und in die Sicherheit folgte. Er hatte das einzig Richtige getan. Er hielt seine Augen auf den Pier gerichtet. Das einzig Richtige. Die anderen würden das ebenfalls bald erkennen. Er stellte sich das Gesicht seiner Frau vor, wenn sie die Nachricht in der *Gazette* las:

»Leutnant Matthew Okes, der nach dem Tode des kommandierenden Offiziers die Hauptlast der Verantwortung für diesen wagemutigen Angriff trug, ist zu der Kühnheit und dem Geschick zu beglückwünschen, mit dem er die Attacke gegen eine große Übermacht zum erfolgreichen Ende führte.«

Okes blieb stehen, als Seesoldaten aus dem Ginster brachen und auf dem Weg in Stellung gingen. Einer von ihnen rief: »Da kommen sie, Jungs.«

Von der anderen Seite der Kuppe her erscholl Sergeant Garwoods Stimme. »Anlegen! Achtung, Feuer!«

Das letzte Kommando ertönte, als eine Kette blau uniformierter Soldaten über der Kammlinie auftauchte und sich anschickte, zum Ufer hinunterzurennen. Nachdem der Pulverqualm verweht war, sah Okes, daß die Soldaten sich zurückgezogen hatten, ohne sich um ihre Gefallenen zu kümmern.

»Nachladen. Laßt euch Zeit«, rief Garwood gelassen. »Und tiefhalten, Jungs.«

Noch eine Salve, doch diesmal rückten die Soldaten trotz der Verluste in größerer Zahl und mit größerer Entschlossenheit vor. Hier und da fiel auch ein Seesoldat, und einige erlitten Verwundungen, so daß sie ihren Kameraden nur langsam den Abhang hinunter folgen konnten.

Okes sah, daß Rennie gelassen auf einem kleinen Hügel stand und die Scharfschützen ignorierte, während er die dünne Linie seiner zurückgehenden Männer beobachtete. Er spürte, daß sein Neid in Haß umschlug. Rennie hätte nie so gehandelt wie er. Er hätte auf Bolitho gewartet und alle für nichts und wieder nichts geopfert.

Okes brüllte: »Zum Lugger, schnell!«

Die Matrosen rannten zum Pier. Sie trugen ihre verwundeten Kameraden und riefen den Seesoldaten ermutigende Worte zu. Es kam Okes vor, als dauerte es eine Ewigkeit, bis sich die letzten Seesoldaten über den Pier zurückzogen. Eine frische Morgenbrise wehte und füllte die Segel, und als der letzte Seesoldat keuchend über das Schanzkleid kletterte, legte der Lugger ab.

Unter irrem Lärm brachen die Franzosen aus der Deckung und stürmten zum Pier. Die einzelnen Uniformen schlossen sich zu einer festen Masse, und als sie zum Pier drängten, flossen sie zu einem einzigen Feind zusammen.

McIntosh hockte im Bug und richtete die Drehbasse aus. Er achtete nicht auf das sporadische Gewehrfeuer und wartete, bis die Soldaten eine brüllende, gedrängte Front bildeten, ehe er abzog. »So, meine Lieben!« Der Lugger stampfte wild, als der Kartätschenschuß die schreienden Soldaten wie eine Sense niedermähte. McIntosh stand auf und brüllte: »Das war für den Kapitän und die anderen!«

Ehe die zweite Welle bis zu den Hingemetzelten vorgedrungen war, hatte der Lugger abgedreht und segelte bereits auf das offene Meer hinaus. Jetzt herrschte Schweigen an Bord, und selbst als die nach hinten geneigten Masten der *Phalarope* das Vorgebirge umrundeten und wie schützende Eltern über dem kleinen Boot aufragten, brachten die erschöpften Männer kein Hurra zustande.

Okes blickte zur Insel zurück, zum Rauch, zu dem undeutlichen Umriß der Batteriestellung. Es war vorüber.

Nach dem Angriff würde man den Lugger aufgeben. Okes ließ ihn längsseits kommen. Von der *Phalarope* streckten sich den Verwundeten und den schweigenden Siegern viele Hände entgegen. Hauptmann Rennie trat beiseite, um Okes zuerst hinaufklettern zu lassen. »Nach Ihnen, Mr. Okes«, sagte er. »Ich möchte Ihren Auftritt nicht verderben.«

Okes sah ihn an und wollte etwas erwidern. Als er die kalte Feindseligkeit in Rennies Augen bemerkte, unterließ er es aber. Mit Eifersucht muß ich rechnen, sagte er sich. Darauf muß ich gefaßt sein.

Er langte nach der Kette und schwang sich über das Schanzkleid der Fregatte. Eine Sekunde lang blickte er über das vertraute Deck. Er hatte überlebt.

IX Niederlage

Bolitho erinnerte sich nicht, die Explosion des Magazins gehört zu haben. Es war mehr ein Empfinden gewesen oder das Ende eines Alptraums, aus dem man mit gesteigerter Furcht vor der wartenden Wirklichkeit erwacht. Er sah wieder vor sich, wie er im Heck des überlasteten, halb überspülten Bootes saß und auf das kochende, wirbelnde Wasser zurückblickte, in dem der Transporter versunken war. Seine schmerzenden, von der Feuersglut geblendeten Augen sahen gar nichts mehr, seit das Schiff untergegangen war und die von hohen Wänden eingefaßte Reede wieder eine Dunkelheit einhüllte, die allen Schmerz und Schrecken verbarg.

Seine Leute lachten und schwatzten vor Erleichterung und Erregung, aber als Bolitho sich umdrehte, um nach dem Felssturz am Fuß der Klippen Ausschau zu halten, schien die ganze Welt in ein einziges riesiges Inferno verwandelt. Felsstücke regneten herab, und während sich die Männer verzweifelt in die Riemen legten, krachte ein großer gezackter Steinbrocken wie ein Hammer auf den Steven. Bolitho taumelte hoch, als das Wasser rauschend in das mit Schlagseite treibende Boot strömte.

Es schien, als wollte das Bombardement nie enden. Er sah, daß ein Mann von einem Felsstück ins Wasser gefegt wurde, gerade als er den Fuß der Klippen hinaufklettern wollte. Belsey fiel fluchend ins Wasser, und als Stockdale ihn auf die Felsen hievte, brüllte er: »Mein Arm! O Gott, mein Arm ist gebrochen.«

Bolitho erwachte nach und nach aus der Betäubung. Doch während er seinen Leuten Mut zusprach, empörte sich sein Verstand gegen die rauhe Wirklichkeit. Jemand hatte das Magazin in die Luft gejagt, ohne auf ihn und seine Abteilung zu warten. Die Tatsache, daß sie, wäre ihr Boot ein paar Minuten früher zurückgekehrt, mit dem Magazin in die Luft geflogen wären, schenkte ihm nur wenig Trost.

»Mir nach, Jungs!« rief er. »Wir klettern am Wasser entlang. Die

Flut geht zurück. Wir werden also ganz gut zum Aufstieg kommen.«
Er tastete sich voran und wußte, daß sie ihm folgen würden. Es blieb
keine Wahl. Vom anderen Ende der Reede her hörte er wütende
Schreie und das Geschmetter einer Trompete. Die Franzosen hatten
zu viel mit sich selber zu tun, um sich um die Angriffsabteilung zu
kümmern. Aber das würde nicht so bleiben, und die Rache würde sie
schnell und endgültig erreichen.

Er hielt taumelnd an und blinzelte durch den beißenden Rauch. In
dem blassen Frühlicht, das in die Schlucht fiel, erkannte er deutlich
die Reste der Brücke. Es hatte also keinen Sinn mehr, die Stufen hinaufzuklettern. Es gab keinen Weg zurück zum Strand.

Ein Seemann stolperte benommen hinter ihm her und starrte mit
weit aufgerissenem Mund auf die Trümmer der Brücke. Verzweiflung würgte ihn. »Ihr verfluchten feigen Hunde!«

»Ruhe!« Bolitho drängte ihn und die anderen zurück. »Zweifellos
gab es einen guten Grund, die Brücke so früh zu sprengen.« Aber er
sah den Ausdruck auf Stockdales Gesicht und wußte, daß Stockdale
seine Lüge durchschaut hatte.

Belsey stöhnte und stützte sich haltsuchend auf Stockdale. »Sie
lassen uns hier verrecken! Sind abgehauen, um ihre kostbare Haut zu
retten.«

Bolitho hob die Hand. »Ruhe!« Er reckte den Hals. »Hört mal!«

Ein Matrose stieß hervor: »Da drüben, Sir. Ich habe es auch gehört.«

Sie kletterten über die rauchenden Brückentrümmer. Plötzlich
fuhr der vorderste Matrose entsetzt zurück. Fähnrich Farquhar saß
aufrecht an der rauhen Wand der Schlucht. Ein dicker Balken
klemmte ihn fest, und dicht neben ihm lag ein säuberlich abgetrenn-
tes Bein.

Farquhar öffnete die Augen und krächzte: »Gott sei Dank, Sir. Ich
dachte schon, ich müßte hier allein sterben.« Er sah ihre Gesichter
und quälte sich ein Grinsen ab. »Mein Bein ist das nicht, Sir. Es gehört unserem spanischen Gefangenen.«

Bolitho schaute sich um und blickte dann zum heller werdenden
Himmel hinauf. »Gut. Hebt den Balken an, aber paßt auf.« Er kniete
sich neben den Fähnrich und fuhr mit den Händen schnell unter den
dicken Balken. Während er den eingeklemmten Körper abtastete,
beobachtete er die verzerrten Züge Farquhars scharf.

»Scheint nichts gebrochen, Sir«, preßte Farquhar hervor. Er legte
sich zurück und schloß die Augen, als die Männer den Balken anho-

ben. »Ich habe nach Ihnen Ausschau gehalten, Sir. Dann ging ich zum Magazin zurück und sah, daß die Lunte fast abgebrannt war.« Ihm brach beinahe die Stimme. »Ich griff mir unseren Spanier und rannte zur Brücke, aber gerade, als wir sie erreichten, ging das Ding hoch und stürzte in die Schlucht.« Er zuckte zusammen. »Und wir mit.«

Sie zerrten den Balken weg, und Bolitho biß die Zähne zusammen, als er die zermalmten Überreste des Gefangenen sah. Barsch fragte er: »Wie ist es passiert?«

Sie stellten Farquhar auf die Füße, aber seine Beine gaben sofort nach, und Stockdale sagte: »Na, ich übernehme den jungen Herrn, Sir.«

Farquhar klammerte sich an Stockdales Schulter. »Tut mir leid, Sir«, sagte er. »Es wird mir gleich besser gehen.« Ihm fiel Bolithos Frage ein, und er sagte: »Ich verstehe es auch nicht, Sir. Ich kann immer noch nicht glauben, daß es geschehen ist.«

Bolitho zog den Dolch aus Farquhars Gürtel und gab ihn einem Matrosen. »Hier, mach daraus eine gute Schiene für Mr. Belseys Arm. Das wird reichen, bis wir zur *Phalarope* kommen.«

Belsey beobachtete die ungelenken Finger der Männer und stöhnte. »Seht euch vor, zum Teufel!«

Bolitho ging langsam über den Steinwall. Vierzehn Mann, er mit eingeschlossen. Einer mit gebrochenem Arm und einer schon halb im Delirium, eine Kugel in der Schulter. Auch Farquhar sah aus, als würde er bald ohnmächtig werden.

Er versuchte, Bitterkeit und Mißtrauen zu verdrängen. Jetzt hatte er erst mal diese Männer in Sicherheit zu bringen. Zweifellos war der übrige Teil des Landungskommandos schon wieder auf dem Lugger. Er war plötzlich ruhiger. Was auch geschehen würde, die Aufgabe war erfolgreich vollbracht, zwei Transporter und eine wertvolle Korvette waren zerstört. Und ohne Batterie war die Insel Mola für die Franzosen und ihre Verbündeten auf lange Zeit hinaus wertlos.

Stockdale rief heiser: »Das zweite Beiboot, Sir! Es muß doch noch an der Mole liegen!«

Bolitho kletterte über die nassen Steine und sah zu dem Boot hinunter. Viel los war nicht damit. Oft gebraucht und ausgebessert, nur vier Riemen, und um den Mast war nur für alle Fälle ein Fetzen Segeltuch gewickelt. Die Garnison hatte das Boot sicher nur zum Besuch der im Hafen verankerten Schiffe benutzt.

»Bring alle an Bord, Stockdale«, sagte er grimmig. »Wir müssen sehen, was sich machen läßt.«

Ein Sonnenstrahl brach plötzlich über das Vorgebirge und glitzerte auf dem Wasser. Mühelos erkannte Bolitho unter dem schaukelnden Boot ein Kanonenrohr der Batterie. Wäre es ein paar Fuß weiter heruntergestürzt, hätte es keinen Ausweg mehr gegeben.

»Vier Mann an die Riemen. Die übrigen schöpfen Wasser oder halten Ausschau.«

Belsey setzte sich mühsam auf und blickte auf seinen geschienten Arm. Er war mit allerlei Lappen und Hemden, die man in Streifen gerissen hatte, umwickelt und stand vom Körper wie eine Keule ab. Er schüttelte den Kopf. »Himmel! Möchte wissen, ob ich das Ding jemals wieder benutzen kann.«

»Ablegen! Riemen bei!« Bolitho hockte auf dem Dollbord und legte das Ruder hart an. Während das Boot mit der Strömung dahintrieb, starrte er zu dem schwarzen Kamm des Vorgebirges auf und fragte sich, was in jenen Minuten geschehen war, bevor Farquhar in den fast sicheren Tod stürzte.

Farquhar lehnte sich matt an die Bootswand und zischte: »Pull kräftiger, Robinson. Ich zieh dir bei lebendigem Leibe die Haut ab, wenn du nicht deine Pflicht tust.«

Bolitho lächelte, obwohl ihm elend zumute war. Die Erfahrungen hatten Farquhars Pflichtbewußtsein nicht geschwächt.

Die Riemen hoben und senkten sich gleichmäßig, und das Boot entfernte sich immer weiter von der vorspringenden Landzunge und der darüberhängenden Rauchwolke.

Ein Mann im Bug sprach aus, was Bolitho dachte, und ausnahmsweise tadelte er ihn nicht. Der Matrose schaute über die rudernden Männer und fauchte: »Weg! Seht euch um, Jungs! Das verfluchte Schiff ist ohne uns davon!«

»Es muß um die Insel gesegelt sein, Sir«, sagte Farquhar erbittert. »Jetzt holen wir es nicht mehr ein.«

»Ich weiß.« Bolitho schützte die Augen gegen den blendenden Glast und sah nachdenklich auf den kurzen Mast. »Setzt das Segel, Jungs. Wir segeln zur nächsten befreundeten Insel.« Sein forscher Ton sollte Zweifel und Zorn verbergen.

Stockdale wischte dem verwundeten Matrosen mit einem nassen Lappen die Stirn und murmelte: »Ein Wunder käme uns jetzt zupaß, Sir.«

Bolitho zog seinen zerrissenen Mantel aus und blickte Stockdale ruhig an. »Ich fürchte, das ist nicht mein Gebiet, Stockdale, aber ich werde dran denken.« Er lehnte sich an die Pinne und steuerte der aufgehenden Sonne entgegen.

Leutnant Thomas Herrick hörte, wie die Glocke das Ende der ersten Hundewache schlug, und nahm dann seinen Gang über das Achterdeck wieder auf.

Vor einer warmen, aber frischen achterlichen Brise war die *Phalarope* in kurzer Zeit auf ihren Patrouillenkurs zurückgekehrt. Die schnelle Fahrt hatte Herrick jedoch nur ein Gefühl der Besorgnis und des Verlustes eingebracht. Er konnte das Geschehene noch nicht akzeptieren. Noch immer empfand er die gleiche innere Qual, die ihn überfallen hatte, als das erschöpfte Landekommando die Fregatte erklomm.

Schon da wollte er sich nicht mit Bolithos Verschwinden abfinden. Doch dann hatte er Rennies grimmiges Gesicht gesehen und die nervöse Unsicherheit der zurückkehrenden Matrosen und Seesoldaten gespürt. Nur Okes schien von der Katastrophe unberührt. Herrick runzelte die Stirn, als er sich den Moment zu vergegenwärtigen suchte, als Okes an Bord kletterte: nein, unberührt war nicht der richtige Ausdruck. Er war von einer Art wachsamer Lebhaftigkeit gewesen, die seinem Charakter total widersprach. Herrick wollte ihn sofort ausfragen, aber Vibart befahl Okes auf das Achterdeck, wo er vor sich hingebrütet hatte, seit das Landekommando fortgesegelt war.

Rennie war ungewöhnlich zurückhaltend gewesen. Als Herrick jedoch in ihn drang, sagte der Hauptmann der Seesoldaten kurz: »Es war eine gefährliche Sache, Thomas. Wir müssen immer damit rechnen, daß so etwas passiert.« Er sah Okes mit dem Ersten sprechen und fügte bitter hinzu: »Ich wurde mit meiner Abteilung auf die *Phalarope* beordert, um die Disziplin zu schützen.« Seine Augen flammten in plötzlichem Zorn auf. »Aber jetzt kommt es mir vor, als müßten die Offiziere der *Phalarope* voreinander geschützt werden.« Und er schloß: »Ich muß mich um meine Verwundeten kümmern. Sie zumindest brauchen sich nicht zu schämen.«

Herrick nahm sich dann McIntosh vor, der nervös zum Achterdeck blickte, ehe er antwortete: »Was kann ich Ihnen sagen, Sir? Ich habe nur meine Pflicht getan. Mr. Farquhar ist der einzige, der gesehen haben muß, was geschah.« Er deutete nach achtern. »Und er ist dort hinten, tot wie die übrigen.«

»Aber Sie meinen, etwas ging schief?« fragte Herrick scharf.

»Wie kann ich das beantworten, Mr. Herrick?« Seine Augen glitten über die verwundeten und erschöpften Leute des Luggers. »Es hat viel Mühe und Schweiß gekostet, überhaupt hierher zurückzukommen. Sie wissen, was mit mir geschähe, wenn ich Beschuldigungen aussprechen würde.«

Herrick hatte ihn mit Verachtung in den Augen entlassen und doch im tiefsten Innern gewußt, daß McIntosh die Wahrheit sprach. Er riß sich zusammen, als er Vibarts schweren Schritt hörte.

»Pfeifen Sie alle Mann nach achtern, Mr. Herrick. Ich will ihnen sagen, wie es weitergeht.« Vibart wirkte gemessen und ruhig. Nur ein gewisses Glitzern seiner Augen verriet Erregung oder Triumph.

»Sind Sie sicher, daß wir nichts mehr tun können?« fragte Herrick.

Vibart blickte an Herrick vorbei auf das gekräuselte Wasser. »Meine Ansicht habe ich Ihnen heute morgen mitgeteilt, Mr. Herrick, ebenso wie ich meine Besorgnis dem Kapitän dargelegt habe. Es war ein gefährliches und draufgängerisches Wagestück. Daß es erfolgreich ausging, ist ein Glück für uns alle. Aber Bolitho kannte das Risiko, das er auf sich nahm. Mehr ist da nicht zu sagen.«

»Aber ist sich Leutnant Okes ganz sicher, Sir?« beharrte Herrick.

»Mich hat seine Meldung zufriedengestellt.« In Vibarts Ton lag eine neue Schärfe. »Also genug davon.« Er ging gewichtig zur Luvreling und schnüffelte heftig. »Zumindest sind wir wieder in dem uns zugewiesenen Bereich. Jetzt können wir mit dem Flaggschiff Kontakt aufnehmen.«

Herrick sagte schnell etwas zu Fähnrich Neale und beobachtete, wie er nach vorn eilte. Dann hörte er die Bootsmannsmaaten rufen: »Alle Mann an Deck! Alle Mann nach achtern!«

Während die Männer aus dem Zwischendeck strömten, ging er zu Vibart hinüber und sagte langsam: »Er war ein guter Offizier. Ich bin immer noch der Ansicht, er hätte entkommen können.«

»Dann möchte ich Sie doch bitten, Ihre Meinung für sich zu behalten, Mr. Herrick.« In den tiefliegenden Augen funkelte Wut. »Sie haben sich vielleicht für einen seiner Günstlinge gehalten, aber bei mir gibt es so etwas nicht.« Er wandte sich von Herrick ab, als der Bootsmann Quintal salutierte und polternd meldete: »Alle angetreten, Sir.«

Vibart schritt zur Querreling und starrte in die ihm zugewandten Gesichter. Herrick blieb bei den Rudergängern und beobachtete Vibart genau.

»Wir befinden uns wieder in unserem Patrouillengebiet«, sagte Vibart. »In Kürze werden wir mit dem Admiral Verbindung aufnehmen, und zu gegebener Zeit berichte ich ihm von unserem großen Erfolg.«

Herrick merkte, daß er vor Zorn zitterte. Aha, jetzt war es also ein großer Erfolg. Wenn Bolitho noch am Leben wäre, wäre es tollkühn und gefährlich gewesen. Doch nun, da Vibart die Früchte einheimsen konnte, sah es ganz anders aus.

»Mir mißfällt die Disziplinlosigkeit, die in letzter Zeit an Bord eingerissen ist, und ich beabsichtige, dieses Schiff unverzüglich auf seinen vollen Leistungsstand zurückzubringen.« Vibart starrte mit gerötetem Gesicht auf die versammelte Mannschaft. Herrick fühlte sich angeekelt. Es macht ihm Freude, dachte er. Er ist tatsächlich froh über Bolithos Tod.

Herrick drehte sich um, als Okes aus dem Niedergang trat und unsicher auf ihn zukam. Herrick nahm ihn beim Ärmel und zischte: »Was hast du Vibart gesagt, Matthew? Um Himmels willen, was ist mit dir los?«

Okes zuckte zurück. »Nichts als die Wahrheit habe ich ihm gesagt. Ist Bolithos Unglück meine Schuld?«

»Und wie steht's mit Farquhar? Hast du gesehen, wie er starb?«

Okes blickte beiseite. »Aber natürlich. Was, zum Teufel, willst du damit sagen?« Aber seine Stimme zitterte leicht, und Herrick dachte plötzlich an Okes' Verhalten während des Kampfes mit dem Kaperschiff, an seine Furcht, an seinen panischen Schrecken. Ein Mensch konnte sich nicht über Nacht ändern.

»Ich möchte Gewißheit haben, Matthew. Sag's mir lieber gleich.«

Okes hatte sich offenbar gefangen, und als er Herrick ansah, waren seine Augen undurchsichtig und ausdruckslos. »Ich sage die Wahrheit, verflucht noch mal.« Er versuchte zu lächeln. »Aber mach dir nicht so viele Gedanken. Schließlich wirst du Zweiter Leutnant.«

Herrick trat einen Schritt zurück und sah ihn angewidert an. »Und du wirst Erster, ganz ohne Zweifel. Du und Vibart, ihr seid die Helden der Stunde.«

Okes erblaßte. »Wie kannst du es wagen! Du warst nicht dabei. Bolitho war auch bloß ein Mensch.«

»Und du bist nicht mal wert, seine Schuhe zu putzen.« Herrick fuhr herum, als Vibart zwischen sie trat.

»Ich dulde keinen Streit auf meinem Schiff, Mr. Herrick. Noch ein Wort, und ich mache eine Eintragung ins Logbuch.« Er sah Okes fest an. »Kommen Sie in die Kajüte. Ich habe mit Ihnen zu reden.«

Herrick sah ihnen elend und hilflos nach, und der kleine Neale fragte: »Was bedeutet das alles, Sir?«

Herrick sah ihn ernst an: »Es bedeutet, daß wir in der nächsten Zeit auf jeden unserer Schritte achten müssen, mein Junge. Ohne den Kapitän fühle ich mich hier nicht mehr sicher.«

Er erstarrte, als Zahlmeister Evans, einen bekümmerten Ausdruck im Frettchengesicht, auf das Achterdeck zugeeilt kam. Profoß Thain, der ihm folgte, schob zwei verängstigte Matrosen vor sich her. Sein Gesicht ließ in Herrick keinen Zweifel darüber aufkommen, was als nächstes geschehen würde: Auspeitschungen und nochmals Auspeitschungen. Jetzt würden alle alten Rechnungen beglichen werden.

Er sah Evans fest an und fragte scharf: »Nun? Was ist jetzt schon wieder los?«

Evans lächelte nervös. »Ich habe diese Leute auf frischer Tat ertappt. Sie haben Rum gestohlen.«

Es gab Herrick einen Stich, und er rief die Männer zu sich heran. »Stimmt das?« Er erinnerte sich, daß beide Matrosen der Landabteilung angehört hatten.

Einer sagte mürrisch: »Aye, Sir. Der Rum war für einen unseren Kameraden. Er ist verwundet. Wir dachten, er würde ihm helfen.« Sein Gefährte nickte bekräftigend.

Herrick nahm Evans beiseite. »Es könnte stimmen.«

»Natürlich stimmt es.« Evans sah ihn verdutzt an. »Aber darum geht es jetzt nicht. Diebstahl bleibt Diebstahl. Es gibt keine Entschuldigung dafür, und Sie wissen das.« Er sah Herrick mit kaum verhohlener Schadenfreude an. »Also melden Sie es lieber Mr. Vibart.« Er blies sich auf. »Oder *ich* tue es, Mr. Herrick.«

»Kommen Sie mir nicht so, Mr. Evans.« Herricks Gesicht verzerrte sich vor Wut. »Oder ich zahle es Ihnen heim, das können Sie mir glauben.« Doch es war nur ein Wutausbruch. Ihm blieb gar nichts anderes übrig, als Vibart zu informieren. Er übergab die Wache an Neale und ging niedergeschlagen nach unten. Der Posten öffnete die Kajütentür, ehe Herrick sie überhaupt erreicht hatte, und er vermutete, daß der Seesoldat seine Überraschung richtig voraugesehen hatte, denn Vibart war bereits in Bolithos Quartier umgezogen. Das steigerte nur noch Herricks Gefühl alptraumhafter Unwirklichkeit.

Vibart schaute vom Arbeitstisch hoch und blickte Herrick an.

»Zwei Mann zur Bestrafung.« Herrick sah, daß Okes gedankenverloren am Heckfenster stand.

Vibart lehnte sich im Stuhl zurück. »Sagen Sie ›Sir‹, wenn Sie mich anreden, Mr. Herrick.« Er zog die Stirn in Falten. »Ich kann mir nicht vorstellen, warum Sie es so darauf anlegen, Ihre Position zu verschlechtern.« Kalt fuhr er fort: »Machen Sie eine Eintragung ins

Logbuch, Mr. Herrick. Bestrafung um acht Glasen morgen früh. Jeder zwei Dutzend Hiebe.«

Herrick schluckte. »Aber ich habe Ihnen doch die Vergehen noch gar nicht mitgeteilt, Sir.«

»Auch nicht notwendig.« Vibart deutete zum offenen Oberlicht. »Ich habe Ihr unsinniges Gespräch mit Mr. Evans gehört. Und lassen Sie sich gesagt sein, daß mir Ihr offensichtlicher Wunsch, sich bei Lügnern und Dieben anzubiedern, mißfällt.«

Herrick hatte das Empfinden, als ob ihn die Kajüte erdrücke. »Ist das alles?« Er schluckte wieder. »Sir?«

»Im Augenblick ja.« Vibart sah fast heiter aus. »Wir nehmen in einer Stunde Kurs nach Süden. Sorgen Sie dafür, daß die Leute während Ihrer Wache nicht nachlässig werden.«

»Aye, aye, Sir.« Herrick mußte mit aller Macht an sich halten. Draußen drehte er sich kurz um und blickte zurück. Die Tür war geschlossen, und der Posten unter der schwingenden Laterne starrte ausdruckslos vor sich hin. Es war geradeso, als sei Pomfret zurückgekehrt und säße wieder in der großen Kajüte. Herrick schüttelte den Kopf und stieg zum Achterdeck hinauf. Alles fügte sich so schnell zu einem Muster, daß Herrick sich unvermittelt fragte, ob Pomfret tatsächlich die kontrollierende Instanz gewesen war, die die *Phalarope* in eine schwimmende Hölle verwandelt hatte.

Als er an Deck zurückkam, war die Sonne tiefer zur Kimm hinabgesunken. Das Meer war leer, eine weite Wüste aus Silber und purpurnen Schatten, begrenzt durch einen messerscharfen Horizont. Hier draußen ist ein Kapitän tatsächlich Gott, dachte er bitter. Nur unter Bolitho hatte er gespürt, was Zweckmäßigkeit und Verständnis bedeuteten, und nach der Zeit mit Pomfret war ihm das wie der Beginn eines neuen Lebens vorgekommen.

Er blickte zur Heckreling, als erwarte er, die hohe Gestalt Bolithos zu sehen, der das Brassen der Rahen beobachtete oder bloß auf den Sonnenuntergang wartete. Herrick hatte Bolitho in solchen Augenblicken nie gestört, aber sonst jede Gelegenheit genutzt, ihn besser verstehen zu lernen. Vor seinem geistigen Auge standen Bolithos ausgeprägtes Profil und der feste Mund, der gleichzeitig belustigt und traurig wirken konnte. Es schien undenkbar, daß ein solcher Mann wie ein Licht ausgelöscht worden sein sollte.

Mit gesenktem Kopf ging er von neuem langsam auf und ab. In dieser Welt, dachte er, kann man sich auf nichts verlassen.

Den erschöpften Männern in dem kleinen Boot kam die Nacht kalt und trostlos vor, und selbst jenen, die die grelle Sonne verflucht und über brennenden Durst geklagt hatten, brachte die Dunkelheit keine Linderung.

Bolitho kroch nach achtern zurück, wo Farquhar neben der Ruderpinne saß. Mit Stockdales Hilfe hatte er gerade einen toten Matrosen über Bord geworfen, während die anderen schweigend zugeschaut hatten. Dem Matrosen war das Schlimmste an Schmerzen und Durst erspart geblieben, da er seit seiner Verwundung durch die Wache auf der Korvette fast nie aus seiner Bewußtlosigkeit erwacht war. Unter dem kleinen Segel machte das Boot nur wenig Fahrt, und es schien eine Ewigkeit zu dauern, ehe der Leichnam nach achtern trieb. Sie hatten nicht einmal einen Anker, um den Körper zu beschweren. Sie hatten so gut wie überhaupt nichts. Nur ein Faß brakkiges Wasser, die Tagesration pro Kopf betrug nicht mehr als einen Becher.

Bolitho sank auf die Achterducht und blickte nach den Sternen. »Steuern Sie genau Süd, wenn Sie können.« Durst und Müdigkeit setzten ihm zu. »Wenn wir bloß ein bißchen mehr Wind in dieses kümmerliche Segel bekämen.«

»Ich glaube, dann würde das Boot sinken, Sir«, sagte Farquhar. »Es ist rost- und wurmzerfressen.«

Bolitho streckte die Beine aus und dachte darüber nach, wie langsam die Zeit verstrichen war. Wenn das der erste Tag war, grübelte er, was würde morgen werden und was übermorgen? Die Männer verhielten sich ruhig, aber auch das konnte gefährlich sein. Die Erleichterung, daß sie den Franzosen entkommen waren, konnte bald in Mißtrauen und Gegenbeschuldigungen umschlagen. Das Elend, Kriegsgefangener zu sein, konnte ihnen bald als trostreich erscheinen im Vergleich zu der Aussicht, zu verdursten und zu verhungern.

»In Hampshire liegt jetzt Schnee auf den Hügeln, nehme ich an«, sagte Farquhar abwesend. »Die Schafe werden zu Tal getrieben worden sein, und die Knechte trinken am Feuer ihr Bier.« Er leckte sich die Lippen. »Ein paar denken vielleicht an uns.«

Bolitho nickte. Ihm fielen die Augen zu. »Ein paar.« Er dachte an seinen Vater in dem großen Haus und an die Ahnengalerie. Nach diesem Abenteuer hier würde es keinen Erben geben, der den Familiennamen weiterführen konnte. Wenn sein Vater starb, erwarb das Haus vielleicht ein reicher Kaufmann und betrachtete dann verwundert die Porträts und anderen Zeugnisse schnell vergessener Menschen und Taten. »Ich will versuchen, eine Stunde zu schlafen«, sagte er. »Wecken Sie mich, wenn es nötig ist.«

Die Augen fielen ihm zu, er hörte nicht einmal mehr Farquhars Antwort. Dann merkte er, daß ihn jemand am Arm zog. Das Boot schwankte, als die Matrosen sich plötzlich erregt im Bug drängten. Einen Augenblick glaubte er, noch zu träumen. Dann hörte er Farquhar rufen: »Sehen Sie, Sir! Da haben sie uns also doch gesucht.«

Bolitho kam hoch und versuchte, über die Köpfe der Männer hinweg die Dunkelheit zu durchdringen. Dann sah er, was sie meinten. Es war eher eine Lücke im vertrauten Stand der Sterne als ein Umriß. Doch nach und nach erkannte er Konturen: ein Schiff.

»Zünden Sie etwas an, Stockdale«, stieß Bolitho hervor. »Ein paar Lumpen.«

Die schmale Mondsichel schlug Silber aus den fernen Segeln. Vor dem dunklen Mantel der Nacht zeichnete sich das dunklere Gitterwerk der nach hinten geneigten Masten und der Takelage ab. Es war tatsächlich eine Fregatte.

Der als Signal dienende Lumpen knisterte und loderte dann auf. Die Flamme blendete sie und begrenzte die Sicht auf den Umkreis ihres eigenen Bootes. Einige Matrosen riefen Hurra, andere umarmten sich und grinsten wie Kinder.

»Jetzt wird sich das Geheimnis lüften, Mr. Farquhar.« Bolitho legte Ruder, als sich der Umriß des Schiffes veränderte und die Fregatte auf sie zuhielt. Er hörte das Knarren der Rahen und das Schlagen der Segel, als die Fregatte backbraßte und beidrehte. Er glaubte, einen schwachen Ruf zu vernehmen und das Geräusch laufender Füße. »Nimm das Segel weg, Stockdale«, sagte er. »Und ihr da vorn, gebt auf eine Leine acht.« Aber er brauchte niemanden zu ermuntern.

Der Bugspriet schwang ein paar Fuß entfernt schwindelerregend hoch über ihnen herum. Stockdale zündete noch einen Lumpen an, und Bolitho spürte, wie ihm eine eisige Hand nach dem Herzen griff. Die Galionsfigur der Fregatte tanzte und flimmerte in dem Licht, als wäre sie lebendig: ein vergoldeter Dämon, der ein Paar Schüreisen wie Waffen schwang.

Stockdale warf das Notsignal ins Wasser und fuhr zu Bolitho herum. »Haben Sie gesehen, Sir? Haben Sie *das* gesehen?«

»Ja, Stockdale.« Bolithos Arme baumelten leblos herab. »Es ist die *Andiron*.«

Rufe und Jubel erstarben, und die Männer saßen oder standen geschlagen da, als vom Deck her Laternenschein auf sie fiel und ein Enterhaken sich in das Schanzkleid des Bootes biß.

Die Matrosen traten beiseite, um Bolitho vorbeizulassen. Er ging zum Bug und griff nach der Jakobsleiter, die plötzlich auftauchte. Er war vom Wechsel der Dinge noch zu niedergeschmettert, um die Geschehnisse klar gegeneinander abzugrenzen. Sein Verstand registrierte nur kurze, unwirkliche Bilder, vergrößert und verzerrt durch die Lichtflecken der Laternen, die blitzenden Bajonette und die herandrängenden, neugierigen Gesichter. Während er in den Laternenschein trat, hörte er verwunderte Ausrufe und Bemerkungen. Eine irische Stimme sagte: »Das ist ein englischer Offizier!« Eine andere warf mit näselndem Kolonialakzent dazwischen: »Zum Teufel, das stimmt. Sogar ein Kapitän.«

Die Männer der *Phalarope* erklommen einer nach dem anderen die Jakobsleiter und mußten sich in einer Reihe aufstellen. Ein Offizier in dunklem Mantel und mit Dreispitz schob sich durch die dichtgedrängte Mannschaft und musterte Bolitho erheitert.

»Willkommen an Bord, Kapitän. Wirklich ein Vergnügen.« Er wandte sich um und rief: »Stellt sie unter Bewachung und versenkt diesen Sarg von einem Boot.« Und zu einem großen Neger: »Sondere die Offiziere aus und bringe sie nach achtern.« Dann verbeugte er sich spöttisch vor Bolitho. »Wenn Sie mir folgen wollen? Ich denke, der Kapitän wird sich freuen, Ihre Bekanntschaft zu machen.«

Selbst in dem ungewissen Laternenlicht erkannte Bolitho vertraute Einzelheiten. Das letzte Mal war er auf dem Schiff gewesen, um Kapitän Masterman zu besuchen, einen ernsten, aber freundlichen Offizier, der im Gegensatz zu anderen stets bereit gewesen war, sein Wissen und seine Erfahrungen zu teilen, und Bolithos viele Fragen gern beantwortet hatte.

Die klare Erinnerung half ihm, die nagende Verzweiflung zurückzudrängen, so daß er sich automatisch gerade aufrichtete und sogar über die Schrammen und die notdürftig ausgebesserten Schäden, die die Breitseiten der *Phalarope* angerichtet hatte, bittere Genugtuung zu empfinden vermochte. Der Kapitän der *Andiron* wollte sicher zur Insel Mola, um dort die Reparaturen zu vollenden, ging es ihm durch den Kopf. Womöglich waren das Segeltuch und die Spieren, die der Lugger geladen hatte, für die *Andiron* bestimmt gewesen.

Er senkte den Kopf, als ihn der Offizier nach achtern führte. Bei jedem Schritt bemerkte er neugierige Gruppen der Besatzung, die ihn musterten. Eine zusammengewürfelte Mannschaft, dachte er.

Einige zeigten offene Feindseligkeit und riefen ihm Beleidigungen zu. Andere blickten zu Boden oder verbargen ihre Gesichter. Bestimmt englische Deserteure, dachte Bolitho, manche gehörten vielleicht sogar zur ursprünglichen Besatzung der *Andiron*. Er bemerkte Neger und olivfarbene Mexikaner, wortgewaltige Iren und dunkelhäutige Matrosen, die wahrscheinlich aus dem Mittelmeergebiet stammten. Dennoch offenbar eine eng verknüpfte Gemeinschaft, wenn auch möglicherweise nur durch die gemeinsame Gefahr und die Risiken des von ihnen gewählten Gewerbes verbunden.

Der Offizier stieß eine schwere Tür auf und trat beiseite, um Bolitho in eine kleine, kärglich eingerichtete Kajüte eintreten zu lassen.

»Warten Sie hier. Wir müssen erst wieder Fahrt aufnehmen. Ich nehme aber an, daß der Kapitän Sie bald zu sehen wünscht.« Er streckte die Hand aus. »Ihren Degen.« Er bemerkte Bolithos empörten Blick und setzte hinzu: »Und falls Sie an irgendeine Heldentat denken sollten, möchte ich Ihnen nur sagen, daß die Tür bewacht ist.« Er nahm den Degen entgegen und betrachtete ihn von allen Seiten. »Eine ziemlich alte Klinge für einen englischen Kapitän.« Er grinste. »Aber es wird eben alles ein bißchen knapp in England, wie?«

Bolitho gab keine Antwort. Der Offizier wollte ihn reizen. Es hatte keinen Sinn, mit ihm zu reden oder Vergünstigungen zu erbitten. Er sah den Degen seines Vaters im Laternenschein aufglänzen und drehte sich ostentativ um. Er war ein Gefangener. Er mußte alle Kraft für später aufsparen. Die Tür schlug zu, und er hörte die sich entfernenden Schritte.

Bolitho ließ sich müde auf eine Seekiste fallen und stierte vor sich hin. Farquhar und Belsey waren sicher jeder für sich festgesetzt worden. Zweifellos wollte der Kommandant der *Andiron* jeden einzeln vernehmen. Er hätte es ebenso gemacht. Sonderbar, sich vorzustellen, daß erst zwei Tage vergangen waren, seit er den vor Angst schlotternden Spanier auf seinem Schiff verhört hatte. Seither war so viel geschehen. Es war beinahe unmöglich, sich den Zeitablauf und die Vorfälle der Reihe nach zurückzurufen. Eins war sicher, er hatte sein Schiff verloren, und die Zukunft lag leer und öde vor ihm.

Die stickige Luft und die Erschöpfung wirkten sich schließlich aus. Als sich das Schiff überlegte und Fahrt aufnahm, lehnte sich Bolitho gegen ein Schott und schlief sofort ein.

Jemand rüttelte ihn am Arm, und er erwachte. Einige Sekunden hoffte er, daß alles nur Teil eines furchtbaren Traumes sei und er zu einer ganz anderen Wirklichkeit erwachen würde, und wenn es die der Ungewißheit in dem überladenen Boot wäre. Doch es war der Offizier, der ihn in die Kajüte gebracht hatte. Als Bolitho sich aufrichtete, sagte er: »Ich dachte schon, Sie wachen überhaupt nicht mehr auf.«

Bolitho bemerkte, daß Tageslicht den Gang vor der Tür erhellte, und während er nach und nach sich der tatsächlichen Lage bewußt wurde, hörte er auf dem Oberdeck das Geräusch von Scheuersteinen und Wassergüssen.

»Wie spät ist es?«

»Sieben Glasen.« Der Offizier zuckte mit den Schultern. »Sie haben fast sieben Stunden geschlafen.« Er winkte einem Matrosen. »Hier ist Wasser und Rasierzeug.« Er musterte Bolitho kalt. »Der Mann bleibt bei Ihnen, um aufzupassen, daß Sie sich nicht die Kehle durchschneiden.«

»Sehr aufmerksam von Ihnen.« Bolitho nahm die Schüssel mit heißem Wasser und ignorierte das faszinierte Interesse des Matrosen. »Aber keine Sorge, Leutnant. Bevor ich sterbe, möchte ich noch sehen, wie Sie gehenkt werden.«

Der Offizier grinste. »Sie sind ein Feuerkopf, das muß man Ihnen lassen.« Und zu der Teerjacke: »Paß gut auf, Jorgens. Der geringste Widerstand, und du nimmst dich seiner an, klar?«

Die Tür schloß sich, und der Matrose sagte: »Der Käpt'n will Sie sprechen, wenn Sie fertig sind.« Er leckte sich die Lippen. »Er hält Frühstück für Sie bereit.« Die Behandlung schien ihn zu erstaunen.

Während Bolitho sich rasierte, rasten ihm hundert Gedanken durch den Kopf. Vielleicht sollte er tun, was der Offizier angedeutet hatte. Ein Schnitt in die Halsschlagader, und sie gingen leer aus, hatten weder ein bereitwilliges Opfer noch eine Quelle möglicher Information. Er erinnerte sich an Herricks Gesicht, als er zu ihm gesagt hatte: ›Hier draußen kann man durch mangelnde Information den ganzen Krieg verlieren.‹ Jetzt kehrten sich seine eigenen Worte gegen ihn. Er dachte an Farquhar und die anderen und sah wieder Stockdales zerschlagenes Gesicht vor sich, als die Leute des Kaperschiffs sie trennten. Es hatte einen Ausdruck des Vertrauens und der Zuversicht getragen. In jenem schrecklichen Augenblick hatte Bolitho das mehr geholfen als Worte oder irgendwelche Taten.

Er wischte das Rasiermesser ab und legte es auf die Seekiste. Nein, das Leben war mehr als die persönlichen Hoffnungen eines Einzelnen. Er zog die Uniform zurecht und schob das dunkle Haar aus der

Stirn. »Ich bin bereit«, sagte er kühl. »Vielleicht zeigen Sie mir den Weg.«

Er folgte dem Matrosen durch den Gang. Das Tageslicht zeigte ihm noch mehr Zeugen des kurzen Gefechts: geknickte Hölzer, durch Behelfsbalken gestützt, und vielsagende rote Flecken, die selbst wochenlangem Schrubben getrotzt hatten.

Ein bewaffneter Matrose trat beiseite und öffnete die Tür zur Kapitänskajüte. Bolitho betrat den einst vertrauten Raum. Die Morgensonne flutete durch die Heckfenster, und die tanzenden Reflexe blendeten ihn. Der Kapitän der *Andiron* stand über die Heckbank gebeugt und schaute hinaus. Seine Gestalt hob sich dunkel vor dem glitzernden Wasser ab. Doch Bolithos Blick galt nicht ihm, sondern dem Degen, der mitten auf dem polierten Tisch lag.

Er wartete. Seine Beine paßten sich automatisch dem leichten Stampfen und Rollen des Schiffes an. Die Kugeln der *Phalarope* hatten selbst hier eingeschlagen, wie Bolitho sah. Lange kann die *Andiron* nicht im Hafen gelegen haben, überlegte er.

Der Offizier am Fenster drehte sich langsam um. Das Licht huschte über sein Gesicht, ehe es sich wieder in eine dunkle Silhouette verwandelte. Zum zweiten Male innerhalb von vierundzwanzig Stunden hätte Bolitho beinahe die Haltung verloren. Er mußte alle Kraft zusammennehmen, um nicht ungläubig aufzuschreien. Aber als der andere sprach, wußte er, daß ihn auch diesmal keine Einbildung narrte.

»Willkommen an Bord der *Andiron*, Richard. Als mir mein Zweiter den Säbel brachte, wußte ich, daß du es sein mußtest.«

Bolitho starrte seinen Bruder an, und die Jahre sackten weg, während ihm tausend Erinnerungen durch den Kopf wirbelten: Das war Hugh Bolitho, der Sohn, über den sein Vater so verbittert und doch so besorgt gesprochen hatte. Nun Kommandant eines feindlichen Kaperschiffes. Schlimmer konnte es nicht kommen.

»Es war unvermeidlich«, sagte sein Bruder langsam. »Aber ich hoffte, daß es auf andere Art geschehen würde. Und vielleicht an einem anderen Ort.«

»Weißt du, was du getan hast?« hörte Bolitho sich fragen. »Was das für Vater bedeutet?« Er stockte, war unfähig, die Tatsache hinzunehmen, daß sie Kinder desselben Vaters waren. »Dann hast du also bei dem Gefecht im vorigen Monat die *Andiron* befehligt?«

Hugh Bolitho schien sich etwas zu entspannen, offenbar meinte er, das Ärgste sei nun vorüber. »Ja. Es war wirklich eine Überraschung.

Wir wollten gerade zum Endstoß ansetzen, da sah ich dich durch mein Glas.« Er verzog das Gesicht, als er sich den Augenblick zurückrief. »So drehte ich ab. Du hast an diesem Tag Glück gehabt, mein Junge.«

Bolitho versuchte, sich nichts anmerken zu lassen, und sagte kurz: »Willst du andeuten, daß meine Anwesenheit deinen Entschluß bestimmte?«

»Dachtest du, du hättest gesiegt, Richard?« Hugh Bolitho betrachtete seinen Bruder irgendwie belustigt. »Trotz des Kettenbeschusses hätte ich die *Phalarope* nehmen können, das kannst du mir glauben.« Er zog die Schultern hoch, ging zum Tisch und blickte auf den Degen. »Es brachte mich aus der Fassung. Ich wußte nicht, daß du nach Westindien zurückgekehrt warst.«

Bolitho sah die grauen Strähnen im Haar seines Bruders und die Falten um seinen Mund. Hugh war nur vier Jahre älter, aber es hätten zehn Jahre zwischen ihnen liegen können. »Nun, jetzt bin ich also dein Gefangener«, sagte er. »Was hast du mit mir vor?«

Hugh Bolitho wich einer direkten Antwort aus. Statt dessen griff er nach dem Degen und hielt ihn gegen die Sonne. »*Dir* hat er ihn also gegeben.« Er schüttelte den Kopf, eine ebenso vertraute wie schmerzliche Geste. »Armer Vater. Ich fürchte, er denkt das Schlechteste von mir.«

»Überrascht dich das?«

Hugh Bolitho legte den Degen auf den Tisch und schob die Hände tief in die Taschen seines einfachen blauen Rocks. »Ich war auf diese Begegnung nicht aus, Richard. Denke, was du willst, aber du weißt so gut wie ich, daß die Dinge hier draußen zu schnell abrollen, um Gefühle walten zu lassen.« Er sah seinen Bruder an. »Als ich dich auf dem Deck stehen sah, während deine armselige Mannschaft auseinanderfiel, konnte ich es einfach nicht über mich bringen, den Kampf zu Ende zu führen.« Er hob unbestimmt die Hand. »Ganz wie früher, Richard. Es ist mir nie leichtgefallen, dir etwas wegzunehmen, was deiner Meinung nach dir gehörte.«

»Trotzdem hast du es immer getan, nicht wahr?« erwiderte Bolitho gelassen.

»Die Zeiten sind vorbei.« Er deutete auf eine Seekarte. »Wir segeln nach St. Kitts. Bis zum Abend werden wir unter Land sein.« Er bemerkte den Zweifel in Bolithos Augen. »Ich lese in dir wie in einem Buch, Richard. Noch immer das alte Mißtrauen.« Er lachte. »St. Kitts ist von unseren Verbündeten genommen worden. Sir Samuel

Hood hat sich zurückgezogen, um seine Wunden zu lecken.« Er schwenkte die Hand über die Karte. »Es wird bald vorbei sein. Ob eure Regierung es nun glaubt oder nicht, Amerika wird eine unabhängige Nation werden, vielleicht eher, als man denkt.«

Bolithos Finger krampften sich hinter seinem Rücken ineinander. Während er hier mit der Vergangenheit konfrontiert wurde, ging seine Welt in Stücke. St. Kitts verloren! Vielleicht sammelten sich die Franzosen schon anderswo zum Angriff. Aber wo? Sie konnten fast jede karibische Insel wählen.

»Falls du etwas vorhast, um meine Pläne zu stören, dann spar dir die Mühe, Richard. Für dich ist der Krieg aus.« Hugh Bolitho klopfte mit den Fingerspitzen auf die Tischplatte. »Es sei denn . . .«

»Es sei denn - was?«

Hugh Bolitho kam um den Tisch herum und sah seinen Bruder fest an. »Es sei denn, du stößt zu uns, Richard. Die Franzosen geben etwas auf mich. Ich glaube bestimmt, daß sie dir ein Schiff anvertrauen würden. Nach deinem Wagestück auf Mola können sie dir Mut und Zielstrebigkeit ganz gewiß nicht absprechen.« Er lächelte bei dem Gedanken, der ihm durch den Kopf ging. »Vielleicht sogar die *Phalarope*.«

Er beobachtete seinen Bruder, der keine Miene verzog, und ging dann zum Fenster. »Diese Gewässer gehören jetzt uns. Unsere Nachrichten stammen aus vielen Quellen, von Fischern, Handelsbooten, sogar Sklavenschiffen. Da St. Kitts gefallen ist, werden sich eure Schiffe nach Süden auf Antigua zurückziehen, ja noch weiter. Hier gibt es nicht mehr viele Patrouillenschiffe. Zu kostspielig für euren Admiral, nicht wahr?« Er lächelte. »Vielleicht nur noch ein Schiff: ein einziges.«

Bolitho dachte an die *Phalarope* und versuchte sich vorzustellen, was Vibart tun würde.

»Dein Schiff, Richard, die *Phalarope*. Wir brauchen jede Fregatte, die wir bekommen können, wie die Seestreitkräfte aller anderen Länder auch. Ich habe dafür gesorgt, daß dein Admiral, dieser bombastische Narr Sir Robert Napier, über unsere Bewegungen informiert wurde. Dein Erfolg auf Mola ist ihm bestimmt so zu Kopf gestiegen, daß er der *Phalarope* Order geben wird, uns aufzuspüren. Der Admiral wird bestimmt alles daransetzen, den Verlust der *Andiron* zu rächen, nicht wahr?«

»Du mußt verrückt sein.« Bolitho sah seinen Bruder kalt an.

»Verrückt? Kaum, Richard. Ich habe deine Leute verhört. Sie haben mir berichtet, wie ihr Schiff von Admiral Napier bestraft wurde, weil es die *Andiron* entkommen ließ. Sie haben auch von der Unruhe gesprochen, die an Bord ausbrach, ehe du das Kommando übernommen hast.« Er hob die Arme. »Ich fürchte, die Mehrzahl deiner Männer wird ihr Schicksal mir anvertrauen. Aber trauere deswegen nicht, es wäre nur klug von ihnen. Hier draußen entsteht eine neue Welt, und sie werden ein Teil von ihr sein. Sobald der Krieg vorüber ist, segle ich nach England und fordere mein Erbe, Richard. Danach werde ich nach Amerika zurückkehren. Ich habe meinen Wert unter Beweis gestellt. Die Vergangenheit bedeutet mir nichts mehr.«

»Dann tut mir eure Nation leid«, sagte Bolitho ruhig. »Wenn ihre Existenz von Verrätern abhängt, wird sie einen schwierigen Kurs steuern müssen.«

Sein Bruder blieb gelassen. »Verräter oder Patrioten, das hängt vom Standpunkt ab. Wie dem auch sei, heute abend wird die *Andiron* vor St. Kitts ankern. Nicht im Hauptfafen, sondern in einer kleinen Bucht, die meines Erachtens der ideale Ort ist, um sie zurückzuerobern.« Er warf den Kopf zurück und lachte. »Nur, daß es die *Phalarope* sein wird, die in die Falle geht, mein verehrter Herr Bruder.«

Bolitho blickte ihn ausdruckslos an. »Was das anlangt: Ich bin Gefangener. Ich möchte weder meinen Familiennamen noch den meines Landes beschmutzt sehen, indem ich Bruder genannt werde!«

Der Pfeil hatte getroffen, Bolitho spürte es an Hughs Reaktion. Doch sein Bruder fing sich gleich wieder und sagte tonlos: »Dann nach unten mit dir.« Er griff nach dem Säbel. »In Zukunft werde *ich* ihn tragen. Er gehört von Rechts wegen mir.«

Er schlug auf den Tisch, und ein Posten erschien in der Tür. Dann sagte er: »Ich bin froh, daß du an Bord meines Schiffes bist, Richard. Wenn mir die *Phalarope* diesmal vor die Kanonen kommt, wird mich nichts aufhalten.«

»Wir werden sehen.«

»In der Tat, das werden wir.« Hugh Bolitho trat an seine Karte. »Wenn ich die Stimmung deiner Leute richtig einschätze, Richard, werden sie bald den Befehlen der *Andiron* folgen.«

Bolitho machte kehrt und schritt an der Wache vorbei. Der Kapitän der *Andiron* folgte dem Abgang mit den Augen, seine Hände umspannten den Degen wie einen Talisman.

Richard Bolitho kam jeder Tag der Gefangenschaft länger vor als
der voraufgegangene, und die tägliche Routine an Bord der *Andiron*
marterte ihn nach und nach immer mehr, obwohl er die relative Freiheit genoß, sich im Heck der Fregatte aufhalten zu dürfen. Von dort
verfolgte er das regelmäßige Kommen und Gehen kleiner Küstenfahrzeuge und den üblichen Tagesablauf eines Schiffes vor Anker.
Abends wurde er in die Einsamkeit einer kleinen Kajüte zurückgebracht. Farquhar und Belsey sah er nur bei den Mahlzeiten. Selbst
dann konnten sie kaum offen miteinander sprechen, weil sich stets
einer der Unteroffiziere der *Andiron* in der Nähe aufhielt.

Die *Andiron* hatte hier erst vor einer Woche Anker geworfen,
doch Bolitho schien es eine Ewigkeit her. Mit jedem Tag zog er sich
mehr in sich selbst zurück und grübelte über seine mißliche Lage
nach, bis ihm der Kopf schwirrte.

Von dem ihm zugewiesenen Platz an Deck sah er Belsey düster
neben Farquhar auf einem Lukendeckel sitzen. Beide starrten über
das leere Meer. Sie warten, dachte er bitter, wie jeder andere an
Bord. Sie warten und fragen sich, wann die *Phalarope* auftauchen
und in die Falle gehen wird. Ihm fiel auf, daß Belsey eine neue Ban-
dage um den Arm trug, und rief sich den ersten, aber nur kleinen
Triumph zurück, als ihm nach dem Gespräch mit seinem Bruder gestattet worden war, mit den beiden zusammenzusein.

Es war ersichtlich, daß sie inzwischen erfahren hatten, wer der Kapitän der *Andiron* war, aber ebenso ersichtlich war ihre Erleichterung, ihn wiederzusehen. Glaubten sie wirklich, daß er sie verlassen
und zum Feind übergehen könnte? Selbst jetzt noch überraschte und
freute es ihn ein wenig, daß er sich über eine solche Annahme ärgern
konnte.

Belsey hatte seinen Arm unter Schmerzen bewegt und gesagt:
»Der Schiffsarzt wird sich den Bruch ansehen, Sir.«

In diesem Augenblick war ihm Farquhars Dolch eingefallen, der,
unter dem behelfsmäßigen Verband verborgen, als Schiene diente.
Zu sprechen wagte er nicht. Die anderen beobachteten ihn jedoch,
als er vom Kajütenstuhl ein Brett abbrach. Mit Farquhars Hilfe er-
setzten sie den Dolch durch ein Stück Mahagoni. Belsey hatte einmal
laut aufgeschrien, aber Bolitho zischte: »Still, Sie Narr! Den Dolch
können wir vielleicht noch brauchen.«

Er versteckte ihn unter seinem Bettzeug. Doch ein qualvoller Tag verstrich nach dem anderen, und er beurteilte den Besitz einer so geringfügigen Waffe nicht mehr so hoffnungsvoll. Von seinem Bruder hatte er wenig gesehen und war dankbar dafür. Einmal hatte er beobachtet, wie er in der Gig an Land gepullt wurde. Und einige Male hatte er ihn zu den Wänden des Vorgebirges hinaufstarren sehen, die hinter dem verankerten Schiff aufragten. Bolitho grübelte wieder und wieder über ihre einzige Unterhaltung in der Heckkajüte nach, bis er Bedeutungen hineinlegte, die gar nicht vorhanden gewesen waren. Doch eins stand fest: Hugh Bolitho bluffte nicht. Das hatte er nicht nötig.

Die *Andiron* ankerte vor der Südspitze der kleinen Insel Nevis, die zur Hauptinsel St. Kitts gehörte. Ein ovales Eiland, durch eine Meerenge von etwa zwei Meilen von St. Kitts getrennt und volle fünfzehn Meilen von der Hauptstadt Basseterre entfernt, die Hood erfolgreich gehalten hatte, bis er sich nach Antigua zurückziehen mußte. Nevis war eine gute Wahl, mußte Bolitho grimmig zugeben. Während seiner endlosen Spaziergänge über Deck verfolgte er die schnellen, doch sorgfältigen Vorbereitungen, mit denen hier einem Schiff, das versuchen sollte, die *Andiron* anzugreifen, eine Falle gestellt wurde.

Die vorspringende Landzunge Dogwood Point beherrschte den geschützten Strich Wasser; dahinter ragte der nackte Kamm des Saddle Hill wie ein Miniaturvulkan auf. Selbst ein halbblinder Ausguck konnte von dort aus jede verdächtige Annäherung ausmachen und sie dem Schiff und der Küstenwache melden. Es war so einfach, daß Bolitho zugeben mußte, er hätte die gleiche Methode gewählt. Lag es daran, weil sein eigener Bruder den Plan entworfen und ein verwandter Geist die Falle gestellt hatte? Wenn Sir Robert Napier erst die Nachricht erhalten hatte, wo die *Andiron* lag, war die Annahme, daß er impulsiv reagieren würde, durchaus berechtigt. Ein Erfolg würde zwar den schmerzlichen Verlust St. Kitts nicht wettmachen, aber die Moral der britischen Flotte heben.

Natürlich brauchte das angreifende Schiff nicht die *Phalarope* zu sein. Doch Bolitho verwarf diesen Gedanken sogleich. Sein Bruder hatte auch darin recht. Admiral Napier standen nur wenige Schiffe zur Verfügung, seit sich Hood wieder auf Antigua eingerichtet hatte. Außerdem würde er den Erfolg der *Phalarope* als einen Akt ausgleichender Gerechtigkeit ansehen. Damit wäre ihr Name gereinigt und sein Sohn gerächt.

Er versuchte von neuem, sich in die Lage des angreifenden Kapitäns zu versetzen. Er würde langsam heransegeln, um sich zu vergewissern, daß die Information über die Anwesenheit der *Andiron* stimmte. Und er würde darauf achten, daß die Posten an Land seine Masten nicht vor Sonnenuntergang erspähten. Im Schutz der Dunkelheit würde er unter Land gehen und ein Enterkommando aussenden, vielleicht drei oder vier Boote. Leicht würde es nicht sein, aber ein Schiff, das so töricht war, ein Stück vor der Basis zu ankern, sollte durch Handstreich zu Fall zu bringen sein. Er schloß die Augen und versuchte, das Bild auszulöschen, das ihm das angreifende Schiff im Augenblick der Erkenntnis der wirklichen Lage zeigte.

Eine verborgene Batterie war so aufgestellt und ausgerichtet, daß die Geschütze den gesamten Bereich unter dem Vorgebirge bestrichen. Und obwohl es nach außen hin so aussah, als läge die *Andiron* unbesorgt vor einer friedlichen Insel, hatte Bolitho alle Vorbereitungen wohl bemerkt und auch die Sorgfalt, die sein Bruder walten ließ, um den Sieg sicherzustellen.

Die Kanonen, mit Kartätschen geladen, warteten geduckt hinter ihren geschlossenen Pforten. Schon jetzt spannten sich Netze über die Decks, um jene an einem schnellen Entern zu hindern, die dem ersten Kugelregen entkommen würden. Die Männer der *Andiron* schliefen auf Stationen, jeder einzelne bis an die Zähne bewaffnet und bereit, dem Plan des Kapitäns zum Erfolg zu verhelfen.

Auf dem Achterdeck waren Leuchtraketen angebracht. Sobald man mit den Angreifern im Kampf stand, sollten sie abgebrannt werden. Das Signal würde von einem entfernteren Posten an eine französische Fregatte weitergegeben werden, und mit deren Eingreifen wäre dann das Gefecht vorüber. Wenn die *Phalarope* ohne den besten Teil ihrer Mannschaft überrascht wurde, hatte sie keine Chance. Und wenn sie näher unter Land kam, um das Enterkommando zu unterstützen, würden die Landbatterien sie zerschmettern, ehe sie den Fehler bemerkte.

Ein anderer Gedanke quälte Bolitho. Wenn die *Phalarope* der Angreifer war, würde Vibart das Kommando führen. Er konnte sich nur schwer vorstellen, daß Vibarts Verstand schnell genug arbeitete, um mit einer solchen Situation fertigzuwerden. Bolitho knirschte mit den Zähnen und ging langsam zur Landseite hinüber. Die Insel lag friedlich da. Die Verteidiger hatten ihre Vorbereitungen abgeschlossen und warteten jetzt genau wie er. Nur daß er, wenn es soweit war, unter Deck eingesperrt und hilflos und elend Zeuge des Untergangs seines eigenen Schiffes sein würde. Oder, schlimmer noch, der Eroberung.

Der Gedanke peinigte ihn zum hundertsten Male. Und es gab ihm einen neuen Stich, als er einen Kutter der *Andiron* längsseits kommen und Früchte entladen sah. Nein, er irrte sich nicht, es war Stockdale, der breitbeinig auf dem Schanzkleid stand und die Netze mit den Früchten hinaufreichte, als wären sie leicht wie eine Feder. Sonderbar, aber das war fast am schwersten zu ertragen. Gerade Stockdale! Ob er bereitwillig oder widerstrebend gehandelt hatte, war Bolitho nicht bekannt, aber er hatte sich der Mannschaft des Kaperschiffes angeschlossen, und die anderen Leute der Landungsabteilung waren ihm wie Schafe gefolgt. Er machte ihnen innerlich keine Vorwürfe. Wenn Stockdale, der Bootsführer des Kapitäns, die Front wechselte, warum dann nicht auch sie?

Stockdale schaute, in der Sonne blinzelnd, hoch. Dann grüßte er spöttisch, und einige der Leute lachten. Der wachhabende amerikanische Offizier sagte trocken: »Manchmal glaube ich, daß es so etwas wie Treue überhaupt nicht gibt, Kapitän. Alles bloß eine Frage des Preises.«

Bolitho zuckte mit den Schultern. »Vielleicht.«

Der Offizier ergriff die Chance, Bolithos brütendes Schweigen zu brechen. »Ich komme nicht darüber hinweg, daß Sie mit unserem Kapitän verwandt sind. Der Gedanke macht einem zu schaffen. Ihnen vermutlich auch.«

Bolitho sah den gebräunten Offizier flüchtig an. Ein freundliches Gesicht. Das eines einsamen Mannes, der den Krieg satt hatte. »Fahren Sie schon lange unter ihm?« fragte er.

»Ein Jahr ungefähr.« Der Mann runzelte die Stirn. »Aber es kommt mir viel länger vor. Er kam als Erster Leutnant an Bord, erhielt aber das Kommando, nachdem der Kapitän bei einem Gefecht mit einem Ihrer Schiffe vor Cape Cod fiel.« Er grinste. »Hoffentlich kann ich bald nach Hause. Meine Frau und meine zwei Jungen warten auf mich. Ich sollte mich um meine Farm kümmern, nicht gegen König Georg kämpfen.«

Bolitho erinnerte sich der Bemerkung seines Bruders, daß er nach Cornwall kommen würde, um das ihm rechtmäßig zustehende Erbe zu fordern, und verspürte wieder die gleiche heftige Bitterkeit. Er unterdrückte die aufsteigende Regung und fragte ruhig: »Halten Sie das wirklich für so einfach?«

Der Offizier starrte ihn an. »Was kann denn noch passieren? Ich möchte Sie nicht beleidigen, Kapitän, aber meiner Meinung nach haben die Briten kaum noch eine Chance, Amerika zurückzugewinnen.«

Bolitho lächelte. »Ich dachte mehr an die Franzosen. Wenn, wie Sie sagen, die amerikanische Unabhängigkeit von allen Beteiligten bestätigt wird, bilden Sie sich dann wirklich ein, daß die Franzosen einfach abgeln? Immerhin haben sie die Hauptlast der Kämpfe getragen, vergessen Sie das nicht. Meinen Sie, daß Sie ohne ihre Flotte und ihre Lieferungen so weit gekommen wären?«

Der Amerikaner kratzte sich den Kopf. »Krieg bringt einem sonderbare Verbündete, Kapitän.«

»Ich weiß. Ich habe einige kennengelernt.« Bolitho blickte beiseite. »Meines Erachtens möchten sich die Franzosen hier draußen ebenso festsetzen wie in Kanada.« Er schüttelte den Kopf. »Sie können leicht vom Regen in die Traufe kommen.«

Der Offizier gähnte und sagte müde: »Nun, ich habe das nicht zu entscheiden, Gott sei Dank.« Er hob die Hand an die Augen und spähte in den dunklen Schatten unter Saddle Hill. Ein weißblauer Punkt eilte den unebenen Pfad in einer Staubwolke hinunter.

Der Offizier sah Bolitho bedeutungsvoll an und sagte knapp: »Ein Reiter! Das bedeutet, der Köder hat gewirkt, Kapitän. Heute nacht also – oder nie.«

Auf der Back ertönte ein Ruf, als am öden Ufer ein greller Lichtpfeil aufblendete. Jemand benutzte einen Heliographen, und Bolitho hörte tiefer landeinwärts lebhaften Trommelschlag.

»Woher weiß man es?« fragte er.

Der Offizier kniff die Lippen zusammen, sagte dann jedoch nicht unfreundlich: »Draußen liegt eine Flotte von Fischerbooten, Kapitän. Sie geben die Sichtmeldung von Boot zu Boot weiter. Eins liegt dicht unter dem Ausguck auf dem Berg.« Er wirkte verlegen. »Warum beschäftigen Sie sich noch damit? Sie können doch nichts mehr dagegen tun. Genausowenig wie ich etwas tun könnte, wäre die Situation umgekehrt.«

Bolitho sah ihn nachdenklich an. »Danke, ich will versuchen, mich daran zu erinnern.« Damit nahm er seinen Gang über das Deck wieder auf. Der Offizier zuckte mit den Schultern und kehrte auf die andere Seite des Hecks zurück.

Die kurze Waffenruhe war vorüber. Das Signal des Heliographen hatte sie aus plaudernden Seeleuten wieder zu Feinden gemacht.

»Sonnenuntergang in einer Stunde.« Daniel Proby, Steuermann der *Phalarope*, kritzelte langsam auf seiner Schiefertafel und ging dann gemächlich zu Herrick hinüber, der an der Luvreling stand. »So habe ich die Sonne mein ganzes Leben lang noch nicht gesehen.«

Herrick riß sich in die Gegenwart zurück und folgte Probys bekümmertem Blick über die glitzernde Weite der offenen See. Fast den ganzen Nachmittag und den frühen Abend über war die Fregatte stetig nach Nordost gelaufen, und während sie jetzt hart am Wind über Backbordbug segelte, leuchteten Masten, Spieren und jeder Zoll der steifen Leinwand wie poliertes Kupfer. Der Himmel, seit Tagen hellblau und leer, war jetzt von langen, sich kreuzenden Wolkenstreifen durchzogen, die wie glühende Rauchfahnen auf den fernen Horizont zutrieben. Es war ein zorniger Himmel, und die See reagierte auf den Wechsel auf ihre Weise. Die Oberfläche zeigte nicht mehr die kurzen, abgehackten weißen Kämme, sondern herandrängende Linien hochtreibender Wogen, eine hinter der anderen in säuberlich abgezirkelten Reihen. Das Schiff hob sich und ächzte, als die Galionsfigur sich dem Himmel zukehrte und dann in langem Bogen in das Wellental tauchte.

»Vielleicht nähert sich ein Sturm vom Atlantik?« fragte Herrick.

Der Steuermann schüttelte den Kopf. »Zu dieser Jahreszeit gibt es kaum Stürme.« Er blickte nach oben, als die Segel, wie um seine Worte zu verhöhnen, donnerten. »Wie dem auch sei, wir werden ein Reff einbinden müssen, wenn es sich nicht bessert.«

Trotz seiner düsteren Gedanken mußte Herrick lächeln. Vibart würde nicht gerade glücklich darüber sein. Seit er vor zwei Tagen seine neuen Befehle erhalten hatte, trieb er die Besatzung wie ein Verrückter an. Herrick dachte an den Augenblick, als ein Ausguck das ferne Segel gesichtet hatte. Einen Moment dachten sie, es sei eine patrouillierende Fregatte oder die *Cassius* selbst. Aber es war eine schnell segelnde Brigg. Über ihren niedrigen Rumpf sprühte Schaum, als sie über Stag ging und auf die *Phalarope* zulief.

Herrick nahm ihr Erscheinen als unerwartete, aber willkommene Abwechslung, denn die Stimmung an Bord der Fregatte hatte sich spürbar verschlechtert. Innerhalb weniger Tage hatte es sieben Auspeitschungen gegeben. Sie hatten die Mannschaft jedoch nicht in stumpfe Gefügigkeit versetzt, sondern dazu beigetragen, die Kluft zwischen Back und Achterdeck noch zu vertiefen. Im Zwischendeck wurde kaum noch geplaudert oder gelacht. Kam ein Offizier an einer Gruppe Matrosen vorüber, schwiegen die Männer verdrossen und wandten sich ab.

Fähnrich Maynard hatte gemeldet: »Die Brigg ist die *Witch of Looe*, Sir. Mit Order für uns.«

Vibart baute sich gewichtig auf dem Achterdeck auf, einsam und erhaben, schweigsam, aber alles beobachtend.

Ein Boot pullte herüber, und bald kletterte ein Leutnant mit dem unvermeidlichen Leinwandumschlag an Bord. Herrick, der in der Nähe stand, spitzte die Ohren, um mitzubekommen, was vorging. Er hörte Vibart nach dem Flaggschiff fragen und den Leutnant kurz antworten.

»Diese Befehle kommen vom Admiral, Sir. Ich habe nichts hinzuzufügen.«

Die Antwort war zu knapp, beinahe schon beleidigend, und Herrick nahm an, daß der junge Leutnant auf der Liste der Admiralsgünstlinge hoch genug stand, um sich solchen Ton erlauben zu können.

Vibart hatte dem Offizier der Brigg vom Angriff auf die Insel Mola erzählen wollen, doch dann den Mund fest zusammengepreßt, sich umgedreht und befohlen: »Lassen Sie das Schiff wieder Fahrt aufnehmen, Mr. Herrick. Ich habe zu tun.«

So war es bis heute geblieben, überlegte Herrick. Ein Schwanken zwischen hochtrabender Selbstgefälligkeit und Anfällen blinder Wut. Vibarts Reaktionen ließen sich nie vorhersagen, ein doppeltes Übel, da er beinahe allgegenwärtig war. In einem fort beobachtete er, kritisierte alles und bellte Befehle, die die der anderen Offiziere rückgängig machten.

Herrick hatte den Leutnant am Fallreep angehalten, um noch mehr zu erfahren. Der Offizier sah ihn nachdenklich an.

»St. Kitts ist gefallen. Die Flotte hat sich zurückgezogen, um sich neu zu formieren. Ich segle jetzt nach Antigua.« Er blickte zu seinem Schiff hinüber. »Aber dem Vernehmen nach kommt Rodney aus England mit zwölf Linienschiffen zu uns. Ich hoffe zu Gott, daß er noch rechtzeitig eintrifft.« Und dann, hastig: »Wo ist Ihr Kapitän?«

»Gefallen.« Herrick brachte das Wort kaum über die Lippen. »Auf Mola.«

»Nun, mir liegt Ihr neuer Kommandant nicht, mein Freund.« Der Leutnant hielt kurz inne. »Wir haben zwei Tage nach der *Phalarope* gesucht. Der Admiral dürfte kaum erfreut sein, daß Sie Ihre Position verlassen haben, Mola oder nicht.« Er kniff die Augen zusammen. »Im Befolgen von Befehlen ist Sir Robert ein Pedant.«

Herrick beschäftigte sich nun mit jenem Teil der Ereignisse, aufgrund derer die *Phalarope* jetzt auf die Inseln zuhielt. Vibart hatte alle Offiziere und Unteroffiziere zu einer Besprechung in die Kajüte gerufen. Irgendwie war es typisch für ihn, daß er bequem auf seinem Stuhl saß und alle anderen stehen ließ.

»Sir Robert Napier hat Nachricht erhalten, daß die *Andiron* vor Nevis liegt.« Danach ließ er eine anscheinend sorgsam vorbereitete Rede vom Stapel. »Offenbar werden Reparaturen ausgeführt, während sie auf neue Order wartet. Wie lange sie dort liegen wird, ist ungewiß.« Er blickte von einem zum anderen. »Sir Robert befiehlt der *Phalarope*, unverzüglich nach Nevis zu segeln, um die *Andiron* zu versenken oder zu nehmen.« Vibarts Worte hatten wie ein Blitz eingeschlagen. »Wir werden höchste Fahrt laufen.« Er sah den Steuermann durchdringend an. »Also geben Sie acht, daß keine Fehler passieren, Mr. Proby.«

Herrick hatte Vibart während der Ankündigung beobachtet. Sein offensichtlicher Eifer überraschte ihn. Es konnte eine falsche Nachricht sein. Stimmte sie jedoch, würde es nicht leicht sein, ein Schiff außer Gefecht zu setzen, das dicht unter einer feindlichen Insel lag. Indes Vibart sich dröhnend über Details und den Zeitpunkt ausließ, wurde ihm klar, daß Vibarts Verhalten auf Unsicherheit schließen ließ. Obwohl Vibart seit Bolithos Verschwinden das Kommando führte, war Okes in der besseren Position, weil man womöglich ihm die zurückliegenden Erfolge gegen den Feind gutschreiben würde. Vibart mußte sich noch beweisen, und dafür bot die neue Operation eine Gelegenheit.

Merkwürdigerweise hatte er keine Meldungen zur *Witch of Looe* hinübergeschickt. Sparte er sich den Bericht für einen persönlichen Vortrag beim Admiral auf? grübelte Herrick. Sir Robert mochte wütend sein, weil die *Phalarope* ihre Position verlassen hatte. Aber die Zerstörung der Batterie auf Mola und die der Truppentransporter und dazu ein Sieg über das Kaperschiff *Andiron* mußten jeden besänftigen.

Doch jetzt, nachdem Vibart ausreichend Zeit gehabt hatte, alles zu bedenken, was der Befehl einschloß, war seine Stimmung von neuem umgeschlagen. Während die *Phalarope* auf Nevis zulief, wuchs seine Nervosität und Gereiztheit, und mehr als einmal gewann seine Ungeduld die Oberhand. Erst vormittags hatte er einen Mann auspeitschen lassen, dem ein Marlspieker von der Großrah fiel. Er war dicht neben Packwood, einem Maat, in den Decksplanken steckengeblieben. Vibart brütete gerade auf dem Achterdeck vor sich hin und verfolgte, wie die Boote überprüft wurden. Packwoods erschreckter Aufschrei hatte ihm von neuem Gelegenheit gegeben, seiner nie vorhersehbaren Laune freien Lauf zu lassen.

»Schafft den Kerl her.« Seine Stimme ließ jeden Handgriff auf dem Hauptdeck stocken. »Ich habe es genau gesehen. Der Marlspieker sollte Packwood treffen.«

Selbst der Bootsmannsmaat hatte widersprochen. »Es ist heute bewegt da oben, Sir. Das war keine Absicht.«

Vibart war scharlachrot angelaufen. »Maul halten! Oder ich sehe mir auch Ihre Rückenknochen an.«

Wieder das gefürchtete Trillern: »Alle Mann als Zeugen einer Bestrafung nach achtern!«

Wieder das qualvolle Hinschleichen der Zeit, bis die Gräting klar war und die Seesoldaten auf dem Achterdeck eine rechteckige Formation bildeten.

Der Seemann, den es diesmal traf, hieß Kirk. Ein magerer, hohläugiger Matrose, der seit dem Gefecht mit der *Andiron* beinahe taub war. Die donnernden Breitseiten hatten ihm das Trommelfell für immer lädiert.

Mr. Quintal, der Bootsmann, war langsam nach achtern gekommen, die vertraute rote Flanelltasche baumelte ihm am Handgelenk. Schweigend teilten sich die Leute, um ihn durchzulassen. Bis zum letzten Moment, ja noch als Vibart das Verlesen der Kriegsartikel beschloß und schroff verkündete: »Vier Dutzend, Mr. Quintal«, bezweifelte Herrick, daß Kirk ein einziges Wort verstanden hatte. Erst als ihn die Bootsmannsmaaten packten, ihm das Hemd vom mageren Körper rissen und ihn zum Prügeln über die Gräting warfen, begann er zu brüllen und zu protestieren. Die meisten nahmen ihre Strafe hin, ohne einen Laut von sich zu geben. Schon ein einziger Schlag mit der neunschwänzigen Katze trieb die Luft aus den Lungen, so daß kaum genug für einen Schrei übrig blieb. Kirk schrie unaufhörlich, als seine Handgelenke so festgebunden wurden, daß die Füße eben das Deck berührten. Furcht und Schrecken des Mannes brachten die Bootsmannsmaaten einen Augenblick durcheinander, und sie wechselten flüchtige Blicke. Quintal zog die Peitsche aus der roten Tasche, reichte sie Packwood und sagte barsch: »Zwei Dutzend. Josling übernimmt die anderen zwei. Wenn Kirk so lange lebt«, fügte er halblaut hinzu.

Vibart hatte den Hut aufgesetzt und kurz genickt. »Anfangen.«

Herrick hatte viele Auspeitschungen gesehen. Sie schienen Teil des Seemannslebens, und er hatte sich gegen den Anblick gestählt. Doch diesmal lagen die Dinge anders. Die Bestrafung war ungerecht, weil Vibart zu versessen darauf war.

Die Trommel wurde gerührt, und Packwoods muskulöser Arm
holte aus: »Eins.« Die Peitsche zischte durch die Luft. Wie üblich
wartete Herrick angewidert und fasziniert zugleich auf die Wirkung
des Schlages. Einige Sekunden lang zeigte sich auf dem bloßen Rükken des Mannes nichts, doch schon während die Peitsche zum zweiten Schlag gehoben wurde, sprang die straffe Rückenhaut von der
Schulter bis zur Hüfte in vielen feinen Rissen auf.

»Zwei.« Kirk brüllte und zuckte hilflos an der Gräting. Aus seinem
Mund floß Blut, und Herrick wußte, daß er sich die Zunge aufgebis-
sen hatte.

»Drei.« Packwood zögerte, ehe er wieder zuschlug. Seine Augen
wurden glasig, als die Peitsche Kirks Rücken blutig riß.

Vibarts Stimme übertönte die Trommel. »Härter, Packwood, ersparen Sie dem Kerl nichts, wenn Sie nicht mit ihm tauschen wollen.«

So war es weitergegangen, Schlag für Schlag, begleitet vom unmenschlichen Rasseln der Trommel. Nach dem ersten Dutzend
sackte Kirk zusammen und gab keinen Ton mehr von sich. Doch als
der Wundarzt Ellice grimmig feststellte: »Er lebt noch, verträgt aber
nicht mehr viel«, fauchte Vibart: »Weitermachen mit der Bestrafung.«

Herrick hatte bemerkt, daß sich Fähnrich Neale an Maynards Ärmel klammerte, während die Auspeitschung weiterging. Kirk war
mager, und nach achtzehn Schlägen glaubte Herrick, unter der zer-
fleischten Haut Knochen und Muskeln zu sehen. Dann übernahm
Josling die Peitsche und streifte mit den Fingern Fleischfetzen davon
ab. Nach einem kurzen Blick in Vibarts ausdrucksloses Gesicht
machte er sich an das zweite Dutzend. Nach dem zwanzigsten Schlag
fiel Mr. Quintal ihm in den Arm und sagte fest: »Das reicht, Sir. Er
stirbt.« Kirks blutiger Körper wurde nach unten geschafft, aber erst,
nachdem Wundarzt Ellice das Eingreifen des Bootsmanns unterstützt hatte. »Vielleicht übersteht er es«, hatte er unbestimmt ge-
knurrt. »Sagen kann ich es nicht. Ich glaube, seine Nieren sind ge-
platzt.«

Herrick forschte nach einem Zeichen von Mitleid oder Triumph in
Vibarts schweren Zügen. Doch sie zeigten lediglich steinerne
Gleichmütigkeit. Captain Pomfret hatte Auspeitschungen zugese-
hen, als wären sie ein brutaler Sport. Der blutige Abschluß erregte
ihn stets auf eine Weise, als hätte er einen perversen Sexualakt erlebt. Nichts davon bei Vibart. Vibart sah man überhaupt kein Gefühl

an, ganz gleich welcher Art.

Herrick wandte sich hastig ab, als Vibart im Kajütsniedergang auftauchte und in den Wind schnüffelte. Vibart musterte den seltsam kupferfarbenen Himmel und sagte gedehnt: »Der Wind hat aufgefrischt. Wir werden in zehn Minuten die Segel bergen.« Sein Blick streifte Proby. »Haben Sie unsere Position? Unsere *genaue* Position?«

Proby nickte mürrisch. »Aye, Sir. Nevis liegt in Nordost voraus, etwa fünfzehn Meilen entfernt.«

Vibart musterte ihn durchdringend. »Ich hoffe um Ihretwillen, daß es stimmt, Mr. Proby.« Dann bellte er den Rudergänger an: »Paß auf, du Tölpel. Bleib hart am Wind.«

Herrick blickte hinauf. Das Schiff lief perfekt. Vibart wurde offenbar um so nervöser, je näher sie der Insel kamen. Nicht furchtsam. Er hatte bei keiner Gelegenheit irgendwelche Zeichen von Furcht gezeigt. Nein, das lag tiefer, hatte mit der lauernden Möglichkeit eines Fehlschlags zu tun.

Vibart bemerkte, daß Herrick ihn ansah, und fauchte: »Haben Sie die Enterkommandos eingeteilt?«

»Aye, Sir. Alle Boote außer der Gig sind klar. Die Gig ist für diese Aufgabe nicht geeignet.«

»Das weiß ich selber, Mr. Herrick.« Vibarts Augen waren rot unterlaufen. »Sie übernehmen den Gesamtbefehl. Maynard, Packwood und Parker befehligen die anderen drei Boote.« Seine Blicke glitten finster über die an Deck beschäftigten Leute. »Als Steuermannsmaat ist Parker der ideale Mann, die *Andiron* unter Segel zu bringen, wenn Ihr Angriff Erfolg hat.«

»Ja, Sir.« Herrick wußte das alles. Er hatte jeden einzelnen Mann persönlich instruiert und dem festgelegten Plan gemäß eingeteilt. »Erwarten Sie starke Gegenwehr, Sir?«

»Wir sind jetzt drin. Es kommt nicht darauf an, was ich erwarte.«

Proby befragte seine große Taschenuhr und sagte: »Pfeifen Sie alle Mann an Deck. Klar zum Segelbergen.«

Herrick fragte sich, warum Vibart das so lange hinausgeschoben hatte. In der Ferne hatte er mehrmals Fischerboote gesehen. Es lag wirklich kein Sinn darin, die Eile der *Phalarope* noch durch Vollzeug anzuzeigen.

Die Matrosen kletterten die Wanten hinauf und zogen sich die schwankenden Rahen entlang. Bei der unbehaglichen Bewegung des Schiffs war das Segelbergen eine gefährliche Arbeit.

Vibart sagte mürrisch: »Auf diese Weise sind wir weniger leicht auszumachen. Und da der Wind ständig auffrischt, erspart es uns die Mühe, später Segelbergen zu müssen.« Er schien laut zu denken.

Proby legte die Hände um den Mund und rief heiser: »Marssegel und Klüver, mehr brauchen wir nicht. Schnell!«

Gefolgt von Vibarts Blicken und angetrieben durch die Rufe ihrer Maate, kämpften die Männer mit der schlagenden Leinwand und verfluchten den Wind und die tückischen Segel, die alles daransetzten, die Männer von den Rahen zu schleudern. Als sich Bramsegel und Großsegel schließlich den kämpfenden Matrosen ergaben und sich die Leinwandfläche verringerte, spürte Herrick, wie die *Phalarope* an Fahrt verlor. Er beobachtete die langen Wellenberge und schätzte die Entfernung zwischen ihnen ab. In Lee von Nevis würde es geschützter sein, überlegte er, aber selbst dann würde es schwerfallen, die zum Angriff abgesetzten Boote zusammenzuhalten. Er sah Okes an der Leereling stehen und fragte sich, warum Vibart nicht Okes für das Kommando ausgewählt hatte. Wenn Okes sich gewandelt hatte und nun verläßlich war, hätte die Wahl eigentlich auf ihn fallen müssen.

Hauptmann Rennie schlenderte über das Achterdeck heran und sagte: »Meinen Glückwunsch, Herrick. Und Erfolg heute nacht! Ich käme gern mit, aber Seesoldaten sind dafür kaum geeignet.«

»Danke.« Herrick lächelte.

Rennie deutete auf Okes. »Man möchte meinen, unser kommandierender Offizier weiß mehr, als wir dachten, hm? Diese Attacke vertraut er einem Mann, der so weich wie Butter ist, nicht an.«

»Leise!« Herrick blickte flüchtig zum offenen Oberlicht. »Ihre Bemerkungen könnten ernstgenommen werden.«

Rennie zuckte mit den Schultern, senkte aber die Stimme. »Zum Henker mit der Vorsicht! Ich komme mir wie ein Mann auf einer dünnen Eisfläche vor.«

Er ging davon, und Herrick sah die Matrosen hinabklettern. Wenn bloß Bolitho hier wäre, um sie alle zu inspirieren und zu führen, dachte er. Er sah schon die *Phalarope* nach Antigua hineinsegeln – unter einem Vibart, der sich vor Selbstgefälligkeit aufblähte, während Hurrarufe und Glückwünsche ihre Rückkehr zur Flotte und zum Ruhm unterstrichen. Doch er würde Bitterkeit empfinden, dachte Herrick. Denn ohne Bolitho wäre die *Phalarope* nie so weit gekommen, und falls Vibart das Kommando behielt, sah er in der Tat für sich keine Zukunft.

Tobias Ellice kam den Niedergang herauf. Er führte die Hand an seinen schäbigen Hut und rülpste. »Kirk ist tot«, grunzte er dann abrupt. »Ich habe ihn fein säuberlich einnähen lassen.«

»Gut«, erwiderte Herrick. »Ich werde es im Logbuch eintragen.« Der Atem des Wundarztes roch nach Rum, und Herrick fragte sich, wie der Mann seinen Pflichten nachkommen konnte.

»Sie können auch eintragen, daß mir dieses Schiff und ihr alle bis hier steht.« Ellice schwankte betrunken und wäre gefallen, hätte Herrick ihn nicht gestützt. »Ihr behandelt sie wie Hunde«, murmelte er und schüttelte dann den Kopf. »Nein, nicht wie Hunde, die leben im Vergleich dazu wie Könige.«

Herrick betrachtete ihn verdrossen. »Sind Sie fertig?«

Ellice zog ein riesiges rotes Taschentuch aus dem Schoß seines Rockes und schnaubte laut. »Sie haben gut spotten, Mr. Herrick. Sie legen heute nacht ab, um Ruhm zu erlangen und zu kämpfen.« Er bleckte die Zähne und versuchte, Herrick mit seinen wäßrigen Augen klar zu erkennen. »Aber Sie werden ein anderes Lied singen, wenn Sie unten bei mir darauf warten, daß die Säge Ihren hübschen Arm, ein Bein oder gar zwei abtrennt.«

»Nur zwei?« Herrick musterte ihn mit bitterem Humor.

Ellice wurde plötzlich ernst, sein vom Rum umnebelter Verstand hakte sich an Herricks Frage fest. »Man kann ohne sie leben, mein Junge. Ich habe es oft gesehen.«

Herrick sah ihm nach, als er zur Heckreling ging. Wieder war ein Mann gestorben. Wer kam als nächster an die Reihe?

Bryan Ferguson nahm noch ein Entermesser aus der tiefen Lade und reichte es Old Ben Strachan. Strachan prüfte die Klinge, beugte sich über den Schleifstein und zog das Entermesser über den rotierenden Stein. Seine Augen blitzten hell in den fliegenden Funken.

Ferguson blickte durch das Zwischendeck. Das Schiff rollte und stampfte, und die schaukelnden Laternen warfen hüpfende Schatten. Merkwürdig, wie es ihm jetzt gelang, das Gleichgewicht zu halten, ja selbst sein Magen widerstand nun der lauernden Qual der Seekrankheit. Im Vergleich zu dem sonstigen Leben war das niedrige Zwischendeck heute merkwürdig menschenleer. Bis auf die Männer, die zum Enterkommando gehörten, waren alle an Deck, um das Schiff für die Aktion vorzubereiten. Old Strachan konzentrierte sich auf sein Messerschleifen. Während Ferguson ihn beobachtete, hörte er das drohende Rumpeln der Lafetten. Offenbar wurden die Kanonen sorgfältig geladen und dann wieder hinter den geschlossenen Stück-pforten verlascht. Die Decks waren bereits mit Sand bestreut, und er hörte Mr. Brock seinem Magazinkommando letzte Instruktionen erteilen.

Starker Rumgeruch drang in das Zwischendeck, und Ferguson drehte sich zu den unten verbliebenen, eng beieinander sitzenden Leuten um, die sich eine kurze Ruhepause gönnen durften, ehe sie in die Boote mußten. »Wie wird es ablaufen?« fragte er Strachan. »Was meinst du?«

Strachan prüfte die Klinge und legte sie sorgsam auf den Haufen der schon geschärften Messer. »Schwer zu sagen, Junge. Ich habe das selbst ein paarmal mitgemacht. Manchmal war nach einigen Gebeten und Stoßseufzern alles vorbei, und ehe man's sich versah, war man wieder wohlbehalten an Bord. Und manchmal wunderte man sich, daß man überhaupt noch lebte.«

Ferguson konnte sich die zermürbenden Schrecken eines Angriffs bei völliger Finsternis nicht vorstellen und nickte bloß. Seine neuen Pflichten als Schreiber hielten ihm solche Gefahren vom Leibe und hatten ihn von seinen Gefährten noch weiter getrennt. Er mußte sich jetzt völlig darauf konzentrieren, mit dem Ersten Offizier klarzukommen. Vibart las jeden Befehl und jeden Bericht mindestens zweimal, und einer Rüge ließ er stets die Androhung einer Strafe folgen. Ferguson dachte an die Auspeitschungen, besonders an die jüngste. Er hätte die Hände vor das Gesicht schlagen mögen. Kirk war im Schiffslazarett gestorben, aber seine schluchzenden Schreie schienen noch immer im Logis zu hängen.

»Die See wird ziemlich rauh«, sagte Strachan. »Ich möchte nicht dabei sein.« Er schüttelte den grauen Kopf. »War so schwarz wie 'n Schweinebauch, als ich vorhin die Nase hinaussteckte.« Onslow, der große Matrose von der *Cassius*, kam herangeschlendert und sah Ferguson einige Sekunden nachdenklich an. In dem karierten Hemd und der engen Hose wirkte er noch größer und furchterweckender als sonst. Sein dickes Haar hatte er im Nacken mit einem roten Band zusammengebunden. »Du bleibst also an Bord, wie?« lächelte er. »Und das ist ganz richtig so.« Er legte Ferguson die Hand auf die schmächtige Schulter. »Du wirst noch gebraucht, mein Junge. Ich möchte alles wissen, was in der Achterkajüte vorgeht.«

Ferguson starrte ihn an. »Ich ... Ich verstehe nicht.«

Onslow gähnte und reckte die Arme. »Es ist immer gut, wenn man weiß, was die Offiziere als nächstes vorhaben, verstehst du. Dann brauchen Leute wie wir nicht ewig Pöbel zu bleiben. Durch Wissen«, er klopfte sich bedeutungsvoll gegen die Stirn, »sind wir ihnen gleich – und bereit!«

Lugg, ein Geschützmaat, kam den Niedergang herunter und spähte mit zusammengekniffenen Augen ins Dämmerlicht. »Los, ihr da! An Deck, und zwar schnell. Jeder Mann ein Entermesser und achtern aufstellen.«

Onslow sah ihn an. »Was denn, keine Pistolen?«

Lugg antwortete eisig: »Ich werde dir was mit der Pistole versetzen, wenn du dich weiter so aufführst.«

Stahl klirrte gegen Stahl, als sich jeder hastig ein Entermesser griff. Ferguson redete den einen oder anderen an, erhielt aber keine Antwort. Strachan wischte sich die Hände ab und murmelte: »Spar dir den Atem, Junge. Die denken an das, was vor ihnen liegt. Später gibt's genug zu reden. Sollte mich nicht wundern.«

John Allday zögerte, so lange es ging. Dann nahm er ein Entermesser und schwang es langsam im Lampenlicht. Danach sagte er leise: »Sieh dich vor Onslow vor, Bryan. Er ist der geborene Unruhestifter. Ich traue ihm nicht über den Weg.«

Ferguson sah seinen Freund überrascht und irgendwie schuldbewußt an. Seit seiner Abkommandierung zum Schreiber des Kapitäns war er Allday und seinem stillen Schutz entglitten, und wenn er ins Zwischendeck kam, hatten ihn stets Onslow oder dessen Freund Pook in Gespräche und Spekulationen gezogen.

Allday bemerkte Fergusons Unsicherheit und fügte hinzu: »Du hast die Auspeitschung gesehen, Bryan. Laß es dir eine Warnung sein.«

»Aber Onslow ist doch auf unserer Seite, nicht wahr?« Ferguson bemühte sich zu verstehen. »Du hast doch gehört, was er heute gesagt hat. Ihm steht es ebenso bis hier wie uns allen.«

»Ich habe es gehört.« Alldays Mund verzog sich zu grimmigem Lächeln. »Aber er redet nur. Er gehört nicht zu denen, die an die Gräting kommen.«

Old Strachan murmelte: »Ich hab' 'nen Burschen wie ihn auf der alten *Gorgon* erlebt. Hat die Männer aufgewiegelt, bis sie nicht mehr wußten, was vorn und hinten war. Zuletzt haben sie ihn gehenkt.«

»Und uns werden sie alle hängen, wenn er weiter seine aufwieglerischen Reden hält.« Alldays Augen blitzten. »Wir sind nun mal hier und müssen das Beste daraus machen.«

Lugg spähte den Niedergang hinunter und bellte: »Na, willst du nun endlich an Deck kommen, du fauler Schuft? Du bist der Letzte, wie üblich.« Aber in der Stimme schwang kein echter Ärger. Lugg war so gereizt und nervös wie jeder an Bord.

Ferguson rief noch: »Viel Glück!«, aber Allday rannte bereits hinauf. Im ersten Augenblick konnten seine Augen die Finsternis, die das stampfende Schiff einhüllte, nicht durchdringen. Über den Masten schimmerten zwischen den niedrig treibenden Wolken hin und wieder ein paar Sterne.

Die Maate riefen Namen auf, und die Männer ordneten sich unter Flüchen und Scharren neben den Booten zu den verschiedenen Enterkommandos. Die Boote waren bereits aus den Klampen und klar zum Ausschwenken.

Allday sah Leutnant Herricks weiße Rockaufschläge, die sich schwach gegen den dunklen Himmel abzeichneten, und war froh, daß er seinem Boot zugeteilt worden war. Fähnrich Maynard war ein ganz netter Junge, aber es mangelte ihm an Erfahrung und Selbstvertrauen. Allday bemerkte, wie Maynard verstohlen mit seinem kleinen Freund Neale flüsterte.

»Hört her, Jungs«, sagte Herrick scharf. »Ich führe mit der Barkasse. Der Kutter folgt direkt im Kielwasser, danach die Pinasse. Mr. Parker macht mit der Jolle den Schluß.« Des heulenden Windes wegen mußte er schreien, und Allday sah unruhig auf das schäumende Wasser und den immer höher spritzenden Gischt. Sie würden schwer pullen müssen, dachte er, und spuckte automatisch in die Hände.

Er spitzte die Ohren, als Bootsmannsmaat Parker meldete: »Alle da, Mr. Herrick. Sechsundsechzig Mann.«

»Sehr gut. Ich werde den . . .« Er stockte und sagte rauh: »Ich werde Mr. Vibart informieren.«

Allday biß sich auf die Lippen. Zwischen Herrick und dem neuen Kommandanten herrschte keine große Liebe. Er sah Onslow lässig an einem Piekenständer lehnen und mußte an Fergusons Unruhe denken. Sonderbar, wie eifrig Onslow darauf ausgewesen war, daß Ferguson zum Schreiber ernannt wurde, grübelte er. Und wie gelegen es kam, daß Mathias, Bolithos ursprünglicher Schreiber, im Laderaum zu Tode gekommen war.

»Den Kutter ausschwenken!« Mr. Quintal tastete sich zur Talje. »Fiert ab das Boot!«

Allday stockte. Lebhaft trat ihm ein Bild vor Augen. Damals, als Mathias durch Sturz umgekommen war, hatte er als Ausguck im Mastkorb gesessen. Merkwürdig, daß er nicht früher daran gedacht hatte. Er hatte den Schreiber durch die kleine Luke steigen sehen, und kurz darauf fand man ihn bewußtlos, sterbend. Aber davor war bereits jemand im Laderaum gewesen. Er sah kurz zu Onslow hinüber, entsann sich des genauen Augenblicks und der Tatsache, daß Onslow den Sturz des Schreibers gemeldet hatte. Er spürte Quintals harte Hand auf der Schulter und griff wieder mit den anderen an die Talje. Die See schien urplötzlich immer höher zu steigen und die *Phalarope* im Vergleich dazu zu schrumpfen.

In seine durcheinanderrasenden Gedanken drang Onslows beiläufige Bemerkung: »Die Kerle sollen unseren Stahl kosten!«

Wen meinte er damit? fragte sich Allday.

XI Kriegsglück

Das schwere Arbeitsboot der *Phalarope*, überlastet durch das zusätzliche Enterkommando, nahm Wasser über, sobald es aus dem Windschutz der Fregatte herauskam.

Herrick drückte sich in eine Ecke des Hecks und spähte über die Köpfe der schwer pullenden Leute. Dunkelheit und Spritzwasser behinderten die Sicht. Er versuchte, sich auf den festgelegten Angriffsplan zu konzentrieren, doch als die Zeit sich hinzog und das Arbeiten des Bootes sich verstärkte, wurde ihm immer klarer, daß sich alles gegen ihn verschworen hatte. Der Wind hatte zugenommen, und er brauchte nicht erst seinen kleinen Kompaß zu befragen, um zu wissen, daß er nach Osten abgekommen war. Damit war der Leeschutz, den ihm die Insel hätte bieten sollen, verloren, ausgetauscht gegen das zornige Toben hochgehender Seen mit weißen Schaumköpfen und die kreisenden Muster der von halbverborgenen Felsen zurückflutenden Brandung. Immer wieder blickte er nach achtern, froh, daß der Kutter in seinem Kielwasser folgte. Die Riemen peitschten teils über einen Wellenkamm, teils wurden sie, wenn das Boot in ein Wellental sauste, bis an die Dollen begraben.

Ryan, ein im Steuern geübter Vollmatrose, drückte die Pinne hin und her und brüllte: »Das Boot benimmt sich jämmerlich, Sir. Die Jungs sind schon alle fertig.«

Herrick nickte schweigend. Der langsame, mühselige Schlag zeigte, daß die Männer sehr erschöpft und kaum noch in der Lage waren, einen Angriff auszuführen. Immer wieder quälte ihn der Gedanke, daß Vibart die Boote zu früh ausgesetzt hatte. Die Insel war noch immer ein schwarzer Fleck auf dem dunklen Schild der Nacht, und von den Orientierungspunkten war bis jetzt nicht die geringste Spur zu sehen.

Ihn packte Wut, wenn er daran dachte, wie brüsk Vibart ihn zuletzt behandelt hatte. Vibart war nur von dem Wunsch beherrscht gewesen, die Boote ablegen zu sehen. Kein Alternativplan, keine Absprache, wie er sich bei einer möglichen Entdeckung verhalten sollte.

Die *Andiron* sollte bei Dogwood Point ankern, doch selbst wenn man voraussetzte, daß die Fregatte unter Land relativ geschützt lag, war nicht auszuschließen, daß ihr Kapitän wegen des zunehmenden Windes zusätzliche Wachen aufziehen ließ, um allen Eventualitäten, die das Wetter bringen mochte, vorzubeugen. Herrick sah plötzlich vor sich, wie die alarmierten und eifrigen Kanoniere seine ermatteten Leute beim Längsseitsgehen mit einem mörderischen Feuer begrüßten.

Ryan rief: »Eine starke Strömung, Sir. Sie drückt uns von der Landspitze weg.« Es klang erbittert. »Wir werden lange pullen müssen, um wieder ranzukommen.«

Wie um seine Worte zu unterstreichen, erhob sich in dem dunklen Boot Stimmengemurmel. »Wir sollten umkehren«, rief jemand. »Wir haben keine Chance mehr.«

»Ruhe!« Herrick starrte über das Boot. »Soll uns die ganze Insel hören?«

»Ob wir nicht unter dem Kap kurz beidrehen sollten, Sir?« flüsterte Ryan. Es klang leicht beschämt. »Dort könnten sich die Männer verschnaufen, um es dann noch mal zu versuchen.«

Herrick nickte. In seinem Kopf formte sich ein Plan. »Gute Idee. Signal an den Kutter, Ryan.« Er übernahm die Ruderpinne, während der Vollmatrose die Blende der Laterne öffnete und zweimal nach achtern blinkte. »Im Schlag bleiben!« fauchte er die Leute an den Riemen an. »Zugleich, zugleich!« Und dann: »Die übrigen lenzen weiter. Und gebt auf die Riemen acht. Leise eintauchen!«

»Kutter dreht, Sir«, meldete Ryan. »Die Pinasse sehe ich auch.«

»Na, Gott sei Dank.« Herrick dachte nicht mehr an die murrenden Matrosen. Die Silhouette des Landes verfestigte sich zu einer gezackten, überhängenden Klippe. Sie gehörte zu Dogwood Point, gewiß, aber sie waren noch weiter abgetrieben, als er gefürchtet hatte. Sie waren nicht nur ein Stück von der Klippe entfernt, sondern sogar noch auf der falschen Seite. Während er verzweifelt nach vorn starrte, ließ die heftige Bewegung des Bootes nach. Sie glitten in geschützteres Wasser, und die Riemen tauchten regelmäßiger ein. Er sagte leise: »Ganz vorsichtig mit den Riemen! Hört sich ja an wie eine Rinderherde.«

Das Boot ritt unbehaglich die Dünung aus. Die erschöpften Matrosen fielen über ihre Riemen und sogen gierig die feuchte Luft ein. Die Pinasse schob sich aus der Dunkelheit und legte sich neben sie. Der Kutter ging auf die andere Seite und kam dicht heran, da Fähnrich Maynard etwas fragen wollte.

»Was sollen wir tun, Mr. Herrick?«

»Hier ein bißchen liegenbleiben«, sagte Herrick langsam. Er wollte Zeit gewinnen, um seine unklaren Gedanken zu ordnen. Maynards Frage klang verloren und verwirrt. Herrick wünschte, daß sich Maynard vor den Leuten mehr zusammennehmen würde. Es ging alles schon schlecht genug. Dann fragte er: »Wo bleibt Mr. Parker mit der Jolle?«

Maynard zuckte mit den Schultern, und Bootsmannsmaat Packwood rief von der Pinasse herüber: »Wir haben ihn schon lange aus den Augen verloren, Mr. Herrick.«

Herrick mußte sich alle Mühe geben, um ruhig zu sprechen. »Vielleicht ist er umgekehrt.«

»Eher gesunken«, murmelte ein Seemann.

»Kommen Sie längsseits.« Herrick faßte einen Entschluß. »Aber legen Sie Fender aus.«

Er wartete und hielt den Atem an, als die beiden Boote längsseits kamen. Bei jedem Stoß, bei jedem Knirschen erwartete er, an Land Rufe oder das unheilvolle Knattern von Gewehrfeuer zu hören. Doch nur der Wind und zischender Gischt unterbrachen seine Worte, als Maynard und Packwood sich den Hals verrenkten, um ihn zu verstehen.

»Wenn wir um das Kap pullen, wird es für einen Angriff zu spät.«

»Meiner Meinung nach war die Strecke, die wir pullen mußten, zu lang«, knurrte Maynard verdrossen. »Es war von Anfang an unmöglich.«

»Niemand hat nach Ihrer Meinung gefragt«, zischte Herrick. Seine Heftigkeit überraschte ihn selbst, und er setzte hastig hinzu: »Dort soll es einen Streifen Strand geben, darauf werden wir zuhalten. Mr. Packwood wartet mit der halben Mannschaft von jedem Boot und hält sich so dicht wie möglich bei den Klippen.« Er wartete, fühlte, wie die Spannung an seinen Nerven zerrte. »Verstanden?«

Sie nickten zweifelnd, und er fuhr fort: »Mr. Maynard begleitet mich mit dreißig Mann an Land. Wir klettern die Landspitze hinauf. Von oben können wir bestimmt zur anderen Seite hinabsehen. Wenn die *Andiron* noch da ist, könnten wir noch immer einen Angriff wagen, vor allem, wenn an Bord alles friedlich ist und sie dicht unter Land liegt. Anderenfalls steuern wir zu dem vereinbarten Treffpunkt zurück.« Flüchtig blendete vor seinem geistigen Auge ein Bild auf: Vibarts Zorn und Wut, wenn er ihm den Fehlschlag des Angriffs meldete: Von neuem wütete er innerlich gegen die Unvernunft des Befehls. Der Admiral hätte Verstärkung schicken müssen. Schon die *Cassius* wäre eine Hilfe gewesen, und wenn sie bloß durch ihre Stärke und ihr Vorhandensein den Rückzug gedeckt hätte. Vielleicht war es aber auch seine Schuld. Warum hatte er Vibarts Selbstgefälligkeit getraut und die Entfernung zur Küste nicht sorgfältiger geprüft? Warum hatte er das Drehen des Windes und die heftige ablandige Strömung nicht besser einkalkuliert? Er schüttelte verärgert den Kopf. Nun war es zu spät. Jetzt zählte allein die Gegenwart.

Doch noch immer fand er Zeit, sich Bolitho unter diesen Umständen vorzustellen. Die Vorstellung seines unbewegten Gesichts half ihm, Festigkeit zu gewinnen, und er sagte ohne zu stocken: »Anrudern, Kurs auf die Felsen. Aber ich will keinen Laut hören, von keinem!«

Ein Boot nach dem anderen pullte landwärts, und als die dunklen Felsen sie schon beinahe einschlossen, sprangen die ersten Männer fluchend in das flache Wasser.

Sinnlos, das Kommando jetzt noch in Gruppen zu spalten, entschied Herrick. Sie hatten schon zu viel Zeit verloren und genug dem Zufall überlassen. Er beobachtete, wie die drei Boote drehte, und befahl dann scharf: »Mr. Maynard, Sie kommen mit mir. McIntosh übernimmt hier unten das Kommando.« Er mußte eine Weile nachdenken, ehe ihm die Namen der von ihm ausgewählten Männer einfielen. »Allday und Martin folgen mir ebenfalls.« Allday schien ein fähiger Mann, und Martin, der sich in Dorset einst als Wilddieb kärglich durchgeschlagen hatte, war flink und geräuschlos wie eine Katze.

Während sie schweigend die steile Klippe hinaufkletterten, dachte Herrick von neuem an Bolitho und seinen verwegenen Angriff auf die Insel Mola. Jeder Art von Gefahr hatte er dort die Stirn bieten müssen und doch einen Erfolg errungen, wenn auch auf Kosten seines Lebens. Mit Mola verglichen, war dieser Streich hier gar nichts, überlegte er grimmig. Doch warum hatte er auf einem Alternativplan zum Angriff beharrt? Vielleicht weil er sich von Anfang an darauf vorbereitete, sich zur wartenden *Phalarope* zurückzuziehen, ohne überhaupt den Versuch zu machen, den Auftrag zu erfüllen?

Er stolperte und wäre beinahe auf die Felsen hinabgestürzt, aber eine Hand packte ihn, und Allday sagte: »Geben Sie bei solchen Klippen auf jeden Schritt acht, Sir. Der Boden fühlt sich sicher an, aber die Steine sitzen nur locker.«

Herrick starrte ihn an. Natürlich, Allday war nicht nur Seemann, sondern auch Schäfer gewesen. Nach den felsigen Klippen und Hügeln Cornwalls war das hier für ihn wahrscheinlich ein Kinderspiel.

Als läse Allday Herricks Gedanken, murmelte er: »Ich mußte oft über solche Abhänge, wenn ich hinter einem verirrten Lamm her war.«

Beide verstummten schlagartig, als Martin hervorstieß: »Sir, da oben ist ein Posten.«

»Wo?« Herrick versuchte etwas zu erkennen. »Sind Sie sicher, Mann?«

Martin nickte nachdrücklich. »Da drüben. Etwa dreißig Yards entfernt. Ich hab Schritte gehört. Da!« Seine Augen funkelten erregt. »Haben Sie es gehört?«

»Ja.« Herrick sank auf einen vorspringenden, nassen Grasstreifen. Ein Posten da oben. Warum, was steckte dahinter? Bei Nacht reichte der Blick nicht weit über den Rand der Klippe hinaus. »Wir schleichen uns an und sehen nach, was los ist.«

Sie hoben ihre Waffen an, damit sie nicht an die tückischen Steine stießen, und robbten hinüber. Ihre weitaufgerissenen Augen schmerzten vor Anstrengung.

»Martin nach links«, befahl Herrick schließlich. »Allday nimmt die Seeseite.« Die beiden krochen davon. »Wir schieben uns den Abhang hinauf, Mr. Maynard. Ich habe so ein Gefühl, daß hier etwas nicht stimmt.«

Allday kam als erster zurück, geduckt huschte er von Busch zu Busch. »Die *Andiron* liegt da, Sir. Genau auf der anderen Seite der Landzunge. Kein Licht und kein Laut auf dem ganzen Schiff.«

»Die müssen sich aber verdammt sicher fühlen«, knurrte Maynard.

»Vielleicht ist die Besatzung an Land, Sir«, sagte Allday.

»Nicht sehr wahrscheinlich.« Herrick suchte nach dem Grund für sein Gefühl, daß etwas nicht stimmte. »Müssen guten Ankergrund haben.« Er schreckte hoch und sank wieder zurück, als Martin den Abhang auf seinem mageren Hintern herabgerutscht kam. Er mußte erst verschnaufen, ehe er hervorstoßen konnte: »Oben sind Soldaten, Sir.«

»Was tun sie?« Herrick zwang sich, ganz ruhig zu bleiben.

»Schlafen, wie es aussieht, Sir.« Martin zog sich einen Dorn aus dem nackten Fuß. »An jedem Ende steht ein Posten, Sir, aber die anderen liegen bloß herum.« Er zuckte mit den Schultern. »Schlafen eben, wie gesagt.« Es klang verächtlich.

»Was meinen Sie mit ›an jedem Ende‹?« fragte Herrick barsch.

»Ach, hätte ich fast vergessen, Sir.« Martin grinste. »An jedem Ende der Batterie. Sie haben sechs Kanonen am Rand der Klippe aufgebaut, Sir.«

Herrick fühlte sich merkwürdig erleichtert. Im Ungewissen zu tappen, war stets schlimmer, als Schwierigkeiten ins Gesicht zu sehen. Fast zu sich selber sagte er: »Bloß zwei Posten, sagen Sie?«

Martin nickte. »Aye, Sir. Und etwa dreißig Mann liegen neben den Geschützen.« Er kicherte. »Ich könnte ihnen leicht die Kehlen durchschneiden.«

»Vielleicht müssen Sie es.« Ihm war plötzlich klar, was zu tun war. Die *Andiron* schlief vor Anker, weil sie sich von gut aufgestellten Kanonen geschützt wußte. Zweifelsohne waren die Geschütze bereits geladen und so ausgerichtet, daß sie die gesamte Reede bestreichen konnten. Nichts Ungewöhnliches, wenn kein richtiger Hafen vorhanden war. Bei dem Gedanken, was geschehen wäre, wenn seine Boote den Angriff wie geplant vorangetragen hätten, lief ihm ein kalter Schauer über den Rücken.

»Gehen Sie hinunter zum Stand, Mr. Maynard«, befahl er kurz. »Schicken Sie alle verfügbaren Männer so schnell wie möglich herauf. Legen Sie die Boote vor Anker, die restlichen Männer lassen Sie an Land schwimmen. Unterrichten Sie McIntosh und die anderen, daß ich die Batteriestellung nehmen und die Geschütze gefechtsunfähig machen will. Dann gehen wir in die Boote und greifen wie geplant die *Andiron* an.«

Sie sahen ihn stumm an. Dann fragte Maynard: »Und Sie, Sir?«

Herrick klopfte Martin auf die Schulter. »Unser Wilddieb wird sich heute seinen Lebensunterhalt verdienen, Mr. Maynard.«

Martin zog ein Messer aus dem Gürtel und gab sein schweres Entermesser Allday, ehe er frohgemut sagte: »Kein Problem, Sir. Scheint aber nicht ganz fair, wie?«

Martin und Maynard tauchten in der Dunkelheit unter, und Herrick sagte leise: »Diese Soldaten müssen während des Schlafens stumm gemacht werden. Erstochen oder erschlagen, ganz gleich, aber sie dürfen auf keinen Fall Alarm schlagen.«

Allday zuckte zusammen, als weiter unten Maynards Dolch gegen einen Stein klirrte, und sagte dann: »Sie oder wir, so steht es doch, nicht wahr, Sir?«

»Was macht Ihr Arm, Mr. Belsey?« Der Steuermann regte sich irgendwo in der pechschwarzen Finsternis. Er wußte, daß Bolitho nur gefragt hatte, um das entnervende Schweigen zu brechen. Man hatte Bolitho mit Farquhar und Belsey unter Deck geschafft und ohne große Umstände irgendwo im Vorschiff in einen leeren Laderaum gesperrt. Nach einem Versuch, sich zu unterhalten, waren sie bald verstummt, und jeder hatte sich seinen Befürchtungen hingegeben.

»Geht einigermaßen, Sir«, antwortete Belsey. »Aber bei diesem Schlingern bricht mir der Schweiß aus.«

Während der letzten Stunde hatte sich die unruhige Bewegung ständig verstärkt. Der Laderaum lag unterhalb der Wasserlinie, und dadurch machte sich das laute Arbeiten in den Verbänden des vor Anker liegenden Schiffes nur noch mehr bemerkbar. Die Mannschaft hatte bereits mehr Ankerkette gesteckt, denn durch sein plötzliches Drehen fegte der Wind nun mit steigender Wut über die zuvor noch geschützte Reede.

»Vielleicht läuft die *Phalarope* wieder nach draußen«, sagte Belsey. »Bei diesem Wetter werden sie doch sicher keine Boote ausbringen?«

Bolitho war froh, daß die anderen sein Gesicht nicht erkennen konnten. Ein Wetterumschlag würde an Vibarts Entschlossenheit, einen Sieg zu erringen, wenig ändern. Seit vom Abhang zu den verborgenen Verteidigern hinabsignalisiert worden war, spürte er eine wachsendeVerzweiflung und die peinigende Gewißheit, daß der *Phalarope* und ihrer Besatzung Unheil und Vernichtung bevorstanden. Doch er war machtlos, konnte keinem einzigen helfen. Das Schiff krängte in einem tiefen Wellental, und er fühlte plötzlich einen Druck an der Schulter. Die *Andiron* ruckte jetzt in regelmäßigen Abständen in die Kette ein. Er spürte, wie sich das Deck hob und dann wieder bebend zurückglitt. Er mußte an seinen Bruder denken und fragte sich, was Hugh in diesem Augenblick tat. Sein Eifer, das Enterkommando der *Phalarope* zu vernichten, würde durch die Sorge um die Sicherheit seines Schiffes ein wenig verdrängt worden sein. Zu jeder anderen Zeit hätte er bestimmt zur geschützteren Seite der

Insel verholt. Sonderbar, wie der unerwartete Wetterumschlag seine Hand im Spiel hatte. Nicht daß er den Ausgang umwälzend verändern konnte. Er verlängerte nur die Qual des Wartens.

»Ich wünschte, irgend etwas würde geschehen«, sagte Farquhar. »Dieses Warten geht mir auf die Nerven.«

Bolitho drehte sich so, daß er den hellen Spalt in der Tür des Laderaums sah. Der Lichtstreifn erlosch, wenn der Wachposten draußen im schmalen Gang seinen Standort änderte. Als er seine verkrampften Glieder zurechtzurücken versuchte, fühlte er den warmen Stahl am Bein und entsann sich des versteckten Dolches. Was nützte er ihnen nun? Genausogut hätte er ihn in der Kajüte lassen können.

Merkwürdig, daß ihn die Wachen nicht untersucht hatten. Aber sie waren so unverhohlen zuversichtlich – und das mit gutem Grund –, daß es eigentlich nicht anders zu erwarten gewesen war. Selbst sein Bruder hatte sich die Zeit genommen, noch einmal mit ihm zu reden, bevor er in den Laderaum hinuntergebracht wurde. Hugh Bolitho hatte den Degen seines Vaters umgeschnallt und ein Paar Pistolen im Gürtel. Der bevorstehende Kampf schien ihm neue Energien zu schenken.

»Nun, Richard, dies ist deine letzte Chance.« Er stand lässig auf dem schwankenden Deck, legte den Kopf schief und betrachtete seinen Bruder leicht belustigt. »Bloß eine Entscheidung, und es ist an dir, sie zu treffen.«

»Ich habe dir nichts zu sagen. Nicht jetzt. Nie.« Bolitho bemühte sich, den Degen zu übersehen. Er wirkte wie eine zusätzliche Beleidigung.

»Na gut. Nach diesem Gespräch sehe ich dich wahrscheinlich nur noch selten. Ich werde zuviel zu tun haben.« Er blickte zum drohenden Himmel empor. »Der Wind nimmt zu, aber ich rechne dennoch mit Besuchern.« Und härter: »Dann wirst du mit den französischen Befehlshabern zurechtkommen müssen. Ich muß mich mit der *Andiron* der vereinigten Flotte anschließen.« Er bemerkte die Wachsamkeit seines Bruders und fuhr gelassen fort: »Ich kann es dir sagen, Richard, weil du nicht in der Lage sein wirst, teilzunehmen. Der französische Admiral de Grasse vereinigt sich mit einem spanischen Geschwader. Sie werden Jamaika angreifen, zusammen mit unseren Schiffen.« Mit einer flüchtigen Geste demonstrierte er die Endgültigkeit der Unternehmung. »Ich fürchte, König Georg wird sich für seine Eroberungen andere Teile der Erde aussuchen müssen.«

Bolitho hatte zum Posten gesagt: »Ich möchte unter Deck«, und sein Bruder hatte ihm nachgerufen: »Du bist töricht, Richard. Und, was schlimmer ist, du hast unrecht.«

In dem schwankenden Laderaum fand Bolitho viel Zeit, sich mit der Bitternis und dem Gefühl der Niederlage herumzuschlagen. Plötzlich wurden die Türriegel mit metallischem Kratzen zurückgezogen, und Belsey knurrte: »Sie sehen wieder nach uns. Der Teufel soll sie holen.« Doch als der Laternenschein in den Raum fiel und sie blendete, konnte Bolitho nur überrascht ins Licht starren, denn Stockdale stand im Türrahmen, ein schweres Enterbeil in der Hand.

Bolitho kämpfte sich auf die Füße. Unter der pendelnden Laterne lag der Posten mit eingeschlagenem Schädel. »Tut mir leid, daß es so lange gedauert hat, Sir, aber ich mußte erst ihr Vertrauen gewinnen.« Stockdale grinste schüchtern. »Selbst jetzt bin ich mir noch nicht klar, ob ich das Richtige getan habe.«

Bolitho konnte kaum sprechen. Er packte Stockdale beim Arm und stieß hervor: »Du hast goldrichtig gehandelt, Stockdale, nur keine Sorge.« Und zu den anderen: »Stehen Sie zu mir?«

»Sie brauchen mir bloß zu sagen, was ich tun soll«, erwiderte Farquhar noch ganz benommen.

»Schnell, Stockdale!« Bolitho trat auf den Gang hinaus und spähte in das Dunkel hinter dem Laternenschein. »Erzähle, wie steht es?«

»Die da oben machen sich langsam Sorgen, Sir«, sagte Stockdale. »Kein Zeichen eines Angriffs, und das Schiff liegt wegen des Windes schlecht.« Er überlegte einen Augenblick. »Vielleicht könnten wir an Land schwimmen, Sir?« Er nickte aufgeregt, was nicht oft bei ihm vorkam. »Ja, mit etwas Glück würden wir es schaffen.«

Bolitho schüttelte den Kopf. »Nicht jetzt. Sie halten bestimmt Ausschau. Wir dürfen nicht an uns denken. Wir müssen versuchen, die *Phalarope* zu retten, ehe es zu spät ist.«

Stockdales Augen wanderten zu dem Leichnam zu seinen Füßen. »Wachablösung in einer halben Stunde, Sir. Da bleibt nicht viel Zeit.«

»Ach so.« Bolitho bemühte sich, seine Erregung und den Drang zu handeln zu unterdrücken und klare Gedanken zu fassen. »Mit der ganzen Mannschaft können wir nicht fertig werden, aber mit ein bißchen Glück können wir ihnen doch eine schöne Überraschung bereiten.«

»Ich würde gern ein paar von den Schuften mitnehmen!« sagte Belsey.

Bolitho zog den Dolch aus der Kniehose, er glänzte im Laternenschein. »Zeig uns den Weg, Stockdale. Wenn es uns gelingt, zur Back zu kommen, haben wir die Möglichkeit, für ein bißchen Abwechslung zu sorgen.«

Farquhar griff nach dem Entermesser des toten Wachtpostens und murmelte rauh: »Denken Sie an die Ankerkette, Sir?«

Bolitho warf ihm einen anerkennenden Blick zu. »Das Schiff reißt bereits hart am Anker. Wenn es uns gelingt, die Kette zu kappen, wäre es in ernster Gefahr. Unsere Leute sind irgendwo da draußen, und sie werden sich klarhalten, sobald sie die *Andiron* auf das Kap zutreiben sehen.«

»Die *Andiron* wird Segel setzen müssen«, stieß Belsey aufgeregt hervor. »Selbst dann schafft sie es womöglich nicht mehr rechtzeitig. Bei dem Wind aus dieser Ecke wird sie hart auf Grund laufen.«

»Verzeihung, Sir.« Stockdale sah Bolitho bekümmert an. »Aber vorne haben sie bereits eine starke Ankerwache, um gewappnet zu sein.«

Bolitho lächelte kalt. »Was mich nicht überrascht.« Er winkte den anderen. »Vorwärts, wir haben wenig Zeit.« Während sie durch den Gang schlichen, sagte er: »Erinnern Sie sich an den Neunpfünder auf der Back, Mr. Farquhar?«

Farquhar nickte, seine Augen funkelten. »Ja, Sir, eins der Buggeschütze.«

Bolitho blieb unter einem schmalen Niedergang stehen und sah zur Luke hinauf. Es konnte glücken. Sie konnten alle dabei draufgehen, aber er wußte, daß sich jeder darüber klar war. »Die Kanone ist dort hingebracht worden, als man nach den Beschädigungen durch die *Phalarope* die Reling reparierte. Wenn wir sie jetzt bei diesem Sturm losschneiden, rennt sie Amok wie ein verrückt gewordener Bulle.«

Belsey bleckte die Zähne. »Mein Gott, ein Neunpfünder wiegt über eine Tonne. Ihn wieder unter Kontrolle zu kriegen, erfordert allerlei.«

Bolitho sagte: »Wenn ich die Zurrings durchschneide, Stockdale, kannst du dann . . .«

Stockdale griente. »Kein Wort weiter, Kapitän.« Er schwang die Axt. »Ein paar Minuten ist alles, was ich brauche.«

»Mehr als ein paar Minuten hast du auch nicht, mein Junge.« Bolitho schob sich die Leiter hinauf und spähte durch die Luke. Der

Decksbereich lag verödet da. Er sah die nächste und letzte Leiter hinauf und sagte dann: »Bleiben Sie zurück, Belsey. Mit einem Arm können Sie nicht kämpfen.«

»Aber ich kann ebensowenig hier sitzenbleiben und nichts tun, Sir.« Belsey blickte Bolitho halsstarrig an. »Keine Bange, Sir, irgend etwas kann ich schon tun.«

Das Knarren der Rundhölzer und das trommelnde Schlagen der Wanten und Stagen übertönte jeden ihrer verstohlenen Tritte. Bolitho ließ den Blick kurz über die ihm zunächst stehenden Kanonen und die schattenhaften Umrisse ihrer Mannschaften gleiten. Die meisten Männer lagen auf dem Deck oder saßen am Schanzkleid, nur ein paar standen noch herum. Und die blickten außenbords. Ihre Augen hoben sich gerade über die Netze. Bolitho erblickte den einsamen Neunpfünder, dessen langer Umriß zum Hauptdeck vorsprang. Er hörte, wie die Kanone leise knarrte, als wäre sie verärgert über die Zurring, die sie neben dem Gangspill in Fesseln hielt.

Bolitho wischte sich den Schweiß aus den Augen und verfluchte sein quälendes Herzklopfen. Jetzt oder nie! Sie konnten jeden Augenblick erkannt werden, und dann war alles umsonst. Während die Blicke der anderen fasziniert auf ihm hafteten, richtete er sich auf und schlenderte offen auf die Kanone zu. Er ließ sich geräuschvoll neben ihr nieder und kreuzte die Arme über der Brust, als wolle er versuchen zu schlafen.

Farquhar quetschte zwischen den Zähnen hervor: »Gott, seht euch das an! Merkt denn wirklich keiner, wer er ist?«

Doch da Bolitho sich völlig frei bewegt hatte, wurde keinerlei Mißtrauen wach, und während die *Andiron* von einem Wellenkamm zum anderen rollte, störte niemand die Ruhe auf der Back.

Belsey drehte sich um und krächzte: »Da kommt ein Offizier.«

Sie beobachteten stumm, wie sich die blauweiße Gestalt eines Leutnants vom Hauptdeck langsam auf den Niedergang zur Back zubewegte. Mitten auf dem Niedergang mußte er stehenbleiben, weil eine heftige Bö das Schiff traf und einen Schwall Gischt über das Deck trieb, so daß der Vormast wie ein junger Baum erzitterte. Da sagte Stockdale plötzlich: »Er hat's geschafft.« Und während sich der Bug der Fregatte hob und an der Ankerkette zerrte, begann der Neunpfünder zu rollen. Anfänglich war es kaum bemerkbar, doch dann donnerte er auf seinen kreischenden kleinen Rollen die ganze Länge des Vorschiffs hinunter und prallte mit aller Kraft gegen den

Fuß des Vormastes.

Alle brüllten und schrien durcheinander. Die Rufe wurden zu Angstschreien, als die Kanone, wie durch unsichtbare Hände gelenkt, feindselig die Richtung änderte und über das sich neigende Deck wie verrückt zurückkraste.

»Los, Leute«, schrie der Leutnant. »Holt Handspaken und neue Sorgleinen. Schnell, oder sie schmettert uns durch die Schanze.«

Die Ankerwache rannte von ihren Positionen zu den durcheinanderlaufenden Männern hinüber. In der Mitte der Wirrnis schwang der lange Neunpfünder frohlockend und tödlich seine Mündung herum, als wäre er auf neue Verheerungen aus, ehe er quietschend und polternd zur entgegengesetzten Seite hinüberrollte. Er krachte in eine andere Kanone und zerschmetterte ein Gestell von Geschossen. Die rollenden Kugeln steigerten den Höllenlärm. Man hörte, wie einige auf das tiefere Deck aufschlugen. Ein couragierter Seemann sprang über das Verschlußstück und warf das Auge eines Tampens über die Mündung. Doch die Kanone rollte von neuem zurück, und er schrie gellend auf, als sie ihn mit ihrem ganzen Gewicht am Schanzkleid zerquetschte.

Bolitho packte Farquhar am Arm. »Da, sie haben einen Keil unter die Lafette getrieben. Höchste Zeit für uns.«

Noch während seiner Worte drehten sich einige Seeleute zu ihnen um und starrten sie an, ungläubig zuerst, dann in kalter Wut. Bolitho zog sich mit seinen zwei Gefährten langsam zum Bug zurück, hinter sich die See und vor sich die herandrängende, geschlossene Masse der Männer, die, weil sie stumm vorrückte, nur um so schrecklicher wirkte.

Dann rief einer: »Schlagt sie tot! Stecht die Hunde ab«, und damit brach die Spannung.

Die Hinteren drängten, und die ganze Meute schoß vorwärts, um aber plötzlich unsicher halt zu machen, als etwas wie ein Kanonenschuß über das Deck hallte. Stockdale stieß einen Triumphschrei aus: »Sie ist durch! Die Kette ist gekappt!«

Die Matrosen der *Andiron* stierten einander noch einen Augenblick an. Doch dann, als ihnen die unerwartete Gefahr dämmerte, in der sie schwebten, zögerten sie nicht länger. Vom Hauptdeck rief ein Offizier, und der Ruf wurde von denen, die den Kopf nicht gänzlich verloren hatten, nach vorn weitergegeben. »Aufentern! Aufentern! Setzt Marssegel!«

Vom Achterdeck erscholl, durch das Sprachrohr verstärkt, Hugh Bolithos Stimme: »Ruder bemannen!« Und während das Schiff vom Bug bis zum Heck wie ein freigelassenes Tier zitterte, rief er: »Mr. Faulkner, treiben Sie die Leute an die Brassen!«

Bolitho lehnte an der Reling, den Dolch in der Hand. Die Fregatte krängte schwer und fiel ab. Männer enterten hastig in die Wanten auf, und vor dem dunklen Himmel blähte sich bereits ein Stück klatschender Leinwand. Wieder ertönte das Sprachrohr: »Laßt die Kerle nicht von der Back runter. Schießt sie nieder, wenn sie flüchten wollen.«

Belsey wischte sich die Stirn und murmelte: »Selbst wenn unsere Jungs draußen sind, jetzt werden sie kaum einen Angriff wagen.« Er sah Bolitho an. »Nun kann ich in Frieden sterben, Sir. Schätze, wir haben heute nacht ganze Arbeit geleistet.«

Ein orangefarbener Schein erhellte plötzlich Belseys Gesicht. Bolitho fuhr überrascht herum. Kanonenkugeln heulten durch die Luft. Stagen und Fallen rissen, und die Decksplanken vor ihm splitterten und barsten, als die Kugeln in das Vorschiff schlugen.

»Die Batterie feuert auf uns!« Farquhar schwenkte den Hut. »Die dämlichen Narren feuern auf ihre eigenen Leute.«

Bolitho zog ihn auf die Planken. »Und auf *uns*. Also gehen Sie mit Ihrem Kopf in Deckung, Mr. Farquhar. Womöglich brauchen Sie ihn noch.«

Die Geschütze schwiegen jetzt. Doch die eine wohlgezielte Salve hatte ausgereicht. Das unverzügliche Handeln der Offiziere der *Andiron* und die schnelle Reaktion einiger Seeleute hätte die dem Schiff drohende Gefahr vielleicht abgewendet. Doch die Kartätschen, die Wanten und Rahen leerfegten und einige der noch auf dem Hauptdeck befindlichen Männer niedermähten, hatten die letzte Möglichkeit dazu vereitelt.

Die schwarze Silhouette von Dogwood Point schien immer mehr zu wachsen und das Schiff immer kleiner zu werden. Doch noch sah es aus, als ob die *Andiron* durch Wind und Strömung klarkommen würde. Aber als Bolitho seine gaffenden Gefährten zum Deck zog, erbebte der Rumpf, und ein furchtbarer Stoß schleuderte die restlichen Seeleute zu Boden.

Belsey blickte zum Himmel und bekreuzigte sich. »Der Großmast kommt herunter. Mein Gott, der Besan auch!«

Bolitho verfolgte fasziniert, wie die beiden großen Masten erzitterten und sich sehr langsam nach Steuerbord neigten. Dann brachen die Stagen. Der Winkel wurde drohender, bis die Masten schließlich, von einem Gewirr aus Rahen und zerfetztem Segeltuch umgeben, krachend umstürzten und in das schäumende Wasser fielen. Noch ein Krachen und Stoßen erschütterte den Rumpf. Während sich das Deck immer stärker überlegte, kämpfte Belsey sich hoch und rief: »Sie sitzt auf der Sandbank. In ein paar Minuten bricht sie auseinander.«

Die Kanonen rissen sich los und rasten durch die schreienden Reste ihrer einstigen Herren. Keine Aussicht, ein Boot auszubringen, und das versuchte auch niemand. Einige sprangen bereits über Bord, nur um von der starken Strömung sofort abgetrieben zu werden. Andere rannten unter Deck, als glaubten sie, im Finstern Sicherheit zu finden. Und überall gellten flehende drohende und fluchende Schreie, als das Schiff auseinanderbarst. Der Vormast brach vier Fuß über Deck ab und folgte den anderen. Aus einer gut ausgerüsteten Fregatte war ein taumelndes, entmastetes Wrack geworden.

Belsey rief durch das Getöse: »Da ist ein Lukendeckel, Sir. Treibt genau vorm Bugspriet.« Er blickte Bolitho wild an. »Wollen wir über Bord springen?«

Bolitho drehte sich um. Das Deck erbebte von neuem, und noch eine Kanone raste durch eine Gruppe kriechender Seeleute. Dann erblickte er Hugh, der allein an der Achterdeckreling stand. Er gab keine Befehle mehr, sondern stand völlig regungslos da, als wolle er den Todeskampf seines Schiffes bis zum letzten teilen. Bolitho starrte noch einen Augenblick länger zu seinem mehr als eine Decks- länge entfernten Bruder hinüber. Er spürte plötzlich Verständnis, ja Mitleid, weil er nur zu gut wußte, was er in solchen Minuten empfunden hätte.

»Über Bord, Jungs!« sagte er dann barsch. »Seht zu, daß ihr beim Sprung gut klarkommt.«

Belsey und Farquhar sprangen zusammen, und er beobachtete, wie sie sich an den treibenden Lukendeckel herankämpften. Dann sagte Stockdale heiser: »So, Kapitän, ich springe mit Ihnen.«

Er packte gerade die Reling, als er hinter sich einen Schrei hörte und undeutlich einen Offizier wahrnahm, der sich das schräge Deck hinaufzog. Das Gesicht des Mannes war blutverschmiert, aber Boli- tho erkannte den Leutnant, der seine einsame Haft auf dem Achter- deck geteilt und der von seiner Farm und seinen Zukunftsplänen ge- sprochen hatte. Plötzlich sah er die Pistole in der Hand des Leut- nants. Gerade, als er sich über die Reling schwingen wollte, zuckte ein greller Blitz über das Deck, und etwas wie weißglühendes Eisen fuhr ihm quer über die Brust.

Stockdale wandte sich um und stieß einen kurzen, tierischen Schrei aus, der seine Seele zu sprengen schien. Dann holte er mit voller Kraft aus. Die Wucht des Axthiebes enthauptete den amerikanischen Offizier beinahe, so daß es den Anschein hatte, als verbeuge sich der Mann mit einem gräßlichen Gruß.

Bolitho spürte dumpf, wie Stockdale die Arme um ihn schlang und ihn hochhob, so daß er durch die Luft sauste. Seine Lungen barsten, Salzwasser drang ihm in die Kehle, und als er die Augen aufzuschlagen versuchte, umgab ihn nichts als stechende Finsternis. Dann wurde er auf das kleine Floß gezogen und hörte Belsey keuchen: »O diese verfluchten Schweinehunde! Sie haben den Kapitän umgebracht!«

Dann Farquhars Stimme, bebend, doch bestimmt: »Um Gottes willen, paßt auf. Da ist ein Boot. Duckt euch und keinen Laut!«

Bolitho versuchte zu sprechen, konnte aber nur zu Stockdales nebelhaftem Gesicht hinaufstarren, das sich gegen die niedrigen, jagenden Wolken abzeichnete. Er hörte Riemen und wie ein Boot durchs Wasser schnitt. Aber Gefangenschaft oder Tod waren nicht vergebens, diesmal nicht. Er lauschte den fernen Brechern, die gegen das Wrack der Fregatte schlugen, und den leisen Schreien derjenigen, die sich noch immer auf dem zerschmetterten Rumpf festkrallten.

Dann hörte er über sich einen scharfen Ruf, dem sofort das Knakken eines Flintenschlosses folgte. Es war alles noch ein Traum und schien ihn persönlich nicht zu berühren. Erst als eine Stimme laut auf englisch rief: »Da sind noch ein paar von den Teufeln im Wasser!« durchbrach langsames Begreifen Nebel und Schmerz.

»Nicht schießen!« brüllte Farquhar. »Nicht schießen, wir sind Engländer!«

Danach schienen alle auf einmal zu rufen, und als ein zweites Boot längsseits kam, vernahm Bolitho wie von weither eine vertraute Stimme. »Wen haben Sie denn da, Mr. Farquhar?« Herrick brachte vor ungläubiger Erregung die Frage kaum über die Lippen.

»Den Kapitän.«

Bolitho fühlte, wie ihn Hände über das Dollbord hoben, und sah über sich vage und verschwommen verzerrte Gesichter. Hände betasteten seinen Brustkorb, und von neuem durchzuckte ihn stechender Schmerz. Danach die lindernde Wirkung eines Verbandes und die ganze Zeit über das aufgeregte Durcheinander der Leute – seiner Leute.

Herricks Gesicht war sehr nah. Bolitho konnte das Leuchten in seinen Augen erkennen. Er hätte gern irgend etwas gesagt, um Herrick zu beruhigen. Aber er fand nicht die Kraft dazu. Statt dessen drückte er Herrick die Hand, ehe Dunkelheit ihn wie ein Mantel einhüllte.

XII Den Feinden Verderben!

Die Spätnachmittagssonne flimmerte über dem geschützten Wasser der Bucht und warf ein tanzendes Muster an die Decke über Bolithos kleinem Tisch. Er brauchte nur den Kopf zu drehen, um die saftig grünen Abhänge Antiguas und ein paar verstreute Gebäude rings um den Hafen St. John zu sehen. Er mußte sich geradezu zwingen, seinen Bericht für den Admiral zu vollenden.

Bolitho stützte die Stirn in die Hand, spürte, daß Müdigkeit ihn überwältigte, ihm Einhalt gebieten, ihn dazu bringen wollte, alles andere zu tun, nur nicht das, was er erledigen sollte. Er fühlte den steifen Verband und ließ sich in die jüngste Vergangenheit zurückgleiten, wie so häufig seit seiner unerwarteten Rückkehr auf die *Phalarope*.

Wie bei allem anderen, so war es auch dabei schwierig, Tatsachen von den unbestimmten, wirren Bildern zu trennen, die mit dem Fieber gekommen und gegangen waren. Zu seinem Glück war die Pistolenkugel glatt zwischen den Rippen hindurchgegangen. Zurückgeblieben war eine tiefe, gezackte Narbe, die ihn bei jeder plötzlichen Bewegung zusammenzucken ließ.

Von dem Augenblick an, da er an Bord gebracht und die Boote hastig an Deck gehievt worden waren, waren seine Erinnerungen verschwommen und lückenhaft. Der wüste, unvorhergesehene Sturm hatte das Alptraumartige seiner Erinnerungsbilder nur noch gesteigert. Zwei Wochen lang war das Schiff mit fast nackten Rahen vor dem heulenden Sturm nach Südwesten abgelaufen. Dann, während er sich aus der ungeschickten Obhut des Wundarztes und dem unbestimmten Kommen und Gehen seiner Offiziere herauskämpfte, hatte sich der Sturm gelegt, die *Phalarope* hatte endlich über Stag gehen können, um sich nach Antigua zurückzuarbeiten und ihren Bericht abzuliefern.

Bolitho prüfte nochmals die sorgfältig zusammengestellten Berichte und Namensnennungen. Nichts durfte fehlen. Es gab später keine Möglichkeit, etwas nachzutragen. Jeder Name weckte andere Erinnerungen, und er hatte das sonderbare Empfinden, Zuschauer zu sein.

Fähnrich Charles Farquhar, der sich auf eine Weise bewährt hatte, die weit über seine tatsächlichen Erfahrungen hinausreichte: ein Seeoffizier, der eines Tages ein Kommando verdienen würde – Steuermannsmaat Arthur Belsey, der trotz eines verwundeten Armes viel zur endgültigen Vernichtung der *Andiron* beigetragen hatte.

Bolitho tupfte mit der Feder nachdenklich auf Belseys Namen. Sein letzter wilder Sprung vom zerschmetterten Rumpf der *Andiron* hatte jede Hoffnung ausgelöscht, daß er je wieder richtig Dienst tun könnte. Der gebrochene Arm ließ sich nicht mehr retten, und Belsey würde für den Rest seines Lebens ein Krüppel bleiben. Glück, die gute Erwähnung im Bericht und Bolithos Empfehlung sicherten ihm vielleicht schnelle Entlassung und eine den langen Dienstjahren angemessene Abfindung. Wahrscheinlich würde er nach Plymouth zurückkehren, dachte Bolitho traurig, und eine kleine Kneipe eröffnen. Jeder Hafen war voll von solchen Männern: zerbrochen und vergessen, klammerten sie sich an den Saum des Meeres, das sie an den Strand geworfen hatte.

Leutnant Herricks Erstürmung der Batterie ... Nun, den bloßen Fakten ließ sich wenig hinzufügen. Hätte er versucht, die Wahrheit aufzuputzen, um das Lob zu verstärken, das Herrick so reichlich verdiente, würde der Admiral schnell die Kehrseite der Medaille sehen: nämlich daß der Erfolg zum großen Teil auf Glück beruhte, das sich zu einer gehörigen Portion Wagemut gesellte.

Es gab so viele »Wenn«, grübelte Bolitho verdrossen.

Wenn die Boote mit dem Enterkommando dichter unter Land abgesetzt worden wären, wäre jetzt jeder tot oder gefangen. Wenn die Strömung für die Leute an den Riemen nicht zu stark gewesen wäre, hätte Herrick den unmöglichen Auftrag wie geplant ausgeführt, statt einen zweiten Weg eigener Eingebung einzuschlagen.

Und Stockdale? Nun, ohne seine Hilfe und unerschütterliche Treue hätte sich nichts von alledem ereignet. Sein Verstand hatte sorgsam jeden Schritt geplant, ohne daß ihn jemand geleitet, ihm jemand geholfen hätte. Und zu allerletzt hatte er ihm wiederum das Leben gerettet.

Aber was konnte er für ihn tun? Für einen Mann wie Stockdale gab es keine Beförderungsmöglichkeit, keine irgendwie sinnvolle Belohnung. Gelegentlich, als er in die Kajüte kam, um nach der Wunde zu sehen, hatte er ihn gefragt, was ihm für seine Tapferkeit und Treue der liebste Lohn wäre. Stockdale hatte keine Sekunde gezögert. »Wenn ich weiter bei Ihnen bleiben darf, Kapitän, einen anderen Wunsch habe ich nicht.«

Bolitho hatte eigentlich daran gedacht, Stockdales Entlassung aus der Marine zu beantragen, sobald das Schiff in einen britischen Hafen heimkehrte. Mit ein bißchen Unterstützung konnte Stockdale sich vielleicht in Ruhe und Frieden irgendwo niederlassen. Aber als was? Stockdales unverzügliche und schlichte Antwort hatte es ihm untersagt, den Gedanken weiterzuverfolgen. Er hätte ihn nur verletzt.

Er schrieb: »Was meinen Bootsführer Mark Stockdale betrifft, kann ich nur hinzufügen, daß die ganze Aktion ohne sein schnelles Handeln womöglich mit einem Fehlschlag geendet hätte. Indem Stockdale die Ankerkette der *Andiron* kappte, wodurch das Schiff in Leutnant Herricks Feuerbereich trieb, schuf er die Basis für die totale Zerstörung des Schiffes bei einem Minimum an Verlusten auf unserer Seite.« Er setzte erschöpft seinen Namen unter das Dokument und stand auf. Ein Bericht von vielen Seiten. Hoffentlich lasen ihn auch jene, die der *Phalarope* unvoreingenommen gegenüberstanden.

Zumindest Farquhars Onkel, Vizeadmiral Sir Henry Langford, würde sich darüber freuen. Sein Glaube an den Neffen würde neu bekräftigt werden, und im Laufe der Zeit verwirklichten sich sicher die Hoffnungen, die er für ihn hegte.

Bolitho lehnte sich aus dem Heckfenster. Die warme Luft strich ihm über das Gesicht. Er hörte das Quietschen von Taljen und den gleichmäßigen Riemenschlag der zwischen Schiff und Ufer verkehrenden Boote. Die Fregatte war am frühen Morgen vor Anker gegangen, und den ganzen Tag über brachten Boote frische Vorräte und schafften die Verwundeten zu besseren Quartieren in der Stadt. Er betrachtete die eindrucksvolle Reihe der vor Anker liegenden Schiffe, die wachsende Macht der westindischen Flotte. Ihre Anwesenheit minderte allerdings den Triumph, den die Rückkehr der *Phalarope* sonst bedeutet hätte. Bei diesem Gedanken, der sich immer wieder vordrängte, runzelte er die Stirn. Möglicherweise betrachtete man die *Phalarope* nach wie vor mit Mißtrauen und behandelte sie schmählich.

Seine Augen wanderten langsam von einem großen Schiff zum anderen. Die Masten ragten hoch auf, und die Stückpforten standen offen. Da war die *Formidable* mit 98 Geschützen, frisch aus England, mit Sir George Rodneys Flagge im Topp. Und da waren andere Schiffe, die ihren Namen in das Buch dieses Krieges eingeschrieben hatten: die *Ajax* und die *Resolution*, die *Agamemnon* und die *Royal Oak*. Und nicht zuletzt Sir Samuel Hoods Flaggschiff *Barfleur*. Ferner Schiffe, die er überhaupt nicht kannte, ohne Zweifel Verstärkungen, die Rodney von der Kanalflotte mitgebracht hatte. Und alle waren zu einem Zweck hier zusammengezogen: um die große französisch-spanische Flotte zu stellen und zu vernichten, ehe sie ihrerseits die Briten für immer aus der Karibischen See vertreiben konnte.

Er wandte den Kopf, um das kleine Geschwader auf der anderen Seite der Reede zu betrachten, zu dem die *Phalarope* gehörte. Die ältere *Cassius*, neben der die kleine *Witch of Looe* noch kleiner wirkte, als sie war. Und eine weitere Fregatte, die *Volcano*, ein Schiff, das der *Phalarope* glich. Noch hatte der Admiral nichts von sich hören lassen. Lediglich ein Fähnrich mit rosarotem Gesicht hatte die Botschaft überbracht, daß der Admiral Bolithos Bericht bis Sonnenuntergang in Händen zu haben wünsche. Und daß die Fregatte die Verproviantierung zu Ende führen und weitere Befehle abwarten solle. Nichts sonst.

Nichts bis auf den sehr merkwürdigen Vorfall am späten Vormittag. Von der *Cassius* hatte ein Boot abgelegt, und ein adretter Leutnant meldete sich bald darauf bei Bolitho. »Eine Empfehlung von Vizeadmiral Sir Robert Napier«, erklärte er, »und er möchte Sie informieren, daß er eine Einladung an Bord Ihres Schiffes zum Dinner heute abend gern annehmen würde. Als weiterer Gast wird ihn unser Kapitän begleiten.« Er mußte sehr konsterniert ausgesehen haben, denn der Offizier hatte hilfsbereit hinzugesetzt: »Kann ich Sie irgendwie unterstützen, Sir?«

Wortlaut und Inhalt der Botschaft hatten Bolitho mehr als verblüfft. Flaggoffiziere speisten gewöhnlich nicht an Bord der ihnen unterstellten Schiffe. Und daß sie sich gar selbst dazu einluden, davon hatte man noch nie gehört. Bolitho dachte an seine geschrumpften Vorräte und die grobe Kost der Kombüse, aber der Leutnant war augenscheinlich gut im Bilde.

»Darf ich einen Vorschlag machen, Sir?«

Bolitho starrte ihn an. »Was es auch ist, in diesem Augenblick dürfte er mir eine große Hilfe sein.«

»Mein Kapitän schickt einige Vorräte aus seiner eigenen Pantry herüber, Sir. Und es wird auch rechtzeitig ein ganz trinkbarer Wein gebracht.« Er zählte die Einzelheiten an den Fingern ab, und man sah seinem Gesicht an, wie er nachdachte. Bolitho nahm an, daß dem jungen Mann das sonderbare Verhalten seines Admirals nicht ungewohnt war. »Wenn Sie erlauben, Sir, möchte ich mageres Schweinefleisch vorschlagen. Es ist in St. John reichlich vorhanden. Und Käse, den Admiral Rodneys Schiffe eben aus England mitgebracht haben.«

Bolitho hatte nach Vibart und Proviantmeister Evans geschickt und erklärt, was zu erwarten stand. Diesmal schien Vibart zu überrascht, um irgendeine Bemerkung zu machen, und Bolitho hatte kurz gesagt: »Kümmern Sie sich darum, Mr. Vibart. Und beauftragen Sie meinen Diener, meine Kajüte herzurichten und den Tisch zu decken.« Er hatte sich plötzlich sehr sorglos gefühlt. »Sir Robert Napier kann an Bord einer Fregatte keine Flaggschiffverpflegung erwarten.«

Während er jetzt daran zurückdachte, wurde er sich darüber klar, daß seine Sorglosigkeit wahrscheinlich auf die Hitze und die schmerzende Wunde zurückzuführen gewesen war. Nun, zu machen war sowieso nichts. Die Absicht des Admirals lag mehr als klar zu Tage. Jetzt, da wieder Rodney die Zügel führte, lag Napier nichts daran, die *Phalarope* öffentlich herabzuwürdigen. Er wollte nicht einmal ein offenes Gespräch an Bord des Flaggschiffes. Nein, er kommt höchstpersönlich auf die *Phalarope*, wie Gott herniedersteigt, um einen Sünder zu zerschmettern, dachte Bolitho erbittert. Kein Erfolg würde je das erste Mißfallen löschen oder den Tod seines Sohnes ausgleichen. Läge die *Andiron* schwer bewacht unter den Kanonen seines Flaggschiffs, hätte der Admiral vielleicht anders empfunden. Aber der Freibeuter war nur mehr ein Bleistiftkreuz auf einer Karte.

Bolitho ließ sich müde und gereizt auf die Heckbank sinken. Er starrte auf den Bericht, ehe er rief: »Wache, Mr. Herrick möchte zu mir kommen.« Der Bericht mußte jetzt hinüber zur *Cassius*. Ganz gleich, was sonst geschah, er wollte sichergehen, daß seine Leute Anerkennung fanden und ihre Leistungen belohnt wurden.

Herrick kam in die Kajüte und blieb neben dem Tisch stehen.

»Bringen Sie diesen Umschlag zum Flaggschiff.«

Herricks offenes Gesicht verriet Beunruhigung, was Bolithos Gereiztheit noch steigerte. So sehr er sich auch bemühte, die Mattheit klang in seiner Stimme mit, und er merkte, daß ihn die Erschöpfung wieder überwältigte.

»Darf ich mir einen Vorschlag erlauben, Sir? Ich meine, Sie sollten sich hinlegen«, sagte Herrick besorgt. »Ich glaube, Sie haben sich überanstrengt.«

»Kümmern Sie sich lieber um Ihre Pflichten, verdammt noch mal!« Bolitho ärgerte sich über Herrick, aber noch mehr über sich und die Ungerechtigkeit seines Vorwurfs.

»Aye, aye, Sir.« Herrick schien ungerührt und sagte: »Darf ich fragen, ob es der vollständige Bericht über die *Andiron* ist?«

Bolitho sah ihn kalt an. »Natürlich der vollständige. Fürchten Sie vielleicht, ich hätte Ihre Verdienste nicht mit aufgenommen?«

Herrick sah ihn fest an. »Entschuldigen Sie, Sir. Ich wollte nur sagen ...« Er schluckte schwer. »Nun, wir, die wir beteiligt waren, meinen ...« Er begann zu stottern. »Wir meinen, daß Ihnen allein das Verdienst gebührt, Sir.«

Bolitho blickte zu Boden, das Blut rauschte ihm in den Ohren. »Sie haben ein seltenes Talent, mich zu beschämen, Mr. Herrick. Ich wäre Ihnen verpflichtet, wenn Sie künftig davon abließen.« Er blickte hoch, entsann sich, wie Herricks Stimme in der Dunkelheit zu ihm gedrungen war, wie Herricks Hände seine Wunde berührt und versorgt hatten. »Aber dennoch vielen Dank.« Er trat langsam an den Tisch. »Der Angriff auf die *Andiron* gelang durch eine Reihe glücklicher Zufälle, Mr. Herrick. Das Ergebnis mag für einige alles rechtfertigen. Ich bin jedoch unzufrieden, das will ich ruhig zugeben. Ich glaube an Glück, aber man darf sich nicht darauf verlassen.«

»Ja, Sir.« Herrick sah den Kapitän an. »Sie sollten auch nur wissen, was wir denken.« Er schob hartnäckig das Kinn vor. »Was auch vor uns liegen mag, wir sind glücklich, daß Sie wieder das Kommando führen, Sir.«

Bolitho fuhr durch die Papiere auf seinem Tisch. »Vielen Dank. Und nun nehmen Sie bei Gott die Beine in die Hand, Mr. Herrick, und ab zur *Cassius*.« Kurz darauf hörte er Herrick nach dem Beiboot rufen.

Merkwürdig, wie leicht er seine Befürchtungen Herrick mitteilen konnte. Und noch merkwürdiger, daß Herrick zuhören konnte, ohne die Vertraulichkeit zu eigenem Vorteil auszunutzen. Sein Blick fiel auf die Bestrafungskladde. Während er der Gefangene seines Bruders gewesen war, hatte sich das alte Übel wieder breitgemacht: Auspeitschungen und nochmals Auspeitschungen. Und ein Mann sogar an den Folgen gestorben! Vielleicht blieb ihm Zeit, den Schaden zu heilen. Er mußte Vibarts mürrische Erklärungen hinnehmen, genauso wie Okes' Bericht über den Angriff auf die Insel Mola. Er mußte seinen Offizieren die Stange halten. Und wenn sie feige oder dumm waren, mußte er sogar dafür die Schuld auf sich nehmen.

Er dachte an Vibarts Haltung, seit er selber das Kommando wieder übernommen hatte. An Vibarts Gesicht im Augenblick seiner Rückkehr entsann er sich nicht, zu sehr war ihm vor Schwäche und Schmerz alles vor den Augen verschwommen. Doch in den Tagen danach hatte er ihn mehrfach gesehen. Einmal, er fieberte und schwitzte in seiner schwankenden Koje, hatte sich Vibart über ihn gebeugt und gefragt: »Ob er durchkommt? Sagen Sie mir, Mr. Ellice, wird er durchkommen?«

Vielleicht bildete er es sich nur ein, jetzt ließ sich das nur schwer sagen. Aber eine flüchtige Sekunde hatte er gemeint, in Vibarts Stimme Haß gehört zu haben. Vibart hatte gewünscht, daß er nicht durchkam! Er haßte ihn wegen seiner Rückkehr von den Toten.

Die Tür öffnete sich, und Stockdale sagte heiser: »Ich habe Atwell gesagt, daß er Ihre beste Uniform herauslegen soll, Sir. Und er kommt sofort, um den Tisch zu decken.« Er sah, wie erschöpft Bolitho war, und sagte: »Und jetzt legen Sie sich erst einmal hin.«

Bolitho funkelte ihn wütend an. »Ich habe zu arbeiten, verdammt.«

»Ich mache Ihnen bloß Ihre Koje zurecht. Zwei Stunden Schlaf bis zur Hundewache werden Ihnen guttun.« Er achtete nicht auf Bolithos Gesichtsausdruck und setzte heiter hinzu: »Wie ich sehe, ist auch die *Formidable* hier, Sir. Ein großes schönes Schiff, kein Zweifel. Aber einem Admiral wie Rodney kommt ein so großes Schiff auch zu, nicht wahr?« Er wartete noch einen Augenblick neben dem Bett, auf dem seine Hand ruhte. »Sind Sie soweit, Sir?«

Bolitho gab nach. »Nun ja, aber bloß zwei Stunden. Keinesfalls länger.«

Er ließ sich von Stockdale in die Koje helfen und merkte, wie ihn die Müdigkeit von neuem übermannte. Stockdale langte nach den Schuhen und murmelte vor sich hin: »Sie bleiben schön liegen. Für den verdammten Admiral brauchen wir heute abend einen ausgeruhten Kapitän.« Als er sich umdrehte, fiel sein Blick auf das leere Gestell über dem Bett, und einen Moment fühlte er sich sehr unbehaglich. Der Säbel lag irgendwo im Wrack der *Andiron*. Wenn er ihn bloß wiederbekäme. Wenn er ihn bloß ... Er betrachtete das im Schlaf entspannte Gesicht des Kapitäns. Und *er* wollte etwas für mich tun. Stockdale zog den Vorhang vor, damit die Sonnenreflexe nicht auf Bolithos Gesicht fielen, und schlich dann leise zur Tür.

Die hohe Steinmole warf willkommenen Schatten über den Kutter der *Phalarope*, der an der Treppe lag. Bootsführer Packwood blieb kurz auf den Stufen stehen und sah zu den Leuten hinunter, die es sich bequem machten. »Ihr könnt Pause machen. Aber niemand verläßt den Kutter, verstanden?«

Onslow hockte sich bequem auf das Schanzkleid und zog eine kurze Tonpfeife aus dem Hemd. »Klar, Mr. Packwood«, murmelte er unhörbar. »Wir machen die Arbeit, und Sie ziehen ab und lassen sich mit Rum vollaufen.«

Die meisten waren zu müde, um etwas zu erwidern. Den ganzen Tag war der Kutter zwischen dem Ufer und der Fregatte hin und her gependelt, und die erste Erregung, wieder in einem Hafen zu sein, war in unzufriedenes Murren umgeschlagen.

Packwood befehligte die Abteilung. Ein fähiger Mann, bekannt dafür, die Arbeit gerecht zu verteilen. Doch es mangelte ihm an Phantasie. Hätte er den Leuten gesagt, daß die Arbeit nicht nur für die Seetüchtigkeit der *Phalarope*, sondern in noch höherem Maß für das Wohlbefinden der Besatzung auf See notwendig war, hätte das die Verbitterung möglicherweise etwas gedämpft. Aber wie die Dinge lagen, diente Packwood schon zu lange in der Marine, um nach unnötigen Erklärungen zu suchen. Arbeit war Arbeit. Befehle wurden eben ausgeführt, jederzeit und ohne jede Diskussion.

Pook, Onslows ständiger Gefährte, stemmte sich hoch und spähte zu den fernen Häusern hinüber. »Mutter Gottes«, sagte er schwer atmend, »ich sehe Frauen.«

Onslow zog eine Grimasse. »Was hast du erwartet? Verdammte Priester?« Er beobachtete die Männer aus halbgeschlossenen Augen. »Die Offiziere sorgen schon für sich, ihr seht's ja, daß ich recht habe, Jungs.« Er spuckte über Bord. »Aber es sollte bloß mal einer von euch versuchen, einen Fuß an Land zu setzen, und ihr werdet sehn, was passiert.« Er deutete auf den rotröckigen Marinesoldaten, der sich zufrieden auf sein Gewehr stützte. »Der verdammte Ochse setzt euch glatt eine Kugel in die Stirn.«

John Allday saß über den Riemen gebeugt und musterte Onslow nachdenklich. Jedes Wort, das der Mann sprach, war sorgsam abgewogen. Er wandte sich um, als sich vom Bug her ein Seemann namens Ritchie hören ließ. Ritchie stammte aus Devon und sprach ebenso langsam, wie er dachte. »Warum bist du nicht abgehauen, als wir vor Nevis lagen, Onslow?« Das glitzernde Wasser blendete ihn, und er blinzelte. »Hättest massenhaft Zeit gehabt, dich deinen Rebellenfreunden anzuschließen.«

Allday beobachtete, ob Onslow etwa ärgerlich hochfuhr, aber der große Seemann sah Ritchie bloß mitleidig an. »Und was hätte das genutzt? Meinst du, wir sind besser dran, wenn wir zu den Rebellen überlaufen oder zu den Froschfressern?« Jetzt hörten alle aufmerksam zu. »Nein, Jungs, wir tauschen höchstens einen Herrn gegen den anderen ein. Eine neue Flagge. Aber irrt euch nicht, die Peitsche ist in jeder Marine die gleiche.«

Ritchie kratzte sich den Kopf. »Ich sehe noch immer nicht, worauf du hinaus willst.«

»Weil du dämlich bist, du großer Ochse du«, fauchte Pook.

»Ruhig, Jungs.« Onslow senkte die Stimme. »Ich meine es ernst. Hier draußen oder auf dem amerikanische Festland kann ein Mann gut leben. Ein neues Leben bringt die Chance, sich etwas zu schaffen.« Er lächelte leicht. »Aber zu einem richtigen Start gehört mehr als bloß Hoffnung. Dazu gehört auch Geld.«

Nick Pochin rutschte hin und her und sagte unbeholfen: »Wenn der Krieg aus ist und wir unsere Löhnung kriegen, können wir nach Hause zurückkehren.«

»Und wer kennt dich dort noch?« Onslow blickte ihn kalt an. »Du bist zu lange fort gewesen, wie wir alle. Für dich gibt's nur eins: auf den Straßen betteln gehn!«

»Ich war ein guter Pflüger«, beharrte Pochin. »Ich kann wieder pflügen.«

»Aye, vielleicht.« Onslow blickte ihn verächtlich an. »Du kannst für den Rest deines dämlichen Lebens Furchen ziehen, bis sie tief genug sind, daß dich irgendein fetter Grundbesitzer drin begräbt.«

Ein anderer forschte: »Was willst du eigentlich?«

»Ich werd's dir sagen.« Onslow glitt wie eine Katze vom Dollbord. »Bald sind wir wieder draußen auf See. Ihr seht die Flotte, die sie hier zusammengezogen haben. Für uns wird's keine Ruhe geben. Die Brüder brauchen immer neues Kanonenfutter.« Er deutete auf die sanft vor ihrem Anker schwojende *Phalarope*. »Da liegt unsere Chance, Jungs. Die Garantie für unsere Zukunft.« Er ließ die Stimme wieder sinken. »Wir können das Schiff übernehmen.« Er sprach sehr langsam, damit jedes Wort wirken konnte. »Dann können wir sie als Tauschobjekt benutzen zu unserem Preis.« Seine Augen wanderten von einem Gesicht zum anderen. »Stellt euch das vor! Wir können mit der anderen Seite verhandeln und den Preis nennen, den wir verlangen. Mit dem Geld und einer freien Passage geht dann jeder seiner Wege und reicher, als er es je für möglich gehalten hätte.«

Pochin setzte sich mit einem Ruck auf. »Das ist Meuterei! Du verrückter Schuft, sie werden uns fangen und aufhängen.«

Onslow griente. »Nie! Wenn dieser Krieg aus ist, wer hat da noch Zeit, sich um uns zu kümmern?«

Pook setzte lebhaft hinzu: »Er hat recht, wir werden alle reich sein.«

»Und England nie wiedersehen«, sagte Allday.

»Wem macht das was aus?« Onslow warf den Kopf zurück. »Meinst du, so wie es jetzt ist, haben wir eine Chance? Hast du nicht gesehen, was sie mit Kirk gemacht haben? Du weißt ganz genau, daß jede Woche welche sterben, durch Krankheit oder unter der Peitsche, in der Schlacht, oder indem sie von oben kommen. Und wenn du dem entgehst, kommandieren sie dich auf ein anderes Schiff.«

Unruhe und Empörung liefen drohend durch das Boot, und Allday fuhr ein kalter Schauer über den Rücken. Er sagte schnell: »Meinst du, Kapitän Bolitho wäre damit einverstanden?« Er sah von einem zum anderen. »Sicher, sie haben uns durch die Mühle gedreht, aber dem Kapitän vertraue ich. Er ist unerschrocken und gerecht. Er wird uns nicht im Stich lassen.«

Onslow zuckte mit den Schultern. »Wie du willst.« Er setzte böse hinzu: »Solange du deine Gedanken für dich behältst, Freundchen. Wenn etwas von dem, was ich gesagt habe, laut wird, wissen wir, hinter wem wir her sein müssen.«

Das zustimmende Gemurmel zeigte Allday, wie tief Onslows Rede bereits gewirkt hatte. Sonderbar, daß vorher niemand gemerkt hatte, mit welcher Beharrlichkeit Onslow die Männer zur Meuterei aufreizte. Vielleicht weil er seine Worte sorgsam abwog und nichts von der blinden Wut eines Matrosen hatte, dem Unrecht geschehen war. Allday dachte an Mathias' Tod im Laderaum und wie vorsichtig Onslow operiert hatte, damit Ferguson den Posten als Kapitänsschreiber bekam. Es ähnelte alles einer schleichenden, aber tödlichen Krankheit. Zeigten sich die Symptome, war der Fall bereits hoffnungslos. »Ich werde schon aufpassen, Onslow«, sagte er. »Aber sieh du dich lieber auch vor.«

»Achtung«, murmelte Pochin. »Er kommt zurück.«

196

Packwood tauchte oben an der Treppe auf. Er hatte getrunken, und der Schweiß stand ihm auf der Stirn. »Schön, meine Kleinen. Noch ein paar Fässer mehr.« Er schwenkte seinen Stock. »Und dann könnt ihr euch in euren Stall verziehn und euch den Dreck abschrubben. Der Admiral kommt euch heute abend besuchen!«

Pook stieß seinen Freund an. »Dieser Allday, hält der dicht?«

Onslow packte den Riemenschaft. »Bei Leuten wie dem muß sorgfältig taktiert werden. Darüber muß man nachdenken.« Seine Augen glitten über Alldays nackten Rücken. »Aber gemacht *muß* es werden!«

Pünktlich auf die Minute kam Vizeadmiral Sir Robert Napier das Fallreep der *Phalarope* herauf und zog den Hut, um die Ehrenbezeigungen entgegenzunehmen. Als das Trillern der Pfeifen verklang und die Ehrenwache der Marinesoldaten präsentierte, schlug der kleine Trommler der Fregatte, begleitet von zwei Pfeifen, dünn aber flott einen Marsch, und nach einem letzten Blick über das Oberdeck trat Bolitho vor, um den Admiral zu begrüßen.

Sir Robert nickte den versammelten Offizieren knapp zu, und während die Seesoldaten ihre Gewehre auf das Deck stießen, inspizierte er, Rennie und Kapitän Cope von der *Cassius* in gehörigem Abstand hinter sich, kurz und genau die angetretene Wache.

Aus dem Profil des Admirals versuchte Bolitho die Stimmung seines Gastes zu erkennen und den wahren Grund für diesen Besuch zu entdecken, aber Sir Robert Napiers verkniffenes Gesicht blieb sphinxgleich und unbewegt, wenn er gelegentlich Fragen abfeuerte oder zu Rennie etwas über die Haltung der Marinesoldaten bemerkte. Am Ende der Doppelreihe blieb er stehen und musterte das Hauptdeck. »Sie halten Ihr Schiff in Ordnung, Bolitho.« Aus dem trockenen Ton ließ sich nichts heraushören, weder Lob noch Tadel.

»Danke, Sir.« Bolitho wäre lieber mit dem Admiral allein in der großen Heckkajüte des Flaggschiffs gewesen. Dort hätte er mit allem fertigwerden können, was Sir Robert vorbrachte. Unter den jetzigen Umständen mußte jede Bemerkung formell und abgewogen sein. Er sah sich unsicher und gereizt um. Nun, was der Admiral auch von der *Phalarope* dachte, er selber war mit ihrem Aussehen zufrieden. Lange bevor ein Kurier über die Aktivität an Bord des Flaggschiffs berichtet hatte und die Offiziersbarkasse längsseits kam, hatte Bolitho das ganze Schiff inspiziert, um absolut sicher zu sein, daß Sir Robert zumindest am Äußeren nichts auszusetzen fand.

Die Besatzung war angetreten, jedes Auge richtete sich auf die kleine, goldbetreßte Gestalt im Heck der Barkasse. Und jetzt, während der Admiral schweigend und nachdenklich dastand, herrschte eine Atmosphäre nervöser Erwartung, die sogar die Pfeifen und die Trommel auf dem Achterdeck nicht verdecken konnten.

»Sie können die Männer wegtreten lassen, Bolitho.«

Auf das Signal hin spritzten die Leute vom Hauptdeck, und die Marinesoldaten machten kehrt und verschwanden ebenfalls.

»Ich habe Ihren Bericht gelesen, Bolitho. Er enthält eine Menge.« Seine kühlen Augen flogen über Bolithos Gesicht, in dem sich kein Muskel regte. »Besonders hat mich der Teil über den Kapitän der *Andiron* interessiert.« Er bemerkte, daß Bolitho sich versteifte, und fuhr gelassen fort: »Nun, ich wußte vorher, um wen es sich handelte, aber ich hielt es trotzdem für das Beste, daß Sie die Aufgabe übernahmen.« Er zog die Schultern hoch, was ihm unter der schweren Uniform nicht leicht fiel. »Natürlich wußte ich nicht, daß Sie bereits sein Gefangener waren.«

»Und wenn Sie es gewußt hätten, Sir?« Bolitho bemühte sich, keine Erregung mitklingen zu lassen.

»Ich bin mir nicht sicher. Ihr Erster Offizier ist anscheinend in vieler Hinsicht ein fähiger Mann, aber ich fürchte, er wird immer zu jenen gehören, die Befehle brauchen. Ein geborener Untergebener.«

Aus dem Augenwinkel sah Bolitho, wie seine Offiziere Kapitän Cope nach unten geleiteten, und er wartete darauf, daß der Admiral fortfuhr. Er brauchte nicht lange zu warten.

»Die *Andiron* ist ausgeschaltet. Schon allein ihre Existenz war eine Herausforderung und Beleidigung für die ganze Flotte. Ich habe meine Ansicht über die Angelegenheit dem Oberbefehlshaber übermittelt und zweifle nicht, daß Ihre Verdienste gebührende Anerkennung finden werden.« Er blickte Bolitho fest an. »Gleichviel, die Tatsache, daß Ihr Bruder sie einst kommandiert hat und anscheinend noch am Leben ist, mag hier und da als eine Art stillschweigender Übereinkunft angesehen werden.« Er trat an die Reling und blickte zur *Cassius* hinüber. »Ich selbst sehe es nicht so, Bolitho. Ich übertrug Ihnen die Aufgabe nicht trotz, sondern wegen des Kapitäns der *Andiron*. Sie und Ihr Schiff haben sich gut gehalten. Ich habe das auch Sir George Rodney gegenüber betont.« Dann ließ er langsam die Worte folgen: »Doch wenn Ihr Bruder umgekommen wäre, wäre es für alle Beteiligten besser gewesen.«

»Ich glaube, ich verstehe, Sir.«

»Natürlich verstehen Sie.« Die alte Gereiztheit des Admirals brach durch. »Tot sein, heißt vergessen sein. Fangen wir ihn, wird ihn nichts retten. Wir werden ihn öffentlich vor Gericht stellen und aufknüpfen. Und ich denke, Ihnen ist klar, daß solche Schande auf die ganze Familie fällt.«

»Ja, Sir.«

»Nun, genug davon. Sie haben Ihre Befehle ausgeführt, so gut Sie konnten. Das muß für den Augenblick genügen. Darüber hinaus haben Sie die Absichten des Feindes erkundet. Wenn die Meldung darüber zutrifft, wird das sehr zu Ihren Gunsten sprechen.« Er blickte zu der schwach schlagenden Flagge hinauf und murmelte: »Im Augenblick könnten wir ein bißchen Glück gut gebrauchen.«

Sir Robert schwieg, während Bolitho ihn in die Kapitänskajüte führte, wo die zehn Offiziere bereits versammelt waren. Sie saßen so dicht gedrängt um den in ganzer Länge ausgezogenen Tisch, daß keine Stecknadel zu Boden fallen konnte, und Bolitho fragte sich wieder, warum der Admiral sich herbemüht und dem vergleichsweisen Luxus seines eigenen Quartiers zeitweilig den Rücken gekehrt hatte. Die Offiziere erhoben sich und sanken erwartungsvoll auf ihre Stühle zurück, nachdem der Admiral und Bolitho sich zum Kopf des Tisches durchgezwängt hatten.

Zum ersten Mal, daß ich mit allen meinen Offizieren esse, ging es Bolitho durch den Sinn. Während Atwell und zwei eiligst abkommandierte Messeordonnanzen aufzutragen begann, sah er von einem zum anderen. Die vertrauten Gesichter wirkten verändert. Alle sahen irgendwie fremd und verlegen aus. Neben seinen Leutnants und Hauptmann Rennie waren auch die drei Fähnriche anwesend. Die Unteroffiziere waren durch Steuermann Proby und den Arzt Tobias Ellice vertreten, die beide, den Blick auf ihre Teller gerichtet, steif und unbehaglich dasaßen.

Der Admiral verhielt sich noch immer formell. Man aß in fast völligem Schweigen. Doch mit den Speisen kam der Wein, ausgeschenkt vom persönlichen Steward des Admirals, einem großen, hochmütigen Mann in scharlachfarbenem Rock. Zu diesem Zeitpunkt fing Bolitho an, die Absicht des Admirals zu begreifen. Denn zusammen mit der Spannung und der ungewohnt reichhaltigen und ausgezeichneten Mahlzeit tat der Wein bald seine Wirkung. Und als Bolitho bemerkte, daß der Admiral kaum etwas aß und an seinem Wein nur nippte, war ihm alles klar.

Die Stimmen wurden lauter, und indes Sir Robert stumm an Bolithos Seite saß, fingen die Offiziere an, freier zu reden. Bolitho war sich nicht klar darüber, was er stärker empfand, Ärger oder Bewunderung. Dem Admiral reichte der nackte Bericht, wie präzise auch immer, nicht aus. Er wollte mit eigenen Ohren hören, was sich abgespielt hatte, und zwar von den Leuten, die ihm bis dahin nur durch Bolithos Feder bekannt gewesen waren. Bolitho spürte, daß seine Anspannung etwas nachließ. Denn ob nun gut oder böse, gegen die verschlagenen Methoden des Admirals konnte er jetzt nichts mehr ausrichten.

Langsam entfaltete sich die Geschichte. Jede Phase kam zur Sprache und wurde von einem anderen Offizier beleuchtet. Die Attacke auf die Insel Mola und die Einnahme der Batterie. Die zungenfertigen Offiziere sprachen über den Plan in seiner Gesamtheit, die weniger beredten gaben sich damit zufrieden, die Einzelheiten des Bildes auszumalen. In einigen Beiträgen kam auch der Humor zu seinem Recht, etwa in der Geschichte des Steuermannsmaats Parker, der bei dem Angriff auf die *Andiron* die Jolle befehligt hatte. Die hochgehende See hatte ihn von den anderen Booten getrennt. Nicht nur, daß er zur *Phalarope* zurückkehren mußte, nein, um sein Mißbehagen noch zu steigern, wurde er vom Schiff durch Gewehrfeuer wachsamer Seesoldaten begrüßt. Und Humor lag auch in der Geschichte, wie Hauptmann Rennie den Rückzug von der Insel leitete, den Degen in der einen, eine halbe Geflügelpastete in der anderen Hand.

Doch bei solchen Erinnerungen blieb es nicht, denn Sir Robert fragte plötzlich scharf: »Und Sie, Mr. Farquhar, wurden mit dem spanischen Gefangenen zurückgelassen?«

Farquhar sah ihn wachsam an, und einen Augenblick kehrte die Spannung an den eng besetzten Tisch zurück. Doch Farquhar verlor nicht den Kopf. Selbst die wohlbekannte Tatsache, daß Sir Robert gewöhnlich niemanden unter Leutnantsrang anredete, brachte ihn nicht aus der Fassung.

»Ja, Sir. Ich stieß zum Kapitän, und wir gerieten zusammen in Gefangenschaft.«

Der Admiral wandte sich Okes zu, der bisher beinahe stumm dagesessen hatte. »Ihr Teil bei diesem Unternehmen hat Sie offenbar sehr in Atem gehalten, Mr. Okes?«

Der Leutnant blickte bestürzt hoch. »Hm, ja, Sir. Ich tat, was ich tun mußte. Es gab keinen anderen Weg.«

Sir Robert nippte an seinem Wein und musterte ihn kühl. »Für einen so ruhmreichen Offizier sind Sie außerordentlich zurückhaltend,

Mr. Okes. Ein bißchen Bescheidenheit ist immer willkommen, aber nicht, wenn sie wie Schuld wirkt.« Seine kalten Augen lagen noch ein paar Sekunden auf Okes' bleichem Gesicht, dann lachte er. Ein humorloses Lachen, doch es half, das plötzliche und unbehagliche Schweigen zu brechen.

»Und Sie, Mr. Herrick?« Der Admiral beugte sich vor und blickte an seinem Kapitän vorbei über den Tisch. »Ihre Heldentaten bei Nevis scheinen ein wenig vom Zufall begünstigt gewesen zu sein. Aber dennoch erreichten Sie ohne Zweifel Ihr Ziel.«

Herrick grinste breit. »Kapitän Bolitho hat mich bereits auf die Fallgruben des Glücks hingewiesen, Sir.«

»So, in der Tat?« Der Admiral zog leicht die Brauen hoch. »Bin erfreut, es zu hören.«

Und so ging es in der gleichen Art weiter. Der Admiral fragte und hörte zu. Und falls das zu nichts führte, provozierte er den unglücklichen Offizier offen zu einer erregten und unbedachten Antwort. Der Treuetrinkspruch wurde von dem jüngsten anwesenden Offizier ausgebracht. Fähnrich Neale, auf der einen Seite von Proby, auf der anderen von Ellice überragt, quiekte: »Gentlemen, auf den König!« Danach lief er rot an und verfiel wieder in Schweigen.

Bolitho bemerkte, daß sich die rechte Hand des Admirals wie eine Klaue um das Glas klammerte. Der Admiral sah seinen Blick und sagte verdrossen: »Verdammter Rheumatismus. Habe ihn seit Jahren.«

Plötzlich schätzte Bolitho den Mann an seiner Seite. Nicht den Admiral mit seinen kleinlichen Schwächen und dem ungerechten Gebrauch von Vorrecht und Rang, sondern einfach den Mann. Er war alt, wahrscheinlich in den Sechzigern, und soviel Bolitho wußte, hatte er in den letzten zehn Jahren den Fuß nicht länger als ein paar Tage an Land gesetzt. Er hatte seine Flagge auf vielen Schiffen wehen lassen und sich mit Problemen und Strategien beschäftigt, die Bolitho sich nur undeutlich vorstellen konnte.

Der Admiral sah ihn fest an. »Fragen Sie sich noch immer, warum ich gekommen bin, Bolitho?« Er wartete eine Antwort nicht ab. »Vor vielen Jahren habe ich selber eine Fregatte befehligt. Das war meine schönste Zeit, der Einsatz nicht so hoch.« Das Gesicht verschloß sich wieder. »Ich bin hergekommen, weil ich sehen wollte, was Sie aus diesem Schiff gemacht haben.« Er faßte sich ans Kinn, als suche er nach einem Weg, ein Kompliment zu umgehen. »Was ich sehe, mißfällt mir nicht gänzlich.« Er sprach so leise, daß die von neuem erwachte Unterhaltung seine Worte fast verschluckte. »Die Mehrzahl Ihrer Offiziere scheint Sie sehr zu achten. Ich weiß aus Erfahrung, wie schwer Achtung zu erringen ist.«

Bolitho lächelte dünn. »Danke, Sir.«

»Ich schätze es, die Männer zu kennen, die unter meinem Kommando stehen. Sehe ich ein Segel am Horizont, interessiert mich nicht die Zahl der Kanonen und der Zustand des Anstrichs. Mir liegt daran, den Geist des Mannes zu kennen, der das Schiff kommandiert, verstehen Sie?« Er starrte über die Köpfe der Offiziere hinweg. »England kämpft um sein Leben. Zur Zeit führen wir einen Verteidigungskrieg. Der Angriff kommt später, vielleicht erst nach Jahren, wenn ich tot und begraben bin. Doch bis dahin ist England auf seine Schiffe angewiesen, vielleicht nur auf ein paar hundert Schiffe, die voll einsatzfähig sind.« Er klopfte auf den Tisch, so daß die anderen verstummten und sich ihm zuwandten, um zuzuhören. »Und diese Schiffe hängen von ihren Kapitänen ab.«

Bolitho wollte etwas einwerfen, doch der Admiral sagte gereizt: »Lassen Sie mich ausreden. Ich kenne jetzt Ihren Ruf. Sie sind in vieler Hinsicht ein Idealist. Sie hoffen auf bessere Bedingungen für Ihre Leute, so daß Sie auf See eine ehrenhafte Karriere machen können.« Er unterstrich seine Worte durch den erhobenen Zeigefinger. »Als ich jünger war, hatte ich auch solche Illusionen, und mehr noch. Aber der ist ein guter Kapitän, der die Schwierigkeiten nimmt, wie sie kommen, und dennoch ein tüchtiges Schiff führt, ein Schiff, das Ehre und Lob verdient.« Seine Augen wanderten von einem zum anderen. »Nun, meine Herren, bin ich verstanden worden?«

Bolitho folgte dem Blick des Admirals: Vibart, rot angelaufen, ohne jedes Lächeln. Herrick, vom voraufgegangenen Sarkasmus des Admirals unberührt, grinste noch immer. Rennie, steif aufgerichtet, aber mit völlig glasigen Augen, die nichts mehr wahrnahmen. Old Daniel Proby, verlegen, in solcher illustren Gesellschaft zu sein, doch plötzlich mit einem Ausdruck von Stolz auf dem Gesicht, als hätte er eine tiefere Bedeutung aus den Worten des Admirals herausgehört. Und Ellice, der Arzt, der seit Beginn der Mahlzeit unaufhörlich getrunken hatte. Bolitho bemitleidete Ellice. Schlecht bezahlt wie alle Schiffsärzte. Kein Wunder, wenn er eher Schlächter denn Arzt war. Ein Wettlauf, doch wer würde gewinnen, der Alkohol oder ein tödlicher Irrtum? Es war lediglich eine Frage der Zeit. Okes litt noch immer unter der scharfen Einschätzung des halbvergessenen Angriffs auf die Insel. Bolitho bemerkte, daß Okes immer wieder verstohlen und verzweifelt zu Farquhar hinübersah, der im Vergleich zu ihm ruhig und teilnahmslos wirkte und in Gedanken vielleicht weit weg war. Möglicherweise wieder unter der in die Luft gejagten Brücke, wo ihn der Mann, der ihn jetzt immer wieder ansah, zurückgelassen und damit dem Tod ausgesetzt hatte. Die Tatsache, daß Farquhar darüber keine Bemerkung gemacht hatte, mußte Okes mehr als alles andere mit Sorge erfüllen.

Und die beiden anderen Fähnriche, Maynard und Neale? Sie waren erregt, ohne aber das mitzubekommen, was hinter den Gesprächen und Gedanken lag. Bolitho sah plötzlich sehr klar, welche Verantwortung er für sie alle trug.

Der Admiral stand auf und hob sein Glas. »Ein Trinkspruch!« Seine blassen Augen blitzten. »Tod den Franzosen!«

Alle hoben ihr Glas, und die Stimmen ratterten die Antwort heraus: »Und Verderben unseren Feinden!«

»Zeit aufzubrechen, Sope«, sagte der Admiral zu seinem Kapitän.

Bolitho folgte ihm zum Oberdeck. Er hörte nur halb auf die hastenden Füße und das Knarren der Riemen längsseits. Bolitho wußte, daß das Schlimmste vorbei war. Die *Phalarope* war endlich frei von Schande.

Er lüftete den Hut, als der Admiral zum Fallreep schritt, und wartete, bis er in der Barkasse verschwunden war. Dann setzte er den Hut mit einem Ruck wieder auf und begann, die Hände auf dem Rücken verschränkt, auf dem verlassenen Achterdeck auf und ab zu gehen.

Der Admiral hatte außerdem auf seine Weise klargestellt, daß es die Aufgabe des Kapitäns war, das Schiff weiterhin frei von Schande zu halten. Er blickte zu den Ankerlaternen, deren Schein auf dem Wasser tanzten, und lauschte dem klagenden Kratzen einer Violine und dem wehmütigen Klang eines alten Shantys. Solange die Männer noch singen, dachte er, ist Hoffnung für uns alle.

XIII Gefahr von innen

Die Pfeifen trillerten Salut, als Richard Bolitho durch die verzierte Schanzpforte auf das weite Deck der *Formidable* trat. Automatisch hob er den Hut gegen das Achterdeck, und während er den Gruß des wachhabenden Flaggschiffoffiziers erwiderte, flogen seine Blicke umher und registrierten die Geschäftigkeit, das scheinbar endlose

Deck und die langen Reihen schimmernder Kanonen.

Ein weißbehandschuhter Fähnrich eilte in tadelloser Haltung heran und führte Bolitho unter den kritischen Augen des diensttuenden Offiziers nach achtern zu der großen Heckkajüte, in die jeder erreichbare Kapitän vor einer Stunde befohlen worden war.

Bolitho hatte bei seinem einsamen Frühstück herumgetrödelt und über die merkwürdige Dinnerparty und Sir Robert Napiers beharrliche Fragen nachgegrübelt, als Fähnrich Maynard die Meldung brachte. Während Bolitho hastig seine beste Uniform anlegte, fragte er sich, warum Sir Robert die Zusammenkunft beim Oberbefehlshaber gestern nicht erwähnt hatte. Er mußte doch schon davon gewußt haben. Und indem er blicklos in den Spiegel am Schott starrte, fragte er sich, ob Sir Robert nur wieder eine seiner privaten Prüfungen veranstaltete. Wahrscheinlich hielt er sein Glas auf die *Phalarope* gerichtet, seit die *Formidable* das Signal gesetzt hatte.

Er prallte beinahe auf den Fähnrich und sah, daß sie die große Kajüte erreicht hatten. Der Fähnrich meldete: »Kapitän Richard Bolitho von der *Phalarope*.« Doch nur die zunächststehenden Offiziere nahmen von seinem Eintritt Notiz. Bolitho war das nur recht. Er drängte sich zu einer Ecke der Kajüte durch, und während eine Messeordonnanz wortlos seinen Hut in Empfang nahm, reichte ihm eine andere ebenso stumm ein großes Glas Sherry.

Bolitho trank einen kleinen Schluck und musterte aufmerksam die anderen Offiziere. Etwa dreißig Kapitäne jeden Dienstalters, ältere und jüngere, große und kleine, dicke und dünne. Nach diesem ersten Überblick schien er der Jüngste zu sein. Doch er war kaum zu diesem Schluß gekommen, da stieß ihn jemand leicht an. Er drehte sich um und erblickte den hochgewachsenen Leutnant, der die kleine Brigg *Witch of Looe* kommandierte.

Der Leutnant hob das Glas. »Ihr Wohl, Sir! Ich möchte Ihnen sagen, wie sehr ich mich über Ihre Rückkehr freue.«

Bolitho lächelte. »Vielen Dank. Bitte entschuldigen Sie, aber Ihr Name ist mir entfallen.«

»Philip Dancer, Sir.«

»Von nun an werde ich ihn mir merken.«

Der Leutnant lockerte nervös seine Halsbinde. Kein Wunder, wenn er als Jüngerer in einer so illustren Gesellschaft nervös wurde.

»Im Vergleich mit Ihrer kleinen Brigg kommt es Ihnen hier sicher ein bißchen luxuriös vor?«

Dancer schnitt eine Grimasse. »Nur ein bißchen.«

Sie blickten zu den großen Heckfenstern hin, vor denen eine breite Galerie lief, auf der der Amiral über dem Kielwasser seines Schiffes ungestört hin und her wandern konnte. Bolitho sah Pflanzen in langen Blumenkästen, Silber und Kristall schimmerten auf einer hübschen Anrichte unter einem Gemälde von Hampton Court Palace. Plötzlich verstummten alle Gespräche, und jeder wandte sich einer Seitentür zu, durch die der Oberbefehlshaber mit seinem Gefolge die Kajüte betrat.

Bolitho hatte Sir George Rodney das letzte Mal vor zwei Jahren gesehen. Er erschrak über sein verändertes Aussehen. Trotz der strahlenden Uniform mit dem leuchtenden Band und den Auszeichnungen wirkte er gebeugt und zusammengesunken, und sein Mund, nunmehr ein schmaler Strich, verriet die Krankheit, die ihn seit vielen Monaten plagte. Nur schwer erkannte man in ihm den Mann wieder, der vor zwei Jahren einen machtvollen Feind überwunden und das belagerte Gibraltar entsetzt hatte, oder den, der St. Eustatius angegriffen, erstürmt und als Beute drei Millionen Pfund Sterling nach England zurückgebracht hatte. Doch die Augen waren dieselben: hart und fest, als hätten sie alle Energie an sich gezogen.

Neben ihm, als scharfer Kontrast, der zweite im Kommando: Sir Samuel Hood wirkte gelassen, während seine Blicke über die versammelten Offiziere glitten. Eine große arrogante Nase und eine hohe Stirn beherrschten das Gesicht. Neben seinen beiden Vorgesetzten sah Sir Robert Napier beinahe unbedeutend aus.

Sir George Rodney ließ sich in einen Sessel sinken und faltete die Hände im Schoß. Dann sagte er kurz: »Ich habe Sie hergebeten, um Ihnen mitzuteilen, daß nach allen Informationen die Franzosen und ihre Verbündeten versuchen wollen, die englischen Verbände im hiesigen Gebiet endgültig auszuschalten.« Er hustete und betupfte sich den Mund mit einem Taschentuch. »Graf de Grasse hat eine große Zahl Linienschiffe zusammengezogen, die stärksten Schiffe, die sich jemals unter einer Flagge versammelten. Wäre ich in seiner glücklichen Lage, würde ich nicht zögern, mich auf die Schlacht vorzubereiten.«

Er hustete wieder, und leichte Unruhe ergriff die Offiziere. Die Überbeanspruchung während all der Jahre des Planens und Kämpfens wühlte in Sir Rodney wie eine Messerklinge. Als er nach England segelte, glaubte jeder Offizier der westindischen Flotte, daß es seine letzte Reise würde. Alle erwarteten, daß ein anderer zurückkehren und seinen Platz einnehmen würde. Aber in diesem ermatteten Körper lebte eine Seele aus Stahl. Rodney wollte keinen anderen die Früchte seiner harten, aufopferungsvollen Arbeit in Westindien ernten lassen, und ebensowenig sollte ein anderer die Schmach und Schande möglicher Niederlage erleiden.

»Nach unseren Nachrichten will de Grasse mehr als einen bloßen Sieg auf See erreichen«, erklärte Sir Samuel Hood unbewegt. »Er hat nicht nur französische Truppen zusammengezogen, sondern auch die amerikanischen Kolonialisten mit Waffen versorgt. Er ist ein gewiegter und umsichtiger Stratege, und zweifellos gedenkt er, die bereits erzielten Erfolge auszubauen.« Er blickte über die ihm Zunächststehenden hinweg und richtet seine tiefliegenden Augen auf Bolitho. »Der Kapitän der Fregatte *Phalarope* hat zu diesen Informationen in nicht geringem Maße beigetragen, meine Herren.«

Einige Sekunden lang drehten sich alle nach Bolitho um, den die unerwartete Beachtung leicht verwirrte. Undeutlich nahm er die unterschiedlichen Reaktionen der anderen Offiziere wahr. Einige nickten anerkennend, während ihn andere mit kaum verhohlenem Neid musterten. Wieder andere studierten sein Gesicht, als versuchten sie, die tiefere Bedeutung der Bemerkung des Admirals zu ergründen. Ein kleines Lob von Hood – also vom großen Rodney gebilligt – kennzeichnete Bolitho als ernstzunehmenden Rivalen bei Beförderung und Auszeichnung.

Hood fügte trocken hinzu: »Jetzt, da Sie einander kennen, wollen wir fortfahren. Von heute an muß unsere Wachsamkeit erhöht werden. Unsere Patrouillen müssen jeden feindlichen Hafen beobachten und dürfen keine Mühe scheuen, mir ständig Meldung zu erstatten. Wenn de Grasse ausläuft, wird das schnell geschehen. Können wir seiner Herausforderung nicht mit den entsprechenden Mitteln begegnen und ihn zur Schlacht stellen, ist es aus mit uns, darüber muß sich jeder klar sein.«

Die tiefe Stimme dröhnte so durch die Kajüte, daß Bolitho das Gewicht der Worte fast körperlich fühlte. Unermüdlich und methodisch erläuterte der Admiral die bekannten Standorte von Versorgungsschiffen und feindlichen Einheiten. Man merkte ihm weder Anstrengung noch Ungeduld an, und nichts in seinem Verhalten verriet, daß er erst unlängst nach Antigua zurückgekehrt war, nachdem er St. Kitts lange gegen die gesamte militärische Kraft der Franzosen und der alliierten Flotte gehalten hatte.

»Ich wünsche, daß sich jeder von Ihnen gründlich mit meinem Signalcode vertraut macht«, schaltete sich Sir George Rodney ein. Er blickte scharf von einem zum anderen. »Ich werde nicht dulden, daß irgendein Offizier meine Signale mißversteht, und ebensowenig werde ich Entschuldigungen bei Nichtbefolgung gelten lassen.«

Mehrere Kapitäne wechselten schnelle Blicke. Jeder kannte die Geschichte: als Rodney versuchte, den französischen Amiral de Guichen vor Martinique zu stellen, gelang das nicht, weil einige seiner Kapitäne seine signalisierten Befehle nicht verstanden oder befolgt hatten und jeder wußte auch, wie scharf er darauf reagiert hatte. Mehr als ein Kapitän lebte nun, auf Halbsold gesetzt, mit Schande bedeckt und von bösen Erinnerungen geplagt, kümmerlich in England.

»Achten Sie auf meine Signale«, fuhr er in ruhigerem Ton fort. »Wo und auf welchem Schiff auch meine Flagge weht, *achten Sie auf meine Signale!*« Er lehnte sich zurück und blickte zu den Decksbalken hoch. »Diesmal gibt es keine zweite Chance. Entweder gewinnen wir einen großen Sieg, oder wir verlieren alles.«

Er nickte Hood zu, der wieder das Wort nahm: »Die Befehle werden den dienstältesten Offizieren des Geschwaders unverzüglich übermittelt. Von dem Augenblick an, da Sie die Kajüte verlassen, hat die Flotte klar zum Auslaufen zu sein. Unsere patrouillierenden Fregatten und Korvetten haben die Aufgabe, wie Hunde vor den Schlupflöchern der Feinde zu lauern.« Er hieb mit der Faust auf den Tisch. »Stöbern Sie die Spur des Feindes auf, benachrichtigen Sie den Oberbefehlshaber, und die Jagd geht los!«

Beifallsgemurmel beschloß die Zusammenkunft. Leutnant Dancer sagte ungerührt: »Ob unser Geschwader dabei sein wird? Ich würde den Schlußakt gern miterleben.«

Bolitho nickte und lächelte insgeheim, weil er sich vorstellte, wie die winzige *Witch of Looe* de Grasses Dreidecker angriff. Laut sagte er: »Es sind immer zuwenig Fregatten. In jedem Krieg die gleiche Geschichte. Zu wenig und zu spät.« Doch es klang keine Bitterkeit mit. Die *Phalarope* wurde jetzt noch dringlicher als sonst benötigt. Bei den weiten Seegebieten gab es für jede Fregatte nur allzuviel zu tun. Er fuhr aus seinen Gedanken hoch, als ein Leutnant des Flaggschiffs auf ihn zutrat.

»Sir George Rodney möchte Sie sprechen.«

Bolitho rückte den Degen zurecht und schritt über den dicken Teppich. Am Tisch machte er halt und nahm das Scharren der hinausgehenden Schritte nur noch halb wahr. Dann schloß sich die Tür, und das Trillern der Pfeifen zeigte an, daß die Kapitäne das Flaggschiff verließen. Eine Sekunde lang fürchtete er, den Leutnant falsch verstanden zu haben.

Rodney saß noch immer in seinem Sessel. Mit halbgeschlossenen Augen starrte er zur Decke. Hood und Sir Robert Napier studierten, über einen in der Nähe stehenden Tisch gebeugt, eine Karte. Selbst die Ordonnanzen schienen zu beschäftigt zu sein, um den jungen Kapitän zu beachten.

Doch dann richtete Rodney die Augen auf den Wartenden. »Ich kenne Ihren Vater, Bolitho. Wir sind zusammmen gefahren. Ein sehr tapferer Offizier und ein guter Freund.« Seine Augen wanderten langsam über Bolithos gebräuntes Gesicht und seine Gestalt. »Sie ähneln ihm, innerlich und äußerlich.« Er nickte. »Ich bin sehr froh, Sie zu meinen Offizieren zu zählen.«

Bolitho dachte an seinen Vater, der allein in dem großen Haus lebte und die Schiffe in der Bucht beobachtete. »Danke, Sir. Mein Vater bat mich, Ihnen Grüße auszurichten.«

Rodney schien nicht gehört zu haben. »Es gibt so viel zu tun. So wenige Schiffe für die vielen Aufgaben.« Er seufzte: »Es tut mir leid, daß Sie Ihrem einzigen Bruder auf solche Weise begegnen mußten.« Seine Augen ruhten fest auf Bolitho.

Bolitho merkte, wie Sir Robert, noch immer über die Karte gebeugt, wachsam zuhörte, und sagte: »Er glaubt, es sei recht und richtig, was er tut, Sir.«

Die Augen lagen noch immer auf Bolithos Gesicht. »Und was glauben Sie?«

»Er ist mein Bruder, Sir. Aber sollten wir nochmals konfrontiert werden, werde ich zu meinem Eid stehen.« Er zögerte. »Und Ihr Vertrauen nicht enttäuschen, Sir.«

Rodney nickte. »Daran habe ich nie gezweifelt, mein Junge.«

Sir Samuel Hood hustete höflich, und Rodney sagte: »Kehren Sie auf Ihr Schiff zurück, Bolitho. Ich hoffe, daß Ihrem Vater und Ihnen weiterer Schmerz erspart bleibt.« Seine Augen blickten kalt, als er hinzusetzte: »Es ist leicht, seine Pflicht zu erfüllen, wenn es keine andere Wahl gibt. Sie hatten es nicht leicht. Und es wird nicht leicht für Sie sein, wenn Ihr Bruder gefangengenommen wird.«

Er versank in Schweigen. Der Leutnant sagte ungeduldig: »Ihr Hut, Sir. Ich habe Ihr Boot längsseits pfeifen lassen.«

Bolitho folgte dem Offizier an Deck. Seine Gedanken waren noch immer bei dem, was der Admiral gesagt hatte. Die ganze Flotte wußte also über seinen Bruder Bescheid. In der begrenzten, mönchischen Welt der Schiffe, die ständig auf See waren, sprach man also über ihn, maß ihn an zurückliegenden Taten und würde ihn an künftigen Ereignissen messen.

Er eilte die Gangway zum wartenden Boot hinunter und starrte zu der vor Anker liegenden *Phalarope* hinüber. Einst hatte sie sich bewähren müssen. Jetzt war ihr Kapitän an der Reihe.

Am Abend des Tages, an dem Bolitho an der Besprechung auf der *Formidable* teilgenommen hatte, lichtete die *Phalarope* ohne jedes Aufheben den Anker und ging in See.

Am folgenden Morgen stand sie knapp fünfzig Meilen weiter südwestlich, und unter Vollzeug nutzten sie die schwache Brise, die bei der kräftiger werdenden Sonne nur wenig Abkühlung brachte. Diesmal war die *Phalarope* nicht völlig allein. Selbst von Deck aus sah man die *Cassius,* deren hohe Leinwandpyramide im Frühlicht golden schimmerte. Gewichtig und langsam segelte sie auf Parallelkurs. Irgendwo jenseits von ihr, verborgen unter dem Horizont, lief die Fregatte *Volcano*. Unsichtbar und der sich langsam bewegenden Formation ein Stück voraus, erfreute sich Leutnant Dancers winzige *Witch of Looe* einer gewissen Bewegungsfreiheit.

Leutnant Herrick hatte eben die Frühwache übernommen. Er stand lässig an der Achterdecksreling und beobachtete die Leute bei der Arbeit auf dem Hauptdeck. Die nassen Decksplanken waren mit Schrubbern und Scheuersteinen bearbeitet worden, und jetzt, als die Hitze über dem sanft schaukelnden Schiffsrumpf langsam stieg, leuchteten die Decks in strahlendem Weiß. Die Männer spleißten und waren mit laufenden Ausbesserungen beschäftigt: eine friedliche Szene. Durch Wärme und gutes Frühstück fühlte sich Herrick schläfrig und zufrieden. Gelegentlich warf er einen Blick zu Fähnrich Neale hinüber, um sich zu vergewissern, daß er das Glas auf das ferne Flaggschiff gerichtet hatte. Die *Phalarope* hielt so gut Position, wie der Wind es zuließ.

Er bemerkte, daß Leutnant Okes mit Brock die Zwölfpfünder der Steuerbordbatterie inspizierte, und fragte sich nicht zum ersten Mal, was hinter Okes' verkrampften Zügen vorging. Seit dem Angriff auf die Insel Mola war Okes ein anderer. Und seit der beiläufigen Bemerkung des Admirals bei dem abendlichen Essen hatte er sich noch mehr in sich selbst zurückgezogen.

Auch hinter Farquhars Gedanken konnte er nicht kommen. Herrick war nicht sicher, ob er die Zurückhaltung des Fähnrichs verabscheute oder bewunderte. Merkwürdig, wie Farquhars Haltung stets Minderwertigkeitskomplexe in ihn weckte, vielleicht wegen seiner eigenen einfachen Herkunft. Selbst hier auf der kleinen Fregatte, wo sie dicht aufeinanderhockten, hielt Farquhar Distanz. Herrick versuchte sich vorzustellen, was er empfunden hätte, wenn Okes, wie Rennie angedeutet hatte, ohne an die anderen zu denken den Rückzug befohlen, ihn zurückgelassen und dem Tode preisgegeben hätte. Er malte sich aus, daß er genau wie Farquhar reagieren würde, wußte jedoch, daß er sich selber etwas vormachte. Wahrscheinlich wäre es zu einem offenen Konflikt und zu einer Verhandlung vor dem Kriegsgericht gekommen.

Der Rudergänger hüstelte warnend, und Herrick drehte sich schnell um, als Bolitho den Niedergang heraufkam. Er führte die Hand an den Hut und wartete, während Bolitho erst an den Kompaß trat und dann zum Wimpel am Masttopp hinaufschaute. Er entspannte sich, als Bolitho neben ihn trat und auf die arbeitenden Seeleute hinabblickte.

»Noch fünfzig Meilen bis zu unserer Patrouillenposition, Mr. Herrick. Bei dieser Geschwindigkeit brauchen wir dafür einen Tag.« Es klang ungeduldig und leicht gereizt. Herrick kannte jetzt die Anzeichen.

»Immerhin ist es tröstlich, daß die *Cassius* querab liegt, Sir. Falls de Grasse hier aufkreuzt, sind wir nicht allein.«

Bolithos Blicke wanderten zu den schimmernden fernen Segeln hinüber. »Ach ja, das Flaggschiff.« Er lächelte bitter. »Vierzig Jahre hat sie auf dem Buckel und so viel Muscheln und Bewuchs am Rumpf, daß sie sogar bei starkem Sturm nur kriecht.«

Herrick blickte hastig zur *Cassius* hinüber. Größe und Überlegenheit hatten für ihn bis zu diesem Moment Sicherheit bedeutet, ein Schutzschild sozusagen. Er erwiderte: »Das wußte ich nicht, Sir.«

»Die *Cassius* ist eine holländische Prise, Mr. Herrick. Beachten Sie die Neigung ihres Vordecks.« Dann, als merkte er, daß er von lange vergangenen, nun unwichtigen Dingen sprach, sagte er heftig: »Mein Gott, dieses Kriechen macht mich verrückt.«

Herrick versuchte es auf andere Weise. »Unsere Befehle, Sir. Darf ich fragen, was man von uns erwartet?« Er bedauerte die Frage sogleich und riß sich zusammen, während Bolitho mit den Augen dem langsamen Kreisen einer Möwe folgte. Aus der Schulterhaltung Bolithos und der Art, wie seine Hände die Reling umklammerten, schloß Herrick, daß er ein Thema berührt hatte, über das der Kapitän selber nachgrübelte.

Doch Bolitho antwortete ruhig: »Wir werden fünfzig Meilen westlich von Guadeloupe auf Station gehen und –«, er schwenkte die Hand gegen die offene See, »– mit unserem Geschwader Kontakt halten.«

Herrick verdaute langsam die Information. Die in Antigua herrschende Erregung und die eifrigen Vorbereitungen hatten ihn nicht im geringsten daran zweifeln lassen, daß eine Schlacht bevorstand. Und er wußte, daß inzwischen die meisten stolzen Schiffe, die er vor Anker gesehen hatte, ausgelaufen waren, um nach Rodneys Plan Graf de Grasse zu finden und zu stellen.

Bolitho fuhr abwesend fort: »Eine Kette von Schiffen riegelt die Karibische See ab. Eine Meldung, daß der Feind gesichtet ist, und die Jagd beginnt.« In seiner Stimme lag keinerlei Erregung. »Unglücklicherweise liegt Martinique hundert Meilen südlich von unserem Patrouillengebiet, Mr. Herrick. Und dort ist de Grasse mit der Hauptmasse seiner Schiffe. Er wartet nur den rechten Augenblick ab, um nach Jamaika vorzustoßen.« Er drehte sich zu Herrick um. »Wenn Rodneys Fregatten melden, daß die Franzosen ausgelaufen sind, wird ihn unsere Flotte angreifen.« Er zog die Schultern hoch, eine halb ärgerliche, halb verzweifelte Geste. »Wir aber werden dabei so nutzlos sein wie ein Wegweiser in der Wüste.«

»Aber die Franzosen können auch hier entlangkommen, Sir.« Herrick spürte, wie Bolithos Verbitterung seine eigene Zuversicht beeinträchtigte. Während er sprach, ging ihm der Grund für Bolithos Geringschätzung der *Cassius* auf. Rodney hatte Admiral Napiers kleinem Geschwader die unwesentlichste Aufgabe bei diesem umfassenden Plan zugeteilt.

»Ja, man hat schon Wunder erlebt, Mr. Herrick«, sagte Bolitho. »Aber nicht in unseren Tagen.«

»Verstehe, Sir.« Herrick wußte nicht, was er darauf antworten sollte.

Bolitho betrachtete ihn ernst und klopfte ihm dann auf den Arm. »Mr. Herrick, ich bin heute morgen kein guter Gesprächspartner.« Er zuckte zusammen und fuhr sich über die Seite. »Ich bin dankbar, daß die Kugel nichts Lebenswichtiges getroffen hat, aber ich würde nichts vermissen, wenn ich nicht dauernd daran erinnert würde.«

»Sie sollten sich mehr Ruhe gönnen, Sir.«

»Es fällt mir schwer, stillzusitzen, Mr. Herrick.« Bolitho legte die Hand über die Augen und musterte die Segel. »So viel geschieht im

Augenblick.« Er begann auf und ab zu gehen, Herrick fiel in den gleichen Schritt, um neben ihm zu bleiben. »De Grasse verläßt seine Schlupflöcher, ganz bestimmt.« Er sprach im Takt seiner schnellen Schritte. »Sie haben den plötzlich ausbrechenden Sturm erlebt, der Ihnen die Chance schenkte, die *Andiron* zu bestreichen. Eine Seltenheit in dieser Jahreszeit. Doch später . . .«, er lächelte grimmig, während er sich erinnerte, »später im Jahr, August und September, peitscht ein Hurrikan nach dem anderen Westindien. Lassen Sie sich gesagt sein, Mr. Herrick, de Grasse wird bald herauskommen. Er wird sein Glück vor der Hurrikansaison versuchen.«

»Aber welchen Weg wird er nehmen?« fragte Herrick.

»Vielleicht den durch die Martinique-Passage. Aber gleich, welchen Weg er wählt, er wird direkt auf das zentrale Karibien zuhalten. Zwischen ihm und Jamaika liegen tausend Meilen. In einem solchen Bereich kann man eine ganze Flotte aus den Augen verlieren. Wenn wir ihn nicht gleich beim Auslaufen aufspüren, entdecken wir ihn erst wieder, wenn es zu spät ist.«

Herrick nickte. Endlich erfaßte er bis ins Letzte, was der Kapitän meinte. »Er hat Truppen und Kanonen. Er kann jedes Gebiet besetzen, das er haben möchte.«

»Genau das. Die Männer und Magazine, mit denen wir auf Mola zu tun hatten, waren nur ein winziger Teil seiner militärischen Stärke. Er hatte gehofft, ungehindert nach Jamaika zu segeln. Jetzt weiß er, daß wir auf der Lauer liegen. Das wird seine Eile noch beschleunigen.« Er blieb stehen und starrte auf den leeren Horizont. »Wenn wir es nur wüßten . . . Wenn wir nur lossegeln und es selber herausfinden dürften.« Doch dann merkte er, daß er sich gehen ließ, und sagte kurz: »Kehren Sie auf Ihren Posten zurück, Mr. Herrick. Ich möchte noch weiter darüber nachdenken.«

Herrick ging an die Reling zurück, und während die Sonne auf die zundertrockenen Decks herabglühte, sah er Bolithos Schatten ständig hin und her und auf und ab wandern. – In seinen Fähnrichstagen hatte Herrick oft davon geträumt, daß er einmal den Rang eines Leutnants erreichen würde. Langsam war er dann befördert worden und hatte seine Beförderungen an der Fähigkeit oder Unfähigkeit seiner Vorgesetzten gemessen. Und die ganze Zeit über hatte er die Vorstellung gehegt, daß man ihm eines Tages ein eigenes Kommando übertragen würde. Doch während er jetzt Bolithos ruhelosen Schatten beobachtete und sich die nagenden Gedanken ausmalte, die ihm Gesellschaft leisteten, war er sich seines Wunsches nicht mehr ganz so sicher.

Der Vormittag war halb vorbei, als die Pfeifen »Rührt euch!« trillerten. Mehr oder minder erleichtert warfen sich die Matrosen der *Phalarope* in die Schattenflecke, um die kurze Pause so ausgiebig wie möglich zu genießen.

John Allday blieb an seinem Arbeitsplatz. Er hatte die Beine über dem Backborddavit gespreizt. Der Klüver schützte seinen gebräunten Körper vor der stechenden Sonne. Auf dem vordersten Teil des Schiffes hatte er den einen der großen Anker abgekratzt, und während er nun behaglich über der kleinen Bugwelle hockte, stemmte er einen Fuß auf das starke Querstück des Ankers und fühlte dessen Wärme an der nackten Fußsohle. Ihm im Rücken räkelten sich die anderen Leute des Arbeitskommandos. Rauch wirbelte aus langen Pfeifen und färbte die Luft über den Köpfen.

Old Ben Strachan griff nach einem neuen Tau und prüfte das Auge, das einer der Schiffsjungen eben gespleißt hatte. »Nicht schlecht, Junge, gar nicht schlecht.« Er saugte geräuschvoll an seiner Pfeife und ließ den Blick über das Deck der *Phalarope* gleiten. »Ist das der Kapitän, der da auf und ab wandert?«

Pochin, den Kopf auf den kräftigen Armen, murmelte: »Wer sonst? Muß verrückt sein, oben in der Hitze zu bleiben, wenn er unten in seiner Kajüte sein kann.«

Allday ließ ein Bein baumeln und sah nachdenklich in das klare Wasser hinab. Pochin machte sich noch immer Sorgen über Onslows Äußerungen im Kutter. Er war gereizt, weil er sich schuldig fühlte. Schon allein die Tatsache, daß er dem Gerede zugehört hatte, konnte ausreichen, als Verschwörer bezeichnet zu werden. Allday drehte sich ein wenig herum und bemerkte, daß ihn Herrick vom Achterdeck her beobachtete. Der Leutnant nickte ihm flüchtig zu, ehe er sich wieder seinen eigenen Gedanken widmete, und Allday entsann sich plötzlich jenes Augenblicks auf der abbröckelnden Klippe, als er Herrick vor dem Sturz in die Tiefe bewahrt hatte. Obwohl er sich ursprünglich vorgenommen hatte, bei den internen Auseinandersetzungen auf der *Phalarope* keine Stellung zu beziehen und sich jeder Parteinahme zu enthalten, wurde ihm langsam klar, daß solches Beiseitestehen nicht nur unmöglich, sondern sogar gefährlich war. Allday mochte Herrick, und er erkannte auch, worum es dem Dritten ging, der sich stets die Klagen seiner Untergebenen anhörte und nie vorschnell Strafen erteilte. Aber Herrick war trotzdem kein Narr.

Allday sah, daß der Kapitän noch immer an der Luvreling hin und her ging, ohne Rock, das Hemd bis zur Brust aufgeknöpft, sein dunkles Haar im Nacken zusammengebunden. Der Kapitän war schwerer zu durchschauen, doch es beruhigte Allday, ihn wieder am gewohnten Platz zu sehen. Allday kannte das Ansehen der Familie Bolitho wahrscheinlich besser als alle anderen. In Falmouth hatte er gehört, was man in den Kneipen über die Bolithos redete. Ja, er kannte sogar das Elternhaus des Kapitäns. Merkwürdig, sich vorzustellen, daß der Bruder auf der anderen Seite kämpfte. Man sagte, daß Bolithos Bruder aus der Navy desertiert sei. Ein Verbrechen, für das es nur eine Strafe gab: die Schlinge um den Hals.

Allday fuhr aus seinen Gedanken auf, denn Ferguson kam vom Hauptdeck herauf. Er wirkte befangen. Durch seine sauberen Sachen stach er auffällig von den müden und verschwitzten Matrosen ab, die seine Gefährten gewesen waren. Ferguson rutschte einen Moment nervös hin und her, ehe er sagte: »Glaubst du, daß es wieder zu Kämpfen kommt?«

Pochin wandte ihm den Kopf zu und knurrte: »Du solltest es wissen. Du sitzt doch an der Quelle!«

Allday griente. »Achte nicht auf Nick.« Leiser setzte er hinzu: »Hat sich Onslow wieder an dich herangemacht?« Er sah, daß Fergusons blasse Augen zuckten.

»Nicht sehr. Er verbringt bloß manchmal seine Freiwache mit mir.«

»Nun, ich habe dich gewarnt, Bryan.« Allday sah ihn fest an. »Ich habe mit keiner Seele an Bord darüber gesprochen, aber ich bin überzeugt, daß er eine Menge mit Mathias' Tod zu tun hat.« Da Ferguson ungläubig das Gesicht verzog, fügte er scharf hinzu: »Ich bin mir dessen sogar sicher.«

»Warum sollte er es getan haben?« Ferguson versuchte zu lächeln, aber sein Mund blieb schlaff.

»Er taugt nichts. Er kennt nur sich.« Seine Hand glitt über den geschnitzten Ankerbalken. »Ich hab schon früher ein paar von seiner Sorte getroffen, Bryan. Sie sind gefährlich wie Wölfe.«

»Er wird keine Unruhe anzetteln«, sagte Ferguson. »Das wagt er nicht.«

»Nein? Und warum fragte er dich dann wegen der Kajüte aus? Er wartet bloß seine Zeit ab. Solche Brüder haben große Ausdauer.«

»Der Kapitän will keine Unruhe.« Fergusons hastige Handbewegungen verrieten, wie nervös er war. »Er hat Mr. Vibart gesagt, daß er sich gut um die Männer kümmern soll, und wie er sie behandelt sehen will.«

Allday seufzte. »Da hast du es. Du erzählst sogar mir, was du gehört hast. Wenn du nicht aufgeknüpft werden willst, dann behalte lieber für dich, was du weißt.«

Ferguson starrte ihn an. »Das brauchst du mir nicht zu sagen.« Er kniff verärgert den Mund zusammen. »Du bist genau wie die anderen. Du beneidest mich um meinen Posten.«

Allday wandte sich ab. »Mach, was du willst.« Er wartete, bis er Ferguson fortgehen hörte. Dann drehte er sich um, gerade als Onslow vom Großmast aus Ferguson in den Weg trat, grinste und ihm auf die Schulter klopfte.

»Was meinst du?« brach Pochins harte Stimme in seine Gedanken, »meinst du, daß Onslow richtig handelt?« Es klang beunruhigt. »Wenn es noch Unruhe auf diesem Schiff gibt, sind wir alle mit drin und müssen Farbe bekennen.«

»Du wärst schön dumm, wenn du auf so einen hören würdest.« Allday versuchte, seinen Worten Gewicht zu verleihen. »Außerdem wird der Kapitän sowieso kurzen Prozeß mit ihm machen, wenn er etwas versuchen sollte.«

»Vielleicht.« Pochin wiegte zweifelnd den Kopf. »Unter einer französischen Breitseite sterben, ist eins, aber ich will mein Leben auch nicht für solche Kerls wie Onslow aufs Spiel setzen.«

Die Pfeifen trillerten, und die Matrosen machten sich wieder an die Arbeit. Allday hob nicht die Augen, als Bootsmann Quintal und Bootsmannsmaat Josling heraufkamen, um die Back zu inspizieren. »Ich habe eben gesehen, daß die alte *Cassius* signalisiert hat, Mr. Quintal«, sagte Josling.

»Aye, wir schwenken gleich in unser Patrouillengebiet ein«, antwortete Quintal mit tiefer Stimme. »Wird sich hinziehen, die Sache. Ich denke, Sie müssen die Leute immer gut beschäftigt halten. Nichts ist der Disziplin so abträglich wie zu viel freie Zeit.« Das Übrige konnte Allday nicht verstehen, weil die beiden zum Bugspriet gingen. Aber er hatte genug gehört.

Die *Phalarope* würde also wieder allein sein, außerhalb der Sicht des Flaggschiffs. Der Bootsmann hatte recht. Die Hitze und die Eintönigkeit einer Patrouillenfahrt konnten gut und gern den Boden schaffen, auf dem Onslow Unruhe säen würde, wenn er Gelegenheit dazu fand. Er schielte auf seine stummen Gefährten, jeder war anscheinend in seine Arbeit vertieft, und doch dachte jeder bestimmt an den grünen Streifen Land, den sie vor kurzem hinter sich gelassen hatten. Kein Matrose hatte den Fuß an Land gesetzt. Einige waren seit Jahren nicht von Deck gekommen. Es überraschte kaum, wenn Leute wie Onslow eine willige Zuhörerschaft fanden.

Allday legte die Hand über die Augen und blickte zur Kimm. Der Zweidecker kam ihm schon kleiner vor. Der Rumpf der *Cassius* verschwamm im Hitzedunst, der sich unter dem klaren Himmel ausbreitete. Ihre Segel hatten sich zu einer einzigen leuchtenden Pyramide zusammengeschoben, und während er hinüberblickte, sank sie immer tiefer unter den glitzernden Horizont. Noch eine Stunde, und die *Cassius* würde völlig verschwunden sein. Und danach, überlegte Allday nüchtern, konnte man niemandem mehr trauen.

Tief unter der Back, auf der Allday gedankenverloren saß, lag das Kabelgatt der *Phalarope*. Im Hafen war es ein geräumiger, leerer Raum, doch jetzt, während die Fregatte lautlos über das ruhige Wasser glitt, füllten es die dicken Ankertrossen bis zu den Decksbalken. Ducht auf Ducht türmten sich die schweren, vom Salz hart gewordenen Trossen, und ihr Geruch vermischte sich mit dem sauren Gestank der Bilge und den Gerüchen nach Teer und Hanf. Starke, senkrechte Ständer beiderseits der geschwungenen Bordwand hielten das Kabelgut von den Spanten ab, damit man jederzeit an die Außenhaut herankonnte. Diese Zimmermannsgänge, wie sie genannt wurden, liefen unterhalb der Wasserlinie um den gesamten Rumpf, damit die Außenhaut inspiziert und notfalls während eines Gefechts ausgebessert werden konnte. Sie waren kaum breiter als ein Mensch und gewöhnlich völlig finster. Doch jetzt, während die Bugwelle träge um die Planken platschte und Ratten auf ihrer endlosen Futtersuche hin und her huschten, fiel aus einer kleinen, abgeblendeten Laterne ein gespenstisches Licht auf die aufgetürmten Kabel. Verschwommen wurde es auf die Gesichter der Männer zurückgeworfen, die sich in dem schmalen Gang drängten.

Onslow hob die Laterne höher und musterte die wartenden Matrosen. Er brauchte sie nur zu zählen, um sicherzugehen, daß sich niemand eingeschlichen hatte. Er kannte jedes Gesicht, jeden Namen. »Wir müssen schnell machen, Jungs. Sie vermissen uns, wenn wir zu lange weg sind.«

»Gebt acht, was er sagt«, ertönte wie ein Echo Pooks Stimme.

Onslows Zähne schimmerten in der Dunkelheit. Seine Beine zitterten vor Aufregung, als hätte er auf leeren Magen Rum getrunken. »Wir drehen von den anderen Schiffen ab. Ich glaube, es ist bald soweit. Dauert nicht mehr lange, bis wir unseren Plan ausführen können.« Er hörte Beifallsgemurmel und grinste noch stärker. Daß er *unseren* Plan statt *meinen* Plan sagte, trieb die Männer an wie ein Peitschenhieb. »Nach dem, was mir Ferguson gesagt hat, will Bolitho nach Süden halten. Die *Phalarope* steht am Ende der Patrouillenkette. Also kann uns kein anderes Schiff in die Quere kommen.«

Aus der Dunkelheit fragte eine Stimme: »Aber wie sollen wir paar Leute das Schiff nehmen und . . .« Pook stieß ihm in die Rippen, und der Mann ließ den Satz aufstöhnend fallen.

»Das überlaßt mir«, sagte Onslow ruhig. »Ich sage euch, wie und wann.« Sein Blick glitt über die Reihe geduckter, dunkler Gestalten: alle, die mit ihm von der *Cassius* gekommen waren, und einige von der *Phalarope* dazu. Es waren mehr, als er je zu hoffen gewagt hätte. »Wir müssen zuerst mit den verdammten Seesoldaten fertig werden. Ohne ihre roten Röcke auf dem Achterdeck geht alles ganz leicht.«

»Und was ist mit Allday und solchen Brüdern?« fragte Pook.

»Ach ja«, lächelte Onslow hämisch, »Master John Allday.«

»Die anderen hören auf ihn«, sagte Pook düster.

»Aber wenn ihm was zustößt, kriegen wir noch ein paar mehr auf unsere Seite, wie?« In Gedanken war Onslow seinen Worten schon voraus.

Alle erstarrten, als über ihnen schwere Tritte ertönten. Nachdem sie sich entfernt hatten, fuhr Onslow fort: »Ich glaube, Allday ahnt, was mit Mathias geschah. Er ist zu gewitzt, um am Leben bleiben zu dürfen.« Er packte Pook beim Arm. »Am besten, wir machen einen Märtyrer aus ihm, wie?« Er lachte hohl. »Wir können gar nichts Klügeres tun.«

Wieder ließ sich die unsichere Stimme hören. »Sie werden uns niedermachen, ehe wir auch nur einen Finger rühren können.«

»*Ich* werde dich niedermachen, du Esel!« Onslow verlor für einige Sekunden seine gute Laune. Dann sagte er ruhiger: »Also, jetzt hört mal alle gut zu. Wir müssen noch ein bißchen warten, um unter den anderen noch mehr Unruhe zu stiften. Sobald die Zeit reif ist, sage ich euch, wie wir vorgehen. Dieser Idiot von Ferguson hält das Logbuch des Kapitäns für mich im Auge, damit ich weiß, wo wir sind. Wenn wir ein bißchen näher an irgendeiner Insel sind, ist es dann soweit.« Er schnippte mit den Fingern. »Habt ihr die Waffen, die wir von der Insel Mola mitgebracht haben, gut verstaut?«

Pook nickte. »Die entdeckt keiner.«

»Gut. Dann geht jetzt zurück an eure Arbeit. Und seht zu, daß ihr nicht auffallt. Ihr seid sowieso alle gezeichnete Leute, also gebt den Schweinen keine Chance, euch festzunageln.«

Er verfolgte, wie sie aus dem trüben Lichtkreis in die Finsternis krochen, und verspürte Zufriedenheit. Wie er diesen armen Schafen gesagt hatte, war es nur noch eine Frage der Zeit.

XIV   Blut und Wasser

Tobias Ellice, der Arzt der *Phalarope,* richtete sich keuchend auf und warf den schweißfleckigen Verband zum Heckfenster hinaus. »In Ordnung, Sir. Sie können jetzt aufstehen, wenn Sie wollen.« Er trat zurück, als Bolitho die Beine über die Seite schwang und auf die Füße kam.

Ellice wischte sich das nasse Gesicht ab und betrachtete die rohe Narbe, die über Bolithos Rippen lief. »Kein schlechtes Stück Arbeit, wenn ich das selber sagen darf.« Er glänzte vor Schweiß und fuhr sich mit der Zunge über die Lippen. »Und eine Arbeit, die durstig macht, ohne Frage.«

Bolitho berührte die Narbe mit den Fingerspitzen. Er stand vor dem offenen Fenster, und das bißchen frische Luft spielte über seine nackte Haut. Schön, daß er den Verband los war! Er hatte ihn ständig an die *Andiron* und das, was davor lag, erinnert. Aber er wollte die Vergangenheit ruhen lassen. Die Gegenwart brachte Ärgernisse genug, mit denen er fertig werden mußte.

Vor vierzehn Tagen hatten sie mit dem Geschwader in Antigua abgelegt, und fast jeder Tag war wie der heutige gewesen. Kaum ein Wind, der den Namen Brise verdient, ein bißchen Kühlung gebracht oder gar die hungrigen Segel gefüllt hätte. Dafür die ganze Zeit eine glühende Sonne, die selbst den Himmel auszubleichen schien. Die Nächte brachten wenig Erleichterung. Die Luft in den Zwischendecks blieb feucht und stickig, und die ermatteten Matrosen wurden an den Rand der Verzweiflung getrieben, weil sie in einem fort an die Brassen gepfiffen und dann wieder weggeschickt wurden, weil der Wind sich gelegt hatte, ehe ein einziges Segel bedient werden konnte.

Genug, um das standhafteste Herz zu brechen, dachte Bolitho. Dazu kam die Tatsache, daß sie kein einziges Segel gesichtet und nichts von den Ereignissen jenseits des fernen Horizonts erfahren hatten. Er mußte alle Kraft zusammennehmen, um die eigene Ungeduld zurückzudrängen.

»Was machen die Männer?« Er griff nach einem sauberen Hemd, zog dann aber die Hand zurück. Das alte mußte reichen. Was hatte es für einen Sinn, seinen Diener damit zu plagen, mehr als unbedingt notwendig zu waschen?

Ellice zuckte mit den Schultern. »Fröhlich sind sie gerade nicht, Sir. Es ist schon schlimm genug, auch ohne daß sie die ganze Zeit über nach einem Schluck Wasser lechzen.«

»Wasser ist kostbar, Mr. Ellice.« Die Ration hatte jetzt auf eine Pinte pro Kopf und Tag herabgesetzt werden müssen, was beileibe nicht ausreichte. Aber wer wußte schon, wie lange diese Patrouille dauern würde? Er hatte die Tagesration an *Miss Taylor,* wie der herbe Weißwein aus dem Versorgungsdepot genannt wurde, heraufgesetzt, aber das schaffte nur zeitweilige Abhilfe. In wenigen Stunden waren die Leute genauso durstig wie vorher. »Ich muß so viel frisches Obst ausgeben lassen wie möglich«, murmelte er vor sich hin. »Die einzige Möglichkeit, Krankheiten vorzubeugen.«

Sonderbar, welch ein Geschrei und welche Debatten es in Antigua gegeben hatte, als er auf einer vollen Ladung Obst für seine Mannschaft bestand. Vielleicht hatte der Admiral darauf angespielt, als er sagte: ›Sie sind in vieler Hinsicht ein Idealist!‹ Doch seinem auf die Praxis gerichteten Geist kam es nur vernünftig vor. Obwohl er das Obst aus eigener Tasche bezahlt hatte, war das eine bessere Anlage als die Methode, sich bei den Männern sonstwie beliebt zu machen. Ein tüchtiger und gesunder Matrose war weitaus mehr wert als ein Korb Früchte. Doch das war ja nicht alles. Die Erkrankten wurden von ihren Gefährten gepflegt, und auch deren Arbeit mußte dann wieder von anderen mitgemacht werden. Und so ging es weiter. Doch gab es noch immer viele Kapitäne, die als Maßstab ihrer Erfolge nur die Höhe der Prisengelder kannten. Er schob das Hemd in die Hose und sagte: »Trinken Sie einen Schluck, wenn Sie wollen, Mr. Ellice.« Er sah nicht hin, als der dicke Mann schnell zum Wandschrank watschelte und sich eine gehörige Portion Brandy einschenkte.

Ellices Hand zitterte, als er sich einen zweiten Drink eingoß und hinunterstürzte. Dann murmelte er: »Vielen Dank, Sir. Der erste heute.«

Bolitho blickte auf das sich kaum bewegende Kielwasser. Die Sonne stand hoch am Himmel. Wahrscheinlich hatte Ellice sich schon eine anständige Portion aus seinem Privatvorrat zu Gemüte geführt. »Sie sind in Antigua gar nicht an Land gegangen, Mr. Ellice? Sie hätten nur zu fragen brauchen.«

Ellice fuhr mit der Zunge über die Lippen, und seine Augen glitten über die Karaffe. »Ich gehe nie mehr an Land, Sir. Aber vielen Dank. Anfänglich bin ich jedesmal wie ein liebeskrankes Mädchen im Gras spazierengegangen und habe dann geweint, wenn die Küste wieder hinter der Kimm versank.« Er sah, daß Bolitho zur Karaffe nickte, und goß sich schnell noch einen Drink ein. »Jetzt schaue ich kaum hoch, wenn das Schiff ausläuft.« Er schüttelte den Kopf. »Außerdem habe ich sowieso alles gesehen.«

Es klopfte. Ehe Bolitho ›herein‹ rufen konnte, wurde die Tür aufgestoßen, und Leutnant Vibart stampfte in die Kajüte. Er sah überanstrengt und wütend aus und platzte sofort mit seiner Nachricht heraus. »Ich muß melden, daß wir kaum noch Frischwasser haben, Sir.«

Bolitho musterte ihn einige Sekunden. »Was sagen Sie?«

Vibarts Blicke flogen durch die Kajüte. »Ich habe den Küfer draußen. Es dürfte Zeit sparen, wenn er Ihnen selber Meldung erstattet.«

Bolitho ignorierte Vibarts ungebührliches Benehmen. »Holen Sie ihn herein.« Er war froh, daß er mit dem Rücken zum Heckfenster stand, so daß sein Gesicht im Schatten lag. Alles schien sich gegen ihn zu verschwören und ihn zu verhöhnen. Eben hatte er die vorrangige Sorge offen mit Ellice diskutiert, da loderte sie auch schon wie ein Feuerbrand auf.

Mr. Trevenen, der Küfer der *Phalarope*, war ein zwergenhafter, für seine extrem schwachen Augen bekannter Unteroffizier. Er hatte zu lange Jahre in zu vielen dunklen Laderäumen zugebracht. Jetzt war er halb blind wie ein Nachtgeschöpf. Während er unter Bolithos festem Blick unruhig blinzelnd von einem Fuß auf den anderen trat, wirkte er klein und wehrlos.

Bolitho unterdrückte das Mitleid, das er bei den seltenen Begegnungen mit dem Küfer stets empfand. »Nun, heraus damit, Mann! Was, zum Teufel, haben Sie entdeckt?«

Trevenen schluckte. »Ich habe meine Runden gemacht, Sir. Ich mache sie immer donnerstags, ja. Wenn man nach einem System inspiziert, kann man —«

»Sagen Sie es ihm, Sie alter Narr!« bellte Vibart.

»Zwei Drittel meiner Fässer enthalten plötzlich brackiges Salzwasser, Sir«, sagte er leise und sah zu Boden. »Ich verstehe es nicht.

So lange ich auch schon zur See fahre, so etwas habe ich noch nicht erlebt.«

»Halten Sie Ihr Maul, verdammt!« Vibart sah aus, als wollte er auf den zerknirschten Küfer losgehen. »Gestehen Sie, daß Ihnen in Antigua ein Irrtum unterlaufen ist. Sie sind so verflucht blind, daß Sie den Unterschied nicht gemerkt haben. Wenn es nach mir ginge, würde ich . . .«

Um Zeit zu gewinnen und sich von dem Schock zu erholen, sprach Bolitho sehr langsam. »Bitte, Mr. Vibart! Ich denke, ich kann die Bedeutung dieser Meldung auch so ermessen.« Er wandte sich wieder Trevenen zu. »Sind Sie sich Ihrer Feststellung völlig sicher?«

Der Küfer nickte heftig. »Kein Irrtum möglich, Sir.« Er sah den Kapitän an. Sein Gesicht schien bloß aus den blassen Augen zu bestehen. »In all den Jahren, die ich —«

»Ich weiß, Mr. Trevenen, Sie haben es uns gerade gesagt.« Und dann scharf: »Sehen Sie gleich mal selbst nach den Fässern, Mr. Vibart. Trennen Sie die mit Frischwasser von den anderen. Und lassen Sie das Salzwasser wegschütten und die Fässer reinigen.« Er ging zum Tisch und beugte sich mit gerunzelter Stirn über die Karte. »Wir sind hier.« Er tippte mit dem schweren Zirkel auf die Karte. »Etwa fünfzig Meilen südwestlich von Guadeloupe.« Er langte nach dem Lineal und schob es über das dicke Pergament. »Südlich von uns liegen einige kleine Inseln. Sie sind unbewohnt und werden von niemandem genutzt, es sei denn, um unbotmäßige Matrosen auszusetzen.« Er zeichnete ein kleines Kreuz auf die Karte. »Lassen Sie alle Mann an Deck pfeifen, Mr. Vibart, und bereiten Sie alles zum Halsen vor. So gering die augenblickliche Brise auch ist, für unseren Zweck reicht sie.« Dann sah er Trevenen an. »Was auch der Grund für den Verlust sein mag, wir brauchen Wasser, und zwar schnell. Also bereiten Sie mit Ihrem Kommando alles vor, um einen Vorrat Frischwasser zu übernehmen.« Trevenen blinzelte, als erlebe er ein Wunder. »In zwei Tagen sind wir unter Land, wenn es auffrischt, sogar früher. Ich kenne die Inseln.« Er berührte die Narbe unter dem in die Stirn fallenden dunklen Haar. »Auf einigen gibt es Bäche und Teiche.«

»Aber die Befehle des Admirals, Sir!« sagte Vibart schwer.

»Sollen die Leute vielleicht verdursten, Mr. Vibart?« Bolitho starrte von neuem auf die Karte. »Aber wenn Sie besorgt sind, soll mein Schreiber im heutigen Patrouillenbericht eine Eintragung vornehmen.« Er lächelte verzerrt. »Sollte mir wieder etwas zustoßen, sind Sie dadurch gegenüber Sir Roberts Zorn gedeckt.«

Ellice sagte gedankenverloren: »Ich habe das schon erlebt. Zwei Leute liefen vor Durst Amok.«

»Na, Ihnen kann das jedenfalls nicht passieren, denke ich«, sagte Vibart bissig.

Bolitho mußte trotz seiner Sorgen lächeln. »Machen Sie weiter, Mr. Vibart. Lassen Sie die Leute auf ihren Stationen antreten. Ich komme gleich hinauf.« Er wartete, bis die Tür geschlossen war, ehe er zu Ellice sagte: »Das haben Sie herausgefordert, Mr. Ellice.«

Der Wundarzt blieb völlig gelassen. »Mit allem schuldigen Respekt vor dem Ersten Leutnant, Sir, aber er ist zu lange auf einem Sklavenschiff gefahren, wenn Sie mich fragen. Menschen betrachtet er bloß als eine verdammte Extraladung.«

»Das reicht, Mr. Ellice.« Bolithos Blick fiel auf die Karaffe. Während seiner Unterredung mit Trevenen hatte sich ihr Inhalt wie durch Zauberei verflüchtigt. »Meiner Meinung nach sollten Sie mal ums Hauptdeck spazieren.«

Ellice sah ihn unsicher an. Dann grinste er. »Aye, Sir. Das werde ich. Macht mir Appetit.« Er ging gemächlich davon, sein schäbiger Rock hing an ihm wie ein Sack. Regen oder schönes Wetter, Sonne oder tobender Sturm – Ellice war immer gleich angezogen. Einige meinten, er schliefe sogar in seinen Sachen.

Bolitho dachte nicht mehr an ihn, als die Pfeifen schrillten. Nackte Füße klatschten über die Decks, als die Männer zum Halsen auf ihre Stationen rannten.

Vor einer Stunde war die *Phalarope* über Stag gegangen, und ihre Segel hingen platt und lustlos in der gnadenlosen Glut. Doch trotz der äußeren Stille war die Brise kräftig genug, so daß sich unter der vergoldeten Galionsfigur eine kleine Bugwelle bildete. Und am Flaggenkopf des Großmasts flatterte der Wimpel, als verbrauche er allen Wind für sich allein.

Leutnant Herrick ging über das Hauptdeck langsam nach achtern. Seine Augen wanderten von der einen Schiffsseite zur anderen und beobachteten die Männer, die an den Brassen und Tauen zerrten, bis die Leinwand endlich steif stand. Er wußte, daß sie über das verunreinigte Wasser und anderes sprachen, aber selbst die sonst freundlich gesinnten Leute verstummten, wenn er an ihnen vorüberkam. Zwei Wochen Hitze und dumpfe Unbehaglichkeit nagten jetzt an ihren Nerven. Niemand klagte oder murrte. Das war das Schlimmste dabei. Er blieb stehen, denn Fähnrich Maynard tauchte plötzlich unterhalb des Achterdecks auf und stützte sich schwer auf einen Zwölf-pfünder. Unter der Bräune war er so bleich wie der Tod, und seine Beine zitterten, als wäre er nahe am Zusammenbrechen.

Herrick trat an ihn heran. »Was ist los? Sind Sie krank?«

Maynard sah ihn mit vor Angst fast glasigen Augen an. Erst konnte er kaum sprechen, dann strömten ihm die Worte wie eine Flut über die trockenen Lippen.

»Ich komme gerade von unten, Sir, sollte Mr. Evans vom Orlop-deck heraufholen.« Er schluckte schwer und versuchte, zusammen-hängend zu sprechen. »Ich habe ihn in seiner Kajüte gefunden, Sir.« Er würgte und taumelte.

Herrick packte ihn beim Arm und flüsterte wild: »Weiter, Junge. Was ist los, zum Teufel?«

»Gott!« würgte Maynard hervor. »Mein Gott, Sir! Man hat ihn zerfleischt.« Erleichtert gab er den Alptraum seiner Entdeckung weiter, und indem er Herrick anstierte, wiederholte er schwach: »Zerfleischt!«

»Sprechen Sie leise!« Herrick rang nach Fassung. Dann rief er in ruhigerem Ton: »Mr. Quintal! Bringen Sie Mr. Maynard nach ach-tern, und geben Sie acht, daß er nicht allein bleibt.«

Der Bootsmann, der gerade einem Matrosen einen Verweis ertei-len wollte, blickte von einem zum anderen. Er hob die Hand und sagte verdrossen: »Aye, aye, Sir.« Dann fragte er: »Ist etwas, Sir?«

Herrick sah Quintal in das breite, zuverlässige Gesicht und ant-wortete tonlos: »Sieht so aus, als ob der Zahlmeister tot ist, Mr. Quintal.« In den Augen des anderen zuckte Schrecken auf, und Her-rick setzte hinzu: »Lassen Sie sich nichts anmerken. Das Schiff gleicht schon so einem Pulverfaß.« Er beobachtete, wie der Boots-mann den jungen Fähnrich in den Schatten des Achterdecks brachte, und blickte sich dann schnell um. Alles sah genauso aus wie vor zwei Minuten. Leutnant Okes hatte die Wache. Er stand an der Quer-reling und sah zu den Marssegeln hinauf. Weiter achtern sprach der Kapitän mit Vibart und Rennie, und die beiden Rudergänger stan-den am Rad, als wären sie seit Anbeginn der Zeiten auf ihrem Po-sten.

Herrick schritt langsam zur unteren Luke. Er zwang sich, ganz ru-hig zu gehen, aber das Herz schlug ihm bis zum Hals. Da alle Leute beim Segeltrimmen waren, wirkte das Unterdeck leer und merkwür-dig fremd. Ein paar Laternen schaukelten an ihren Haken, und als er die zweite und letzte Leiter hinabstieg, spürte er eine Atmosphäre von Drohung und Gefahr. Doch auch sie bereitete ihn nicht auf den Anblick in der winzigen Kajüte des Zahlmeisters vor.

Tief im Rumpf des Schiffes machte sich die Stille noch lastender bemerkbar, und die einsame Laterne warf von den niedrigen Decksbalken ihren begrenzten Lichtkreis auf eine Szene, bei deren Anblick sich Herricks Haare sträubten. Offenbar hatte Zahlmeister Evans gerade einen Sack Mehl für seinen Privatbedarf aussondern wollen, als der Mörder zustach. Evans lag mit weit von sich gestreckten Beinen über dem aufrechtstehenden Sack. Das Licht der Laterne fiel auf die hellen Augen und den dunklen Blutstrom, der aus der durchschnittenen Kehle sickerte und in dem verstreuten Mehl gerann. Auch sonst war überall Blut, und als Herrick auf die Leiche starrte, sah er, daß der Körper bestialisch zugerichtet worden war. Er lehnte sich an die Tür und fuhr sich mit der Hand über das Gesicht. Die Handfläche war kalt und feucht, und er dachte an den Schreck, den der furchtbare Anblick Maynard eingejagt haben mußte. Niemand hätte ihn tadeln können, wenn er schreiend auf das Oberdeck gestürzt wäre.

»Mein Gott!« Herricks Stimme hallte in der Dämmerung wider. Er hätte beinahe aufgeschrien, als er hinter sich die Leiter knacken hörte, und griff nach der Pistole. Doch da erkannte er Hauptmann Rennie, dessen roter Rock wie eine Spiegelung des Blutes wirkte.

Rennie zwängte sich an ihm vorbei und betrachtete die Leiche. »Ich werde zwei meiner verläßlichsten Leute als Wache herkommandieren«, sagte er. »Bis zur Untersuchung muß die Kajüte versiegelt werden.« Er sah Herrick fragend an. »Sie wissen, was das bedeutet, nicht wahr?«

Herrick nickte. »Ja.« Er riß sich zusammen. »Ich werde es jetzt dem Kapitän melden.«

Während er die Leiter hinaufkletterte, rief ihm Rennie hinterher: »Seien Sie vorsichtig, Thomas. Einen Schuldigen, der Ihr Gesicht beobachtet, muß es mindestens geben.«

Herrick blickte zurück zur Kajütentür und versuchte, sich ein Bild von dem ermordeten Zahlmeister zu machen. »Ich glaube, ich habe so etwas fast erwartet.« Er biß sich auf die Lippen. »Aber wenn es dann geschieht, versetzt es einem doch einen Schock.«

Rennie sah ihm nach und stieg dann vorsichtig über die Leiche hinweg. Ohne Rücksicht auf seine auf Hochglanz geputzten Stiefel durchsuchte er methodisch die verstreute Hinterlassenschaft des Zahlmeisters.

Mit steinernem Gesicht ging Herrick über das Achterdeck zur Luvseite, wo sich Bolitho noch immer mit Vibart unterhielt. Er hob die Hand an den Hut und wartete, bis Bolitho sich zu ihm umdrehte.

»Ja, Mr. Herrick?« Das Lächeln auf dem Gesicht des Kapitäns erlosch. »Noch mehr Ärger?«

Herrick sah sich schnell um. »Mr. Evans ist ermordet worden, Sir.« Er sprach so verkrampft und abgehackt, daß er seine eigene Stimme nicht erkannte. »Maynard hat es vor ein paar Minuten entdeckt.« Er fuhr sich mit der Hand über das Gesicht. Es war so eiskalt, als wäre er der Tote.

»Und was haben Sie in der Sache bisher unternommen, Mr. Herrick?« fragte Bolitho. Nichts verriet, was er dachte, seine Züge waren eine teilnahmslose Maske. »Lassen Sie sich Zeit. Berichten Sie.«

Herrick trat näher an die Reling. Seine Blicke lagen auf dem glitzernden Meer. Langsam und tonlos beschrieb er, was von Maynards Auftauchen an Deck bis zur Sekunde der Meldung geschehen war.

Bolitho hörte stumm zu. Vibart wiegte sich im Rhythmus der Schiffsbewegungen, und seine Hände öffneten und schlossen sich vor Wut oder Schreck über Maynards Entdeckung.

»Er war noch nicht lange tot«, sagte Herrick schwer, ehe er seine Meldung mit den Worten des Fähnrichs beendete: »Man hat ihn zerfleischt.«

Hauptmann Rennie kam über das Deck und sagte knapp: »Ich habe Posten vor die Tür gestellt, Sir.« Er sah, daß Bolitho ihm auf die Stiefel blickte, und bückte sich, um einen Fleck von dem sonst spiegelblanken Leder zu wischen, ehe er hinzusetzte: »Ich habe mich gut umgesehen, Sir. Evans' Pistolen fehlen. Wurden höchstwahrscheinlich gestohlen.«

Bolitho blickte ihn grübelnd an. »Ich danke Ihnen, meine Herren. Sie haben genau das Richtige getan.«

»Was habe ich Ihnen gesagt, Sir!« stieß Vibart hervor. »Milde ist bei diesem Abschaum sinnlos. Sie gehorchen bloß einer harten Hand . . .«

»Seine Pistolen, sagen Sie?« fragte Bolitho.

Rennie nickte. »Ja, zwei kleine. Er war sehr stolz auf sie. Mit Goldverzierungen und ziemlich wertvoll; er hatte sie aus Spanien mitgebracht.« Er schwieg, als riefe er sich, wie die anderen auch, den Zahlmeister vor

Augen: einer der bestgehaßten Leute auf dem ganzen Schiff. Man konnte sich gut vorstellen, daß er viele Feinde gehabt hatte.

Proby kam den Niedergang herauf und tippte an seinen Hut. »Darf ich die Freiwache nach unten entlassen, Sir?« Er merkte, daß er störte, und stotterte: »Entschuldigen Sie, Sir.«

»Die Männer bleiben auf ihren Stationen, Mr. Proby«, sagte Bolitho. Alle sahen ihn an. Seine Stimme klang ungewohnt kalt, und in seinen Augen lag eine Härte, die man sonst nicht an ihm kannte. »Postieren Sie Wachen vor jeder Luke!« befahl er Rennie. »Niemand darf nach unten.«

»Jetzt sehen Sie es also auch mit meinen Augen, Sir«, murmelte Vibart.

Bolitho fuhr herum. »Jemand ist schuldig, Mr. Vibart. Aber nicht das ganze Schiff. Ich möchte nicht, daß der Mann durchschlüpft, aber ebensowenig, daß seine Tat allen angekreidet wird.« Danach sagte er ruhiger: »Mr. Herrick, Sie übernehmen mit Mr. Farquhar und dem Bootsmann das Logis. Captain Rennie durchsucht mit seinen Leuten die anderen Unterdecks.« Er sah zu den auf den Decks und den Laufplanken wartenden Seeleuten hinunter. »Mr. Vibart, Sie übernehmen zusammen mit Mr. Brock das Oberdeck. Durchsuchen Sie jedes mögliche Versteck, jeden Kasten, suchen Sie hinter jeder Kanone, und zwar so schnell Sie können.«

Er verfolgte, wie sie den Niedergang hinuntereilten, und richtete seine Aufmerksamkeit dann wieder auf das Hauptdeck. Jedem Matrosen war nun klar, daß irgend etwas los war. Er bemerkte, daß einer seinen Kameraden anstieß, und ein anderer trat furchtsam zurück, als sich Vibart und der Artillerieoffizier durch die alles aufmerksam beobachtenden Männer drängten.

Hatte Vibart vielleicht doch recht? Er verschränkte die Hände auf dem Rücken so fest, daß ihm der Schmerz half, Ordnung in seine durcheinanderwirbelnden Gedanken zu bringen. Nein, das durfte er nicht denken.

Die Minuten schleppten sich hin, und eine wachsende Woge der Furcht zog wie der Rauch eines Schwelbrandes über das Hauptdeck. Die Matrosen am Fuß des Großmastes bildeten eine Gasse, damit Vibart und der Artillerieoffizier hindurchkonnten, und drängten sich dann wieder schutzsuchend zusammen. Pochin rieb sich die teerverschmierten Hände an der Hose ab und starrte Vibart wütend nach. »Was, zum Teufel, ist los?« Er hielt einen vorbeikommenden

Bootsmannsmaat an. »Wissen Sie es, Mr. Josling?«

Josling sah verstohlen zum Achterdeck. »Der Zahlmeister ist tot.«

Unruhe packte die Wartenden. Pochin blickte Allday an, der aufmerksam am Mast lehnte. »Hast du das gehört, Mann?«

Allday nickte und sah dann zu Onslow hinüber. Onslow stand ein wenig abseits. Er wirkte gelassen. Die Arme hingen locker herab. Doch seine harten Blicke und die sich erregt blähenden Nasenflügel verrieten eine tierhafte Wachsamkeit. Allday atmete sehr langsam aus. Er zweifelte nicht im geringsten, wem die Anklage die Hand auf die Schulter legen würde.

Old Strachan murmelte: »Sieht schlimm aus, wie? Ich hab so das Gefühl, daß uns wieder mal was bevorsteht.«

Auf dem Achterdeck wurde es plötzlich lebhaft. Alle blickten sich um, als Hauptmann Rennies Seesoldaten einen Kordon quer über das Deck zogen. Sergeant Garwood richtete die Reihen aus und postierte sich dann neben dem Trommelbuben. Hauptmann Rennie stand gelassen vor seinen Soldaten, eine Hand auf dem Degengriff. Sein Gesicht war ausdruckslos.

Aus dem Mundwinkel krächzte der Sergeant: »Bajonette pflanzt auf!« Die Hände bewegten sich im gleichen Takt, und die Bajonettklingen blitzten vor der vordersten Linie, ehe sie auf die langen Gewehre klickten.

Die Spannung an Deck war fast nicht mehr zu ertragen. Jeder stand und starrte. Niemand sagte etwas oder drehte auch nur eine Sekunde lang den Kopf weg, damit ihm nicht das geringste entging. Hier und da wischte sich einer über die schweißnasse Stirn, und irgendwer begann nervös zu husten.

Allday sah, daß der Kapitän mit Leutnant Herrick und dem Bootsmann sprach und den Kopf schüttelte, ob vor Zorn oder Unglauben, konnte er nicht erkennen.

Vibart merkte, daß er nicht weiterzusuchen brauchte, und drängte sich langsam nach achtern. Seine Hände stießen die schweigenden Matrosen beiseite, und seine Augen waren nur auf die kleine Gruppe hinter den Seesoldaten gerichtet.

Pochin flüsterte: »Jetzt werden wir es gleich wissen.«

Allday blickte wieder zu Onslow hinüber. Eine Sekunde lang spürte er etwas wie Mitleid für ihn. Onslow war schon so lange auf Schiffen eingepfercht gewesen, daß er kein anderes Leben als den unaufhörlichen Kampf der Unterdecks kannte.

Kapitän Bolithos Stimme riß ihn aus seinen Gedanken, und als er nach achtern schaute, sah er ihn an der Querreling stehen. Seine Hände ruhten auf der Steuerbordkarronade, während er auf die versammelte Mannschaft hinunterblickte.

»Die meisten von euch wissen bereits, daß Zahlmeister Evans tot ist. Er wurde vor kurzem in seiner Kajüte grausam ermordet.« Er unterbrach sich, als Herrick einen der Niedergänge hinunterstieg, um dem Ersten Leutnant etwas zu sagen. Dann fuhr Bolitho im gleichen Ton fort: »Jeder bleibt an Ort und Stelle, bis der Schuldige festgenommen worden ist.«

Pochin, dem der Schweiß über das Gesicht strömte, sagte heiser: »Hat der Hoffnungen! Den verdammten Zahlmeister hat doch jeder an Bord gehaßt!« Doch niemand reagierte darauf oder sah ihn an. Alle Augen hafteten an Vibart, der, von Brocks gefolgt, zielstrebig über das Hauptdeck ging.

Selbst das Meer und die Leinwand schienen verstummt, und als Vibart unter der Großrah stehenblieb, hörte Allday das schwere Atmen des Ersten und das Knirschen seiner Brustriemen. Die furchtbare Spannung währte noch einige Sekunden. Dann, während Vibart seine Augen langsam über die Gesichter gleiten ließ, trat Brock vor und hob seinen Stock. »Da ist er, Sir. Das ist der mörderische Schuft.«

Der Stock fuhr im Bogen herunter, und Allday taumelte zurück, von dem Schlag halb betäubt. Die Wochen und Monate versanken. Er war wieder auf der Küstenstraße, und Brock zog ihm mit demselben Stock eins über das Gesicht, während die anderen Mitglieder des Preßkommandos den Vorfall verfolgten. Das Blut rann ihm in die Mundwinkel, und ihm dröhnten die Ohren. Stimmen und Rufe ertönten rings um ihn her, doch er konnte sich weder bewegen noch schützen, als Brock zum zweiten Mal zuschlug und der Stock ihn im Nacken traf. Vibart starrte ihn an. Seine Augen waren unter den Brauen kaum zu sehen, während er verfolgte, wie Brock ihn vom Mast wegriß.

»Er war andauernd mit mir zusammen!« krächzte Old Strachan. »Er kann's nicht getan haben, Mr. Vibart!«

Vibart schien endlich die Sprache wiederzufinden. Aber seine Worte klangen so gepreßt, als bekäme er vor Wut kein Wort heraus. »Maul halten, dämlicher alter Narr!« Er stieß Old Strachan beiseite. »Oder ich nehme Sie auch mit.«

Jetzt, da der erste Schreck vorüber war, drängten einige, von den hinteren geschoben, ein paar Schritte vor. Vom Achterdeck gellte ein Kommando, und die Musketen hoben sich. Sie würden feuern, das Glitzern in Sergeant Garwoods Augen ließ daran keinen Zweifel.

Bolitho stand noch immer an seiner Seite der Reling. Seine Gestalt zeichnete sich dunkel gegen den bleichen Himmel ab. »Bringen Sie den Mann nach achtern, Mr. Vibart.«

Old Strachan stotterte: »Er war dauernd mit mir zusammen, ich schwöre es.«

Brock stieß Allday vor sich her zum Achterdeck und zischte: »War er das, Strachan, tatsächlich? Die ganze Zeit?«

Strachan murmelte verwirrt: »Na, bis vielleicht mal auf eine Minute, Mr. Brock.«

»Um einen Menschen zu töten, braucht man bloß eine Minute«, sagte Brock grob.

Allday versuchte zu sich zu kommen, während er den Niedergang hinauf und an den Seesoldaten vorbei gestoßen wurde. Es kam ihm vor, als wäre er ein anderer, als schaue er selber der grausamen Wirklichkeit dieser Vorgänge zu. Seine Glieder waren taub, und er hatte keine Gewalt über sie. Selbst die Stellen, an denen ihn Brocks Stock getroffen hatte, schmerzten nicht mehr. Er merkte, daß ihn Leutnant Herrick wie einen Fremden ansah. Und Mr. Proby, der Steuermann, sah weg, als könnte er es nicht ertragen, seinen Blicken zu begegnen.

Der Kapitän schien aus dem Nichts aufzutauchen, und als er drei Schritte vor ihm stand, hörte er ihn fragen: »John Allday, haben Sie mir etwas zu sagen?«

Alldays taube Lippen bewegten sich einige Male stumm, ehe er herauswürgte: »Nein, Sir!« In der Tiefe seiner Seele schrie eine Stimme: ›Sag' es ihm! Sag' es ihm!‹ Dann brachte er mühsam heraus: »Ich war es nicht, Sir.«

Er versuchte, den Schatten, der die Züge des Kapitäns verbarg, zu durchdringen. Er sah die Falten um die Mundwinkel, den Schweiß auf der Stirn. Aber es hatte alles keine Realität, war alles Teil ein und desselben Alptraums.

»Kennen Sie die?« fragte Bolitho.

Jemand hielt ihm ein Paar kleine Pistolen unter die Augen. Sie blitzten hell und böse in der Sonne.

Allday schüttelte den Kopf. »Nein, Sir.«

»Oder das?« Bolithos Stimme verriet nichts.

Diesmal war es ein Messer mit abgebrochener Spitze und geronnenem Blut auf dem abgegriffenen Schaft.

Allday stierte das Messer an. »Es ist meins, Sir.« Seine Hand fuhr nach dem Gürtel, die Finger ertasteten die leere Scheide.

»Die Pistolen wurden zwischen Ihren Sachen gefunden«, sagte Bolitho. »Und Ihr Messer lag unter Mr. Evans' Spind.« Er wartete einen Augenblick, um die Worte wirken zu lassen. »Nach dem Kampf blieb es wohl dort liegen.«

Allday schwankte. »Ich habe es nicht getan, Sir.« Die Worte blieben ihm fast in der Kehle stecken. »Warum hätte ich so was tun sollen?«

Wie von weit her hörte er Vibarts rauhe Stimme: »Lassen Sie mich ihn an die Rah hängen, Sir. Es gibt den anderen etwas zum Nachdenken, wenn er da oben zappelt.«

»Ich denke, Sie haben genug gesagt, Mr. Vibart!« entgegnete Bolitho scharf und wandte sich dann Allday zu. »Aufgrund Ihres bisherigen Verhaltens hatte ich große Hoffnung in Sie gesetzt, Allday. Mr. Herrick hat sich bereits für Sie eingesetzt, aber in diesem Fall spricht nichts für Milde.« Und nach kurzer Pause: »Gemäß Absatz I der Kriegsartikel könnte ich Sie unverzüglich hängen lassen. Wie die Dinge liegen, beabsichtige ich jedoch, Sie einem Kriegsgericht zu übergeben, sobald Gelegenheit dazu ist.«

Vom Hauptdeck klang leises Gemurmel herauf, und Allday wußte, daß er in den Augen der anderen bereits eine Leiche war.

Bolitho wandte sich ab. »Legen Sie ihn in Eisen, Mr. Vibart. Aber jede unnötige Brutalität würden Sie vor mir verantworten müssen!«

Allday war völlig betäubt. Er taumelte wie ein Betrunkener, als man ihn nach unten brachte. Tief unterhalb des Hauptdecks lagen zwei kleine Zellen, jede gerade groß genug für einen Mann. Allday sah stumm zu, wie sich die schweren Eisen um seine Hände und Füße legten. Doch erst als die Tür zuschlug und der Riegel vorrasselte und er in totaler Finsternis zurückblieb, packte ihn die tatsächliche Wahrheit mit schrecklichem Würgegriff. Es würde lange dauern, bis die *Phalarope* wieder in einen Hafen einlief und die für ein Kriegsgericht erforderliche Zahl an Offizieren zusammengebracht werden konnte. Aber wer erinnerte sich dann noch oder wen kümmerte es dann, ob er unschuldig war oder nicht? Man würde ihn als warnendes Beispiel benutzen: eine zappelnde, um sich schlagende Marionette, die, begleitet von dumpfem Trommelgerassel, langsam am Seil zur Großrah hinaufgezogen wurde.

Er hämmerte mit den Fäusten gegen die Tür. Der Laut hallte in der Stille des Schiffsrumpfes wider. Er schlug so lange gegen die Tür, bis er fühlte, wie ihm das Blut über die Finger rann, bis er seine Tränen auf den Lippen schmeckte. Dann sackte er erschöpft und keuchend zusammen, und nun herrschte völlige Stille, die tiefe, leere Todesstille eines Grabes.

Leutnant Herrick lehnte mit der Schulter gegen den Großmast und schaute mißmutig über die leeren Decks. Eine Stunde der Mittelwache lag hinter ihm, und im hellen Mondlicht schimmerten Segel und Takelage wie die eines Gespensterschiffs. Ob er wollte oder nicht, er mußte immer wieder an Allday und den ermordeten Zahlmeister denken. Vernünftigerweise hätte er sich sagen sollen, daß die Sache aus und vorüber war. Lediglich eine Eintragung im Logbuch, die kurz besprochen und dann vergessen wurde. Evans war tot, und sein Mörder lag unten in Eisen. Zumindest darüber sollte jeder einigermaßen zufrieden sein. Ein unentdeckter Mörder, der das Logis in Schrecken versetzte oder wieder zuschlug, wäre weitaus besorgniserregender gewesen.

Er stellte sich vor, wie Allday immer wieder von neuem zustieß und die Leiche zerfleischte, bis sie kaum noch an einen Menschen erinnerte, und dann abgebrüht ein Paar Pistolen stahl und sie in seinem eigenen Quartier versteckte. Es ergab alles keinen Sinn, aber ihm war klar, daß er die Beweise nur anzweifelte, weil es sich um Allday handelte.

Kurz ehe er die Wache übernahm, war er zu den dunklen Zellen hinuntergegangen. Er schickte den Posten zum Ende der Leiter, öffnete die Tür und hielt eine Laterne in die Zelle. Allday lehnte gebückt an der gegenüberliegenden Seite und hielt abschirmend die Hände vor die Augen. Seine Füße rutschten auf seinem eigenen Kot aus. Ekel und Wut, die Herrick empfunden haben könnte, waren in diesem Augenblick wie weggewischt. Er hatte lautes Leugnen oder dumpfes Aufbegehren erwartet. Statt dessen begegnete er dem Versuch, Würde zu wahren.

Er fragte ruhig: »Haben Sie mir noch etwas zu sagen, Allday? Ich habe nicht vergessen, daß Sie mir auf den Klippen das Leben gerettet haben. Wenn Sie mir alles erzählen, kann ich vielleicht doch noch irgend etwas für Sie tun.«

Allday machte eine Bewegung, als wolle er sein langes Haar aus der Stirn schieben, und blickte auf die schweren Handschellen hinunter, ehe er bebend hervorstieß: »Ich habe es nicht getan, Mr. Herrick. Wie kann ich mich gegen etwas verteidigen, was ich nicht getan habe?«

»Verstehe.« In der Stille hörte Herrick das Rascheln der Ratten und die sonderbaren, ächzenden Geräusche eines Schiffs auf See. »Wenn Sie es sich anders überlegen sollten . . .«

Allday versuchte, auf Herrick zuzutreten, taumelte aber gegen dessen Arm. Einige Sekunden lang spürte Herrick die vor Furcht schweißnasse Haut des anderen und roch dessen Verzweiflung: ein Geruch des Todes.

»Auch Sie glauben mir nicht«, sagte Allday gepreßt. »Was soll das Ganze also?« Seine Stimme gewann ein wenig innere Kraft. »Lassen Sie mich in Ruhe. Lassen Sie mich um Gottes willen in Ruhe.« Doch als Herrick die Tür wieder verriegeln wollte, fragte Allday leise: »Was meinen Sie, Sir, ob man mich zur Verhandlung vor ein Kriegsgericht nach Hause schickt?«

Herrick wußte, daß die Marine gar nicht daran dachte. Die Gerechtigkeit schlug schnell und endgültig zu. Während er auf die dick beschlagene Tür blickte, sagte er jedoch: »Vielleicht. Warum fragen Sie?«

Die Antwort klang so gedämpft, als hätte Allday das Gesicht zur Seite gedreht. »Weil ich gern noch einmal die grünen Hügel wiedersehen würde. Bloß ein einziges Mal. Bloß für ein paar Minuten.«

Die Trauer und Verzweiflung dieser Worte hatten Herrick den ganzen Tag verfolgt. Selbst jetzt, während der Wache, hörte er sie noch. »Verflucht!« rief er wütend. Die beiden Rudergänger richteten sich so hastig auf, als habe er sie geschlagen. Der dienstältere Mann beobachtete besorgt, daß Herrick zum Rad kam, und sagte schnell: »Sie liegt genau auf Kurs, Sir. Süd zu Ost.«

Herrick sah ihn an und dann auf die sanft schwingende Kompaßrose. Die armen Teufel haben eine Mordsangst, weil ich laut geflucht habe, dachte er.

Von der Leereling kam eine dunkle Gestalt langsam auf ihn zu. Es war Proby. Die Glut seiner kurzen Tonpfeife erhellte schwach seine Hängebacken.

»Können Sie nicht schlafen, Mr. Proby?« fragte Herrick. »Die Brise weht nur schwach, aber stetig. Sie brauchen sich heute nacht keine Sorge zu machen.«

Der Steuermann sog geräuschvoll am Mundstück. »Diese Nachtstunde ist die beste, Mr. Herrick. Man kann in den Wind schauen und darüber nachdenken, was man mit seinem Leben angefangen hat.«

Herrick sah Proby von der Seite her an. Zerknitterte Züge. Im

Aufglühen der Pfeife glich sein Gesicht einer verwitterten Skulptur. Zugleich ging etwas Beruhigendes von ihm aus. Er hatte etwas Zeitloses wie das Meer. Nach einer Weile fragte er: »Was meinen Sie, Mr. Proby, ist mit Evans' Tod nun alles erledigt, oder folgt noch etwas?«

»Wer kann das wissen?« Proby verlegte sein Gewicht von einem Plattfuß auf den anderen. »So schnell vergißt sich so etwas nicht. Aye, so schnell nicht.«

Proby verbarg die Glut des Pfeifenkopfs plötzlich mit seiner fleischigen Hand und sagte verstohlen: »Der Kapitän ist an Deck, Mr. Herrick.« Dann, laut und sachlich: »Wenn der Wind sich hält, sind wir morgen unter Land. Also gute Nacht, Mr. Herrick.«

Damit war er verschwunden, und Herrick ging zur Leereling. Er schielte zum Kapitän hinüber und sah, daß Bolitho aufrecht an der Luvreling stand. Das Mondlicht floß über sein weißes Hemd, während er auf die Lichtspiegelungen außenbords starrte. Seit Alldays Festnahme hatte er das Achterdeck nie länger als für eine Stunde verlassen, sondern war entweder an der Heckreling auf und ab gegangen oder hatte bloß auf das Meer hinausgeblickt, so wie jetzt.

Abends hatte Herrick zufällig ein Gespräch zwischen dem Steuermann und Bootsmann Quintal mitangehört. Während er nun Bolithos reglose Gestalt beobachtete, erinnerte er sich wieder ihrer Worte. ›Ich hatte keine Ahnung, daß ihm Evans' Tod so nahe gehen würde‹, hatte der Bootsmann heiser geflüstert. ›Es scheint ihm alles ganz schön an die Nieren zu gehn.‹ Old Proby hatte seine Antwort genau abgewogen. ›Es ist die Tat an sich, die den Kapitän getroffen hat, Mr. Quintal. Er fühlt sich betrogen, und das schmerzt ihn.‹

Herrick sah, daß Bolitho über die Narbe an seiner Stirn fuhr und sich die Müdigkeit aus den Augen rieb. Proby hat recht, dachte er. Es hat ihn stärker getroffen, als wir ahnen. Was einer von uns tut, es nimmt ihn mit und bedrückt ihn. Ehe er wußte, was er tat, ging er zu Bolitho hinüber, nicht ohne es sogleich zu bedauern, denn er erwartete halb und halb, daß Bolitho sich umwenden und ihn anfahren würde. Immerhin, das wäre besser gewesen als völliges Schweigen. »Der Wind hält sich, Sir«, begann er. »Der Steuermann sagt baldige Landsicht voraus.«

»Ja, ich habe es gehört.« Bolitho schien tief in Gedanken versunken. Spritzwasser hatte sein Hemd durchnäßt, es klebte ihm wie eine zweite Haut am Körper. Unter den Augen lagen tiefe Schatten. Die innere Unruhe, die Bolitho aus seiner Kajüte immer wieder an Deck trieb, war fast fühlbar.

»Soll ich Ihren Diener heraufschicken, Sir? Vielleicht mit einem heißen Drink, ehe Sie sich hinlegen?«

Bolitho fuhr herum, seine Augen glänzten im Mondlicht. »Ersparen Sie mir das Drumherumgerede, Mr. Herrick. Was bedrückt Sie?«

Herrick schluckte schwer, ehe er hervorstieß: »Ich habe mit Allday gesprochen, Sir. Ich weiß, daß es nicht richtig war, aber ich fühle mich zum Teil für ihn verantwortlich.«

Bolitho sah ihn forschend an. »Fahren Sie fort.«

»Er gehört zu meinen Leuten, Sir, und es kommt mir so vor, als ob weit mehr hinter der Geschichte steckte, als wir ahnen.« Er schloß lahm: »Ich kenne ihn besser als die meisten. Er gehört zu jenen, die beständig sind.«

Bolitho seufzte. »Nur die Sterne sind beständig, Mr. Herrick.«

Herrick sagte halsstarrig: »Selbst so gesehen, kann er unschuldig sein.«

»Und Sie halten das für wesentlich?« Es klang müde. »Sie meinen, daß das Leben eines Mannes, der so gut wie sicher für schuldig befunden werden wird, das Nachdenken wert ist?«

»Nun, in der Tat, das meine ich, Sir.« Herrick spürte geradezu, wie der Kapitän ihn kalt fixierte. »Die Obrigkeit wird einer halben Geschichte kein Gehör . . .«

»Hier draußen sind wir die Obrigkeit, Mr. Herrick«, sagte Bolitho ungeduldig. »Und ich werde entscheiden, was zu tun ist.«

Herrick blickte beiseite. »Ja, Sir.«

»Aber sonst bin ich ganz Ihrer Meinung, Mr. Herrick.« Bolitho schob die Haarlocke aus der Stirn und schenkte Herricks offener Verwunderung keine Beachtung. »Ich wollte es nur noch von einem anderen hören.« Und dann, plötzlich energisch: »Ich gehe jetzt besser nach unten, Mr. Herrick, *ohne* einen heißen Drink. Morgen werden wir nach Frischwasser suchen und unsere Gedanken wieder auf den Krieg richten.« Er blieb einen Moment bei der Reling stehen. »Aber ich werde auch über das nachdenken, was Sie eben gesagt haben. Es kann unter Umständen für uns alle wichtig sein.« Er machte ohne ein weiteres Wort kehrt und stieg den Niedergang hinab.

Herrick sah ihm mit weit aufgerissenem Mund nach. »Na, da will ich doch verflucht sein, wenn . . .« Er schüttelte den Kopf und grinste. »Na, da will ich doch doppelt verflucht sein!«

Überraschenderweise wehte der Wind stetig weiter, und zwanzig Stunden nach Probys Vorhersage klatschte der Anker der *Phalarope* in das klare, tiefe Wasser zwischen einigen flachen, einsamen kleinen Inseln.

Kurz vor Einbruch der Nacht war es sinnlos, einen Landgang zu versuchen. Doch die Boote wurden ausgeschwenkt, gefiert und mit Wasserfässern beladen, damit sie am Morgen gleich einsatzbereit waren. Und mit dem ersten Tageslicht, lange bevor die Sonne den Rand des Horizonts erleuchtete, knirschten die ersten Boote auf dem schmalen, sanft ansteigenden Strand der ihnen zunächstliegenden Insel.

Bolitho zwängte sich durch das dichte, dunkle Buschwerk oberhalb des Strands und verfolgte von dort die geschäftigen Vorbereitungen. Die Boote pullten bereits wieder zur Fregatte, um noch mehr Leute zu holen. Die bereits herübergebrachten standen dicht gedrängt beieinander, als fürchteten sie die leere Ungastlichkeit der Insel. Ein paar Matrosen schwankten wie betrunken. Ihre Beine waren so an das Stampfen und Rollen eines Schiffes gewöhnt, daß das feste Land ihnen das Gleichgewicht raubte.

Maate bellten Befehle und hakten ihre Namenslisten ab. Und als der nächste Haufen Männer an Land war und sich zu den am Ufer wartenden Seeleuten gesellte, griffen die ersten Trupps nach ihren Fässern und Geräten und stolperten landeinwärts.

Leutnant Okes tauchte am hohen Uferrand auf und führte die Hand an den Hut. »Alle Arbeitstrupps bereit, Sir.« Er wirkte beunruhigt.

Bolitho nickte. »Sie kennen Ihre Order, Mr. Okes. Folgen Sie der Karte, die ich Ihnen gezeichnet habe, und Sie werden das Frischwasser ohne Schwierigkeiten finden. Treiben Sie die Leute an. Sie werden jeden verfügbaren Mann brauchen, um die vollen Fässer zum Ufer zu schaffen.«

Er sah den Küfer Trevenen an der Spitze einer anderen Abteilung forteilen, begleitet von Zimmermann Ledward, der seinen Holzvorrat zu ergänzen hoffte. Hier wird er nicht viel finden, dachte Bolitho düster. Diese kleinen Inseln waren öde. Bis auf gelegentliches Wasserfassen kam hier niemand an Land. Der Erdboden war unter ganzen Lagen verrottender Vegetation verborgen, deren scharfer Geruch sich mit dem von Möwenkot und kleinen Pilzkolonien mischte.

Weiter im Inneren erhoben sich ein paar rundrückige Hügel, von deren Kuppen aus man in jeder Richtung das Meer sah.

Okes folgte seinen Leuten. Vor dem grünen Buschwerk zeichnete sich flüchtig Farquhars schlanke Gestalt ab, ehe auch er verschwand. Bolitho hatte den Fähnrich vorsätzlich an Okes' Seite befohlen. Es würde beiden gut tun, beim Kommando der Hauptgruppe zusammenzuarbeiten, und sei es auch nur, um die Gespanntheit zwischen ihnen abzubauen. Man hatte den Eindruck, daß Farquhar eine Art Spiel mit Okes trieb. Seit Farquhar von der *Andiron* entkommen war, hatte er kein Wort mehr mit Okes gesprochen. Doch anscheinend reichte schon Farquhars bloße Anwesenheit, um den Zweiten Leutnant in ständige Aufregung zu versetzen.

Okes hatte während des Rückzugs von der Insel Mola übereilt gehandelt. Aber so lange er das nicht offen eingestand, lag wenig Sinn darin, die Angelegenheit zu verfolgen, dachte Bolitho. Er verstand Farquhar durchaus und fragte sich, wie er unter solchen Umständen reagiert hätte. Farquhars gesunder Instinkt sagte ihm offenbar, daß eine Laufbahn aus mehr als billigen Triumphen bestehen mußte. Sein Herkommen, die Sicherheit, die eine einflußreiche Familie gab, und sein Selbstvertrauen befähigten ihn, seine Zeit abzuwarten.

Herrick kam die Böschung herauf und fragte: »Kehren wir zum Schiff zurück, Sir?«

Bolitho schüttelte den Kopf. »Wir wollen noch ein Stück weiter ins Land, Mr. Herrick.« Er zwängte sich durch verdorrtes Gebüsch. Sie entfernten sich vom Ufer. Herrick ging schweigend neben Bolitho und dachte über die Fremdartigkeit der Landschaft nach. Hier fehlte das leise Rauschen der See, statt dessen war die Luft schwer von fremden Gerüchen.

Nach einer Weile sagte Bolitho: »Hoffentlich treibt Okes die Leute zur Arbeit an. Jede Stunde kann kostbar sein.«

»Denken Sie an die Franzosen, Sir?«

Bolitho wischte sich den Schweiß vom Gesicht und nickte. »De Grasse kann inzwischen gut und gern aufgebrochen sein. Wenn er sich so verhält, wie es Sir George Rodney vermutet, dürfte seine Flotte bereits nach Jamaika unterwegs sein.« Seine Blicke wanderten verdrossen von den schlaffen Blättern zum wolkenlosen Himmel. »Kein Lufthauch. Nichts. Wir können von Glück sagen, daß uns die Brise bis hierher gebracht hat.«

Herrick atmete schwer. »Mein Gott, Sir, ich spüre die Anstrengung.« Er tupfte sich das Gesicht ab. »Seit Falmouth habe ich kein

Land mehr unter den Füßen gehabt. Ich wußte gar nicht mehr, wie das ist.«

Falmouth. Der Name weckte eine Flut von Erinnerungen in Bolitho, während er blicklos durch das dicke Gestrüpp schritt. Sein Vater würde noch immer warten, sich Gedanken machen und den Schmerz nähren, den ihm Hugh bereitet hatte. Bolitho fragte sich, was geschehen wäre, wenn er bei jenem ersten fürchterlichen Zusammentreffen seinen Bruder im Heck der *Andiron* gesehen und erkannt hätte. Hätte er dann den Angriff genauso stürmisch vorgetragen? Wenn er Hughs Tod bewirkt hätte, wäre die Navy zufrieden gewesen. Aber im tiefsten Innern wußte Bolitho, daß diese Tatsache den Kummer seines Vaters nur gesteigert und sein Gefühl des Verlustes nur noch erhöht hätte.

Vielleicht führte Hugh bereits ein anderes Schiff. Bolitho wischte den Gedanken fort. Einem Mann, der es zuließ, daß die *Andiron* in die von ihr selbst gestellte Falle ging, würden die Franzosen nicht noch einmal ein Prisenschiff anvertrauen. Und die amerikanische Rebellenregierung besaß zu wenig Schiffe. Nein, Hugh hatte in diesem Augenblick genug eigene Probleme.

Bolitho dachte auch an Vibart, in dessen Obhut die Fregatte augenblicklich war. Merkwürdig, wie Evans' Ermordung den Ersten berührt hatte. Bolitho hatte Evans für einen Speichellecker gehalten, aber nie und nimmer für Vibarts Freund. Doch Vibart schien durch Evans' Tod einen Vertrauten verloren zu haben, durch den seine Isoliertheit gemildert worden war. Bolitho wußte, daß Vibart ihm Evans' Tod ankreidete und daß er Allday als den offensichtlichen Täter haßte. Vibart betrachtete Menschlichkeit als Sentimentalität. Beides galt ihm als nutzloses Hindernis bei der Pflichterfüllung.

Bolitho wußte auch, daß er mit Vibart nie über etwas einer Meinung sein würde. Seine Leute menschenwürdig zu behandeln, Verständnis für ihre Probleme zu haben und ihre Loyalität zu gewinnen, das stand für Bolitho obenan. Zugleich aber wußte er, daß er mit diesem schwierigen und verbitterten Mann auskommen mußte, denn das Kommando eines Kriegsschiffs ließ wenig Raum für persönliche Abneigung unter den Offizieren.

Bolitho blieb plötzlich stehen und deutete mit der Hand auf einen Punkt. »Ist das ein Seesoldat?«

Herrick blieb neben ihm stehen, er atmete schwer. Zwischen den schlaffen Blättern blitzten rote Röcke auf. Und gerade als Bolitho hinüber wollte, tauchte Sergeant Garwood an der Spitze eines Zuges schwitzender Seesoldaten auf. »Was tun Sie hier an Land, Sergeant?« fragte Bolitho scharf.

Garwood fixierte einen Punkt hinter Bolithos Schulter. »Mr. Vibart hat alle Seesoldaten ausgeschickt, Sir.« Er schluckte schwer. »Allday ist entflohen, Sir. Wir sollen ihn wieder festnehmen.«

Herrick rang nach Luft. Schweiß lief ihm über das Gesicht. Es verriet Schrecken und Enttäuschung.

»Ach so.« Bolitho unterdrückte die aufsteigende Wut und fragte ruhig: »Und wo ist Hauptmann Rennie?«

»Auf der anderen Seite der Insel, Sir.« Garwood sah nicht gerade glücklich aus. »Die Ablösung entdeckte, daß der Posten vor der Zelle mit einer Keule niedergeschlagen worden war. Er lag bewußtlos da, und der Gefangene war weg. Die Fesseln sind ihm abgenommen worden.«

»Also ist noch ein anderer beteiligt.« Bolitho fixierte das bronzefarbene Gesicht des Sergeanten. »Wer fehlt noch?«

Der Seesoldat holte tief Luft. »Ihr Schreiber, Sir, Ferguson.«

Bolitho wandte sich ab. »Nun ja. Ich nehme an, Sie suchen besser weiter, da Sie nun einmal hier sind.« Er blickte dem sich erleichtert entfernenden Mann nach und sagte dann gepreßt: »Es war übereilt von Mr. Vibart, alle Seesoldaten an Land zu schicken. Sollte die *Phalarope* vor Anker von einem feindlichen Schiff überrascht werden, reicht die Bemannung zur Abwehr nicht aus.« Er machte abrupt kehrt. »Kommen Sie, wir gehen zurück zum Ufer.«

Herrick sagte geknickt: »Ich bin ganz unglücklich, Sir. Ich habe das Gefühl, mehr Tadel denn je zu verdienen. Ich habe Allday vertraut und Ferguson ausgewählt.«

»Wie sich erwiesen hat, haben wir uns beide geirrt, Mr. Herrick«, sagte Bolitho tonlos. »Ein Unschuldiger flüchtet nicht.« Danach setzte er hinzu: »Und Mr. Vibart hätte seine Urteilsfähigkeit nicht durch seinen Zorn trüben lassen dürfen. Allday wird auf dieser Insel bestimmt umkommen. Er wird verrückt werden, wenn das Schiff fortgesegelt ist, und Ferguson für seine Rettung aus der Zelle nicht danken.«

Sie eilten über den Strand. Die dösenden Gasten in der Gig fuhren hoch, als die zwei Offiziere an Bord kletterten. Die Gig glitt langsam über das stille Wasser. Bolitho hob die Hand an die Augen und blickte zu der vor Anker liegenden *Phalarope*. Die Sonne kam eben über den nächstgelegenen Hügel, und die Rahen und Masttopps schimmerten wie Gold.

»Was werden Sie tun, Sir, wenn die Seesoldaten Allday fangen?«

»Diesmal werde ich ihn an die Rah hängen, Mr. Herrick. Um der Aufrechterhaltung der Disziplin willen bleibt mir gar keine andere Wahl.« Bolitho sah zum Land zurück. »Darum hoffe ich, daß sie ihn nicht finden.«

Der Buggast macht die Gig fest, und Bolitho zog sich durch die Schanzpforte. »Warum haben Sie die Gig nicht angerufen, Mann?« fragte Herrick, der ihm dichtauf folgte, ungewöhnlich barsch.

Der Matrose am Fallreep stotterte: »Entschuldigen Sie, Sir. Ich – ich . . .« Er ließ den Satz fallen und starrte zum Achterdeck, wo eine dichte Gruppe Matrosen stand. Gerade als Bolitho klar wurde, was geschehen war, rückten die Matrosen vor, und die aufgehende Sonne funkelte auf ihren erhobenen Musketen.

Herrick stieß Bolitho beiseite und wollte den Degen ziehen, doch ein großer Matrose hob eine Pistole und rief: »Rühren Sie keinen Finger, Mr. Herrick.« Er deutete zum Achterdeck. »Sonst geht es dem da schlecht.«

Im Niedergang tauchten zwei Mann auf. Zwischen sich schleppten sie den um sich schlagenden Fähnrich Neale. Einer der beiden Matrosen zog ein Messer aus dem Gürtel, setzte es Neale an die Kehle und grinste dabei zu den beiden Offizieren hinunter.

Der hochgewachsene Matrose – Onslow, wie Bolitho jetzt erkannte – kam langsam über das Hauptdeck. Die Pistole war noch immer auf Herrick gerichtet. »Werfen Sie Ihren Degen fort, Mr. Herrick.« Er grinste. »Wenn nicht, dann . . .«

»Tun Sie, was er sagt, Mr. Herrick!« Das Funkeln in Onslows Augen verriet Bolitho, daß der Mann nur darauf wartete, jemanden zu töten. Er konnte die aufgestaute Wildheit kaum noch im Zaum halten. Eine falsche Bewegung, und jede Aussicht, das Blatt zu wenden, war dahin.

Der Degen knallte auf die Planken. Onslow stieß ihn beiseite und rief scharf: »Nehmt euch der Gigbesatzung an und schafft die Brüder zu den anderen Knaben.« Er klopfte mit der Pistole an seine Nase. »Entweder schließen sie sich uns an, oder die Fische fressen sie.« Einige lachten, ein wüster, explosiver Laut und brüchig vor Spannung.

Bolitho musterte Onslow. Der erste Schock machte abwägender Vorsicht Platz. Jeder Kapitän fürchtete solche Situationen. Manche verdienten sie, andere gerieten durch unkontrollierbare Umstände hinein. Jetzt war es ihm passiert und der *Phalarope*.

Es war Meuterei.

Onslow wartete, bis die Leute der Gig nach unten getrieben worden waren, ehe er sagte: »Wir lichten Anker, sowie ein bißchen Wind weht. Wir haben den Steuermann unten. Entweder er oder Sie bringen das Schiff ins offene Wasser.«

»Sie sind wahnsinnig«, sagte Herrick heiser. »Dafür wird man Sie hängen.«

Der Pistolenlauf sauste herab, und Herrick brach in die Knie. Seine Hände fuhren zur Stirn. Bolitho sah Blut über Herricks Finger sickern und sagte kalt: »Und wenn kein Wind aufkommt, Onslow? Was machen Sie dann?«

Onslow nickte. Er musterte Bolitho. »Eine gute Frage. Nun, wir haben ein gutes kleines Schiff unter den Füßen. Wir können jedes Boot, das uns entern will, in den Grund bohren, meinen Sie nicht?«

Bolitho verzog keine Miene. Er sah klar, daß Onslow Anlaß zur Zuversicht hatte. Obwohl ihm die anderen Seeleute und Rennies Seesoldaten zahlenmäßig überlegen waren, war Onslow hier der König. Wurden die Kanonen mit Kartätschen geladen, konnte eine Handvoll Männer die Boote auf Abstand halten. Er blickte nach der Sonne. Es würde noch Stunden dauern, bis Okes sich an den Rückmarsch zum Ufer machte. »Dann geht also alles auf Ihr Konto?« fragte er langsam.

Ein kleiner Matrose, der nach Rum stank, hüpfte um die beiden Offiziere herum. »Er hat's getan! Genau wie er versprochen hat.«

»Halt's Maul, Pook«, fauchte Onslow. Dann sagte er zu Bolitho gewandt: »Ihr Schreiber hat mir Bescheid gesagt, als wir in der Nähe von Land waren. Ich brauchte also bloß noch Salz in die Frischwasserfässer zu schütten.« Er lachte, die Einfachheit des Planes belustigte ihn. »Dann, als Sie hierher steuerten, brachte ich diese Ratte Evans um.«

»Sie müssen sich vor Allday ziemlich gefürchtet haben, daß Sie ihm einen Mord in die Schuhe schoben«, stellte Bolitho fest.

Onslows Blicke flogen über das Deck. »Das war einfach notwendig. Solange die Seesoldaten an Bord sind, sagte ich mir, haben ein paar von meinen ängstlicheren Freunden vielleicht nicht den Mut, das Schiff zu übernehmen.« Er zuckte mit den Schultern. »Darum habe ich Allday befreit, und die dämlichen Seesoldaten sind ihm dann auch richtig nachgehetzt, ganz wie ich's erwartete.«

»Sie haben sich selbst ans Messer geliefert, Onslow.« Bolitho ließ sich keinerlei Erregung anmerken. »Aber denken Sie auch an die anderen. Wollen Sie denn, daß alle baumeln?«

»Seien Sie still!« rief Onslow. »Und danken Sie Gott, daß ich Sie noch nicht an die Großrah geknüpft habe. Ich tausche das Schiff gegen unsere Freiheit ein. Danach kriegt uns keine verfluchte Marine mehr in die Klauen.«

»Sie sind ein Narr, wenn Sie das glauben«, sagte Bolitho noch schroffer, um seine steigende Verzweiflung zu verbergen.

Der Kopf flog ihm nach hinten, als Onslow mit dem Handrücken zuschlug. »Still!« Auf den Ausruf hin drängten sich noch mehr Männer um die Offiziere. Sie zerrten Herrick hoch und fesselten ihm die Hände auf dem Rücken. Er war noch benommen, und über sein Gesicht strömte Blut.

»Warum setzen Sie die Offiziere nicht an Land?« schlug Bolitho vor. »Sie nutzen Ihnen doch nichts.«

»Na, Kapitän, da irren Sie sich aber.« Onslows gute Laune kehrte zurück. »Geiseln! Für *Sie* kriege ich vielleicht auch einen guten Preis.« Er lachte. »Aber . . .«

»Warum nicht lieber gleich umbringen?« brüllte Pook und schwenkte sein Entermesser. »Überlaß sie mir!«

Onslow sah Bolitho an. »Da sehen Sie es, nur ich kann Sie retten.«

»Was haben Sie mit dem Ersten Leutnant gemacht?« Bolitho bemerkte, wie Pook einen Matrosen anstieß. »Haben Sie ihn umgebracht?«

Pook kicherte. »Kaum. Den sparen wir uns für später auf, für eine kleine Volksbelustigung.«

»Er hat genug von uns auspeitschen lassen, Kapitän«, sagte Onslow. »Nun wollen wir mal sehn, wie die Neunschwänzige seinem fetten Hintern gefällt.«

»Überlegen Sie, was Sie tun, Mann«, stammelte Herrick. »Sie verkaufen das Schiff dem Feind.«

»Sie sind mein Feind!« Onslows Nasenflügel blähten sich. »Ich mache mit dem Schiff, was ich will, und mit Ihnen auch.«

»Immer mit der Ruhe, Mr. Herrick«, sagte Bolitho. »Sie können nichts tun.«

»Gesprochen wie ein wahrer Gentleman.« Onslow grinste. »Immer das Beste, wenn man einsieht, daß man geschlagen ist.« Dann rief er scharf: »Schließt sie unten ein, Jungs. Und den ersten Schweinehund, der was versucht, legt ihr um.«

Einige grollten unzufrieden, sie lechzten nach Blut. Doch sie waren alle verdammt. Bolitho erkannte klar, daß sie, vom Rum umnebelt, Onslows sorgfältigen Plan nur zur Hälfte begriffen.

»Sowie es auffrischt, segeln wir, Jungs«, sagte Onslow. »Überlaßt den Rest ruhig Harry Onslow.«

Herrick und Bolitho wurden über das Deck und in die finstere Enge eines kleinen Laderaums gestoßen. Gleich darauf wurden Fähnrich Neale und Steuermann Proby hineingeschoben. Dann schlug die Tür zu. Ziemlich hoch in der Bordwand befand sich ein kleines rundes Loch. Es diente zur Lüftung der normalerweise hier lagernden Vorräte, die, wie Bolitho annahm, die Meuterer für den eigenen Gebrauch woanders hingeschafft hatten.

»Es . . . Es tut mir leid, Sir«, schluchzte Neale. »Ich habe meine Pflicht schlecht erfüllt. Ich hatte die Wache, als es passierte.«

»Es war nicht Ihre Schuld, mein Junge«, sagte Bolitho. »Diesmal stand alles gegen Sie. Es ist die reine Ironie: Onslow blieb auf dem Schiff, weil man ihm an Land nicht traute.«

»Mr. Vibart war in seiner Kajüte«, sagte Neale gebrochen. »Sie hätten ihn beinahe umgebracht. Onslow hat es in letzter Sekunde verhindert.«

»Nur aufgeschoben«, sagte Herrick trübe, um dann voller Wut hinzuzusetzen: »Diese Narren! Die Franzosen und Spanier denken nicht daran, mit Onslow etwas auszuhandeln. Das haben sie auch gar nicht nötig. Sie entern einfach die Fregatte und nehmen die ganze Bande gefangen.«

»Mir ist das ebenso klar wie Ihnen, Mr. Herrick«, sagte Bolitho. »Aber wenn auch die Meuterer dahinterkommen, haben sie keinen Grund mehr, uns am Leben zu lassen.«

»Verstehe, Sir.« Herrick versuchte, Bolitho im Dunkel zu erkennen. »Und ich dachte . . .«

»Sie dachten, ich hätte die Hoffnung aufgegeben?« Bolitho atmete langsam aus. »Noch nicht. Nicht kampflos.« Er stieg auf eine leere Kiste und spähte durch das kleine Lüftungsloch. Das Schiff war vor Anker ein wenig geschwoit, und er sah ein Stück Strand und dahinter einen niedrigen Hügel. Aber keinen Menschen. Er hatte es auch nicht erwartet.

»Zwei der Meuterer kenne ich gut«, stotterte Proby. »Tüchtige Leute, haben nicht den geringsten Grund, solchem Abschaum wie Onslow und Pook zu folgen.« Dann, gepreßt: »Wird ihnen aber nichts nützen. Man wird sie fangen und mit den übrigen aufknüpfen.«

Herrick rutschte aus und fluchte. »Verdammt!« Er tastete mit den Fingern herum. »Ranzige Butter, stinkt wie Bilgenwasser.«

Bolitho legte den Kopf nach hinten und lauschte auf das Stampfen der Füße und das gellende Gelächter. »Sie haben sich nicht nur Butter genommen, Mr. Herrick. Sie werden bald so betrunken sein, daß sie . . .« Er dachte daran, wie das Messer an Neales Kehle gefunkelt hatte. Der zweite Akt würde gleich folgen. Bloß zu trinken, das würde die Meuterer bald langweilen. Sie würden sich beweisen wollen – durch Töten.

»Versuchen Sie doch mal, ob Sie zu mir heraufsteigen können, Neale.« Er merkte, wie der Fähnrich zu ihm auf die Kiste kletterte. »Was meinen Sie, kommen Sie durch das Lüftungsloch?«

Neale blinzelte in den Sonnenstrahl, der durch das Loch fiel. »Es ist sehr eng, Sir«, sagte er zweifelnd, setzte dann aber entschlossen hinzu: »Ich will es versuchen, Sir.«

»Was haben Sie vor, Sir?« fragte Proby.

Bolitho fuhr mit den Händen um die kreisrunde Öffnung. Ein Durchlaß von kaum zehn Zoll. Er drängte die aufkeimende Erregung zurück. Es mußte einfach versucht werden.

Er sagte: »Wenn Neale da durchkäme . . .« Er unterbrach sich. »Die Butter. Schnell, Neale, raus aus Ihren Sachen!« Er stieß Herrick an. »Wir schmieren ihn mit Butter ein, Herrick, dann gleitet er hindurch wie ein Wischer durchs Kanonenrohr.«

Neale zog sich aus und stand ungelenk in der Mitte des Laderaums. Im schwachen Licht des Lüftungslochs schimmerte sein schlanker Körper wie eine Statue. Bolitho füllte sich die Hände mit ranziger Butter und schmierte Neales Schultern ein. Herrick beteiligte sich an der Arbeit.

»Wo stecken die loyalen Leute, Neale?« fragte Bolitho.

»Im Kabelgatt, Sir.« Neale klapperte laut mit den Zähnen. »Der Arzt und einige der Älteren auch.«

»Das habe ich mir gedacht.« Bolitho trat zurück und wischte sich die Hände an der Hose ab. »Hören Sie, Neale. Wenn wir Sie durch das Loch kriegen, können Sie dann am Bugstag entlangklettern?«

Neale nickte. »Ich werde es versuchen, Sir.«

»Die anderen sind im Kabelgatt eingesperrt. Während ich die Wachen ablenke, öffnen Sie die Tür und lassen sie heraus.« Er legte dem Jungen die Hand auf die Schulter. »Aber wenn Sie entdeckt werden, dann vergessen Sie, was ich gesagt habe. Springen Sie über Bord und schwimmen Sie um Ihr Leben an Land. So schnell holt Sie niemand ein.« Und zu den anderen: »So, und nun helfen Sie mir!«

Neale war so glitschig wie ein Fisch, und beim ersten Versuch hätten sie ihn fast fallengelassen. Herrick schlug vor: »Zuerst den einen Arm, Neale, dann den Kopf.« Sie versuchten es nochmals. Der Laderaum lag in totaler Finsternis, während sie den sich windenden Fähnrich durch das Lüftungsloch preßten. Er stöhnte vor Schmerzen, und Proby sagte: »Welch ein Glück, daß er nicht dicker ist.«

Noch ein letzter Ruck, dann war er hindurch. Sie warteten ein paar bange Sekunden auf einen Anruf von Deck. Dann erschienen Neales Augen in der Lüftungsluke. Sein Gesicht war hochrot, und seine aufgescheuerte Schulter blutete. Aber er wirkte seltsam entschlossen.

»Machen Sie alles in Ruhe, Neale. Und riskieren Sie nichts Unnötiges!« sagte Bolitho leise.

Neale verschwand, und Herrick sagte: »Nun ist er wenigstens aus dem Ganzen heraus, falls es zum Schlimmsten kommt.«

Bolitho blickte ihn scharf an. Es war beinahe, als habe Herrick seine Gedanken gelesen. Er erwiderte ruhig: »Eher schicke ich die *Phalarope* zur Hölle, als daß ich sie dem Feind in die Hände fallen lasse, Mr. Herrick. Darüber seien Sie sich klar.«

Danach setzte er sich hin und wartete stumm.

John Allday lehnte sich erschöpft gegen einen großen Felsbrocken und rang nach Atem. Ein paar Schritte entfernt lag Bryan Ferguson wie eine Leiche. Kopf und Schultern tauchten in den kleinen Teich, während er in tiefen Zügen trank und nur innehielt, um keuchend Luft zu holen. Alldays Blicke tasteten den Dschungel niedriger Bäume ab, durch den sie gekommen waren. Noch kein Zeichen irgendwelcher Verfolger, doch er zweifelte nicht daran, daß man bereits Alarm geschlagen hatte.

»Ich habe dir noch gar nicht gedankt, Bryan«, sagte er. »Was du getan hast, war unbesonnen.«

Ferguson rollte sich auf die Seite und sah ihn mit glasigen Augen an. »Ich mußte es tun. Ich mußte es einfach.«

»Jetzt geht's auch um deinen Kopf, Bryan.« Allday betrachtete ihn kummervoll. »Aber zumindest sind wir frei. Und solange man frei ist, kann man hoffen.«

Er hatte in seiner finsteren Zelle gelegen und auf die vertrauten Geräusche gelauscht: Boote füllten sich mit Männern und stießen vom Rumpf der Fregatte ab. Stille auf dem leeren Schiff. Dann plötzlich ein Schreckensschrei. Ein Körper schlug schwer gegen die Tür. Ferguson zerrte sie auf. Seine Hände zitterten, als er die Handschellen aufschloß, und sein Mund war schlaff vor Furcht, als er kaum verständlich von Flucht stammelte.

Kurz vor Anbruch der Dämmerung waren sie geräuschlos in das kühle Wasser geglitten. Wie so viele Seeleute, konnte Allday kaum schwimmen. Aber Ferguson, von verzweifelter Angst getrieben, half ihm. Hustend und keuchend erreichten sie endlich die Sicherheit des Ufers. Fast wortlos rannten sie los, krochen durch dichtes Gebüsch, kletterten über herabgestürzte Felsen, ohne auch nur einmal anzuhalten, um zurückzublicken oder zu lauschen. Jetzt befanden sie sich zwischen zwei niedrigen Hügeln, und die Erschöpfung hatte sie zu einem Halt gezwungen.

»Komm«, sagte Allday, »wir müssen weiter. Den Hügel hinauf. Dort sind wir sicherer. Von der Spitze sieht man bestimmt meilenweit.«

Ferguson starrte Allday noch immer an. »Du hattest recht, Onslow ist ein schlechter Kerl. Ich dachte, er meinte es gut mit mir, und habe ihm gesagt, was im Logbuch des Kapitäns stand. Ich habe ihm erzählt, wo sich das Schiff befand.« Er kam taumelnd auf die Füße und folgte Allday langsam den Abhang hinauf. »Jetzt wird mir keiner mehr glauben. Ich bin genauso schuldig wie er.«

»Wenigstens weißt du, daß ich den Zahlmeister nicht umgebracht habe.« Allday blinzelte in die Sonne. »Viel weiter kommen wir nicht mehr. Bald Zeit, daß wir uns verstecken.«

»Onslow hat damit geprahlt.« Ferguson überlief von neuem ein Schauder. »Nachdem sie dich eingelocht hatten, hörte ich, daß er mit Pook und Pochin darüber sprach. Er rühmte sich damit, wie er Evans umgebracht hatte.«

Allday zog Ferguson in ein Gestrüpp. »Da!« Er deutete auf die langsam weiterrückende Linie roter Punkte auf einem entfernten Abhang. »Sie suchen uns schon.«

Ferguson stieß einen leisen Schrei aus: »Ich werde nie wieder nach Hause kommen! Ich werde Grace nie wiedersehen.«

Allday sah ihn ernst an. »Hör auf, Bryan. Noch sind wir nicht erledigt. Vielleicht kommt eines Tages ein anderes Schiff hierher, denen erzählen wir dann einfach, daß wir Schiffbrüchige sind.«

Die Seesoldaten entfernten sich nach rechts. In ihrem festen Schuhzeug und mit der schweren Ausrüstung sind sie für solche Suchaktionen nicht geeignet, dachte Allday. Selbst in den nackten Hügeln Cornwalls wäre er ihnen entkommen. Hier war es noch leichter, weil das dichte Buschwerk Deckung bot. »Jetzt ist die Luft rein«, sagte er. »Sie suchen nach der anderen Seite. Komm weiter, Bryan.«

Sie kletterten die Bergflanke hinauf, bis Allday neben herabgestürzten Felsbrocken ein Gewirr von Büschen entdeckte. Er warf
sich ins Dickicht und blickte hinaus über die leere Wasserwüste.
»Hier sind wir sicher, Bryan. Wenn das Schiff fort ist, bauen wir uns
eine Hütte, so wie meine in den Hügeln von Falmouth. Mach dir
keine Sorgen.«

Ferguson stand da und blickte aus weit aufgerissenen Augen zu
seinem Freund hinunter. »Onslow will das Schiff übernehmen, er hat
es mir gesagt. Er wußte, daß ich nichts dagegen machen konnte, daß
ich ebenso schuldig bin wie die anderen.«

Allday versuchte zu grinsen. »Du bist erschöpft. Wie kann Onslow
die Fregatte übernehmen?« Sein Grinsen schlug in einen Ausdruck
des Schreckens um, als ihm die tiefere Bedeutung dämmerte. Er
sprang auf und packte Ferguson beim Arm. »Willst du sagen, daß
Onslow das alles geplant hat? Das mit dem Frischwasser, dem Mord
und meiner Flucht?« Er wartete nicht auf die Antwort. Fergusons
Gesichtsausdruck sagte ihm genug. Er stöhnte auf. »Mein Gott, Bryan, was sollen wir tun?«

Ferguson sagte leise: »Ich wollte es dir erzählen. Aber es war keine
Zeit dazu. Sie hätten dich sowieso umgebracht.«

Allday nickte. »Ich weiß, Bryan, ich weiß.« Er starrte auf die Erde.
»Ich habe es vorhergesagt.« Er fuhr sich mit den Fingern durch das
Haar. »Meuterei. Damit will ich nichts zu tun haben.« Er sah Fergu-
son entschlossen an. »Wir müssen zurück und sie warnen.«

»Es ist zu spät.« Ferguson verkrampfte die Hände ineinander.
»Ich kann jedenfalls nicht zurück. Begreifst du denn nicht? Ich bin
einer von ihnen.« Tränen rannen ihm übers Gesicht. »Ich könnte die
Peitsche nicht ertragen, John. Bitte, ich kann nicht.«

Allday wandte dem anderen den Rücken zu, um sein Gesicht zu
verbergen. Er blickte über das Meer, dessen scharfe Kimmlinie alle
Entfernung auslöschte.

Du armer kleiner Angsthase. Was mußte es Ferguson gekostet haben, den Posten niederzuschlagen und die Zelle zu öffnen! Über die
Schulter hinweg sagte er ruhig: »Ich weiß, Bryan. Laß mir bloß Zeit,
über alles nachzudenken.«

Also alles vergeblich. Sein Entschluß, das Leben zu nehmen, wie
es kam, sein Vorsatz, Gefahren und Schwierigkeiten so durchzustehen, daß er eines Tages heimkehren konnte, alles umsonst. Wie
merkwürdig, daß gerade Ferguson, der am meisten zu verlieren hat-

te, durch seine Informationen die Meuterei mit ausgelöst hatte.

Ein Unglück ist es, sagte er sich grimmig. Die Suche nach einem Meuterer gaben sie nie auf, ganz gleich, wie lange sie dauerte. Er hatte einige Meuterer in Plymouth baumeln sehen, verfaulende, augenlose Kadaver. Futter für die Möwen und eine Warnung für alle anderen.

Weit draußen auf dem glitzernden Meer bewegte sich etwas und störte die stille Leere des Horizonts. Allday ließ sich auf ein Knie nieder und hielt die Hände über die Augen. Sie waren blind vor Schweiß. Er blinzelte und blickte dann wieder in die Richtung. Monate auf See als Ausguck hatten ihm den Seemannsinstinkt vermittelt, mehr zu erkennen, als dem bloßen Auge sichtbar war. Er drehte ganz leicht den Kopf. Noch ein Punkt, viel kleiner. Wahrscheinlich eine Meile hinter dem anderen.

»Was ist?«

Allday setzte sich auf einen Felsbrocken. »Draußen sind zwei Fregatten, Bryan.« Er sah Ferguson nachdenklich an. »Große Schiffe, dem Aussehen nach wahrscheinlich Franzosen.« Er ließ die Worte wirken und sagte dann: »Deine Frau in Falmouth, Bryan, heißt sie nicht Grace?«

Ferguson nickte stumm. Er begriff nicht, worauf der andere hinauswollte.

Allday nahm Fergusons Hand und umschloß sie fest. »Sie würde bestimmt nicht gern an einen Meuterer denken, wenn sie sich an dich erinnert, Bryan, nicht wahr?« Er sah, daß Ferguson kurz den Kopf schüttelte, und bemerkte die Tränen auf den sonnenverbrannten Wangen. »Und ebenso ungern würde sie an dich als den Mann denken, der sein Schiff dem Feind in die Hand fallen ließ, ohne einen Finger zu rühren.« Er stand langsam auf und zog Ferguson hoch. »Wirf einen Blick auf diese Schiffe, Bryan, und dann sage mir, was zu tun ist. Du hast mir das Leben gerettet. Dafür zumindest bin ich in deiner Schuld.«

Ferguson starrte auf die tanzenden Spiegelungen, durch Furcht und Schrecken zu verwirrt, um den Sinn hinter Alldays leisen Worten zu begreifen. »Du möchtest, daß ich mit dir zurückgehe?« Es klang sehr verloren, doch er mußte es wiederholen. »Mit dir zurückgehe . . .?«

Allday nickte. Seine Blicke ruhten noch immer auf Fergusons zerquältem Gesicht. »Wir müssen zurück, Bryan. Du begreifst das jetzt, nicht wahr?« Er legte Ferguson die Hand auf den Arm, ließ einige

Sekunden verstreichen und ging dann den Abhang hinab, ohne sich umzublicken. Er wußte, daß Ferguson ihm folgte.

Bolitho merkte, daß sich sein Nackenhaar leicht bewegte. Er erhob sich, sah zu dem Lüftungsloch hoch und sagte nach einigen Sekunden: »Spüren Sie es? Der Wind!«

»Okes kann nie und nimmer rechtzeitig zurück sein«, sagte Herrick. »Und selbst wenn, dann . . .«

Bolitho legte einen Finger auf seine Lippen. »Still! Es kommt jemand.« Er ergriff hastig Neales Kleidungsstücke und stopfte sie durch das Lüftungsloch.

Die Tür knarrte, und Pook spähte hinein. Er fuchtelte mit einer Pistole. »An Deck. Alle!« Seine Augen glänzten, und sein Hemd war voller Rumflecken. Dann blickte er sich suchend um und brüllte: »Wo, zum Teufel, ist der Kleine?«

»Durch das Lüftungsloch«, sagte Bolitho. »An Land geschwommen.«

»Wird ihm auch nichts nützen«, lallte Pook. »Verhungert er eben mit den übrigen.«

Fluchend und mit sich selbst redend trieb er die drei Offiziere an Deck. Onslow und einige seiner Getreuen standen beim Ruder. »Reizen Sie ihn nicht«, flüsterte Bolitho Herrick zu. »Er sieht schon so gefährlich genug aus.«

Onslow war die Anspannung anzumerken. Als Bolitho und die anderen die Achterdeckreling erreichten, bellte er: »Also los! Bringen Sie das Schiff in Fahrt.« Er zielte auf Herricks Leib und setzte drohend hinzu: »Ich erschieße ihn, wenn Sie mich hinters Licht führen wollen.«

Bolithos Blicke flogen über das Hauptdeck, und er merkte, daß seine Zuversicht schwand. Etwa zwanzig Mann starrten herauf. Alle, die von der *Cassius* gekommen waren, und einige von der *Phalarope*, die als vertrauenswürdig gegolten hatten. Wie er zu Neale gesagt hatte: Pech, daß gerade diese Männer an Bord blieben, während verläßlichere Leute mit den Wasserfässern an Land kommandiert worden waren. Normalerweise hätte es nichts ausgemacht. Er biß sich auf die Lippen. Diesmal jedoch entschied es über Tod und Leben.

Er nickte Proby zu. »Bramsegel und Klüver, Mr. Proby.« Und zu Onslow: »Wir brauchen mehr Leute, um den Anker zu lichten.«

Onslow bleckte die Zähne. »Ganz gut, der Versuch, aber nicht gut genug. Ich werde die Kette kappen.« Er schwenkte die Pistole. »Für die Segel reichen die Leute.« Sein Kinn schob sich vor. »Noch so ein Trick, und ich lege den Leutnant um.« Er zielte wieder auf Herrick. »Machen Sie weiter – *Sir!*«

Bolitho spürte die Sonne auf dem Gesicht und bemühte sich, mit dem überwältigenden Gefühl der Niederlage fertigzuwerden. Er konnte nichts machen. Neales Leben hatte er schon aufs Spiel gesetzt. »Na gut, Onslow«, sagte er tonlos. »Aber ich hoffe, daß Sie es noch bedauern.«

Von vorn rief jemand: »Da! Am Strand sind welche!«

Onslow fuhr herum. Seine Augen funkelten. »Bei Gott, ein Boot legt ab.«

Bolitho sah zum Ufer. Die Jolle der *Phalarope* kam vom Strand klar und bewegte sich auf das Schiff zu. Es saßen nur zwei Mann im Boot. Sicher war bei der Landungsabteilung Panik ausgebrochen, als die Leute sahen, daß die *Phalarope* ohne sie lossegeln wollte. Mehrere Meuterer waren bereits aufgeentert, und ein Klüversegel flatterte ungeduldig in der auffrischenden Brise. Bolitho bemerkte, daß immer mehr Leute am grünen Rand des hohen Ufers auftauchten. Die Klinge eines gezogenen Degens blitzte.

Onslow sagte langsam: »Laßt das Boot so nahe herankommen, daß wir es mit einem Neunpfünder beharken können.« Er grinste. »Holt den verdammten Mr. Vibart herauf. Wir wollen den Hunden ein Abschiedsgeschenk machen, an das sie sich erinnern!« Und zu Bolitho: »Gehenkt wird doch, und wer wäre da besser?«

Vier Mann waren nötig, um den Ersten Leutnant vom Niedergang heranzuschleifen. Seine Kleidungsstücke hingen in Fetzen. Das Gesicht war vor Schlagwunden kaum noch erkennbar. Einige Sekunden lang stierte er auf die Schlinge, die von der Großrah baumelte. Dann wandte er sich um und blickte zum Achterdeck hinauf. Erst jetzt bemerkte er Bolitho und die anderen. Eines seiner Augen war geschlossen, das andere richtete sich ohne Furcht oder Hoffnung fest auf Onslow.

»Na, Mr. Vibart«, rief Onslow, »dann wollen wir mal sehen, wie Sie zu unserer Melodie tanzen.« Einige lachten, als er hinzufügte: »Von da oben werden Sie einen hübschen Ausblick haben.«

»Lassen Sie ihn in Ruhe«, sagte Bolitho. »Sie haben *mich*, Onslow. Reicht Ihnen das nicht?«

Aber Vibart rief: »Sparen Sie Ihre Bitten für sich selber auf. Ich brauche Ihr verdammtes Mitleid nicht.«

Plötzlich brüllte jemand: »He, die in der Jolle sind Allday und Ferguson.«

Mehrere rannten zum Schanzkleid, und einer fing sogar an, Hurra zu rufen. Doch Onslow befahl heiser: »Bleibt bei der Kanone. Die beiden brauchen wir hier nicht.«

Bolitho beobachtete jede Bewegung. Ein anderer großer Matrose löste sich vom Ruder. Er kam näher und knurrte: »Das laß mal! Es ist Allday. Der war immer ein guter Kumpel.« Er blickte zum Hauptdeck hinunter. »Was sagt ihr, Jungs?«

Zustimmendes Gemurmel erklang, und Pochin sagte: »Ruft das Boot längsseits.«

Bolitho schlug das Herz wie ein Schmiedehammer. Die Jolle stieß an den Rumpf der Fregatte. Alles schwieg, während Allday und Ferguson an Bord kletterten. Dann beugte sich Pochin über die Querreling und rief: »Willkommen, John! Segeln wir also doch zusammen.«

Aber Allday blieb unter der Steuerbordlaufplanke stehen. Auf seinem emporgewandten Gesicht lag hell die Sonne. »Mit dem segle ich nicht!« Er deutete auf Onslow. »Er hat Evans ermordet und es mir in die Schuhe geschoben. Ohne Bryans Hilfe wäre ich am Galgen geendet.«

»Aber jetzt bist du frei«, entgegnete Onslow ruhig. »Ich habe nie vorgehabt, dich umzubringen.« Schweiß stand ihm auf der Stirn, und die Knöchel der Hand, die die Pistole umspannte, waren weiß. »Du kannst bei uns bleiben und bist willkommen.«

Allday schenkte ihm keine Beachtung. Er wandte sich an die Leute an Deck. »Da draußen sind zwei französische Fregatten, Jungs. Soll die *Phalarope* ihnen wegen dieses mörderischen Schweins in die Hände fallen?« Seine Stimme wurde lauter. »Und du, Pochin. Bist du so mit Blindheit geschlagen, daß du in deinen eigenen Tod rennst?« Er packte einen Mann beim Arm. »Und du, Ted, willst du das für den Rest deines Lebens mit dir rumschleppen?«

Alle redeten durcheinander, und selbst von oben kamen die Leute wieder herunter, um sich an der Auseinandersetzung zu beteiligen.

Bolitho warf Herrick einen Blick zu. Jetzt oder nie, zumal er zwei bewaffnete Matrosen nach achtern kommen sah, die wissen wollten, was los war: wahrscheinlich die Bewacher der übrigen Gefangenen. Doch Vibart handelte als erster. Die Matrosen um ihn herum hatten auf den zerschlagenen, blutenden Ersten Leutnant einen Augenblick nicht geachtet, als er auch schon aufbrüllend um sich hieb und seine

Wächter zu Boden streckte. In der gleichen Sekunde brüllte Bolitho: »Neale! Jetzt, um Gottes willen!«

Noch während er rief, warf er sich von der Seite her mit aller Kraft gegen Onslow. Ineinander verklammert und mit Händen und Füßen aufeinander einhämmernd, rollten sie über das Deck.

Pook brüllte vor Wut auf, als Herrick ihm die Beine unter dem Leib wegschlug. Die Pistole an sich reißen und feuern, war für Herrick eins. Die Kraft des Schusses riß Pook von den Knien hoch und schleuderte ihn gegen die Karronade. Eine Gesichtshälfte und das Kinn waren nur noch blutige Fetzen.

Irgendwie gelang es Onslow, sich freizukämpfen. Mit einem gewaltigen Sprung über die Querreling landete er mitten unter den anderen Matrosen. Seit dem Pistolenschuß standen sie erstarrt wie Salzsäulen. Onslow packte ein Entermesser und rief: »Los, Jungs. Bringt die Hunde um!«

Bolitho ergriff Onslows Pistole, feuerte auf den Mann am Ruder und keuchte: »Nach achtern, Mr. Proby. Holen Sie Waffen!«

Auf der Back ertönte eine unregelmäßige Salve, und die verdutzten Meuterer wichen über das Hauptdeck zurück, als Seeleute durch die Luken heraufquollen; sie wurden von Steuermannsmaat Belsey geführt, dessen verwundeter Arm fest bandagiert war, während er mit der gesunden Hand eine Enteraxt schwang.

»Die Boote kommen, Sir«, rief Herrick. Er schleuderte die leere Pistole nach einem Meuterer und packte das Entermesser, das Proby ihm hinhielt. »Mein Gott, endlich die Boote!«

»Mir nach!« rief Bolitho. Er schwang das Entermesser wie eine Sense, stürmte den Niedergang hinunter und holte mit aller Kraft aus, als ein Mann mit einer Pieke auf ihn eindrang. Die starke Klinge des Entermessers grub sich dem Angreifer in den Hals, und Bolitho fühlte, wie ihm das warme Blut über das Gesicht spritzte.

Häßlich und verzerrt blendeten Gesichter auf, gingen jedoch in Schreien unter, als er sich quer über das Deck eine Gasse hieb, bis er bei Vibart anlangte, der gegen drei Meuterer kämpfte. Gerade als sein Entermesser einem Meuterer in die Schulter fuhr, sah er ein Messer in der Sonne aufblitzen und hörte Vibart vor Schmerz aufbrüllen. Er sank zu Boden. In eben dem Augenblick stürzten sich die aus dem Kabelgatt befreiten Männer in das Gefecht. Einige Meuterer warfen die Waffen hin und hoben die Hände. Bolitho glitt in einer Blutlache aus. Jemand half ihm auf die Füße. Es war Allday. Er dankte ihm keuchend.

Aber Allday blickte an ihm vorbei zur anderen Schiffsseite. Eingekreist von erhobenen Waffen und verlassen von seinen Mitverschworenen, stand Onslow mit dem Rücken gegen eine Kanone, das Entermesser noch in der Hand.

»Der gehört mir, Sir«, sagte Allday.

Bolitho wollte etwas erwidern, da hörte er Vibarts Stimme. Mit drei großen Schritten war er neben dem Ersten. Belsey und Ellice hielten Vibart bei den Schultern. Bolitho kniete sich neben den Verwundeten, dem ein dünner Blutfaden aus einem Mundwinkel rann. Vibart blickte zu Bolitho hoch. Er sah plötzlich alt und gebrechlich aus.

»Bleiben Sie still liegen, Mr. Vibart«, sagte Bolitho. »Das kriegen wir bald wieder hin.«

Vibart hustete. Das Blut floß ihm immer stärker über das Kinn. »Das nicht. Diesmal hat es mich erwischt.« Er wollte die Hand heben, schaffte es aber nicht. Der Arzt, den er nicht sehen konnte, schüttelte den Kopf. Nichts mehr zu machen.

»Sie haben sich tapfer gehalten«, sagte Bolitho.

Man hörte das Klirren von Stahl. Bolitho blickte über das Deck. Allday und Onslow umkreisten einander mit blanken Entermessern. Die anderen sahen stumm zu. Das war kein Kriegsgericht. Das war die Rechtsprechung des Unterdecks.

Bolitho blickte wieder zu Vibart hinunter. »Kann ich etwas für Sie tun?«

Schmerz verzerrte das Gesicht des Sterbenden. »Nichts. Sie nicht und auch kein anderer.« Er hustete wieder. Diesmal hörte der Blutstrom nicht auf. Vibart starb, als die zurückkehrenden Boote längsseits kamen und sich die Gangways mit atemlosen Leuten füllten.

Bolitho erhob sich langsam und betrachtete den Toten. Irgendwie typisch für Vibart. Es paßte zu ihm, daß er bis zur letzten Sekunde unzugänglich geblieben war.

Bolitho sah hoch. Hauptmann Rennie und Fähnrich Farquhar stiegen über Verwundete hinweg. Ihre Gesichter waren vor Entsetzen grau und verzerrt. Bolitho verschränkte die Hände auf dem Rücken, um seine Erregung zu verbergen.

»Setzen Sie diese Männer fest, Mr. Farquhar. Und dann machen Sie sofort mit der Übernahme von Frischwasser weiter. Wir segeln, sowie alle Fässer an Bord sind.« Er ging langsam zur anderen Schiffsseite. Die Leute traten auseinander, um ihn hindurchzulassen, und sein Blick fiel auf Onslow, dessen Augen bereits gebrochen waren.

Bolitho fühlte sich plötzlich so elend und beschmutzt, als hätte er durch die Meuterei den Aussatz bekommen. Er sagte rauh: »Ich hoffe nur, daß wir uns beim Kampf gegen die Franzosen ebensogut halten wie beim Kampf gegeneinander.« Danach drehte er sich um und ging nach achtern.

XVI   Ein ganz besonderer Mann

Fähnrich Maynard klopfte an Bolithos Kajütentür und meldete atemlos: »Empfehlung von Mr. Herrick, Sir, und wir haben eben steuerbord voraus zwei Segel gesichtet.« Er wagte einen flüchtigen Blick auf die Offiziere, die neben Bolithos Tisch standen. »Das Flaggschiff und die Fregatte *Volcano*.«

Bolitho nickte nachdenklich. »Danke. Meine Empfehlung an Mr. Herrick. Er möchte über Stag gehen, damit wir Verbindung aufnehmen können.« Und nach einer Sekunde: »Und es soll alles vorbereitet werden, um die Festgenommenen zur *Cassius* hinüberzubringen.«

Maynard hastete den Niedergang hinauf, und Bolitho wandte sich wieder den anderen Offizieren zu. »Nun, meine Herren, endlich haben wir das Flaggschiff gefunden.«

Vor zwei Tagen hatte die *Phalarope* die kleinen Inseln hinter sich gelassen. Zwei lange Tage des Nachdenkens über Mord und Meuterei. Bolitho hatte mit seiner üblichen Tageseinteilung gebrochen. Er erschien nicht zu den üblichen Zeiten auf dem Achterdeck, sondern verbrachte lange Stunden in seiner Kajüte, wo er über die Ereignisse nachgrübelte, sich jede Phase vor Augen führte und sich mit Vorwürfen marterte.

Er blickte auf die Karte und sagte langsam, wie zu sich selbst: »Alldays Beschreibung nach würde ich sagen, daß die Franzosen in voller Stärke ausgelaufen sind. Die beiden Fregatten waren höchstwahrscheinlich Erkundungsfahrzeuge der Hauptflotte von Admiral de Grasse. Wenn dem so ist, haben sie ihre Pläne geändert.« Er tippte mit einem Finger auf die Karte. »De Grasse würde zu solchem Zeitpunkt keine Fregatte zwecklos einsetzen. Ich nehme an, er will die Hauptdurchfahrten meiden und die Dominica-Passage benutzen. Auf dieser Route könnte er unseren Patrouillen entgehen.« Er rollte die Karte zusammen und legte sie beiseite. »Ich werde zur *Cassius* hinüberfahren und mit dem Admiral sprechen.« Er blickte auf die

Berichte, die sich auf dem Tisch türmten. »Sir Robert wird über vieles nähere Auskunft wünschen.« Klingt abgedroschen, dachte er bitter, wie Details im Logbuch, bar aller Wärme oder Menschlichkeit. Aber wie ließ sich die Atmosphäre auf dem Hauptdeck beschreiben, als er das Gebet gesprochen hatte, ehe die in Leinwand eingenähten Leichen über Bord geglitten waren? Leutnant Vibarts sterbliche Überreste neben denen der toten Meuterer. Die Mannschaft hatte schweigend einen Kreis gebildet. Es war nicht nur ein Schweigen der Achtung oder der Trauer, nein, etwas viel Tieferes. Etwas wie ein Schweigen aus Scham und Schuld.

Bolithos Augen glitten über Okes und Rennie, Farquhar und Proby, ehe er mit gleicher Kürze fortfuhr: »Sie haben große Wendigkeit und Tapferkeit bewiesen. Ich habe es im Bericht ausführlich erwähnt und denke, daß Ihnen gebührende Anerkennung gezollt werden wird.« Er erwähnte nicht, daß ohne einen solchen Bericht des Kapitäns die Geschichte der kurzen wüsten Meuterei für den Admiral und dessen Vorgesetzte alles andere überschatten würde. Aber selbst so reichte es vielleicht nicht aus, den Namen des Schiffes vor weiterer Unehre zu bewahren.

Er musterte Okes scharf. »Sie übernehmen selbstverständlich den Posten des Ersten Leutnants, und Mr. Herrick übernimmt unverzüglich Ihre bisherigen Pflichten.« Seine Augen glitten zu Farquhar. »Ich habe meinem Bericht über Sie nichts hinzuzufügen. Sie fungieren mit sofortiger Wirkung als Leutnant. Ich zweifle nicht daran, daß die Ernennung schnell bestätigt werden wird.«

»Danke, Sir«, sagte Farquhar und blickte sich um, als erwarte er, daß sich seine Umgebung mit einem Schlage völlig verändere. »Ich bin Ihnen sehr verbunden.«

Okes sagte nervös: »Ich kann noch immer nicht glauben, daß Mr. Vibart tot ist.«

»Der Tod ist das einzig Unabwendbare, Mr. Okes.« Bolitho musterte ihn unbeteiligt. »Und doch ist er das einzige, was wir nie als gegeben hinnehmen wollen.«

Es klopfte, und Stockdale schaute hinein. »Signal vom Flaggschiff, Kapitän. Sie möchten sich so bald wie möglich zum Rapport melden.«

»Gut, Stockdale. Ruf meine Bootsmannschaft.« Und zu den anderen: »Vergessen Sie es nie, meine Herren: Die *Phalarope* wäre beinahe durch Meuterei verloren gegangen.« Er verharrte auf dem Wort. »Jetzt muß sich entscheiden, ob wir durch die knappe Rettung etwas gelernt haben.« Er bemerkte die flüchtig ausgetauschten Blicke. »Entweder ist das Schiff vom Übel gereinigt oder weiter von Schande befleckt. Es liegt bei uns. Bei Ihnen und bei mir.« Er musterte die ernsten Gesichter. »Das wäre es. Sie können gehen.«

Die Offiziere waren kaum hinaus, als Stockdale wieder auftauchte. Er legte Bolithos Degen und Hut heraus und sagte: »Allday wartet draußen, Kapitän.« Es klang mißbilligend.

»Ja, ich habe ihn rufen lassen.« Er hörte das Quietschen der Blökke, als die Gig ausgeschwenkt wurde, und erinnerte sich an Stockdales entsetztes Gesicht, als er mit dem Landkommando von der Insel auf das Schiff zurückgekehrt war. Er stierte damals auf die Blutflecken, auf die Leichen und dann auf seinen Kapitän, ehe er abgehackt sagte: »Ich hätte Sie nie allein lassen sollen, Sir. Keinen Augenblick.« Es wirkte, als sei er der Meinung, Bolitho im Stich gelassen zu haben. Als nähme er an, daß es, wäre er an Bord geblieben, nie zu der Meuterei gekommen wäre.

»Schick ihn herein«, sagte Bolitho. »Er ist ein guter Seemann, Stockdale. Ich habe ihm Unrecht getan.«

Stockdale schüttelte den Kopf, stapfte jedoch zur Tür, um den Mann zu holen, der der Meuterei den ersten Stoß versetzt hatte.

Und unter welchem Risiko! dachte Bolitho. Allday hatte sich dem Suchkommando gestellt, obwohl er genau wußte, daß ihn jeder für schuldig hielt und ohne eine Erklärung abzuwarten niederschießen konnte. Allday war auf Okes und Farquhar gestoßen. Wie es schien, hatten sie beschlossen, daß Allday versuchen sollte, das Schiff zu erreichen, nur begleitet von Ferguson. Ein richtiger und tapferer Entschluß. Hätte Onslow gesehen, daß sich eine ganze Bootsladung dem Schiff näherte, hätte er bestimmt auf das Boot feuern lassen.

Es klopfte, und Allday betrat die Kajüte. In der weißen Hose, dem karierten Hemd und mit dem hinten mit einer Angelschnur zusammengebundenen Haar sah er genauso aus, wie sich eine Landratte einen Seemann vorstellte. Über eine Wange und den Hals zogen sich, wo ihn Brocks Stock getroffen hatte, diagonal zwei Narben. Bolitho sah Allday einige Sekunden an, ehe er sagte: »Ich habe Sie rufen lassen, um Ihnen für das, was Sie getan haben, zu danken, Allday. Ich wünschte, ich wüßte, wie sich das Ihnen zugefügte Unrecht wieder gutmachen ließe.« Er zog die Schultern hoch. »Aber ich kenne keine solche Möglichkeit.«

Alldays Spannung lockerte sich ein wenig. »Ich verstehe, Sir. Aber es ist ja alles gut ausgegangen. Zuerst habe ich ein bißchen Angst gehabt, wenn ich das sagen darf, Sir.« Seine Augen wurden hart. »Aber als ich dann Onslow sah, faßte ich mich. Ich bin sehr froh, daß ich ihn zur Strecke gebracht habe.«

Bolitho musterte Allday mit neuem Interesse. Ein scharfgeschnittenes, kluges Gesicht. Wäre ihm eine Ausbildung zuteil geworden, hätte er es sicher weit bringen können.

»Onslow soll uns allen eine Lehre sein, Allday.« Bolitho trat an das Heckfenster und dachte an das, was ihn seit der Meuterei am meisten belastete. »Sein Leben und die Umstände haben ihn verdammt. Wir müssen darauf achten, daß weder durch Grausamkeit noch durch Mangel an Verständnis neue Onslows geschaffen werden.« Er drehte sich um. »Nein, Allday. Ich habe im Falle Onslow versagt. Er war genauso ein Mensch wie wir alle. Nur daß er von Geburt an keine echte Chance gehabt hatte.«

Allday sah den Kapitän erstaunt an. »Aber Sie hätten ihm nicht helfen können, Sir. Entschuldigen Sie, wenn ich das sage. Er war einfach schlecht, ich habe schon früher ein paar von der Art kennengelernt.«

Maynard steckte den Kopf durch die Tür. »Wir sind mit dem Flaggschiff auf gleicher Höhe, Sir. Die Gig ist klar zum Abfieren.«

»Gut.« Bolitho sah Allday an. »Kann ich irgend etwas für Sie tun?«

Allday trat unbehaglich von einem Fuß auf den anderen. »Da wäre eine Sache, Sir.« Er hob den Kopf, seine Augen waren plötzlich klar und entschlossen. »Ich denke an Ferguson, Sir, Ihren Schreiber. Schicken Sie ihn mit den anderen Meuterern hinüber?«

Bolitho spreizte die Arme, damit ihm Stockdale den Degen umschnallen konnte. »Das hatte ich vor, Allday.« Er runzelte die Stirn. »Sicher, er ist mit Ihnen zurückgekommen und hat viel getan, um den Schaden wiedergutzumachen, den er durch seine Komplizenschaft mit Onslow angerichtet hat. Aber es liegen mehrere Verfehlungen vor. Er hat die Meuterer mit vertraulichen Informationen versorgt, ohne die ein solcher Aufstand unmöglich gewesen wäre. Er hat einen Posten angegriffen und einen Gefangenen befreit, über dessen Schuld oder Unschuld noch zu befinden war.« Er griff nach seinem Hut und betrachtete ihn blicklos. »Meinen Sie, Ferguson sollte völlig straffrei ausgehen?«

»Erinnern Sie sich an das, was Sie über Onslow gesagt haben, Sir?« fragte Allday leise. »Ferguson ist kein Seemann und wird nie einer werden.« Er lächelte traurig. »Ich habe mich ein bißchen um ihn gekümmert, seit wir gepreßt wurden. Wenn Sie ihn nun hinüberschikken, werde ich das Gefühl nicht loswerden, daß ich ihm gegenüber versagt habe. Genau wie es Ihnen mit Onslow geht.«

Bolitho nickte. »Ich will es mir überlegen.« Er ging zum Niedergang, wobei er sich bücken mußte, um nicht an die Balken zu stoßen. Dann sagte er: »Schönen Dank, Allday. Sie haben ein wirkungsvolles Argument vorgebracht.« Er stieg hastig in das Sonnenlicht und sah schnell zur *Cassius* hinüber. Groß und verläßlich hob sie sich von dem blauen Wasser ab; hinter ihr hatte die andere Fregatte beigedreht.

Herrick hob die Hand an den Hut. »Die Gig ist klar, Sir.« Sein Blick flog fragend zu den gefesselten Männern an der Schanzpforte. »Soll ich sie hinüberschaffen, während Sie beim Admiral sind, Sir?«

»Wenn Sie so gut sein wollen, Mr. Herrick.« Bolitho bemerkte Allday an der Kajütenluke und setzte kurz hinzu: »Aber behalten Sie Ferguson an Bord. Mit ihm befasse ich mich selber.«

»Ferguson, Sir?« fragte Herrick verblüfft.

Bolitho sah ihn kühl an. »Er ist mein Schreiber, Mr. Herrick! Haben Sie so schnell vergessen, daß Sie ihn mir empfohlen haben?« Er lächelte kurz und bemerkte die Erleichterung des anderen.

»Aye, aye, Sir.« Herrick trat an die Reling und ließ für den Kapitän Seite pfeifen.

Die Pfeifen trillerten, und Bolitho verschwand hinunter in das Boot. Herrick drehte sich um, als Old Proby murmelte: »Wie alt ist er? Fünfundzwanzig, sechsundzwanzig?« Er seufzte tief. »Ich bin doppelt so alt und noch was darüber, und an Bord der *Phalarope* gibt's mehr wie mich.« Seine Augen folgten der kleinen Gig, die durch die Schaumköpfe auf das schwoiende Linienschiff zuglitt. »Und doch ist er wie ein Vater zu uns.« Er schüttelte den Kopf. »Ist Ihnen aufgefallen, Mr. Herrick, wie ihn die Leute jetzt ansehen? Wie Kinder, die bei was Schlechtem ertappt worden sind. Sie wissen, wie ihn die Meuterei getroffen hat. Und daß er unsere Schande doppelt schwer empfindet.«

Herrick blickte Proby erstaunt an. Selten redete der Steuermann so viel auf einmal. »Ich wußte gar nicht, daß auch Sie ihn bewundern.«

Proby schob die hängende Unterlippe vor. »Bewundern, dafür bin ich zu alt, Mr. Herrick. Es sitzt tiefer. Unser Kapitän ist ein ganz besonderer Mann. Ich würde mein Leben für ihn hingeben. Mehr kann ich nicht sagen.«

Proby drehte sich plötzlich wütend um. »Verdammt noch mal, Mr. Herrick, wie können Sie mich so daherschwatzen lassen!« Er schlurfte geräuschvoll über das Achterdeck.

Herrick ging zur Reling. Er dachte noch über Probys Worte nach, während er auf die von Seesoldaten bewachten Meuterer hinabblickte, die auf den Abtransport zur *Cassius* warteten. Scham und Schande ihretwegen? Herrick teilte Bolithos Gefühl nicht. Er hätte gern jeden einzelnen eigenhändig gehenkt, wenn dem Kapitän dadurch die Last der Trostlosigkeit genommen worden wäre.

Er entsann sich des eigenen Jubels, als Okes und Rennie an Bord der Fregatte gekommen waren und ihm klar wurde, daß das plötzlich hochgezüngelte Feuer der Meuterei erstickt worden war. In diesem Augenblick hatte er hinter Bolithos sorgsam zur Schau getragene Maske geblickt und war zu dem Menschen dahinter vorgedrungen. Ja, Proby hatte recht, Bolitho war ein ganz besonderer Mann.

Fähnrich Neale trat neben ihn und richtete sein Glas auf das Flaggschiff. Herrick sah zu dem kleinen Fähnrich hinunter. Er mußte daran denken, wie Neale sich gedreht und gewunden hatte, als sie seinen eingefetteten Körper durch das Lüftungsloch zwängten. Als er dann plötzlich die Kabelgattür aufriß, mußte das auf die festgesetzten Leute geradezu wie eine Sensation gewirkt haben. Ellice, der Arzt, hatte später gesagt: »Da waren wir nun alle, Mr. Herrick, und dachten an Tod oder Schlimmeres, und plötzlich flog die Tür auf wie die Pforte des Himmels.« Das hochrote Gesicht des Arztes hatte sich zu einem Grinsen verzogen. »Als ich den kleinen nackten Cherubim sah, hinter dem die Sonne stand, dachte ich zuerst, ich wäre gestorben, ohne daß ich es bemerkt hätte.«

Herrick lächelte vor sich hin. Seit jenem schrecklichen Tag schien Neale gewachsen zu sein. »Wenn Sie sich weiter so halten, wird man Sie in ein paar Jahren genauso befördern wie jetzt Mr. Farquhar.«

Neale dachte darüber nach und entgegnete dann: »Ich habe nie daran gezweifelt, Sir.« Er errötete und setzte hastig hinzu: »Ich meine, nicht oft.«

Sir Robert Napier ging steif zu einem kleinen vergoldeten Stuhl und setzte sich. Einige Sekunden fixierte er Bolithos unbewegliche Züge, ehe er trocken sagte: »Sie sind ein sehr merkwürdiger junger Mann, Bolitho. Nichts berechenbar, nichts vorherzusehen.« Er klopfte mit den Fingerspitzen gegeneinander. »Aber eins muß man zu Ihren Gunsten sagen, langweilig sind Sie nicht.«

Bolitho wagte nicht zu lächeln. Es war noch zu früh, um genau abzuschätzen, welche Aufnahme seine Ideen gefunden hatten. Mit nagender Ungeduld hatte er in einer angrenzenden Kajüte gewartet, während der Admiral seine Berichte las. Nach etwa einer Stunde war er vor den großen Mann befohlen worden. Zwei weitere Kapitäne waren bereits anwesend: Cope von der *Cassius* und ein untersetzter Mann mit maskenstarrem Gesicht, in dem Bolitho Kapitän Fox von der Fregatte *Volcano* erkannte.

»Mir scheint«, sagte der Admiral, »Ihre Erregung über die französischen Fregatten, die einer Ihrer Leute gesichtet hat, ist reichlich übertrieben.« Er schwenkte eine Hand über seiner großen, mehrfarbigen Karte. »Sehen Sie selbst, Bolitho. Die Inseln unter dem Winde und die Inseln über dem Winde bilden von Norden nach Süden so etwas wie eine gebrochene Kette. Wenn die französische Flotte ausgelaufen ist – und ich sage *wenn* –, dann dürften Sir George Rodneys Fregatten diese Tatsache gemeldet haben, und beide Seiten stehen bereits im Kampf. Ist das der Fall, was kann ich dann weiter dazu tun?« Er lehnte sich zurück. Seine Blicke hafteten an Bolithos Gesicht.

Bolitho sah flüchtig die anderen Offiziere an. Cope, Sir Roberts Flaggschiffkapitän, würde sich selbstverständlich zurückhalten, bis ihm die Meinung seines Herrn klar war. Fox war der Mann, den es zu überzeugen galt. Wie es hieß, war er hart, verschlossen und neigte infolge seines Alters – er war zu alt für seinen Rang – zu übergroßer Vorsicht.

Bolitho breitete seine eigene Karte über der des Admirals aus. »Der ganze Plan, die französische Flotte zu stellen und ins Gefecht zu ziehen, basiert auf einer Voraussetzung, Sir«, begann er ruhig. »Wir wissen, daß de Grasse seine stärksten Kräfte bei Martinique zusammengezogen hat, mit Stoßrichtung nach Süden. Um sich mit seinen spanischen Verbündeten zu vereinen und Jamaika zu erreichen, muß er daher alles daransetzen, sich unserer Aufmerksamkeit zu entziehen und so jede Schlacht mit uns, die ihm Schaden zufügen könnte, zu vermeiden.«

Der Admiral sagte gereizt: »Das weiß ich selber, verdammt noch mal.«

Bolitho fuhr gelassen fort: »Meines Erachtens waren die zwei Fregatten Fahrzeuge mit Späherauftrag, die der eigentlichen Flotte voraussegelten.« Er fuhr mit dem Finger über die Karte. »Er kann nördlich von Martinique segeln und, falls notwendig, zwischen den verstreuten Inseln in Gefechtslinie gehen. Danach, in dem ihm genehmsten Augenblick, kann er leicht nach Westen und wie geplant auf Jamaika zudrehen.« Bolitho sah zu Fox hinüber, dessen Augen ausdruckslos blieben, ehe er drängend hinzufügte: »Sir George Rodneys Plan hängt von einem schnellen Treffen ab, Sir. Aber angenommen, de Grasse vermag es zu vermeiden, oder, noch schlimmer, er greift uns irgendwo zum Schein an, während seine Hauptmacht in Richtung Norden segelt, was dann?« Er wartete und beobachtete den Admiral, dessen blasse Augen über die Karte wanderten.

»Die Möglichkeit besteht«, sagte Sir Robert mürrisch. »De Grasse könnte alles feindliche Land umgehen und dann dicht unter befreundetem Gebiet bleiben. Guadeloupe zum Beispiel. Dadurch würde er einer Schlacht in offenem Gewässer wie der Martinique-Passage, ausweichen.« Er nickte und wirkte plötzlich ernst. »Ihr Vorschlag birgt viele Gefahren, Bolitho.«

Kapitän Cope sagte mißmutig: »Wenn die Franzosen Rodney entwischen, sind wir erledigt.«

»Darf ich mir erlauben, auf etwas hinzuweisen, Sir?« fragte Bolitho. »Selbst wenn ich unrecht habe, kann mein Vorschlag kaum Schaden anrichten.«

Der Admiral zog die Schultern hoch. »Mir liegt nichts daran, so seltenen Enthusiasmus zu dämpfen, Bolitho. Aber ich verspreche auch nicht, ihm nachzugeben.«

Bolitho beugte sich über die Karte. »Mein Schiff war hier unten auf der Suche nach Frischwasser —«

»Und damit zufällig nicht auf der ihm zugewiesenen Position«, unterbrach ihn der Admiral.

»Ja, Sir«, nahm Bolitho schnell wieder das Wort. »Setzen wir für die Flaute einen Tag an und zwei weitere, um Kontakt mit Admiral de Grasse herzustellen, dann hatten die beiden französischen Fregatten Zeit genug, diese Durchfahrt zu erforschen.« Er trat zurück, als die beiden Kapitäne die Karte studieren wollten. »Nördlich der Dominica-Passage liegt eine verstreute Gruppe kleiner Inseln: die Isles des Saintes. Wenn ich de Grasse wäre, würde ich darauf zuhalten. Von dort aus kann er entweder in westlicher Richtung nach Jamaika segeln oder sich in den Schutz von Guadeloupe zurückziehen, falls ihm Rodneys Flotte zu dicht auf den Fersen sitzt.« Bolitho holte tief Luft, ehe er fortfuhr: »Wenn unser Geschwader nach Südosten läuft, wären wir in einer besseren Position, um die Lage zu beobachten und – wenn notwendig – Sir George Rodney Meldung zu erstatten, was vorgeht.«

Sir Robert rieb sich das Kinn. »Was meinen Sie, Cope?«

Der Kapitän des Flaggschiffs trat unbehaglich von einem Fuß auf den anderen. »Schwer zu sagen, Sir. Wenn Bolitho recht hat, und ich denke, daß er alles höchst sorgsam überlegt hat, dann hätte de Grasse die am wenigsten vermutete Route gewählt, um durch unsere Blokkade zu schlüpfen. Aber selbstverständlich, wenn Bolitho sich irrt, dann haben wir die uns zugewiesene Position ohne vertretbaren Grund verlassen.«

Der Admiral funkelte ihn an. »Daran brauchen Sie mich nicht zu erinnern.« Seine Blicke wanderten zu Fox, der sich noch immer über die Karte beugte. »Na?«

Fox richtete sich auf. »Ich stimme mit Bolitho überein.« Und nach kurzer Pause: »Dennoch scheint mir, Bolitho hat einen Punkt übersehen.« Er tippte mit dem Finger auf die Bleistiftlinien. »Wenn Sir George den Admiral de Grasse von der Dominica-Passage verscheucht, sind die Froschfresser günstiger dran. Die Brise ist zu schwach. Unsere Flotte kann sich nicht schnell genug wieder vereinigen, ehe de Grasse aufs offene Wasser hinausstürmt.« Sein Finger lief langsam in gerader Linie über die Karte. »Aber unser Geschwader liegt dann womöglich direkt auf ihrem Fluchtweg.«

Der Admiral bewegte sich auf seinem Platz. »Meinen Sie, ich hätte mir das nicht auch überlegt?« Er sah Bolitho an. »Na, und was sagen *Sie* dazu?«

»Ich meine noch immer, daß wir in einer besseren Position wären, um Bericht zu erstatten und um den Feind zu beschatten, Sir.«

Der Admiral stand auf und ging erregt auf und ab. »Wenn ich nur ein paar verläßliche Informationen bekommen könnte! Ich habe die *Witch of Looe* vor ein paar Tagen auf ein Spähkommando geschickt, aber was kann man bei der verdammten Flaute erwarten?« Er blickte durch die offenstehenden Heckfenster. »Manchmal liegt man tagelang so fest. Was wissen wir? Der Krieg kann schon aus sein.«

»Ich könnte mit der *Phalarope* allein nach Süden segeln, Sir«, schlug Bolitho vor.

»Nein!« Die Stimme des Admirals kam wie ein Peitschenhieb. »Ich werde keinem meiner Kapitäne eine Verantwortung aufbürden, die ich selber tragen muß.« Er lächelte frostig. »Oder wollten Sie mir diese Entscheidung aufzwingen?« Er wartete die Antwort nicht ab.

»Nun gut, meine Herren. Wir setzen unverzüglich Segel und halten nach Südost.« Er sah seine Kapitäne der Reihe nach an. »Aber ich wünsche keine Abenteuer. Sichten wir den Feind, ziehen wir uns zurück und erstatten Sir George Rodney Meldung.«

Bolitho verbarg seine Enttäuschung. Indes, er konnte eigentlich zufrieden sein. Schließlich hatte er nicht einmal das erwartet. Weder daß Sir Robert Napier zustimmen würde, den gegenwärtigen Bereich zu verlassen, noch daß er sich zu einer Unternehmung bereitfinden würde, die sich gut und gern als ein sinnloses, zeitvergeudendes Wagnis herausstellen konnte. Als er sich umwandte, um Fox zu folgen, sagte der Admiral scharf: »Und was diese andere Angelegenheit betrifft, Bolitho«, er legte seine Hand auf den offenen Umschlag, »die werde ich auf meine Weise erledigen. Mir liegt nichts daran, daß meine Schiffe durch Meuterei befleckt erscheinen. Wir werden die Sache innerhalb des Geschwaders bereinigen.« Seine Ungeduld brach wieder durch. »Und was Leutnant Vibart anlangt, nun, da ist nichts mehr zu machen, nicht wahr. Ein toter Offizier nutzt mir nichts mehr, ganz gleich, wie er starb.«

»Er starb tapfer, Sir«, brachte Bolitho nach kurzem Überlegen heraus.

»Auch die Christen in Rom starben tapfer«, knurrte der Admiral. »Und es ist verdammt wenig Gutes dabei herausgekommen.«

Bolitho zog sich aus der Kajüte zurück und eilte an Deck, um sein Boot rufen zu lassen. Die See zeigte wieder kleine weiße Schaumköpfe, und die Flagge des Admirals flatterte tapfer in der auffrischenden Brise. Gutes Segelwetter! dachte er. Und das sollte man stets nutzen.

Den schwerfälligen Zweidecker zwischen sich, machten die Fregatten alles klar und setzten die Segel. Gegen Abend hatte der Wind leicht nachgelassen. Aber er reichte noch immer aus. Die Segel blähten sich noch prall durch die ungewohnte Kraft, als die Rahen gebraßt wurden und alle drei Schiffe auf Steuerbordhalsen gelegt wurden, damit sie über Nacht zusammenblieben.

Ehe die Dunkelheit die Schiffe völlig verbarg, kam es zu einem Ereignis, mit dem die unglückseligen Vorgänge der Meuterei ihren Abschluß fanden. Bolitho wanderte gerade an der Luvseite auf und ab, als er Okes rufen hörte.

»Mr. Maynard, schnell! Richten Sie Ihr Glas auf das Flaggschiff. Man scheint ein Signal zu hissen.«

Bolitho überquerte das Deck. Der Signalfähnrich hantierte mit seinem langen Fernrohr. Sonderbar von dem Admiral, bei so mäßiger Sicht ein Flaggensignal zu setzen. Eine Signallaterne wäre besser gewesen.

Maynard senkte das Glas und blickte die beiden Offiziere an. Ihm schien so elend zu sein wie an dem Tag, als er Evans' Leiche entdeckt hatte. »Es ist kein Signal, Sir.«

Bolitho nahm dem Fähnrich das Glas ab und richtete es auf das Flaggschiff. Unbewegt verfolgte er, wie der kleine schwarze Punkt zur Großrah der *Cassius* hochstieg. Er pendelte während der langsamen Reise zur Rah, zappelte und ruckte hin und her, so daß Bolitho geradezu die Trommelwirbel und das stetige Trampeln nackter Füße zu hören glaubte, die Begleitmusik, zu der die abkommandierten Männer die Meuterer langsam zur Großrah heißten.

In einem Punkt hatte Maynard unrecht: Es war doch ein Signal, für jeden, der es sah.

Bolitho gab das Glas zurück und sagte: »Ich gehe nach unten, Mr. Okes. Besetzen Sie den Ausguck mit den besten Leuten. Lassen Sie mich rufen, wenn Sie etwas sichten.« Er sah Maynard kurz an und sagte: »Dieser Mann, wer es auch war, kannte den Preis für seine Torheit. Die Disziplin verlangt, daß er voll bezahlt wird.«

Er drehte sich um, ging hinunter und verabscheute sich selber wegen der kalten Unnatur seiner Worte. Im Geiste glaubte er Vibarts heisere, anklagende Stimme zu hören, die ihm seine Weichheit vorhielt. Was machte ein Toter mehr aus? Ob Fieber oder unberechenbare Unfälle, ob Tod im Kampf oder das Ende am Seil, zuletzt war es alles das Gleiche.

Er warf sich auf sein Lager und blickte zu den Decksbalken empor. Ein Kapitän mußte über solchen Dingen stehen, um den lieben Gott spielen zu können, ohne an die zu denken, die ihm dienten. Dann erinnerte er sich an Alldays Worte und an das blinde Vertrauen, das Männer wie Herrick oder Stockdale in ihn setzten. Solche Menschen verdienen meine Aufmerksamkeit, ja meine Liebe, ging es ihm unbestimmt durch den Kopf. Macht als Tyrann auszuüben, ist ehrlos. Und ohne Ehre ist man kein Mensch.

Mit diesem Gedanken sank er in tiefen Schlaf.

»Kapitän, Sir!«

Fähnrich Neale legte Bolitho die Hand auf den Arm und sprang erschrocken zurück, als die Hängekoje heftig schaukelte.

Bolitho setzte die Füße auf den Boden, starrte aber noch leer vor sich hin, während er den Alptraum abzuschütteln versuchte. Schreiende, gesichtslose Männer hatten ihn umringt. Seine Arme waren gefesselt, und er hatte gefühlt, wie sich die Schlinge um seinen Hals zusammenzog. Neales Hand hatte die Realität des Alptraums nur noch verstärkt. Er fühlte, wie ihm noch jetzt der Schweiß über den Rücken lief.

»Was ist?« fragte er barsch. Es war noch dunkel, und er brauchte mehrere Sekunden, um zu sich zu kommen.

»Eine Empfehlung von Mr. Herrick, Sir«, meldete Neale. »Er meint, Sie sollten wissen, daß wir etwas gehört haben.« Er trat noch einen Schritt zurück, als Bolitho sich erhob. »Es klang wie Kanonendonner, Sir.«

Bolitho hielt sich nicht damit auf, seinen Rock zu suchen, sondern rannte so wie er war zum Achterdeck hinauf. Die Dämmerung mußte bald anbrechen. Der Himmel vor dem sanft geschwungenen Bug zeigte bereits einen blassen Streifen.

»Was ist, Mr. Herrick?« Bolitho trat an die Reling und hielt die Hände hinter die Ohren.

Herrick sah ihn unsicher an. »Ich kann mich auch irren, Sir. Vielleicht war es Donner.«

»Höchst unwahrscheinlich.« Die Frühbrise ging kühl, und Bolitho fröstelte. »Können Sie die *Cassius* schon ausmachen?«

»Nein, Sir.« Herrick deutete unbestimmt in eine Richtung. »Der Dunst hebt sich. Es wird wieder ein heißer Tag.«

Bolitho richtete sich kerzengerade auf, als plötzlich ein dumpfes Rollen über die See hallte. »Vielleicht heißer, als Sie denken, Mr. Herrick.« Er sah zu der prallen Leinwand hinauf. »Der Wind scheint durchzustehen.« Er bemerkte plötzlich mehrere Gestalten auf dem Hauptdeck. Alle blickten nach vorn, lauschten, fragten sich, was das Rollen bedeuten mochte.

»Lassen Sie alle Mann an Deck pfeifen«, befahl Bolitho. Er sah wieder nach oben. Im Frühlicht erkannte er am Masttopp schon den wehenden Wimpel, der wie ein ausgestreckter Finger wirkte. »Lassen Sie die Reffs ausschütteln, Mr. Herrick. Und setzen Sie Fock und Besansegel.«

Herrick rief nach einem Bootsmannsmaat, und wenige Sekunden später, als die Pfeifen schrillten und die Männer an Deck gerannt kamen, herrschte auf dem Schiff reges Leben.

»Die *Cassius* ist noch immer nicht zu sehen, Sir«, sagte Herrick.

»Wir warten nicht auf sie!« Bolitho beobachtete, wie die Männer

die Wanten hinaufschwärmten, und lauschte den barsch herausgebellten Kommandos. »Das da vorn ist Geschützfeuer. Geben Sie sich
keinem Irrtum hin.«

Proby kam an Deck, wobei er seinen schweren Rock zuknöpfte. Er
schien noch halb im Schlaf. Während sich das große Besansegel füllte
und sich das Deck unter dem Druck des Windes gehorsam neigte,
eilte er zum Ruder hinüber und enthielt sich jeder Bemerkung.

Bolitho sagte ruhig: »Zwei Strich nach Backbord abfallen, Mr.
Proby.« So wie das Schiff plötzlich auf Wind und Segel reagierte, so
waren auch Erschöpfung und Schlaf plötzlich wie weggefegt. Er hatte
recht gehabt. Das Warten war fast zu Ende.

Er sah zu Herrick hinüber. Es war heller geworden, und das Gesicht
des Leutnants war jetzt deutlicher zu erkennen. Herrick wirkte besorgt,
war aber trotz der schnellen Folge der Ereignisse nicht aufgeregt.

»Wir wollen der Sache auf den Grund gehen, Mr. Herrick«, sagte
Bolitho. Er deutete auf die Männer, die an den Rahen zurückkletter-
ten. »Ich möchte, daß an jeder Rah Schutzketten angebracht werden. Wenn wir in ein Gefecht verwickelt werden, haben unsere Leute
genug mit den Kanonen zu tun. Sie sollen nicht durch herabstürzende
Spieren zerschmettert werden. Und lassen Sie auch über dem
Hauptdeck Netze ausspannen.« Er zwang sich, still an der Reling zu
stehen und die Hände auf dem abgegriffenen, polierten Holz ruhen
zu lassen. Durch die Handflächen spürte er, wie das Schiff bebte. Es
war, als wären seine Gedanken zu etwas Lebendigen geworden, das
jetzt die *Phalarope* durchpulste.

Aus dem anfänglichen Durcheinander hatte sich ein sinnvoller
Rhythmus entwickelt. Die Wochen der Ausbildung und die Stunden
beharrlicher Einweisung hatten sich gelohnt, wie sich jetzt erwies.

Stockdale trat zu Bolitho an die Reling. »Ich hole Ihren Rock,
Sir.«

»Noch nicht, Stockdale. Das hat noch Zeit.« Er drehte sich um, als
Okes mit verschlafenem Gesicht auftauchte. »Die Leute sollen heute
früh reichlich zu essen bekommen, Mr. Okes. Ich habe das Gefühl,
als ob das Kombüsenfeuer bald für einige Zeit gelöscht werden
muß.« Auf dem Gesicht des Offiziers dämmerte Begreifen. »Dieses
Mal werden wir bereit sein.«

Wie ein lebendes Wesen bäumte sich die *Phalarope* auf, wenn sich
der Bug hob und freudig durch jede Reihe der niedrigen Wellen
schnitt. Gischt spritzte über die Back in langen weißen Streifen.

»Ketten angeschlagen, Sir.«

»Gut.« Es kostete ihn Mühe, gelassen zu sprechen. »Lassen Sie die Boote ausschwenken, damit sie achtern in Schlepp genommen werden können. Kommt es heute zum Kampf, fliegen auch ohne Bootsplanken genug Splitter durch die Gegend.«

»Was bedeutet Ihrer Meinung nach das Geschützfeuer, Sir?« fragte Okes stockend.

Bolitho merkte, wie mehrere Leute innehielten, um seine Antwort zu hören. »Zwei Schiffe«, erklärte er langsam. »Eins sehr viel kleiner als das andere, dem Klang der Abschüsse nach. Aber so viel steht fest, Mr. Okes: feindlich kann nur eins davon sein.«

Herrick meldete sich zurück. »Was nun, Sir?«

»Ich gehe nach unten, um mich zu rasieren und zu waschen. Wenn ich wieder an Deck komme, erwarte ich Meldung, daß die Leute reichlich gegessen haben. Danach werden wir weitersehen.«

Doch in seiner Kajüte konnte er es kaum über sich bringen, Zeit mit Rasieren und Umziehen zu vergeuden. Stockdale servierte ihm sein Frühstück, aber er konnte es nicht einmal ansehen, geschweige denn essen. Heute abend oder vielleicht schon innerhalb weniger Stunden konnte er tot sein. Oder, schlimmer noch, unter dem Messer des Arztes um Gnade schreien. Ihn schauderte. Doch es führte zu nichts, daran zu denken. Mehr noch, es schadete.

»Ich habe Ihnen ein frisches Hemd hingelegt, Sir«, sagte Stockdale. Er sah Bolitho fragend an. »Ich denke, Sie sollten auch Ihre beste Uniform anziehen.«

»Um Himmels willen, warum denn, Mann?« Bolitho blickte seinem Bootsführer überrascht in das zerschlagene Gesicht.

»Das ist *der* Tag, Sir. Ich spüre es. So war es schon mal.« Dickköpfig setzte er hinzu: »Außerdem blickt die Mannschaft auf Sie, Sir. Die Leute wollen Sie sehen. Nach allem, was geschehen ist, wollen sie sehen, daß Sie zu ihnen gehören.«

Bolitho blickte Stockdale an. Die stockend vorgebrachten Worte bewegten ihn. »Wenn du meinst.«

Zehn Minuten später übertönte eine Stimme schwach die Geräusche der See und der Leinwand: »An Deck! Segel in Steuerbord voraus.«

Bolitho zwang sich, noch ein paar Sekunden zu warten. Nachdem Stockdale ihm den Degen umgeschnallt hatte, ging er zum Kajütniedergang. Das Achterdeck war voller Leute. Sie deuteten nach vorn und redeten durcheinander, verstummten aber, während Bolitho zur Reling ging und sich von Maynard das Fernrohr reichen ließ.

Durch das Muster der Takelage sah er die Schaumköpfe der Wogen vor dem Bug der Fregatte. Der Himmel war bereits klar, aber das Wasser schien sich noch unter dem Griff eines sich nur langsam lichtenden Nebels zu winden, der dem jungen Tag momentan noch die Wärme raubte.

Dann hatte er sie plötzlich im Glas: zwei Schiffe, dicht beieinander, die Rümpfe in eine dichte Rauch- und Nebelwolke gehüllt; die zerfetzten Segel hingen körperlos über dem weiter unten verborgenen Kampf. Deutlich sichtbar waren jedoch die Flaggen: die eine blutrot wie die, die über ihm flatterte. Die andere rein und weiß, die Fahne Frankreichs.

Bolitho schob das Fernrohr mit einem Ruck zusammen. »Also gut, Mr. Okes, lassen Sie Alarm trommeln. Alle Mann auf Stationen. Klar zum Gefecht.« Er sah seine Offiziere fest an. »Wir müssen uns heute mit unserer ganzen Person einsetzen, meine Herren. Wenn die Mannschaft sieht, daß wir unser Bestes geben, werden die Leute willig ihre Pflicht tun.« Er lauschte auf das ferne Geschützfeuer. »Machen Sie weiter, Mr. Okes.«

Die Offiziere salutierten und sahen dann einander an, als wäre ihnen eben bewußt geworden, daß es für einige, vielleicht für alle der letzte Tag sein konnte. Doch da begann die Trommel zu rasseln und beendete den kurzen Moment innerer Bewegung.

XVII In Schlachtformation

Zehn Minuten nach dem Trommelsignal war die *Phalarope* klar zum Gefecht. Die Decks waren gesandet, Eimer mit Wasser standen in Reichweite jeder Kanone. Über dem Schiff lag eine sonderbare, alles beherrschende Stille, nur durch das unruhige Schlagen der Segel und das Rauschen der Bugwelle unterbrochen.

Bolitho legte die Hand über die Augen und betrachtete die unirdisch orangefarbene Glut der Sonne, die sich durch den nicht endenwollenden Dunst kämpfte. Das Krachen und Bellen der Geschütze war mit jeder Minute unregelmäßiger und sporadischer geworden. Während sich die Entfernung zwischen der *Phalarope* und den anderen Schiffen verringerte, drangen neue Laute herüber. Sie klangen bösartiger und doch irgendwie persönlicher. Bolitho hörte das scharfe Knattern von Gewehren und Pistolen, und Stahl klirrte gegen Stahl, übertönt von den Schreien der um ihr Leben kämpfenden Männer.

Okes wischte sich das Gesicht mit dem Handrücken und stieß hervor: »Dieser verdammte Nebel! Nicht zu sehen, was vorgeht.«

Bolitho sah ihn kurz an. »Er ist ein Gottesgeschenk, Mr. Okes. Sie haben zu viel zu tun, um uns zu bemerken.« Er winkte zum Rudergänger hinüber. »Einen Strich nach Steuerbord.« Danach ging er zur Querreling und blickte zu dem hochschauenden Herrick hinunter.

»Lassen Sie die Geschütze laden. Aber erst auf mein Kommando hin ausrennen.«

Die Kanoniere schoben Kartuschen in die Mündungen und stießen glänzende runde Kugeln hinterher. Die erfahreneren Geschützmeister nahmen sich die Zeit, jede Kugel beinahe liebevoll zu tätscheln und in der Hand zu wiegen. Die erste Salve sollte ein voller Erfolg werden.

»Doppelte Ladungen!« hörte er Herrick rufen. »Und Kartätschen, Jungs. Diesmal wollen wir es ihnen geben!«

Ein kräftigerer Windstoß schob den Dunst, der die Schiffe einhüllte, beiseite. Bolithos Lippen verzogen sich zu einem schmalen Strich. Mit dem Heck zur schnell heransegelnden *Phalarope* lag eine französische Fregatte. Neben ihr erkannte er die kleine *Witch of Looe.* Die Brigg hatte Schlagseite und war beinahe bis zur Unkenntlichkeit havariert. Ein Mast fehlte bereits, den anderen schienen nur noch die Reste des stehenden Gutes zu halten. Er dachte an ihren Kommandanten, den jungen Leutnant Dancer, dem er an Bord des Flaggschiffs begegnet war. Er staunte über den Schneid oder den vergeudeten Mut, der Dancer veranlaßt hatte, sich mit einem Gegner einzulassen, der ihm dermaßen überlegen war. Seine kleinen Knallbüchsen gegen die noch rauchenden Zwölfpfünder!

»Sie haben uns entdeckt, Sir«, sagte Okes. Er schluckte schwer, als etwas wie ein tierisches Knurren über das Wasser drang. »Mein Gott, sehen Sie bloß!«

Das zerschmetterte Deck der *Witch of Looe* schien von französischen Seeleuten überschwemmt. Während der treibende Pulverqualm einen Augenblick aufriß und die Sonne das Gemetzel beschien, sah Bolitho die kleine Gruppe, die das Achterdeck der Brigg noch verteidigte. In wenigen Minuten würde auch sie überwältigt sein.

Die Stückpforten der dem Gefecht abgewandten Seite der französischen Fregatte öffneten sich plötzlich, und die Kanonen wurden rumpelnd ausgefahren. Die feindliche Fregatte bleckte die Zähne.

Bolitho achtete nicht auf das Siegesgeschrei, das auf der französischen Fregatte ertönte, sondern konzentrierte sich völlig auf den ständig schmaler werdenden Streifen Wasser zwischen der *Phalarope* und dem Feind. Keine Kabellänge mehr, und kein Schiff in der Lage zu feuern. Der Bug der Phalarope zeigte fast haargenau auf das Heck des anderen Schiffs. Behielt sie den Kurs bei, würde der Bugspriet durch die Heckfenster stoßen. Auf der einen Seite des Franzosen lag mit Schlagseite die durchsiebte *Witch of Looe,* auf der anderen warteten die französischen Kanonen auf ein weiteres Opfer.

»Steuerbordbatterie ausrennen!«

Bolitho beobachtete, wie sich seine Leute in die Taljen legten. Quietschend und knarrend rollten die Kanonen die leichte Neigung des Decks hinauf, und die Rohre schoben sich durch die Pforten.

Von dem französischen Schiff drangen wüste Rufe herüber, unmenschliche Töne des Blutrauschs. Die Männer der *Phalarope* blieben kalt und wachsam. Ihre Augen blinzelten nicht, als die pockennarbigen Segel des Feindes immer höher über dem Bug aufwuchsen.

Bolithos Hände umspannten die Reling, während er langsam sagte: »So, Mr. Herrick, und nun schicken Sie Ihre Leute hinüber zur Backbordbatterie.« Er bemerkte die verdutzten Blicke und setzte kurz hinzu: »In einer Minute lege ich nach Steuerbord um und schere neben die *Witch of Looe.* Sie liegt tief im Wasser. Unsere Breitseite streicht über sie hinweg.«

Herricks Stirnrunzeln machte einem Ausdruck offener Bewunderung Platz. »Aye, aye, Sir.«

Bolithos Stimme riß ihn aus seinen Gedankengängen. »Ruhe! Die Franzosen brauchen nicht zu merken, was wir vorhaben.«

Die Geschützbedienungen krochen zur entgegengesetzten Seite hinüber. Die heiseren Drohungen der Stückmeister dämpften ihre Erregtheit.

Näher und näher. Ein paar Musketenkugeln pfiffen harmlos über ihre Köpfe hinweg, aber aufs Ganze gesehen wartete der französische Kapitän ab. Beide Schiffe waren gleich stark bestückt, und er konnte hoffen, daß der Bug und Vormast der *Phalarope* die ersten Schläge abbekommen würden. Sein Schiff trieb langsam im Wind, und die längsseits liegende *Witch of Looe* minderte das Schaukeln und Schlingern, wofür die französischen Kanoniere dankbar waren. Schwaches Hurrarufen wurde von neuerlichem Musketenfeuer übertönt.

»Die Leute der Brigg jubeln uns zu, Sir«, stotterte Proby.

Bolitho tat, als höre er nicht. Ein einziger Irrtum, und sein Schiff würde zu Kleinholz zerhackt werden. Fünfzig Yards, dreißig Yards. Bolitho hob die Hand. Quintal hockte sprungbereit. Eine Hand lag auf der Schulter eines Matrosen an den Brassen.

»Jetzt!« befahl Bolitho.

Proby griff mit in die Speichen des Rades, und unter dem Kreischen der Blöcke begannen die Rahen herumzuschwenken. Die Segel klatschten protestierend, reagierten aber auf Wind und Ruder.

»Ausrennen!« Eiskalt verfolgte Bolitho, wie die Backbordkanonen über die gesandeten Planken quietschten. »Feuert, was die Rohre hergeben!«

Bolitho hämmerte auf die Reling und zählte ungeduldig jede Sekunde. Einen Augenblick lang glaubte er, den Kurswechsel falsch angesetzt zu haben. Doch während er atemlos wartete und kaum hinzuschauen wagte, schwang der Bugspriet gemächlich über das hohe Heck des Franzosen und hätte fast eine Gruppe Matrosen von den Schutznetzen gefegt.

Herrick rannte von einer Kanone zur anderen, um darauf zu achten, daß auch bestimmt jeder Schuß saß. Er hätte sich die Mühe sparen können. Während die überraschten französischen Kanoniere verwirrt von der anderen Seite herübergerannt kamen, schlugen die ersten Schüsse krachend in den Rumpf der französischen Fregatte. Die *Phalarope* erbebte, als sie gegen die *Witch of Looe* stieß, zog aber weiter an der kleinen Brigg vorbei, während ihre Geschütze Feuer und Tod spien, hinweg über die Köpfe der verdutzten Enterer und die der restlichen Briggbesatzung.

Bolitho zuckte zusammen, als sich die Neunpfünder auf seinem Achterdeck an dem Getöse zu beteiligen begannen. Das französische Schiff antwortete noch immer nicht. Bolitho hatte richtig vermutet. Die Kanonen starrten so untätig in die Schläge der *Phalarope*, weil ihre Bedienungen mit auf die *Witch of Looe* geentert waren.

Große Teile des Schanzkleids der französischen Fregatte wurden aufgerissen. Zersplitterte Planken wurden wie von unsichtbarer Hand hochgeschleudert. Eine Axt blitzte auf, und Bolitho rief: »Sie wollen klarkommen.« Er zog den Säbel. »Hinüber, Jungs. Enterer vorwärts!«

Die *Phalarope* kam längsseits der *Witch of Looe* langsam zum Stehen. Ihr Bug verfing sich in den herabgestürzten Tauen und Spieren der Brigg. Bolitho rannte die Laufplanken auf der Backbordseite hinunter und kletterte auf das schräg liegende Deck der *Witch of Looe* hinüber. Zuerst folgte ihm niemand. Doch dann sprangen die wartenden Matrosen unter lautem Gebrüll hinter ihm über das Schanzkleid.

Die Franzosen sahen sich zwischen dem wilden Geschützfeuer und den wieder aufflackernden Aktionen der Briggbesatzung eingezwängt. Die meisten ergaben sich und hoben die Hände, doch Bolitho stieß sie beiseite. Sein hocherhobener Degen wies seinen Leuten den Weg. »Vorwärts, Jungs! Wir nehmen die Fregatte.« Sich mit den Enterern zu befassen, dazu blieb später noch Zeit genug.

Der Widerstand auf dem von Schüssen zerfetzten Deck der Fregatte war wild und entschlossen. Wüst verzerrte Gesichter schwammen an Bolitho vorbei, als er sich seinen Weg zum Heck bahnte. Immer wieder rutschte er auf der dicken Blutschicht aus, die das Deck wie frische Farbe überzog.

Das Oberdeck des Feindes war im Augenblick des Angriffs voller Menschen gewesen. Zur normalen Bemannung kamen die Enterer, die von der *Witch of Looe* zurückkommandiert worden waren, und die Kanoniere, die der plötzliche Kurswechsel der *Phalarope* überrascht hatte. In dieses verfilzte Durcheinander von Leibern war die volle Kraft der Breitseite geschlagen. Alle Zwölfpfünder der Backbordbatterie hatten gefeuert, dazu die Achterdeckgeschütze, jede Kanone mit Doppelkugeln und breit streuenden Kartätschen geladen. Das Deck des Franzosen sah aus, als habe ein Irrer ganze Fässer voller Blut ausgegossen. Sogar die unteren Segelbahnen waren rotgefleckt, und über dem zersplitterten Schanzkleid und den hochkant stehenden Kanonen hingen zerfetzte Körperteile.

Ein französischer Offizier, der aus einer Kopfwunde blutete und dessen schmaler Säbel fast bis zum Heft voller Blut war, stellte sich Bolitho in den Weg. Bolitho hob seinen Degen, doch der Franzose parierte den Schlag. Sein Gesichtsausdruck wechselte von Angst zu Frohlocken. Bolitho wollte Raum gewinnen, aber die ringsum kämpfenden Leute engten seine Bewegungsfreiheit ein. Er konnte den Degen nicht schnell genug heben. Er sah den Franzosen ausholen, hörte den Stahl herabsausen und wartete auf den Hieb. Statt dessen verzerrte sich das Gesicht des Franzosen vor Schreck. Denn ein kampfbesessener Seesoldat brach durch die Menge, sein aufgepflanztes Bajonett wirkte wie ein Speer. Der Franzose holte nach dem neuen Gegner aus, aber es war zu spät. Der Seesoldat stieß mit solcher Wucht zu, daß sein Bajonett den Franzosen an der Heckreling festnagelte. Der Seesoldat brüllte im Blutrausch auf und stemmte dem Franzosen den Fuß auf den Leib, um sein triefendes Bajonett herauszureißen. Der französische Offizier sackte langsam zusammen, sein Mund schnappte wie der eines sterbenden Fisches. Der Seesoldat stierte ihn an, als sähe er ihn zum ersten Mal, und stieß nochmals zu.

Bolitho packte ihn beim Arm. »Um Gottes willen, Mann, es reicht!« Der Seesoldat schien nicht zu hören. Dann, nach einem verdutzten Blick in das Gesicht seines Kapitäns, warf er sich von neuem verbissen und haßerfüllt in den Kampf.

Der Kapitän der Fregatte lag auf dem Achterdeck, ein junger Leutnant hielt ihn bei den Schultern. Jemand band eine Aderpresse um den zerschmetterten Stumpf seines Beins. Der Kapitän war kaum bei Bewußtsein.

»Streichen Sie die Flagge, Kapitän!« rief Bolitho. »Streichen Sie die Flagge, solange noch ein paar von Ihren Leuten am Leben sind.« Er erkannte seine eigene Stimme nicht. Die Hand, die den Degengriff umklammerte, war schweißnaß. Er mußte an den Seesoldaten denken und wußte, wie schnell auch ihn der Blutrausch packen konnte.

Der französische Kapitän brachte eine schwache Geste zustande, und der Leutnant stieß hervor: »Wir streichen die Flagge, M'sieur. Wir streichen.«

Selbst nachdem die weiße Flagge an Deck flatterte und die Leute Mann für Mann vom Geschäft des Tötens zurückgerissen worden waren, brauchten die Männer der *Phalarope* Zeit, um zu begreifen, daß der Kampf gewonnen war.

Dancer von der *Witch of Looe* gratulierte Bolitho als erster. Er blutete aus mehreren Wunden. Einen Arm hatte man ihm mit einem Tampen über der Brust festgebunden. Die gesunde Hand streckte er Bolitho entgegen, als er über das zersplitterte, blutbefleckte Deck auf ihn zuhinkte. »Danke, Sir. Das war Rettung in höchster Not!«

Bolitho schob den Degen in die Scheide. »Ihr Schiff wird sinken, fürchte ich.« Seine Augen glitten über die zerfetzten Segel der französischen Fregatte. »Aber Sie haben es teuer verkauft.«

Dancer schwankte und griff nach Bolithos Arm. »Ich wollte Sir Robert benachrichtigen. Die Franzosen sind ausgelaufen, Sir.« Er kniff die Augen zusammen und versuchte, seine Gedanken zu ordnen. »Vor drei Tagen stießen de Grasses und Rodneys Flotten aufeinander. Nach einem kurzen Treffen auf weite Entfernung brach de

Grasse die Schlacht ab. Ich habe versucht, die Franzosen im Auge zu behalten, und heute morgen entdeckte ich die gesamte Flotte nord-westlich von Dominica.« Er hob den Kopf. »Ich glaube, es ist Sir George Rodney gelungen, die Franzosen wieder zu stellen, aber ge-nau weiß ich es nicht. Diese Fregatte erwischte mich, ehe ich das Ge-schwader wieder erreichen konnte.« Er lächelte kläglich. »Und nun habe ich nicht mal mehr ein Schiff.«

Bolitho legte die Stirn in Falten. »Haben Sie genug Leute, um diese Fregatte als Prise zu bemannen?«

Dancer blickte Bolitho verwundert an. »Aber es ist *Ihre* Prise, Sir.«

»Nun, die finanzielle Seite der Angelegenheit können wir später diskutieren, Leutnant.« Bolitho lächelte. »Inzwischen schlage ich vor, Sie scheuchen die Gefangenen nach unten und laufen, so schnell es Ihnen diese Segelfetzen erlauben, auf einen sicheren Hafen zu.« Er sah durch den Qualm nach oben. »Der Wind hat bereits auf Süd-ost gedreht. Damit kommen Sie von der bevorstehenden Schlacht klar.«

Herrick stolperte über die Leichen heran. Der Degen baumelte ihm am Handgelenk. Er salutierte. »Wir haben eben die *Cassius* ge-sichtet, Sir.«

»Sehr gut.« Bolitho drückte Dancer die Hand. »Vielen Dank für die Nachrichten. Zumindest rechtfertigen sie, daß Sir Robert die ihm zugewiesene Station verlassen hat.« Er machte kehrt und kletterte über die sinkende Brigg auf sein eigenes Schiff zurück.

Tief in Gedanken schwang er sich über das Schanzkleid und ging die Gangway entlang. Die Kanoniere sahen zu ihm hoch. Die Scharf-schützen der Seesoldaten, hoch in den Toppen, und die kleinen Pul-veräffchen an der Magazinluke, alle starrten auf die schlanke, ein-same Gestalt, die sich vor den zerrissenen Segeln des eroberten Franzosen abhob. Ein schneller, unglaublicher Sieg. Kein einziger Mann beim Angriff verletzt oder getötet, und nicht der geringste Schaden am Schiff selbst. Einige gute Leute waren beim Kampf auf der feindlichen Fregatte gefallen. Aber der Erfolg wog solchen Ver-lust bei weitem auf. Eine Fregatte als Prise erbeutet. Die *Witch of Looe,* wenn auch nicht gerettet, so doch gerächt. Und das alles in ei-ner Stunde.

Doch von alledem dachte Bolitho nichts. Vor seinem geistigen Auge sah er die Seekarte und verfolgte darauf, wie die feindliche Flotte in unaufhaltsamem Drang auf die offene See hinausstrebte, direkt auf Jamaika zu.

Auf dem Hauptdeck ertönte eine Stimme. Bolitho drehte sich überrascht um.

»Drei Hurras, Jungs. Drei Hurras für unseren Kapitän!«

Während die ungestümen Rufe die Luft erzittern ließen, blickte Bolitho zum Achterdeck. Herrick und Rennie grinsten ihn unverhohlen an. Neale und Maynard schwenkten die Hüte gegen die Mannschaft auf dem unteren Deck. Es traf Bolitho völlig unvorbereitet, und er war verwirrt. Während die Hurrarufe in ein wildes Durcheinander übergingen, trat Herrick an Bolitho heran und sagte: »Gratuliere, Sir. Gratuliere.«

»Was ist heute bloß in die Leute gefahren?«

»Sie haben ihnen mehr als einen Sieg geschenkt, Sir. Sie haben ihnen ihre Selbstachtung zurückgegeben.«

Die Hurrarufe erstarben wie auf ein Signal hin, und Herrick sagte: »Die Leute möchten ein paar Worte von Ihnen hören, Sir.«

Bolitho trat an die Querreling und ließ die Augen über die vertrauten Gesichter wandern. Diese Männer – seine Männer! Die Gedanken wirbelten wie Schatten durch sein Gehirn. Laß sie hungern, laß sie prügeln. Setze sie dem Skorbut aus, Krankheiten, einem hundertfachen Tod. Dennoch lassen sie dich hochleben. Er umklammerte fest die Reling und starrte über die Mannschaft. Er sprach leise, und die entfernteren Leute beugten sich vor, um ihn besser zu verstehen.

»Heute haben wir mit einer französischen Fregatte gekämpft und gesiegt.« Er sah, daß sich einige anstießen und wie Kinder grinsten. »Wichtiger ist mir jedoch die Tatsache, daß wir als geschlossene Einheit kämpften, so wie ein Schiff des Königs kämpfen sollte und auch muß.« Mehrere ältere Seeleute nickten, und Bolitho sammelte alle Kraft für das, was er ihnen zu sagen hatte. Es lag kein Sinn darin, die Leute bloß zum Kampf aufzurufen. Sie brauchten Führung. Es war ein Akt wechselseitigen Vertrauens. Er räusperte sich. »Seht ihr ein feindliches Schiff vor euch, und fliegen die Kugeln über eure Köpfe, kämpft ihr aus verschiedenen Gründen.« Seine Augen wanderten über die gebräunten, erwartungsvollen Gesichter. »Ihr kämpft aus Kameradschaftsgefühl, um euch gegenseitig zu schützen und um gefallene Freunde zu rächen. Oder ihr kämpft aus Angst. Aus einer Angst, die Haß gegen den Feind gebiert, der stets gesichtslos, aber immer gegenwärtig ist. Und vor allem kämpft ihr für euer Schiff.« Er machte eine weitausholende Geste. »Es ist unser Schiff und wird es bleiben, solange wir den Willen haben, für das zu leben und zu sterben, was recht ist.«

Hurrarufe ertönten, doch Bolitho hob den Arm. In seinen Augen lag plötzlich Trauer. »Das kurze Gefecht heute war nur der Auftakt. Ich kann euch nicht sagen, wie sich unsere kleinen Taten in den großen Schlachtplan einfügen, weil ich es nicht weiß. Ich weiß nur, daß die Pflicht von uns verlangt zu kämpfen, wie wir noch nie gekämpft haben.«

Die Leute folgten jetzt jedem Wort mit größter Aufmerksamkeit, und Bolitho fügte nur ungern hinzu, was noch gesagt werden mußte. »Heute früh war das Glück auf unserer Seite. Aber ehe der Tag zu Ende geht, werden wir weit mehr als Glück benötigen.« In diesem Moment erbebte die Luft durch ein dumpfes Rumpeln. Während die Mannschaft über die eroberte Fregatte hinweg in die Ferne starrte, verstärkte es sich zu einem dunklen, drohenden Grollen, es klang wie Donner über fernen Bergen. Bolitho fuhr fest fort: »Da drüben, Jungs, ist der Feind.«

Plötzlich fuhr ihm ein warmer Windstoß über den Nacken. Bolitho schaute auf. Die niedrige Wand aus wallendem Frühnebel begann sich aufzulösen. Für eine Minute waren die beiden Fregatten mit dem sinkenden Wrack der *Witch of Looe* eine Welt für sich. Auf der einen Seite der von Sonnenbahnen durchschossene Nebel, auf der anderen die offene See; hinter der scharfen Kimmlinie war die Nacht weggetaucht, und jetzt schimmerten über den Horizont die Bramsegel der *Cassius* wie rosafarbene Muscheln in der Morgensonne. Dann hob sich der Nebel, und ihre kleine Welt zerbrach.

Im Südosten machte Bolitho eine niedrige Landzunge der dunstverschleierten Künste von Dominica aus. Nach Norden zog sich die verstreute Inselgruppe der Saintes. Und dazwischen keine Spur von Horizont. Es war ein so gewaltiger und großartiger Anblick, daß niemand ein Wort sagen konnte. Von einer Seite zur anderen, so weit das Auge reichte, lag auf dem blauen Wasser eine geschlossene Linie von Schiffen. Zwischen den einzelnen, hochgetürmten Segelpyramiden schien nicht die kleinste Lücke zu klaffen. Das zunehmende Sonnenlicht beleuchtete das scheinbar unbewegte Panorama dieser Armada. Das Bild erinnerte Bolitho an ein altes Gemälde, das er als Kind gesehen hatte: ein Gemälde der gewappneten Ritter bei Agincourt. Er sah noch jetzt die mit Wappendecken und glänzenden Mantelsäcken geschmückten großen Pferde und die stolzen Wimpel und Banner, die an den Lanzen flatterten, als die Panzerreiter sich sammelten, um die dünne Linie der englischen Bogenschützen anzugreifen.

Fast verzweifelt sah er zu seiner von dem Anblick gebannten Besatzung hinunter. »Na, Jungs, was sagt ihr dazu?« Er deutete auf die schimmernde Phalanx. »Hinter dieser Flotte, fünftausend Meilen weit weg, liegt England. Und in unserem Rücken liegt Jamaika.« Er zeigte auf die Decksplanken. »Und unter uns sind tausend Faden Wasser.« Er beugte sich vor. Seine Augen blitzten plötzlich fordernd. »Was soll es also sein, Jungs?«

Das von neuem hörbare Geschützfeuer ging in der Woge wilder Hurrarufe unter, die über das Hauptdeck der *Phalarope* fegte. Die Männer an Bord der eroberten Fregatte stimmten mit ein. Selbst die Verwundeten, die nach unten geschafft wurden, riefen mit, obwohl manche Bolithos Worte nicht gehört hatten und auch gar nicht wußten, worum es ging. Es war, als würden alle Bitterkeit und alle aufgestaute Enttäuschung durch die mächtige Woge der Begeisterung fortgeschwemmt.

Bolitho drehte sich um. Herrick, der dicht neben ihm stand, bemerkte die sonderbare Traurigkeit und Ungläubigkeit in Bolithos Augen. »Nun haben Sie die Antwort, Sir!« sagte er hastig. Er war ebenso erregt wie die anderen und hätte am liebsten laut gejubelt.

Bolitho sah Herrick an, als wäre er ihm völlig fremd. »Sagen Sie, Mr. Herrick, haben Sie je eine Seeschlacht mitgemacht?« Er schwenkte die Hand gegen den Horizont. »Eine wie es diese sein wird?« Er wartete die Antwort nicht ab. »Ich ja. Da gibt es keine Siege durch tolldreisten Wagemut. Und es gibt kein Auf-und-Davon, wenn die Sache zu brutal wird.« Er verschränkte die Arme auf dem Rücken und sah blicklos an seinen Offizieren vorbei. »Der Qualm verdunkelt den Himmel dermaßen, daß man sich wie in der Hölle vorkommt. Sogar die Schiffe brüllen auf, wußten Sie das?« Seine Stimme wurde rauher. »Sie brüllen auf, weil sie in Stücke gefetzt werden, ganz wie die Narren, die sie bemannen.«

Er wandte sich um, als Fähnrich Maynard heiser meldete: »Signal vom Flaggschiff, Sir.«

Bolitho ging nach Luv und sah auf die schräg liegende Brigg hinunter. Die Wellen spülten schon über ihr Schanzkleid und griffen nach den zurückgelassenen Leichen. »Bestätigen Sie das Signal nicht, Mr. Maynard.« Und zu Herrick: »Klar von der Brigg. Fahrt aufnehmen!« Er sah zum Masttopp. »Kurs genau Ost!«

»Und das Flaggschiff, Sir?« fragte Herrick.

»Sir Robert ist ein tapferer Gentleman, Mr. Herrick. Aber aufgrund seines Dienstalters ist er vorsichtiger als ich.« Er lächelte flüchtig. »Und *seine* Leute sind womöglich nicht so eifrig darauf aus, an einem so schönen Tag zu sterben.« Das Lächeln erlosch. »So, nun lassen Sie die Männer auf Stationen pfeifen, und sehen Sie zu, daß dieses verdammte Hurragerufe aufhört.«

Die *Phalarope* löste sich langsam von dem Wrack. Als auch die eroberte Fregatte die Enterhaken einholte, legte sich die Brigg auf die Seite. Das Wasser schoß gurgelnd in den zerschlagenen Rumpf, und die hochsteigenden Luftblasen waren rot gefärbt.

Die Rahen kamen herum, und die *Phalarope* krängte leicht im Wind. Bolitho hob das Fernrohr. Hinter der *Cassius* entdeckte er die Masttopps der Fregatte *Volcano*. Er fragte sich, wie ihr Kapitän auf diesen ehrfurchtgebietenden Anblick reagieren würde. Sir Robert Napier blieb noch immer Zeit, sich zurückzuziehen. Ein bestimmtes Signal, und sie waren aus aller Gefahr und zu stummen Zeugen verurteilt, wenn die Franzosen aus der Schlacht ausscherten und auf ihr Ziel lossteuerten.

Bolitho faßte seinen Entschluß. »Mr. Maynard, Signal an Flaggschiff.« Bolitho sah, daß Herrick Hauptmann Rennie einen Blick zuwarf und mit den Schultern zuckte, als ginge das Verhalten des Kapitäns über sein Begriffsvermögen. »Feind in Sicht.«

Bolitho achtete nicht auf die hochsteigenden Flaggen. Er ging auf dem Achterdeck hin und her. Die Augen der Abteilung Seesoldaten folgten seinen Bewegungen. Das war der entscheidende Augenblick. Sir Robert war ein alter Mann, die besten Jahre lagen hinter ihm. Der Versuch, die französischen Schiffe aufzuhalten, würde ihm bestenfalls einen Ruhm einbringen, den er nicht mehr erleben würde. Andererseits konnte die Aktion so nutzlos verlaufen, daß man sich ihrer nur mit einem Hohn erinnern würde, der seine ganze Laufbahn überschatten und verderben konnte.

»Flaggschiff hat bestätigt, Sir«, meldete Maynard.

Bolitho biß sich auf die Lippen und ging weiter auf und ab. Er hörte geradezu die heisere Stimme, mit der der Admiral seine Befehle erteilte. Und er konnte sich die Unsicherheit des Flaggschiffkapitäns vorstellen und die gedämpfte Zuversicht von Kapitän Fox auf der *Volcano*.

»Das Signal ist gerade noch zu erkennen, Sir«, rief Maynard, das Auge am Teleskop. »Flaggschiff an *Volcano:* Klar zum Gefecht.«

Das Wort zuckte wie ein Blitz über das Achterdeck und zu den an den Kanonen wartenden Männern hinunter. Wieder Hochrufe, wiederum aufgenommen von der Prisenbesatzung des französischen

Schiffes. Bolitho erkannte Leutnant Dancer an der Heckreling und winkte, als die eroberte Fregatte die Rahen braßte und ihre zerfetzten Segel in den schwachen Wind drehte.

»Die *Cassius* setzt alle Segel, Sir«, sagte Herrick aufgeregt. »Mein Gott, welch ein Anblick!« Die plötzliche Aktivität des Flaggschiffs schien ihn stärker zu beeindrucken als die Flotte in seinem Rücken.

»Lassen Sie alle Mann bewaffnen, Mr. Herrick«, befahl Bolitho. »Entermesser und Beile neben jede Kanone. Es wird nicht mehr lange dauern, bis wir mitten im Kampf stehen.«

Maynard senkte das Fernrohr. Seine Stimme bebte, als er Bolitho anstarrte und meldete: »Vom Flaggschiff, Sir: Signal an alle.« Es klang, als kaute er an jedem Wort. »In Gefechtsformation!«

Bolitho nickte langsam. »Lassen Sie Segel bergen, Mr. Herrick. Wir wollen hier auf die *Cassius* warten. Der Wind wird gleich abflauen. Dominica wird den Wind ablenken, fürchte ich.«

Er ging zur Luvseite und hob das Glas. Die Linse schwenkte langsam von einer Seite zur anderen. In dem vergrößerten Ausschnitt sah er den schwachen Schein von Geschützfeuer, wehende Flaggen und schimmernde Segel, als ein mächtiges Schiff nach dem anderen schwerfällig in Formation steuerte. Er fühlte, daß ihm der Schweiß den Rücken herunterlief, wie damals nach dem Alptraum. Aber das hier war Wirklichkeit, und doch schwerer zu verstehen. Gott, welche Menge Dreidecker, an die sechzig vielleicht, britische und französische Linienschiffe, die aufeinander zuglitten und die erste, unerbittliche Begegnung suchten.

»Mr. Brock bitte zu mir!« Bolitho senkte das Fernrohr erst, als der Artillerieoffizier sich auf dem Achterdeck zur Stelle meldete.

»Mr. Brock, ich möchte beide Karronaden auf dem Vordeck haben. Nehmen Sie die besten Leute und achten Sie darauf, daß die Schlitten frisch mit Talg geschmiert werden.« Er schob das Fernrohr zusammen und sah den Artillerieoffizier fest an. »Die Karronaden sind die einzigen Waffen, die wir den Franzosen voraus haben.« Er sah auf das eine Geschütz hinab. Es war stumpfnasig, häßlich und ohne das gefällige Ebenmaß einer richtigen Deckskanone. Dafür jagte es jedoch dem Feind auf kurze Entfernung eine Ladung von achtundsechzig Pfund in den Leib, deren Wirkung verheerend war. Jeder der Schüsse überschwemmte alles, was sich in der Nähe befand, mit mörderischen, gußeisernen Kugeln. Jede Ladung besaß die todbringende Qualität von Kartätschen, zu denen noch die Durchschlagskraft einer weitaus schwereren Waffe kam.

Bolitho ging langsam zur Querreling. Seine Blicke flogen über die sauberen Decks. Hatte er etwas vergessen? Brock und sein Kommando plagten sich fluchend mit den schweren Karronaden. Er beachtete es nicht. Seine Gedanken waren ganz und gar bei den bevorstehenden Aufgaben. Er mußte jedem Offizier, jedem Mann vertrauen. Versagten sie jetzt, lag es an ihm, dann hatte er irgendwann falsch geurteilt.

Die eifrigen, dichtgedrängten Gestalten unter jeder Gangway wirkten plötzlich völlig anders auf ihn. Bolitho hatte das Gefühl, als blicke er auf bereits Tote.

Bootsmann Quintal, der in die Hände spuckte und zu den Männern hinaufdeutete, die darauf warteten, das Schiff in den Kampf zu segeln. Farquhar, der, schlank und für sich, an seiner Batterie entlangging und die Augen über jede Waffe und jeden Mann wandern ließ. Und die Seeleute selber. Trotz des Eingepferchtseins braun und gesund. Einige Gesichter ihm bekannter als andere. Hier ein Mann, der sich auf Mola bewährt hatte. Dort einer, der im Gefecht mit der *Andiron* seinen Posten verlassen hatte. Bolithos Blicke glitten die Wanten hinauf zu den Leuten, die wie Allday noch in der Takelage arbeiteten, zu den Seesoldaten, die mit geladenen Gewehren hoch oben knieten.

Bolithos Augen kehrten zurück zum Achterdeck, zu den Neunpfündern und zu Neale, der neben einem riesigen bezopften Kanonier noch schmächtiger und kleiner wirkte, als er war. Und Proby, Old Proby, der wie eine Vogelscheuche aussah, als er die Arme schwenkte und den Rudergängern seine Befehle erteilte. In einem der Männer am Rad erkannte Bolitho den ältesten Matrosen an Bord, Old Strachan. Eine Kanone konnte er nicht mehr zu Brocks Befriedigung bedienen, doch am Ruder stand er noch immer seinen Mann, und selbst in der heftigsten Schlacht, das wußte Bolitho, würde Strachan nie versagen. Nicht weil er tapfer oder dumm war, sondern weil es Teil seines Lebens war. Des einzigen Lebens, das er kannte und für das er ausgebildet war. Bolithos Blick glitt zu Okes, der nervös die Degenscheide befingerte und ihn beobachtete. Bolitho hätte lieber Herrick an seiner Seite gehabt, aber Herrick würde genug mit den Batterien zu tun haben. Und außerdem war Okes jetzt Erster Leutnant, dachte er gereizt. Vibart war tot und kaum noch eine Erinnerung.

Vom Kajütniedergang aus musterte Stockdale das ernste Gesicht des Kapitäns. Er nickte leicht. Bolitho bemerkte es, reagierte aber nicht. Doch Stockdale war zufrieden. Der Kapitän wußte, daß sein Bootsführer da war, und das reichte Stockdale.

Dicht am Wind holten die drei Schiffe das Beste aus der schwächer werdenden Brise heraus und gingen in Linie, ganz so, wie sie es in der gnadenlosen Sonne viele Male unter den Augen des ewig nörgelnden Admirals geprobt hatten. Bolitho grüßte, als die Leinwand der *Volcano* sich blähte, und die Fregatte die Spitze übernahm. In ihrem Kielwasser folgte die *Cassius*. Und nach weiteren Flaggensignalen sagte Bolitho scharf: »Scheren Sie hinter dem Flaggschiff ein, Mr. Okes.«

Die Männer eilten an die Brassen. Bolithos Blicke suchten den Zweidecker. Die *Cassius* wirkte wie ein älterer, aber erfahrener Krieger. Die Doppelreihe ihrer Stückpforten öffnete sich, und die Geschützrohre schoben sich heraus.

Eine Stimme ertönte: »An Deck! Schiffe Steuerbord voraus.« Eine Pause, während alle zu der kleinen Gestalt auf der Großsaling hinaufschauten. »Zwei Linienschiffe. Und zwei Fregatten.«

Bolitho bemühte sich, seine Ungeduld zu beherrschen. Da die *Phalarope* am Schluß des kleinen Verbandes segelte, würde sie als letzte in den Kampf eingreifen. Bis dahin konnte alles entschieden sein, dachte er erbittert.

Die Segel killten kraftlos. Der Mann am Rad fluchte, weil er keinen Ruderdruck mehr spürte. »Der Wind springt nach Osten um, Sir«, sagte Proby düster.

»Gut.« Bolitho richtete sein Glas auf die feindlichen Einheiten. Die pausenlosen Abschüsse klangen lauter, aber die Hauptmacht der Flotten schien so weit entfernt wie zuvor. Eine Täuschung, natürlich.

Jenseits des killenden Großsegels der *Cassius* bekam Bolitho die gemeldeten feindlichen Schiffe kurz in den Blick: zwei große Schiffe, dicht in Linie, flankiert von zwei kleineren. Aber der abflauende Wind stellte nicht nur ihn, sondern auch seine Leute auf eine arge Probe. Sie waren, wie ihre Hurrarufe gezeigt hatten, bereit zu kämpfen oder ruhmvoll zu sterben. Doch dieses Warten, dieses quälende Warten zermürbte sie. Zu langsam näherte man sich der Kampfzone. So langsam, daß die anfänglich kampfbegeisterten Leute nun zu gelähmt schienen, sich zu bewegen oder die Augen von den rauchverhüllten Schiffen zu wenden.

»Ich gehe nach oben, Mr. Okes.« Ohne den schwitzenden Ersten auch nur anzusehen, eilte Bolitho über die Steuerbordgangway zu den Wanten des Großmastes. Selbst als jungem Fähnrich war Bolitho die Höhe nie gut bekommen. Aber nach einem hastigen Blick auf die schlaffen Segel machte er sich auf die lange Kletterpartie zur Marssaling. Als er sich in die Wanten schwang, starrte ihn ein Seesoldat wortlos an, ehe er wieder auf die im Kampf stehenden Verbände blickte. Die Luft vibrierte von Detonationen, und der Pulverqualm sowie der Rauch brennender Holzteile reizte die Nasenschleimhäute. Bolitho wartete, bis sein Atem wieder ruhiger ging, ehe er das Fernrohr auseinanderzog und über die langsam segelnde *Cassius* hinwegschaute.

Unmöglich, die Frontlinie zu bestimmen. Die Hauptmacht des britischen und französischen Geschwaders lag praktisch dicht voreinander, Schiff an Schiff, Rahnock an Rahnock. Ihre Masten und Segel waren von Rauch und Pulverqualm verhüllt, der nicht abziehen konnte.

Bolitho richtete das Fernrohr auf einen anderen Punkt und wagte nicht, auf das Deck unter seinen baumelnden Beinen hinabzublikken. Plötzlich riß er die Augen auf. Die vom Ausguck kurz zuvor gemeldeten Schiffe scherten aus der Hauptkampfzone aus. Die beiden Linienschiffe waren durch eine kräftige Trosse miteinander verbunden. Er spähte durch die Takelage des Vorschiffs und sah, daß das geschleppte Schiff, ein großer Dreidecker, teilweise kampfunfähig war und Bugspriet und Fockmast verloren hatte.

Das schleppende, durch die schwere Last behinderte Schiff gierte von einer Seite zur anderen, die Segel blähten sich und fielen in dem flauen Wind dann wieder ein. Als es überholte, warf das Sonnenlicht merkwürdige Schatten über den hohen Rumpf und glänzte auf den Reihen der Kanonen, die zum Feuern ausgerannt waren. Bolitho nickte dem Ausguck zu. »Behalten Sie sie gut im Auge.«

Der Mann grinste. »Hab ja sonst nichts zu tun, Sir.« Er beugte sich vor, beobachtete Bolithos vorsichtigen Abstieg und setzte sich dann wieder wachsam zurecht. Während Bolitho die groben, schwingenden Webeleinen hinabkletterte, hörte er ihn summen.

Okes und Rennie warteten auf ihn neben dem Rad. »Zwei große Schiffe«, sagte Bolitho. »Eins beschädigt. Wahrscheinlich bei einer Kollision heute nacht.« Er rieb sich das Kinn. »Das schleppende Schiff führt eine Kommandantenflagge. Weiß-Blau.« Er lächelte und fragte Maynard: »Na, mein Junge, was sagt Ihnen das?«

Fähnrich Maynard ließ sein Fernrohr einen Augenblick sinken. »Gehört zur französischen Vorhut, Sir.«

»Richtig.« Bolitho ging zur Reling. »De Grasse ist um Transport und Versorgung bemüht. Mit Kriegsschiffen allein kann er Jamaika nicht angreifen. Er braucht Truppen und Nachschub und dazu Transportschiffe, wie wir sie bei Mola in Brand gesetzt haben.«

»Während die Flotten miteinander im Kampf stehen«, sagte Okes, »sollen seine Transporter sicher versuchen, hier durchzubrechen.«

Bolitho nickte grimmig. »Wiederum richtig.« Er schnippte mit den Fingern. »Ein Teil der französischen Vorhut ist detachiert, um den Transportern den Weg freizukämpfen.« Er sah zur schlaffen Leinwand hinauf. »Und nur drei Schiffe verlegen ihnen den Weg.« Dann wandte er sich an Rennie, der mit dem Degen lässig gegen seine polierten Schuhe schlug. »Wenn wir die Vorhut zum Abdrehen zwingen können, wird Sir George Rodney den Rest erledigen.« Er klatschte in die Hände. »Dann sitzen sie wie Kaninchen in der Falle.«

Okes betrachtete die Schiffe, die sich vor der *Cassius* langsam bewegten. »In diesem Fall sind die Kaninchen allerdings größer als die Jäger, Sir.«

Bolitho war jedoch bereits weitergegangen. Er blieb neben dem kleinen Trommelbuben stehen und sagte: »Nun spiel mal was auf deiner Pfeife, mein Junge.« Er sprach laut, damit ihn die Leute an den Neunpfündern verstehen konnten.

Der Trommelbube sah Bolitho unter dem Tschako hervor an und schluckte schwer. Seine Lippen waren bleich, ihm zitterten die Hände. »W-was soll ich denn spielen, Sir?«

Bolitho musterte die aufmerksamen, gespannten Gesichter. »Na, wie wäre es denn mit ›Herzen fest wie Eiche‹? Das kennen wir alle, nicht wahr, Jungs?«

Den Donner der Schlacht in den Ohren, nahmen die Matrosen der *Phalarope* die leise Melodie der Pfeife auf. Bolitho ging zur Luvseite zurück und hob das Fernrohr an die Augen. Selbst an Bord der Cassius hörte man vielleicht die Mannschaft der *Phalarope* singen und zog etwas Zuversicht aus den altbekannten Worten: »Den Kopf hoch, Freunde, zum Ruhme steuern wir . . .«

Bolitho sah, wie die schwarze Rauchbank auf die drei britischen Schiffe zutrieb. Als wäre sie lebendig, dachte er kalt, während er die quirlende, von roten und orangefarbenen Blitzen durchzuckte Wand betrachtete. Doch er war dankbar für ihre Gegenwart. Zumindest verbarg sie die dahinterliegenden, grauenhaften Schreckensszenen.

Er sah zu seinen Leuten hinab. Im Augenblick spiegelten ihre Gesichter, was sie beim Singen empfanden. Sie würden nicht mehr lange zu warten brauchen.

John Allday schlang das Halstuch um Kopf und Ohren und wischte sich mit dem Unterarm den Schweiß vom Gesicht. Vom spitz zulaufenden Bug der Fregatte aus hatte er einen unbehinderten Blick auf die *Cassius*. Ein Stück vor ihr konnte er Teile der oberen Takelage der *Volcano* ausmachen. Entschlossen kehrte er ihnen sowie den rauchumwirbelten Schiffen, auf die sie zuhielten, den Rücken und sah zu Stückmeister McIntosh hinunter, der wie im Gebet neben einer Karronade kniete.

Als Allday, von der Großrah herabgeglitten, wieder auf Deck stand, hatte ihn Brock angehalten. Wiederum hatten sie sich gegenübergestanden: Allday, der gepreßte Matrose, dessen Haut Narben zeigte, wo ihn Brocks Stock getroffen hatte, und der wegen der Verräterei und Gemeinheit eines anderen fast gehenkt worden wäre. Und der Artillerieoffizier, dessen hartes und starres Gesicht höchst selten etwas von seinen Empfindungen verriet, wenn er überhaupt welche hatte. Brock hatte mit seinem Stock zum Vorschiff gewiesen. »Dahin mit dir! Zu den Karronaden!«

Gerade als Allday lostraben wollte, hatte Brock barsch hinzugesetzt: »Wie es scheint, habe ich mich in dir geirrt.« Es war keine Entschuldigung, lediglich eine Feststellung. »Also auf die Back mit dir, und leg dich ins Zeug.« Seine schmalen Lippen verzogen sich zur Andeutung eines Lächelns. »Mein Gott, Allday, deine Schafe würden heute auf dich stolz sein.«

Während Allday daran zurückdachte, mußte er lächeln. Dann fuhr er jedoch verblüfft herum, weil Ferguson auf ihn zuwankte. In Fergusons Augen stand helle Furcht, und er klammerte sich an die Schutznetze, als wären sie sein einziger Halt.

»Was willst *du* denn hier?« grunzte McIntosh.

»Ich – ich bin herbefohlen, Sir.« Ferguson fuhr sich nervös mit der Zunge über die Lippen. »Weil ich zu nichts anderem tauge.«

McIntosh widmete sich wieder der Inspektion der Taljen. »Lieber Himmel«, war alles, was er sagte.

»Achte nicht auf die Schiffe, Bryan!« Allday schob sein Entermesser in den Gürtel. Der Griff legte sich ihm warm an die nackte Hüfte. »Denke einfach nicht an sie. Duck dich hinter das Schanzkleid und tue alles, was ich mache.« Er zwang sich zu einem Grinsen. »Schöner Ausblick, den wir von hier haben.«

Ritchie, der einfältige Matrose aus Devon, fuhr mit der Hand über das Kugelgestell und fragte: »Worauf schießen wir, Mr. McIntosh?«

Der Stückmeister antwortete gereizt: »Weiß ich auch nicht, weil's der Kapitän mir noch nicht gesagt hat. Sowie ich's weiß, sag ich's dir.«

Ritchie zuckte mit den Schultern. »Wir werden die Teufel zur Hölle schicken.« Er blickte zur *Cassius.* »Die Froschfresser werden abdrehen und abhauen.«

Kemp, ein Mann der Geschützbedienung, meinte: »Wenn sie *dich* sehen, bestimmt.«

Ferguson legte die Stirn auf den Arm. »So ein Wahnsinn! Wir werden alle umkommen.«

Allday musterte ihn kummervoll. Er hat recht, dachte er. Wer kann bei einer solchen Schlacht schon davonkommen? »Wir haben April, Bryan«, sagte er dann, um ihn abzulenken. »Stell dir bloß vor, wie's jetzt in Cornwall aussieht. Die Hecken und die grünen Felder . . .«

Ferguson starrte ihn an. »Um Himmels willen, wovon redest du?«

»Hast du schon vergessen«, sagte Allday gelassen, »wie es uns beinahe gegangen wäre, Bryan?« Und dann schärfer, weil er wußte, daß Ferguson kurz vor dem Zusammenbruch stand: »Denkst du noch an Nick Pochin?« Er bemerkte, wie Ferguson zusammenfuhr, setzte jedoch hinzu: »Nun, der ist tot, baumelte mit den anderen Narren an der Großrah der *Cassius.* «

Ferguson senkte den Kopf. »Entschuldige.«

»Du hast Angst, Bryan«, sagte Allday. »Klar, mir geht's nicht anders, und dem Kapitän höchstwahrscheinlich auch nicht.«

In diesem Moment tauchte Herrick auf und ging zu den Karronaden. »Alles klar, Mr. McIntosh?«

Der Stückmeister stand auf und wischte seine Handflächen an der Hose ab. »Aye, Sir.« Er sah den Leutnant aufmerksam an und fügte hinzu: »Das auf Mola scheint lange her zu sein, wie?«

Herricks Blicke flogen über das Hauptdeck zum überhöhten Achterdeck, wo Okes steif neben dem Kapitän stand. Würde Okes diesmal wieder versagen? fragte er sich. »Ja, in der Tat«, antwortete er.

Okes' Stimme, durch das Sprachrohr verzerrt, übertönte das Rollen der Abschüsse. »Die Luvfockbrasse noch ein Stück dichter! Mr. Packwood, notieren Sie den Mann da!«

Herrick verbarg seine Bestürzung vor McIntosh. Okes war so nervös, daß er einfach etwas sagen mußte, egal was.

McIntosh meinte trocken: »Beförderung löst nicht *alle* Probleme,

Mr. Herrick.«

Signalflaggen stiegen zu den Rahen der *Cassius* hoch. Noch während Herrick hinüberschaute, hörte er Maynard rufen: »›Vorwärts zum Angriff!‹, Sir.« Dann mit etwas festerer Stimme: »›In Linie bleiben!‹«

Die Pfeifen schrillten. »An die Leebrassen! Schnell!«

Im selben Zeitmaß wie der schwerfällige Zweidecker wendeten die Fregatten langsam nach Südost. Herrick legte die Hand über die Augen, denn die Sonne stach durch die Lücken zwischen den Segeln. Die ihnen am nächsten segelnden feindlichen Schiffe waren kaum eine Viertelmeile entfernt. Sie fuhren in keiner erkennbaren Ordnung, hatten die Rahen jedoch herumgeholt und liefen auf das britische Geschwader zu. Die drohenden Kanonenreihen lagen in tiefem Schatten, als der mächtige Dreidecker leicht an den Wind ging. Die Schlepptrosse war gekappt worden. Das führende Linienschiff, der Last ledig, krängte schwach in der Brise, der Kommandantenwimpel zeigte direkt auf die *Cassius*.

Herrick war die Kehle wie zugeschnürt. »Machen Sie weiter, Mr. McIntosh. Ich muß mich um meine Pflichten kümmern.« Er zwang sich, langsam zum Hauptdeck hinabzusteigen. Als er an einer offenen Luke vorüberkam, neben der sich ein Seesoldat auf seine Muskete stützte, sah er das grinsende Gesicht des Arztes. »Auf Ihr Wohl, Mr. Herrick!«

Ellice schwenkte einen Humpen.

Es gab Herrick einen Stich. »Zum Teufel mit Ihnen, Tobias!« rief er wütend. »Mich kriegen Sie heute nicht unter Ihr verdammtes Messer.«

Einige Leute vom benachbarten Geschütz kicherten. »Recht so, Sir. Geben Sie's ihm!«

Herrick nahm seine Position in der Decksmitte ein. Farquhar stand unterhalb des Achterdecks. Er war blaß, wirkte aber gesammelt. Herrick nickte ihm zu, doch Farquhar schien es nicht zu sehen. Plötzlich ertönte ein Krachen und Dröhnen, das alle überraschte, obwohl jeder darauf vorbereitet war. Ihm folgte sofort eine ungleichmäßige Salve, und gleich darauf eine zweite.

»Eintragung ins Logbuch, Mr. Proby. Wir haben Feindberührung.« Bolithos Stimme wurde undeutlich, als er sich umdrehte. »Kappen Sie die Beiboote, Mr. Neale. Bei diesem erbärmlichen Wind wirken sie wie ein Treibanker.«

Herrick sah auf seine Hände hinunter. Sie zitterten nicht, doch es kam ihm vor, als habe er keine Sehne, keinen Muskel unter Kontrolle. Vor seinem geistigen Auge sah er die Beiboote der *Phalarope* achteraus treiben und dachte an Bolithos Ansprache an die Mannschaft: ›. . . und unter uns tausend Faden Wasser!‹ Er zuckte zusammen, denn eine weitere Breitseite ließ die Planken unter seinen Füßen erbeben. Tausend Faden tief, und jetzt nicht mal mehr ein Rettungsboot für die Überlebenden.

Herrick sah hoch. Bolitho war an die Querreling zurückgekommen und schaute zu ihm herunter. Er sprach kein Wort, lächelte ihm aber einen Augenblick zu, als wollte er ihm damit eine persönliche Botschaft übermitteln, ehe er rief: »Mr. Neale, rennen Sie nicht so. Oder haben Sie vergessen, daß unsere Leute Sie heute beobachten?«

Herrick wandte sich ab. Das konnte ebensogut ihm gegolten haben. Diese Entdeckung beruhigte ihn merkwürdig. Er ging zur Backbordbatterie und betrachtete die Reihe der Kanonen. In ein paar Minuten würden sie feuern. In ein paar Minuten. Er musterte die Gesichter der Bedienungsmannschaften und kam sich plötzlich erbärmlich vor.

»Na, Jungs, das ist besser als Übungen und Geschützdienst, wie?«

Zu seiner Überraschung lachten sie über seinen dummen Witz, und obwohl sich ihm der Magen zusammenzog, brachte er es fertig, mitzulachen.

Bolitho spähte durch das gleißende Sonnenlicht über die Luvreling. Die vor der *Phalarope* laufende *Cassius* hielt den Kurs, aber die dem Verband voraussegelnde *Volcano* brach die Formation und scherte nach Backbord aus, als zwei französische Fregatten auf sie zuhielten.

»Die ist erledigt«, stieß Rennie hervor. »Denn beistehen können wir ihr nicht.«

Die Wasseroberfläche flimmerte, als die Stückpforten der *Volcano* eine krachende Breitseite entließen, Kanone nach Kanone feuerte schnell hintereinander, jede sorgfältig gezielt. Doch die beiden französischen Fregatten stießen, unbeirrt und mit Windvorteil, von zwei Seiten auf die *Volcano* zu.

»Sie luvt an«, keuchte Proby.

Bolitho atmete schwer. Kapitän Fox war kein Narr, sondern tatsächlich so gerissen wie ein Fuchs. Während die zwei feindlichen Fregatten heranfegten, um ihr den Todesstoß zu versetzen, schwang die *Volcano* lässig in den Wind. Das der *Volcano* nächste französische Schiff bemerkte seinen Fehler ein paar Sekunden zu spät. Während die Rahen herumschwangen, traf es eine volle Salve der *Volcano*. Das französische Schiff taumelte, als habe es einen tödlichen Schlag erhalten. Über das Wasser klang zu Bolitho das Geräusch herabprasselnder Spieren herüber und das Rumpeln über das Deck rutschender Kanonen. Ansonsten verbarg der wogende Pulverqualm alles. Doch darüber sah Bolitho die Flagge der *Volcano* und alle ihre Masten. Sie standen noch.

»Signal vom Flaggschiff, Sir: ›Zum Flaggschiff aufrücken!‹« Maynard rannte los, um die Bestätigung zu hissen. Bolitho riß seine Blicke von der wendigen *Volcano*, die den Franzosen den Windvorteil abgewann. Die *Cassius* hielt direkt auf den feuerstarken Zweidecker mit der Kommandantenflagge zu. Sie würde alle Unterstützung brauchen, die sie bekommen konnte. Fox mußte eine Weile sehen, wie er allein fertig wurde.

»Einen Strich nach Steuerbord!« Bolitho lief zur Reling. Er beugte sich weit vor und sah die Segel des Linienschiffes, das auf das britische Flaggschiff zuhielt. So mußten sie längsseits aneinander vorbeilaufen. Er rief zum Hauptdeck hinab: »Achtung, Mr. Herrick!«

Da brüllte Okes: »Der Franzose ändert den Kurs, Sir!« Er trat vor Aufregung von einem Fuß auf den anderen. »Verdammt, Sir, er schert vor den Bug der *Cassius*.«

Entweder wollte der französische Kapitän einem Artillerieduell, Kanone gegen Kanone, aus dem Wege gehen, oder er beabsichtigte, den Bug und die Masten der *Cassius* zu bestreichen, während er ihren Kurs kreuzte. So oder so, er hatte seine Rechnung ohne die Zusatzsegel gemacht, die Admiral Napiers ältliches Flaggschiff beschleunigten. Statt aneinander vorbeizukommen, kollidierten die beiden schweren Schiffe am Bug im rechten Winkel. Ineinander verhakt, eröffneten sie das Feuer. Der Keil Wasser zwischen ihnen kochte und brodelte unter dem Feuerschein und dem schwarzen Rauch.

Erstarrt beobachtete Bolitho, wie der Vormast und die Großbramstenge der *Cassius* betrunken schwankten und dann in den alles verhüllenden Rauch und Pulverqualm hinabstürzten. Spieren zerfetzten die Leinwand und rissen die Leute aus der Tageklage.

Eine neue Breitseite zerriß die Luft. Bolitho wußte, daß die Vorschiffkanonen der *Cassius* und die des Feindes nur ein paar Fuß voneinander entfernt waren. Trotzdem blieben die Schiffe ineinander verklammert. Der zersplitterte Bugspriet und der zerschmetterte Klüverbaum eines jeden hatte sich in den Rumpf des anderen verbissen wie die Hauer zweier furchtbarer Bestien aus einem Albtraum.

Bolitho legte die Hände trichterförmig um den Mund. »Beide Karronaden nach Steuerbord.« Er winkte Proby zu. »Wir wollen uns hinter das Heck des Franzosen setzen.« Er duckte sich, denn eine Kugel pfiff über ihn hinweg und fetzte ein gezacktes Loch in das Besansegel. Ein Irrläufer der Giganten, aber deshalb nicht weniger tödlich. Die Leute um ihn herum husteten und wischten sich die Augen, denn der Rauch zog jetzt auch über die Decks der *Phalarope*.

Der Rudergänger fluchte, als die zerrissenen Segel der *Cassius* plötzlich wie ein Phantom über dem Qualm auftauchten. Aus der Stellung der Masten des Flaggschiffs sah Bolitho, daß er auf dem richtigen Kurs war. Der Rauch verschlang von neuem alles. Die Geschütze blitzten in doppelter Linie auf. Beide Schiffe feuerten aus allen Rohren im Direktschuß. Bolitho hörte die Schiffsrümpfe gegeneinanderknirschen. Die Schreie der Verwundeten und Sterbenden mischten sich mit dem unglaubhaften Klang der Trommel- und Pfeifenabteilung des Admirals. Unmöglich zu sagen, was sie spielten, oder wie man bei einem solchen Inferno, das nach jedem Leben griff, auf eine Melodie achten konnte.

Doch Bolitho rief: »Ein Hurra, Jungs! Eine Hurra dem Flaggschiff!«

Musketen knallten, und Bolitho hörte die Kugeln in das Schanzkleid schlagen und gegen die Neunpfünder jaulen. »Scharfschützen!« bellte Rennie. »Schießt die Schweine ab!« Aus der Takelage knallte eine Salve.

Der Wind schien sich gänzlich gelegt zu haben. In dem undurchdringlichen Rauch ließen sich allerdings weder Geschwindigkeit noch Entfernung abschätzen. Da zeichnete sich plötzlich das Heck des Zweideckers im Qualm ab. Wie eine Klippe hing es reich verziert über dem Steuerbordbug der *Phalarope*. Aus den Heckfenstern blitzte Musketenfeuer. Die Scharfschützen zielten auf die Back der *Phalarope*.

Bolitho hämmerte auf die Reling. Er achtete weder auf die pfeifenden Kugeln noch auf die Schreie vom Vorschiff. Er stellte sich das untere Kanonendeck des Feindes vor. Klar zum Gefecht gemacht, reihte sich von vorn bis achtern eine Kanone an die andere. Bolitho war als Fähnrich auf einem Linienschiff gefahren. Er wußte, daß mehr als dreihundert Mann die Kanonen bedienten, gebückt im Halbdunkel und halb erstickt durch den beißenden Qualm. Mannschaften, die mit ihren Kanonen vertraut waren, doch nicht allzu genau zielten. »Die Karronaden, Mr. McIntosh! Feuern, wenn wir das Heck kreuzen.«

Rennie grinste und wischte sich mit dem Ärmel über das Gesicht. »Das wird ein paar umlegen, Sir.«

Das Kampfgetöse wurde von dem Krachen eines stürzenden Mastes und dem Pfeifen herabsausender Takelage übertönt. Bolitho biß sich auf die Lippen. Die *Cassius* war ein sehr altes Schiff. Noch viele solcher Treffer konnte sie nicht einstecken. Sie würde entweder auseinanderbrechen oder kämpfend untergehen. Er fragte sich, was aus der *Volcano* und dem angeschlagenen Dreidecker geworden sein mochte. Wenn er in der Lage war, ebenfalls einzugreifen, mußte alles in ein paar Minuten vorüber sein. In seinem untersten Kanonendeck stand ein Zweiunddreißigpfünder neben dem anderen. Eine solche Kugel schmetterte noch auf äußerste Entfernung durch feste Eichenbohlen von zweieinhalb Fuß. Bolitho wagte nicht daran zu denken, was dann mit den schwachen Planken der *Phalarope* geschehen würde.

»Klar zum Schuß, Sir!« brüllte McIntosh wie ein Verrückter.

Bolitho zog den Degen. »Einen Strich nach Backbord, Mr. Proby.« Er wartete, bis der Klüver flatterte. Der Degen sauste herab. »Feuer!«

Beide Karronaden feuerten fast gleichzeitig. Herrick spürte, wie das Deck unter ihm erbebte. Als der Qualm der Abschüsse fortwirbelte, schaute er zum Heck des Franzosen hinüber und vergaß einen Augenblick die ringsum wogende Schlacht. Noch vor wenigen Sekunden, als das Heck aus dem Qualm auftauchte, hatte er die breiten Kajütenfenster mit den lebensgroßen Figuren zu beiden Seiten gesehen, vollbrüstige Seejungfrauen, jede mit einem Dreizack. Zwischen ihnen stand auf einem breiten Schild in Rot und Gold der Name: *Ondine.* Das Schiff war ihm machtvoll und unzerstörbar vorgekommen. Doch nun, als der Rauch der Karronadenabschüsse abgezogen war, wirkte das Heck durch die gezackten Einschlußlöcher wie die brandige Pforte zu einer vom Feuer zerfressenen Höhle. An den Schrecken und das Chaos drinnen konnte er nur kurz denken, denn ein Windstoß füllte die Segel der *Phalarope.* Das Deck krängte, und mit hart gelegtem Ruder schwang sie in engem Bogen um das Backbord-Achterdeck des feindlichen Schiffes.

»Achtung!« Herricks Augen glitten über die kauernden Stückmeister. »Feuer aus allen Rohren!«

Die ersten Kanonen der Steuerbordbatterie feuerten auf einmal, die anderen folgten ungleichmäßiger, wie die Abzugsleinen nacheinander gezogen wurden. Die Doppelladungen donnerten in den dicken Rauch längsseits, und ein paar Leute riefen Hurra. Doch der durch die Stückpforten zurückwirbelnde Pulverqualm erstickte die Rufe, und sie fluchten.

»Nachladen!« brüllte Herrick. »Nachladen und ausrennen!« Die *Phalarope* glitt in kaum zwanzig Fuß Entfernung neben dem Franzosen vorbei; Herrick sah die dicht gedrängten Köpfe über dem hohen Schanzkleid und das Mündungsfeuer der Gewehre, die aus der Takelage auf die *Phalarope* schossen. Doch das untere Kanonendeck mit seiner Reihe mächtiger Geschütze blieb stumm. Kein einziger Schuß kam von dort als Antwort. Die Ladung der Karronaden mußte dort alles niedergemäht haben.

Aber Herrick sah auch, daß sich die Kanonen des Oberdecks wieder durch die Stückpforten schoben. Beinahe sofort feuerte die gesamte Oberdeckbatterie eine betäubende Breitseite. Herrick taumelte zurück. Das Krachen der Kanonen und das dämonische Heulen der Kugeln, die über ihn hinwegjaulten, lähmten ihn fast. In die auf Bolithos Befehl über dem Hauptdeck ausgespannten Netze regneten Holzstücke, Blöcke, zerfetzte Teile der Takelage und ganze Streifen geschwärzter Leinwand. Doch zu Herricks Verwunderung hatte die schlechtgezielte Breitseite nichts getroffen, was die Manövrierfähigkeit der *Phalarope* beeinträchtigt hätte. Kein Mast war gestürzt, keine Spiere gebrochen. Hätte die untere Batterie gefeuert, sagte Herrick sich, wäre die Steuerbordwand der *Phalarope* mit allen Stückpforten jetzt total zerschmettert.

Die Stückmeister brüllten wie die Teufel: »Ausrennen! Legt euch in die Taljen! Zurück!« Dann rissen sie die Abzugsleinen, und die Kanonen rumpelten durch den Rückstoß so weit nach hinten, wie die Taljen es erlaubten.

Ein Gewehr knallte neben Herrick auf die Planken. Er starrte nach oben und blickte in die gebrochenen Augen eines Seesoldaten, den ein feindlicher Scharfschütze vom Großmast geholt hatte, und der ins Netz gestürzt war. Er vergaß den Seesoldaten sofort, denn Schrecklicheres erforderte seine Aufmerksamkeit. Im Rauch sah er plötzlich den Besanmast der *Ondine,* der sich wie ein gefällter riesiger Baum neigte. Es war unmöglich, aber es geschah: Mast, Marsstenge und Bramstenge samt Leinwand und laufendem und stehendem Gut hingen eine Sekunde wie in starkem Wind in der Luft. Unter den

Schreckens- und Verzweiflungsschreien der in den Wanten verstrickten Matrosen senkte er sich und stürzte quer über das Achterdeck der *Phalarope*. Ihr Rumpf erzitterte, als wäre die Fregatte auf ein Riff gelaufen. Herrick rannte nach achtern zum Niedergang und merkte, daß die *Phalarope* vom Flaggenknopf bis zum Kiel bebte und langsam nach Steuerbord schwoite. Der gefällte Mast verklammerte beide Schiffe durch eine feste Brücke miteinander. Während eine neue Musketensalve fußlange Splitter aus den Planken riß, kämpfte sich Herrick den Niedergang hinauf.

Das Achterdeck bot ein Bild der Zerstörung. Eine Rah war mitten in Rennies Seesoldaten geschlagen. Herrick kehrte dem Entsetzen den Rücken, als Sergeant Garwood brüllte: »Achtung, kümmert euch jetzt nicht um die Verwundeten!« Er musterte die Reste seiner Abteilung. »Gebt Schnellfeuer auf das Heck!« Eine Rauchwolke verschluckte ihn, denn die Kanonen der Fregatte feuerten von neuem. Die Kugeln krachten in den Rumpf der *Ondine,* der an der schmalsten Stelle etwa zehn Fuß entfernt war.

Herrick zwängte sich an den Seeleuten vorbei, welche die französische Takelage kappten, und kniete sich neben Bolitho. Zuerst meinte er, den Kapitän habe eine Musketenkugel getroffen, doch als er ihm den Arm unter die Schulter schob, öffnete Bolitho die Augen und setzte sich auf. Er blinzelte in Herricks besorgtes Gesicht und sagte dann: »Lassen Sie weiterfeuern, Mr. Herrick!« Er sah zum längsseits liegenden feindlichen Schiff hin und kämpfte sich auf die Füße. »Wir müssen jeden Enterversuch vereiteln.« Er griff nach seinem Degen und rief heiser: »Kappt die Wrackstücke. Wir müssen klarkommen.«

Okes stolperte durch den Rauch, Hose und Rock blutbespritzt. Sein Gesicht schien bloß aus Augen zu bestehen. Er rief etwas, aber Herrick hörte es nicht. Bolitho machte eine Bewegung mit dem Degen. »Mr. Okes, nehmen Sie die Leute von der Backbordbatterie und bereiten Sie alles vor, um Enterer zurückzuwerfen.« Er schüttelte den Leutnant wie einen Hund. »Haben Sie gehört, verdammt noch mal?«

Okes nickte heftig. Ein Speichelfaden lief ihm über das Kinn. Bolitho stieß ihn zum Niedergang, doch Herrick sagte hastig: »Ich werde es übernehmen, Sir.«

»Nein, das werden Sie nicht!« Bolitho blickte sich wild um. »An Ihre Kanonen! Lassen Sie feuern. Das ist unsere einzige Chance.«

Im selben Augenblick meldeten sich die Kanonen der *Ondine* wieder. Herrick wich zurück, als ihm die Salve wie ein Gluthauch das Gesicht versengte.

Die Matrosen, die eben noch die Wanten des auf die *Phalarope* gestürzten Besan gekappt hatten, waren jetzt nur noch eine zu Brei zermalmte Masse, hinter der ein Loch im Leeschanzkleid klaffte.

Bolitho brüllte Herrick ins Ohr: »Das nächste Mal kommen wir nicht so glimpflich davon!«

Herrick rannte den Niedergang hinunter. Er sah nicht nach rechts oder links, als der Rumpf der Fregatte durch weitere schwere Einschüsse wie unter wuchtigen Hammerschlägen erzitterte. Er lief durch den Pulverqualm, die Augen tränten ihm, und seine Kehle war wie ausgedörrt. Er rief den pulvergeschwärzten Geschützbedienungen Ermunterungen zu, die aber unbeachtet blieben.

Farquhar packte Herrick beim Arm. »Wir werden nie rechtzeitig klarkommen.« Er deutete auf das untere Kanonendeck der *Ondine*. »Die schweigen nicht ewig.«

Herrick gab keine Antwort. Der Wind stand zum Feind. Und da der gestürzte Mast das Achterdeck der *Phalarope* festhielt, schwoite ihr Bug auf den Rumpf der *Ondine* zu. Durch den Rauch sah er, wie Matrosen des Zweideckers nach vorn rannten, auf den Punkt zu, wo die Schiffe zusammenprallen würden. Die durch den Qualm dringenden Sonnenstrahlen blitzten auf erhobenen Waffen.

Herricks Blick fiel auf Okes, der sich, den Säbel noch immer in der Scheide, nach vorn tastete. »Gehen Sie mit, Mr. Farquhar«, sagte er. »Er scheint nicht ganz in Ordnung zu sein.«

Farquhars Augen funkelten kalt. »Ist mir ein Vergnügen.«

Herrick sprang zurück, denn ein Teil der Steuerbordgangway wirbelte zersplittert gen Himmel. Einer der Zwölfpfünder kippte mit einem Ruck seitlich um. Ein Matrose schrie gellend, als ihm ein abgetrennter Kopf vor die Füße flog, ein anderer, durch fliegende Holzsplitter geblendet, rannte davon.

»Bringt sie nach unten!« rief Herrick, hörte aber zugleich, daß die Pumpen zu arbeiten begannen. Unter Deck war die Gefahr also genauso groß. Er bemühte sich, an nichts zu denken, und zwang sich, an den Kanonen entlangzugehen. Überall fielen Männer, aber ihm war klar, daß er nicht zögern durfte. »Feuert weiter, Jungs!« rief er und schwenkte den Hut. »Wenn ihr England wiedersehen wollt, dann feuert weiter!«

Die Mannschaften der nicht eingesetzten Geschütze sammelten sich auf dem Vorschiff unter den Schutznetzen. Alle waren mit Entermessern und Äxten bewaffnet. Als sich der Bugspriet der *Phalarope* über den Klüver des Franzosen schob, krächzte Okes: »Drauf, Jungs! Laßt sie nicht auf unsere Back!«

Einige Männer riefen Hurra und kletterten auf den Bugspriet hinaus. Andere wichen zurück, als eine Musketensalve in die Reihe der enternden Matrosen pfiff und einige kopfüber ins Wasser fegte.

Farquhar drängte: »Sie müssen sie anführen, Mr. Okes. Mein Gott, Sie verlangen Unmögliches.«

Okes drehte sich zu ihm um. »Halten Sie den Mund! *Ich* befehle hier.«

Farquhar musterte ihn kalt. »Bisher habe ich geschwiegen, Mr. Okes. Aber jetzt rede ich, weil wir heute höchstwahrscheinlich sowieso alle dran glauben müssen.« Eine Musketenkugel riß ihm den Hut vom Kopf, aber er zuckte nicht einmal mit der Wimper. »Sie sind ein Betrüger, ein Feigling und ein Lügner! Wenn Sie es wert wären, würde ich Sie gleich hier bloßstellen, vor den Männern, die Sie sich nicht einmal anzuführen trauen.« Er kehrte Okes, dessen Gesicht kalkweiß geworden war, den Rücken und rief: »Mir nach, ihr zerlumpten Helden!« Er schwang den Degen. »Platz für einen jüngeren Mann!«

Sie lachten wie Irre und klopften ihm auf die Schulter, als er über die Schutznetze auf den glatten Bugspriet hinauskroch. Musketenschüsse umjaulten ihn, aber die Sache war es wert. Und wenn auch nur deswegen, weil er Okes endlich gesagt hatte, was er wegen seiner Feigheit von ihm hielt.

Okes stierte zum Achterdeck. Er stöhnte auf, als ein Matrose an ihm vorbeikroch, dem ein großer Holzsplitter den Leib halb aufgerissen hatte. Bolitho stand noch immer an der Querreling, das Sprachrohr in der einen, den Degen in der anderen Hand. Die Kapitänsuniform leuchtete in dem schwachen Sonnenlicht, und Okes bemerkte Einschläge im Schanzkleid. Verborgene Scharfschützen versuchten, den Kapitän der *Phalarope* zu treffen. »Ich hoffe, Sie gehen drauf!« heulte Okes. »Ich hoffe, ihr geht alle drauf!«

Schluchzend griff er nach seinem Säbel. Doch so wenig jemand die wüsten Worte beachtete, so wenig beachtete man seine Gegenwart auf der blutbespritzten Back. Er dachte an Farquhars beißende Worte und die Verachtung in seinen Augen.

»Niemals!« Er schob sich auf den Bugspriet hinaus, wo einige Männer schon mit dem Feind die Klingen kreuzten. »Ich werde es euch zeigen!« Ohne auf die Flüche und Schreie zu achten, zog er sich an einem Matrosen vorbei und hieb mit dem Säbel nach einem französischen Unteroffizier. Der Mann stierte kurz auf seine klaffende Wunde, ehe er zwischen die dicht aneinandergedrängten Schiffsrümpfe stürzte. Weiter vor! Okes stieß Farquhar beiseite, um sich auf den Feind zu stürzen.

Farquhar sah den Irrsinn in Okes Augen und versuchte, ihn zurückzuhalten. Aber es war zwecklos, denn die britischen Matrosen, durch die scheinbare Tapferkeit ihrer Offiziere mitgerissen, schwärmten zum Schanzkleid der *Ondine* hinüber.

Okes zischte: »Sie haben wohl Angst, Mr. Farquhar?« Er warf den Kopf zurück und lachte gellend. »Das dürfte Ihrem Onkel aber nicht gefallen!«

Farquhar parierte einen Lanzenstich und folgte Okes hinüber auf das große Deck der *Ondine*. Jetzt galt es einen Kampf, in dem jeder auf sich gestellt war.

Bolitho beobachtete durch den Pulverqualm, daß seine Leute von der Verteidigung zum Angriff übergingen. Ganz gleich, wer beschlossen hatte, die *Ondine* zu entern, er hatte die richtige Entscheidung getroffen, dachte er grimmig. Er hörte, wie sich hinter ihm die Äxte in das Gewirr der Masttrümmer bissen, und wußte, daß es der *Phalarope* unmöglich war, sich aus der Verklammerung zu lösen, bevor die schweren Geschütze der *Ondine* wieder in den Kampf eingreifen konnten.

Er ging über das Achterdeck zu Rennie. »Wir müssen sie auch von achtern entern.« Und als Rennie nickte, setzte er hinzu: »Suchen Sie sofort ein paar Männer zusammen.« Dann hörte er jemanden schluchzen und sah, daß Neale an der Leereling kniete. Fähnrich Maynard lag auf dem Rücken, ein Arm, in die Signalleine verwickelt, zeigte nach oben. Seine Augen waren weit geöffnet, blicklos und merkwürdig friedlich. Neale hielt Maynards Hand und achtete weder auf die Abschüsse der Kanonen noch auf die Musketenkugeln, denen sein Freund schon zum Opfer gefallen war.

Bolitho zog Neale hoch. Der Junge schien dicht vor dem Zusammenbruch. Mit einem wilden Aufschrei barg er das Gesicht am Rock des Kapitäns. Er zitterte am ganzen Körper vor Kummer. Bolitho schob ihn ein Stück zurück und hob sein Kinn leicht mit dem Degengriff. Er sah ihn eine Sekunde lang fest an und sagte dann eindringlich: »Nehmen Sie sich zusammen, Mr. Neale.« Er sah den leeren Blick in Neales Augen und verdrängte die Tatsache, daß er mit einem angstgeschüttelten Dreizehnjährigen sprach, der eben seinen besten Freund verloren hatte. »Sie sind Offizier des Königs, Neale.« Und weicher: »Denken Sie daran, was ich vorhin gesagt habe. Unsere Leute beobachten Sie heute. Glauben Sie, daß Sie mir jetzt helfen können?«

Neale wischte sich die Augen mit dem Ärmel und sah zu dem am Schanzkleid liegenden Maynard hinab, dessen Arm ruckte, als der Wind an der Falleine rüttelte. Danach blickte er Bolitho an und stammelte: »Ja, Sir.«

Bolitho sah ihm nach, als er zu den schreienden Kanonieren zurückging: klein und kaum zu erkennen in Rauch und Flammen dieser furchtbaren Schlacht.

Rennie tauchte wieder auf. Über dem Auge klaffte eine Wunde. »Alles klar, Sir.« Er schwang seinen Degen. »Soll ich jetzt mit den Leuten entern?«

Bolitho blickte über das zerschlagene Achterdeck. Scheint mehr Tote als Lebende zu geben, dachte er müde. Er taumelte, denn eine Kugel krachte in den Niedergang des Achterdecks und riß die Planken auf wie ein Pflug. Er sah ungläubig, wie Proby die Hand ans Gesicht hob und mit den Fingern einen Blutstrom zu stillen versuchte. Der Steuermann torkelte gegen das Rad. Als Strachan hinzusprang, um ihn zu stützen, schlug er wimmernd hin. Seine Hände hämmerten auf die Planken. Bolitho sah, daß ihm ein Schuß das Gesicht weggerissen hatte.

»Wir müssen die *Ondine* nehmen«, stieß Bolitho hervor. »Wenn die Franzosen sehen, daß ihr Flaggschiff die Flagge streicht, werden sie . . .« Er verstummte und blickte wieder auf Probys Leichnam hinab. Ich habe sie alle hineingerissen, dachte er, und sein Schmerz schlug in hilflose Wut um. *Dafür* habe ich das Schiff und jeden Mann an Bord geopfert.

Rennie sah ihn ruhig an. »Es war die richtige Entscheidung, Sir.« Er rückte seinen Hut gerade und sagte zu seinem Sergeanten: »Na, Garwood, wie wär's mit einem kleinen Spaziergang?«

Bolitho starrte ihn an. Es war, als hätte Rennie seine Gedanken gelesen. Er sagte: »Die *Cassius* wird uns Schützenhilfe geben.« Er musterte die Seesoldaten, die sich jenseits von Furcht oder Angst wie wilde Tiere zum Sprung geduckt hatten. »Sie oder wir, Jungs, so steht es.«

Als die Männer mit einem Hurra antworteten, sprang er auf den umgestürzten Mast der *Ondine* und begann hinüberzukriechen.

Einmal sah er ins Wasser hinunter, auf dem Holzteile und Leichen trieben, sowohl französische wie britische.

Unter äußerster Anstrengung erreichte er das Heck der *Ondine*. Kugeln pfiffen an ihm vorüber. Hinter sich hörte er Schreie. Einige seiner Leute stürzten hinab zu den treibenden Toten. Bolitho hackte die Reste der französischen Enternetze weg und sprang auf das Deck hinüber. Überall lagen Tote und Sterbende. Sein Blick flog zur anderen Schiffsseite und erstarrte. Die *Cassius* lag nicht mehr längsseits, sondern trieb ab, in den Rauch ihrer eigenen Wunden gehüllt: ein entmasteter Rumpf, bis zur Unkenntlichkeit zerschlagen. Aus jedem Speigatt flossen Ströme von Blut die Bordwand hinab und färbten das Wasser rot. Es sah aus, als verblute das Schiff. Doch vom Stumpf des Besan wehte, wenn auch durchlöchert und zerfetzt, noch immer trotzig die Flagge, und während Rennies Seesoldaten brüllend über das Heck der *Ondine* ausschwärmten, ertönten auf dem Deck der *Cassius* Hurrarufe. Nicht sehr laut, denn allzuviele konnten nicht mehr mit einstimmen. Aber auf Bolitho wirkten die Rufe anspornend.

Er stürmte über das Deck und hieb, durch die Hurrarufe und die kampfwütigen Männer in seinem Rücken angetrieben, fast auf einen Streich zwei Matrosen nieder. Er sah seine erste Entermannschaft auf dem Vorschiff der *Ondine*, die in der Überzahl befindlichen Verteidiger hatten die britischen Enterer eingekreist und drängten sie trotz aller Gegenwehr an die Reling zurück. »Haltet stand, Männer der *Phalarope!*« brüllte Bolitho. Er sah, daß der Druck der Franzosen nachließ, weil sie sich umwandten, um der neuen Bedrohung zu begegnen. »Hierher, Jungs! Schlagt euch durch!«

Von der Fregatte quollen weitere Leute herüber. Im Rauch erkannte Bolitho Leutnant Herrick, der seinen Männern den Weg wies. Er drehte sich wieder um. Vorn hackte sich Okes einen Weg durch die Feinde. Sein Säbel triefte vor Blut, als er einen gellend aufschreienden Fähnrich niedermachte und auf einen Matrosen eindrang, der eine Drehbasse neben dem Achterdeck nachladen wollte. Okes blutete aus vielen Wunden. Gerade als er die Leiter erreichte, bellte die Drehbasse dumpf auf. Die geballte Kartätschenladung riß Okes wie eine Stoffpuppe hoch und schleuderte ihn leblos zwischen die Kämpfenden unterhalb der Leiter. Der Kanonier fiel eine Sekunde später, niedergestreckt durch ein Entermesser.

Dann war mit einemal alles vorüber. Die Waffen der Franzosen klirrten auf Deck. Bolitho registrierte, daß die trotzigen Abwehrrufe in Bitten um Pardon übergegangen waren. Er wußte, daß er seine Leute jetzt nicht zurückhalten konnte, wenn sie die Schlächterei vollenden wollten. Ein unbekannter Seemann brach jedoch den Blutrausch, indem er rief: »Ein Hoch auf die *Phalarope!*« Seine Stimme kippte vor Freude und Jubel über. »Und ein Hoch auf ihren verrückten Alten!«

Bolitho kletterte die Leiter hinunter, vorbei an gelähmten Franzosen und zerfetzten Leibern, die wirr über- und durcheinander lagen.

»Hauptmann Rennie!« Er stand neben dem Leichnam von Leutnant Okes. »Hissen Sie unsere Flagge über der französischen.« Er merkte, daß ihm die Hände zitterten. »Alle sollen sehen, was Sie heute geleistet haben.«

«Der Hauptmann ist gefallen, Sir«, sagte Sergeant Garwood heiser. Er entrollte die Flagge sorgsam. »Ich werde es tun.«

»Tot?« Bolitho starrte ihm nach. »Rennie auch?« Und als Herrick ihm die Hand auf den Arm legte, fragte er dumpf: »Was ist?«

»Das Schiff ist unser, Sir!« Herrick zitterte vor Erregung. »Das Kanonendeck gleicht einem Schlachthaus. Unsere Karronaden haben mehr als . . .« Er bemerkte Bolithos Ausdruck und brach ab.

»Gut, Mr. Herrick. Danke.« Bolithos Stimme bebte. »Ich danke euch allen!« Er wandte sich ab, als neue Hochrufe über das Deck schallten.

Herrick schüttelte den Kopf, er konnte es noch immer nicht fassen. »Ein Zweidecker, Sir! Welch ein Sieg.«

»Sieg ist unsere Tradition, Mr. Herrick«, entgegnete Bolitho leise. Er schien mehr zu sich selbst zu sprechen. »Sammeln Sie unsere Leute, und schicken Sie sie zurück auf die *Phalarope.* Die Masttrümmer sind gekappt.« Seine Augen wanderten stumpf über sein Schiff. In dem einst so schmucken Rumpf klafften große Löcher. Der Bug lag tief im Wasser. Es klang, als würden die Pumpen mit dem hereinbrechenden Wasser gerade noch fertig. Alle drei Stengen waren von oben gekommen. Die Segel flatterten in langen Streifen. In der Takelage hingen Tote, und das zerfetzte und aufgerissene Deck zeigte rote Lachen. Und jetzt hörten sie auch zum erstenmal wieder das dumpfe Grollen der großen Schlacht, noch immer weit entfernt und unpersönlich.

Bolitho gab sich einen Ruck. »Tempo, Mr. Herrick. Noch ist der Kampf nicht zu Ende.« Wenn nur die Hochrufe aufhören würden. Wenn er nur eine Sekunde allein sein könnte.

Herrick schwenkte den Arm. »Zurück zur *Phalarope,* Jungs. Das

Wrack hier nehmen wir später in unsere Obhut.«

Bolitho ging zum Schanzkleid. Über den Streifen Wasser hinweg sah er Neale dort stehen, wo er gestanden hatte, als sie die *Ondine* enterten: neben dem Ruder. Er sagte: »Mein Bootsmaat soll Mr. Okes und Captain Rennie zur *Phalarope* hinüberschaffen.« Er sah den Wechsel in Herricks Zügen und spürte von neuem, wie Verzweiflung über ihm zusammenschlagen wollte. »Stockdale auch, Mr. Herrick?«

Herrick nickte. »Er fiel, als Sie auf dem Heck kämpften, Sir. Er hat Ihnen gegen die Scharfschützen den Rücken gedeckt.« Er versuchte zu lächeln. »Ich glaube, so hat er sich seinen Tod gewünscht.«

Bolitho sah Herrick leer an. Stockdale war tot! Und er hatte nicht einmal gesehen, wie er fiel.

Farquhar drängte sich durch. Er sah aufgeregt aus. »Käptn, Sir, die Leute vom Ausguck melden, daß unsere Flotte die französische Front an zwei Stellen gespalten hat.« Er blickte von einem blutbespritzten Gesicht zum anderen. »Rodney hat die französische Linie aufgebrochen, hören Sie nicht?«

Bolitho fühlte einen Lufthauch an der Wange. Eine leichte Brise kam auf. De Grasse war also geschlagen. Seine Augen wanderten zur schräg liegenden *Phalarope* hinüber. Beinahe wären ihm die Tränen gekommen. Waren alle diese Opfer nun umsonst?

Herrick zog ihn am Arm. »Sehen Sie, Sir! Da drüben!«

Der auffrischende Wind schob den Rauchvorhang beiseite, der Blick auf die kämpfenden, schwer mitgenommenen Schiffe wurde frei. Bolitho sah den Umriß des großen Dreideckers. Seine Kanonen waren noch immer ausgerannt. Kein feindlicher Treffer hatte den Anstrich verletzt, er schimmerte unverletzt. Während des Gefechts hatte der Dreidecker, zum Kampf nicht willens oder nicht fähig, dem Inferno untätig zugeschaut. Seiner schweren Bestückung war kein Brite zum Opfer gefallen.

Dennoch flatterte über der französischen Flagge des Dreideckers eine zweite. Die Flagge, die auch über der entmasteten *Cassius* und an Bord der *Ondine* flatterte, die auf der *Phalarope* stand und auf der siegreichen *Volcano*, die sich jetzt durch die letzte Rauchbank schob.

Herrick fragte trocken: »Brauchen Sie noch mehr, Sir? Der Dreidecker ergibt sich Ihnen.«

Bolitho nickte und kletterte über das Schanzkleid. »Wir wollen die *Phalarope* in Fahrt bringen, Mr. Herrick. Obwohl ich fürchte, daß sie nie wieder in den Kampf segeln wird.«

»Es gibt noch andere Schiffe, Sir«, sagte Herrick.

Bolitho schwang sich über das Schanzkleid der *Phalarope*. Auf der Gangway ging er langsam an den erschöpften, schweißüberströmten Kanonieren vorbei, die zu ihm aufsahen. »Andere Schiffe?« Er berührte die zersplitterte Reling und lächelte traurig. »Aber keins wie sie, Mr. Herrick.« Er schob den Hut nach hinten und blickte zur Flagge hinauf. »Aber keins wie die *Phalarope!*«

XIX Epilog

Leutnant Thomas Herrick zog den Uniformmantel enger um die Schultern und griff nach seiner kleinen Reisetasche. Die Häuser rings um den mit Kopfsteinen gepflasterten Platz bedeckte hoher Schnee. Der starke Wind, der von der Falmouth Bay hereinwehte und ihm durch Mark und Bein drang, verriet Herrick, daß es noch mehr Schnee geben würde. Er sah einen Augenblick zu, wie die Stallburschen die dampfenden Pferde in den Gasthaushof führten. Die mit Schlamm bespritzte Kutsche, die Herrick eben verlassen hatte, stand einsam und leer da. Durch die Fenster des Gasthofs leuchtete ein freundliches Feuer, drangen Stimmen und Gelächter.

Herrick spürte die Versuchung, hineinzugehen und sich zu den unbekannten Leuten zu gesellen. Nach der langen Fahrt von Plymouth – und den vier Tagen, die er schon davor auf der Straße verbracht hatte – war er müde und abgespannt. Doch als sein Blick zu der in Nebel gehüllten Pendennis Castle hinaufwanderte und über die nackten Hügel dahinter, wußte er, daß er sich nur etwas vormachte. Er kehrte dem Gasthof den Rücken und ging die Gasse hinauf. Er hatte alles viel größer in Erinnerung. Sogar die Kirche samt ihrer niedrigen Mauer und den windschiefen Grabsteinen auf dem Friedhof schien seit seinem letzten und einzigen Besuch geschrumpft zu sein. Er trat zur Seite und in einen Schneehaufen, als zwei Kinder unter lautem Geschrei an ihm vorbeistürmten, hinter sich einen primitiven Schlitten. Sie sahen Herrick nicht an. Auch das war anders als beim vorigen Mal.

Ein Windstoß peitschte Herrick den Schnee von einer niedrigen Hecke ins Gesicht, und er beugte den Kopf. Als er wieder hochschaute, erblickte er das alte Haus, groß und grau, so wie es ihm die ganze Zeit über vor Augen gestanden hatte. Er schritt schneller aus, plötzlich nervös und unsicher.

Eine Glocke ertönte im Haus. Gerade als er den schweren eisernen Griff losließ, ging die Haustür auf, und eine hübsche blonde Frau in dunklem Kleid und weißer Haube trat grüßend zur Seite, um ihn einzulassen.

»Guten Tag, Ma'am«, sagte Herrick unsicher. »Mein Name ist Herrick. Ich komme geradewegs von der anderen Seite Englands.«

Sie nahm ihm Mantel und Hut ab und betrachtete ihn mit einem merkwürdigen, unterdrückten Lächeln. »Das war eine lange Reise, Sir. Der Herr erwartet Sie.«

In diesem Moment öffnete sich die Tür am Ende der Halle, und Bolitho kam in die Diele, um ihn zu begrüßen. Einige Sekunden standen sie sich schweigend gegenüber, in einem Händedruck vereint, den keiner lösen wollte. Dann sagte Bolitho: »Kommen Sie ins Arbeitszimmer, Thomas. Ein gutes Feuer wartet.«

Herrick ließ sich in einen tiefen Ledersessel fallen. Seine Augen wanderten über die alten Porträts an den holzgetäfelten Wänden.

Bolitho musterte ihn ernst. »Ich freue mich, daß Sie gekommen sind, Thomas. Ich freue mich mehr, als ich sagen kann.« Er wirkte nervös und unruhig.

»Wie mir alles wieder vor Augen steht, wenn ich hier sitze«, sagte Herrick. »Vor dreizehn Monaten haben wir in Falmouth Anker gelichtet und sind zusammen nach Westindien gesegelt.« Er schüttelte traurig den Kopf. »Und nun ist alles vorbei, der Friede ist in Versailles unterzeichnet. Es ist zu Ende.«

Bolitho blickte ins Feuer. Der Widerschein der Flammen spielte über sein dunkles Haar und seine grauen Augen. »Mein Vater ist tot, Thomas.« Er hielt inne, als Herrick sich hastig aufrichtete. »Und auch mein Bruder Hugh.«

Herrick brachte lange kein Wort über die Lippen. Er hätte gern etwas Tröstendes gesagt, das den Schmerz, der in Bolithos Stimme schwang, lindern konnte. Mühelos versetzte er sich um Monate zurück, an den Tag, an dem die zerschossene *Phalarope* mit Schlagseite zur Reparatur nach Antigua kroch. Herrick wußte, daß man Bolitho die unverzügliche Heimfahrt nach England und ein besseres und bedeutenderes Kommando angeboten hatte. Statt dessen blieb er auf der Fregatte, überwachte die Ausbesserungsarbeiten und kümmerte sich um die Verwundeten und Kranken der Besatzung.

Der Oktober kam heran. Obwohl die Wiederinstandsetzung erst halb vollendet war, beorderte man die *Phalarope* nach England. Die ›Battle of the Saintes‹, wie sie bald genannt wurde, war die letzte

300

große Schlacht des unseligen Krieges gewesen. Als die Fregatte in Spithead Anker warf, erklangen in England die Friedensglocken. Es war eine unbefriedigende Übereinkunft, aber England hatte den Krieg zu lange aus der Defensive führen müssen. Und wie Pitt im Unterhaus gesagt hatte: »Ein defensiver Krieg kann nur mit unausweichlicher Niederlage enden.«

Bolitho verließ das Schiff in Portsmouth, aber erst nachdem alle Leute ordentlich entlohnt und Geld an die Angehörigen der vielen Gefallenen abgeschickt worden waren. Dann, fast ohne Abschied, war er nach Falmouth aufgebrochen.

Herrick, nun Erster Leutnant, war an Bord geblieben und hatte das Schiff der Werft übergeben. Danach war auch er in seine Heimat abgereist. Dort, in Kent, hatte er wenige Tage später Bolithos Brief erhalten und sich nach Cornwall auf den Weg gemacht, ohne genau zu wissen, ob es sich um eine echte Einladung oder bloß um eine formelle Höflichkeit handelte.

Doch während seine Augen jetzt durch den großen, dämmrigen Raum und über Bolithos schlanke Gestalt vor dem Feuer glitten, ging ihm auf, daß Bolitho nun völlig allein war.

»Es tut mir leid. Davon hatte ich keine Ahnung.«

»Mein Vater ist vor drei Monaten gestorben.« Bolitho lächelte kurz und bitter. »Hugh kam ein paar Monate nach der Schlacht bei den Saintes um: Tod durch Unfall. Ein durchgegangenes Pferd, glaube ich.«

»Woher wissen Sie das alles?«

Bolitho zog eine Lade auf und legte einen Degen auf den Tisch. Im Schein der Flammen glänzte er so hell, daß man die angelaufene Vergoldung und die abgenutzte Scheide übersah. »Hugh hat ihn meinem Vater geschickt. Für mich.« Er blickte wieder ins Feuer. »Er schrieb, er sei zu dem Schluß gekommen, daß er von rechtswegen mir gehöre.«

Die Tür öffnete sich, und die blonde Frau brachte ein Tablett mit heißem Punsch herein.

Bolitho lächelte. »Danke schön, Mrs. Ferguson. Wir essen dann gleich.«

Die Tür schloß sich wieder, und Bolitho sah die Frage auf Herricks Gesicht. »Ja, die Frau meines Schreibers Ferguson. Er arbeitet jetzt ebenfalls für mich.«

Herrick nickte und griff nach einem der Gläser. »Er hat bei den Saintes einen Arm verloren. Ich erinnere mich.«

Bolitho schenkte sich ein und hielt das Glas gegen den Schein der Flammen. »Seine Frau ist wieder gesund geworden. Und Ferguson gilt in der Stadt als Held.« Es schien ihn zu amüsieren, und um seine Mundwinkel spielte das Herrick so vertraute Lächeln, ehe er fortfuhr: »Ja, nun ist der Krieg aus, Thomas. Und wir sind an den Strand geworfen. Ich frage mich, was vor Leuten wie uns liegt.«

»Dieser Frieden währt nicht ewig, Sir«, antwortete Herrick nachdenklich und hob sein Glas. »Auf alte Freunde, Sir!« Bilder zogen an seinem geistigen Auge vorbei. »Und auf das Schiff!«

Bolitho trank und verschränkte die Hände auf dem Rücken. Selbst diese unbewußte Geste weckte in Herrick scharfe Erinnerungen an jaulende Schüsse, das Krachen und Donnern der Schlacht und an einen Bolitho, der wie tief in Gedanken versunken auf dem Achterdeck auf und ab schritt.

»Und Sie, Sir? Was werden Sie anfangen?«

Bolitho zog die Schultern hoch. »Wahrscheinlich werde ich Grundbesitzer. Und Friedensrichter wie mein Vater.« Er schaute zu der Ahnengalerie hinauf. »Aber vorerst warte ich. Auf ein neues Schiff.«

Die Tür öffnete sich, und ein Mann in grüner Schürze fragte: »Brauchen Sie noch Wein aus dem Keller, Kapitän?«

Herrick sprang auf. »Mein Gott, Allday!«

Allday grinste befangen. »Aye, Mr. Herrick. Ja, ich bin's wirklich.«

Bolitho sah von einem zum anderen. »Nach Stockdales Tod hat Allday mir gesagt, daß er seine Meinung geändert hat und den Dienst nicht quittieren will.« Er lächelte traurig. »Ergibt es sich also, dann gehen wir zusammen zurück auf See.«

Bolitho griff nach dem Degen und wiegte ihn in Händen. »Wenn es soweit ist«, sagte er über die Schulter, »werde ich einen guten Ersten Offizier brauchen, Thomas.« Er drehte sich um und suchte Herricks Augen.

Herrick spürte, wie die seinen Körper durchflutende Wärme allen Zweifel und jedes Gefühl des Verlorenseins fortschwemmte. Er hob das Glas. »Es ist nicht weit bis Kent, Sir. Ich werde bereit sein, wenn Sie mich rufen.«

Bolitho wandte sich ab und beobachtete den gegen die Fenster peitschenden Schnee. Dann blickte er eine Weile zum grauen Himmel und zu den fliegenden Wolken empor und bildete sich ein, daß er den Wind durch die Wanten und die Takelage pfeifen hörte, begleitet vom Zischen der Gischt, die über die Reling und das Schanzkleid spritzte. Er drehte sich zu Herrick und Allday um und sagte fest: »Kommen Sie, Thomas. Wir haben noch über vieles zu reden.«

Sie gingen ins Eßzimmer. Allday sah ihnen nach, ehe er mit einem Lächeln den Degen sorgsam wieder in die Lade zurücklegte.

Die Biographie
des Seehelden

Richard Bolitho

Historische Romanserie
von Alexander Kent

1756: Geboren in Falmouth,
Cornwall, als Sohn des James
Bolitho aus einer alten See-
fahrerfamilie.

1768: Erstmals im Dienste des
Königs auf der *Manxman*.

1772: Midshipman auf der
Gorgon. Siehe *Die Feuertaufe*
und *Strandwölfe*.

1774: Beförderung zum Leutnant auf der *Destiny*. Siehe
Kanonenfutter.

1775/77: Leutnant auf der
Trojan während der amerikani-
schen Revolution. Siehe
Zerfetzte Flaggen.

1778: Ernennung zum Kom-
mandanten der *Sparrow*. Siehe
Klar Schiff zum Gefecht und *Die
Entscheidung*.
Schlacht in der Chesapeake Bay.

ein Ullstein Buch

1782: Als Kommandant der
Phalarope in Westindien. Battle
of the Saintes. Siehe *Bruderkampf*.

1784: Kommandant der *Undine*.
Indien und Java. Siehe *Der
Piratenfürst*.

1787: Kommandant der
Tempest. Australien und Tahiti.
Siehe *Fieber an Bord*.

1792: Heimataufenthalt,
Kapitän in der Themseflotte.

1793: Kommandant der
Hyperion. Mittelmeer, Biskaya,
Westindien. Siehe *Nahkampf
der Giganten* und *Feind in Sicht*.

1795: Beförderung zum Kom-
mandanten des Flaggschiffs
Euryalus. Verwickelt in die
Große Meuterei. Mittelmeer.
Beförderung zum Kommodore.
Battle of the Nile 1798. Siehe
Der Stolz der Flotte und *Eine
letzte Breitseite*.

1800/01: Beförderung zum
Konteradmiral. Schlacht von
Kopenhagen. Ostsee und Biskaya. Siehe *Galeeren in der Ostsee* und *Admiral Bolithos Erbe*.

1802: Beförderung zum Vizeadmiral. Westindien. Siehe *Der
Brander* und *Donner unter
der Kimm*. (20973)

1805: Schlacht von Trafalgar.

1812: Beförderung zum Admiral. Der Zweite Krieg mit
Amerika.

1815: Auf See gefallen.